BASTEI LÜBBE

WILBUR SMITH

Der steinerne Vogel

Aus dem Englischen übersetzt
von Ilse Winger

BASTEI
LÜBBE

BASTEI-LÜBBE-TASCHENBUCH
Band 10 510

Titel der Originalausgabe: A FALCON FLIES
Erschienen bei William Heinemann Ltd., London

Lizenzausgabe: Gustav Lübbe Verlag GmbH, Bergisch Gladbach
Printed in Western Germany 1985
Einbandgestaltung: Roberto Pątelli
Satz: Fotosatz Froitzheim, Bonn
Druck: Ebner Ulm
ISBN 3-404-10510-9

Auch dieses Buch widme ich meiner
Frau Danielle Antoinette

1860

Am Horizont lag Afrika wie ein Löwe auf der Lauer, lohfarben und golden im frühen Morgenlicht.

Robyn Ballantyne stand seit Anbruch der Dämmerung an der Reling des Schiffes und starrte zur Küste. Lange bevor sie das Land sehen konnte, wußte sie, daß es da war, spürte in der Dunkelheit seine rätselhafte Gegenwart, spürte seinen warmen, trockenen Atem durch den kalten Dunst der Strömung, die das Schiff vorwärtstrieb.

Es war ihr Schrei, nicht der des Matrosen auf dem Ausguck, der Kapitän Mungo St. John alarmierte. Er stürmte die Treppe von seiner Kabine hinauf, während die Mannschaft sich plappernd und gestikulierend auf einer Seite zusammendrängte. Sekundenlang umklammerte Mungo St. John die Reling aus Teakholz und sah hinüber zur Küste, dann gab er in dem leisen, scharfen Ton, der in jede Ecke des Schiffes zu dringen schien, seine Befehle.

»Alles klar zum Wenden.«

Mit Fäusten und Tauen trieb Tippoo, der Maat, die Mannschaft zur Arbeit an. Wütende Winde und ein verhangener Himmel hatten ihnen zwei Wochen lang jeden Schimmer von Sonne, Mond oder irgendeinem anderen Himmelskörper verwehrt, nach dem sie ihre Position hätten bestimmen können. Ihrer Schätzung nach hätte der große Klipper etwa hundert Seemeilen weiter westlich sein sollen, weit entfernt von dieser heimtückischen, wilden Küste mit ihren unbekannten Gefahren.

Robyns Schrei hatte den Kapitän aus dem Schlaf gerissen. Seine zerzauste dunkle Mähne flatterte im Wind, und seine glatten, sonnengebräunten Wangen waren noch leicht gerötet vom Schlaf, doch auch bereits von Ärger und Erregung. Sein Blick aber war klar; das Weiße der Augen bildete einen seltsamen Gegensatz zu der golden gesprenkelten Iris.

Selbst in diesem Augenblick allgemeiner Verwirrung registrierte Robyn verwundert die starke physische Ausstrahlung dieses Mannes – eine gefährliche, beunruhigende Ausstrahlung, die sie abstieß und zugleich ungeheuer anzog.

Er hatte das weiße Leinenhemd hastig in die Breeches gestopft, und es stand offen über der Brust. Die Haut seines Oberkörpers war dunkel und glatt, als wäre sie mit Öl eingerieben. Als Robyn das schwarze gelockte Brusthaar sah, errötete sie – allzu sehr erinnerte es sie an jenen Morgen am Beginn der Reise, den Morgen, als sie das warme blaue Wasser des Atlantik erreicht hatten, den Morgen, der ihr so viel Unruhe bereitete; sie hatte viel und angstvoll gebetet seither.

An diesem Morgen hatte sie das Plätschern von Wasser und das Rasseln der Schiffspumpe an Deck gehört. Daraufhin war sie aufgestanden von dem kleinen Schreibtisch in der winzigen Kabine, an dem sie eben ihre Tagebucheintragungen gemacht hatte. Sie hatte einen Schal um die Schultern geworfen und war an Deck gegangen. Dann stand sie plötzlich im hellen Sonnenlicht und traute ihren Augen nicht.

Zwei Matrosen bedienten fröhlich die Pumpe, und das klare Wasser spritzte in einem großen Strahl aus der Öffnung. Darunter stand splitternackt St. John und streckte Arme und Gesicht dem Wasser entgegen, das ihm die dunkle Mähne an den Hals und das Körperhaar an Brust und Magen preßte. Wie gelähmt stand sie da und starrte ihn an, unfähig, den Blick abzuwenden. Die beiden Matrosen drehten sich nach ihr um, grinsten anzüglich und pumpten vergnügt weiter.

Natürlich hatte sie schon nackte Männerkörper gesehen; weiches weißes Fleisch auf dem Seziertisch, mit einem sauberen Schnitt durch den Bauch, aus dem die Eingeweide hervorquollen; oder zwischen schmutzigen Laken in einem Hospital, stinkend und schwitzend im letzten Todeskampf.

Nie aber einen, der so gesund war und lebensstrotzend und überwältigend.

Der Oberkörper, die langen Beine, die breiten Schultern und die schmale Taille bildeten eine perfekte Harmonie. Die Haut schimmerte auch dort, wo die Sonne sie nicht gebräunt hatte. Das waren nicht einfach Geschlechtsorgane unter Haarbüscheln versteckt, beschämend und ein wenig abstoßend. Das war kraftstrotzende Männlichkeit. Und plötzlich begriff sie, was es mit der Erbsünde und der Schlange und den Äpfeln auf sich hatte. Sie stieß einen kleinen Schrei aus. St. John hörte ihn, trat heraus aus dem Wasserstrahl und strich sich das Haar aus den Augen. Er sah sie neben sich stehen und ihn gebannt anstarren; er lächelte sein träges, aufreizendes Lächeln und versuchte gar nicht, sich zu bedecken, während ihm das Wasser den Körper hinabrann und die Tropfen wie Diamanten glitzerten.

»Guten Morgen, Doctor Ballantyne«, murmelte er. »Soll ich vielleicht ein Studienobjekt für Sie abgeben?«

Erst da gelang es ihr, den Bann zu brechen, sich loszureißen. Sie rannte in ihre stickige Kabine zurück, flüchtete sich in ihre schmale Koje und erwartete eigentlich, von Sünde und Scham überwältigt zu werden. Doch diese Gefühle stellten sich nicht ein. Statt dessen verspürte sie etwas, das ihr den Atem benahm, verspürte Wärme auf den Wangen, auf der Haut ihres Halses und auch in anderen Körperregionen. Robyn erschrak so, daß sie sich rasch wieder aus der Koje rollte, auf die Knie sank und um Vergebung für ihre Verworfenheit und Sündhaftigkeit flehte. In den vergangenen dreiundzwanzig Jahren hatte sie das schon Tausende Male getan, aber nur selten mit so geringem Erfolg.

Während der folgenden achtunddreißig Reisetage versuchte sie, jene gelb gesprenkelten Augen und das träge, aufreizende Lächeln zu meiden. Sie nahm die meisten Mahlzeiten in ihrer Kabine ein, selbst in der lähmenden Hitze am Äquator, als der Gestank des Eimers hinter dem

Wandschirm ihren Appetit nicht eben anregte. Nur wenn sie wußte, daß schlechtes Wetter den Kapitän auf Deck festhielt, ging sie zu ihrem Bruder und den anderen in den kleinen Salon des Schiffes.

Als sie jetzt zusah, wie St. John das Schiff von der feindseligen Küste wegsteuerte, verspürte sie wieder die gleiche prickelnde Erregung und wandte sich rasch ab, dem Land zu, das jetzt am Bug vorüberzog. Bei dem Anblick vergaß sie ihre Erinnerungen beinahe, und tiefe Ehrfurcht erfüllte sie; war es möglich, daß das Land der Geburt so deutlich und unmißverständlich zu seinen Kindern sprach?

Neunzehn Jahre waren vergangen, seit sie, vierjährig an den langen Rock der Mutter geklammert, den großen Tafelberg zum letzten Mal gesehen hatte, der die südlichste Spitze des Kontinents bewacht und der jetzt langsam hinter dem Horizont verschwand. Es war eine der wenigen klaren Erinnerungen, die ihr geblieben waren. Fast spürte sie wieder den groben Stoff, den die Frauen der Missionare tragen mußten, fast hörte sie wieder das unterdrückte Schluchzen der Mutter, fühlte, wie ihre Beine zitterten unter den Röcken. Lebhaft erinnerte sie sich an die Angst, die die Verzweiflung der Mutter in dem kleinen Mädchen weckte. Mit der Intuition des Kindes hatte sie begriffen, daß ihr Leben in Unordnung geraten war, und gewußt, daß die hochgewachsene Gestalt, die bis jetzt der Mittelpunkt ihrer kleinen Existenz gewesen war, nun fehlte.

»Wein nicht, mein Kleines«, hatte die Mutter geflüstert, »bald werden wir Papa wiedersehen. Wein nicht, mein Kleines.« Doch gerade diese Worte weckten den Zweifel in ihr, daß sie den Vater je wiedersehen würde, und sie verbarg das Gesicht in dem groben Stoff, schon damals zu stolz, anderen Menschen ihren Schmerz zu zeigen.

Wie immer war es ihr drei Jahre älterer Bruder Morris gewesen, der sie tröstete; ein siebenjähriger kleiner Mann, wie sie in Afrika geboren, am Ufer eines fernen wilden Flusses mit dem exotischen Namen Zouga, der zugleich sein zweiter Name wurde. Morris Zouga Ballantyne – ihr gefiel Zouga am besten, und sie nannte ihn so, weil es sie an Afrika erinnerte.

Jetzt wandte sie den Kopf nach Achterdeck: da stand ihr Bruder, beinahe so groß wie Mungo St. John, mit dem er sich aufgeregt unterhielt, während er auf das lohfarbene Land wies. Seine Gesichtszüge, die er vom Vater geerbt hatte, waren kräftig, die Nase scharf und gebogen, der Mund entschlossen, beinahe hart.

Wieder hob er das Fernglas an die Augen und studierte mit der Sorgfalt, mit der er alles – Wesentliches und Unwesentliches – tat, die Küstenlinie. Dann wandte er sich neuerlich Mungo St. John zu. Die beiden Männer unterhielten sich leise. Zwischen ihnen hatte sich eine erstaunliche Beziehung entwickelt, geprägt von gegenseitigem Respekt vor der Leistung und der Tüchtigkeit des anderen. Dazu muß allerdings gesagt werden, daß es Zouga war, der diese Verbindung besonders pflegte. Wie immer, wenn sich Gelegenheit bot, Kenntnisse zu erwerben, hatte er Mungo St. John über alles und jedes ausgefragt. Er machte es mit Charme, und seit der Abfahrt aus dem Hafen von Bristol war es ihm gelungen, von dem Kapitän beinahe alles zu erfahren, was dieser auf vielen langen Reisen entlang der Küsten dieses wilden Kontinents erlebt hatte. Und Zouga schrieb alles in eines seiner in Kalbsleder gebundenen Bücher.

Überdies hatte ihn der Kapitän freundlicherweise in die Geheimnisse der Navigation nach den Sternen eingeführt. Jeden Tag, wenn es Mittag wurde, sah man die beiden auf dem Achterdeck, die Sextanten aus Messing in der Hand, darauf wartend, daß die dichten Wolken aufreißen und sie einen Schimmer der Sonne erhaschen würden.

Manchmal vergnügten sie sich auch damit, auf eine leere zugekorkte Brandyflasche zu schießen, die ein Matrose über Bord warf. Dazu benutzten sie ein Paar fabelhafte Duellpistolen, die Mungo St. John im samtgefütterten Futteral aus seiner Kabine gebracht und auf dem Kartentisch geladen hatte. Sie lachten schallend und gratulierten einander, wenn die Flaschen in der Luft explodierten und die Glassplitter in der Sonne funkelten.

Dann und wann schleppte Zouga seinen neuen Sharps-Hinterlader herbei, ein Geschenk von einem der Financiers der Expedition, der »Ballantyne-Afrikaexpedition«, wie die große Tageszeitung *Standard* sie nannte. Es war eine prachtvolle Waffe, treffsicher bis auf die unglaubliche Entfernung von siebenhundert Metern und imstande, einen tausend Meter entfernten Bisonbullen umzulegen. Die Männer, die eben zu dieser Zeit die gewaltigen Büffelherden der amerikanischen Prärien vernichteten, erwarben sich mit dieser Waffe den Titel »Sharpshooters«.

Mungo St. John band ein Faß an ein siebenhundert Meter langes Kabel, und auf dieses Ziel schossen sie nun um die Wette – die Runde zu einem Shilling. Obwohl Zouga ein ausgezeichneter Schütze war, der beste in seinem Regiment, hatte er bereits mehr als fünf Guineas an Mungo St. John verloren. Die Amerikaner erzeugten nicht nur die besten Waffen der Welt, sie waren offenbar auch die bei weitem besten Schützen. Mungo St. John, ein Amerikaner, gebrauchte sowohl die Duellpistole wie das Sharps-Gewehr, als wären sie eine Verlängerung seines Armes.

Robyn wandte sich von den beiden Männern ab, blickte zum Land zurück und verspürte Traurigkeit, als es allmählich hinter ihr in dem kalten grünen Wasser versank. Seit dem Tag ihrer Abfahrt vor so langer Zeit hatte sie sich mit stiller Verzweiflung nach diesem Land gesehnt. Die vergangenen Jahre erschienen ihr jetzt nur wie die Vorbereitung für diesen Augenblick; Jahre, in denen sie so viele Hindernisse hatte überwinden müssen, die eine Frau kaum bewältigen konnte. Wie hatte sie dagegen angekämpft, nicht resigniert aufzugeben, während die anderen in ihrem Kampf nur Stolz und Trotz und Starrköpfigkeit gesehen hatten!

Wie mühsam hatte sie sich in der Bibliothek ihres Onkels William, trotz dessen entmutigender Worte, Bildung angeeignet. »Zuviel Bücherwissen wird dich nur belasten, meine Liebe. Es gibt Dinge, um die sich eine Frau nicht kümmern sollte. Hilf lieber deiner Mutter in der Küche, nähe und stricke!« pflegte er zu sagen. – »Das kann ich bereits, Onkel William.« Als er aber später das Ausmaß ihrer Intelligenz und Entschlossenheit erkannte, verwandelte sich seine widerwillige Hilfe allmählich in aktive Unterstützung.

Onkel William war der älteste Bruder ihrer Mutter und hatte die Familie aufgenommen, als sie beinahe mittellos von dem schwarzen Kontinent zurückkehrten. Die magere Pension des Vaters von fünfzig Pfund pro Jahr, die sie von der *London Missionary Society* bezogen, war alles, was sie hatten, und William Moffat war kein begüterter Mann. Als Arzt in Kings Lynn verdiente er mit seiner kleinen Praxis kaum genug, um diese neue Familie zu erhalten. Später, viele Jahre später, als die Tantiemen von Vaters Büchern kamen, war natürlich Geld vorhanden, sogar sehr viel Geld – manche behaupteten, dreitausend Pfund –, aber es war Onkel William gewesen, der die Familie in den mageren Jahren durchgebracht hatte.

William trieb sogar das Geld auf, um Zouga das Offizierspatent in einem Regiment zu kaufen; er verkaufte seine beiden preisgekrönten Jagdpferde und unternahm eine demütigende Reise nach Cheapside zu den Geldverleihern. Es war natürlich kein sehr elegantes Regiment, nicht einmal die reguläre Armee, sondern das *13th Regiment of Madras Native Infantry*, ein Regiment der Ostindischen Kompanie.

Onkel William war es auch, der Robyn unterrichtete, bis sie eine ebensolche Bildung erworben hatte wie er selbst; und er half ihr dann auch bei dem großen Betrug, für den sie sich beim besten Willen nicht schämen mochte. 1854 nahm keine medizinische Schule Englands ein Mädchen als Studentin auf. Mit Williams Unterstützung schrieb sich Robyn im St. Matthews Hospital im Londoner Eastend als sein Neffe ein. Es half, daß sie ihren Namen nur von Robyn in Robin ändern mußte, es half, daß sie groß war und wenig Busen hatte, es half, daß sie eine tiefe rauhe Stimme besaß. Sie trug das dichte dunkle Haar kurz geschnitten und lernte, Hosen mit einer solchen Selbstverständlichkeit zu tragen, daß sie seither von den Unterröcken und Krinolinen um die Beine ständig irritiert wurde.

Erst als sie mit einundzwanzig Jahren vom *Royal College of Surgeons* ihr Diplom erhielt, entdeckten die Direktoren des Krankenhauses, daß sie eine Frau war. Sofort ersuchten sie das *Royal College,* das Diplom einzuziehen, und der darauf folgende Skandal erschütterte ganz England. Die Tatsache, daß sie die Tochter Doktor Fuller Ballantynes war, des berühmten Afrikaforschers, Arztes, Missionars und Autors, machte die Geschichte noch faszinierender. Schließlich mußten die Direktoren von St. Matthew nachgeben, weil Onkel William in dem kleinen rundlichen Oliver Wicks, dem Herausgeber des *Standard,* eine wertvolle Hilfe fand.

Mit untrüglichem Journalistenblick hatte Wicks erkannt, was sich aus der Geschichte machen ließ, und er beschwor in einem scharfen Leitartikel die britische Tradition der Fairneß, verspottete die dunklen Andeutungen über Orgien im Operationssaal und wies auf die erstaunliche Leistung dieses intelligenten jungen Mädchens hin, das mit beinahe unüberwindlichen Hindernissen fertiggeworden war. Doch selbst als ihr Diplom bestätigt wurde, bedeutete das für sie nur einen kleinen Schritt auf dem Weg zurück nach Afrika, für den sie sich vor so langer Zeit entschieden hatte.

Die ehrwürdigen Leiter der *London Missionary Society* waren eher bestürzt, als eine junge Frau ihre Dienste anbot. Die Frauen der Missionare – ja, gut, sie waren sogar überaus wünschenswert, um die Missionare vor den körperlichen Reizen der nackten Heidinnen zu schützen; aber ein weiblicher Missionar war etwas ganz anderes. Und es gab noch etwas, das sehr stark gegen das Ansuchen von Doktor Robyn Ballantyne sprach. Ihr Vater, Fuller Ballantyne, war, bevor er sechs Jahre zuvor im afrikanischen Busch verschwunden war, aus der *Society* ausgetreten; in ihren Augen hatte er sich damit in Mißkredit gebracht. Der *Society* war klar, daß es Robyns Vater mehr um Forschungsreisen und persönlichen Ruhm gegangen war als darum, die armen Heiden in den Schoß der Kirche zu führen. Soweit man wußte, hatte Fuller Ballantyne während seiner ausgedehnten Reisen in Afrika überhaupt nur einen Menschen bekehrt, und das war sein Büchsenträger gewesen. Er schien sich eher als Kämpfer gegen den Sklavenhandel zu fühlen, und nicht als Sendbote Christi. Seine erste Missionsstation hatte er sehr rasch in eine Zufluchtsstätte für entlaufene Sklaven verwandelt. Diese Station in Koloberg lag am südlichen Rand der Kalahari – eine kleine Oase, mit einer klaren, starken Quelle, die man mit enormen Mitteln ausgebaut hatte.

Dann geschah das Unvermeidliche. Die Besitzer der Sklaven, denen Fuller Ballantyne Schutz bot, waren die Trek-Buren aus den kleinen unabhängigen Republiken südlich der Missionsstation. Sie bildeten eine Kommandotruppe, die Gericht halten sollte, wie es bei den Trek-Buren üblich war. Eine Stunde vor Sonnenaufgang kamen sie nach Koloberg geritten – Hunderte Reiter in groben, handgewebten Gewändern, bärtig und sonnverbrannt wie die Erde Afrikas. Ihre Flinten blitzten in der Morgendämmerung, und als die Strohdächer der Mission in Flammen aufgingen, wurde es hell wie zu Mittag. Sie fesselten die wiedereingefangenen Sklaven mit den Bediensteten der Station in langen Reihen zusammen und trieben sie nach Süden. Fuller Ballantyne blieb mit seiner verstörten Familie und den wenigen Habseligkeiten, die sie aus den Flammen retten konnten, zurück. Der Rauch, der aus den brennenden, dachlosen Gebäuden in kleinen Wirbeln zum Himmel stieg, hüllte sie ein.

Der Vorfall verstärkte Ballantynes Haß gegen die Sklavenhändler und bot ihm den unbewußt gesuchten Vorwand, alle Bindungen abzuschütteln und nach Norden in das weite leere Land zu ziehen. Seine Frau und die zwei kleinen Kinder schickte er nach England, und mit ihnen einen Brief an die *London Missionary Society:* Gott hatte Fuller Ballantyne seinen Willen kundgetan: Er mußte nach Norden ziehen, um Gottes Wort als wandernder Missionar zu verbreiten; ganz Afrika sollte nun seine Gemeinde werden.

Die Direktoren waren verstört über den Verlust ihrer Station und noch bestürzter über die Aussicht, eine teure Expedition in ein Gebiet zu finanzieren, das, wie jedermann wußte, eine menschenleere, brennend heiße Sandwüste war, die sich vom Mittelmeer viertausend Meilen nach Süden erstreckte. Ohne recht zu wissen, wohin sie ihn adressieren sollten, schickten sie rasch einen Brief an Fuller Ballantyne, in dem sie jede Verantwortung ablehnten und ihrer tiefen Besorgnis Ausdruck gaben. Am Schluß erklärten sie mit aller Deutlichkeit, daß – abgesehen von seiner Pension, fünfzig Pfund jährlich – keine weiteren Mittel für Ballantynes höchst irreguläre Aktivitäten zur Verfügung stünden. Sie hätten sich die Mühe sparen können, denn Fuller Ballantyne war bereits abgereist. Er verschwand – mit ein paar Trägern, seinem christlichen Büchsenträger, einem Colt, einem Repetiergewehr, zwei Kisten Medikamenten, seinen Tagebüchern und Navigationsinstrumenten.

Acht Jahre später tauchte er in einer portugiesischen Niederlassung nahe der Mündung des Sambesi wieder auf, sehr zum Mißfallen der Siedler, die sich nach zweihundert Jahren Besiedlung nicht weiter als hundert Meilen stromaufwärts gewagt hatten. Er kehrte nach England zurück, und sein Buch *Ein Missionar im dunkelsten Afrika* wurde eine ungeheure Sensation. Hier war ein Mann, dem die »Transversa« geglückt war, die Durchquerung Afrikas von der West- zur Ostküste. Wo Wüste sein sollte, hatte er große Flüsse und Seen entdeckt, kühles, grasbewachsenes Hochland, riesige Tierherden und seltsame Menschen – doch vor allem hatte er die Verwüstungen gesehen, die der Sklavenhandel auf diesem Kontinent anrichtete, und seine Berichte erweckten in den Herzen der Engländer wieder Wilberforces Eifer, den Sklavenhandel abzuschaffen.

Der Ruhm ihres verlorenen Sohnes brachte die *London Missionary Society* in große Verlegenheit, und sie beeilte sich, ihren Fehler wiedergutzumachen. Ballantyne hatte im Landesinneren verschiedene geeignete Plätze für Missionsstationen gefunden, und man gab viele Tausende Pfund aus, um Gruppen von frommen Männern und Frauen dorthin zu senden. Die britische Regierung wiederum, beeindruckt von Ballantynes Beschreibung des Sambesi als einer breiten Wasserstraße in das reiche Innere Afrikas, ernannte den Autor zum Konsul Ihrer Majestät und finanzierte eine umfangreiche Expedition, um diese Arterie für Handel und Zivilisation zu öffnen.

Fuller war nach England zurückgekehrt, um sein Buch zu schreiben, und seine Familie sah ihn beinahe ebenso selten wie seinerzeit in Afrika. Wenn er sich nicht in seinem Arbeitszimmer einschloß, weilte er in London, um das Außenministerium oder die Direktoren der *London Missionary Society* aufzusuchen. Als er alles beisammen hatte, was er für eine Rückkehr nach Afrika benötigte, fuhr er kreuz und quer durch England, hielt Vorlesungen in Oxford oder predigte von der Kanzel der Kathedrale von Canterbury.

Dann reiste er plötzlich wieder ab, und diesmal nahm er die Mutter mit. Robyn würde nie das Kitzeln seines Bartes vergessen, als er sie küßte, um ihr zum zweiten Mal Lebewohl zu sagen. In ihren Augen waren Gott und ihr Vater irgendwie dieselbe Person, allmächtig und unfehlbar. Und ihre Pflicht war es, sie blind und ohne Fragen zu verehren.

Viele Jahre später, als die von Ballantyne ausgewählten Orte in Afrika sich als Todesfallen erwiesen, als die überlebenden Missionare sich heimschleppten und von Fieber und Hunger, von wilden Tieren und noch wilderen Menschen berichteten, begann Ballantynes Stern zu sinken. Auch die von Ballantyne geführte Expedition des Außenministeriums zum Sambesi erlitt Schiffbruch. Die Stromschnellen und die schrecklichen Wasserfälle der Schlucht von Kaborra-Bassa ließen sich nicht überwinden. Man fragte sich, wie Ballantyne, der behauptete, dem Sambesi von der Quelle bis zur Mündung gefolgt zu sein, diese furchtbaren Hindernisse übersehen haben konnte. Man begann auch seine anderen Behauptungen anzuzweifeln, während das britische Außenministerium, sparsam wie immer, über die hohen Kosten der gescheiterten Expedition verärgert war und den Titel des Konsuls zurücknahm.

Die *London Missionary Society* schrieb wieder einmal einen langen Brief an Ballantyne und forderte ihn auf, in Zukunft seine Tätigkeit auf die Bekehrung der Heiden und die Verkündung des Gotteswortes zu beschränken. Fuller Ballantynes Antwort war sein Austritt aus der Gesellschaft, womit er ihr fünfzig Pfund pro Jahr ersparte. Gleichzeitig schrieb er einen aufmunternden Brief an seine Kinder, in dem er sie bat, Mut und Glauben zu beweisen; außerdem sandte er das Manuskript, in dem er seine Art der Expeditionsführung rechtfertigte, an seinen Verleger. Hierauf nahm er das wenige Geld, das ihm von den enormen Tantiemen der anderen Bücher geblieben war, und verschwand neuerlich im Inneren Afrikas. Das war vor acht Jahren gewesen, seitdem hatte niemand mehr von ihm gehört.

Und hier stand jetzt die Tochter dieses Mannes, bereits fast ebenso bekannt wie ihr Vater, und verlangte die Aufnahme in die Gesellschaft als aktive Missionarin. Wieder kam Onkel William, der gute liebe Onkel mit der dicken Brille und der wilden Haarmähne, Robyn zu Hilfe. Er trat mit ihr zusammen vor die versammelten Direktoren und erinnerte die würdigen Herren daran, daß Robert Moffat, Robyns Großvater, einer der erfolgreichsten Missionare in Afrika war, auf dessen Konto Tausende von Bekehrungen gingen. Der alte Mann arbeitete immer noch in Kuruman und hatte erst kürzlich ein Wörterbuch der Setschuana-Sprache veröffentlicht. Robyn sei fromm und pflichtbewußt, besitze eine medizinische Ausbildung und Kenntnisse der afrikanischen Sprachen, die ihre verstorbene Mutter sie gelehrt hatte. Diese Mutter sei die Tochter des erwähnten Robert Moffat gewesen, der selbst von dem gefürchteten afrikanischen König Mzilikazi vom Stamm der Ndebele oder – wie manche ihn nannten – Matabele verehrt wurde; daher würde seine Enkelin von den Stämmen sofort akzeptiert werden.

Die Direktoren hörten unbewegt zu.

Onkel William fuhr fort, daß Oliver Wicks, der Herausgeber des *Standard,* vielleicht interessiert sein würde zu erfahren, warum die *Society* Robyn Ballantyne nicht aufnehmen wollte.

Jetzt wurden die Herren sehr aufmerksam, besprachen sich leise und nahmen Robyns Bewerbung an. Dann schickten sie Robyn zu einer anderen Missionsgruppe, die sie in die Industrieslums von Nordengland sandte.

Es war schließlich Zouga, der für sie beide den Weg zurück nach Afrika fand. Er kam als Major der indischen Armee auf Urlaub zurück; er galt nicht nur als guter Soldat, sondern auch als vielversprechender militärischer Verwalter. Dennoch war Zouga ebenso unzufrieden mit seinem Los wie Robyn. Gleich ihrem Vater waren beide Einzelgänger, die sich nur ungern einer Autorität und strenger Zucht beugten.

Obwohl sich die militärische Laufbahn so gut anließ, wußte Zouga, daß er sich in Indien viele Feinde gemacht hatte, und bezweifelte, daß seine Zukunft auf diesem Kontinent lag. Wie Robyn war er immer noch ein Suchender, und sie hatten einander nach der langen Trennung mit einer Wärme begrüßt, die sie in der Kindheit selten gezeigt hatten.

Zouga führte Robyn zum Dinner in den *Golden Bear*. Für Robyn war das eine so erfreuliche Abwechslung, daß sie nach einem zweiten Glas Rotwein aufgeschlossen und fröhlich wurde.

»Zum Teufel, Sissy, du bist wirklich ein hübsches Ding«, sagte der Bruder. Er fluchte jetzt hin und wieder, und obwohl sie zuerst schockiert war, gewöhnte sie sich rasch daran. In den Slums hörte sie viel schlimmere Wörter. »Du bist zu gut, um dein Leben unter diesen gräßlichen Kerlen zu verbringen.«

Seine Worte ermutigten Robyn, und sie begann ihrem Bruder von all ihren Enttäuschungen zu erzählen. Er hörte verständnisvoll zu und griff über den Tisch nach ihrer Hand, so daß sie leise, aber mit äußerster Entschlossenheit weitersprach.

»Zouga, ich muß nach Afrika zurück. Ich sterbe, wenn es nicht gelingt. Das weiß ich. Ich werde einfach verkümmern und sterben.«

»Mein Gott, Sissy, warum Afrika?«

»Weil ich dort geboren wurde, weil dort mein Schicksal liegt – und weil Papa dort ist.«

»Auch ich bin dort geboren.« Zouga lächelte, und die harte Linie um seinen Mund wurde weicher. »Aber ich weiß nichts von meinem Schicksal. Natürlich hätte ich nichts dagegen hinzufahren, um zu jagen, aber was Vater betrifft – glaubst du nicht auch, daß sein wichtigstes Anliegen Fuller Ballantyne war? Ich kann mir nicht vorstellen, daß du immer noch kindliche Liebe für ihn empfindest.«

»Er ist anders als andere, Zouga. Du kannst ihn nicht mit dem üblichen Maßstab messen.«

»Dem würden viele Leute beipflichten«, meinte Zouga trocken.

»Bei der *London Missionary Society* und im Außenministerium – aber als Vater?«

»Ich liebe ihn«, sagte sie trotzig. »Nach Gott liebe ich ihn am meisten.«

»Er hat unsere Mutter umgebracht, das weißt du.« Zougas Züge wurden wieder hart. »Er brachte sie in der Fieberzeit an den Sambesi. Damit hat er sie so sicher getötet, als hätte er ihr eine Pistole an die Schläfe gehalten.«

Nach kurzem Schweigen gab Robyn widerwillig zu: »Er war kein Vater und auch kein Ehemann – aber er war ein Visionär, ein Fackelträger ...«

Zouga lachte und drückte ihr die Hand.

»Mein Gott, Sissy!«

»Ich habe seine Bücher gelesen und jeden Brief, den er Mutter und uns geschrieben hat. Ich weiß, daß mein Platz dort ist. In Afrika, bei Papa.«

Zouga strich sich über den dichten Backenbart. »Du warst immer schon imstande, mich zu überreden.« Dann schnitt er plötzlich ein anderes Thema an. »Hast du gehört, daß man am Orange Fluß Diamanten gefunden hat?« Er hob sein Glas und betrachtete den Bodensatz. »Wir sind so verschieden, du und ich, und dennoch in mancher Beziehung so ähnlich.« Er goß sich Wein nach, dann sagte er beiläufig: »Ich habe Schulden, Sissy.«

Bei seinen Worten wurde ihr eiskalt. Seit ihrer Kindheit hatte man sie davor gewarnt.

»Wie hoch?« fragte sie leise.

»Zweihundert Pfund.« Er zuckte die Achseln.

»So viel!« Sie hielt den Atem an. »Du hast doch nicht gespielt, Zouga?«

»Doch, doch.« Zouga lachte. »Gott sei Dank, sonst hätte ich vermutlich tausend Guineas Schulden.«

»Willst du sagen, daß du spielst – und tatsächlich gewinnst?«

In ihr Entsetzen mischte sich Faszination.

»Nicht immer, aber oft.«

Sie sah ihn, vielleicht zum erstenmal, prüfend an. Er war erst sechsundzwanzig, aber er wirkte zehn Jahre älter. Er war ein harter Berufssoldat, gestählt in den Kämpfen an der afghanischen Grenze, wo sein Regiment vier Jahre lang stationiert gewesen war. Sie wußte von den blutigen Gefechten mit den Bergstämmen, auch, daß er sich ausgezeichnet hatte. Seine rasche Beförderung war der Beweis.

»Wieso hast du dann Schulden?«

»Die meisten meiner Kameraden, auch meine Untergebenen, besitzen ein Privatvermögen. Ich bin jetzt Major und muß entsprechend leben. Wir jagen, halten Poloponys, die Rechnungen in der Messe...« Wieder zuckte er die Achseln.

»Wirst du je imstande sein, deine Schulden zurückzuzahlen?«

»Ich könnte eine reiche Frau heiraten.« Er lächelte. »Oder Diamanten finden.«

Zouga trank einen Schluck Wein, lehnte sich, ohne Robyn anzusehen, auf dem Stuhl zurück und fuhr leise fort.

»Letztens las ich Cornwallis Harris' Buch – erinnerst du dich an das Großwild, das wir in Koloberg gesehen haben?«

Sie schüttelte den Kopf.

»Nein, damals warst du noch ein Baby. Aber ich erinnere mich an die Herden von Springböcken und Kuhantilopen auf dem Treck zum Kap. Eines Nachts war sogar ein Löwe da; ich sah ihn deutlich im Schein des Lagerfeuers. Harris schreibt über Jagdexpeditionen bis zum Limpopo – niemand hat sich je weiter vorgewagt, außer natürlich Papa. Klingt um einiges besser als die Jagd auf Fasane und Rehe. Weißt du, daß Harris fast fünftausend Pfund mit seinem Buch verdient hat?«

Zouga schob das Glas fort, richtete sich wieder auf und wählte eine Zigarre aus seiner silbernen Tabatiere. Während er sie anzündete, runzelte er nachdenklich die Stirn.

»Du willst aus inneren Gründen nach Afrika. Ich sollte aus viel wesentlicheren Gründen dorthin – aus finanziellen. Ich mache dir einen Vorschlag. Die Ballantyne-Expedition!« Er hob ihr das Glas entgegen.

Sie lachte etwas unsicher und hielt seine Worte für einen Scherz, doch sie trank ihm zu. »Ich bin dabei. Aber wie, Zouga? Wie kommen wir hin?«

»Wie heißt dieser Zeitungsmensch?« wollte Zouga wissen.

»Wicks, Oliver Wicks. Warum sollte er uns helfen?«

»Ich werde genügend Gründe finden.« Robyn erinnerte sich, daß ihr Bruder schon als Kind die Gabe besessen hatte, anderen Menschen etwas einreden zu können.

»Weißt du, ich traue es dir tatsächlich zu.«

Dann tranken sie, und als Robyn das Glas senkte, fühlte sie sich so glücklich wie nie zuvor.

Sechs Wochen vergingen, bevor sie Zouga wiedersah. Er kam durch das Gedränge der *London Bridge Station* auf sie zu, als sie aus dem Zug stieg. Mit dem hohen Biberhut und dem langen Paletot, der um seine Schultern flatterte, überragte er alle anderen.

»Sissy!« rief er lachend und hob sie hoch. »Wir fahren – wir fahren wirklich!«

Eine Kutsche wartete auf sie, und kaum waren sie eingestiegen, trieb der Fahrer die Pferde an.

»Bei der *London Missionary Society* war nichts zu machen«, erzählte er. »Ich wollte fünfhundert von ihnen, und die Burschen bekamen beinahe einen Schlaganfall. Ich glaube, sie würden eher fünfhundert zahlen, damit Vater in Afrika verschollen bleibt.«

»Bist du zu den Direktoren gegangen?«

»Ja, da war nichts zu holen.« Zouga lächelte. »Aber dann ging ich nach Whitehall, und es gelang mir, den *Ersten Sekretär* zu sprechen. Er war sehr höflich und führte mich sogar zum Lunch aus. Finanzielle Unterstützung konnte er mir nicht geben, aber Empfehlungsschreiben. Ein Dutzend Briefe an alle möglichen Personen – an den Gouverneur, an Kemp, den Admiral in Kapstadt, und an all die anderen.«

»Briefe werden uns nicht weit bringen.«

»Dann hab' ich deinen Zeitungsmenschen besucht. Ein erstaunlicher kleiner Kerl mit einem glasklaren Verstand.

Ich erzählte ihm, daß wir nach Afrika fahren, um Papa zu finden. Er sprang auf und klatschte in die Hände wie ein kleines Kind im Zirkus.« Zouga zog Robyn an sich. »Um die Wahrheit zu sagen, ich habe deinen Namen schamlos ausgenutzt – und das half. Er bekommt alle Rechte auf unsere Aufzeichnungen und Tagebücher und auf beide Bücher.«

»Auf beide Bücher?« Robyn sah ihn verblüfft an.

»Auf beide.« Er grinste. »Auf deines und meines.«

»Ich soll ein Buch schreiben?«

»Natürlich. Wie eine Frau die Expedition erlebte. Ich habe bereits in deinem Namen den Vertrag unterzeichnet.«

Sie lachte ein wenig atemlos. »Du gehst zu weit, du bist zu rasch.«

»Der kleine Wicks ließ fünfhundert springen, und die nächste Adresse auf meiner Liste war die *Gesellschaft für die Abschaffung des Sklavenhandels* – das war einfach. Der Schutzherr der Gesellschaft ist Seine Königliche Hoheit, und er kennt Papas Bücher. Wir müssen über die Situation des Sklavenhandels im Landesinneren berichten, nördlich des Wendekreises des Steinbocks. Sie sind bereit, weitere fünfhundert Guineas zu zahlen.«

»Oh, Zouga, du bist ein Zauberer!«

»Dann kam die ehrwürdige *Gesellschaft der Londoner Kaufleute für den Afrikahandel* an die Reihe. Während der letzten hundert Jahre beschränkten sich alle ihre Aktivitäten auf die Westküste. Ich überzeugte sie, daß sie einen Bericht über die Ostküste brauchen. Ich wurde zum Agenten der hochlöblichen Gesellschaft ernannt und muß den Markt in bezug auf Palmöl, Kautschuk, Kupfer und Elfenbein prüfen. Sie spendeten ebenfalls fünfhundert Guineas und ein Sharps-Gewehr.«

»Eintausendfünfhundert Guineas«, hauchte Robyn, und Zouga nickte.

»Wir kehren in großem Stil zurück.«

»Wann?«

»Ich habe unsere Überfahrt auf einem amerikanischen

Klipper gebucht. In sechs Wochen verlassen wir den Hafen von Bristol Richtung Kap der Guten Hoffnung und Quelimane in Mozambique. Bei meinem Regiment habe ich um zwei Jahre Beurlaubung ersucht – du mußt das gleiche bei der *London Missionary Society* tun.«

Danach ging alles unglaublich schnell, wie im Traum. Vielleicht erleichtert darüber, daß sie nicht für die Überfahrt aufkommen mußte, erklärte sich die *London Missionary Society* bereit, Robyn während ihrer Abwesenheit den Lohn weiterzuzahlen, und gab ein vorsichtiges Versprechen, nach ihrer Rückkehr die Lage neuerlich zu prüfen. Sollte sie sich als tauglich erweisen, würde sie eine ständige Aufgabe in Afrika erhalten. Das war mehr, als Robyn erwartet hatte, und jetzt half sie Zouga voller Eifer bei den Vorbereitungen.

Es gab so viel zu tun, daß sechs Wochen kaum ausreichten, und es schienen nur ein paar Tage vergangen zu sein, als ganze Berge von Ausrüstung in den Bauch des eleganten Klippers verladen wurden.

Die *Huron* erwies sich als ebenso schnell wie sie aussah. Zouga hatte eine gute Wahl getroffen. Unter Mungo St. Johns Kommando erreichten sie ohne besondere Schwierigkeiten Ilha da Trinidade. Dann kam ein Nordwestwind auf, und die *Huron* segelte Tag für Tag unter einem grauen bedeckten Himmel, so daß sie weder die Sonne noch Mond und Sterne sahen, bis sie zweihundert Meilen weit von ihrem Ziel, dem Kap der Guten Hoffnung, entfernt beinahe an die Westküste Afrikas geschleudert wurden.

»Maat«, rief Mungo St. John, als die *Huron* gegen den Wind aufkreuzte und sich rasch von der Küste entfernte.

»Captain!« bellte Tippoo vom Fuß des Hauptmastes.

»Stellen Sie den Namen des Matrosen auf dem Ausguck fest.« Wie ein Boxer, der sich vor einem Schlag duckt, zog Tippoo den dicken Kopf ein und sah mit verkniffenen Augen den Mast empor.

»Noch zwanzig Minuten, und wir wären gestrandet.« St. Johns Stimme war eisig. »Der Mann liegt auf dem Rost, noch bevor der Tag zu Ende geht!«

Tippoo leckte sich unwillkürlich die wulstigen Lippen, und Robyn, die neben ihm stand, fühlte, wie sich ihr der Magen hob. Es hatte bereits drei Auspeitschungen gegeben, und sie wußte, was sie zu erwarten hatte. Tippoo war halb Araber, halb Afrikaner, ein honigfarbener Riese mit einem glattrasierten Kopf, der nach gut tausend gewaltsamen Zusammenstößen mit einem Netz kleiner verblaßter Narben überzogen war. Über dem massigen Körper trug er eine lose, bestickte Tunika; seine Arme waren so dick wie die Schenkel einer Frau.

Robyn wandte sich rasch an Zouga, der über das Deck auf sie zukam. »Wir haben das Land gut sehen können; unser erster Fixpunkt seit Ilha da Trinidade. Wenn der Wind anhält, sind wir in fünf Tagen in der Tafelbucht.«

»Zouga, kannst du nicht mit dem Kapitän sprechen?« fragte Robyn. Zouga sah sie erstaunt an.

»Er wird den armen Teufel auspeitschen lassen.«

»Er hat verdammt recht«, brummte Zouga. »Der Mann hat uns beinahe auf die Felsen auffahren lassen.«

»Kannst du das nicht verhindern?«

»Ich denke nicht daran, mich in die Führung dieses Schiffes einzumischen – und ich verbiete es auch dir.«

»Ist überhaupt keine Menschlichkeit in dir?« fragte sie kühl, aber auf ihren Wangen zeigten sich dunkelrote Flekken, und ihre Augen wurden grün vor Ärger. »Und du nennst dich einen Christen.«

»Wenn ich das tue, so tue ich es leise, meine Liebe.« Zouga antwortete mit den Worten, die sie, wie er wußte, am meisten aufbrachten. »Und ich betone es nicht in jedem Gespräch.«

Ihre Streitigkeiten brachen immer so plötzlich aus wie ein Sommergewitter und waren ebenso heftig.

Mungo St. John lehnte an der Reling des Achterdecks,

eine lange Havanna aus grobem schwarzem Tabak zwischen den weißen Zähnen. Die gelb gesprenkelten Augen blickten spöttisch, was Robyns Zorn noch anfachte, bis ihre Stimme schrill wurde und sie sich ihm zuwandte.

»Der Mann, den Sie letzte Woche auspeitschen ließen, kann sein Leben lang ein Krüppel bleiben!« schrie sie ihn an.

»Doctor Ballantyne – wie wäre es, wenn Tippoo Sie hinuntertrüge und in Ihrer Kabine einsperrte, bis Sie sich wieder in der Hand haben?« fragte Mungo St. John.

»Das können Sie nicht tun«, fauchte sie ihn an.

»O doch – und noch einiges mehr.«

»Er hat recht«, versicherte ihr Zouga leise. »Auf diesem Schiff kann er praktisch alles tun, was er will.« Er legte ihr die Hand auf den Arm. »Beruhige dich, Sissy. Wenn der Kerl Glück hat, verliert er höchstens ein bißchen Haut.«

Robyn keuchte vor Ärger und Hilflosigkeit.

»Wenn Sie so zimperlich sind, Doctor, werde ich es Ihnen erlassen, die Bestrafung mit anzusehen«, sagte Mungo St. John spöttisch. »Wir müssen schließlich in Betracht ziehen, daß Sie nur eine Frau sind.«

»Aus diesem Grund habe ich noch nie um Rücksicht gebeten, noch nie in meinem ganzen Leben.« Sie versuchte ihren Ärger zu beherrschen, schüttelte die Hand ihres Bruders ab und drehte sich um.

Mit steifem Rücken und gestrafften Schultern marschierte sie zum Bug des Schiffes und versuchte, ruhige Würde zu bewahren, aber das Schiff schwankte, und die verdammten Röcke flatterten ihr um die Beine. Sie merkte, daß sie ein verbotenes Wort gedacht hatte; später würde sie um Vergebung beten – aber nicht jetzt. Und plötzlich entfuhr es ihr. »Verdammt, Captain Mungo St. John, fahren Sie zur Hölle!«

Sie stand am Bug, der Wind riß ihr die Haare aus dem ordentlichen, kleinen Chignon im Nacken und blies sie ihr ins Gesicht. Sie hatte das dichte, seidige Haar ihrer Mutter – dunkel, mit dem Schimmer rötlicher Kastanien. Ein schwacher Sonnenstrahl, der durch die Wolken brach, verwandelte es in einen glühenden Heiligenschein.

Wütend starrte Robyn vor sich hin, ohne die wilde Schönheit der Szene auch nur zu bemerken. Das kalte grüne Wasser dampfte, und die Nebelschwaden öffneten und schlossen sich um das Schiff wie Perlenvorhänge. An Segeln und Schoten hingen Nebelfetzen, als stünde das ganze Schiff in Flammen. Jetzt umhüllte eine dichte Wolke den großen Klipper, so daß Robyn, als sie sich umdrehte, die schattenhaften Gestalten des Kapitäns und ihres Bruders auf dem Achterdeck kaum erkennen konnte. Dann plötzlich pflügte das Schiff wieder in die offene See, und der Himmel war klar. Die Wolken, die wochenlang die Sonne verdeckt hatten, zogen gegen Süden, während ein starker Wind aufkam, rasch nach Osten drehte und die Schaumkronen aufpeitschte.

Im selben Augenblick sah Robyn das andere Schiff. Es war beängstigend nahe, und sie öffnete den Mund, um zu schreien – aber Dutzende Stimmen kamen ihr zuvor.

»Backbord Segel in Sicht.«

Robyn stand nahe genug, um den dünnen, hohen Schornstein zwischen den Masten zu erkennen. Der Schiffsrumpf war schwarz gestrichen und mit je fünf Geschützen backbord und steuerbord bestückt. Er sah unheimlich aus, und die Segel waren nicht strahlend weiß wie jene der *Huron*, sondern grau vom Dampf des Schornsteins.

Mungo St. John richtete rasch das Fernrohr auf das Schiff. Die Dampfkessel arbeiteten nicht, aus der Öffnung des Schornsteins stieg kein Rauch auf.

»Mr. Tippoo!« rief er leise; die massige Gestalt tauchte mit beinahe geisterhafter Geschwindigkeit neben ihm auf.

»Haben Sie das Schiff schon gesehen?«

Tippoo brummte und spuckte über die Reling. »Eine Saftpresse«, sagte er. »Zum letzten Mal hab' ich sie in der Tafelbucht gesehen. Das Schiff nennt sich *Black Joke*.«

»Von der Cape Squadron?«

Tippoo brummte zustimmend, und im selben Augenblick zeigte das Kanonenboot seine Farben. Das grelle Weiß-Rot der Flagge bedeutete eine Aufforderung, der nachzukommen die ganze Welt gelernt hatte, und zwar rasch. Es gab nur eine Nation, deren Schiffe dieser Aufforderung nicht sofort Folge zu leisten hatten. Die *Huron* war immun; sie brauchte nur ihr Sternenbanner hissen, und selbst dieser lästige Vertreter der Royal Navy mußte sie respektieren.

Mungo St. John überlegte rasch. Sechs Tage vor seiner Abfahrt aus Baltimore im Mai 1860 hatte man Abraham Lincoln zum Präsidentschaftskandidaten ernannt. Wurde er gewählt, und das war sehr wahrscheinlich, dann würde er sicherlich Großbritannien jene Privilegien einräumen, die im Vertrag von Brüssel festgelegt waren, einschließlich des Rechtes, amerikanische Schiffe auf hoher See zu durchsuchen – ein Recht, das alle früheren Präsidenten hartnäkkig verweigert hatten.

Jetzt bot sich eine einmalige Gelegenheit, sein Schiff mit jenem des Cape Squadron zu messen. Er warf einen letzten Blick auf das Wasser, die windgepeitschten Wellen, die geblähten Segel über ihm und das bedrohlich dunkle Schiff – dann wurde ihm der Entschluß leichtgemacht. Durch den Wind hörte er ein dumpfes Donnern, eine Rauchfahne stieg aus einem der Geschütze auf und verlangte augenblicklichen Gehorsam.

Mungo St. John lächelte. »Dieser unverschämte Kerl!« Und zu Tippoo gewandt: »Jetzt werden wir ein wenig segeln.« Als die *Huron* rasch in den Wind steuerte und von dem bedrohlichen Kanonenboot abdrehte, befahl er: »Alle Segel setzen, Großmars- und Stagsegel, Bram- und Kreuzmarssegel. Bei Gott, wir werden dieser Saftpresse zeigen, wie man in Baltimore Schiffe baut.«

Mehr und mehr Segel öffneten sich, und jetzt schien die *Huron* zu fliegen, von einem schaumgekrönten Roller zum nächsten, so daß ihr Holz ächzte und die Matrosen die Zähne zusammenbeißen mußten. »Etwas mehr als sechzehn Knoten«, bellte Tippoo, und der Kapitän lachte laut.

Plötzlich, ohne jede Vorwarnung, segelte die *Huron* in ein Windloch. Die Linie des Sturmes war auf der Wasseroberfläche deutlich zu sehen. Auf einer Seite war die See dunkel und aufgewühlt vom Wind, auf der anderen schienen die Wellen aus glänzendem Samt zu sein. Dann wurde das Toben des Windes, das allen seit Wochen in den Ohren klang, von einer unheimlichen Stille abgelöst, und aus der zielstrebigen, raschen Bewegung des Schiffes wurde das unkontrollierte Hin- und Herschwanken eines Stück Treibholzes. Der Rudergänger konnte den Kurs nicht mehr halten, und die *Huron* trieb mit der Breitseite an das Kanonenboot heran.

Jetzt konnte man bereits die drei Offiziere auf der Brücke des Kanonenbootes genau unterscheiden. Mungo St. John warf einen letzten, unsäglich betrübten Blick zum Horizont, dann kapitulierte er.

»Hissen Sie die Flagge, Mr. Tippoo«, rief er, und als das bunte Tuch in der unbewegten Luft von der Großrahe hing, beobachtete er durch sein Glas die Aufregung auf der Brücke des anderen Schiffes. Sie waren jetzt nahe genug, um den Ärger, das Erstaunen und die Unschlüssigkeit auf den Gesichtern der Offiziere wahrzunehmen.

»Diesmal gibt es kein Prisengeld für euch – diesmal nicht«, murmelte Mungo St. John mit grimmiger Befriedigung.

Der hochgewachsene Offizier auf dem Kanonenboot schien auch der älteste zu sein; sein Haar schimmerte weiß im Sonnenlicht. Er trat an die Reling und hob das Megaphon. »Welches Schiff?«

»Die *Huron* von Baltimore und Bristol«, rief Mungo St. John zurück. »Mit Fracht für Kapstadt und Quelimane.«

»Warum sind Sie meiner Aufforderung nicht nachgekommen, Sir?«

»Weil ich Ihr Recht, amerikanische Schiffe auf hoher See aufzubringen, nicht anerkenne.«

Beide Kapitäne wußten, welche umstrittene Frage diese Antwort aufwarf, doch der Engländer zögerte nur sekundenlang.

»Billigen Sie mir das Recht zu, mich von Ihrer Nationalität und Ihrem Heimathafen zu überzeugen, Sir?«

»Sobald Sie Ihre Geschütze eingefahren haben, können Sie an Bord kommen, Captain. Aber schicken Sie keinen anderen Offizier.«

Das war eine kleine Bosheit, um den Kommandanten der *Black Joke* auf seinen Platz zu verweisen, innerlich aber schäumte Mungo St. John über den Streich, den ihm das Wetter gespielt hatte.

Die *Black Joke* brachte ein Beiboot zu Wasser, und ihr Kapitän kletterte behende die Strickleiter zur *Huron* empor. Als er an Deck kam, merkte Mungo St. John, daß er sich in ihm getäuscht hatte; es war kein älterer Mann. Das Haar des Mannes war schuld daran gewesen, es war weißblond – der Mann war offensichtlich kaum dreißig. Er trug keinen Uniformmantel, sondern ein einfaches weißes Leinenhemd, *Breeches* und weiche Stiefel. An seinem Gürtel hingen zwei Pistolen, und an seiner Hüfte ein Entermesser.

»Captain Codrington vom Hilfskreuzer Ihrer Majestät *Black Joke*«, stellte er sich vor. Dunklere Strähnen mischten sich in das von Sonne und Salz silberweiß gebleichte Haar, das mit einer Lederschnur im Nacken zusammengebunden war. Das Gesicht war honigbraun gebrannt, und die hellen Augen bildeten einen merkwürdigen Kontrast dazu.

»Captain St. John, Besitzer und Kapitän dieses Schiffes.«

Keiner der Männer streckte die Hand aus.

»Ich hoffe, Sie werden mich nicht länger als nötig aufhalten. Seien Sie versichert, daß meine Regierung über den Vorfall genau informiert werden wird.«

»Kann ich Ihre Papiere sehen, Captain?« Der junge Marineoffizier ignorierte die Drohung und folgte St. John zum Achterdeck. Als er Robyn mit ihrem Bruder an der Reling stehen sah, zögerte er kurz, faßte sich jedoch schnell, machte eine kleine Verbeugung und wandte seine Aufmerksamkeit den Dokumenten zu, die St. John vor ihm auf den Kartentisch legte. Er beugte sich über den Tisch und blätterte die Papiere durch; und dann entdeckte er etwas, und abrupt richtete er sich auf.

»Verdammt – Mungo St. John – Ihnen eilt ein Ruf voraus. Und was für einer noch dazu!« In seiner Stimme schwang ein bitterer Unterton mit. »Der erste Händler, der innerhalb eines Jahres mehr als dreitausend Seelen über das große Wasser schaffte – kein Wunder, daß Sie sich so ein herrliches Schiff leisten können.«

»Sie befinden sich auf gefährlichem Boden, Sir«, warnte ihn St. John mit einem aufreizenden Lächeln. »Ich weiß genau, was Ihre Offiziere auf sich nehmen, um ein paar Guineas Prisengeld zu verdienen.«

»Wo werden Sie Ihre nächste Ladung menschliches Elend aufnehmen, Captain St. John?« unterbrach der Engländer brüsk. »Auf diesem schönen Schiff können Sie bestimmt zweitausend zusammenpferchen.« Er war blaß geworden vor Zorn und zitterte ein wenig. »Wenn Sie Ihre Prüfung beendet haben . . .« St. John lächelte noch immer.

Der Marineoffizier aber fuhr fort: »Die Westküste ist ein wenig zu heiß für Sie geworden, nicht wahr? Selbst wenn Sie sich unter diesem hübschen Stück Seide verstecken.« Der Offizier blickte auf die Flagge. »Also werden Sie jetzt an der Ostküste arbeiten. Wie ich höre, bekommt man dort einen guten Sklaven für zwei Dollar – zwei für eine Zehn-Shilling-Muskete.«

»Ich muß Sie ersuchen, jetzt zu gehen.« St. John nahm ihm die Dokumente aus der Hand, und als ihre Finger sich berührten, wischte der Engländer die Hand an der Hose ab, als wolle er sich von dem Kontakt reinigen.

»Ich gäbe fünf Jahre meines Soldes, wenn ich die Luken Ihres Laderaumes öffnen könnte«, sagte er verbittert und starrte St. John mit seinen hellen, durchdringenden Augen an.

»Captain Codrington.« Zouga Ballantyne trat auf die Gruppe zu. »Ich bin britischer Staatsbürger und Offizier. Ich kann Ihnen versichern, daß sich auf diesem Schiff keine Sklaven befinden.« Er sprach mit Nachdruck.

»Wenn Sie Engländer sind, sollten Sie sich schämen, in solch einer Gesellschaft zu reisen.«

Codrington sah über Zouga hinweg. »Und dasselbe gilt auch für Sie, Madam.«

»Sie gehen zu weit, Sir«, sagte Zouga ärgerlich. »Ich habe Ihnen bereits mein Wort gegeben.«

Codringtons Blick war zu Robyn zurückgekehrt. Ihr Unbehagen war deutlich und nicht geheuchelt. Die Anschuldigung hatte sie zutiefst bestürzt; daß sie, die Tochter Fuller Ballantynes, des großen Verteidigers der Freiheit, des erbitterten Gegners des Sklavenhandels – daß sie, eine Vertreterin der Gesellschaft zur Abschaffung des Sklavenhandels, an Bord eines berüchtigten Sklavenschiffes reiste!

Sie war blaß, in ihren riesigen Augen spiegelte sich der Schock.

»Captain Codrington«, ihre Stimme war heiser und leise, »mein Bruder hat recht, auch ich kann Ihnen versichern, daß es an Bord dieses Schiffes keine Sklaven gibt.«

Die Züge des Engländers entspannten sich. Sie war keine schöne Frau, aber es war schwer, ihrer strahlenden Frische und Jugend zu widerstehen.

»Ich akzeptiere Ihr Wort, Madam.« Er verbeugte sich. »Auch würde nur ein Wahnsinniger schwarzes Elfenbein nach Afrika bringen, aber«, und jetzt wurde seine Stimme wieder hart, »wenn ich die Möglichkeit hätte, in den Laderaum zu gehen, würde ich bestimmt genügend finden, um das Schiff beschlagnahmen und es vom Gerichtshof der Gemischten Kommission verurteilen zu lassen.«

Codrington drehte sich um und wandte sich wieder an St. John.

»O ja, ich weiß, daß Ihre Zwischendecks verschwunden sind, um Platz für Fracht zu machen, aber die Planken sind noch an Bord, und es braucht keinen Tag, um sie wieder einzufügen.« Codrington fauchte beinahe. »Und ich wette, daß es unter diesen Luken offene Gitter gibt.« Er wies, ohne die Augen von St. John zu wenden, auf das Hauptdeck. »Und in den unteren Decks Ketten und Fußeisen...«

»Captain Codrington, ich finde Ihre Gesellschaft ermüdend.« St. John sagte es langsam und gedehnt. »Sie haben sechzig Sekunden, um das Schiff zu verlassen, sonst wird Ihnen mein Maat helfen.«

Tippoo, einer riesigen, haarlosen Kröte ähnlich, stellte sich knapp hinter Codrington. Mit sichtlicher Anstrengung wahrte der Engländer die Beherrschung, als er sich vor St. John verbeugte.

»Gebe Gott, daß wir uns wieder begegnen, Sir.« Er wandte sich zu Robyn und salutierte kurz. »Ich darf Ihnen eine angenehme Reise wünschen, Madam.«

»Captain Codrington, ich bin überzeugt, daß Sie sich irren«, sagte sie beinahe flehentlich. Er starrte sie sekundenlang an. Sein Blick war direkt und beunruhigend – er hatte die Augen eines Fanatikers oder eines Propheten. Dann drehte er sich um und verließ das Schiff.

Tippoo hatte die Tunika ausgezogen und seinen Oberkörper eingeölt, so daß er in der Sonne glänzte wie die Haut eines exotischen Reptils. Breitbeinig und barfüßig stand er da, die Peitsche in der Hand, die Peitschenschnur eingerollt zu seinen Füßen.

Auf einer Seite des Schiffes hatte man einen Art Rost aufgestellt, und der Matrose, der auf dem Ausguck gewesen war, als das Schiff zur afrikanischen Küste kam, lag darauf ausgebreitet wie ein Seestern auf einem Felsen. Mühsam drehte er den Kopf, um den Maat anzusehen; sein Gesicht war weiß vor Entsetzen.

»Sie sind nicht verpflichtet, die Bestrafung mit anzusehen, Doctor Ballantyne«, sagte St. John leise.

»Ich halte es für meine Pflicht, diese barbarische ...«

»Wie Sie wollen.« Er nickte und drehte sich um. »Zwanzig, Mr. Tippoo.«

»Zwanzig, Captain.«

Ausdruckslos trat Tippoo hinter den Mann, steckte einen Finger in dessen Kragen und riß ihm das Hemd bis zum Gürtel auf. Der Rücken des Mannes war blaß wie Pudding, aber von großen roten Karbunkeln bedeckt, eine Folge der schlechten Ernährung und der ewig salzignassen Kleider.

»Mannschaft, herhören!« rief St. John. »Die Anklage lautet auf Pflichtvergessenheit und Gefährdung der Sicherheit des Schiffes.« Die Matrosen traten von einem Fuß auf den anderen, doch keiner sah den Kapitän an. »Das Urteil lautet auf zwanzig Peitschenhiebe.«

Der Mann auf dem Rost wandte das Gesicht ab und schloß die Augen.

»Los, Mr. Tippoo.« Tippoo betrachtete prüfend die nackte weiße Haut, dann lehnte er sich zurück, ließ die Schnur in die Höhe schnalzen, machte einen Schritt vorwärts und legte sein ganzes Gewicht in den Schlag. Der Mann auf dem Rost brüllte, und er bäumte sich auf, so daß ihm das grobe Hanfseil die Haut von den Gelenken riß. Die weiße Haut platzte, ein hellroter Strich zog sich von einer Seite der Rippen zur anderen, und eines der bösen Karbunkel brach auf. Gelbliche Flüssigkeit spritzte hervor.

»Eins«, sagte Mungo St. John, und der Mann auf dem Rost schluchzte leise.

Tippoo trat zurück, schüttelte sorgsam die Schnur aus, blinzelte auf die blutige Linie im zitternden Fleisch und holte zum nächsten Schlag aus.

»Zwei«, sagte St. John. Robyn wurde übel, aber sie beherrschte sich. Er durfte ihre Schwäche nicht sehen.

Nach dem zehnten Schlag entspannte sich der Körper auf dem Rost, der Kopf rollte seitwärts, und die Fäuste öffneten sich langsam, so daß Robyn die blutigen Halbmonde sehen konnte, dort, wo die Nägel in den Handballen gedrungen waren. Während der weiteren, gemächlich ausgeführten Bestrafung gab der Mann kein Lebenszeichen mehr von sich.

Nach dem zwanzigsten Schlag flog Robyn beinahe die Leiter auf das Hauptdeck hinab, und bevor man noch den Körper vom Rost geschnitten hatte, fühlte sie dessen Puls.

»Gott sei gelobt«, flüsterte sie, als sie das schwache Flattern verspürte. Und dann zu den Matrosen, die ihn aufhoben: »Vorsichtig jetzt.« Sie hatte Mullbinden bereit und legte sie über den zerfetzten Rücken, während der Mann auf einer Holzplanke zum Vorderdeck getragen wurde.

In dem engen, überfüllten Raum, der nach billigem Tabak, schalem Wasser, nasser Kleidung und schimmliger Nahrung roch, legten die Matrosen den Mann auf einen Tisch. Im flackernden Licht einer Öllampe arbeitete Robyn, so gut sie konnte. Mit Roßhaarfäden nähte sie die zerfetzten Hautstücke an und badete den ganzen Rücken in einer Phenollösung.

Der Mann kam wieder zu Bewußtsein und wimmerte vor Schmerzen. Robyn gab ihm fünf Tropfen Laudanum und versprach, ihn am nächsten Tag zu besuchen, um den Verband zu wechseln. Als sie ihre Instrumente einpackte und den schwarzen Koffer schloß, kam ein kleiner, pockennarbiger Bootsmann namens Nathaniel herbei und nahm den Koffer auf. Sie dankte ihm, und er murmelte verlegen: »Wir sind Ihnen sehr verpflichtet, Missus.«

Sie hatten alle eine Weile gebraucht, bis sie sie akzeptiert hatten. Zuerst war es nur um das Öffnen von Abszessen und Karbunkeln, Kalomel gegen Grippe und Durchfall gegangen. Aber später, nach einem Dutzend erfolgreicher Behandlungen – ein gebrochener Oberarm, ein geplatztes Trommelfell, ein Schanker, den sie mit Quecksilber behandelte – war sie der Liebling der Mannschaft geworden, und ihre Krankenbesuche gehörten zur festen Routine des Lebens an Bord. Der Bootsmann stieg, den Koffer in der

Hand, hinter ihr die Treppe hinauf, doch bevor sie das Deck erreichten, hatte sie eine Idee.

»Nathaniel«, fragte sie leise, aber eindringlich, »kann man in den Laderaum gelangen, ohne die Luken des Hauptdecks zu öffnen?«

Der Mann war verblüfft.

»Kann man das?« wiederholte sie.

»Ja, Madam.«

»Wo? Wie?«

»Durch den Proviantraum unter dem Offizierssalon – es gibt eine Luke durch das vordere Schott.«

»Ist sie verschlossen?«

»Ja, Madam – und Captain St. John trägt den Schlüssel an seinem Gürtel.«

»Sag niemandem, daß ich gefragt habe«, befahl sie und eilte an Deck.

Am Fuß des Hauptmastes wusch Tippoo in einem Eimer seine Peitschenleine. Das Wasser war rosa gefärbt. Angst und Abscheu raubten Robyn beinahe den Atem, und als sie an ihm vorbeiging, zog sie die Röcke eng an sich. An der Tür ihrer Kabine nahm sie Nathaniel mit einem Dankeswort den Koffer ab, dann ließ sie sich aufs Bett fallen.

Ihre Gedanken und Gefühle waren in Aufruhr; sie konnte sich vom Ansturm der Ereignisse, die die bisher gemütliche Reise unterbrochen hatten, nicht erholen. Der Besuch Captain Codringtons von der *Royal Navy* überschattete selbst ihren Zorn über die Auspeitschung und die Freude über den ersten Blick auf Afrika nach zwanzig Jahren. Seine Anschuldigungen beunruhigten und verstörten sie.

Sie öffnete ihren Schrankkoffer und suchte nach den Broschüren der Gesellschaft gegen die Sklaverei, die man ihr in London übergeben hatte. Wieder las sie die Geschichte dieses Kampfes bis zum heutigen Zeitpunkt. Ärger und Frustration überwältigten sie, als sie von den nicht durchsetzbaren internationalen Übereinkommen las, die alle irgendeine einschränkende Klausel hatten: Gesetze, die den Sklavenhandel nördlich des Äquators als Piratentum deklarierten, ihn jedoch in der südlichen Hemisphäre duldeten. Verträge und Übereinkommen, die von allen Nationen unterzeichnet wurden, außer von jenen, die im Sklavenhandel am aktivsten waren, nämlich von Portugal, Spanien und Brasilien. Andere Nationen wie Frankreich suchten mit dem Handel den traditionellen Feind Großbritannien zu ärgern und nutzten dessen Entschluß, den Sklavenhandel auszurotten, schamlos aus: Politische Vorteile wurden gegen vage Unterstützungsversprechungen eingehandelt. Und Amerika, eines der Unterzeichnerländer des Vertrages von Brüssel, den England zustande gebracht hatte, stimmte zwar der Beendigung des Handels zu, nicht aber der Aufhebung der Sklaverei als solcher. Amerika erklärte, daß der Transport von Menschen in die Gefangenschaft gleichbedeutend mit aktiver Seeräuberei sei, daß man die einschlägigen Schiffe beschlagnahmen und von den Gerichten der Admiralität oder der Gemischten Kommission verurteilen lassen müsse, und akzeptierte auch die Klausel, daß Schiffe, die für den Sklaventransport ausgerüstet waren, beschlagnahmt werden sollten, selbst wenn sie keine Sklaven an Bord hatten. Alldem stimmte Amerika zu und verweigerte dennoch der *Royal Navy* das Recht zur Durchsuchung eines amerikanischen Schiffes. Die Briten durften nur die Besitzrechte und den Heimathafen des Schiffes prüfen, selbst wenn der Gestank der Sklaven aus den Frachträumen zum Himmel stieg und die Schreie aus den Zwischendecks in den Ohren dröhnten.

Robyn durchblätterte eine andere Broschüre der Gesellschaft. Im verflossenen Jahr, 1859, waren etwa hundertneunundsechzigtausend Sklaven von den Küsten Afrikas in die Bergwerke Brasiliens, auf die Zuckerplantagen Kubas und in die amerikanischen Südstaaten geschafft worden. Den Sklavenhandel der Omani-Araber auf Sansibar konnte man nur nach der Anzahl der Menschen schätzen, die auf den Märkten der Insel verkauft wurden. Während der letzten zwölf Monate hatte der britische Konsul beinahe zweihunderttausend Sklaven gezählt. Die Toten und Schwerkranken kamen nicht an Land. Sie wurden hinter dem Korallenriff ins Meer geworfen. Hier hatte sich eine riesige Kolonie menschenfressender Haie angesiedelt, die Tag und Nacht Nahrung bekam. Der britische Konsul schätzte die Todesrate auf der kurzen Überfahrt vom Festland zur Insel auf vierzig Prozent.

»Fünf Millionen seit der Jahrhundertwende«, flüsterte Robyn, »fünf Millionen Seelen. Kein Wunder, daß man den Sklavenhandel als das größte Verbrechen in der Geschichte der Menschheit bezeichnet.«

Sie überflog die Profite, die ein erfolgreicher Händler erwarten durfte. Im Innern Afrikas, so hatte Fuller Ballantyne berichtet (den Namen ihres Vaters gedruckt zu lesen machte sie stolz und traurig), war ein guter Sklave für eine Tasse voll Porzellanperlen zu haben, zwei Sklaven für eine veraltete Muskete. An der Küste kostete derselbe Sklave zehn Dollar, und auf den Märkten Brasiliens fünfhundert. Aber sobald man den Sklaven nach Norden brachte, erhöhte sich das Risiko des Händlers, und der Preis stieg dramatisch: tausend Dollar in Kuba, tausendfünfhundert in Louisiana.

Robyn ließ das Heft sinken und überlegte. Der englische Kapitän hatte behauptet, die *Huron* könnte zweitausend Sklaven aufnehmen. Bei der Landung in Amerika hätte ihre Fracht den unglaublichen Wert von drei Millionen Dollar, ein Betrag, mit dem man fünfzehn Schiffe wie dieses kaufen konnte. Eine einzige Fracht brachte einem Händler unvorstellbaren Reichtum, und kein Risiko schien ihm zu groß. Aber waren Kapitän Codringtons Anschuldigungen begründet? Robyn wußte, daß man andererseits den Offizieren der *Royal Navy* vorwarf, ihr Eifer entspringe weniger der Liebe zur Menschheit als der Gier nach Prisengeld.

Sie suchte in der Broschüre nach den Einzelheiten der Ausrüstungsklausel. Um ein Schiff zu beschlagnahmen, so stellte sie fest, genügte einer der folgenden Tatbestände: Wenn die Schiffsluken mit Gittern versehen waren, um eine Durchlüftung des Laderaums zu ermöglichen; wenn sich im Laderaum Schotte befanden, die die Einrichtung von Sklavendecks erleichterten; wenn man Ketten, Fußeisen und Fesseln fand; wenn es verdächtig viel Wasser, Reis oder Mehl an Bord gab, mehr als für Mannschaft und Passagiere notwendig war.

Die Männer, die von einer Beschlagnahme finanziell profitierten, waren mit großer Macht ausgestattet. Gehörte Kapitän Codrington zu ihnen? War der helle, fanatische Blick nur eine Tarnung der Gier nach Geld und Bereicherung? Robyn hoffte, daß dies der Fall war oder daß er sich zumindest im Fall der *Huron* geirrt hatte. Warum aber hatte Kapitän St. John in dem Augenblick, in dem er den britischen Kreuzer sah, die Flucht ergriffen?

Robyn war verwirrt und bedrückt; sie brauchte Trost. Zouga saß in seiner Kabine und studierte, eine Zigarre im Mund, die Aufstellung der Ausrüstung, die sie in Kapstadt noch kaufen mußten.

Als Robyn anklopfte, begrüßte er sie lächelnd. »Sissy, fühlst du dich gut? Das war eine höchst unerfreuliche, wenn auch notwendige Affäre. Ich hoffe, sie hat dich nicht aus der Fassung gebracht.«

»Der Mann wird genesen«, erwiderte sie kurz und setzte sich.

Zouga wechselte das Thema. »Manchmal denke ich, es wäre besser, wir hätten weniger Geld zur Verfügung. Es führt uns in Versuchung, zu viele Dinge für unsere Expedition zu kaufen. Papa machte die Transversa mit fünf Trägern, wir werden mindestens hundert brauchen.«

»Zouga, ich muß mit dir sprechen. Das ist die erste Gelegenheit, die ich habe.« Als wisse er, was sie zu sagen hatte, zeigte sich ein Anflug von Abscheu auf seinen harten Zügen. Doch bevor er abwehren konnte, platzte sie heraus: »Ist dieses Schiff ein Sklavenschiff, Zouga?«

Zouga nahm die Zigarre aus dem Mund und betrachtete, bevor er antwortete, nachdenklich deren Spitze. »Sissy, ein Sklavenschiff stinkt so unmenschlich, daß man es fünfzig Meilen gegen den Wind riecht, und selbst wenn die Sklaven ausgeladen sind, gibt es kein Mittel, den Gestank zu entfernen. Die *Huron* riecht nicht nach Sklaven.«

»Das Schiff ist auf seiner ersten Reise unter dem neuen Besitzer«, erinnerte ihn Robyn. »Codrington warf Kapitän St. John vor, die Profite von früheren Reisen für den Ankauf verwendet zu haben.«

»Mungo St. John ist ein Gentleman.«

Zougas Stimme wurde ungeduldig.

»Davon bin ich überzeugt.«

»Die Plantagenbesitzer in Kuba und Louisiana gehören zu den elegantesten Gentlemen der Welt.«

»Ich akzeptiere sein Wort als Gentleman«, gab Zouga scharf zurück.

»Bist du nicht etwas übereifrig, Zouga?« fragte sie mit scheinbarer Sanftmut, doch ihre Augen funkelten und wurden grün wie Smaragde. »Würde es deine Pläne nicht empfindlich stören, wenn wir uns an Bord eines Sklavenschiffes befänden?«

»Verdammt noch mal, Mädchen, ich habe sein Wort.« Jetzt war Zouga wirklich ärgerlich. »St. John betreibt ehrlichen Handel. Er hofft auf eine Fracht Palmöl und Elfenbein.«

»Hast du ihn gebeten, den Laderaum inspizieren zu dürfen?«

»Er hat mir sein Wort gegeben.«

»Wirst du ihn bitten, den Laderaum zu öffnen?«

Zouga zögerte einen Moment, dann war sein Entschluß gefaßt. »Nein«, sagte er nachdrücklich. »Das wäre eine Beleidigung, die er mit Recht übelnehmen würde.«

»Und wenn du das fändest, was zu finden du Angst hast, würde es den Zweck unserer Expedition in ein schiefes Licht bringen«, stimmte sie zu.

»Als Leiter der Expedition habe ich eine Entscheidung zu treffen ...«

»Papa ließ sich auch nie durch etwas aufhalten, nicht einmal durch Mama oder durch seine Familie ...«

»Sissy, wenn du bei unserer Ankunft am Kap immer noch dieser Ansicht bist, werden wir mit einem anderen Schiff nach Quelimane fahren. Bist du damit zufrieden?«

Sie antwortete nicht, sondern starrte ihn vorwurfsvoll an.

»Selbst wenn wir Beweise finden.« Er hob aufgeregt die Arme. »Was können wir dagegen tun?«

»Wir könnten eine beeidete Aussage bei der Admiralität in Kapstadt deponieren.«

»Sissy.« Er seufzte. Sie war allzu hartnäckig. »Willst du denn nicht verstehen? Wir können nichts gewinnen, wenn ich St. John herausfordere. Wenn unser Verdacht unbegründet ist, sind wir in einer verdammt peinlichen Situation. Wenn das Schiff, was ich nicht glaube, tatsächlich für die Aufnahme von Sklaven eingerichtet ist, befänden wir uns in ziemlich großer Gefahr. Unterschätze diese Gefahr nicht, Robyn. St. John ist ein entschlossener Mann.« Er hielt inne und schüttelte energisch den Kopf, daß die eleganten Locken flogen. »Ich werde weder dich noch mich und die Expedition einem Risiko aussetzen. Das ist meine Entscheidung, und ich verlange, daß du dich danach richtest.«

Nach einer langen Pause sagte sie: »Gut, Zouga.«

Seine Erleichterung war deutlich. »Ich bin dankbar für dein Verständnis, meine Liebe.« Er beugte sich hinunter und küßte sie auf die Stirn. »Darf ich dich zum Dinner führen?«

Sie wollte eben ablehnen und erklären, daß sie lieber allein in ihrer Kabine essen wollte, als ihr eine Idee kam.

»Danke, Zouga.« Sie schenkte ihm eines ihrer seltenen, strahlenden Lächeln, das ihn sofort versöhnte. »Ich muß mich glücklich schätzen, eine so reizende Begleiterin zu haben.«

Sie saß zwischen St. John und ihrem Bruder, und hätte ihr Bruder sie nicht so gekannt, er hätte gedacht, daß sie schamlos mit dem Kapitän flirtete. Sie lächelte und strahlte, lehnte sich vor, um aufmerksam zuzuhören, wenn er etwas sagte, füllte sein Glas, wenn es noch halb voll war, und lachte entzückt über seine trockenen Witze.

Zouga war erstaunt und ein wenig verängstigt über diese plötzliche Verwandlung, während St. John sie noch niemals so erlebt hatte und seine Verwunderung hinter einem amüsierten Lächeln verbarg. Doch in dieser Laune war Robyn Ballantyne tatsächlich eine angenehme Gesellschaft. Ihr eher scharfes Gesicht wurde weich und beinahe hübsch, während ihre größten Atouts – das Haar, die makellose Haut, die Augen und die schönen weißen Zähne – im Lampenlicht schimmerten. Mungo St. Johns Laune hob sich, er lachte viel, und offensichtlich war sein Interesse geweckt. Da Robyn ihm fortwährend nachschenkte, trank er mehr als an irgendeinem Abend vorher, und als der Steward einen guten Rosinenpudding servierte, rief er nach einer Flasche Brandy, um ihn hinunterzuspülen. Zouga ließ sich ebenfalls von der seltsam fröhlichen Stimmung anstekken und protestierte ebenso lauthals wie St. John, als Robyn plötzlich erklärte, erschöpft zu sein, und aufstand. Sie blieb hart.

Als sie in ihrer Kabine leise mit den Vorbereitungen begann, hörte sie immer noch gelegentliches Gelächter aus dem Salon. Sie kniete vor dem Schrankkoffer und kramte eine Männerhose, ein Flanellhemd, eine Krawatte, eine hochgeschlossene Jacke und abgetragene kurze Stiefel hervor. Das war ihre Uniform und Verkleidung als Medizinstudentin im St.-Matthew-Spital gewesen. Sie zog sich nackt aus, genoß einen Augenblick das Gefühl verbotener Freiheit und musterte sich sogar von oben bis unten. Sie war nicht ganz sicher, ob es eine Sünde war, sich am eigenen Körper zu erfreuen, aber vermutlich war es das.

Ihre Beine waren gerade und kräftig, die zarte Rundung

ihrer Hüften ging in eine schmale Taille über, der Bauch war flach mit einer interessanten kleinen Wölbung unter dem Nabel. Aber das war ganz sicherlich sündiges Terrain, darüber gab es keinen Zweifel. Trotzdem konnte sie der Versuchung nicht widerstehen, ihren Blick darauf ruhen zu lassen. Natürlich wußte sie über die Funktionen des weiblichen Körpers genau Bescheid, aber die Gefühle, die sie hervorriefen, waren verwirrend, denn von ihnen hatte man ihr in St. Matthew nichts erzählt. Rasch wandte sie den Blick ab, steckte das Haar hoch und verbarg es unter einer weichen Stoffkappe.

Ihre Brüste waren rund wie reifende Äpfel. Diese Ähnlichkeit mit Früchten gefiel ihr, und sie verbrachte etwas mehr Zeit als nötig mit dem Aufsetzen der Kappe, während sie ihren Busen betrachtete. Doch dann streifte sie schnell das Hemd über, stieg in die Hose, zog die Stiefel an und schnallte den Gürtel fest. Aus ihrem kleinen Koffer nahm sie eine Rolle mit Instrumenten, wählte ein großes scharfes Skalpell, ließ die Klinge herausklappen und prüfte sie mit dem Daumen. Sie war scharf wie eine Rasierklinge. Dann schloß sie das Skalpell und steckte es in die Hüfttasche. Es war die einzige Waffe, die sie besaß.

Jetzt war sie bereit. Sie löschte das Licht und legte sich angekleidet in die Koje, zog die rauhe Wolldecke bis zum Kinn hoch und wartete. Das Gelächter im Salon wurde ausgelassener; vermutlich sprach man der Brandyflasche ordentlich zu. Viel später hörte sie den schweren, unsicheren Schritt ihres Bruders auf der Treppe und dann nur noch das Ächzen des Holzes, als das Schiff sich in den Wind legte, und irgendwo weit weg das regelmäßige Klopfen eines Ausrüstungsgegenstandes, der sich gelockert hatte.

Endlich war es zwei Uhr morgens, die Stunde, in der Körper und Seele des Menschen am müdesten sind. Leise stand sie auf, nahm die abgedunkelte Laterne und verließ die Kabine. Im Salon brannte immer noch eine rauchende Öllampe und warf tanzende Schatten auf die hölzernen

Schotte, während die leere Brandyflasche auf dem Boden hin und her rollte. Robyn zog die Stiefel aus und stellte sie zum Eingang, dann ging sie barfuß durch den Korridor zum Heck.

Die Tür von St. Johns Kabine war geschlossen. Langsam schlich sie darauf zu, und endlich umfaßten ihre Finger die Messingklinke. »Bitte, lieber Gott«, flüsterte sie und drückte sie unendlich langsam herab. Die Tür öffnete sich einen Spalt, weit genug, daß sie einen Blick in die Kabine werfen konnte. Man hatte die Deckplanken der Kabine ausgesägt, so daß der Kapitän sogar vom Bett aus den Kompaß sehen konnte und über den Kurs Bescheid wußte. Der Kompaß war von dem gelben Schein einer Laterne erhellt, und in ihrem Licht sah Robyn sich in der Kabine um.

Offensichtlich hatte der Kapitän, bevor er schlafen gegangen war, den Inhalt seiner Taschen auf den Schreibtisch geleert. Zwischen Seekarten und Papieren lagen ein Klappmesser, ein silbernes Zigarrenetui, eine kleine, mit Gold eingelegte Taschenpistole, ein paar Elfenbeinwürfel, wie sie Berufsspieler gern benutzen – Zouga und St. John mußten gewürfelt haben, nachdem sie sie allein gelassen hatte –, und jener Schlüsselbund, den sie zu finden hoffte. Zentimeter um Zentimeter öffnete Robyn die Tür, den dunklen Alkoven nicht aus den Augen lassend. Bei jeder Bewegung des Schiffes bewegte sich auch der Vorhang vor der Schlafkoje, und Robyns Nerven waren zum Zerreißen gespannt, wenn sie daran dachte, daß der Mann jede Sekunde auf sie zuspringen konnte.

Als die Tür weit genug geöffnet war, mußte sie ihre ganze Willenskraft zusammennehmen, um den ersten Schritt in die Kabine zu tun. In der Mitte des Raumes hielt sie inne; jetzt war sie kaum einen Meter von der Schlafstelle entfernt. Durch den kleinen Spalt in den Vorhängen sah sie nacktes Fleisch und hörte das regelmäßige Atmen des Schlafenden. Das beruhigte sie ein wenig, und sie ging rasch zu dem Schreibtisch.

Da sie nicht wußte, welcher Schlüssel den Proviantraum sperrte, nahm sie den ganzen Bund an sich. Das bedeutete, daß sie später wieder in die Kabine zurückkehren mußte. Ob sie den Mut dazu haben würde, wußte sie nicht, und als sie den Schlüsselbund aufnahm, zitterte sie so, daß er klirrte. Doch hinter dem Vorhang rührte sich nichts, und sie lief rasch und leise zur Tür.

Erst als sich die Tür hinter ihr geschlossen hatte, wurde der Vorhang zurückgerissen, und Mungo St. John sprang aus dem Bett. Mit zwei Schritten hatte er den Schreibtisch erreicht.

»Die Schlüssel«, zischte er wütend und griff nach seinen Hosen. Dann bückte er sich, nahm die Duellpistolen aus der Rosenholzkassette, steckte sie in den Gürtel und eilte zur Tür.

Beim dritten Versuch fand Robyn den richtigen Schlüssel, und die Tür des Proviantraums öffnete sich quietschend. Sie versperrte sie hinter sich und empfand ein Gefühl der Erleichterung darüber, daß ihr jetzt niemand folgen konnte. Rasch hob sie die Abdeckung der Laterne und sah sich um.

Der Raum wurde für die Vorräte der Offiziere benutzt. Große geräucherte Schinken und Dörrwürste hingen von der Decke, auf den Regalen lagen dicke Käselaibe, Konserven und schwarze Flaschen mit in Wachs getauchten Korken, Mehl- und Reissäcke. Vor sich sah Robyn eine Tür, deren Riegel mit einem riesigen Schloß gesichert war. Der Schlüssel, den sie endlich fand, war so dick wie ihr Mittelfinger, und sie brauchte ihre ganze Kraft, um die kleine Tür aufzuschieben. Dann bückte sie sich, um durch die niedrige Öffnung zu schlüpfen.

Mungo St. John hörte das Quietschen des Holzes und lief die Treppe zum Proviantraum hinunter. Die entsicherte Pistole in der Hand, lauschte er einen Augenblick lang, bevor er die Klinke herabdrückte und die Tür verschlossen fand. Barfuß lief er zur Kabine des ersten Maates hinauf. Tippoo war sofort hellwach, als ihn der Kapitän an der massigen Schulter berührte, und in der Dunkelheit leuchteten seine Augen wie die eines wilden Tieres.

»Jemand ist im Laderaum eingebrochen«, fauchte St. John.

Tippoo richtete sich auf – eine riesige dunkle Gestalt. »Wir werden ihn finden«, murmelte er und band sich einen Lederschurz um die Taille. »Wir werden ihn den Fischen zum Fraß vorwerfen.«

Der Laderaum schien groß wie eine Kathedrale; der Strahl der Laterne drang nicht bis in die äußersten Ecken. Überall türmte sich Frachtgut, da und dort bis zu einer Höhe von fünf Metern. Robyn sah sofort, daß die Fracht so verstaut war, daß jedes Stück einzeln identifiziert und gelöscht werden konnte. Das war offenbar wichtig auf einem Schiff, das viele Häfen anlief. Sie stellte auch fest, daß alles sorgfältig gepackt und gekennzeichnet war. Irgendwo entdeckte sie die Ausrüstung ihrer eigenen Expedition; »Ballantyne Afrika Expedition« stand in schwarzen Buchstaben auf dem rohen weißen Holz.

Sie kletterte über Kisten und Säcke, um festzustellen, ob es offene Gitter gab, doch die Wände entlang war weißes Segeltuch gespannt. Sie beugte sich vor, über ein paar große Kisten, um unter dem Tuch nach einem Gitter zu tasten, aber gerade da schlingerte das Schiff, und sie fiel zwischen die Kisten. Es gelang ihr gerade noch, die Laterne festzuhalten; das heiße Öl lief ihr über die Hand und verbrannte sie.

Wieder kroch sie über die Kistenberge und suchte nach Beweisen, die sie nicht zu finden hoffte. Sie fand keine Trennwände, doch dort, wo der Hauptmast in den Laderaum hineinragte und im Kiel endete, gab es eine Reihe von Keilen, die an dem dicken Stamm der norwegischen Tanne angebracht waren. Vielleicht sollten sie die Sklavendecks tragen. Robyn kniete neben dem Mast nieder und sah an der Schiffswand in der Höhe der Keile massive Holzleisten. Vermutlich waren es die Auflagen für die äußeren Enden der Sklavendecks. Der Abstand der Leisten betrug etwa zweieinhalb bis drei Fuß, und sie hatte gelesen, daß dies die durchschnittliche Höhe zwischen den Decks eines Sklavenschiffes war.

Sie versuchte sich vorzustellen, wie dieser Raum aussah, wenn die Reihen von Decks installiert waren, gerade hoch genug, daß ein Mann gebückt hineinkriechen konnte. Sie zählte die Leisten; es waren fünf – fünf Decks, und auf jedem Reihen von schwarzen Menschen, zusammengepfercht wie Sardinen, die in ihrem eigenen Kot lagen und in jenem der Sklaven über ihnen, deren Exkremente durch die Bretter tropften. Sie versuchte sich die Hitze in den Zwischendecks vorzustellen, wenn das Schiff in einer glühenden Flaute lag, sie versuchte, sich zweitausend Menschen vorzustellen, die erbrachen, wenn das Schiff in die wilde See von Mozambique tauchte. Sie versuchte sich eine Cholera- oder Pockenepidemie unter diesen Unglücklichen auszumalen, aber ihre Phantasie reichte nicht aus, und sie verdrängte diese Bilder des Schreckens. Langsam kroch sie weiter, leuchtete mit der Laterne in alle Ecken und suchte nach handfesteren Beweisen als den schmalen Leisten.

Falls Planken an Bord waren, hatte man sie flach auf den Boden unter die Fracht gelegt, und sie konnte sie sehen. An die vordere Schotte war ein Dutzend riesiger Fässer geschraubt. Es konnten Wasser- oder Rumfässer sein; vielleicht wurde Rum durch Wasser ersetzt, wenn die Sklaven an Bord kamen.

Robyn setzte sich auf einen der Säcke, öffnete ihn mit dem Skalpell, steckte die Hand hinein und besah im Lampenlicht den Inhalt. Es waren lange Reihen Porzellanperlen – ein *bitil* Perlen war so lang wie die Entfernung zwischen Fingerspitze und Handgelenk, vier *bitil* ergaben ein *kehte*. Diese roten Perlen waren die beliebtesten und hießen *sam*

sam. Ein Angehöriger eines primitiven Stammes war bereit, seine Schwester für ein *kehte*, seinen Bruder für zwei zu verkaufen.

Robyn kroch weiter, über Ballen von Baumwolltuch, *merkani* genannt, aus den Spinnereien von Salem, und über karierten Stoff aus Manchester, das sogenannte *kaniki*. Es gab längliche Holzkisten, und Robyn nahm an, daß sie Musketen enthielten. Feuerwaffen waren jedoch eine beliebte Handelsware an der Küste und kein Beweis für die Absicht, Sklaven zu kaufen – man konnte sie ebensogut gegen Elfenbein oder Kopal eintauschen.

Erschöpft lehnte sie sich gegen einen Ballen *merkani*-Tuch und spürte, wie sich etwas in ihren Rücken bohrte. Sie drehte sich um und schlitzte den Ballen auf. Zwischen dem Tuch kam etwas Schwarzes, Kaltes zum Vorschein. Es war ein schweres, gebogenes Stück Eisen, und sie erkannte es sofort. Die Afrikaner nannten es »Armband des Todes«. Hier hatte sie einen unwiderlegbaren Beweis vor sich – diese Handschellen waren das unverwechselbare Zeichen des Sklavenhandels.

Robyn riß den Ballen weiter auf und fand zwischen Tuchlagen versteckt Hunderte und Hunderte dieser Eisen. Sie nahm eines an sich, um es ihrem Bruder zu zeigen, und machte sich, plötzlich von dem dringenden Wunsch beseelt, diese dunkle Höhle voll bedrohlichem Schatten zu verlassen, auf den Weg zum Ausgang in den Proviantraum.

Sie hatte die Luke beinahe erreicht, als sie am Deck über sich Lärm hörte und vor Schreck wie gelähmt stehenblieb. Mit lautem Krachen flog die Falltür auf, und eine riesige dunkle Gestalt ließ sich auf die Stoffballen fallen.

Wilde Panik erfaßte Robyn. Da war jemand mit ihr im Laderaum. Die Gestalt, die sie einen Augenblick lang gesehen hatte, war unverkennbar; es war Tippoo. Sie stellte sich die große, krötenähnliche Gestalt vor, die sich ihr in der Dunkelheit näherte, und konnte beinahe die rosa Zunge sehen, die über die dicken, grausamen Lippen leckte. Sie verlor das Gleichgewicht und stieß im Fallen heftig gegen eine der Holzkisten, ließ die Laterne los, die verlöscht war, und konnte sie nicht mehr finden. Als sie wieder auf die Knie kam, hatte sie in dem dunklen Raum jede Orientierung verloren.

Sie wußte, daß es ihre beste Verteidigung war, still zu bleiben, bis sie den Mann lokalisieren konnte. Der Puls dröhnte ihr in den Ohren wie Trommelschlag, und das Herz schien ihr im Hals zu stecken, so daß sie um jeden Atemzug kämpfen mußte. Sie versuchte festzustellen, wo der Ausgang war, wußte jedoch, daß sie ihn nur finden konnte, wenn sie sich die Wand entlangtastete. Das zu tun, während dieses groteske Geschöpf auf sie Jagd machte, flößte ihr eisigen Schrecken ein. Sie machte sich so klein wie möglich und lauschte.

In nächster Nähe hörte sie, wie sich etwas bewegte. Sie hielt den Schreckensschrei zurück, bevor er sich ihrer Kehle entrang, hob den Arm, um den Kopf zu schützen, und wartete auf einen Schlag, der nicht kam. Statt dessen hörte sie wieder ein Geräusch, und etwas fuhr über ihr Gesicht. Sie fiel nach rückwärts, schrie auf und schlug wild mit den Handschellen um sich.

Das Ding war haarig und flink und quietschte auf, als sie wieder und wieder zuschlug. Dann war es verschwunden, sie hörte Getrappel auf den Holzkisten und wußte, daß es eine der riesigen Schiffsratten gewesen war.

Robyn zitterte, aber ihre Erleichterung dauerte nur kurz. Plötzlich blendete sie ein Lichtstrahl, und der Schein einer Lampe irrte durch den Raum. Dann wurde die Lampe wieder gelöscht, und die Dunkelheit schien noch erdrükkender als zuvor.

Der Jäger hatte ihren Aufschrei gehört, hatte die Laterne in ihre Richtung geschwenkt und sie vermutlich entdeckt, denn sie war aus ihrem Versteck zwischen den Kisten hervorgekrochen. Wenigstens wußte sie, wohin sie sich bewegen mußte; der kurze Lichtstrahl hatte ihr den Ausgang gezeigt. Sie kroch über Stoffballen, hielt inne und überlegte. Tippoo mußte wissen, wie sie in den Frachtraum gelangt war, und nahm bestimmt an, daß sie auf gleichem Weg fliehen wollte. Sie durfte nicht geradewegs in eine Falle laufen.

Sie hob die Eisenkette hoch und erkannte plötzlich, daß diese eine ungleich bessere Waffe war als ihr Skalpell. Eine Waffe! Zum erstenmal dachte sie daran, sich zu verteidigen und sich nicht wie ein Küken vor dem Habicht zu ducken. »Robby war immer die Mutige«, es war, als hörte sie wieder die Stimme ihrer Mutter, wenn sie sich erfolgreich gegen die Raufbolde im Dorf verteidigt hatte. Mit der Kette in der Rechten kroch sie vorsichtig zum Ausgang. Jetzt war sie fast auf einen Meter herangekommen, und hier würde der Unbekannte sie erwarten.

Sie hockte sich hin, den Rücken an die Wand gelehnt, und wartete, bis das Klopfen ihres Herzens sich beruhigt hatte, um zu lauschen. Aber jeder Lärm wurde von dem Ächzen und Stöhnen des hölzernen Schiffrumpfes übertönt. Robyn rümpfte die Nase; da war ein neuer Geruch, der Geruch heißen Öls in einer verdunkelten Lampe, die sehr nahe war. Sie nahm das Skalpell in die linke Hand und warf es nahe genug, um Tippoo zu einer Bewegung zu zwingen, aber weit genug, daß er sich von ihr fortbewegte.

Das kleine Geschoß fiel weich auf, aber dann schlitterte es am Boden dahin, und sofort wurde es hell. Tippoos monströse Gestalt sprang aus der Dunkelheit auf – riesig, bedrohlich und unglaublich nahe. Er sah in die andere Richtung, doch nur einen Augenblick. Als er merkte, daß vor ihm niemand war, reagierte er schnell wie ein Tier, zog den großen runden Kopf ein und drehte sich um.

Robyn reagierte instinktiv. Die Eisenkette beschrieb im Lampenlicht einen funkelnden Kreis, und die schwere Fessel traf Tippoo mit einem Geräusch, das wie das Knacken eines brechenden Astes klang, genau an der Schläfe. Der gelbe Schädel öffnete sich, als wäre er eine mit rotem Samt gefütterte Geldbörse. Tippoo taumelte. Robyn zog die Kette ein und legte das Gewicht ihres Körpers und ihre ganze Angst in den nächsten Schlag. Wieder platzte eine tiefe rote Wunde auf dem glänzenden Schädel auf, und Tippoo sank in die Knie, eine Stellung, die er oft einnahm, wenn er auf dem Achterdeck sein Gebet gegen Mekka verrichtete. Auch diesmal berührte er mit der Stirn den Boden, aber jetzt tropfte Blut herab und bildete eine kleine Lache.

Die immer noch brennende Laterne fiel zu Boden, und in ihrem Licht sah Robyn, wie der schwere Körper auf die Seite rollte. Von Tippoos Augen war nur das Weiße zu sehen, und die dicken Beine zuckten krampfartig. Robyn starrte auf den niedergestreckten Riesen, und schon verspürte sie das Verlangen, ihm zu helfen. Doch nur sekundenlang. Tippoos gelb glänzender Körper hob sich, die Bewegungen der Glieder waren nicht mehr krampfig, sondern koordiniert, der Kopf drehte sich vorsichtig von einer Seite zur anderen.

Es war unglaublich: Dieser Mann war von den schweren Schlägen nur sekundenlang betäubt gewesen, und sehr bald würde er wieder bei vollem Bewußtsein sein und gefährlicher sein als zuvor. Aufschluchzend floh Robyn zur Falltür des Proviantraums. Auf Händen und Knien kroch Tippoo ihr nach, und als sie die Tür hinter sich geschlossen und den Riegel an seinen Platz geschoben hatte, krachte Tippoos Schulter mit einer Gewalt gegen die Tür, daß die Pfosten erbebten.

Robyn war so zittrig, daß es ihr erst beim dritten Mal gelang, Vorhängeschloß und Kette anzubringen, dann ließ sie sich zu Boden sinken und schluchzte, bis die Erleichterung ihr neue Kräfte verlieh. Als sie aufstand, fühlte sie sich beschwingt und wie berauscht von einem seltsamen wilden Jubel, der ihr fremd war. Sie wußte, er entsprang dem Siegesgefühl, sich allein aus der Gefahr befreit und einen verhaßten Gegner bestraft zu haben – sie wußte auch, daß sie später Schuld empfinden würde, aber nicht jetzt.

Sie öffnete die Türe zum Salon, und ihr Hochgefühl wich neuer Panik. Kaum hatte sie festgestellt, daß jemand die Lampe heruntergeschraubt hatte, als Finger von hinten nach ihrem Handgelenk griffen und sie zu Boden zwangen, während ihr der Arm schmerzhaft hinauf und zwischen die Schulterblätter gedreht wurde.

»Halt ruhig, verdammter Kerl, oder ich dreh' dir den Hals um.« Leise und wütend klang Mungo St. Johns Stimme an ihr Ohr.

Der Arm mit der Kette war unter ihr eingeklemmt, und jetzt preßte ihr der Mann ein Knie ins Kreuz, so daß sie laut aufschreien wollte vor Schmerz.

»Tippoo hat dich rasch gefunden«, murmelte St. John mit grimmiger Befriedigung. »Jetzt wollen wir dich mal ansehen – bevor wir dich auf den Rost binden.«

Er riß ihr die Kappe herunter, und sie hörte seinen erstaunten Ausruf, als ihr Haar in glänzenden Wellen herabfiel. Sein Griff und der Druck seines Knies auf ihr Kreuz ließen nach. Er packte sie grob an den Schultern und drehte sie um, um ihr Gesicht zu sehen. Sie leistete keinen Widerstand, doch als ihr Arm frei war, schleuderte sie ihm die Kette ins Gesicht. Er hob beide Hände, um den Schlag abzuwehren. Wie ein Aal schlüpfte sie blitzschnell unter ihm durch und floh zur Tür des Salons.

Er war rascher als sie, und seine Finger waren wie Stahl. Er erwischte ihr Hemd und zerriß den abgetragenen Stoff vom Kragen bis zum Saum. Wieder schlug sie auf ihn ein, doch diesmal war er darauf gefaßt und packte sie am Handgelenk. Sie trat wild nach seinen Schienbeinen, und es gelang ihr, einen Fuß um sein Bein zu schlingen, so daß sie beide zu Boden fielen. Bedenkenlose, rasende Tollheit überkam Robyn, und sie fauchte wie eine Katze, während sie mit den Nägeln nach seinen Augen zielte und einen blutigen Striemen an seinem Hals aufriß. Die Fetzen ihres Hemdes flatterten ihr um die Taille, und das grobe Brusthaar ihres Feindes rieb an den zarten Spitzen ihrer Brüste.

Undeutlich bemerkte sie, daß er nur Breeches anhatte, und der Geruch seines Körpers drang ihr in die Nüstern, während er sie zu bändigen suchte.

Sie wollte in sein gerötetes Gesicht beißen, doch er packte sie an den Haaren und drehte ihr den Kopf um. Schmerz durchflutete sie und schien sich irgendwo unterhalb des Nabels in warmen weichen Zuckungen aufzulösen, die ihr den Atem nahmen. Sie spürte, wie die Kräfte sie verließen, und starrte ermattet und erstaunt in das Gesicht des Mannes, als hätte sie es nie zuvor gesehen. Sie sah die weißen Zähne und den Blick der wilden Augen, in dem die gleiche Tollheit lag, die sie selbst verspürte.

In einem letzten schwachen Versuch, ihn zurückzustoßen, hob sie das Knie und zielte auf seinen Unterleib, aber er klemmte es zwischen seinen Beinen fest, beugte sich über sie und sah auf ihren nackten Busen hinab.

»Heilige Mutter Gottes!« stöhnte er. Sie sah die Adern seines Halses anschwellen, sah das heiße Feuer in seinen Augen und konnte sich nicht bewegen – selbst als er ihr Haar losließ, mit den Händen über ihren Körper strich und zuerst die eine, dann die andere kleine Brust umfaßte.

Er nahm die Hände weg, aber es war ihr, als spürte sie die Berührung weiterhin wie die Flügel eines Schmetterlings. Dann waren die Finger wieder da und rissen an dem Verschluß ihrer Hose. Robyn schloß die Augen und weigerte sich, zur Kenntnis zu nehmen, was geschehen würde. Sie wußte, daß sie nicht entkommen konnte, und stieß einen leisen Schrei aus, erfüllt von einem merkwürdigen Stolz auf das bevorstehende Martyrium.

Dieser Schrei aber schien etwas in ihm auszulösen. Sein verhangener Blick wurde klar, der begierige Ausdruck wich Unsicherheit und Schrecken, als er auf den vor ihm liegenden weißen Körper starrte. Rasch wich er zurück.

»Bedeck dich!« sagte er böse, und ein kaltes Gefühl des Verlustes überwältigte sie, gefolgt von Scham und Schuld.

Mühsam richtete sie sich halb auf und schob ihre Kleidung zurecht. Sie zitterte am ganzen Leib, aber nicht vor Kälte.

»Du hättest dich nicht wehren sollen«, sagte er, und obwohl er sich offensichtlich zu beherrschen versuchte, war seine Stimme ebenso unsicher wie die ihre.

»Ich hasse dich«, flüsterte sie töricht, und dann haßte sie ihn wirklich. Sie haßte ihn, weil er solche Gefühle in ihr erweckt hatte, sie haßte ihn, weil sie Scham und Schuld empfand, sie haßte ihn, weil er sie mit einem Gefühl zurückließ, etwas verloren zu haben.

»Ich sollte dich umbringen«, knurrte er. »Tippoo sollte dich umbringen.«

Sie empfand keine Angst bei seinen Worten. Notdürftig angekleidet, kniete sie immer noch vor ihm.

»Geh!« Er schrie sie beinahe an. »Geh zurück in deine Kabine.«

Langsam stand sie auf, zögerte einen Augenblick und wandte sich der Treppe zu.

»Doctor Ballantyne!« Sie drehte sich um. Er war aufgestanden und lehnte jetzt an der Tür des Quarantäneraumes, die Schlüssel in einer, die Eisenfessel in der anderen Hand. »Es wäre besser, Ihrem Bruder nicht mitzuteilen, was Sie heute nacht entdeckt haben.« Seine Stimme war jetzt völlig beherrscht, kalt und leise. »Mit ihm hätte ich nicht die gleichen Skrupel. In vier Tagen sind wir in Kapstadt«, fuhr er fort. »Dann können Sie tun, was Ihnen beliebt. Bis dahin werden Sie mich nicht mehr herausfordern. Einmal war mehr als genug.«

Wortlos sah sie ihn an und fühlte sich klein und hilflos.

»Gute Nacht, Doctor Ballantyne.«

Sie hatte kaum Zeit, das zerrissene Hemd und die Hose in den Schrankkoffer zu verstauen, ein Nachthemd anzuziehen und in die Koje zu schlüpfen, als es an der Kabinentür klopfte.

»Wer ist da?« fragte sie atemlos.

»Ich bin es, Sissy.« Es war Zougas Stimme. »Jemand hat Tippoo den Schädel eingedroschen. Das ganze Deck ist voll von seinem Blut – kannst du kommen?«

Robyn verspürte eine höchst unchristliche Freude, die sie sofort zu unterdrücken suchte, mit wenig Erfolg.

»Ich komme.«

Im Salon befanden sich drei Männer: Zouga, der zweite Maat und Tippoo. Tippoo saß, nur mit einem Lendenschurz bekleidet, unbeweglich unter der Öllampe auf einem Stuhl. Kopf und Schultern waren blutüberströmt. Der zweite Maat preßte einen schmutzigen Wattebausch gegen Tippoos Kopf, und als Robyn die Watte wegnahm, begann das Blut wieder aus den Wunden zu sprudeln.

»Brandy«, befahl sie und wusch Hände und Instrumente in Alkohol – sie bewunderte die Lehren von Jenner und Lister und glaubte an sie –, bevor sie mit der Pinzette die Wunde untersuchte. Sie faßte die Blutgefäße mit der Pinzette und schloß sie mit einer Drehung. Tippoo bewegte sich nicht und verzog keine Miene.

»Ich muß die Wunden desinfizieren«, sagte sie, und bevor ihr Gewissen sie zurückhalten konnte, goß sie rasch den unverdünnten Brandy in die Wunden und wusch sie aus.

Tippoo saß immer noch so unbeweglich da wie die Tempelfigur eines hinduistischen Dämons.

Robyn band die Blutgefäße mit Seidenfäden ab und nähte die Wunden zu. »In einer Woche werde ich die Nähte herausnehmen«, erklärte sie ihm. Sie würde ihren Vorrat an Laudanum nicht benutzen, da dieser Mann offenbar immun gegen Schmerzen war und sie immer noch unchristliche Schadenfreude empfand.

Tippoo hob den runden Kopf. »Du guter Doktor«, sagte er feierlich, und Robyn lernte eine Lektion, die sie ihr ganzes Leben nicht vergessen würde – je stärker die Kur, je schärfer und schlechter die Medizin, je radikaler der Eingriff, desto tiefer beeindruckt war der afrikanische Patient von der Kunst des Arztes.

»Ja«, nickte Tippoo ernst. »Du verdammt guter Doktor.« Er öffnete eine seiner riesigen Pranken. In seiner Hand lag das Skalpell, das Robyn im Frachtraum verloren hatte. Ausdruckslos reichte er es ihr und verschwand mit der ihm eigenen unheimlichen Geschwindigkeit aus dem Salon. Robyn starrte ihm nach.

Die *Huron* flog nach Süden und durchpflügte mühelos die breiten Wogen des Ozeans. Sie schob sie beiseite mit ihrem Bug, ließ sie über die Reling laufen und dann achtern in das ruhige Kielwasser hinabgleiten. Seevögel begleiteten sie nun, Tölpel mit gelben Hälsen und schwarzumrandeten Augen, die von Osten kamen und kreischend nach den über Bord geworfenen Küchenabfällen tauchten. Seelöwen hoben ihre Köpfe mit den lustigen Schnurrbärten und sahen dem großen, eleganten Klipper nach.

All das waren Anzeichen des Landes, das die ganze Zeit über knapp hinter dem östlichen Horizont lag. Robyn verbrachte viele einsame Stunden an der Reling und starrte Richtung Osten. Sobald jedoch St. John erschien, eilte sie nach unten, ohne ihn auch nur eines Blickes zu würdigen, und schloß sich in ihrer Kabine ein. Selbst ihr Bruder merkte, daß irgend etwas sie bedrückte. Er versuchte Dutzende Male mit ihr zu sprechen, aber sie schickte ihn jedesmal fort.

»Mir geht es gut, Zouga. Ich möchte nur allein sein.«

Sie hatte Angst, mit ihm zu reden, Angst, ihre Entdekkung im Frachtraum zu verraten und ihn in tödliche Gefahr zu bringen. Sie kniete neben der Koje auf dem nackten Schiffsboden und flehte Gott um Erleuchtung an. Allmählich wurde ihr klar, wo ihre Pflicht lag.

Dreitausend Seelen innerhalb eines Jahres in die Sklaverei verkauft. Das hatte der Kapitän der *Royal Navy* gesagt. Wie viele Tausende noch in den kommenden Jahren, wenn niemand der *Huron* und ihrem Kommandanten das Handwerk legte, wenn niemand ihn hinderte, die Ostküste Afrikas zu entvölkern, ihr Land, ihre Leute, die zu schützen und in den Schoß der Kirche heimzuführen sie geschworen hatte.

Ihr Vater, Fuller Ballantyne, war einer der großen Kämpfer für Freiheit, ein unerbittlicher Gegner dieses abscheulichen Geschäfts. Sie war die Tochter ihres Vaters und hatte vor Gott einen Eid geschworen.

Robyn machte sich keine Illusionen über die Gefährlichkeit der Aufgabe, die Gott ihr auferlegt hatte. Sie wußte, wie leicht die Rollen vertauscht werden konnten, so daß sie nicht zur Rächerin, sondern zum Opfer wurde. Der Mann war ebenso gefährlich wie verderbt, und die Zeit war gegen sie. Zouga hatte aus der genauen Beobachtung des Sonnenstandes festgestellt, daß sie nur noch hundertfünfzig Meilen von der Tafelbucht entfernt waren, und der Wind war günstig und ausgelassen.

Am nächsten Morgen würde der große, flache Berg vor ihnen aus dem Meer aufsteigen. Es blieb keine Zeit für große Pläne. Was immer sie tun wollte, mußte rasch getan werden.

Unter ihren Medikamenten gab es ein halbes Dutzend Fläschchen, deren Inhalt den Zweck erfüllen würde – aber nein, Tod durch Gift war die abscheulichste Todesart, die sie kannte. Es mußte andere Mittel geben. Der Colt oder das Gewehr. Doch beide gehörten ihrem Bruder, und sie wollte ihn nicht in Kapstadt am Galgen baumeln sehen. Je einfacher und direkter ihr Plan war, desto größer waren die Chancen auf Erfolg. Sie glaubte zu wissen, was sie tun mußte.

Es klopfte leise an ihrer Tür, und sie fuhr auf.

»Wer ist da?«

»Jackson, Doctor.« Es war der Steward. »Im Salon ist das Dinner serviert.«

»Ich komme heute abend nicht.«

»Sie müssen bei Kräften bleiben, Madam«, sagte Jackson durch die geschlossene Tür.

»Sind Sie der Arzt oder ich?« fragte sie kurz angebunden.

Seit dem Frühstück hatte sie nichts gegessen, aber sie verspürte keinen Hunger. Eine Weile noch lag sie in der schmalen Koje, dann zog sie eines ihrer ältesten Kleider aus schwerer dunkler Wolle an.

Leise ging sie auf das Hauptdeck zur Oberlichte des Salons und sah hinunter. Mungo St. John saß am Kopfende der Tafel, tranchierte ein großes Stück gepökeltes Fleisch und lachte über einen von Zougas Scherzen. Ein kurzer Blick genügte ihr. Wenn nicht vom Ausguck gerufen wurde oder der Kurs geändert werden mußte, würde St. John noch mindestens eine halbe Stunde sitzen bleiben.

Robyn ging hinunter, vorbei an ihrer Kabine zu jener des Kapitäns. Auch diesmal war die Tür nicht verschlossen. Sie trat ein und hatte rasch in einer Schreibtischlade die Kassette mit den zwei eingelegten Duellpistolen gefunden. Robyn setzte sich aufs Bett, lud sie sorgfältig, wie sie es von ihrem Bruder gelernt hatte, und legte beide Waffen geladen und gespannt auf den Schreibtisch. Dann stand sie auf, hob den Rock hoch, zog die Unterhose aus und riß sie in Fetzen. Sie zog und zerrte an ihrem Mieder, bis Ösen und Haken nur mehr an Fäden hingen.

In dem polierten Metallspiegel neben der Tür betrachtete sie ihr Spiegelbild; ihre grünen Augen leuchteten, ihre Wangen waren gerötet. Zum ersten Mal im Leben fand sie sich schön, oder nein, nicht schön, korrigierte sie, aber stolz und wild, wie eine Rächerin auszusehen hat. Sie war froh, daß er sie so sehen würde, bevor er starb, hierauf setzte sie sich aufs Bett, nahm die Pistolen in die Hand und zielte zuerst mit einer, dann mit der anderen auf die Türklinke. Sie legte sie dann in den Schoß und wartete. Ihre Uhr hatte sie in der Kabine gelassen, sie hatte keine Ahnung, wie lange sie bereits wartete. Stimmen und Gelächter aus dem Salon drangen nicht durch die geschlossene Tür, doch jedesmal, wenn irgend etwas knarrte, spannten sich ihre Nerven an, und sie richtete die Pistolen gegen die Tür.

Dann plötzlich hörte sie Schritte. Sie waren unverkennbar seine Tritte und erinnerten sie an einen Panther im Käfig, rasch und leicht und federnd. Er war auf dem Deck über ihr, aber der Klang war so nah, daß er bei ihr in der Kabine zu sein schien. Sie wußte genau, was er tat, da sie ihn viele Tage hindurch beobachtet hatte. Zuerst würde er leise mit dem Steuermann sprechen und den Kurs des Schiffes prüfen. Dann würde er nach achtern gehen, eine dünne schwarze Havanna anzünden und auf dem Deck auf und ab schreiten, schnelle Blicke auf die getrimmten Segel werfen, während er Sterne und Wolken studierte. Plötzlich hörten die Schritte auf, und Robyn erstarrte. Jetzt hatte er den Zigarrenstummel über Bord geworfen und sah zu, wie der leuchtende Punkt auf dem dunklen Wasser auftraf.

Noch hatte sie Zeit zu fliehen. Sie stand auf. Wenn sie jetzt fortging, konnte sie ihre Kabine erreichen. Aber ihre Beine trugen sie nicht. Sie hörte ihn herunterkommen. Es war zu spät. Atemlos, mit bebenden Händen, hob sie die Pistolen. Die Tür wurde aufgerissen, und St. John bückte sich, um einzutreten. Als er die dunkle Gestalt und die beiden drohenden Pistolenläufe sah, blieb er stehen.

»Sie sind geladen und gespannt«, sagte sie rauh. »Und ich werde nicht zögern.«

»Ich verstehe.« Langsam richtete er sich auf, so daß sein dunkler Kopf das Deck über ihm berührte.

»Schließen Sie die Tür«, befahl sie, und er schob sie, die Arme über der Brust verschränkt, mit dem Fuß zu. Auf seinen Lippen lag ein spöttisches kleines Lächeln. Es bewirkte, daß sie ihre sorgfältig einstudierten Worte vergaß; sie stotterte ein wenig und war sofort wütend über sich.

»Sie sind ein Sklavenhändler«, platzte sie heraus. Er

beugte immer noch lächelnd den Kopf. »Und ich muß Sie daran hindern.«

»Wie wollen Sie das tun?« erkundigte er sich mit höflichem Interesse.

»Ich werde Sie töten.«

»Ja, das wäre eine Möglichkeit«, gab er zu. Jetzt lachte er, und seine Zähne blitzten im Halbdunkel. »Allerdings würde man Sie dafür hängen, falls meine Mannschaft Sie nicht vorher in Stücke reißt.«

»Sie haben versucht, mich zu vergewaltigen«, sagte sie. Sie blickte auf die Unterhose zu ihren Füßen und berührte mit dem Kolben der Pistole ihr aufgerissenes Mieder.

»Eine Vergewaltigung, mein Gott!« Jetzt grinste er, und sie errötete tief bei den Worten.

»Das ist nicht zum Lachen, Captain St. John. Sie haben Tausende Seelen in die furchtbarste Sklaverei verkauft.«

Er machte langsam einen Schritt auf sie zu.

»Keine Bewegung. Ich warne Sie.« In ihrer Stimme schwang Panik.

Er machte noch einen Schritt, und sie streckte ihm beide Läufe entgegen.

»Ich werde schießen.«

Das Lächeln verschwand nicht von seinen Lippen, der Blick seiner gelben Augen hielt sie, als er sich langsam näherte.

»Du hast die schönsten grünen Augen, die ich je gesehen habe«, sagte er; die Pistolen zitterten in ihren Händen.

»Gib sie mir«, sagte er sanft.

Er nahm die mit Gold eingelegten Läufe in die Hand und drehte die Mündungen aufwärts, mit der anderen Hand löste er sanft ihre Finger von Abzug und Kolben.

»Deshalb bist du nicht gekommen«, sagte er, und ihre Finger lockerten sich. Er nahm die Pistolen und sicherte sie, bevor er sie in die Kassette aus Rosenholz zurücklegte. Sein Lächeln war nicht mehr spöttisch, seine Stimme leise, beinahe zärtlich, als er sie vom Bett hinaufzog.

»Ich bin froh, daß du gekommen bist.«

Sie versuchte ihr Gesicht abzuwenden, doch er nahm ihr Kinn zwischen die Finger, und als sein Mund sich auf ihren senkte, sah sie, wie sich seine Lippen öffneten. Die warme nasse Berührung war wie ein körperlicher Schock. Sein Mund schmeckte ein wenig salzig, ein wenig nach Zigarrenrauch. Vergebens versuchte sie die Lippen zusammenzupressen; seine Zunge drang feucht und warm in ihren Mund. Er strich ihr über die Wangen, schob ihr Haar zurück, berührte ihre geschlossenen Lider – und sie hob das Gesicht der Berührung entgegen.

Selbst als er langsam die letzten Haken ihres Mieders öffnete und es abstreifte, fühlte sie nur, wie die Kräfte schwanden, so daß sie sich eng an ihn lehnen mußte. Dann lösten sich seine Lippen von den ihren, sie spürte die kühle Leere und öffnete die Augen. Ungläubig sah sie, wie sein Kopf sich über ihre Brust neigte, und blickte auf seine dunklen lockigen Nackenhaare. Sie wußte, daß dies alles jetzt aufhören mußte, bevor er das tat, was sie kaum glauben konnte. Als sie zu protestieren versuchte, drang nur ein leiser Schrei aus ihrer Kehle. Als sie seinen Kopf fortschieben wollte, verfingen sich ihre Finger in den dichten Locken, und statt ihn wegzustoßen, zog sie seinen Kopf an sich und hob den Rücken, so daß sich die Brüste ihm entgegenstreckten. Doch auf die Berührung seines Mundes war sie nicht vorbereitet; es schien, als sauge er ihr die Seele aus den schmerzenden Brustspitzen. Es war zuviel, und sie bemühte sich, nicht aufzuschreien – das letzte Mal hatte ihr Schrei den Zauber gebrochen –, aber es war zuviel.

Sie stieß einen halberstickten Schrei aus, und die Beine versagten ihr. Noch immer seinen Kopf haltend, ließ sie sich auf das Bett fallen, und er kniete neben ihr, ohne seinen Mund von ihrem Körper zu lösen. Sie erlaubte ihm, die wogenden Röcke von ihr abzustreifen, und sie fielen zu Boden.

Plötzlich stand er auf, und beinahe flehte sie ihn an, sie

nicht zu verlassen – doch er ging nur zur Tür und schloß sie ab. Als er zurückkam, warf er die Kleider von sich; Robyn richtete sich auf, um ihn anzusehen. Noch nie habe ich etwas so Schönes gesehen, dachte sie.

»Auch der Teufel ist schön«, warnte eine innere Stimme, aber sie war so leise, daß sie sie überhören konnte. Überdies war es zu spät, zu spät, um Warnungen zu beherzigen – denn jetzt lag er über ihr.

Sie war gefaßt auf Schmerzen, aber nicht auf dieses harte Eindringen, das sie zu zerreißen drohte. Sie hatte den Kopf zurückgeworfen, in ihren Augen standen Tränen. Doch selbst inmitten der höchsten Pein kam ihr nicht einmal der Gedanke, ihn fortzustoßen, und sie hielt beide Arme fest um seinen Hals geschlungen. Es schien, als leide er mit ihr, denn nach dem ersten tiefen Stoß rührte er sich nicht mehr und versuchte, dadurch ihren Schmerz zu lindern.

Dann plötzlich konnte sie wieder atmen, und sofort verwandelte sich die Pein in etwas, das sie nicht beschreiben konnte. Es begann als ein Funken Hitze tief im Inneren und flammte dann auf, so daß sie ihm mit weichen, wollüstigen Bewegungen der Hüften entgegenkam. Sie schien die Erde zu verlassen und durch Flammen fortzuschweben, die sie durch die geschlossenen Lider sehen konnte. Es gab nur diese eine Wirklichkeit – diesen harten Körper, der sich über ihr bewegte. Die Hitze erfüllte sie, bis sie kaum noch zu ertragen war. Und dann, als sie zu sterben glaubte, öffnete sich etwas in ihr – und sie spürte, daß sie fiel, wie ein Blatt, hinunter, hinunter bis zu einem harten schmalen Bett in einer halbdunklen Kabine auf einem großen Schiff auf hoher See.

Als sie die Augen öffnete, war sein Gesicht sehr nahe. Nachdenklich und ernst sah er sie an.

»Bitte sieh mich nicht so an.« Ihre Stimme war noch dunkler, noch rauchiger als sonst.

»Ich glaube, ich habe dich noch nie gesehen«, flüsterte er und strich mit dem Finger ihre Lippen entlang. »Du bist so anders.«

»Anders als wer?«

»Anders als andere Frauen.« Seine Antwort erschien ihr wie ein schmerzhafter Stich.

Er versuchte, sich von ihr zurückzuziehen, aber sie preßte ihn eng an sich, von Panik erfüllt bei dem Gedanken, ihn schon zu verlieren.

»Wir haben nur diese eine Nacht«, sagte sie, und er antwortete nicht.

Mit hochgezogenen Brauen wartete er, daß sie weitersprach.

»Du leugnest es nicht«, sagte sie herausfordernd. Das kleine spöttische Lächeln erschien wieder, und es ärgerte sie.

»Nein, ich habe mich geirrt, du bist nicht anders als andere Frauen.« Er lächelte. »Ihr müßt immer reden. Immer reden.«

Um ihn für seine Worte zu bestrafen, ließ sie ihn los, doch als er sich erhob, verspürte sie eine furchtbare Leere, und sie haßte ihn dafür.

»Du kennst keinen Gott«, sagte sie anklagend.

»Ist es nicht seltsam«, erwiderte er sanft, »daß die schlimmsten Verbrechen der Geschichte von Männern begangen wurden, die Gottes Namen auf den Lippen führten?«

Die Wahrheit dieser Feststellung verschloß ihr einen Augenblick den Mund.

»Du bist Sklavenhändler.«

»Weißt du, ich möchte eigentlich nicht mit dir streiten.«

»Du kaufst und verkaufst Menschen.«

»Was willst du damit sagen?« Er grinste und brachte sie noch mehr auf.

»Ich will dir sagen, daß zwischen uns ein Abgrund besteht, der sich nicht überbrücken läßt.«

»Eben haben wir es ausgezeichnet zustande gebracht.«

Bei seinen Worten wurde sie blutrot. »Ich habe geschworen, mein Leben damit zu verbringen, all das zu beseitigen, wofür du eintrittst«, sagte sie zornig.

»Mädchen, du redest zuviel«, meinte er gelassen, küßte sie auf den Mund, hielt sie fest und erstickte alle ihre Einwände und Proteste. Als sie aufhörte, sich zu wehren, legte er sie mühelos aufs Bett; und wieder war er über ihr.

Als sie aufwachte, war er verschwunden, doch das Kissen neben ihr zeigte noch den Abdruck seines Kopfes, und sie preßte das Gesicht hinein; das Bettzeug roch nach seinem Haar und seiner Haut, obwohl es bereits kühl war.

Auf dem Schiff herrschte Aufregung. Als Robyn durch den engen Gang zu ihrer Kabine eilte, hörte sie Stimmen auf Deck. Sie fürchtete, jemand von der Mannschaft oder gar ihren Bruder zu treffen; welche Entschuldigung hatte sie, im Morgengrauen mit zerrissenen Kleidern in ihre Kabine zu laufen? Kaum hatte sie die Tür geschlossen, als Zouga mit der Faust dagegen trommelte.

»Robyn, wach auf! Zieh dich an. Land in Sicht. Komm rasch!«

Schnell fuhr sie sich mit einem weichen, nassen Tuch über den Körper. Ein Blutfleck erschien auf dem Flanell.

»Die Spuren der Schande«, sagte sie sich streng; aber sie verspürte keine Reue. Sie fühlte sich nur ungeheuer wohl und freute sich auf das Frühstück.

Mit leichten Schritten lief sie hinauf zum Hauptdeck. Ihr erster Blick galt dem Mann. In Hemdsärmeln stand er an der Reling, und sofort stürmten die widersprüchlichsten Gefühle auf sie ein; das Wesentlichste war, daß er so schlank war und dunkel und hinreißend aussah.

Er ließ das Fernrohr sinken, als er sie die Treppe heraufkommen sah, und verbeugte sich flüchtig. Sehr kühl und sehr würdevoll senkte sie ein klein wenig den Kopf. Zouga kam aufgeregt und lachend auf sie zu und führte sie zur Reling.

Der Berg stieg aus dem stahlgrünen Wasser des Atlantik auf, eine große graue Felsenfestung, von Schluchten und Rinnen durchzogen. Sie hatte ihn nicht so riesig in Erinnerung, er schien den ganzen östlichen Horizont auszufüllen und bis zum Himmel zu reichen.

»Heute abend essen wir in Kapstadt«, rief Zouga ihr zu, und bei dem Gedanken an Essen rann ihr das Wasser im Mund zusammen.

Jackson, der Steward, ließ eine Persenning aufspannen, und so frühstückten sie, vor dem Wind geschützt, in der Morgensonne. Es war eine festliche Mahlzeit. Mungo St. John ließ Champagner bringen, und sie tranken auf die erfolgreiche Reise und eine gute Landung.

»Durch diese Bruchstelle im Berg kommt der Wind wie durch einen Luftschacht«, sagte St. John plötzlich und zeigte nach vorn. »Dieser heimtückische Wind hat schon so manchem Schiff die Maste gekostet. In ein paar Minuten werden wir die Segel reffen.« Er bedeutete Jackson, das Frühstück abzuservieren, entschuldigte sich und ging hinauf zum Achterdeck.

Robyn folgte ihm. »Ich muß mit Ihnen sprechen.«

St. John sah sie fragend an. »Sie hätten keinen besseren Zeitpunkt wählen können.« Er wies auf die Strömung und die gefährliche Küste vor ihnen.

»Das ist die letzte Gelegenheit«, sagte Robyn rasch. »Sobald wir vor Anker gehen, werden mein Bruder und ich das Schiff verlassen.« Das spöttische Lächeln verschwand.

»Wenn Sie dazu entschlossen sind, haben wir einander offenbar nichts mehr zu sagen.«

»Ich möchte, daß Sie wissen, warum.«

»Ich weiß, warum«, erwiderte er, »aber ich bezweifle, daß Sie es wissen.«

Sie sah ihn an, doch er wandte sich ab, um dem Steuermann eine Kursänderung zu befehlen.

Dann sagte er, wieder zu ihr gedreht: »Haben Sie je sechzehntausend Morgen Baumwolle gesehen, reif zur Ernte?« fragte er leise. »Haben Sie jemals die Barken auf dem Fluß gesehen, die die Ballen zu den Mühlen bringen?« Sie antwortete nicht, und er fuhr fort. »Ich habe sie gesehen, Doctor Ballantyne, und kein Mensch darf behaupten, daß die Männer, die auf meinen Feldern arbeiten, wie Vieh behandelt werden.«

»Sie sind Baumwollpflanzer?«

»Ja, und nach dieser Reise werde ich auf Kuba eine Zuckerplantage haben. Mit dem halben Profit kaufe ich das Land, mit der anderen Hälfte das Zuckerrohr.«

»Sie sind ärger, als ich dachte«, flüsterte sie. »Ich habe geglaubt, Sie seien bloß ein Gehilfe des Teufels. Jetzt weiß ich, Sie sind der Teufel in Person.«

»Sie wollen ins Landesinnere.« Jetzt sah St. John zu ihr herab. »Wenn Sie jemals dort ankommen, werden Sie das wahre menschliche Elend kennenlernen. Sie werden Grausamkeiten sehen, von denen ein amerikanischer Sklavenbesitzer nicht einmal träumt. Sie werden erleben, wie Menschen abgeschlachtet werden und dahinsiechen durch Kriege und wilde Tiere und Seuchen, und es wird Ihren Glauben an den Himmel erschüttern. Dagegen sind die Sklavendecks das Paradies auf Erden.«

»Wollen Sie behaupten, daß Sie diesen armen Geschöpfen einen Gefallen tun, wenn Sie sie fangen und in Ketten legen?« fragte Robyn, fassungslos über die Zumutung.

»Haben Sie je eine Plantage in Louisiana besucht, Doctor?« Und dann, seine eigene Frage beantwortend: »Natürlich nicht. Ich lade Sie dazu ein. Kommen Sie eines Tages als mein Gast nach Bannerfield – und vergleichen Sie das Leben meiner Sklaven mit jenem in Afrika oder selbst mit dem Dasein der Menschen, die die Elendsviertel und Arbeitshäuser auf eurer hübschen grünen Insel bevölkern.« Plötzlich wurde sein Grinsen wieder boshaft. »Fassen Sie es einfach als eine zwangsweise Heidenbekehrung auf. Ich führe die Sklaven aus der Dunkelheit zu Gott und in die Zivilisation – ebenso wie Sie es tun wollen –, nur sind meine Methoden wesentlich wirkungsvoller.«

»Sie sind unverbesserlich, Sir.«

»Nein, Madam. Ich bin Schiffskapitän und Pflanzer. Ich bin auch Sklavenhändler und Sklavenbesitzer. Und ich werde das Recht, all dies zu sein, mit meinem Leben verteidigen.«

»Von welchem *Recht* sprechen Sie?« wollte Robyn wissen.

»Von dem Recht der Katze auf die Maus, des Stärkeren auf den Schwächeren, Doctor Ballantyne. Ich spreche vom natürlichen Recht unseres Lebens.«

»Dann kann ich nur wiederholen, daß ich dieses Schiff bei der ersten Gelegenheit verlassen werde, Captain.«

»Ihr Entschluß tut mir leid.« Der harte Ausdruck seiner Augen wurde weicher. »Ich wollte, es wäre anders.«

»Ich werde mein ganzes Leben dem Kampf gegen Sie und Ihresgleichen weihen.«

»Was für eine Kraftvergeudung für eine reizende Frau.« Bedauernd schüttelte er den Kopf. »Aber dank Ihres Entschlusses werden wir einander vielleicht wieder begegnen – ich hoffe es wenigstens.«

»Noch ein Wort, Captain St. John – die letzte Nacht werde ich Ihnen nie verzeihen.«

»Und ich, Doctor Ballantyne, werde sie nie vergessen.«

Zouga Ballantyne hielt sein Pferd kurz vor einer Straßengabelung zwischen dem Tafelberg und *Signal Hill* an. Er glitt aus dem Sattel, um das Pferd rasten zu lassen, und warf die Zügel dem Diener zu, einem Hottentotten, der ihn auf einem zweiten Pferd begleitete. Zouga schwitzte ein wenig; es war der Wein, den er gestern abend getrunken hatte, ein köstlicher süßer Wein.

In den fünf Tagen, die seit der Ankunft vergangen waren, hatte ihn die Freundlichkeit der Bewohner der Kapkolonie überwältigt. Die erste Nacht hatten er und Robyn in einem Gasthof verbracht, am nächsten Tag hatte Zouga einen der bekanntesten Kaufleute der Kapkolonie, einen Mr. Cartwright, besucht. Er übergab sein Empfehlungsschreiben, und sofort stellte ihm Cartwright den Bungalow im Garten seines großen, bequemen Landhauses zur Verfügung, das am Berghang über den Gärten der Ostindischen Kompanie lag.

Jeden Abend gab es fröhliche Bälle und Dinners. Hätten Robyn und Zouga nicht abgelehnt – ein Tag wäre vergangen wie der andere, mit Segeln, Fischen, Ritten in die Wälder und langen gemütlichen Mittagessen unter den breiten Eichen, die Zouga so lebhaft an England erinnerten.

Doch Zouga war diesen Zerstreuungen so weit wie möglich aus dem Weg gegangen und hatte bereits einiges für die Expedition getan. Zuerst mußte die Ausrüstung aus der *Huron* ausgeladen und dann vorübergehend in einem Lagerhaus untergebracht werden. Auch hier hatte sich Mr. Cartwright als hilfreich erwiesen. Trotzdem war Zouga immer noch wütend über den Eigensinn seiner Schwester, der all diese Mühe verursacht hatte.

»Verdammt, Sissy, selbst Papa reiste in Gesellschaft arabischer Sklavenhändler, wenn es sich als notwendig erwies. Wenn dieser St. John tatsächlich ein Sklavenhändler ist, hätten wir eine Menge von ihm erfahren können – seine Methoden und seine Bezugsquellen. Niemand könnte uns bessere Informationen für unseren Bericht an die Gesellschaft geben.«

Doch seine Argumente zogen nicht, und erst als Robyn drohte, einem der Direktoren in London zu schreiben und sich mit dem Herausgeber der *Cape Time* zu unterhalten, gab Zouga mißmutig nach.

Jetzt blicke er sehnsüchtig zur *Huron* hinüber, die vermutlich in den nächsten Tagen auslief, während sie auf ein anderes Schiff warten mußten.

»Dummes Gänschen«, murmelte er laut, als er an seine Schwester und ihre Grillen dachte. »Das kann uns Wochen, sogar Monate kosten.« Zeit war natürlich überaus wichtig. Sie mußten die vom Fieber verseuchte Küste verlassen, bevor der Monsun aufkam und das Risiko einer Malaria noch größer wurde.

In diesem Augenblick krachte ein Kanonenschuß, und er sah den Rauch vom Wachposten am *Signal Hill* aufsteigen. Der Schuß zeigte den Bewohnern der Stadt an, daß ein Schiff in die Bucht einlief. Zouga schirmte die Augen ab und erkannte sofort die häßliche Silhouette und den Rauchfang des Kanonenbootes der *Royal Navy*. War es tatsächlich erst zwei Wochen her, daß sie der *Black Joke* begegnet waren? Zouga war zutiefst enttäuscht, denn er hatte auf ein Handelsschiff gehofft, mit dem sie die Ostküste hinauffahren könnten. Ärgerlich drehte er sich um, nahm dem Reitknecht die Zügel ab und schwang sich auf das Pferd.

Nach zwei Stunden erreichten sie ein großes strohgedecktes Gebäude, umgeben von Milchbäumen. Das Gebäude machte einen verfallenen Eindruck; von den Mauern bröckelte der Verputz, und vom Dach hingen die Strohbüschel herab.

Unter den Milchbäumen lag allerlei verrottetes Zeug, ein Wagen, dem ein Rad fehlte, und ein vom Rost zerfressener Glühofen, in dem eine Henne ihre Eier ausbrütete. Von den Zweigen der Bäume hingen schimmeliges Sattelzeug und Stricke.

Als Zouga sich aus dem Sattel schwang, stürzte eine Hundemeute auf ihn zu und knurrte bedrohlich. Mit Reitpeitsche und Stiefel wehrte er sie ab, bis das wütende Knurren zu einem erstaunten Kläffen wurde.

»Wer, zum Teufel, sind Sie und was wollen Sie?« Durch das Gebell der Hunde hörte er eine Stimme, dann sah er einen Mann an der Schwelle des Hauses stehen. Er trug eine Doppelflinte im Arm und war so groß, daß er sich unter dem schiefen Dach bücken mußte, und so mager, als hätten tausend tropische Sonnen ihm Fett und Fleisch von den Knochen gebrannt.

»Habe ich die Ehre, mit Mr. Thomas Harkness zu sprechen?« rief Zouga durch das Gekläff der Meute.

»Ich stelle hier Fragen«, bellte der magere Riese zurück. Sein Bart war weiß wie die Sommerwolken über dem Veld und hing bis zur Gürtelschnalle hinab. Silbernes Haar bedeckte die Schultern und den Kragen seiner Lederweste. Die dunkelbraun gebrannten Arme wiesen kleine helle Flekken auf, wo die glühende afrikanische Sonne die Oberschicht der Haut im Lauf der Jahre zerstört hatte. Die Augen waren tiefschwarz, die Augäpfel jedoch von einem trüben Gelb, der Farbe des Malariafiebers.

»Wie heißt du, Junge?« Die Stimme war kräftig und tief. Ohne Bart hätte man den Mann für fünfzig halten können, doch Zouga wußte, daß er dreiundsiebzig Jahre war. Der eine seiner Arme hing in einem merkwürdigen Winkel herab, eine Schulter war höher als die andere. Zouga hatte erfahren, daß ein Löwe Harkness angegriffen und ihm den Knochen des Oberarmes zerbissen hatte, bevor er das Jagdmesser zücken und den Löwen zwischen die Vorderbeine und ins Herz stechen konnte. Das war vor vierzig Jahren gewesen, und an dieser Verletzung erkannte man Harkness.

»Ballantyne, Sir«, rief Zouga.

Der alte Mann pfiff, und die Hunde liefen zu ihm zurück. Er hatte die Flinte nicht gesenkt und runzelte die Stirn.

»Fuller Ballantynes Junge?«

»Richtig, Sir.«

»Bei Gott, ein Sohn von Ballantyne ist eine Ladung Schrot wert, nimm dich in acht, Kleiner. Wenn du auf diesem Pferd zurückreitest, dann spanne nicht den Hahn, Junge, weil ich ein Mann bin, der leicht herauszufordern ist.«

»Ich bin weit geritten, um Sie zu sehen, Mr. Harkness.« Zouga lächelte offen und gewinnend, wie es seine Art war. »Ich gehöre zu Ihren größten Bewunderern und habe alles gelesen, was Sie je geschrieben haben.«

»Das bezweifle ich«, brummte Harkness, »das meiste

wurde verbrannt. Zu starker Tobak für die zarten Gemüter.« Aber der feindliche Ausdruck in seinen Augen verschwand, er legte den Kopf zur Seite und studierte den jungen Mann.

»Ich bezweifle nicht, daß Sie ebenso unwissend und arrogant sind wie Ihr Vater, aber Ihre Reden klingen besser.« Der Mann betrachtete Zougas Stiefel, dann wanderte sein Blick langsam aufwärts.

»Sind Sie Priester wie Ihr Vater?«

»Nein, Sir, Soldat.«

»Regiment?«

»13. Madras Infanterie Regiment.«

»Rang?«

»Major.«

Harkness' Ausdruck wurde bei jeder Antwort etwas freundlicher, bis er Zouga nochmals streng fixierte.

»Abstinenzler wie Ihr Vater?«

»Gott behüte mich davor«, versicherte ihm Zouga lebhaft, und Harkness lächelte zum erstenmal, während er die Flinte sinken ließ. Eine Weile zupfte er an seinem langen Bart, dann faßte er einen Entschluß.

»Kommen Sie.« Der große zentrale Raum des Hauses hatte eine hohe Decke aus getrocknetem Schilf, die ihn kühl hielt, und kleine Fenster, die ihn düster machten. Der Fußboden bestand aus in Lehm eingelassenen Muscheln, und die Wände waren einen Meter dick.

Zouga blieb auf der Schwelle stehen und betrachtete überrascht die Sammlung merkwürdiger Dinge, die die Wände bedeckten und sich auf Tischen und Stühlen türmten. Es gab Bücher, Tausende von Büchern, Broschüren, Zeitungen, Landkarten und Nachschlagewerke. Es gab Waffen – den *assegai* der Zulus, Schilde der Matabele, Bogen der Buschmänner und natürlich Gewehre, Dutzende Gewehre in Ständern oder einfach an die Wand gelehnt. Es gab Jagdtrophäen – schöne gestreifte Zebrahäute, Löwenmähnen, die eleganten Hörner der Harrisböcke, Zähne von

Nilpferden und Warzenschweinen und die riesigen Stoßzähne der Elefanten.

Der Raum roch nach Fellen und Hunden, nach abgestandenem Brandy und Terpentin. In Rahmen eingespannte Leinwand lag umher, auf den Staffeleien standen verschiedene Kohleskizzen. Ein paar fertige Bilder hingen an den Wänden. Zouga ging auf eines der Bilder zu, während der alte Mann den Staub aus zwei Gläsern blies und sie an seinem Hemd abwischte.

»Was halten Sie von meinem Löwen?« fragte er, als Zouga ein Bild mit dem Titel »Löwenjagd am Gariep« studierte.

Zouga murmelte etwas Freundliches. Auch er hatte sich im Zeichnen versucht, war jedoch der Überzeugung, daß es die Aufgabe eines Malers sei, einen Gegenstand so naturgetreu wie möglich darzustellen. Harkness' Bilder aber spiegelten in jeder Linie eine kindliche Freude wider, die bunten, fröhlichen Farben versuchten in keiner Weise, die Natur nachzuahmen, und die Perspektive wurde vernachlässigt. Zouga wußte jedoch, daß diese seltsamen Schöpfungen einen erstaunlichen Wert besaßen; Cartwright hatte zehn Guineas für eine Phantasielandschaft bezahlt.

»Man behauptet, meine Löwen glichen englischen Schäferhunden«, sagte Harkness ärgerlich. »Was meinen Sie, Ballantyne?«

»Vielleicht«, begann Zouga, doch als er den Ausdruck des Alten sah, fügte er rasch hinzu: »Aber es sind verdammt wilde Schäferhunde.«

Zum ersten Mal lachte Harkness. »Bei Gott, Sie sind in Ordnung.« Er schüttelte den Kopf, als er die Gläser mit dem dunkelbraunen Brandy der Gegend, dem gefürchteten »Cape Smoke«, füllte und Zouga ein Glas reichte. »Ich schätze einen Mann, der ehrlich seine Meinung sagt. Zum Teufel mit allen Heuchlern.« Er hob das Glas. »Insbesondere mit den heuchlerischen Priestern, die sich einen Dreck um Gott, die Wahrheit oder ihre Mitbürger scheren.«

Zouga glaubte zu wissen, wem die Beschreibung galt, doch auch er hob sein Glas. »Zum Teufel mit ihnen«, stimmte er zu und unterdrückte ein Keuchen, als ihm der Alkohol in der Kehle brannte und ihm das Wasser in die Augen trieb. »Gut«, sagte er heiser.

Harkness wischte sich den silbernen Schnurrbart ab, bevor er weiterfragte:

»Warum sind Sie gekommen?«

»Ich möchte meinen Vater finden und hoffe, Sie können mir sagen, wo ich ihn suchen soll.«

»Ihn finden?« fragte der alte Mann empört. »Wir sollten dankbar sein, daß er verschwunden ist, und beten, daß er es bleibt.«

»Ich verstehe Ihre Gefühle«, erwiderte Zouga, »ich habe das Buch gelesen, das nach der Sambesi-Expedition erschienen ist.«

Harkness hatte Fuller Ballantyne auf diesem mißglückten Abenteuer als stellvertretender Leiter, Expeditionsmanager und Künstler begleitet. Später hatte ihn Ballantyne entlassen und beschuldigt, Vorräte der Expedition unterschlagen und seine Pflichten vernachlässigt zu haben, um Elefanten zu jagen; außerdem habe er weder von der Gegend und ihren Pfaden noch von den Stämmen und ihren Sitten eine Ahnung gehabt. In seinem Bericht über die Expedition deutete er sogar an, daß Thomas Harkness für ihren Mißerfolg verantwortlich sei.

Allein die Erwähnung des Buches trieb dem alten Mann die Zornesröte ins Gesicht, und sein weißer Bart zitterte.

»Im Geburtsjahr von Fuller Ballantyne habe ich zum ersten Mal den Limpopo überquert. Ich habe eine Karte gezeichnet, die er benutzte, um den Ngamisee zu erreichen.« Er sah Zouga scharf an. »Was wissen Sie von Fuller? Wie oft haben Sie ihn gesehen, seit er Sie nach England zurückschickte? Wieviel Zeit haben Sie gemeinsam mit ihm verbracht?«

»Er kam einmal nach Hause.«

»Wie lange war er mit Ihnen und Ihrer Mutter beisammen?«

»Einige Monate – aber dann schrieb er entweder in Onkel Williams Studierstube, oder er fuhr nach London, Oxford und Birmingham, um Vorträge zu halten.«

»Dessenungeachtet sind Sie immer noch von Pflichtgefühl und heißer Kindesliebe zu diesem berühmten Vater erfüllt?«

Zouga schüttelte den Kopf. »Ich habe ihn gehaßt«, sagte er leise. »Ich konnte es nicht erwarten, bis er uns wieder verließ.«

Erstaunt legte Harkness den Kopf zur Seite.

Zouga leerte das Glas. »Das habe ich noch niemandem gesagt.« Er schien selbst verwundert. »Nicht einmal mir selbst gegenüber habe ich es zugegeben. Ich haßte ihn für das, was er uns, besonders meiner Mutter, angetan hat.«

Harkness füllte Zougas Glas und sagte leise: »Ich werde Ihnen auch etwas sagen, das ich noch keinem Mann anvertraut habe. Ich bin Ihrer Mutter vor unendlich langer Zeit in Kuruman begegnet. Damals war sie sechzehn oder siebzehn, und ich beinahe vierzig. Sie war hübsch und scheu und doch so erfüllt von Lebensfreude. Ich bat sie, mich zu heiraten – die einzige Frau, die ich je darum gebeten habe.« Harkness hielt inne, wandte sich seinen Bildern zu und murmelte: »Verdammte Schäferhunde.« Dann: »Warum wollen Sie also Ihren Vater finden? Warum sind Sie nach Afrika gekommen?«

»Aus zwei Gründen«, erwiderte Zouga, »aus zwei triftigen Gründen. Um mir einen Namen zu machen und mir ein Vermögen zu erwerben.«

»Verdammt, Sie können offen sein.« Harkness' Stimme bekam einen Anflug von Respekt. »Wie wollen Sie diese überaus wünschenswerten Ziele erreichen?«

Zouga erklärte rasch – die finanzielle Unterstützung durch die Zeitung und die Gesellschaft für die Abschaffung des Sklavenhandels.

»Sie werden einiges an Material finden«, unterbrach Harkness. »An der Küste blüht der Handel immer noch, was immer Sie in London hören.«

»Ich bin auch ein Agent der Handelsgesellschaft für Afrika in London, aber ich besitze meine eigene Ware – fünftausend Patronen für mein Sharps-Gewehr.«

Harkness ging durch den düsteren Raum und wies auf ein Paar gigantischer Elefantenzähne. »Diese hier wiegen einhundertsechzig Pfund, und in London zahlt man sechs Shilling für das Pfund. Dort draußen gibt es immer noch Tausende solcher Bullen. Aber beherzigen Sie den Rat eines alten Hasen – vergessen Sie Ihr Sharps, und nehmen Sie eine Elefantenbüchse.« Seine Augen leuchteten auf. »Noch etwas – gehen Sie nahe heran; vierzig Schritte, und zielen Sie auf das Herz. Vergessen Sie, was man über Gehirnschüsse erzählt, zielen Sie aufs Herz.« Er hielt plötzlich inne, schüttelte den Kopf und grinste wehmütig. »Bei Gott, ich wollte, ich wäre noch jung!« Er sah Zouga an, und es kam ihm ein Gedanke, der ihn wie ein körperlicher Schlag traf. Beinahe hätte er es laut gesagt: Hätte Helen mir eine andere Antwort gegeben, Sie könnten mein Sohn sein... Aber er hielt sich zurück und fragte statt dessen: »Wie kann ich Ihnen helfen?«

»Sie können mir sagen, wo ich beginnen soll, Fuller Ballantyne zu suchen.«

Harkness breitete die Arme aus. »Es ist ein riesiges Land – so groß, daß man ein Leben braucht, um es zu bereisen.«

»Deshalb bin ich zu Ihnen gekommen.«

Harkness trat an einen langen Tisch und schob Bücher, Papiere und Farbtöpfe beiseite. »Holen Sie sich einen Stuhl«, befahl er, und als sie einander gegenübersaßen, füllte er beide Gläser und stellte die Brandyflasche in die Mitte. »Wohin ging Fuller Ballantyne?« fragte Harkness.

Zouga wußte, daß die Frage rhetorisch war, und schwieg.

»Nach der Sambesi-Expedition waren seine Geldmittel erschöpft und sein Ruhm dahin – und für einen Mann wie

Ballantyne muß das unerträglich gewesen sein. Sein ganzes Leben war eine einzige Jagd nach Ruhm. Dafür log er und stahl und tötete sogar.«

Zouga sah ihn scharf an.

»Ja«, Harkness nickte. »Jeden, der ihm im Weg stand. Aber das ist eine andere Geschichte. Im Augenblick wollen wir wissen, wohin er gegangen ist.«

Harkness breitete eine Pergamentrolle aus; es war eine Landkarte von Zentralafrika, von der Ost- zur Westküste, im Süden bis zum Limpopo, im Norden bis zu den Seen. Die Grenzen waren mit den für Harkness typischen Figuren und Tieren geschmückt.

Sofort wußte Zouga: Diese Karte mußte er haben. Alles, dessen Harkness seinen Vater beschuldigt hatte, empfand er jetzt selbst; er wollte die Karte besitzen, selbst wenn er stehlen – oder, bei Gott, sogar töten müßte. Die Karte war riesig – größer als ein Quadratmeter – und mit der Hand auf feinstes Papier gezeichnet. Sie war einzigartig.

»Hier sind vom Juni bis zum September große Konzentrationen von Elefantenherden ... Hier habe ich eine Goldader gefunden; zwei Unzen pro Tonne ... Von hier aus ziehen die Sklavenkarawanen zur Küste.«

Jede dieser Anmerkungen – und es gab Hunderte – wurde in einer sauber numerierten Schachtel aufbewahrt und entsprach einem bestimmten Punkt auf der Karte.

Mit einem schlauen Lächeln beobachtete Harkness Zougas Gesicht, dann gab er ihm ein Vergrößerungsglas, so daß er die Karte genauer studieren konnte.

Zouga stellte bald fest, daß die rosa eingezeichneten Gebiete die »Fliegenkorridore« des afrikanischen Hochplateaus waren: jene Gebiete, durch die man Herden treiben konnte und vor der Tsetsefliege sicher war. Die schreckliche Nganakrankheit, die die Fliege übertrug, dezimierte das Vieh. In Hunderten von Jahren hatten afrikanische Stämme diese Kenntnisse erworben, und hier waren sie von Thomas Harkness festgehalten. Ihr Wert war unbezahlbar.

»Hier töten Krieger alle Reisenden ... Hier gibt es zwischen Mai und Oktober kein Wasser ... Hier muß man für die Elefantenjagd eine Erlaubnis des Häuptlings Mafa einholen. Er ist heimtückisch ...«

Die Routen ins Innere waren ebenso eingezeichnet wie die Städte der afrikanischen Könige und deren militärische Krale und Einflußgebiete.

»Ihr Vater wird versuchen, mit einem Schlag wieder berühmt zu werden«, überlegte Harkness. »Es gibt zwei Dinge, die mir sofort in den Sinn kommen. Hier.« Er legte die Hand auf das riesige Gebiet nördlich und westlich des Marawisees. Hier gab es nur wenige, oft mit Fragezeichen versehene Hinweise. »Scheich Assab von den Omani-Arabern behauptet, daß der Lualaba von Norden nach Westen verläuft. Er mündet möglicherweise in den Tanganjikasee. Pemba, Häuptling der Marakan, berichtet von einem riesigen See in der Form eines Schmetterlings. Er heißt Lomani. Ist der Tanganjikasee mit dem Albertsee verbunden? Ist er mit dem Lomanisee verbunden? Ist der Lomani die Quelle des Nils? Alles noch große Fragezeichen«, sagte Harkness. »Der Nil. Das wäre etwas für Fuller. Er sprach oft davon, und natürlich immer mit den Worten: ›Der Ruhm ist mir völlig gleichgültig.‹« Der alte Mann kicherte und schüttelte den Kopf. »Ja, die Quelle des Nils und der Ruhm, den der Entdecker erntet – das könnte ihn locken. Es gibt noch etwas, das ebenso großes Aufsehen erregen würde.« Harkness fuhr mit seinem knochigen Finger über die Landkarte nach Süden. »Hier«, sagte er leise, »das verbotene Königreich der Monomatapas.«

Der Name hatte einen unheimlichen Klang. *Monomatapa.* Unwillkürlich sträubten sich Zougas Nackenhaare.

»Haben Sie davon gehört?« fragte Harkness.

»Ja, man sagt, es sei das Land Ophir der Bibel, aus dem die Königin von Saba ihr Gold bezog. Waren Sie dort?«

Harkness schüttelte den Kopf. »Ich habe es zweimal versucht. Kein Weißer hat das Land je betreten. Selbst

Mzilikazis Krieger sind nicht so weit nach Osten vorgedrungen. 1569 versuchten die Portugiesen, Kaiser Monomatapa zu erreichen. Die Expedition wurde vernichtet, und es gab keine Überlebenden. Die Portugiesen gaben alle weiteren Versuche auf.«

»Aber es gibt Legenden über Monomatapa. Ich habe sie von meinem Vater gehört. Sie erzählen von Gold und großen befestigten Städten.«

Harkness ging zu einer Truhe, hob den schweren Deckel und kam mit einem großen Lederbeutel zurück. Er war offenbar schwer, denn er trug ihn mit beiden Händen. Er öffnete ihn und leerte den Inhalt auf die Landkarte. Kein Zweifel, es handelte sich um jenes schöne, glänzende Metall, das die Menschheit seit Tausenden Jahren behext; dieses hier war zu Kügelchen geformt und an einer Tiersehne zu einer Halskette aufgefädelt worden.

»Achtundfünfzig Unzen«, sagte Harkness, »und das Metall ist ungewöhnlich rein; ich habe es prüfen lassen.«

Er legte das Halsband an, und erst jetzt bemerkte Zouga, daß an der goldenen Kette ein Anhänger war. Er hatte die Form eines stilisierten Falken mit gefalteten Schwingen. Er saß auf einer runden Platte, die mit einem Muster aus Dreiecken – einer Reihe Haifischzähne ähnlich – verziert war. Zwei grüne Steinchen bildeten die Augen des Vogels.

»Es ist ein Geschenk von Mzilikazi. Er hat weder für Gold noch für Smaragde Verwendung – ja, diese Steine sind Smaragde.« Harkness nickte. »Einer von Mzilikazis Kriegern tötete im Verbrannten Land eine alte Frau. An ihrem Körper fand man den Ledersack.«

»Wo ist das Verbrannte Land?« fragte Zouga.

»Entschuldigen Sie.« Harkness spielte mit dem kleinen goldenen Vogel. »Ich hätte es Ihnen erklären sollen. König Mzilikazis Zulu-Krieger haben das Land an den Grenzen verwüstet, an manchen Stellen zu hundert Meilen tief. Sie haben jeden getötet, der dort wohnte, und benutzen es nun als Pufferzone gegen feindliche Angriffe, besonders gegen

Bureneinfälle aus dem Süden. Mzilikazi nennt es das Verbrannte Land, und hier im Osten des Königreiches war es, wo die Wächter die einsame alte Frau töteten. Sie beschrieben sie als seltsames Weib von einem unbekannten Stamm, das eine Sprache sprach, die sie nicht verstanden.« Harkness nahm die Halskette ab, ließ sie achtlos in den Beutel fallen und fuhr fort. »Natürlich haben Sie, wie jedermann, von dem Gold und den befestigten Städten gehört. Aber das hier ist das einzige, was vielleicht einer Bestätigung gleichkommt.«

»Wußte mein Vater von der Halskette?«

Harkness nickte. »Er wollte sie kaufen und bot mir den doppelten Goldwert.«

Eine Weile schwiegen die beiden Männer und hingen ihren Gedanken nach.

Dann fragte Zouga: »Und wie würde ein Mann wie mein Vater versuchen, nach Monomatapa zu gelangen?«

»Weder vom Westen noch vom Süden her. Der König der Matabele läßt niemanden durch das Verbrannte Land. Nicht einmal er selbst betritt es, so, als hege er eine abergläubische Furcht vor dem Land jenseits seiner östlichen Grenze. Fuller würde es vom Osten her versuchen müssen, von einer der portugiesischen Siedlungen an der Küste aus.« Harkness zeigte mögliche Routen auf der Landkarte. »Hier sind hohe Bergketten. Ich habe sie aus der Ferne gesehen, und sie scheinen eine beachtliche Barriere zu bilden.« Draußen war es dunkel geworden, und Harkness unterbrach seine Rede: »Sagen Sie Ihrem Reitknecht, er soll die Pferde in den Stall führen. Es ist zu spät, um zurückzureiten. Sie müssen über Nacht bleiben.«

Als Zouga wieder das Haus betrat, hatte ein malaiischer Diener die Vorhänge zugezogen und eine Mahlzeit, bestehend aus Huhn und scharfem Curryreis, auf den Tisch gestellt. Harkness öffnete eine weitere Flasche Brandy. Sie aßen, schoben die Zinnteller zur Seite und wandten ihre Aufmerksamkeit wieder der Landkarte zu.

»Wenn es Goldadern gibt, so sind sie reich«, sagte Harkness.

»Warum haben Sie nie nach Gold geschürft?«

»Ich hatte kein Sitzfleisch.« Harkness grinste ein wenig wehmütig. »Es gab immer einen Fluß, den es zu überqueren galt, eine Bergkette, einen See – oder ich folgte einer Elefantenherde. Ich hatte nie Zeit, ein Haus zu bauen oder Vieh zu halten.«

Als der Morgen dämmerte, rief Zouga plötzlich aus: »Begleiten Sie mich. Kommen Sie mit mir, um Monomatapa zu suchen.«

Harkness lachte. »Ich dachte, Sie wollen Ihren Vater suchen.«

»Sie wissen es besser.« Zouga stimmte in sein Lachen ein. Irgendwie fühlte er sich wohl in Gegenwart dieses alten Mannes, so, als hätte er ihn ein Leben lang gekannt. »Können Sie sich das Gesicht meines Vaters vorstellen, wenn Sie ihn retten kommen?«

»Das wäre die Mühe wert«, gab Harkness zu, und dann plötzlich verklang sein Lachen und machte einem Ausdruck so tiefen Kummers, so bodenloser Traurigkeit Platz, daß Zouga tröstend seine Schulter berührte.

»Kommen Sie mit mir«, wiederholte er.

»Ich habe meine letzte Reise hinter mir«, sagte Harkness tonlos. »Alles, was mir geblieben ist, sind meine Erinnerungen und meine Farbtöpfe.«

»Sie sind immer noch kräftig und voller Leben«, beharrte Zouga, »und Sie haben einen klaren Kopf.«

»Genug.« Harkness Stimme klang rauh und verbittert. »Ich bin jetzt müde. Sie müssen gehen. Und zwar sofort.«

Zouga fühlte Zorn über die Zurückweisung und stand rasch auf.

»Gehen Sie«, wiederholte Harkness.

»Gut.« Zouga nickte, und seine Augen blickten auf die Landkarte. Er wußte, daß er sie um jeden Preis haben mußte, und auch, daß es keinen Preis gab, den Harkness akzeptieren würde. Zouga ging zur Tür, und die Hunde, die vor dem Bett ihres Herrn geschlafen hatten, folgten ihm. Der Pferdeknecht brachte die Pferde, und ohne sich umzudrehen, rief Zouga unfreundlich: »Guten Tag, Mr. Harkness.«

Die Antwort kam so leise und zitternd, daß er die Stimme des Alten kaum wiedererkannte.

»Kommen Sie wieder. Wir haben viel zu besprechen. Kommen Sie – in zwei Tagen.«

Zouga wollte noch einmal umkehren, doch der alte Mann winkte ab. Zouga schwang sich in den Sattel und galoppierte den schmalen Pfad hinunter.

Noch lange, nachdem der Hufschlag verklungen war, blieb Harkness sitzen. Merkwürdig, daß die Schmerzen während seiner Unterhaltung mit dem jungen Mann aufgehört hatten. Doch bei Zougas Aufforderung mitzukommen waren sie in voller Stärke zurückgekehrt, als wollten sie ihn erinnern, daß ihm sein Leben nicht mehr gehörte, daß er es an jene Hyäne verpfändet hatte, die tief in seinem Bauch lebte und seine Eingeweide auffraß. In seiner Hast, zum Medikamentenschrank zu kommen, stieß er einen Stuhl um, dann trank er einen großen Schluck der klaren scharfen Flüssigkeit, ohne die Dosis mit einem Löffel zu messen. Er nahm zuviel, das wußte er, aber es bedurfte täglich mehr, um die Hyäne in Schach zu halten, und jeden Tag dauerte es länger, bis die Erleichterung einsetzte.

Er klammerte sich an den Schrank und wartete darauf. »Bitte«, flüsterte er, »bitte, laß es rasch vorübersein.«

Bei seiner Rückkehr erwarteten Zouga ein halbes Dutzend Nachrichten und Einladungen, doch was ihn am meisten freute, war eine Aufforderung des Konteradmirals und Kommandanten der Cape Squadron, ihn zu besuchen.

Zouga rasierte sich und wählte sein bestes Jackett, obwohl es ein langer staubiger Ritt bis zum Haus der

Admiralität war. Der Sekretär des Admirals ließ ihn nur wenige Minuten warten, bevor er ihn zu Admiral Kemp führte, der von seinem Schreibtisch aufstand, um Zouga zu begrüßen. Schließlich hatte der junge Mann ansehnliche Empfehlungsschreiben, und der Name Fuller Ballantyne wurde in Afrika immer noch mit Hochachtung genannt.

»Ich habe Neuigkeiten, die Sie hoffentlich freuen werden, Major Ballantyne. Aber zuerst vielleicht ein Gläschen Madeira?«

Zouga mußte seine Ungeduld beherrschen, während der Admiral den goldfarbenen Wein einschenkte. Das Arbeitszimmer des Admirals war luxuriös eingerichtet und mit kleinen Statuen, Nippes, ausgestopften Vögeln in Vitrinen, Familienporträts in verzierten Rahmen, hübschem Porzellan, Topfpflanzen und jener Art von Bildern angefüllt, die Zouga gefielen.

»Auf Ihre Gesundheit, Major Ballantyne.« Der Admiral trank einen Schluck. »Ich glaube, ich habe eine Kabine für Sie. Gestern ging ein Schiff meiner Flotte in der Tafelbucht vor Anker, und sobald es gebunkert und Lebensmittel geladen hat, werde ich es mit einem Sonderauftrag in die Straße von Mozambique schicken.«

Von seinen Besprechungen mit der Gesellschaft für die Abschaffung des Sklavenhandels wußte Zouga, daß die Befehle des Admirals unter anderem lauteten: »Sie werden aufgefordert, die Schiffe Ihres Geschwaders so einzusetzen, daß sie die Schiffe aller christlichen Nationen daran hindern, an den Küsten Afrikas südlich des Äquators Sklavenhandel zu betreiben.«

Offenbar hatte Admiral Kemp die Absicht, die östliche Küste zu überwachen, und Zouga war entzückt, als dieser fortfuhr: »Es wird kein großer Umweg für mein Schiff sein, Quelimane anzulaufen und Sie dort an Land zu setzen.«

»Ich kann Ihnen gar nicht genug danken, Admiral.« Seine Freude war deutlich zu sehen.

Admiral Kemp lächelte verständnisvoll. Er hatte sich

mehr als üblich bemüht, dem jungen sympathischen Mann zu helfen, aber jetzt warteten andere Aufgaben auf ihn, und er warf einen Blick auf seine goldene Uhr.

»Machen Sie sich bereit, in fünf Tagen auszulaufen. Und ich hoffe, wir werden Sie am Freitag sehen? Mein Sekretär hat Ihnen eine Einladung geschickt; ich nehme an, daß auch Ihre Schwester uns das Vergnügen macht.«

»Natürlich, Sir.« Zouga stand stramm. »Meine Schwester und ich fühlen uns sehr geehrt.«

In Wahrheit hatte Robyn gesagt: »Ich will meine Abende nicht vergeuden und habe nicht die Absicht, sie in Gesellschaft betrunkener Seeleute und ihrer schwatzenden Frauen zu verbringen.«

Die Frauen in Kapstadt waren über die Anwesenheit der berüchtigten Robyn Ballantyne, die als Mann verkleidet eine rein männliche Bastion erstürmt hatte, höchst aufgeregt.

Die einen waren zutiefst schockiert, die anderen voll Bewunderung und Ehrfurcht. Zouga war jedenfalls überzeugt, daß seine Schwester gern diesen Preis für eine Kabine bezahlen würde.

»Sehr gut.« Admiral Kemp nickte. »Besten Dank für Ihren Besuch.« Und als Zouga sich zur Tür wandte, fügte er hinzu: »Übrigens, Ballantyne, das Schiff heißt *Black Joke*, und der Kommandant ist Captain Codrington. Mein Sekretär wird Ihnen einen Brief für ihn übergeben. Ich schlage vor, daß Sie ihn aufsuchen, um sich vorzustellen und den genauen Abfahrtstermin zu erfahren.«

Das war natürlich ein Schock, und Zouga überlegte blitzschnell die Komplikationen, die die Wahl dieses Schiffes bringen könnte. Jede Gefährdung der Expedition mußte vermieden werden, und Codrington hatte auf Zouga den Eindruck eines Hitzkopfes und Fanatikers gemacht. Er konnte es sich nicht leisten, als Leiter der Expedition Vorwürfen ausgesetzt zu werden, und Codrington hatte ihn auf einem Schiff gesehen, dessen Kapitän als Sklavenhändler galt. Wie Codrington sich verhalten würde, war nicht abzusehen.

Es war eine schwierige Entscheidung: sollte er das Angebot akzeptieren und Codringtons Beschuldigungen riskieren oder ablehnen und vielleicht monatelang in Kapstadt auf ein anderes Schiff warten? Wenn sich die Abfahrt zu lange verzögerte, versäumten sie die kühlere und trockene Periode zwischen den Monsunwinden und mußten die fieberverseuchte Küstengegend in der gefährlichsten Jahreszeit durchqueren.

Zouga faßte einen Entschluß. »Danke, Admiral Kemp. Ich werde Captain Codrington so bald wie möglich aufsuchen.«

Thomas Harkness hatte Zouga gebeten, ihn nach zwei Tagen noch einmal zu besuchen, und die Karte war noch wichtiger als eine rasche Fahrt nach Quelimane.

Zouga schickte Garniet, Cartwrights Diener, mit einem versiegelten Brief und dem Auftrag, ihn persönlich Captain Codrington zu überbringen, an den Strand, von wo er mit einem der Boote zur *Black Joke* fahren sollte. In dem Brief teilte er mit, daß er und seine Schwester den Kapitän am nächsten Tag besuchen wollten. Zouga hatte festgestellt, daß seine Schwester Männer in einem Maße beeindruckte, das in keinem Verhältnis zu ihrem Aussehen stand – selbst Admiral Kemp hatte sie persönlich eingeladen –, und Zouga empfand keine Skrupel, ihren Charme zu nutzen, um Codrington zu besänftigen. Doch im Augenblick hatte er Wichtigeres zu tun.

Er bestieg einen von Cartwrights braunen Wallachen, aber kaum ritt er durch die Gartenanlagen, als ihm etwas einfiel. Er galoppierte zum Gästehaus zurück, nahm den Colt aus dem Schreibtisch und steckte ihn in die Satteltasche. Er mußte die Landkarte um jeden Preis bekommen; vorderhand aber wollte er nicht überlegen, wie hoch der Preis dafür sein könnte.

Das Haus unter den Milchbäumen erschien ihm diesmal noch verfallener als bei seinem ersten Besuch. Er nahm den Revolver aus der Satteltasche, ging zum Eingang und hämmerte mit der Faust gegen die Tür. Keine Antwort. Noch zweimal schlug er gegen das Holz, dann versuchte er die Klinke. Die Tür war verschlossen. Zouga ging um das Haus; alle Fensterläden waren verrammelt. Er ging zu den Sklavenhütten, wo Harkness' Diener wohnte, und rief laut, aber die Hütte war verlassen, und die Asche in der Kochstelle kalt. Zouga kehrte zum Haus zurück. Er wußte, daß er heimreiten sollte, aber er mußte die Landkarte haben, wenigstens lange genug, um eine Kopie zu machen. Harkness war offensichtlich nicht da, und in ein paar Tagen würde er mit Robyn Kapstadt verlassen.

Neben dem Eingang lag ein Haufen verrosteter Gartenwerkzeuge. Zouga wählte eine Sichel und schob die Klinge zwischen Tür und Pfosten. Das Schloß war alt, und die Zunge ließ sich leicht zurückschieben. Zouga ging den Gang entlang in den Wohnraum. Seine Augen mußten sich erst an das Halbdunkel gewöhnen, aber sofort hörte er ein sonderbares Geräusch. Das Schwirren von Insekten schien den ganzen Raum zu erfüllen. Es klang beunruhigend, beinahe bedrohlich, und Zouga spürte die Gänsehaut auf seinen Armen.

»Mr. Harkness«, rief er heiser, und das Summen wurde zu einem lauten Surren. Zouga trat zum Fenster und öffnete mit unsicheren Fingern die Läden. Ein Sonnenstrahl fiel ins Zimmer.

Thomas Harkness saß auf einem der geschnitzten Stühle und starrte Zouga unbeweglich an. Fliegen krochen über seinen Körper, große metallisch glänzende Schmeißfliegen; mit offensichtlichem Genuß schwärmten sie über der tiefen dunklen Wunde in der Brust.

Entsetzt blieb Zouga stehen, dann machte er einen zögernden Schritt vorwärts. Der alte Mann hatte eine seiner schweren Elefantenbüchsen gegen den Tischfuß gelehnt, so daß die Mündung gegen seine Brust zeigte. Seine Hände hielten immer noch den Lauf.

»Warum haben Sie das getan?« fragte Zouga töricht, und Harkness starrte ihn an.

Der Geruch des Todes erfüllte das Zimmer, und Zouga zündete eine Zigarre an und sog den Rauch ein. Eigentlich hatte er keinen Grund, Trauer zu empfinden. Er hatte den alten Mann nur einen Tag und eine Nacht lang gekannt. Und er war nur aus einem einzigen Grund hierhergekommen – um die Landkarte zu bekommen. Der Schmerz, der seine Beine bleiern machte und ihm in den Augen brannte, war einfach lächerlich. Betrauerte er vielleicht mehr das Ende einer Ära als den alten Mann? Harkness und die Legenden Afrikas gehörten zusammen. Der Mann selbst war Geschichte geworden. Langsam näherte sich Zouga der Gestalt auf dem Stuhl, beugte sich über das Gesicht und zog die Lider über die dunklen Augen. So sah der alte Mann friedlicher aus. Dann holte er eine Decke, vertrieb die Fliegen und breitete sie über Harkness. Leise murmelte er: »Geh nahe heran und ziele nach dem Herzen.« Es war der Rat, den Harkness ihm als Lebewohl mitgegeben hatte. Rasch wandte er sich dem vollgeräumten Tisch zu und begann zu suchen. Er keuchte, als er sich wieder aufrichtete. »Du hast gewußt, daß ich sie mir holen will«, sagte er zu der von der Decke verhüllten Gestalt.

Dann durchsuchte er die Truhe. Er durchsuchte jeden Winkel des Zimmers. Der Lederbeutel war verschwunden, und ebenso das Bild von der Löwenjagd, das auf der Staffelei gestanden hatte. »Du verdammt schlauer Kerl, du«, sagte er leise. Und plötzlich wurde ihm die Komik der Situation bewußt, und er lächelte wehmütig. »Du hast dich noch einmal über die Ballantynes lustig gemacht, was? Bei Gott, du hast immer deinen Kopf durchgesetzt, Tom Harkness, das muß man zugeben.« Zouga legte die Hand auf die Schulter des Toten. »Du hast gewonnen, Alter. Nimm deine Geheimnisse mit dir.«

Rasch verließ er das Haus und bestieg sein Pferd, um den Leichenbeschauer zu holen.

Thomas Harkness wurde noch am selben Abend unter den Milchbäumen begraben, denn die Hitze war zu groß, als daß man hätte warten können, bis ein Sarg aus der Stadt gebracht wurde.

Verschwitzt und staubbedeckt ritt Zouga in der goldenen Dämmerung zurück. Die Ereignisse des Tages hatten ihn ermüdet, die Trauer um den alten Mann und Ärger über dessen letzten Streich bedrückten ihn.

Vor dem Gästehaus nahm ihm der Diener das Pferd ab.

»Hast du Captain Codrington den Brief überbracht?« Ohne eine Antwort abzuwarten, ging Zouga ins Haus. Jetzt brauchte er einen Drink, und während er sich einen Whisky einschenkte, kam seine Schwester herein, küßte ihn flüchtig auf die Wange und rümpfte die Nase, als sie Staub und Schweiß roch.

»Du mußt dich umkleiden. Wir dinieren mit den Cartwrights. Ich konnte nicht ablehnen«, sagte Robyn. »Übrigens hat ein farbiger Diener etwas für dich abgegeben. Ich habe es in dein Arbeitszimmer gelegt.«

»Von wem?«

Robyn zuckte die Achseln. »Er radebrechte nur Holländisch und verschwand, bevor ich ihn fragen konnte.«

Das Whiskyglas in der Hand, ging Zouga in sein Zimmer und blieb abrupt stehen. Minuten später hörte Robyn sein triumphierendes Lachen und ging neugierig zu der geöffneten Tür. Auf Zougas Schreibtisch lag ein Lederbeutel, aus dem eine goldene Halskette hing. Daneben lag eine herrlich illustrierte Landkarte. Zouga wandte Robyn den Rücken zu; betrachtete ein Ölgemälde in einem schweren Holzrahmen – eine Löwenjagd. In den Rahmen waren einige Worte eingeritzt:

›Für Zouga Ballantyne. Mögen Sie den Weg zu allen Ihren Monomatapas finden – ich wollte, ich hätte Sie begleiten können.‹ Tom Harkness

Zouga lachte immer noch, doch sein Lachen hatte einen seltsamen Klang, und als er sich Robyn zuwandte, sah sie erstaunt, daß in seinen Augen Tränen standen.

Mit einer Damastserviette entfernte Zouga die Brotkrumen von den Lippen und schmunzelte, als er die Zeitung las. »Verdammt, Sissy, ich hätte dich nicht allein lassen sollen. Hast du ihm das tatsächlich gesagt?« Er lachte laut.

»Ich erinnere mich nicht genau an meine Worte«, erwiderte Robyn steif, »aber schließlich war es ja mitten in einem heftigen Wortwechsel.«

Am vorhergehenden Tag hatte der Herausgeber der *Cape Times* Robyn – mit ihrem Ruf spekulierend – zu einem Besuch des Militärhospitals eingeladen. Der Ausflug war ein Erfolg, weit über die Erwartungen des Journalisten hinaus, denn am selben Tag kam auch der Oberstabsarzt der Kolonie zu einem Besuch. Er betrat den Operationssaal, als Robyn eben der Oberschwester ihre Ansichten über Tupfer und Schwämme darlegte. Tupfer und Schwämme wurden nach Gebrauch ausgewaschen und standen in einem Eimer mit kaltem Wasser für die nächste Operation bereit.

»Ich kann Ihnen versichern, Frau Doktor, daß meine Schwestern die Schwämme gründlich waschen«, erklärte die Oberschwester. »Schauen Sie, wie weich und weiß sie sind.«

»Ja, und voller Bakterien.« Robyns Wangen waren vor Zorn gerötet. »Haben Sie noch nie von Joseph Lister gehört?«

Der Oberstabsarzt beantwortete ihre Frage von der Türschwelle her. »Die Antwort auf Ihre Frage, Doctor Ballantyne, lautet *nein.* Wer immer dieser Mensch sein mag, wir haben nie von ihm gehört. Wir haben auch keine Zeit, uns mit jedem Scharlatan abzugeben, und auch nicht mit Frauen, die sich als Männer verkleiden.«

Robyn hatte keine Ahnung, wer der ältere Herr mit dem grauen Backenbart und den buschigen Brauen war, aber nach den Blutflecken auf seinem Jackett zu schließen, mußte er wohl ein Chirurg der alten Schule sein.

»Ich bin erstaunt, Sir, daß Sie Ihre Ignoranz und Engstirnigkeit so bereitwillig zugeben.«

Der Oberstabsarzt rang nach Atem und Worten. »Sie erwarten doch nicht, Madam, daß ich in jedem Staubkorn und in jedem Wassertropfen nach Gift suche?«

«O doch, Sir«, schrie sie ihn an, »das sollten Sie, auf Ihren schmutzigen Händen ebenso wie auf Ihren schmutzigen Kleidern.«

Entzückt hielt der Journalist den Wortwechsel in seinem Notizbuch fest.

»Ihre Worte sind ebenso unappetitlich wie Ihre kleinen weißen Schwämme«, schäumte Robyn und warf ihm einen Schwamm direkt ins Gesicht.

»Du hast ihn tatsächlich getroffen?« Zouga ließ die Zeitung sinken und starrte seine Schwester über den Frühstückstisch an. »Weißt du, Sissy, manchmal bist du wirklich keine Dame.«

»Stimmt«, gab Robyn unbeeindruckt zu. »Es ist nicht das erstemal, daß du das feststellst. Überdies hatte ich keine Ahnung, daß es der Oberstabsarzt war.«

»Er will dich verklagen«, fuhr Zouga fort.

»Ach, köstlich!« Robyn klatschte in die Hände. »Weil ich ihn mit einem Schwamm angegriffen habe!«

Robyn war immer noch bester Laune, als sie neben Zouga in dem kleinen Boot stand, das sie zur *Black Joke* brachte. Sie betraten das Hauptdeck, und Robyn hielt sofort Ausschau nach Captain Codrington. Er stand auf dem Achterdeck, in Hemdsärmeln, und überragte die ihn umgebenden Offiziere beinahe um einen Kopf. Die Gruppe beobachtete ein Kohlenschiff, das backbord lag.

Codrington sah jünger aus, als Robyn ihn in Erinnerung hatte; verglichen mit den wetterharten Matrosen schien er beinahe jungenhaft. Doch der Eindruck schwand in dem Augenblick, in dem er die Besucher erkannte. Plötzlich waren seine Züge hart, und sein Blick hatte das kalte Feuer eines Saphirs.

»Captain Codrington«, Zouga begrüßte ihn mit all seinem Charme. »Ich bin Major Ballantyne.«

»Wir kennen einander bereits«, sagte Codrington, ohne das Lächeln zu erwidern.

Unbeirrt fuhr Zouga fort: »Darf ich Ihnen meine Schwester, Doctor Ballantyne, vorstellen?«

Codrington blickte Robyn an. »Zu Ihren Diensten, Madam.« Es war eher ein Nicken als eine Verbeugung. »In der Morgenzeitung habe ich von Ihren neuesten Heldentaten gelesen.« Einen Moment lang blitzten die hellen Augen spitzbübisch auf. »Sie vertreten Ihre Ansichten ziemlich handgreiflich.«

Dann wieder zu Zouga gewandt: »Ich habe den Befehl, Sie nach Quelimane zu bringen. Ohne Zweifel werden Sie nach Ihren bisherigen Reisebegleitern meine Gesellschaft als langweilig empfinden.« Codrington drehte sich um und blickte auf die *Huron,* die eine halbe Meile entfernt vor Anker lag. »Wie dem auch sei, ich wäre dankbar, wenn Sie sich übermorgen um die Mittagszeit auf meinem Schiff einfinden könnten. Und jetzt müssen Sie mich entschuldigen, ich muß mich um meine Arbeit kümmern.« Er nickte kurz und drehte sich ohne jede weitere Höflichkeit um.

»Der Kerl ist verdammt dreist«, brummte Zouga ärgerlich. »Komm, gehen wir.« Er ging über das Deck und kletterte die Leiter hinunter, doch Robyn rührte sich nicht.

Ruhig wartete sie, bis Codrington ein paar Worte mit einem Bootsmann gewechselt hatte; als er zurückkam, war er erstaunt, sie noch auf Deck zu finden.

»Captain Codrington, ich habe darauf bestanden, die *Huron* zu verlassen. Deshalb wollten wir mit Ihnen fahren.« Wie immer war ihre Stimme rauh und dunkel, doch ihr Ausdruck war so entschlossen, daß Codrington stutzig wurde. »Sie hatten recht, Captain, das Schiff ist ein Sklavenschiff und St. John ein Sklavenhändler. Ich habe Beweise.«

»Woher?« Sein Verhalten veränderte sich schlagartig.

»Ich kann jetzt nicht sprechen. Mein Bruder . . . Ich werde heute nachmittag beim Landeplatz in der Rogger Bucht sein«, fuhr sie rasch fort.

»Um welche Zeit?«

»Drei Uhr«, sagte sie, drehte sich um, faßte ihre Röcke und eilte zum Ausgang.

Admiral Kemp saß ungeduldig auf einem riesigen geschnitzten Stuhl, den seine Untergebenen als Thron bezeichneten; er umklammerte die Armstützen, denn dieser junge Offizier machte ihn immer nervös.

Clinton Codrington sprach rasch und eindringlich. Der Admiral fand seinen Enthusiasmus ermüdend; ihm waren weniger temperamentvolle Männer, die ihre Befehle buchstabengetreu ausführten, ohne an Improvisationen zu denken, lieber.

Kemp betrachtete Offiziere mit brillantem Ruf mit tiefem Argwohn. Er hatte niemals einen solchen Leumund als junger Mann gehabt, tatsächlich war sein Spitzname »Streber Kemp«, und er glaubte, daß das Wort Brillanz ein Synonym für Unbeständigkeit war. Der Dienst in diesem Bereich sah vor, daß junge Leute wie Codrington monatelang mit einem selbständigen Kommando betraut wurden, anstatt daß sie mit der Kriegsflotte unter den strengen Augen eines ranghöheren Offiziers, der jede Hitzköpfigkeit mit einem Verweis unter Kontrolle hielt, segelten.

Der Admiral hatte das unbehagliche Gefühl, daß ihn eben dieser Offizier vor seiner Pensionierung als Kommandant der Cape Squadron und vor seiner Ernennung zum Ritter in eine peinliche Situation bringen würde. Daß seine Zukunftspläne durch den jungen Codrington noch nicht durchkreuzt wurden, war wohl ein besonderes Maß an

Glück, und Kemp hatte Schwierigkeiten, sein Gesicht nicht zu verziehen, wenn er an die Kalabasch-Affäre dachte.

Damals hatte Codrington fünf argentinische Sklavenschiffe bei Kalabasch aufgebracht, die ihre Fracht beim Anblick der *Black Joke* sofort ausluden und an die Küste brachten. Mit ihren leeren Laderäumen und gute zwanzig Seemeilen vom Äquator entfernt, konnten die Kapitäne selbstgefällig grinsend Codrington erwarten, der jedoch seine Geschütze ausfahren und bewaffnete Matrosen entern ließ. Die Spanier, die unter argentinischer Flagge segelten, protestierten heftig, aber Codrington erklärte: »Wir sind keine Entermannschaft, sondern lediglich bewaffnete Berater. Und unser Rat besteht darin, daß Sie Ihre Fracht sofort einladen – und zwar schnell.« Als die Sklaven wieder eingeschifft waren, befahl Codrington der Sklavenflotte, Kurs nach Norden zu nehmen, und fünf Stunden später brachte er die Schiffe auf, nahm die Kapitäne gefangen und segelte nach Kapstadt. Kemp hörte entgeistert den Bericht der Spanier von ihrer Gefangennahme und legte sich darauf sofort mit Migräne ins Bett, um einen entsetzten Bericht an die Admiralität nach London zu diktieren. In der Zwischenzeit hatte jedoch nicht nur die Admiralität, sondern auch das Außenministerium eine Depesche abgeschickt, derzufolge die »Ausrüstungsklausel« auf alle Schiffe der christlichen Seefahrt anzuwenden sei, mit der ins Auge springenden Ausnahme der Vereinigten Staaten von Amerika, und zwar auf allen Breiten nördlich und südlich des Äquators. Die Depesche war fünf Tage vor der Affäre von Kalabasch erlassen worden, und so wurde Codringtons Aktion nicht nur gesetzmäßig, sondern auch besonders verdienstvoll. Kemps Anteil an dem Prisengeld betrug mehrere tausend Pfund, und der jüngere Kapitän erhielt fast den doppelten Betrag. Beide Offiziere erhielten persönliche Dankschreiben von der Admiralität.

Einige unangenehme Augenblicke lang bedachte Kemp seinen Platz in der Geschichte als jener Mann, der den zweiten Krieg mit den früheren amerikanischen Kolonien heraufbeschwor. Der Standpunkt der amerikanischen Regierung über die Unantastbarkeit ihrer Schiffahrt war unumstößlich, und Admiral Kemps Befehle waren diesbezüglich präzise.

»Admiral Kemp«, Codrington brannte sichtlich darauf, sein Vorhaben auszuführen. »Es steht außer Zweifel, daß die *Huron* ein Sklavenschiff ist. Sie liegt in britischen Gewässern vor Anker. In zwei Stunden könnte ich mit unparteiischen Zeugen, ja sogar mit einem Mitglied des Obersten Gerichtshofes an Bord sein.«

Kemp war so entsetzt über den Vorschlag, daß er kein Wort hervorbrachte. Codrington nahm sein Schweigen als Ermunterung.

»Dieser St. John ist einer der berüchtigsten Sklavenhändler unserer Zeit. An der Küste ist sein Name Legende. Man sagt, daß er in einem Jahr dreitausend Sklaven weggebracht hat. Für uns ist das hier *die* Gelegenheit.«

Kemp fand endlich seine Stimme wieder. »Ich habe Mittwoch abend beim Gouverneur gespeist; St. John war der persönliche Gast Seiner Exzellenz. Ich halte Mr. St. John für einen Gentleman, und ich weiß, daß er in seiner Heimat über beachtliche Mittel und einigen Einfluß verfügt«, sagte er ruhig. Er war selbst erstaunt über seine Beherrschung.

»Er ist Sklavenhändler.« Robyn Ballantyne sprach zum erstenmal, seit sie sich im Arbeitszimmer des Admirals ans Fenster gesetzt hatte. Die zwei Männer hatten sie völlig vergessen, doch jetzt wandten sich beide ihr zu.

»Ich war im Laderaum der *Huron*, und er ist zur Sklavenaufnahme voll ausgerüstet«, sagte sie mit leiser, deutlicher Stimme. Kemp verspürte Bitterkeit. Wie hatte er diese junge Frau bezaubernd finden können? Sie war die geborene Unruhestifterin.

»Ich glaube, es ist Ihre Pflicht, die *Huron* durchsuchen zu lassen, Admiral Kemp«, sagte Robyn, und Kemp lehnte sich schweratmend in seinem Sessel zurück. Es war viele Jahre her, daß es jemand gewagt hatte, ihn an seine Pflichten zu erinnern. Er drohte seine Selbstkontrolle zu verlieren. Lag besonderer Haß in der Stimme der jungen Frau? fragte er sich. Sie war Passagier auf der *Huron* gewesen und hatte das Schiff in der Tafelbucht sofort verlassen. Bestimmt gehörte sie zu jenen ›lockeren‹ Frauen, und dieser Captain St. John war ein gutaussehender Mann. Eine hübsche Geschichte ist das, überlegte er, während er sie ätzend fragte: »Stimmt es, Miss Balantyne, daß Sie den Oberstabsarzt in einem Wutanfall angegriffen haben?«

Der plötzliche Themawechsel brachte Robyn aus dem Gleichgewicht, und bevor sie antworten konnte, fuhr Kemp fort: »Sie sind offenbar eine sehr gefühlsbetonte junge Dame. Und ich werde es mir sehr überlegen, aufgrund Ihrer unbewiesenen Behauptungen einen unfreundlichen Akt gegen den Bürger eines befreundeten Landes zu setzen.« Er zog seine goldene Uhr aus der Tasche und betrachtete sie aufmerksam. »Ich danke für Ihren Besuch, Miss Ballantyne. Wir freuen uns, Sie morgen abend zu sehen. Jetzt möchte ich mit Captain Codrington unter vier Augen sprechen.«

»Danke, Admiral, Sie waren überaus freundlich und geduldig«, sagte sie und rauschte mit hochroten Wangen aus dem Zimmer.

Codrington gegenüber war Kemp weniger freundlich. Während der junge Kapitän vor ihm strammstand, fuhr er ihn an: »Es war keine gute Idee von Ihnen, diese junge Person hierherzubringen, um mit ihr Angelegenheiten der Marine zu besprechen.«

»Sir, ich wollte Sie überzeugen.«

»Genug, Codrington. Ich habe gehört, was Sie zu sagen haben. Hören Sie jetzt gut zu. Wissen Sie nicht, daß Lincoln vermutlich Präsident werden wird?«

»O doch, Sir.«

»Dann sind Sie sich vielleicht auch vage der delikaten Lage bewußt, in der wir uns befinden. Wissen Sie, was es für uns bedeuten wird, amerikanische Schiffe auf hoher See zu durchsuchen? Wir werden dieses Recht haben, sobald Lincoln vereidigt ist und unsere jungen Offiziere die Einstellung der Amerikaner nicht durch unüberlegte Handlungen beeinflussen. Sie haben strengen Befehl, der *Huron* nicht in die Nähe zu kommen, und falls Sie ihr auf hoher See begegnen, werden Sie ihr die üblichen Ehrenbezeugungen erweisen. Habe ich mich klar ausgedrückt?«

»Ja, Sir.«

Der Admiral atmete tief ein, bevor er weitersprach. »Wann wollen Sie auslaufen?«

»Am Samstag, wie Sie befohlen haben.«

Kemp seufzte. »Ich werde mich besser fühlen, wenn Sie auf See sind. Gut, am Samstag bei Tagesanbruch.«

Robyn Ballantyne erwartete ihn vor dem Haus der Admiralität in der Kutsche der Cartwrights.

Keiner von ihnen sprach, bevor sie das Grundstück der Admiralität verlassen hatten und den Hügel hinab zur Liesbeeck-Brücke fuhren.

»Was tun wir jetzt?« fragte Robyn.

»Nichts«, erwiderte Codrington.

»Fällt Ihnen gar nichts ein, um diesem Ungeheuer das Handwerk zu legen?«

»Fällt *Ihnen* etwas ein?« fragte er scharf, und dann schwiegen beide, bis sie die Landestelle erreichten. Die Fischerboote waren eben hereingekommen und boten Hausfrauen und Dienern ihren Fang an.

»Kommen Sie morgen abend zum Ball der Admiralität?« fragte Codrington.

»Nein«, Robyn schüttelte energisch den Kopf. »Ich kann dieses frivole Geplauder und Geschnatter bei solchen Gelegenheiten nicht leiden, und ich möchte ganz bestimmt nicht mehr Gast dieses Mannes sein.«

Codrington sah sie an. Sie ist hübsch, dachte er, mit dieser schimmernden Haut und den nachdenklichen grünen Augen unter den dunklen Brauen. Er mochte schlanke, große Frauen und wußte genug von ihr, um sie zu respektieren – ein Respekt, der sich in Faszination verwandeln könnte, wie er feststellte.

»Könnte ich Sie dazu bringen, Ihren Entschluß zu ändern?« fragte er leise. »Ich würde mich bemühen, für eine vernünftige Unterhaltung und einen würdigen Tanzpartner zu sorgen.«

»Ich tanze nicht, Captain.«

»Welche Erleichterung«, gab er zu. »Denn wenn ich die Wahl habe, ziehe ich es auch vor, nicht zu tanzen.« Er lächelte. Sie konnte sich nicht erinnern, ihn lächeln gesehen zu haben, und es veränderte ihn vollkommen. Die Kälte wich aus seinen Augen, und um seinen Mund erschienen zwei tiefe Lachfalten, die sich bis zu der schmalen Nase zogen.

»Admiral Kemp hat einen vorzüglichen Koch. Gutes Essen und ernste Gespräche«, versuchte er sie zu überreden.

»Und vielleicht habe ich eine neue Idee bezüglich der *Huron,* die ich mit Ihnen besprechen möchte.«

»Da kann ich nicht widerstehen.« Endlich lachte sie laut und so vergnügt, daß sich einige der Umstehenden nach ihr umdrehten.

»Ich werde Sie abholen. Wann und wo?« Wie anziehend ihr Lachen doch ist, dachte er. »Nein«, sagte sie. »Mein Bruder wird mich begleiten. Warten Sie«, rief sie dem Kutscher zu und sah dann der schlanken Gestalt nach, die zum Strand ging, wo das Beiboot wartete. Für den Besuch beim Admiral hatte Codrington die Ausgehuniform angezogen. Die goldbestickten Epauletten betonten die breiten Schultern, und der Gürtel ließ die Taille noch schmäler erscheinen. Plötzlich fragte sie sich, ob sein Körperhaar ebenso blond war wie der *queue* in seinem Nacken. Seit wann kamen ihr so unzüchtige Gedanken? Natürlich seit der Nacht auf der *Huron.* Mungo St. John war an allem schuld.

»Nach Hause, bitte«, rief sie dem Kutscher zu und

beschloß, den Ball des Admirals nicht zu besuchen. Und im stillen begann sie, die christlichen Glaubensartikel herzusagen.

Zouga aber machte ihre guten Vorsätze zunichte. Sie fuhren zusammen mit Aletta, der unverheirateten Tochter der Cartwrights, in der offenen Kutsche, während die Eltern, in ernste Gespräche vertieft, in einem geschlossenen Wagen folgten.

»Ich bin überzeugt, daß Aletta ihm sehr gefällt«, stellte Mrs. Cartwright fest.

»Meine Liebe, der Mann besitzt überhaupt kein Vermögen.«

»Aber gute Chancen«, meinte Mrs. Cartwright. »Soviel ich höre, wird er Tausende bei dieser Expedition verdienen. Er gehört zu den jungen Männern, die im Leben vorwärtskommen, davon bin ich überzeugt.«

»Geld auf der Bank ist mir lieber«, erklärte der Vater.

»Er hat ziemlich viel Aufregung verursacht, sage ich dir – so ein ernster und vernünftiger junger Mann und dazu noch so gut aussehend. Für Aletta wäre er eine gute Partie, und du könntest ihm einen Posten in der Firma verschaffen.«

Im Haus der Admiralität waren alle Lampen angezündet, und ihr goldener Schein empfing die Gäste. Auf der Terrasse spielte die Musikkapelle der Marine, in Gold und Rot gekleidet. Auf dem Parkett drehten sich bereits einige Paare im Walzertakt. Am Fuß der Treppe stand der Butler und kündigte mit tiefer, sonorer Stimme alle Neuankömmlinge an.

»Major und Doctor Ballantyne. Miss Cartwright.«

Robyn hatte sich immer noch nicht an das Getuschel gewöhnt, das losging, wo immer sie sich in der Kolonie öffentlich zeigte, an den raschen Austausch von Blicken, an das Nicken und Gemurmel hinter vorgehaltenem Fächer.

All das beschleunigte ihren Pulsschlag und gab ihr ein Gefühl bitterer Verachtung für die Leute.

»Hast du einen Schwamm mitgebracht Sissy? Man erwartet, daß du wieder jemandem einen ins Gesicht wirfst«, murmelte Zouga, und sie stieß ihn an, um ihn zum Schweigen zu bringen, aber er fuhr fort: »Du könntest auch deine Röcke fallen lassen und in Breeches die Treppen hinaufeilen.«

»Du bist boshaft, Zouga.« Sie fühlte, wie die Spannung von ihr wich, und drückte dankbar den Arm des Bruders.

Sie waren umringt von marineblauen und roten Uniformen mit Goldtressen; die Damen trugen über unzähligen Unterröcken Taft und Seide. In der Mode war man zwei Jahre hinter London zurück, und nur die kühnsten unter den Ladies hatten es gewagt, die kalkweiß gepuderten Schultern zu entblößen.

Robyn trug ein einfaches, völlig schmuckloses Wollkleid mit engem Rock. Merkwürdigerweise sah sie nicht unscheinbar aus, sondern auffallend, anders. Nun bedauerte sie, daß sie Codrington gesagt hatte, daß sie nicht tanze. Rasch sah sie sich nach einem bekannten Gesicht in der Menge um. Zouga hatte Aletta auf das Tanzparkett geführt, und sie stand nur ungern allein in dem Getümmel. Als sie Captain Codrington entdeckte, war sie so erleichtert, daß sie ihn am liebsten umarmt hätte. So würdevoll sie konnte, sagte sie: »Guten Abend, Captain Codrington.«

Er sieht wirklich gut aus, überlegte sie und spürte, daß viele junge Mädchen sie beneideten, als er sich vor ihr verneigte. Ostentativ hakte sie sich bei ihm unter, war jedoch erstaunt, daß er sie sofort in den Garten führte.

»Er ist hier«, sagte er leise.

Sie brauchte nicht zu fragen, wen er meinte, und der Schock verschloß ihr einen Augenblick den Mund.

»Haben Sie ihn gesehen?«

»Er ist fünf Minuten vor Ihnen gekommen – in der Kutsche des Gouverneurs.«

»Wo ist er jetzt?«

»Er ging mit dem Gouverneur in Kemps Arbeitszimmer.«

Clintons Miene verfinsterte sich. »Der Bursche ist wirklich zu frech.« Ein Diener kam mit einem Tablett und bot Champagner an. Robyn lehnte ab, Codrington nahm ein Glas und leerte es in zwei Zügen.

»Das teuflische ist, daß niemand an ihn herankann«, sagte er wütend.

Sie blickten auf das Tanzparkett. Ein Tänzer überragte alle anderen. Während die meisten Paare angestrengt und schwitzend herumhopsten, glitt Mungo St. John mühelos, rasch über das Parkett, stets mit den hübschesten Mädchen.

Clinton und Robyn beobachteten ihn ebenfalls von einer Galerie aus, die das Tanzparkett umgab. Sie standen in einem kleinen Kreis von Clintons Kameraden und deren Damen, ohne zu dem leichten Geplauder etwas beizutragen.

Als Robyn an Codringtons Arm zum Dinner ging, sah sie St. John mit einer blonden Frau, einer reichen und lebenslustigen Witwe der Kolonie. Ihre Schultern waren unbedeckt, und das perlenbestickte Mieder entblößte ihren Busen mehr, als daß es ihn verhüllte. Mungo St. John prunkte in seinem einfachen Frack mehr als alle anderen glitzernden Uniformen.

Robyn beobachtete, wie sie St. John mit dem Fächer auf die Schulter klopfte und ihm etwas ins Ohr flüsterte.

»Die Frau ist eindeutig eine Hure«, zischte sie. Codrington, etwas schockiert über ihre Sprache, nickte zustimmend. »Und er ist der Teufel in Person«, fügte sie hinzu.

Es war, als hätte St. John sie gehört, denn in diesem Moment sah er auf, verbeugte sich und lächelte Robyn zu. Es war ein so vertrautes, wissendes Lächeln, daß sie das Gefühl hatte, nackt ausgezogen zu werden, und sofort verspürte sie die gleiche überwältigende Hilflosigkeit wie auf der *Huron*. Mit großer Anstrengung wandte sie sich ab, aber Codrington hatte sie beobachtet. Sie konnte ihm nicht ins Auge sehen, weil sie fürchtete, daß er alles darin lesen könnte.

Zwei Stunden nach Mitternacht spielte die Kapelle für die wenigen Tanzpaare nur noch romantische Weisen wie für Verliebte; die übrige Gesellschaft hatte sich in die Spielzimmer im ersten Stock zurückgezogen.

Im größten Raum wurde Whist gespielt, doch Robyn und Clinton Codrington traten in einen kleinen Salon, wo man ein für Engländer neues Spiel spielte, das aus Amerika kam – Poker. Obwohl die Königin selbst an dem Spiel Interesse bekundet hatte, galt es immer noch als Männerspiel, und die Frauen umflatterten die Tische wie bunte Schmetterlinge. Robyn sah Mungo St. John in dem Augenblick, in dem sie den Salon betrat. Sichtlich hatte er eine Glückssträhne, denn vor ihm häuften sich die Goldmünzen mit dem Porträt der viel jünger als in Wirklichkeit aussehenden Königin Victoria. Es ging eine Erregung von ihm aus, die beinahe greifbar war und sich auf die anderen Spieler übertrug. Sie war im Glitzern der Augen spürbar, in den weißen Knöcheln der Finger, die die Karten hielten, in den tollkühnen Rufen und der unbesonnenen Eile, die die Spieler nicht aufhören ließ, obwohl sie das Glück längst verlassen hatte. Es war klar, daß alle St. John als ihren Hauptgegner betrachteten, und wenn er keinen Einsatz machte, so verlor das Spiel sofort seine Spannung.

Robyn erlag der gleichen Faszination, und unbewußt verstärkte sich ihr Druck auf Codringtons Arm, als die Atmosphäre spannender wurde und die goldenen Münzen in der Mitte des Tisches klirrten. Ihr Atem stockte vor Überraschung am Ende jeden Spiels, als die Karten gezeigt wurden. Langsam näherte sie sich dem Spieltisch und zog Codrington mit, so daß sie zurücktreten mußten, als ein Spieler widerwillig ausrief: »Fünfzig Guineen sind genug für einen Abend. Meine Herren, entschuldigen Sie mich!«

Robyn war überrascht, als Codrington sich von ihr freimachte und den leeren Platz einnahm.

»Darf ich mich beteiligen, meine Herren?«

Alles murmelte zustimmend, nur St. John blickte auf und

fragte höflich: »Wissen Sie, um welchen Einsatz wir spielen, Captain?«

Clinton Codrington antwortete nicht, sondern zog eine Rolle Fünf-Pfund-Noten aus der Tasche. Es mußten mindestens hundert Pfund sein, und Robyn fiel ein, daß Codrington jahrelang zu den erfolgreichsten Blockadekommandanten der Sklavenküste gehört hatte. Man erzählte sich, daß er mehr als zehntausend Pfund verdient hatte, doch Robyn hatte ihn nie für einen reichen Mann gehalten. Plötzlich wurde ihr klar, daß Codrington mit dieser Geste eine stille Herausforderung St. Johns beabsichtigte und dieser sie mit einem kleinen Lächeln annahm. Beinahe augenblicklich änderte St. John den Stil seines Spieles, verdoppelte Einsätze und schien jede Partie zu beherrschen. Codrington hingegen wirkte unsicher und zögernd. Er riskierte kaum etwas. Unter seiner Sonnenbräune schien er blaß, und Robyn dachte daran, daß er bestimmt ein Dutzend Gläser Champagner getrunken hatte.

Robin konnte Clinton nur bedauern. Bleich und nervös fingerte er an seinen Karten, zeigte sein gutes Blatt zu früh und mußte das unterdrückte Lachen der Zuschauer erdulden, weil er die Chancen des Spiels nicht zu nützen verstand. Robyn versuchte, seine Aufmerksamkeit auf sich zu lenken, um ihn zum Aufbrechen zu bewegen, bevor er noch mehr gedemütigt würde, aber Clinton spielte stur vor sich hin.

Jetzt wurde um hohen Einsatz gespielt. Im Pot lagen siebzig Guineen. St. John sagte leise: »Ich eröffne, meine Herren.«

An den anderen Tischen hörte man mit dem Spiel auf, als St. John fortfuhr: »Es wird noch weitere siebzig kosten, um im Spiel zu bleiben.« Er hatte den Einsatz verdoppelt, man applaudierte ihm, und er sah die anderen Spieler begierig an.

»Ich bin Ihr Mann«, sagte Clinton schließlich mit atemloser Stimme. Er zählte Banknoten und Goldmünzen aus und schob sie zu dem beträchtlichen Haufen in der Mitte des Tisches.

Drei andere Spieler hörten auf und ließen ihre Karten schnell fallen, sichtlich erleichtert, daß sie für lediglich zehn Guineen der Gefahr entronnen waren. Nur Codrington brütete kläglich über seinen Karten, bis ihn St. John sachte wegen einer Entscheidung anstieß. »Beeilen Sie sich nicht, Captain. Wir haben die ganze Nacht vor uns.« Codrington sah ihn, nickte ruckartig, seiner Stimme nicht trauend, und schob dann einen Stoß Noten in die Mitte. St. John hielt drei Karten in der Hand und verlangte weitere zwei. Offenbar hatte er mit einem Drilling eröffnet und hoffte auf ein weiteres Paar.

»Eine Karte, bitte«, murmelte Clinton, und seine Finger zitterten ein wenig, als er die Karte nahm. Es war völlig klar, daß er auf eine Karte für eine Sequenz oder einen Flush wartete.

»Der Eröffner, bitte«, sagte der Kartenausteiler.

St. John fächerte seine Karten auf und sagte dann beiläufig, ohne seine Miene zu verändern: »Ich verdopple nochmals.«

Alle Augen wandten sich Clinton Codrington zu. Im Pot lagen jetzt zweihundertachtzig Guineas. Eine Verwandlung hatte stattgefunden; Codringtons Wangen waren leicht gerötet, und zum ersten Mal blickte er St. John direkt an. Sicherheit und etwas wie mühsam unterdrückter Eifer gingen von ihm aus.

»Ich verdopple«, sagte er laut. »Fünfhundertsechzig Guineas.« Er konnte sich kaum zurückhalten, und jeder wußte, daß er die Karte, auf die er gewartet hatte, in der Hand hielt.

St. John überlegte nicht länger als eine Sekunde.

»Ich gratuliere.« Er lächelte. »Sie bekamen, was Sie wollten. Das Spiel gehört Ihnen.« Er legte die Karten weg.

»Danke«, erwiderte Clinton. Wieder hatte er sich verändert. Eifer und Unsicherheit waren verschwunden. Er war ruhig, beinahe eisig, als er Noten und Goldstücke einstrich.

»Was für Karten hatte er?« fragte eine der umstehenden Damen aufgeregt.

»Er muß sie nicht aufdecken«, erklärte ihr jemand.

»Ach, ich möchte sie für mein Leben gern sehen«, kreischte sie.

»Es könnte der Schock Ihres Lebens sein, Madam.« Codrington sah lächelnd zu ihr auf und legte sein Blatt offen auf den Tisch. Die Gesellschaft brauchte eine Weile, um zu erfassen, was sie sah. Keine der fünf Karten paßte zu einer anderen. Das Blatt war völlig wertlos. Und damit hatte er den Amerikaner geschlagen und beinahe neunhundert Guineen gewonnen! Allmählich verstanden die Umstehenden, wie sorgfältig Clinton sein Spiel aufgebaut, wie er seinen Gegner gelockt und mit seiner Unsicherheit verführt hatte, um im entscheidenden Moment zuzuschlagen.

St. John lächelte immer noch, aber in seinen Augen war ein böses Funkeln, als er feststellen mußte, wie er geblufft worden war. Er sammelte die Karten ein und begann sie zu mischen.

Mit klarer unüberhörbarer Stimme sagte Codrington: »Selbst das Glück eines Sklavenfängers versagt manchmal. Ich muß allerdings zugeben, daß ich Sie lieber bei Ihrem schmutzigen Handel ertappt hätte, als Sie um ein paar Guineen zu erleichtern.«

Die Umstehenden erstarrten und betrachteten Codrington erschreckt und amüsiert.

»Leben Sie gern gefährlich?«

St. John fragte es lächelnd.

»O nein.« Codrington schüttelte den Kopf. »Ich bin nicht in Gefahr. Soviel ich weiß, sind alle Sklavenhändler Feiglinge.«

St. Johns Lächeln verschwand und wich einem Ausdruck mörderischer Kälte, doch seine Finger hörten nicht auf, die Karten zu mischen.

»Man sagt mir«, fuhr Codrington unbeirrt fort, »daß die sogenannten Gentlemen aus Louisiana nach einem besonderen Ehrenkodex leben.« Er zuckte die Achseln. »Das scheint bei Ihnen nicht der Fall zu sein.«

Alle Zuhörer waren sprachlos. Niemand war sich über das, was er hörte, im Zweifel: es ging um die Beschuldigung des Sklavenhandels. Für Engländer gab es keine größere Beleidigung. Obwohl Duelle seit 1840 verboten waren, roch es plötzlich nach Blut und gewaltsamem Tod in dem Kartenzimmer.

»Meine Herren«, unterbrach eine überzeugende Stimme. Der Flagg-Kapitän des Admirals war auf dessen Befehl eingetreten. »Es muß sich um ein Mißverständnis handeln.«

Keiner der beiden Männer warf auch nur einen Blick in seine Richtung.

»Ich glaube, es gab überhaupt kein Mißverständnis«, sagte St. John kalt und starrte Clinton an. »Die Beleidigungen Captain Codringtons sind unmißverständlich.«

»Mr. St. John, darf ich Sie erinnern, daß Sie sich auf britischem Boden befinden und den Gesetzen Ihrer Majestät unterstehen.« Der Flagg-Kapitän flehte beinahe.

»Ach, Mr. St. John schert sich nicht um Gesetze. Er segelt sein Sklavenschiff voll ausgerüstet in einen britischen Hafen.« Clinton starrte den Amerikaner wütend an.

St. John unterbrach ihn. »Ich würde die Gastfreundschaft Ihrer Majestät nie mißbrauchen. Morgen laufe ich mit der Flut aus, und in vier Tagen werde ich weit von den Hoheitsgewässern Ihrer Majestät entfernt sein – auf dem dreißigsten Grad südlicher Breite. Dort gibt es zwischen großen Steinbrocken eine breite Flußmündung – ein guter Landeplatz und ein Strand.« St. John stand auf, zupfte die Rüschen seines Hemdes zurecht und bot seiner reizenden Begleiterin den Arm. Einen Moment sah er auf Clinton herab. »Wenn wir uns wieder begegnen, können wir nochmals über die Frage der Ehre reden. Bis dahin, guten Morgen, Sir.«

Der Kapitän warf Clinton einen wütenden Blick zu, bevor er dem Paar nacheilte.

»Mr. St. John, Admiral Kemp bat mich, seine Grüße auszurichten. Er läßt sagen, daß er den vorschnellen Beschuldigungen seiner Untergebenen keinen Wert beimißt. Dessenungeachtet glaubt der Admiral, daß Sie den nächsten günstigen Wind nutzen und Ihre Reise fortsetzen sollten.«

»Bitte erwidern Sie die Grüße des Admirals, und seien Sie versichert, daß ich die Bucht vor Mittag verlassen haben werde.«

Vom Deck der *Black Joke* sahen sie zu, wie der Klipper die Anker lichtete. Die *Black Joke* würde erst vier Stunden später zur Abfahrt bereit sein.

Während die Heizkessel zu arbeiten begannen, kamen die letzten Mitglieder der Ballantyne-Expedition an Bord. Wieder hatten sich Zougas Empfehlungsschreiben bewährt. Der alte Tom Harkness hatte Zouga gewarnt: »Versuchen Sie nicht, die Chimanimani-Berge zu überqueren, ohne gute Leute bei sich zu haben. Hinter dem schmalen Küstenstreifen kennt man nur ein Gesetz, und das diktiert die Mündung eines Gewehrs.«

Aufgrund der Briefe hatte der Kommandant der Garnison von Kapstadt Zouga erlaubt, bei der Hottentotten-Infanterie nach Freiwilligen zu fragen. »Sie sind die einzigen Eingeborenen, die mit Feuerwaffen umgehen können«, hatte Harkness gesagt. »Hinter Weibern und Alkohol sind sie her wie der Teufel, aber sie können marschieren und kämpfen, und die meisten sind immun gegen Fieber. Suchen Sie Ihre Leute sorgfältig aus, und beobachten Sie sie Tag und Nacht.«

Zouga gefielen diese kleinen, drahtigen Kerle mit den schräggestellten Augen und den hohen Backenknochen auf den ersten Blick. Trotz ihres beinahe orientalischen Aussehens waren sie afrikanischer als alle anderen Stämme. Es waren die Einwohner, die die ersten Seefahrer bei ihrer Ankunft in der Tafelbucht vorgefunden hatten; sie hatten sich rasch an den weißen Mann und auch an dessen Laster gewöhnt.

Der Mann, den Zouga als ersten auswählte, hatte ein altersloses Gesicht; er hätte ebensogut vierzig wie achtzig sein können.

Seine Haut hatte die Beschaffenheit und Farbe von Papyrus, doch die kleinen runden Haarbüschel auf dem Kopf – die Pfefferkörner, wie man sie nannte – zeigten keinen Anflug von Silber.

»Ich lehrte Captain Harris Elefanten schießen«, prahlte er.

»Wann war das?« fragte Zouga. Cornwallis Harris war einer der berühmtesten der alten afrikanischen Jäger gewesen und hatte ein Buch über die Jagd geschrieben, das ein Klassiker wurde.

»Ich habe ihn in die Cashan-Berge geführt.« Harris hatte diese Expedition vor einunddreißig Jahren unternommen, das hieß, daß der kleine Hottentotte zwischen fünfzig und sechzig war.

»Harris hat deinen Namen nicht erwähnt«, sagte Zouga, »ich habe sein Buch sehr sorgfältig gelesen.«

»Damals hieß ich Jan Bloom.« Zouga nickte. Bloom hatte zu den wagemutigsten Mitgliedern der Expedition gehört.

»Warum heißt du jetzt Jan Cheroot?« fragte Zouga. Die dunklen Augen des Hottentotten zwinkerten vergnügt.

»Manchmal hat ein Mann ebenso genug von seinem Namen wie von einer Frau, und wegen seiner Gesundheit oder wegen seines Lebens ändert er beides.«

Die lange Enfield-Militärflinte war so groß wie der ganze Jan Cheroot, und doch schien sie bloß eine Verlängerung des kleinen Körpers zu sein.

»Wähl neun Leute aus. Die Besten«, sagte Zouga zu ihm.

Diese Leute brachte Sergeant Cheroot an Bord, während die Kessel des Kanonenbootes aufgeheizt wurden. Jeder Mann trug eine Flinte und einen Sack mit seinen Habseligkeiten über die Schulter gehängt, und am Gürtel fünfzig Runden in einem Beutel. Sergeant Cheroot ließ alle an der

Reling antreten. Ein fröhliches Grinsen lag auf ihren Gesichtern.

»Danke, Sergeant, und jetzt wollen wir die Säcke öffnen und die Flaschen über Bord schmeißen«, befahl Zouga.

Das Grinsen verschwand, und die Leute warfen einander enttäuschte Blicke zu – sie hatten den Major für jung und naiv gehalten.

Als Jan Cheroot sich zu Zouga umwandte, lag zum erstenmal ein Funken Respekt in den dunklen Augen.

Es gibt zwei Routen an der südöstlichen Küste Afrikas. Der Kapitän muß außerhalb der Hundert-Faden-Linie, die den Rand des Festlandsockels markiert, segeln, denn die kräftige Mozambique-Strömung und die dort herrschenden Winde können das Meer so bewegen, daß die von Seeleuten gefürchteten »Jahrhundert-Wogen« – über sechzig Meter hohe Wellen – selbst mit dem massivsten Schiff wie mit einem trockenen Blatt spielen. Die andere und nur etwas weniger gefährliche Route liegt nahe an der Küste, wo felsige Riffe im seichten Wasser den leichtsinnigen Navigator erwarten.

Um rasch vorwärtszukommen, wählte Clinton Codrington die Route nahe der Küste, so daß immer Land in Sicht war, während sie nach Norden fuhren. Tag um Tag lagen schimmernd weiße Strände und dunkle felsige Landzungen vor dem Bug der *Black Joke*.

Clinton ließ die Dampfkessel arbeiten und hatte alle Segel gesetzt, als er dem Rendezvous mit Mungo St. John entgegenfuhr. Allmählich begriff Robyn seine zwanghafte Eile, denn sie verbrachte viele Stunden mit ihm, und wann immer das Schiff ihm Zeit ließ, suchte er ihre Gesellschaft.

Viele Kapitäne hielten einmal in der Woche einen Gottesdienst ab, doch Codrington sprach jeden Morgen ein Gebet, und es wurde Robyn bald klar, daß sein Glaube und sein Gefühl für christliche Pflichterfüllung ebenso stark, wenn nicht stärker waren als ihre eigene Überzeugung. Die furchtbaren Zweifel, die sie manchmal befielen, schien er nicht zu kennen, und wäre das nicht unchristlich gewesen, sie hätte ihn beneidet.

»Ich wollte wie mein Vater und mein älterer Bruder Geistlicher werden«, erzählte er ihr.

»Warum haben Sie es nicht getan?«

»Der Allmächtige hat mich auf den Pfad geführt, den er für mich wählte.« Clinton sagte es ganz einfach, und es klang überhaupt nicht anmaßend. »Jetzt weiß ich, daß ich hier in diesem Land der Hüter Seiner Herde sein soll.« Er wies auf die silbernen Strände und die blauen Berge. »Damals begriff ich das nicht. Aber Seine Wege sind wunderbar. Das ist die Arbeit, die Er mir bestimmt hat.«

Plötzlich verstand Robyn, daß sein Kampf gegen den Sklavenhandel einem persönlichen Kreuzzug gleichkam. Er glaubte wirklich, ein Werkzeug Gottes zu sein. Doch wie viele religiöse Menschen behielt er seinen Glauben für sich und warf nicht mit Bibelzitaten herum. Nur bei den täglichen Gebeten und wenn er allein mit Robyn auf dem Achterdeck stand, sprach er von Gott. Natürlich nahm er an, daß ihr Glaube ebenso stark war wie der seine, und bewunderte sie, weil sie Missionarin geworden war. Robyn wiederum mochte seine Bewunderung, sein Aussehen, den Klang seiner Stimme und sogar seinen Geruch; es war ein männlicher Geruch wie der nach gegerbtem Leder.

Clinton war ein Kämpfer für das Christentum, und sie fühlte sich wohl in seiner Gegenwart; eine Gegenwart, die nicht erregend war wie jene von St. John, sondern tröstlich und befriedigend. Robyn sah in ihm ihren Ritter, als ginge es bei dem tödlichen Treffen, dem er entgegeneilte, um sie selbst und die Tilgung ihrer Schmach.

Am dritten Tag fuhren sie an einer Siedlung an der Küste der Bucht von Algoa vorüber, wo 1820 fünftausend britische Siedler unter Lord Somerset gelandet waren und immer noch ein kärgliches Dasein fristeten. In der weiten Wildnis sahen die weißen Häuser lächerlich klein und unbedeutend aus. Robyn erkannte langsam die Größe dieses Kontinents und bekam zum erstenmal Angst vor ihrem eigenen Mut, der sie hierhergetrieben hatte. Das Afrika ihrer Träume schien rauh und abweisend.

Als die *Black Joke* sich dem Ort des Treffens näherte, zog Clinton sich immer häufiger in seine Kabine zurück. Er wußte, was ihm bevorstand, und Zouga hatte bei jeder Gelegenheit versucht, ihn umzustimmen.

»Sie haben einen außerordentlichen Gegner, Sir«, sagte er ihm geradeheraus, »und es ist keine Beleidigung, wenn ich bezweifle, daß Sie ihm mit der Pistole oder dem Degen ebenbürtig sind. Und er wird bestimmt Pistolen wählen, das möchte ich wetten.«

»Er hat mich herausgefordert«, sagte Clinton ruhig. »Meine Waffe ist der Entersäbel der Marine, und damit werden wir kämpfen.«

»Da kann ich Sie nicht unterstützen.« Zouga schüttelte den Kopf. »Wenn es überhaupt eine Herausforderung gab – und darüber läßt sich streiten –, dann kam sie von Ihnen, Sir. Wenn das Duell stattfindet, dann findet es mit Pistolen statt.«

Tag um Tag versuchte Zouga, Clinton umzustimmen.

»Verdammt, Mann, heutzutage werden keine Duelle mehr ausgetragen, insbesondere nicht mit einem Mann, der die Zigarre in Ihrem Mund auf zwanzig Schritte spalten könnte.« Oder: »Es gab keine Herausforderung, Captain, ich war dabei, und ich verbürge mich dafür.« Oder: »Sie werden vor ein Kriegsgericht kommen, Admiral Kemp hat Ihnen ausdrücklich befohlen, ein Zusammentreffen zu vermeiden.«

Als alle seine Argumente nichts fruchteten, ging Zouga zu Robyn. »Du scheinst einigen Einfluß auf diesen Kerl zu haben. Kannst du ihn nicht davon abbringen, Sissy?«

»Warum bist du so dagegen, daß Captain Codrington seine Ehre verteidigt?«

»Er ist ein netter Kerl, und ich möchte ihn nicht ins Gras beißen sehen.«

»Denn wenn das der Fall wäre, hätten wir Schwierigkeiten, nach Quelimane zu kommen, nicht wahr?« fragte Robyn mit sanfter Stimme. »Deine Besorgnis ist unchristlich.«

»St. John kann sich aussuchen, in welchem Auge seine Kugel landet. Du weißt selbst, wie er schießt.«

»Ich halte es für Captain Codringtons Pflicht, dieses Ungeheuer zu vernichten. Gott beschützt die Gerechten.«

»Meiner Erfahrung nach beschützt er diejenigen, die besser und rascher schießen«, brummte Zouga enttäuscht.

»Das ist Gotteslästerung«, erklärte Robyn.

Wütend verließ Zouga die Kabine seiner Schwester; aus langer Erfahrung wußte er, wann er seine Zeit verschwendete.

Sie fuhren an der Mündung des Flusses Kei vorbei – der Grenze des englischen Einflußbereichs.

Dahinter lag die unberührte Wildnis, von Stämmen bevölkert, die von den Weißen zurückgetrieben worden waren, von Abtrünnigen, Überläufern, umherziehenden Jägern und Händlern.

Sogar die mit ihren Trecks kommenden Buren hatten dieses Land links liegen gelassen, als sie ins Landesinnere vordrangen und das Gebirgsmassiv, das die Küste vom Hochlandplateau trennte, überschritten.

Dieses Küstenland lag zwischen den englischen Kolonien von Kapstadt und Port Natal und wurde nur von wilden Stämmen bewohnt, die das vorbeifahrende schwarze Schiff beobachteten.

Clinton Codrington hatte den von St. John angegebenen Punkt, wo der einunddreißigste Breitegrad die Küste traf, markiert, und als die *Black Joke* um die letzte Landzunge fuhr, erwies sich St. Johns Beschreibung der Flußmündung als unverkennbar.

Der Fluß strömte in einer tiefen Schlucht von den Hügeln

herab, füllte eine von Schilf gesäumte Lagune und floß über eine Sandbank ins Meer.

Jeden Zweifel, daß dies der Platz des Treffens war, beseitigte die *Huron,* die eine Kabellänge von dem seichten grünen Wasser entfernt vor Anker lag. Clinton betrachtete das Schiff prüfend durch das Fernrohr, dann fragte er leise: »Wollen Sie mein Sekundant sein, Zouga?«

Erstaunt erwiderte Zouga: »Ich nahm an, Sie würden einen Ihrer Offiziere bitten?«

»Das kann ich nicht.« Clinton schüttelte den Kopf. »Wenn Admiral Kemp davon erfährt, würde es seiner Dienstbeschreibung schaden.«

»Wegen *meiner* Karriere haben Sie offenbar keine Skrupel«, bemerkte Zouga.

»Sie wurden von Ihrem Regiment beurlaubt und haben keine ausdrücklichen Befehle wie meine Offiziere.«

Zouga überlegte schnell. In der Armee war ein Duell kein so großes Vergehen wie in der Marine, und tatsächlich gab es kein ausgesprochenes Verbot. Mit St. John zusammenzutreffen gab ihm eine letzte Gelegenheit, diese lächerliche Affäre, die seine Expedition ernstlich gefährdete, aus der Welt zu schaffen.

»Ich nehme an«, sagte Zouga kurz.

»Ich bin Ihnen dankbar, Sir«, erwiderte Clinton ebenso knapp. »Wir wollen hoffen, daß Sie genauso dankbar sind, wenn diese Angelegenheit vorüber ist«, meint Zouga trokken. »Ich werde sogleich zur *Huron* übersetzen, in einer Stunde wird es dunkel.«

Tippoo fing das Tau auf, das ihm vom Beiboot des Kriegsschiffes zugeworfen wurde, und hielt es, während Zouga seinen Mantel aufhob, über den Zwischenraum auf die Bordleiter sprang, unter der das grüne Wasser aufbrandete, und emporkletterte, bevor die nächste Woge seine Stiefel nässen konnte.

Mungo St. John empfing ihn am Fuß des Hauptmastes. Er wirkte ernst und abweisend, bis Zouga auf ihn zueilte und ihm die Hand entgegenstreckte. Dann entspannte er sich und erwiderte das Lächeln.

»Verdammt, Mungo, können wir nicht mit diesem Unsinn aufhören?«

»Natürlich, Zouga«, stimmte St. John zu. »Eine Entschuldigung von Ihrem Mann genügt mir.«

»Der Mann ist ein Narr.« Zouga schüttelte den Kopf. »Wozu etwas riskieren?«

»Ich glaube nicht, etwas zu riskieren, und muß Sie erinnern, daß mich der Mann einen Feigling schimpfte.«

»Es gibt also keine Möglichkeit?« Die beiden waren während der langen Schiffsreise gute Freunde geworden, und Zouga glaubte, weiter hartnäckig bleiben zu können. »Ich gebe zu, der Kerl ist ein hochmütiger Laffe, aber wenn Sie ihn töten, machen Sie die Sache verdammt schwer für mich, das wissen Sie doch?«

Mungo St. John warf den Kopf zurück und lachte fröhlich. »Wissen Sie was, Zouga? Wir beiden könnten gut zusammenarbeiten. Sie sind ein nüchterner Mann wie ich. Sie werden es weit bringen, das wage ich zu prophezeien.«

»Nicht sehr weit, wenn Sie den Mann töten, der mich weiterbringen soll.« Mungo St. John klopfte Zouga auf die Schulter.

»Es tut mir leid mein Freund, diesmal geht es nicht anders.«

»Sie haben die Wahl der Waffe.«

»Pistolen«, sagte Mungo St. John.

»Natürlich«, nickte Zouga. »Also morgen bei Tagesanbruch auf dem Strand.«

Er wies mit dem Kinn zum Land. »Ist Ihnen das recht?«

»Ausgezeichnet. Tippoo wird mein Sekundant sein.«

»Kennt er die Regeln?« Zouga blickte zweifelnd auf die halbnackte Gestalt, die in der Nähe wartete.

»Er weiß, daß er Codrington zu erschießen hat, falls dieser seine Pistole einen Augenblick zu früh auf mich richtet.« Ein grausames Lächeln zeigte sich auf Mungos Zügen. »Und soweit es mich betrifft, ist das alles, was er wissen muß.«

In dieser Nacht schlief Robyn nicht eine Minute lang, und als sie aufstand, waren es immer noch zwei Stunden bis Tagesanbruch. Sie zog ihre alte Hose und eine Männerjacke an; beim Durchwaten des Wassers wären Röcke nur hinderlich, und außerdem war es feucht und kühl draußen. Sie kontrollierte den Inhalt ihrer schwarzen Tasche und überzeugte sich, daß sie alles hatte, um eine Schußwunde zu reinigen, zerfetztes Fleisch zu nähen und Schmerzen zu lindern.

Alle hielten es für selbstverständlich, daß Robyn an diesem Morgen mit dabei war. Weder die *Huron* noch das Kanonenboot hatten einen Arzt an Bord. Eben wollte sie mit ihren Tagebucheintragungen beginnen, als es an der Tür klopfte.

Clinton Codrington stand blaß und nervös auf der Schwelle, und instinktiv wußte Robyn, daß er ebensowenig geschlafen hatte wie sie. Rasch überwand er den Schock, sie in Hosen zu sehen, und blickte ihr in die Augen.

»Ich wollte mit Ihnen sprechen. Es ist die letzte Gelegenheit vor . . .«, murmelte er schüchtern.

Sie nahm seinen Arm und führte ihn in die Kabine. »Sie haben nicht gefrühstückt?« fragte sie streng.

»Nein, Madam.« Er schüttelte den Kopf und seine Augen fielen auf ihre behosten Beine; dann blickte er sie schuldbewußt an.

»Das Medikament hat gewirkt?«

Er nickte, zu verlegen, um zu antworten. Am Abend zuvor hatte sie ihm ein Abführmittel gegeben, denn als Chirurgin kannte sie die verheerende Wirkung einer Kugel in volle Gedärme.

Sie berührte seine Stirn und fragte: »Sie ist warm, haben

Sie sich erkältet?« Sie empfand beinahe mütterliche Besorgnis für ihn; er schien so jung und unerfahren.

»Ich dachte, wir könnten vielleicht gemeinsam beten.« Seine Stimme war so leise, daß sie ihn kaum verstand.

»Kommen Sie«, flüsterte sie und nahm seine Hand.

Nebeneinander knieten sie auf dem bloßen Schiffsboden der kleinen Kabine und sprachen, immer noch Hand in Hand, ihre Gebete. Als sie endlich etwas steif aufstanden, hielt er ihre Hand noch eine Weile fest.

»Miss Ballantyne – ich meine, Doctor Ballantyne –, ich kann Ihnen nicht sagen, wie tief es mein Leben beeinflußt hat, Sie kennenzulernen.«

Sie spürte, wie sie rot wurde, und versuchte, ihm die Hand zu entziehen, doch er hielt sie fest.

»Ich möchte Ihre Erlaubnis, nochmals darüber zu sprechen, nachdem ...«, er hielt inne, »... wenn dieser Morgen so verläuft, wie wir hoffen.«

»Ganz bestimmt«, sagte sie leidenschaftlich. »Ich weiß, daß es so sein wird.« Ohne genau zu wissen, was sie tat, preßte sie sich an ihn und küßte ihn auf den Mund. Einen Moment lang erstarrte er, dann drückte er sie ungeschickt an sich, so daß die Messingknöpfe sich in ihre Brust bohrten und seine Zähne ihr die Lippen aufrissen.

»Mein Liebling«, flüsterte er. »Oh, mein Liebling.«

Die Heftigkeit seiner Reaktion verblüffte sie, aber gleich darauf stellte sie fest, daß sie die Wildheit seiner Umarmung genoß, und sie versuchte, ihre Arme zu befreien, um sie zu erwidern. Doch er mißverstand die Bewegung und ließ sie los.

»Verzeihen Sie mir«, stammelte er. »Ich weiß nicht, was über mich gekommen ist.«

Die beiden Boote landeten nur hundert Meter voneinander entfernt, von der gleichen grünen Welle ans Land getragen, und die Ruderer sprangen heraus, um sie auf den weißen

Sand zu ziehen. Getrennt gingen die zwei Gruppen über die Sandbank bis zum Rand der Lagune, wo Dünen und Schilf sie vor den Blicken der Bootsmannschaften abschirmten. Dort gab es einen Platz, wo der feuchte Sand fest war.

Mungo St. John und Tippoo blieben auf einer Seite stehen. Während Mungo eine Zigarre anzündete, blickte er, die Hände in die Hüften gestützt, auf die Hügelkette, ohne die Aktivitäten rings um ihn zu beobachten. Er trug schwarze, enganliegende Hosen und ein weißes Seidenhemd mit langen Ärmeln, am Hals offen, so daß das dunkle Brusthaar erkennbar war. Das weiße Hemd würde seinem Gegner ein gutes Ziel bieten. Er hielt die Vorschriften peinlich genau ein.

Robyn, neben Codrington stehend, beobachtete verstohlen St. John. Sie versuchte, den Haß zu mobilisieren, den sie für ihn empfand, aber es gelang ihr nicht recht. Eher war sie von einem seltsamen Stolz erfüllt, und die Präsenz dieses satanischen Mannes erregte ihre Gefühle. Nur mit Mühe wandte sie den Blick ab. Clinton Codrington neben ihr hielt sich sehr aufrecht. Er trug seine dunkelblaue Uniform, und die goldenen Rangabzeichen funkelten im fahlen Licht der Morgensonne. Er hatte das sonnengebleichte Haar im Nakken zusammengebunden, so daß die entschlossene Linie seines Kinns deutlich hervortrat.

Zouga ging auf Tippoo zu, der die Rosenholzkassette mit den Pistolen trug. Als sie einander in der Mitte trafen, nahm Zouga die Waffen heraus und lud sie sorgfältig mit schwarzem Pulver, bevor er die dunkelblaue Bleikugel einlegte und das Zündhütchen aufsetzte.

Der Anblick der Waffen mit den langen Läufen erinnerte Robyn an jene Nacht auf der *Huron*. Sie biß sich auf die Lippen und trat von einem Fuß auf den anderen.

»Machen Sie sich keine Sorgen, Miss Ballantyne.« Clinton Codrington mißverstand ihre Gefühle und tröstete sie flüsternd, während er den Uniformrock auszog. Darunter trug auch er ein weißes Hemd, um St. John ein gutes Ziel zu bieten. Er gab ihr die Jacke und wollte nochmals reden.

»Die Gegner vortreten, bitte«, rief Zouga.

Clinton lächelte Robyn noch einmal mühsam zu, bevor er Mungo St. John gegenübertrat.

»Meine Herren, ich bitte Sie, diese Angelegenheit ohne Blutvergießen zu bereinigen.« Zouga begann mit dem üblichen Versöhnungsversuch.

»Wollen Sie, Captain Codrington, als Herausforderer, eine Entschuldigung anbieten?«

Clinton schüttelte kurz den Kopf.

»Mr. St. John, gibt es eine Möglichkeit, das Blutvergießen zu verhindern?«

»Ich glaube nicht, Sir«, sagte St. John gedehnt, während er vorsichtig die Asche seiner Zigarre abklopfte.

Zouga erklärte die Regeln. »Beim Kommando ›Vorwärts‹ geht jeder von Ihnen zehn Schritte, die ich laut zählen werde. Unmittelbar nach dem zehnten Schritt werde ich das Kommando ›Feuer‹ geben.«

Zouga hielt inne und blickte Tippoo an, der eine Pistole mit langem Lauf in seinen *Breeches* stecken hatte.

»Beide Sekundanten sind bewaffnet.« Zouga legte die Hand auf den Colt an seinem Gürtel. »Sollte einer der Duellanten versuchen, vor dem Kommando zu feuern, wird er sofort von den Sekundanten erschossen.«

Mungo St. John ließ die Zigarre fallen und drückte sie mit dem Absatz in den Sand, bevor er vorwärtsschritt. Tippoo hielt ihm die Rosenholzkassette hin, und nach einem Augenblick des Zögerns ergriff St. John eine der wunderbar verzierten Waffen. Er richtete sie gegen den Himmel und spannte den Hahn schwungvoll mit der anderen Hand.

Mit Erleichterung sah Robyn die geläufige Ungezwungenheit, mit der ihre Kämpfer die Waffen handhabten, und sie war sich nun des Ausgangs ganz sicher. Das Gute mußte triumphieren, und leise betete sie den dreiundzwanzigsten Psalm.

»Nehmen Sie Ihre Plätze ein.« Zouga trat zurück und winkte Robyn, ihm zu folgen.

Tippoo zog die schwere Pistole aus dem Gürtel und spannte den Hahn. Auch Zouga zog den Colt und stand ruhig da, während die beiden Duellanten die letzten Schritte aufeinander zugingen und einander dann den Rükken zukehrten.

»Vorwärts«, rief Zouga so laut, daß Robyn zusammenfuhr.

Mit großen Schritten entfernten sich die Männer voneinander, während Zouga zählte.

»Acht.« Zum ersten Mal bemerkte Robyn die Schweißflecken, die trotz der kühlen Luft in Clintons Achselhöhlen zu erkennen waren.

»Neun.« Plötzlich hatte sie Todesangst um ihn, und all ihre Zuversicht verschwand in der furchtbaren Vorahnung eines Unglücks.

»Zehn!« Sie wollte schreien, aber ihr Hals war wie zugeschnürt. Sie wollte sich zwischen die Männer werfen, aber die Beine versagten ihr den Dienst.

»Feuer!« schrie Zouga, und die rechten Arme der Duellanten flogen hoch. Die beiden Schüsse erfolgten so knapp nacheinander, daß sie zu einem einzigen Knall verschmolzen. Aus den blauen Läufen quoll Rauch, dann riß sie der Rückschlag nach oben.

Beide Männer taumelten zurück, doch Robyn hatte gesehen, daß der Rauch aus Mungos Pistole den Bruchteil einer Sekunde früher ausgetreten war, und im selben Augenblick zuckte sein dunkler Kopf, als habe ihn jemand auf die Wange geschlagen.

St. John blieb stehen, richtete sich zu seiner vollen Höhe auf, und starrte, die rauchende Pistole in der erhobenen Hand, auf seinen Gegner. Robyn empfand tiefe Erleichterung. Mungo St. John war nicht verletzt. Sie wollte auf ihn zulaufen, als sie das Blut sah, das von seiner Schläfe über die Wangen und auf das weiße Hemd tropfte.

Sie hob die Hand zum Mund, um einen Schrei zu erstikken, dann wurde ihre Aufmerksamkeit von einer anderen Bewegung abgelenkt. Unsicher drehte sie sich nach Clinton Codrington um.

Auch er stand aufrecht, beinahe militärisch stramm, bis sein Oberkörper sich langsam vorwärtsneigte. Die Pistole glitt ihm aus der Rechten, und er legte die leere Hand mit gespreizten Fingern an die Brust. Der Oberkörper neigte sich weiter, dann brach Clinton in die Knie und betrachtete mit leichtem Erstaunen die Hand auf seiner Brust. An seinen Fingern klebte Blut. Er fiel vorwärts und mit dem Gesicht in den Sand.

Robyn lief zu ihm und rollte ihn mit der Kraft der Angst auf den Rücken. Auf dem weißen Leinenhemd, links von den Perlmuttknöpfen, sah sie ein kleines, sauberes Loch.

Er hatte sich halb umgewendet, um zu schießen, und die Kugel hatte ihn in der Höhe der Lunge getroffen. Die Lunge! Verzweiflung überkam Robyn. Das bedeutete Tod, unwiderruflichen, langsamen Tod; sie würde zusehen müssen, wie er an seinem eigenen Blut erstickte.

Sand knirschte, und sie sah auf.

Mungo St. John stand mit blutverschmiertem Hemd neben ihr. Er hielt ein seidenes Taschentuch an die Schläfe, wo die Kugel einen langen Streifen der Kopfhaut heruntergerissen hatte, um das stetig fließende Blut zu stillen.

Sein Blick war finster, das Gesicht abweisend und seine Stimme sehr kalt und fern, als er zu ihr sprach. »Ich nehme an, daß Sie jetzt endlich zufrieden sind, Madam.« Abrupt drehte er sich um und ging auf die weißen Dünen zu. Sie wollte ihm nachlaufen, ihn zurückhalten, ihm erklären – was, das wußte sie nicht genau, aber ihre Pflicht war es jetzt, dem schwerverwundeten Mann beizustehen. Zitternd knöpfte sie Clintons Hemd auf und starrte auf das dunkelblaue Loch in dem weißen Fleisch, aus dem ein wenig Blut sickerte.

»Zouga, meine Tasche«, rief sie laut.

Zouga brachte die Tasche und kniete neben ihr nieder.

»Ich bin nur leicht verwundet«, murmelte Clinton. »Ich habe keine Schmerzen, ich spüre absolut nichts.«

Zouga antwortete nicht. In Indien hatte er eine Menge Schußwunden gesehen; Schmerzen waren kein Hinweis auf die Schwere der Verwundung; eine Kugel durch die Hand oder den Fuß bereitete unerträgliche Pein, eine Kugel durch beide Lungen oft nur leises Unbehagen. Etwas erstaunte ihn. Warum war Mungos Schuß fehlgegangen? Aus zwanzig Schritt Entfernung hatte er doch sicherlich zwischen die Augen gezielt. Während Robyn die kleine Wunde verband, hob er die Pistole auf und wußte sofort, was geschehen war.

Auf dem Abzugbügel der Pistole war ein Fleck von hellem neuen Blei. Mungo St. John hatte tatsächlich auf den Kopf gezielt, doch im selben Augenblick hatte Clinton seine Pistole zum Zielen gehoben, die Kugel war an dem Abzugbügel abgeprallt und abgelenkt worden.

Während vier Matrosen Codrington über den Strand trugen, betrat St. John bereits das Deck der *Huron;* als man den Kapitän auf die *Black Joke* hob, hatte die *Huron* schon die Anker gelichtet und segelte vor einem südwestlichen Wind in die Morgensonne, die sie in goldenes Licht tauchte.

Vierundzwanzig Stunden lang schien Clinton rasch zu genesen. Robyn staunte. Alle paar Stunden legte sie das Hörrohr an seine Brust und war verblüfft, nicht das zu hören, was sie erwartete. Obwohl er eine Kugel im Brustkasten hatte, war Clinton unerklärlich gut beisammen. Er beklagte sich bloß über ein Gefühl der Steifheit in seiner linken Achselhöhle und eine leichte Lähmung des Armes – und gab seiner Ärztin lauthals Ratschläge.

»Bestimmt werden Sie mich zur Ader lassen?«

»Bestimmt nicht«, erwiderte Robyn kurz und reinigte die Wunde. »Wir leben nicht mehr im Mittelalter. Wir schreiben 1860.« Sie deckte ihn zu, weil sie wußte, daß über kurz oder lang Übelkeit und Schüttelfrost einsetzen mußten. Es geschah aber nichts. Und Clinton Codrington befehligte das Schiff weitere vierundzwanzig Stunden lang von seiner Kabine aus.

An diesem Abend schlief Robyn in einem Stuhl neben seinem Bett ein und wachte erst auf, als er nach Wasser verlangte. Sie bemerkte die Trockenheit seiner glühenden Haut, und der folgende Morgen bestätigte all ihre Ängste. Clinton war nur halb bei Bewußtsein und litt starke Schmerzen. Bei der kleinsten Bewegung wimmerte er laut. Die Wunde hatte sich zusammengezogen, doch die Kruste war so dünn, daß sie aufplatzte und ein dicker Tropfen einer senffarbenen Flüssigkeit hervortrat. Robyn kannte den scharfen Geruch; das war der bösartige Eiter, vor dem sie sich so gefürchtet hatte. Sie legte einen neuen Verband an und schob vier Gramm Laudanum mit einem Schluck Kalomel zwischen Clintons trockene Lippen.

»Noch vierundzwanzig Stunden«, flüsterte sie.

Sie hatte es so oft erlebt. Bald würde der Eiter sich in seinem ganzen Körper ausbreiten. Und sie war völlig machtlos. Kein Chirurg hatte je den Brustkasten geöffnet.

Robyn sah auf, als Zouga die Kabine betrat. »Geht es ihm besser?« fragte er leise. Sie schüttelte den Kopf, und er nickte, als hätte er die Antwort erwartet.

»Du mußt etwas essen. Ich habe dir Erbsensuppe mit Speck gebracht.«

Sie hatte nicht gemerkt, wie hungrig sie war, und aß dankbar.

Zouga fuhr fort: »Ich habe weniger Pulver in die Pistolen gegeben als üblich.« Verärgert schüttelte er den Kopf. »Verdammtes Pech. Nachdem Mungos Kugel auf den Abzugsbügel traf, hätte ich nicht erwartet, daß sie in den Brustkasten eindringt – sie hätte eigentlich viel weniger Kraft haben dürfen.«

Rasch blickte sie zu ihm auf. »Sie ist auf den Abzugsbügel aufgetroffen? Das hast du mir nicht gesagt.«

Er zuckte die Achseln. »Jetzt ist es nicht mehr wichtig. Jedenfalls wurde die Kugel abgelenkt.«

Als er ging, blieb sie zehn Minuten sehr ruhig sitzen. Dann stand sie auf, nahm den Verband ab und begann vorsichtig jede Rippe zu untersuchen. Endlich fanden ihre Fingerspitzen etwas, das weder Knochen noch harte Muskeln war. Vor Erregung atmete sie rascher. Vielleicht hatte die Kugel nicht mehr genügend Schnelligkeit gehabt, um den Brustkasten zu durchschlagen, vielleicht lag sie tatsächlich zwischen zwei Rippen eingebettet.

Robyn trat von dem Bett zurück. Vielleicht irrte sie sich auch; und wenn sie sich irrte, würde er sterben, und zwar bald.

»Ich werde schneiden«, entschied sie und blickte hinauf zur Dachluke der Kabine. Es blieben nur mehr zwei Stunden Tageslicht.

»Zouga!« rief sie, als sie aus der Kabine stürzte. »Zouga! Komm rasch.«

Bevor sie mit der Operation begann, gab Robyn dem Patienten weitere fünf Gramm Laudanum. Es war die größte Dosis, die sie zu geben wagte, denn er hatte fast fünfzehn Gramm in den vorhergehenden sechsunddreißig Stunden erhalten. Sie wartete so lange sie konnte in dem schwachen Licht, bis das Beruhigungsmittel wirkte. Dann ließ sie Leutnant Denham wissen, daß er die Segel reffen, die Maschinen drosseln lassen möge, um die Bewegungen des Schiffes auf ein erträgliches Maß zu reduzieren.

Zouga hatte zwei Matrosen zu Hilfe geholt. Einer war der Bootsmann, ein bulliger, alternder Seemann, der andere war der Steward, der Robyn durch sein ruhiges maßvolles Verhalten beeindruckte.

Zouga band Codringtons Hände und Füße mit weichen Baumwollschnüren fest, die seine Haut nicht aufreißen würden. Der Steward breitete ein frisches weißes Laken unter ihn, das das Blut aufsaugen würde. Der Bootsmann half Zouga beim Festbinden, und der fast nackte Körper Clintons erinnerte Robyn an ein Kreuzigungsbild. Sie schüttelte irritiert den Kopf, um die Erinnerung zu überwinden, und konzentrierte sich auf die bevorstehende Aufgabe.

»Wasch dir die Hände«, befahl Robyn und wies auf einen Eimer mit beinahe kochendem Wasser.

»Warum?« »Tu, was ich sage.« Robyn war nicht in der Stimmung, zu diskutieren. Sie desinfizierte ihre Instrumente in dem scharfen Schiffsrum und reinigte die heiße, verfärbte Haut unter Clintons Schulterblatt. Er zuckte und stieß unzusammenhängende Laute hervor, aber sie ignorierte ihn und nickte dem Bootsmann zu.

Dann machte sie sich an die Arbeit. Sie schnitt, ohne zu zögern, öffnete die Haut und folgte der Muskelfaser. Sie schnitt nochmals und fühlte mit ihren Fingern nach dem schwer erfaßbaren Klumpen im Fleisch. Seine unbändigen Bewegungen machten ihre Aufgabe schwieriger, und ihre Finger waren vom Blut schlüpfrig. Der Schweiß rann ihr über die Wangen, und die Männer, die Codrington hielten, hatten angestrengte Gesichter. Sie führte das Skalpell in die offene Wunde ein, schnitt nochmals kräftig, bis eine hellgelbe Flüssigkeit hochspritzte und der widerliche, ekelerregende Geruch von Fäulnis die kleine Kabine erfüllte.

Das Hervorsprudeln des Eiters dauerte nur sekundenlang, dann kam etwas Schwarzes, Nasses zum Vorschein. Robyn faßte es mit der Pinzette, und alle starrten auf das Stückchen Stoff, das die Kugel tief in das Fleisch getrieben hatte.

»Ein Stoffbausch«, brummte Zouga, angestrengt vom Niederhalten des sich windenden Körpers. Alle starrten auf den verrotteten Gegenstand, den Robyn mit der Pinzette hielt. Robyn verspürte namenlose Erleichterung – sie hatte recht gehabt.

Rasch arbeitete sie weiter, bis sie mit der Fingerspitze die Kugel spürte.

»Da ist sie.« Es waren ihre ersten Worte, seit sie zu schneiden begonnen hatte. Als sie sich endlich aufrichtete, war sie von ihrer Arbeit zutiefst befriedigt. Niemand in St. Matthew's hatte je eine Wunde so ordentlich und sauber zugenäht wie sie. Nicht einmal einer von den älteren Chirurgen.

Clinton lag nach dem Eingriff bewußtlos da. Er war schweißgebadet, die Haut an den Gelenken, wo er gegen die Fesseln gekämpft hatte, aufgeschürft.

»Binden Sie ihn los«, sagte Robyn leise. Sie fühlte ungeheuren Stolz, so, als hätte sie den Menschen da vor ihr neu erschaffen. Stolz war eine Sünde, das wußte sie, aber es machte das Gefühl nicht weniger angenehm, und unter den gegebenen Umständen hatte sie die Freude an einer kleinen Sünde verdient, fand sie.

Clintons Genesung glich einem Wunder. Am nächsten Morgen war er bei vollem Bewußtsein; das Fieber war gesunken und hatte ihm gerade genug Kraft gelassen, um heftig mit Robyn zu streiten, als sie ihn auf Deck in den Sonnenschein tragen ließ.

»Jeder Mensch weiß, daß kalte Luft schlecht für Schußwunden ist.«

»Und ich nehme an, ich sollte Sie zur Ader lassen, bevor ich Sie wieder in dieses kleine Loch, das Sie als Kabine bezeichnen, einschließe?«

»Jeder Marinearzt würde es tun.«

»Danken Sie Gott, daß ich keiner bin.«

Am zweiten Tag konnte er bereits allein sitzen und aß mit Heißhunger; am dritten Tag befehligte er von der Tragbahre aus das Schiff, und am vierten stand er wieder auf dem Achterdeck.

Am Abend bevor sie die portugiesische Siedlung in Lourenço Marques erreichten, entfernte Robyn die Nähte, und sie gab dabei kleine zufriedene Laute von sich, weil die

Wunde so sauber heilte. Als sie Clinton in das Hemd half und es zuknöpfte, sagte er ernst:

»Ich weiß, daß Sie mir das Leben gerettet haben.«

»Obwohl Sie meine Methoden nicht gutheißen?« fragte sie lächelnd.

»Ich bitte Sie um Verzeihung für meine Unverschämtheit.« Er sah zu Boden. »Sie haben bewiesen, daß Sie eine glänzende Ärztin sind.« Sie murmelte etwas bescheiden Ablehnendes, doch als er fortfuhr: »Nein, ich meine das wirklich, ich glaube, Sie sind sehr begabt«, widersprach sie nicht weiter, sondern beugte sich so nahe zu ihm, daß er sie mit seinem gesunden Arm hätte erreichen können. Seine Erklärung vorhin schien ihm jedoch im Augenblick jeden weiteren Mut geraubt zu haben.

An diesem Abend vertraute sie ihrem Tagebuch an: »Captain Codrington ist bestimmt ein Mann, auf den sich eine Frau in allen Lebenslagen verlassen kann – doch etwas mehr Kühnheit würde ihn noch anziehender machen.« Sie war eben dabei, das Tagebuch wieder wegzuschließen, als ihr etwas einfiel. Sie blätterte im Buch zurück, bis sie das Datum fand, das einen solchen Einschnitt in ihrem Leben bedeutete. Über die Nacht, bevor die *Huron* Kapstadt erreichte, hatte sie nichts geschrieben. Woher die Worte nehmen? Jeder Augenblick würde für immer in ihrem Gedächtnis eingegraben bleiben. Einen Moment lang starrte sie auf das leere Blatt, dann begann sie zu rechnen. Langsam schloß sie das Tagebuch und starrte in das Licht der Laterne.

Ihre Periode war seit über einer Woche fällig, und sie legte angstvoll die Hand auf ihren Bauch, als könne sie dort etwas spüren – wie die Kugel in Clintons Fleisch.

Obwohl die Stadt als Fieberhafen bekannt war, lief die *Black Joke* Lourenço Marques an, um zu bunkern.

Robyn hatte keine Erfahrung mit afrikanischen Krankheiten, doch hatte sie alles, was über das Thema zu finden war, aufmerksam gelesen. Die wichtigsten Aufzeichnungen stammten von ihrem Vater. Er hatte für die *British Medical Association* einen ausführlichen Bericht geschrieben und die in Afrika auftretenden Fieber nach der Dauer ihrer Zyklen in drei Gruppen eingeteilt; diese ordnete er dem Begriff Malariafieber unter. Die vierte Art war das Gelbe Fieber. Daß diese Krankheiten nicht ansteckend waren, bewies Fuller Ballantyne auf seine eigene Art: Während die Ärzte ihn beobachteten, leerte er ein Weinglas voll mit dem Erbrochenen eines Gelbfieberopfers. Seine Kollegen warteten gespannt auf sein Dahinscheiden und verbargen nur mit Mühe ihre Enttäuschung, als Ballantyne keinerlei Symptome entwickelte, sondern eine Woche später zu einem Fußmarsch ins Landesinnere aufbrach. Es war leichter, Fuller Ballantyne zu bewundern als ihn gern zu haben. Der Vorfall wurde Teil seiner Legende.

In seinem Bericht behauptete also Ballantyne, daß man Fieberkrankheiten nur durch das Einatmen der Nachtluft in tropischen Gegenden, besonders in der Nähe von Sümpfen und stehendem Wasser, bekommen könne. Manche Menschen seien jedoch immun dagegen, und diese Immunität sei vermutlich erblich. Fuller Ballantyne erwähnte auch ein Mittel zur prophylaktischen Behandlung des Fiebers; es war seit Jahrhunderten unter verschiedenen Namen, wie zum Beispiel peruvianische Rinde, bekannt. Seit kurzem wurde das Medikament unter dem Namen Chinin in Pulverform hergestellt. Fünf Gramm täglich seien eine gute, wirksame Vorbeugung; wenn die Krankheit trotzdem aufträte, dann in wesentlich gemilderter Form – nicht schlimmer als eine gewöhnliche Erkältung –, die auf eine massive Dosis von fünfundzwanzig Gramm Chinin sofort ansprach.

Natürlich wußte Robyn, daß man ihrem Vater vorwarf, die Fieberkrankheiten bagatellisiert zu haben. Sie störten seine Vision von einem von britischen Kolonisten bevölkerten Afrika. Seine katastrophale Sambesi-Expedition war Teil jener Vision, denn dieser Strom sollte die Route zu dem gesunden Hochplateau im Landesinnern werden, wo die Briten siedeln sollten, nachdem sie die Sklavenhändler vertrieben und die unberührte Erde fruchtbar gemacht hätten. Mit etwas schlechtem Gewissen mußte Robyn sich eingestehen, daß die Beschuldigungen nicht ganz unbegründet waren; sie erinnerte sich nämlich, wie ihr Vater während eines kalten englischen Winters einen Malariaanfall gehabt hatte. Dieser Anfall war nicht ganz so wie eine gewöhnliche Erkältung gewesen. Dessenungeachtet bezweifelte niemand Fuller Ballantynes Autorität in bezug auf afrikanische Krankheiten, und Robyn befolgte sorgsam seine Vorschriften, nahm täglich fünf Gramm Chinin und gab die gleiche Menge ihrem Bruder und Codrington, der heftig dagegen protestierte. Mit Zougas Hottentotten hatte sie keinen Erfolg. Nach der ersten Dosis taumelte Jan Cheroot im Kreis herum, griff sich an den Hals, rollte die Augen und schrie, daß er vergiftet worden sei. Nur ein ordentlicher Schluck Schiffsrum rettete sein Leben, und keiner der Hottentotten rührte hernach das weiße Pulver an.

Als die *Black Joke* in der ersten Nacht auf Robyns Wunsch ziemlich weit von der Fieberküste entfernt vor Anker lag, tönten das Gelächter der Betrunkenen, Musik und die schrillen Schreie der Weiber über das stille Wasser zu den neun Hottentotten in ihren Mannschaftsquartieren. Den Lichtern der Bordelle und Bars am Hafen zu widerstehen war schwer, und die Versuchung wurde durch den goldenen Sovereign, den Major Ballantyne jedem als Vorschuß in die Hand gedrückt hatte, schlechthin unerträglich.

Kurz vor Mitternacht wurde Zouga von Sergeant Cheroot aus dem Schlaf geweckt.

»Sie sind fort«, erklärte Cheroot wutbebend.

»Wohin?« fragte Zouga schläfrig.

»Sie schwimmen wie die Ratten«, tobte Cheroot, »sie sind alle trinken und huren gegangen.« Der Gedanke war unerträglich. »Wir müssen sie zurückholen.« Sein Zorn war mit blankem Neid gemischt. Als sie drüben im Hafen angelangt waren, führte ihn sein Instinkt direkt zu den verrufensten Spelunken.

»Gehen Sie hinein, Master«, sagte er zu Zouga. »Ich warte an der Hintertür.« Voller Vorfreude hob er seinen kurzen Eichenstock.

Der Tabakrauch und der dunstige Geruch von billigem Rum und Gin waren wie eine Wand, doch die vier Hottentotten sahen Zouga, als er das Lokal betrat. In ihrer Eile, zur Hintertür zu gelangen, warfen sie zwei Tische um und zertrümmerten einige Flaschen. Als Zouga die Hintertür erreichte, lagen die vier Musketiere bereits in einer Reihe im Straßendreck.

»Du hast sie doch nicht umgebracht?« fragte Zouga erschrocken.

»*Ne wat*, sie haben harte Köpfe.« Cheroot steckte den Stock wieder in den Gürtel und schleppte die Leute, einen nach dem anderen, als wären sie Strohsäcke, zurück zu dem wartenden Boot. »Jetzt suchen wir die anderen.«

Sie fanden sie, allein oder zu zweit, in den Kneipen und den letzten in einer kleinen Hütte in den Armen einer riesigen nackten Somali-Dame.

Es dämmerte schon, als Zouga erschöpft aus dem Boot in die *Black Joke* kletterte und die neun Hottentotten über die Leiter hinunter auf das Vorderdeck beförderte. Als er müde und verärgert zu seiner Kabine ging, fiel ihm ein, daß er Sergeant Cheroot auf der Rückfahrt vom Strand weder gesehen noch gehört hatte.

Zougas Stimmung war mörderisch, als er nochmals an Land und zu der kleinen Lehmhütte ging. Die Frau war viermal größer als Cheroot – ein dunkler Fleischberg; jeder ihrer Schenkel, die sie weit gespreizt hatte, war dicker als seine Taille, und die gewaltigen Brüste größer als sein Kopf, der jetzt zwischen ihnen begraben lag. Cheroot schien zwischen diesen Fleischmassen geradezu zu ertrinken, und seine begeisterten Schreie waren kaum zu hören.

Sehr klein und zerknirscht saß Sergeant Cheroot auf der Rückfahrt im Boot; die postkoitale Traurigkeit wurde durch das Dröhnen in seinen Ohren und den Schmerz im Kopf noch wesentlich verstärkt. Nur Engländer besaßen die erschreckende Gewohnheit, plötzlich auszuholen und einem einen Schlag zu versetzen, der mehr Wirkung hatte als ein Ziegelstein. Sergeant Cheroot stellte fest, daß sein Respekt für seinen neuen Herrn mit jedem Tag zunahm.

»Du solltest ein Vorbild für die Leute sein«, knurrte Zouga, während er ihn beim Kragen packte und die Leiter zur *Black Joke* hinaufzog.

»Ich weiß, Master«, gab Cheroot kleinlaut zu. »Aber ich war verliebt.«

»Bist du immer noch verliebt?« fragte Zouga drohend.

»Nein, Master, bei mir dauert die Liebe nicht lange«, versicherte Cheroot rasch.

»Ich bin kein unbegüterter Mann«, sagte Clinton ernst zu Robyn. »Seit meinen Tagen als Leutnant der Marine habe ich viel von meinem Sold gespart, und in den letzten Jahren bekam ich reichlich Prisengeld. Zusammen mit der Erbschaft, die ich von meiner Mutter habe, könnte ich sehr gut für eine Frau sorgen.«

Sie hatten den Lunch mit dem portugiesischen Gouverneur eingenommen, und der junge Wein, der die Mahlzeit begleitete, hatte Clinton etwas Mut gemacht.

Anstatt gleich zum Schiff zurückzukehren, schlug er vor, eine kleine Stadtrundfahrt zu machen. Die alte Kutsche des Gouverneurs schaukelte über die miserablen Straßen und patschte durch die Ausflüsse der offenen Abwasserkanäle. Es war nicht ganz die richtige Umgebung für das, was Clinton zu sagen hatte, und erleichtert half er Robyn aus der Kutsche, als er eine katholische Kathedrale sah. Die Kathedrale war das schönste Gebäude der Stadt und überragte mit ihren Türmen weit die kleinen Häuser und Hütten.

Inmitten des Weihrauchduftes und des Flackerns der unzähligen Kerzen hatte Robyn allerdings gewisse Schwierigkeiten, sich auf Clintons Worte zu konzentrieren. Sie wollte, er hätte einen anderen Ort für seine Erklärungen gewählt. An diesem Morgen hatte sie Übelkeit verspürt, und als Ärztin wußte sie genau, was das zu bedeuten hatte. Sie hatte daher vor dem Besuch beim Gouverneur beschlossen, die Initiative zu ergreifen, und sich überlegt, wie sie Clinton dazu bringen könnte, die Verantwortung für das, was nach ihrer Überzeugung in ihr wuchs, zu übernehmen.

Einem von Zougas Büchern – gut versteckt zwischen militärischen Handbüchern – hatte sie entnommen, daß auch die Frau den Mann verführen kann. Leider hatte der Autor es unterlassen, Einzelheiten zu beschreiben. Offenbar ersparte ihr jedoch Clintons Eröffnung jeglichen Versuch. Ihre Erleichterung war mit einem Anflug von Enttäuschung vermischt; nachdem sie sich zu dem Entschluß durchgerungen hatte, ihn zu verführen, hatte sie dieser neuen Erfahrung mit einem gewissen Vergnügen entgegengesehen. Jetzt aber zwang sie sich, aufmerksam zuzuhören, und ihn, wenn er zögerte, mit einem Nicken oder einer Bewegung zu ermuntern.

»Obwohl ich in der Marine keine einflußreichen Freunde besitze, ist meine Beschreibung so, daß ich hoffen darf, unter meiner eigenen Flagge zu segeln, wenn ich fünfzig bin.«

Es war typisch für ihn, fünfundzwanzig Jahre vorauszudenken, und Robyn bemühte sich, ihren Unmut zu verbergen; sie selbst lebte lieber in der Gegenwart oder in der unmittelbaren Zukunft.

»Ich möchte auch das gesellschaftliche Prestige erwähnen, dessen sich die Frau eines Admirals erfreuen darf«, fuhr er selbstzufrieden fort, und ihr Ärger wuchs. Prestige wollte sie sich selbst erwerben – als Streiterin gegen den Sklavenhandel, als Pionierin der tropischen Medizin, als Autorin berühmter Bücher über Reisen in Afrika.

Sie konnte sich nicht länger zurückhalten, doch ihre Stimme war sanft und bescheiden: »Eine Frau kann einen Beruf haben und gleichzeitig Ehefrau sein.«

Clintons Haltung wurde steifer. »Der Platz einer Frau ist im Haus«, erklärte er nachdrücklich. Robyn öffnete den Mund und schloß ihn wieder. Widerspruch konnte sie sich in ihrer Situation nicht leisten. Durch ihr Schweigen ermutigt, fuhr Clinton fort: »Zuerst ein kleines Haus in Portsmouth nahe dem Hafen. Später, wenn Kinder da sind, muß man sich natürlich nach etwas Größerem umsehen.«

»Sie wollen viele Kinder?« fragte sie schüchtern, doch ihre Wangen röteten sich.

»O ja, natürlich. Jedes Jahr eines.« Robyn dachte an die Frauen, die sie betreut hatte – an jeder Hand ein Kind, an der Brust ein Kind, im Bauch ein Kind. Ihr schauderte, und sofort zeigte er sich besorgt.

»Ist Ihnen kalt?«

»Nein, nein, bitte fahren Sie fort.« Nicht zum erstenmal bedauerte sie die Rolle, die ihr ihr Geschlecht aufzwang.

»Miss Ballantyne – Doctor Ballantyne –, was ich sagen wollte, ist – ich wäre sehr geehrt, wenn Sie einwilligen könnten, meine Frau zu werden.«

Jetzt, da es gesagt war, überkam sie Verwirrung. »Captain Codrington, das ist eine solche Überraschung...«

»Warum? Meine Bewunderung für Sie ist kein Geheimnis, und letzthin ließen Sie mich hoffen...« Er zögerte, und dann rasch: »Sie erlaubten mir sogar, Sie zu umarmen.«

Plötzlich wollte sie laut lachen. Wenn er ihre weiteren Absichten ahnte – statt dessen fragte sie, ihr Gesicht ebenso feierlich ernst wie das seine: »Wann könnten wir heiraten?«

»Nun, bei meiner Rückkehr nach...«

»In Sansibar gibt es doch einen britischen Konsul?« unterbrach sie rasch. »Er könnte uns trauen.«

Eine große, ehrliche Freude erhellte Clintons Züge. »Oh, Miss Ballantyne, heißt das – darf ich das als...« Er machte einen Schritt auf sie zu, und vor ihren Augen erschien das

Bild eines kleinen Hauses in Portsmouth, überbordend von blonden Kindern – lauter kleine Codringtons. Sie wich zurück.

»Ich brauche ein wenig Zeit, um es mir zu überlegen.«

Die Freude schwand aus seinem Gesicht, und er sagte ernst: »Natürlich.«

»Das bedeutet eine solche Veränderung in meinem Leben. Ich müßte auf alle meine Pläne verzichten. Die Expedition – ich meine, es ist ein so bedeutsamer Entschluß.«

»Ich kann warten – ein Jahr oder länger, wenn nötig. Bis nach der Expedition. Solange Sie wollen«, sagte er ernst, und sie verspürte Panik.

»Nein, ich brauche nur ein paar Tage, das ist alles.« Sie legte ihm die Hand auf den Arm. »Sie haben meine Antwort, bevor wir Quelimane erreichen. Das verspreche ich Ihnen.«

Scheich Jussuf hatte Sorgen. Seit acht Tagen lag die große Dhau knapp vor der Küste. Bewegungslos hing das Lateinsegel von der Rahe, und die See war glatt wie Samt. So vollkommen war die Ruhe, daß sich nicht die kleinste Welle kräuselte.

Der Scheich besaß eine Flotte von Handelsschiffen, und seit vierzig Jahren befuhr er den Indischen Ozean, kannte jede Insel und jede Strömung. Nie noch war es vorgekommen, daß der Monsun um diese Jahreszeit acht Tage hintereinander aussetzte. Alle seine Berechnungen waren auf diesen verläßlichen Südostwind aufgebaut, der Tag um Tag und Stunde um Stunde wehte. In dieser Erwartung hatte er seine Fracht geladen und angenommen, sie sechs Tage später in Sansibar löschen zu können. Natürlich rechnete er mit Verlusten: zehn Prozent mindestens, manchmal zwanzig, auch dreißig waren noch hinzunehmen, und sogar fünfzig Prozent machten die Reise noch erfolgreich.

Aber nicht das. Er blickte zum Mast empor, von dem das fünf Meter lange Banner des Sultans von Sansibar herabhing, des Herrschers der Omani-Araber und Besitzers großer Landstriche im östlichen Afrika. Wie oft hatte er diese Flagge stolz im Wind flattern sehen, wenn sein Schiff den Hafen von Sansibar anlief. Scheich Jussuf richtete sich auf dem Berg von Kissen und Seidenteppichen auf und sah vom erhöhten Achterdeck hinunter auf die Mannschaft, die wie tot im Schatten des Segels lag, die groben Gewänder als Hitzeschutz über den Kopf gelegt. Sollen sie liegen bleiben, dachte er, jetzt konnte kein Sterblicher etwas anderes tun als warten. Alles lag in Allahs Hand. »Es gibt nur einen Gott«, murmelte er, »und Mohammed ist sein Prophet.«

Doch er empfand tiefes Bedauern. Seit dreißig Jahren hatte er keine so gute Fracht mehr befördert. Dreihundertdreißig schwarze Perlen, jede von ihnen perfekt geformt – und jung, bei Allah, keine war über sechzehn. Sie kamen aus einem Stamm, den er nicht kannte, denn er hatte nie so weit im Süden Handel getrieben. Erst kürzlich hatte er von der neuen Quelle für schwarze Perlen gehört – hinter den Dschinnbergen, in jenem verbotenen Land, von dem niemand zurückkehrte. Es war ein neues Volk, schlanke und gutgewachsene Menschen, mit Gesichtern wie Vollmonde und starken weißen Zähnen. Bedauernd nickte Scheich Jussuf, sog an der Wasserpfeife und stieß den Rauch aus, der seinen weißen Bart gelb gefärbt hatte.

Plötzlich hörte er einen gellenden Schrei. Diese Schreie gehörten gewissermaßen zum Schiff; Tag und Nacht ertönten sie aus den Sklavendecks. Der Schrei wiederholte sich nicht. Vielleicht war es der letzte, den eine seiner schönen schwarzen Perlen ausstieß.

Scheich Jussuf seufzte. Er wußte, die Hälfte hatte er bereits verloren, ein weiteres Viertel würde zugrunde gehen, bevor sie Sansibar erreichten, viele würden nach der Landung sterben, und nur die Allerzähesten würden für den Markt geeignet sein. Auch der Geruch war ein Anzeichen für seine Verluste. Es war schlimm, seit vierzig Jahren hatte er keinen so durchdringenden Leichengeruch an Bord gehabt.

Scheich Jussuf handelte nur mit jungen Frauen. Sie waren kleiner und zäher als Jungen gleichen Alters und konnten enger gepackt werden. Er hatte den Zwischenraum zwischen den Decks um zwanzig Zentimeter verringern können, und das bedeutete ein Extradeck im Laderaum. Frauen konnten es auch viel länger ohne Wasser aushalten als Männer; wie Kamele in der Wüste schienen sie von dem Fett an Hüften und Brüsten zu zehren. Schließlich bedeutete auch im günstigsten Fall eine Fahrt nach Mozambique fünf Tage ohne Wasser. Aber auch die Verluste unter jenen Sklaven, die für China und den Fernen Osten bestimmt waren, hatten Jussuf bewogen, sich auf den Handel mit Frauen zu beschränken. Die chinesischen Käufer bestanden darauf, daß alle männlichen Sklaven kastriert waren. Der Händler, der die Operation vornahm, mußte daher mit Verlusten rechnen. Und letztlich war auch der Preis ausschlaggebend. Auf dem Markt von Sansibar erzielten hübsche Mädchen einen doppelt so hohen Preis wie männliche Sklaven.

Bevor Scheich Jussuf seine Ware an Bord lud, wurde sie mindestens eine Woche lang gemästet und erhielt so viel zu trinken und zu essen, wie sie vertragen konnte. Dann wurden die schwarzen Perlen nackt ausgezogen, mit leichten Ketten aneinandergebunden und aufs Schiff gebracht. Sobald der Boden des Laderaums mit einer Lage bedeckt war, wurde das nächste Deck installiert, und zwar so knapp darüber, daß niemand sitzen oder sich zur Seite rollen konnte. Dann folgte die nächste Lage junger Mädchen. Und die nächste.

Wieder seufzte Scheich Jussuf und starrte zum Himmel. »Das ist meine letzte Reise«, gelobte er laut, wie es alte Männer zu tun pflegen. »Allah war mir gnädig, ich bin ein reicher Mann mit vielen starken Söhnen. Vielleicht ist das ein Zeichen. Ja, das ist wirklich meine letzte Fahrt.«

Es war, als hätte ihn jemand gehört, denn im selben Augenblick bewegte sich die rote Flagge, träge wie eine Schlange nach langem Winterschlaf, und Scheich Jussuf spürte den Wind auf den Wangen.

»Auf«, schrie er. »Auf, meine Kinder. Endlich haben wir Wind.«

Während die Mannschaft aufstand, nahm er die lange Ruderpinne unter den Arm und blickte auf das sich blähende Segel.

Clinton Codrington merkte den Geruch zum erstenmal während der Nacht. Er weckte ihn aus einem Alptraum, der ihn oft quälte. Doch als er schwitzend in der engen Koje lag, war der Geruch immer noch vorhanden, und er eilte an Deck.

Es war ein Geruch, den Clinton nie vergessen konnte – wie in einem Raubtierkäfig, der nicht gereinigt wurde; der Gestank nach Exkrementen und verwesendem Fleisch. In voller Stärke kehrte sein Alptraum zurück.

Als junger Leutnant vor zehn Jahren hatte er hundert Seemeilen vor der brasilianischen Küste einen Schoner mit vierhundert Tonnen Ladung an Bord aufgebracht. Er fuhr unter brasilianischer Flagge und trug den unwahrscheinlichen Namen *Hirondelle Blanche – Weiße Schwalbe.* Clinton war befohlen worden, ihn in den nächsten portugiesischen Hafen zu bringen und die Beute vom Gerichtshof der Gemischten Kommission als Prise erklären zu lassen.

Sie hatten den Schoner hundert Seemeilen vor der brasilianischen Küste mit fünfhundert Sklaven an Bord aufgebracht. Clinton hatte den Befehl erhalten, den Schoner zurück über den Äquator zu den Kapverdischen Inseln zu bringen, und lag drei Tage in der Kalmenzone, bevor die erstickende Hitze ihren Würgegriff löste. Im Hafen von Praia verbot man ihm, die Sklaven auszuladen, und er mußte sechzehn Tage warten, bis der Bescheid kam, er müsse zurück nach Brasilien, um das Schiff den brasilianischen Behörden zu unterstellen. Da Clinton die brasilianischen Gerichte nur zu gut kannte, nahm er Kurs auf die britische Marinestation auf der Insel St. Helena und überquerte mit seiner Fracht menschlichen Elends noch einmal den Äquator.

Als er die Insel anlief, waren nach dem dreimaligen Überqueren des Äquators nur noch sechsundzwanzig Sklaven am Leben, und der Gestank des Schiffes wurde zu einem Teil jener Alpträume, die ihn noch zehn Jahre später heimsuchten.

Scheich Jussuf erkannte die Umrisse des Kanonenbootes und sah durch das Fernrohr die verhaßte Flagge. Mit dem Gefühl, endgültig von Allah verlassen zu sein, warf er das Ruder herum. Das Kanonenboot war noch fünf Meilen entfernt, kaum erkennbar in dem rosigen Licht der Dämmerung, aber es näherte sich schnell, eine dicke schwarze Rauchsäule mit sich ziehend und vom ungestümen Passatwind tief ins grüne Wasser gedrückt.

Derselbe Wind breitete die Flagge der britischen Kriegsmarine aus, und im Gesichtskreis von Scheich Jussufs altem Messingfernrohr flatterte und knatterte das schneeweiße Feld, das das unerschrockene scharlachrote St.-Georgs-Kreuz zeigte.

Er haßte diese Flagge, das Symbol eines arroganten, brutalen Volkes, Beherrscher der Ozeane, Eroberer von Kontinenten. Er hatte Kanonenboote wie dieses in Aden und Kalkutta gesehen. Er hatte diese Flagge auf jedem Meer gesehen, das er je befahren hatte, und er wußte sehr genau, was sie bedeutete.

Er zog das Ruder ein, und mit dieser Geste nahm er das Ende einer katastrophalen Reise zur Kenntnis. Die Dhau folgte widerstrebend, ihre Planken knarrten, und das große Segel knatterte peitschend im Wind, bevor es getrimmt werden konnte. Es war überhaupt kein Risiko, dachte Scheich Jussuf resignierend.

Vom Bug des Kanonenbootes krachte ein Schuß. Scheich Jussuf spuckte verächtlich ins Wasser und sagte laut:

»Der Scheitan – der Teufel.« Zum erstenmal gebrauchte er den Namen, unter dem Captain Clinton Codrington von Mozambique bis zum Horn von Afrika bekannt werden sollte.

Zouga und Robyn standen auf dem Achterdeck und beobachteten die Verfolgungsjagd, gebannt von der gezügelten geschäftsmäßigen Atmosphäre an Bord, und Zouga rief aus:

»Sie rückt aus, hussa!«

Die Dhau drehte sich langsam um, und Clinton blinzelte Zouga verschwörerisch zu.

»Es ist ein Sklavenschiff«, sagte er. »Nicht nur der Gestank, auch daß es abdreht, ist ein untrüglicher Beweis.«

Robyn beugte sich vor, um die schmutzige Dhau mit ihrem verwaschenen geflickten Segel genauer zu beobachten. Es war das erstemal, daß sie ein Sklavenschiff sah, das Fracht an Bord hatte, und sie wollte sich jede Einzelheit für ihr Tagebuch einprägen.

»Mr. Denham, geben Sie ihr eine Kugel, bitte«, befahl Clinton. Das Buggeschütz donnerte, aber die Dhau hielt ihren neuen Kurs.

»Beiboot fertigmachen!« befahl Clinton. Gern hätte er die Mannschaft im Boot selbst kommandiert, aber er trug den Arm noch in der Schlinge, und bei unruhiger See an Bord einer Dhau zu gehen und mit der Mannschaft zu kämpfen erforderte zwei gesunde Arme und mehr Kraft, als er im Augenblick besaß. Widerstrebend hatte er Ferris das Kommando übergeben.

Jetzt wandte er sich nach der Dhau um, und sein Ausdruck verdüsterte sich. »Sie fahren auf den Strand zu.«

»Aber dazwischen ist ein Korallenriff«, sagte Robyn und

wies auf die schwarzen Punkte, die, zweihundert Meter vom Land entfernt, wie ein Halsband aus Haifischzähnen aus dem Wasser ragten.

»Ja«, stimmte Clinton zu, »sie werden auf das Riff auflaufen und über die Lagune entkommen.«

»Und was geschieht mit den Sklaven?« fragte Robyn entgeistert. Niemand antwortete ihr.

»Vielleicht können wir ihnen den Weg abschneiden«, meinte Zouga, doch Clinton schüttelte wütend den Kopf.

Sie waren jetzt so nahe an der Dhau, daß sie das Gesicht des Steuermannes auf dem erhöhten Deck erkennen konnten; ein magerer alter Araber in einem langen Gewand, den Fez auf dem Kopf. An seinem Gürtel glänzte der vergoldete Griff des kurzen Krummsäbels, der lange weiße Bart flatterte im Wind.

»Ich könnte den Kerl umlegen«, knurrte Zouga.

»Zu spät«, sagte Clinton; die Dhau war am Bug vorbeigeglitten, und näher konnte sich das Kanonenboot nicht an das Riff heranwagen.

»Beidrehen«, befahl Clinton, »Beiboot zu Wasser lassen.«

Unter dem Kommando von Leutnant Ferris fuhr das kleine Boot durch die grünen Wellen. Doch die Dhau hatte bereits die weiße Brandung um das Korallenriff erreicht. Eine große Welle erfaßte das Schiff, und es prallte mit voller Wucht gegen das Riff, so daß der Mast barst und Spanten und Segel herunterkrachten. In einem Augenblick war die Dhau zu einem Wrack geworden, und an Deck der *Black Joke* hörte man das Bersten und Splittern des Holzes.

»Und jetzt verschwinden sie«, brummte Clinton zornig, als die Mannschaft das Wrack verließ, sich von einer Welle über das Riff tragen ließ und durch die Lagune zum Strand watete.

Der Leutnant und vier seiner Männer kletterten mit gezogenen Pistolen auf das gestrandete Schiff, aber zu diesem Zeitpunkt hatte der letzte Araber bereits den Strand erreicht. Der Leutnant und die Soldaten gingen unter Deck.

Eine Minute verstrich, bis sie wieder erschienen; der Leutnant trat rasch zur Reling und erbrach. Dann richtete er sich auf und rief den im Boot wartenden Männern etwas zu. Sofort wendete das Boot und fuhr durch die Brandung zurück zur *Black Joke.*

»Mr. Ferris braucht einen Zimmermann, Sir«, sagte der Bootsmann zu Codrington, »und zwei gute Männer mit Metallscheren, um die Ketten durchzuschneiden.«

Er holte Atem.

»Mr. Ferris sagt, es ist schlimm dort unten, und viele sind eingeschlossen, und er braucht einen Arzt.«

»Ich komme«, unterbrach Robyn.

»Warten Sie«, sagte Clinton scharf, aber Robyn lief bereits davon.

»Wenn meine Schwester geht, komme ich auch mit.«

»Gut, Ballantyne. Ich danke Ihnen für Ihre Hilfe.« Clinton nickte. »Sagen Sie Ferris, daß die Flut kommt. Wir haben weniger als eine Stunde Zeit.«

Robyn erschien mit ihrem schwarzen Lederkoffer an Deck. Wieder einmal hatte sie ihren Rock gegen Breeches getauscht. Die erstaunten Blicke der Mannschaft ignorierend, kletterte sie rasch ins Beiboot, und Zouga kam hinterher.

Als sie die Dhau erreichten, hatte sich das Deck bereits so geneigt, daß Robyn auf Händen und Knien hinaufkriechen mußte, und wann immer eine Welle auf den Rumpf aufprallte, strömte Wasser über das Deck. Der Leutnant und die Soldaten hatten die Türen des Laderaums aufgerissen, und Robyn raubte der Gestank, der aus den Öffnungen drang, beinahe den Atem.

»Haben Sie die Metallscheren mitgebracht?« fragte Ferris totenblaß vor Übelkeit und Schrecken.

Ein paar kleine schwarze Körper, an Hand- und Fußgelenken mit schwarzen Stahlketten zusammengebunden, wurden durch die Luke hinaufgereicht. Sie erinnerten Robyn an die Puppen, die sie als Kind aus gefaltetem Papier geschnitten hatte. Die Scheren schnitten durch die Ketten, und die kleinen Körper fielen auseinander.

»Es sind Kinder«, schrie Robyn auf. Die Männer arbeiteten grimmig und schweigend, zogen immer mehr Körper hervor, durchschnitten die Ketten und ließen sie auf das nasse Deck fallen.

Robyn neigte sich über den ersten Körper. Der Kopf fiel zur Seite, als sie ihn in ihren Schoß bettete.

»Nein.« Da war kein Leben mehr. Die Augäpfel waren bereits trocken.

»Nein«, und »nein« und wieder »nein«. Bei manchen hatte bereits die Verwesung begonnen, und auf ein Wort des Leutnants wurden sie über Bord geworfen, um Platz für die nächsten zu schaffen.

»Die Flut kommt, rascher arbeiten«, rief der Leutnant. Robyn hörte das Hämmern und das Splittern des Holzes, als man die Decks aus dem Laderaum riß.

»Robyn«, schrie Zouga, »wir brauchen dich.«

Robyn kroch zur Tür und ließ sich fallen. Unten war die Luft so dick, daß sie glaubte, von einem stinkenden feuchten Kissen erstickt zu werden. Fast wollte sie zurück ins Sonnenlicht und an die frische Luft, aber sie zwang sich einzuatmen und schluckte den aufsteigenden Mageninhalt wieder hinunter. Dann vergaß sie ihre Übelkeit und sah sich in dem Chaos um.

»Bei der letzten Welle sind die Decks zusammengebrochen.« Zouga legte ihr einen Arm um die Schulter.

Wie ein Kartenhaus waren sie ineinandergefallen, und Holzsplitter ragten zwischen den kleinen schwarzen Körpern aus der Dunkelheit. Manche der Mädchen waren von den Balken erdrückt worden, andere baumelten, den Kopf nach unten, an den Fußgelenken, und bewegten sich leise wie Insekten oder schaukelten mit der Bewegung der Dhau hin und her.

»Heilige Mutter Gottes, wo soll ich beginnen?« flüsterte Robyn.

Sie rutschte auf dem schlüpfrigen Boden aus und verspürte einen stechenden Schmerz, als sie nach vorn fiel.

Doch in diesem Gefängnis des Grauens schien ihr eigener Schmerz bedeutungslos. Ein Mädchen schrie, und Robyn kroch zu ihr. Die Beine waren unterhalb des Knies zerschmettert.

Robyn hatte nur einmal eine Beinamputation gesehen. Als sie begann, befreite sich das Mädchen von den Bootsleuten, die sie festhielten, und attackierte Robyn wie eine Wildkatze. Ihre Nägel bohrten sich in Robyns Wangen, doch bevor Robyn ein Bein unterhalb des Knies amputiert hatte, war das Kind tot. Robyn faltete die blutverkrusteten Hände und starrte mit leerem Blick vor sich hin.

Der Laderaum war bereits zur Hälfte überschwemmt, die Flut brandete unbarmherzig gegen den Schiffsrumpf.

»Wir müssen hier heraus«, rief Zouga ihr zu, und als sie sich nicht rührte, packte er sie an den Schultern.

»Wir können nichts mehr tun. Das Schiff kann jeden Augenblick kentern. Komm, verdammt noch mal.«

Über Holz und Leichen steigend, zog er Robyn zur Tür.

»Wir können sie nicht verlassen«, wehrte sie sich.

Robyn schüttelte Zougas Arm ab, fiel und schrie laut auf. Sie lag auf einem Haufen zusammengeketteter Körper, und ganz nahe sah sie ein Gesicht, in dem noch Leben war. Noch nie hatte sie solche Augen gesehen. Hell wie die eines Falken, die Farbe von kochendem Honig.

Die ist stark genug, dachte Robyn und rief.

»Hilf mir, Zouga.«

Sie kroch zu dem Kind, während sich das Deck unter ihr neigte, und frisches Wasser in den Rumpf schwabbte. Der Kopf des Mädchens verschwand. Robyn warf sich vorwärts, tappte blind im Wasser umher, ohne den brennenden Schmerz in ihren Eingeweiden zu beachten, und fand endlich die Schultern des Mädchens.

Hustend und keuchend tauchten sie zusammen wieder auf. Robyn hielt den Kopf des Mädchens über Wasser, aber die Kette hielt beide fest.

»Zouga, zu Hilfe!«

Zouga schlang die Kette um seine Handgelenke und zog mit aller Kraft. Die nächste Welle schlug über ihnen zusammen, und diesmal war Robyn nicht darauf vorbereitet. Sie spürte das Wasser in den Lungen und glaubte zu ertrinken ... Sie brauchte nur Kopf und Schultern des Mädchens loszulassen und würde wieder atmen können, aber sie ließ nicht locker, grimmig entschlossen, diese kleine Seele zu retten. In den Augen des Mädchens hatte sie einen unbändigen Lebenswillen gesehen; diesen einen Menschen von dreihundert würde sie retten, mußte sie retten.

Die Welle rollte weiter, und immer noch war Zouga da, stemmte sich gegen das Holz und zerrte mit aller Kraft an der Kette.

Der Ring, mit dem die Kette an Deck befestigt war, gab nach, und Zouga zog beide Frauen aus dem Wasser. Die Kette schleifte hinter ihnen her, bis sie an der nächsten Ringschraube hängenblieb.

Jetzt brüllte Zouga nach Ferris. Wieder in den Laderaum hinunterzukriechen erforderte Mut, stellte Robyn fest, als sie den jungen Leutnant mit der Metallschere auf sich zuwaten sah. Der Schiffsrumpf hatte sich um weitere fünf Grad geneigt, und das Wasser stieg gierig höher.

Zouga half Robyn den Kopf des Mädchens hochzuhalten, während der Leutnant nach der Kette tastete. Mit einem metallischen Klicken brach die Kette entzwei. Zouga nahm den mageren kleinen Körper auf und stürzte zur Tür. Robyn wollte ihm folgen, aber etwas in ihrem Bauch schien zu zerreißen, und der Schmerz war wie eine Lanze, die sie durchbohrte. Sie krümmte sich, unfähig eine Bewegung zu machen, und die nächste Welle drückte sie zu Boden. Dunkelheit schlug über ihr zusammen. Eine große Versuchung überkam sie, nachzugeben, sich einfach von Wasser und Dunkelheit fortspülen zu lassen, aber sie nahm all ihren Starrsinn zusammen und kämpfte weiter. Sie kämpfte immer noch, als Zouga zurückkam und sie hinauf und ans Licht zog.

Als die Dhau kenterte, erstarben die letzten schwachen Schreie, und der Rumpf zerbarst unter dem erbarmungslosen Ansturm des Meeres. Starke Hände hievten Robyn in das überfüllte Boot, das in der Brandung schaukelte. Sie kroch auf das kleine schwarze Mädchen zu, und die Freude, sie an Bord zu finden, dämpfte den Schmerz in ihrem Bauch. Jetzt sah sie, daß das Mädchen älter war, als sie angenommen hatte ... mindestens sechzehn, dachte Robyn und legte einen Zipfel des Segeltuches über den nackten Körper, um ihn vor den Blicken der Männer zu schützen.

Das Mädchen öffnete die Augen und starrte Robyn ernst an. Die Augen hatten immer noch die Farbe von dunklem Honig, aber die Wildheit hatte einem anderen Gefühl Platz gemacht.

»*Ngi ya bonga*«, flüsterte das Mädchen, und Robyn stellte fest, daß sie die Worte verstand. Sie versetzten sie in ein anderes Land, in eine andere Zeit, zu einer anderen Frau – zu ihrer Mutter, die sie diese Worte gelehrt hatte.

Ngi ya bonga, sei gepriesen.

Robyn suchte nach einer Antwort, aber es war so lange her, daß sie diese Sprache gesprochen hatte. Ihr Worte kamen zögernd.

»*Velapi wena,* wer bist du, und woher kommst du?«

Die Augen des Mädchens öffneten sich weit.

»Du«, flüsterte es, »du sprichst die Sprache des Volkes.«

Als die *Black Joke* wieder in See stach, hatte sie achtundzwanzig schwarze Mädchen an Bord. Achtundzwanzig von mehr als dreihundert sind keine gewaltige Beute, überlegte Robyn, als sie die Reihe der beinahe leblosen Kinder entlangging. Es war einfach festzustellen, welche von ihnen den Kampf bereits aufgegeben hatten. Aus der Abhandlung ihres Vaters über kranke Afrikaner wußte sie, wie wichtig der Lebenswille bei der Behandlung primitiver Menschen war. Ein völlig gesunder Mann konnte beschließen zu sterben, und wenn er das tat, konnte nichts und niemand ihn retten.

In dieser Nacht starben zweiundzwanzig Mädchen, und ihre Leichen wurden im Meer versenkt. Am nächsten Morgen lagen alle anderen im Koma; die Nieren, durch den Mangel an Flüssigkeit geschrumpft, versagten den Dienst. Es gab nur eine einzige Behandlung: die Patienten zum Trinken zu zwingen.

Robyn versuchte, sich mit dem kleinen Nguni-Mädchen zu unterhalten, für das sie eine beinahe mütterliche Zuneigung empfand. Obwohl sie allen Patienten die gleiche Pflege zuteil werden ließ, kehrte sie immer wieder zu dem Mädchen zurück und hielt die Zuckerlösung an ihre Lippen. Sie hatten kaum hundert Worte zur Verfügung, um sich zu verständigen.

»Ich heiße Juba«, flüsterte das Kind, und das Wort rief bei Robyn die Erinnerung an das Gurren der Tauben in den Feigenbäumen vor der Missionsstation wach.

»Kleine Taube. Ein hübscher Name.« Das Mädchen lächelte scheu und fuhr mühsam fort zu sprechen. Vieles konnte Robyn nicht verstehen, doch sie hörte zu und nickte und merkte plötzlich, daß Juba im Delirium sprach. Jetzt weigerte sie sich zu trinken und schrie und jammerte aus Furcht oder Zorn.

»Du mußt ausruhen, du hast zwei Nächte nicht geschlafen«, sagte Zouga streng zu Robyn.

»Es geht mir ganz gut«, erwiderte Robyn, aber ihr Gesicht war totenblaß vor Müdigkeit und Schwäche.

»Nimm das Mädchen mit in deine Kabine.«

Zu diesem Zeitpunkt war Juba die letzte Überlebende.

»Gut«, willigte Robyn ein, und Zouga trug das kleine

Mädchen in ihre Kabine. Ein Steward brachte einen Strohsack, der auf dem Boden der winzigen Kabine gerade Platz hatte. Robyn hätte sich gern in ihre Koje gelegt, aber sie wußte, daß sie, wenn sie der Versuchung nachgab, in einen totenähnlichen Schlaf versinken und ihrer Patientin nicht mehr helfen können würde.

Allein in der Kabine, setzte sie sich auf den Strohsack und nahm Juba auf die Knie. Stur und unbeirrt fuhr sie fort, dem Kind Flüssigkeit einzuflößen – Tropfen um Tropfen, Stunde um Stunde. Es war schon beinahe dunkel in der Kabine, als Robyn plötzlich etwas Warmes durch ihre Röcke sickern spürte; sie roch den scharfen Geruch des Urins.

»Gott sei gepriesen«, flüsterte sie, »oh, Gott sei Dank!« Die Nieren des Mädchens funktionierten wieder. Das Kind war gerettet.

»Du hast es geschafft«, flüsterte Robyn. »Du hast es geschafft, meine kleine Taube.« Es blieb ihr eben noch genug Kraft, um das Kind zu säubern, dann zog sie ihr durchnäßtes Kleid aus und fiel in ihre Koje.

Robyn schlief zehn Stunden und erwachte mit furchtbaren Krämpfen. Ihre Bauchmuskeln waren steinhart, und sie fühlte sich, als hätte ihr jemand einen schweren Schlag ins Kreuz versetzt. Eine Weile hielt sie sich für ernstlich krank, erst dann begriff sie, mit einer Erleichterung, die größer war als die Schmerzen, was ihr zugestoßen war. Sie schleppte sich durch die Kabine und badete in einem Eimer mit kaltem Meereswasser. Dann kniete sie neben Jubas Strohsack nieder.

Jetzt mußte sie nur den richtigen Augenblick finden, um Clinton mitzuteilen, daß sie ihn nicht heiraten würde. Die Vision von einem kleinen Haus im Hafen von Portsmouth verschwand; trotz der Schmerzen fühlte sie sich frei und leicht wie ein auffliegender Vogel.

Robyn füllte eine Schale mit Wasser und hob Jubas Kopf.

»Jetzt wird es uns beiden gutgehen«, sagte sie dem Mädchen, und Juba schlug die Augen auf. »Jetzt wird es uns beiden gutgehen«, wiederholte sie und sah beglückt zu, wie das Mädchen trank.

Juba genas rasch. Bald entwickelte sie einen kräftigen Appetit, und man konnte direkt zusehen, wie sie Gewicht ansetzte. Die Haut wurde glatt und prall, die Augen leuchteten, und Robyn stellte beinahe mit Besitzerstolz fest, daß sie ein hübsches Mädchen war. Sie besaß natürliche Anmut und jene üppigen Kurven, die Damen der Gesellschaft mit Polstern und gefütterten Miedern vorzutäuschen suchten. Die Augen in dem runden Gesicht lagen weit auseinander, die vollen Lippen wirkten exotisch und seltsam reizvoll.

Juba verstand nicht, warum Robyn sie zwang, ihre Beine und Brüste zu bedecken, doch Robyn hatte die Blicke der Matrosen gesehen, wenn das Mädchen, nur mit einem kleinen Tuch um die Hüften, über das Deck ging. Robyn zog ihr eines von Zougas alten Hemden an, das bis zu den Knien reichte, und schenkte ihr als Gürtel ein buntes Band, das Juba, eitel wie jedes weibliche Wesen, entzückt annahm.

Sie folgte Robyn wie ein Schatten, und Robyns Ohr gewöhnte sich an die Sprache der Nguni. Ihr Wortschatz erweiterte sich schnell, und die beiden saßen jeden Abend nebeneinander auf dem Strohsack und schwatzten bis tief in die Nacht.

Clinton Codrington zeigte Symptome akuter Eifersucht; er hatte sich an Robyns Gesellschaft gewöhnt, und jetzt nahm Robyn das Mädchen zum Vorwand, ihre Beziehung abkühlen zu lassen. Sie wollte ihn auf das vorbereiten, was sie ihm vor ihrer Ankunft in Quelimane mitteilen mußte.

Auch Zouga mißbilligte die Freundschaft seiner Schwester mit dem Mädchen. »Sissy, vergiß nicht, sie ist eine Eingeborene. Es ist nie gut, mit ihnen zu vertraut zu werden. In Indien habe ich das nur allzu oft erlebt. Man muß Abstand halten. Schließlich bist du Engländerin.«

»Und sie ist eine Matabele vom Stamm der Zanzi und somit eine Aristokratin. Ihre Familie kam mit Mzilikazi aus dem Süden, und sie kann ihren Stammbaum bis zu Senzangakhona, dem König der Zulus und Vater von Tschaka, zurückverfolgen. Unser Urgroßvater hingegen war ein Viehhirte.«

Zougas Ausdruck verhärtete sich. Er sprach nicht gern über seine Vorfahren. »Wir sind Engländer, Angehörige des großartigsten und kultiviertesten Volkes der Weltgeschichte.«

»Großvater Moffat kennt Mzilikazi«, erinnerte ihn Robyn, »und hält ihn für einen Gentleman.«

»Du bist verrückt«, sagte Zouga ärgerlich, »wie kannst du Engländer mit diesen blutrünstigen Wilden vergleichen.«

Sein Großvater, Robert Moffat, hatte Mzilikazi im Jahre 1829 kennengelernt, und im Laufe der Jahre waren die beiden Männer gute Freunde geworden. Der König verließ sich auf Moffat, den er *Tshedi* nannte, und ließ seine Gicht von ihm behandeln. Die Route in das Land der Matabele führte an Robert Moffats Missionsstation in Kuruman vorbei. Jeder erfahrene Reisende erbat von dem alten Missionar ein sicheres Geleit, und die Matabele-Krieger, die das Verbrannte Land beschützten, respektierten dieses Geleit. Auch die Problemlosigkeit, mit der Fuller Ballantyne sich inmitten der wilden Stämme entlang des Sambesi bewegt hatte, war zum Großteil auf diese Freundschaft zwischen dem König und Robert Moffat zurückzuführen gewesen.

In seinem Ärger über Robyns Vergleiche war Zouga die Bedeutung dessen, was sie über das schwarze Mädchen gesagt hatte, entgangen. Jetzt, da es ihm einfiel, eilte er in Robyns Kabine zurück.

»Sissy«, rief er aufgeregt. »Wenn Juba aus dem Mzilikazi-Land kommt – mein Gott, das liegt ja tausend Meilen westlich von Quelimane. Sie muß durch das Land der Monomatapas gekommen sein, um die Küste zu erreichen. Sag ihr, sie soll uns darüber erzählen.«

Zouga bedauerte, so wenig aufgepaßt zu haben, als seine Mutter ihn die fremde Sprache gelehrt hatte, denn jetzt mußte Robyn die Worte des Mädchens übersetzen.

Jubas Vater war ein berühmter Induna, ein großer Krieger, der gegen die Buren gekämpft hatte. Er besaß fünfzig Frauen, hundertzwölf Söhne und unzählige Töchter. Obwohl das Vieh des Volkes dem König gehörte, nannte er – ein Zeichen der Wertschätzung des Königs – fünftausend Rinder sein eigen. Er war ein großer Mann, vielleicht zu groß, denn jemand flüsterte das Wort »Verrat« in des Königs Ohr, und die Schergen des Königs kamen im Morgengrauen. Sie umringten den Kral und riefen nach Jubas Vater. »Wer ruft mich?« fragte der Vater, trat aus der Hütte und sah den Kreis der schwarzen Gestalten mit ihrem Federkopfschmuck – bewegungslos, schweigend, bedrohlich.

»Im Namen des Königs«, antwortete eine Stimme, und einer der Männer trat vor.

»Im Namen des Königs.« Das genügte. Jubas Vater sank in die Knie, und der Mann des Königs trat hinter ihn.

Jetzt waren die Frauen und Kinder aus den Hütten gekommen und sahen schreckensbleich zu, wie der Mann seinen kurzen *assegai* zwischen Indunas Schulterblätter stieß. Mit der blutbefleckten Klinge wies der Mann die Krieger an vorzutreten, denn das Todesurteil galt auch für die Frauen des alten Mannes, für dessen Söhne und Töchter, für die Haussklaven und alle Einwohner des Dorfes.

Doch diesmal war es anders. Die jungen Frauen, die Mädchen und Knaben mußten vortreten, der Mann des Königs betrachtete sie abschätzend und sandte sie mit einer Bewegung seines blutigen Speeres nach rechts oder links. Wer links stand, wurde getötet, die anderen aber trieb man gegen Osten, dorthin, wo die Sonne aufgeht, wie Juba erklärte.

»Viele Tage reisten wir, ich weiß nicht, wie lange es war. Die, die umfielen, wurden liegengelassen, und wir zogen weiter.«

»Frag sie, wie das Land ausgesehen hat«, sagte Zouga zu Robyn.

»Es gab Flüsse«, erwiderte das Mädchen, »viele Flüsse und große Berge. Es gab keine Menschen und keine Dörfer, keine Städte, keine Felder. Kein Vieh. Zum Schluß gingen wir durch eine tiefe Schlucht zwischen den großen Bergen, bis wir endlich dorthin kamen, wo die *bunu* – die weißen Männer – warteten.«

»Die weißen Männer?« fragte Robyn.

»Männer von deinem Volk.« Das Mädchen nickte. »Mit blasser Haut und blassen Augen. Und sie hatten *isibamu* – Gewehre. Diese Leute hatten Krale errichtet, wie wir sie für das Vieh machen, aber in diesen Kralen waren viele Menschen, und sie waren zusammengekettet mit *insimbi* – mit Eisenketten. Jeden Tag kamen mehr Menschen, und immer wurden sie von Kriegern bewacht. Dann, eines Morgens, führte man uns aus dem Kral. Wir trugen die *insimbi* und bildeten eine lange Menschenschlange, so lange, daß der Kopf weit vorn in den Wäldern war, der Schwanz aber noch hoch oben in den Bergen, als wir den Hyänenpfad herabkamen ... Der Hyänenpfad. *Ndlele umfisi.*«

Zum erstenmal hörte Robyn diesen Namen ausgesprochen. Er beschwor das Bild eines dunklen Waldpfades herauf, von Zehntausenden bloßen Füßen gestampft, und zu beiden Seiten die verhaßten Aasfresser, die schrien und heulten.

»Jene, die starben, und diejenigen, die nicht mehr aufstehen konnten, wurden von den Ketten losgemacht. Die Hyänen entlang des Pfades waren so frech, daß sie, noch während wir vorbeizogen, aus den Büschen sprangen. Am schlimmsten war es, wenn ihre Opfer noch am Leben waren ... Ich nicht wissen, wie lang wir dem Hyänenpfad folgten«, fuhr Juba fort, »denn ein Tag war wie der andere, bis wir endlich zum Meer kamen.«

Später besprachen Zouga und Robyn die Geschichte des Mädchens.

»Sie muß durch das Königreich Monomatapa gekommen sein. Und doch behauptet sie, keine Städte und keine Menschen gesehen zu haben.«

»Vielleicht vermeiden es die Sklaventreiber, mit den Leuten dort in Berührung zu kommen.«

»Ich wollte, sie könnte sich genauer erinnern.«

»Sie war in einer Sklavenkarawane«, erinnerte ihn Robyn. »Sie dachte nur ans Überleben.«

»Wenn diese verdammten Menschen wenigstens eine Landkarte lesen könnten.«

»Es ist eine andere Kultur, Zouga.« Er sah das Funkeln in ihren Augen und wechselte das Thema.

»Vielleicht ist die Legende von Monomatapa nur ein Mythos, vielleicht gibt es keine Goldminen.«

»Das Wesentliche an Jubas Geschichte ist, daß auch die Matabele jetzt mit Sklaven handeln, was sie bisher nie taten.«

»Unsinn«, brummte Zouga, »sie sind die größten Räuber seit Dschingis Khan. Sie und alle Zulustämme – die Shangaan, die Angoni und die Matabele. Sie leben vom Krieg und von der Kriegsbeute. Ihre ganze Ordnung ist auf der Sklaverei aufgebaut.«

»Aber sie haben sie bisher nie verkauft«, widersprach Robyn sanft, »zumindest nicht, soweit wir wissen.«

»Die Matabele hatten keinen Markt«, erklärte Zouga. »Jetzt endlich haben sie Verbindung mit den Sklavenhändlern und einen Weg zur Küste. Das ist alles.«

»Das müssen wir beweisen.« Robyn sprach mit ruhiger Entschlossenheit. »Wir müssen dieses schreckliche Verbrechen gegen die Menschheit beweisen und nach London melden.«

»Wenn das Kind nur etwas von den Monomatapas gesehen hätte oder von den Goldminen«, murmelte Zouga. »Übrigens mußt du sie fragen, ob sie Elefanten gesehen hat.« Er beugte sich über Harkness' Landkarte und betrachtete betrübt die weißen Flecken. »Ich kann nicht glauben, daß das Reich nicht existiert. Es gibt zu viele Hinweise.« Zouga sah zu seiner Schwester auf. »Noch etwas – ich habe offensichtlich beinahe alles vergessen, was Mutter uns von der Sprache lehrte, außer ein paar Kinderreime und Wiegenlieder. *Munya, mabili zinthatu. Yolala umdade-wethu*«*, rezitierte er, lachte dann glucksend und schüttelte den Kopf. »Ich werde wieder damit anfangen müssen, und du und Juba, ihr werdet mir dabei helfen.«

Der Sambesi mündet in einem breiten Delta ins Meer, und Hunderte seichte Arme ziehen sich fünfzig Kilometer weit durch die eintönige Küstenlandschaft. Schwimmende Papyrusinseln brechen vom Ufer ab und werden von dem schmutzigen braunen Wasser hinaus in die See getrieben. Einige Inseln sind so groß, daß schwere Tiere darauf stehen können. Manchmal sind sogar kleine Büffelherden auf solchen Inseln gefangen und werden kilometerweit ins Meer getrieben, bis die Tätigkeit der Wellen das Erdreich auflöst und die großen schwerfälligen Rinder eine willkommene Beute der riesigen Haie werden, die die Küstengewässer lauernd durchkreuzen.

Der schlammige Geruch der Sümpfe wird vom Wind weit übers Land getrieben, und der gleiche Wind bringt seltsame Insekten, die wie kleine Spinnen aussehen und deren Netze zart wie Musselin sind. Manchmal ballt die Brise diese Netze wie Rauchwolken eines Buschfeuers zusammen, die vom Licht der untergehenden Sonne in Schattierungen von Rosa und malvenfarbiges Lila getaucht werden.

Die *Black Joke* dampfte an den vielen Flußmündungen vorüber, die alle für ein Schiff ihrer Größe zu schmal waren. Nur der Congone im Norden bot eine Möglichkeit, stromaufwärts nach Quelimane zu gelangen. Captain Codrington wollte ihn am folgenden Morgen hinauffahren.

* Eins, zwei, drei, geh schlafen kleine Schwester.

Robyn wußte, daß sie die Nähte aus der Wunde entfernen mußte, bevor sie Quelimane erreichten. Sie beschloß, diese Gelegenheit zu nutzen, um ihm die Antwort zu geben, auf die er so geduldig wartete. Zu hören, daß sie ihn nicht heiraten wollte, würde schmerzlich für ihn sein, und sie fühlte sich schuldbewußt, weil sie ihn ermutigt hatte. Es lag nicht in ihrem Naturell, anderen Menschen Schmerzen zuzufügen, und sie wollte ihm ihren Entschluß so schonend wie möglich beibringen. Robyn bat ihn in ihre Kabine und forderte ihn auf, sich mit nacktem Oberkörper und erhobenen Armen auf den Rand ihrer schmalen Koje zu setzen. Die Wunde unter der Achselhöhle war gut verheilt, Robyn war stolz auf ihre saubere Arbeit.

Sie hatte Juba zu ihrer Assistentin erzogen und ihr gezeigt, wie man die Schale mit den Instrumenten reicht und das beschmutzte Verbandzeug entgegennimmt. Jetzt trat sie zurück und betrachtete, ohne Juba anzusehen, zufrieden die Wunde.

»Du kannst jetzt gehen«, sagte sie leise, »ich rufe dich, wenn ich dich wieder brauche.«

Juba lächelte wie eine Verschwörerin und murmelte: »Er ist wirklich schön; so weiß und glatt.« Robyn errötete, denn sie hatte eben genau das gleiche gedacht. Clintons Körper war muskulös, aber unbehaart, wie der eines Mädchens, und die Haut schimmerte wie Marmor.

»Seine Augen sind wie zwei Monde, wenn er dich ansieht, Nomusa«, fuhr Juba begeistert fort. Robyn versuchte, streng dreinzusehen, aber sie mußte lächeln.

»Rasch! Geh!« sagte sie, und Juba kicherte.

»Es gibt eine Zeit, da will man allein sein.«

Juba rollte vielsagend die Augen.

»Ich werde diese Tür hüten und fast gar nicht lauschen, Nomusa.«

Robyn war nicht imstande, böse zu sein, wenn das Kind sie so nannte, denn es bedeutete »Tochter der Barmherzigkeit«, und das gefiel Robyn ausnehmend. Sie wußte keinen

Namen, der besser zu ihr paßte, und lächelte, als sie Juba mit einem leichten Klaps aus der Kabine schob.

Clinton mußte etwas von dem Wortwechsel verstanden haben, denn er knöpfte das Hemd zu und schien verlegen.

Robyn schöpfte tief Atem, verschränkte die Arme und begann. »Captain Codrington, ich habe fortwährend an die große Ehre gedacht, die Sie mir mit Ihrem Heiratsantrag erwiesen.«

»Dessenungeachtet«, kam ihr Clinton zuvor, und sie stockte und vergaß, was sie sagen wollte, denn ihr nächstes Wort wäre tatsächlich »dessenungeachtet« gewesen. »Miss Ballantyne, ich meine Doctor Ballantyne, ich wäre froh, wenn Sie das Weitere nicht aussprächen.« Sein Gesicht war blaß und angespannt – jetzt ist er wirklich schön, dachte Robyn und verspürte einen kleinen Stich. »So darf ich immer noch Hoffnung hegen.«

Heftig schüttelte sie den Kopf, doch er hob die Hand. »Ich habe eingesehen, daß Sie eine Pflicht haben, gegenüber Ihrem Vater und gegenüber dem unglücklichen Volk dieses Landes. Ich verstehe und bewundere Sie zutiefst.« Robyn verspürte warme Zuneigung zu dem Mann; er war so gütig und so einsichtig, er verstand sie so gut. »Trotzdem bin ich überzeugt, daß Sie und ich eines Tages . . .«

Sie wollte ihm Kummer ersparen. »Captain«, begann sie und schüttelte nochmals den Kopf.

»Nein«, unterbrach er. »Nichts, was Sie sagen, wird mich veranlassen, die Hoffnung aufzugeben. Ich bin ein geduldiger Mann, und ich verstehe, daß jetzt nicht die richtige Zeit ist. Aber ich weiß in der Tiefe meines Herzens, daß das Schicksal uns zusammenführen wird, selbst wenn ich zehn oder sogar fünfzig Jahre warten muß.«

Eine Zeitspanne dieser Größenordnung erschreckte Robyn nicht. Sie entspannte sich.

»Ich liebe Sie, Doctor Ballantyne, daran wird sich niemals etwas ändern, und in der Zwischenzeit erbitte ich nur Ihre Wertschätzung und Ihre Freundschaft.«

»Die haben Sie«, sagte Robyn erleichtert und ehrlich. Es war wesentlich einfacher gewesen, als sie erwartet hatte, und doch blieb der Schatten eines Bedauerns zurück.

Es bot sich keine Gelegenheit mehr, unter vier Augen zu sprechen, denn Clinton war voll damit beschäftigt, die *Black Joke* den gefährlichen Fluß hinaufzumanövrieren. Die Hitze des Deltas wurde infolge der Feuchtigkeit der Sümpfe und der verrotteten Vegetation in den Mangrovenwäldern beinahe unerträglich. Die seltsamen Formen der Mangroven faszinierten Robyn. Jeder Baum ragte auf einer Pyramide von Wurzeln aus dem schokoladefarbenen Sumpf hervor; jeder der dicken Stämme trug eine dichte Krone giftiggrüner Blätter. Unter den Wurzeln krochen die purpurnen und gelben Winkerkrabben eilig umher und hielten ihre einzige riesige Schere in die Höhe, als winkten sie dem vorbeiziehenden Schiff zu.

Hinter einer Flußbiegung tauchten, überragt von den rechteckigen Kirchtürmen, die verfallenen Gebäude von Quelimane auf. Der Stuck war in großen Stücken von den Hauswänden gebröckelt, und der Verputz war von grauem und grünem Schimmel durchzogen wie reifender Käse. Einst war Quelimane einer der größten Sklavenhäfen an der afrikanischen Küste gewesen. Der Sambesi bildete für die Händler die Straße ins Innere, und der Shire, der größte Nebenfluß, führte direkt zum Marawisee und ins Hochland, aus dem Hunderte und Tausende schwarzer Sklaven kamen.

Als die Portugiesen unter dem Druck der Briten das Abkommen von Brüssel unterzeichneten, wurden die Sklavenlager in Quelimane und Lourenço Marques geschlossen. Doch die Dhau, die der *Black Joke* begegnet war, bewies, daß dieser niederträchtige Handel an der portugiesischen Küste immer noch blühte. Es ist typisch für diese Leute, dachte Clinton Codrington.

Verächtlich kräuselte er die Lippen. Seit vielen hundert Jahren, seit ihre großen Seefahrer die Küste erschlossen hatten, klammerten sich die Portugiesen an diesen schmalen, ungesunden Küstenstreifen. Sie hatten sich, abgesehen von einem halbherzigen Versuch, nie ins Landesinnere vorgewagt. Sie lebten in ihren verfallenden Häusern, und die portugiesische Beamtenschaft begnügte sich damit, Bestechungsgelder entgegenzunehmen, da und dort zu erpressen und, was immer vor sich ging, beide Augen zuzudrücken, solange sie daraus Profit schlagen konnte.

Clinton konnte bereits sehen, wie sie sich am Kai versammelten, in bunten Uniformen mit Goldtressen und den geschmückten Säbeln, die selbst ganz einfache Zollbeamte trugen. Wenn er nicht hart blieb, würde es endlose Formalitäten geben, und sehr viele würden dafür noch Trinkgeld erwarten. Nein, diesmal nicht. Das war ein Schiff der königlichen Marine.

»Mr. Denham«, rief Clinton laut, »geben Sie Pistolen und Säbel an die Wachmannschaft aus. Niemand kommt ohne ausdrückliche Erlaubnis an Bord.«

Er wandte sich Zouga zu, um einen kurzen Händedruck mit ihm zu tauschen; sie hatten während der Reise wenig Gemeinsamkeiten gefunden, und der Abschied war kühl.

»Ich kann Ihnen nicht genug danken«, sagte Zouga etwas brüsk.

»Ich habe nur meine Pflicht getan, Major.«

Schon folgten Zougas Blicke dem kleinen Sergeanten, der seine Männer auf Deck versammelte. Sie stellten sich in Marschordnung auf, begierig, nach der langen Reise an Land zu kommen. »Ich muß zu meinen Leuten, Captain«, entschuldigte sich Zouga.

Clinton wandte sich Robyn zu und sah ihr unverwandt in die grünen Augen. »Ich bitte um ein kleines Pfand als Erinnerung«, sagte er leise.

Robyn nahm einen ihrer billigen Ohrringe ab und legte

ihn in seine Hand. Er führte ihn rasch an die Lippen, bevor er ihn in die Tasche gleiten ließ.

»Ich werde warten«, wiederholte er. »Zehn Jahre oder fünfzig Jahre.«

Die Kisten der Ballantyne-Expedition wurden an Land gebracht, und zwei Stunden später lichtete die *Black Joke* wieder die Anker. Vom Achterdeck starrte Codrington auf die hochgewachsene schlanke Gestalt am Kai. Zouga, der hinter ihr stand, blickte nicht von seinen Listen auf, während er Vorräte und Ausrüstung kontrollierte. Sergeant Cheroot und seine kleinen Hottentotten hielten Wache, so daß Zuschauer und Müßiggänger in entsprechender Entfernung blieben.

Die portugiesischen Beamten waren von den roten Wachssiegeln, die den Brief des portugiesischen Botschafters in London an Zouga schmückten, gebührend beeindruckt. Noch wichtiger aber war die Tatsache, daß Zouga ein Offizier der britischen Armee war und mit einem Kanonenboot der königlichen Marine gekommen war. Nicht einmal der Gouverneur von Portugiesisch-Ostafrika wäre besser behandelt worden. Überall in der tristen kleinen Stadt suchten Beamte nach geeigneten Quartieren für die Gäste, bestellten einen Transport flußaufwärts bis nach Tete, dem letzten portugiesischen Ort am Sambesi, und Träger und Führer, die die Expedition in Tete in Empfang nehmen sollten.

Inmitten dieser Aktivitäten stand Robyn Ballantyne allein da und sah der blaugekleideten Gestalt auf dem Achterdeck der *Black Joke* nach. Wie groß er war, wie sein Haar im Sonnenlicht glänzte, als er die Hand zu einem letzten Gruß hob! Sie winkte, bis das Schiff hinter den Mangroven verschwand, sie blickte ihm nach, bis sie nur noch den schwarzen Rauch über den Bäumen sehen konnte.

Captain Codrington stand an Deck, die Hände im Rücken verschränkt, und ein ekstatischer Ausdruck lag in den blassen blauen Augen. So mußten sich die fahrenden Ritter gefühlt haben, als sie in die Fremde zogen, überlegte er. Er fand den Vergleich nicht melodramatisch. Seine Liebe hatte ihn verändert und ihm das Gefühl gegeben, sich etwas so Wertvolles verdienen zu müssen. Nun bot sich ihm die Gelegenheit dazu. Er trug Robyns Ohrring an einer kleinen Kette um den Hals, und er spürte ihn auf der Haut. Zum erstenmal im Leben, so schien es ihm, hatte er ein festes Ziel; ein Ziel, das so unveränderlich war wie der Polarstern.

In dieser ritterlichen Stimmung war Clinton auch fünf Tage später, als die *Black Joke* um die Halbinsel von Ras Elat fuhr und dort vor Anker ging. Acht große Dhaus lagen im seichten Wasser vor dem Strand; lange Reihen angeketteter Sklaven wateten durch die Brandung und warteten geduldig, bis sie an der Reihe waren, über die Leiter in die Dhaus zu klettern.

Die unerwartete Ankunft der *Black Joke* verursachte ungeheure Aufregung, und der Strand wimmelte von laufenden, stolpernden Figuren. Sklaven schrien und kreischten, Nilpferdpeitschen knallten, und die wütenden Befehle der Sklavenaufseher konnten auf Deck der *Black Joke* deutlich gehört werden, als sie am Riff vor Anker ging und beidrehte.

Clinton Codrington starrte sehnsüchtig auf die Schiffe, wie ein ausgehungertes Kind auf ein Schaufenster mit Lebensmitteln. Sein Befehl war klar und eindeutig. Er durfte sich mit den Untertanen des Sultans, die zwischen dessen Besitzungen Handel trieben, nicht einlassen. Nicht einmal durchsuchen durfte er die Schiffe, die unter der rotgoldenen Flagge von Oman auf einer der anerkannten Handelsrouten des Sultans segelten. Dem Kommandanten der *Black Joke* war befohlen worden, die Souveränität des Sultans von Oman strengstens nach den Buchstaben des Vertrags zu respektieren, den der britische Konsul in Sansibar abgeschlossen hatte. Er durfte nur Schiffe, die nicht dem Sultan gehörten, insbesondere europäische Schiffe, aufbringen. Amerikanische Schiffe durften natürlich nicht auf hoher See aufgehalten werden. Innerhalb dieser vorgezeichneten Grenzen aber konnte Captain Codrington selbständig handeln. Clinton schritt an Deck auf und ab wie ein gefangener Löwe und blickte hilflos über das Korallenriff auf die Sklavenflotte der Araber, die ihrem Geschäft nachgingen, denn der Golf von Elat gehörte zu den Besitzungen des Sultans und war von der Regierung Ihrer Majestät anerkannt worden.

Der Gedanke, wieder den Anker zu lichten und fortzufahren, erfüllte ihn mit tiefem Schmerz, und er starrte mit gierigen Augen auf den belebten Strand.

Der Palast des Scheichs von Elat, Mohamed Bin Salim, war ein Lehmgebäude im Zentrum der Stadt. Ein einziges Tor mit dicken, doppelten Toren aus Teakholz führte in den staubigen Hof. In diesem Hof saß, unter den breiten Ästen eines alten Takamakabaumes, der Scheich mit seinen ältesten Beratern und den Gesandten seines obersten Herrn, des Sultans von Sansibar. Was sie besprachen, war im wahrsten Sinne des Wortes eine Angelegenheit von Leben und Tod.

Scheich Mohamed Bin Salim, ein beleibter Mann mit sinnlichen Lippen und den mit dünnen Lidern bedeckten Augen eines Falken, hatte große Sorgen. Sein Ehrgeiz war es gewesen, in seiner Schatztruhe eine Million Goldrupien zu sammeln, und er hatte dieses Ziel beinahe erreicht, als sein Gebieter, der Sultan von Sansibar, seine Gesandten schickte, um ihn zur Rechenschaft zu ziehen. Vor zehn Jahren hatte Scheich Mohamed begonnen, ein wenig von dem Tribut an den Sultan für sich zu behalten, und mit jedem Jahr wurde diese Summe ein wenig größer. Der Sultan wußte das, denn er war zwar alt, aber auch überaus schlau. Er wußte, daß das, was ihm zukam, im Schatzhaus des Scheichs sicher verwahrt lag und er es zurückfordern konnte, wann immer er Lust hatte. Er mußte nur so tun, als wisse er nichts von den Manipulationen des Scheichs, bis dieser so tief in der Falle saß, daß er verloren war. Jetzt, nach zehn Jahren, war der Augenblick gekommen. Der Sultan verlangte nicht nur das unterschlagene Gold, sondern auch das eigene Vermögen des Scheichs.

Die weitere Vergeltung sollte dann langsam vor sich gehen: beginnend mit einer Auspeitschung der nackten Sohlen des Scheichs, bis alle kleinen Knöchelchen gebrochen waren, und endend mit einem Streifen aus Büffelhaut, der enger um den Kopf des Frevlers gezogen wurde, bis seine Augen aus den Höhlen traten und der Schädel wie eine reife Melone aufbrach. Der Sultan genoß solche Szenen – und auf diese hatte er sich zehn Jahre lang gefreut. Beide Männer kannten das Ritual; es begann mit dem höflichen Besuch der Gesandten des Sultans, die jetzt dem Scheich gegenübersaßen und aus Messingbechern dicken schwarzen Kaffee schlürften.

In diese unheilschwangere Stimmung platzten Boten vom Hafen, warfen sich zu Boden und berichteten von einem britischen Kriegsschiff, dessen Geschütze den Hafen und die Stadt bedrohten.

Der Scheich hörte ruhig zu, entließ die Boten und wandte sich wieder seinen illustren Gästen zu. »Das ist eine ernste Angelegenheit«, begann er erleichtert, das Thema wechseln zu können, »es wäre weise, sich das fremde Schiff anzusehen.«

»Die *Ferengi* haben einen Vertrag mit unserem Herrn«, erklärte ein Graubart, »solchen Papieren messen sie großen Wert bei.«

Der Scheich überlegte eine Weile und strich sich über den gelockten Bart; dann hatte er eine Idee. »Ich muß dieses Kriegsschiff besuchen«, verkündete er. »Es ist meine Pflicht, mich über die Absichten des Kommandanten zu informieren und unserem Herrn sofort davon zu berichten.«

Clinton Codrington hatte sich beinahe schon damit abgefunden, den Anker zu lichten. Seit vielen Stunden rührte sich nichts mehr am Strand, und seine Hoffnung, einen europäischen Sklavenhändler bei der Einschiffung von Sklaven zu erwischen, erwies sich als vergeblich. Er hätte schon längst abfahren sollen, aber irgendein Instinkt bewog ihn, noch zu warten.

Immer wieder trat er an die Reling und blickte auf die Lehmgebäude unter den Palmen. Jetzt plötzlich sah er durch das Fernglas Bewegung. In der einzigen verlassenen Straße der Stadt blitzten weiße Gewänder auf – eine kleine Deputation bewegte sich auf den Strand zu.

»Mein Steward soll sofort die Paradeuniform und meinen Säbel herrichten«, befahl er, ohne das Fernglas zu senken. Die Gruppe am Strand wurde von einer beleibten Gestalt mit goldenem Kopfschmuck angeführt. Ein Mann hinter ihm trug das flatternde rotgoldene Banner des Sultans.

»Wir werden ihn wie einen Gouverneur empfangen«, beschloß Clinton, »und vier Salutschüsse abfeuern.«

Der Araber stieg aus der kleinen Feluke und betrat, begleitet von zwei Haussklaven, das Schiff. Als sein Fuß das Deck berührte, krachte der erste Schuß, und der Scheich stieß einen lauten Angstschrei aus, sein Antlitz wurde aschenfarbig, und er begann zu zittern. Clinton – prächtig anzusehen mit Zweispitz, blaugoldener Jacke, weißen Hosen und Säbel – trat auf ihn zu und nahm ihn am Arm, um ihn zu beruhigen, während die drei folgenden Schüsse abgefeuert wurden. »Bitte kommen Sie mit mir, Exzellenz«, murmelte Clinton, und ohne seinen eisernen Griff um den dicken Arm des Scheichs zu lockern, führte er ihn rasch zu seiner Kabine.

Die Verständigung war ein Problem, aber einer der

Begleiter des Scheichs hatte eine Ahnung von Englisch und Französisch. Es war beinahe schon dunkel, als Clinton den Sinn der vielen blumigen Worte begriff, doch als es soweit war, packte ihn wilde, unbändige Fröhlichkeit.

Der fette Scheich mit den weichen roten Lippen bat um den Schutz der Königin von England gegen die Ungerechtigkeit und Tyrannei des Sultans von Sansibar.

»Dites lui je ne peux pas – ach, verdammt, sagen Sie ihm, ich kann ihn nur beschützen, wenn er erklärt, daß Elat nicht mehr zum Herrschaftsgebiet des Sultans gehört, comprenez-vous?«

Das britische Außenministerium hatte an alle Kommandanten der atlantischen Antisklaven-Flotte Vertragsformulare ausgegeben, die von Häuptlingen, Kriegsherren und dubiosen Königen der Eingeborenen unterzeichnet werden konnten. Das Dokument begann mit einer vagen Erklärung der gegenseitigen Anerkennung der Regierung Ihrer Majestät und jener des Unterzeichneten, versprach einen nicht näher angeführten Schutz und freien Handel und schloß mit einer sehr deutlichen Verurteilung des Sklavenhandels und dem Recht der Regierung Ihrer Majestät, alle Schiffe innerhalb der Hoheitsgewässer des Unterzeichneten zu durchsuchen und, falls sie Sklavenhandel betrieben, zu zerstören. Weiter sollte die Marine Ihrer Majestät das Recht haben, Truppen an Land zu setzen, Sklaven zu befreien und die Sklavenhändler einzusperren. Admiral Kemp hatte übersehen, daß Captain Codrington einen ordentlichen Vorrat an solchen Dokumenten hatte, die ausschließlich für die Westküste Afrikas nördlich des Äquators bestimmt waren.

»Er muß hier unterschreiben«, erklärte Codrington rasch, »und ich werde ihm vom britischen Schatzamt hundert Guineen auszahlen lassen.« Der Vertrag sah einen jährlichen Tribut an den Unterzeichneten vor, und Clinton hielt hundert Guineen für ausreichend. Scheich Mohammed war entzückt. Er hatte nur sein Leben retten wollen; jetzt erhielt er nicht nur den Schutz dieses schönen Kriegsschiffes, sondern auch noch Gold. Glücklich lächelnd unterschrieb er mit seinem neuen Titel »Fürst und oberster Herrscher von Elat und Ras Telfa«.

»Gut«, sagte Clinton, rollte rasch seine Vertragskopie zusammen und eilte zur Tür.

»Mr. Denham«, rief er laut, »morgen bei Tagesanbruch gehen vierzig Mann, ausgerüstet mit Musketen, Pistolen und leicht entzündbarem Material an Land.«

Grinsend drehte er sich zum Dolmetscher des Scheichs um. »Es wäre besser, wenn Seine Exzellenz heute nacht an Bord bliebe. Morgen mittag werden wir ihn nach Hause geleiten.« Zum erstenmal verspürte der Scheich Angst. Dieser *Ferengi* hatte die kalten, erbarmungslosen Augen eines Teufels. *»Der Scheitan«*, dachte er, »der Teufel in Person.« Und er machte das Zeichen gegen den bösen Blick.

»Darf ich etwas sagen, Sir?« Mr. Denham, Erster Leutnant der *Black Joke,* blickte auf die bewaffneten Seeleute, die an Deck warteten.

»Was immer Sie wollen«, erklärte Clinton Codrington großzügig.

Leutnant Denham drückte sich sehr vorsichtig aus, aber im Grunde wiederholte er das, was Admiral Kemp in Kapstadt gesagt hatte.

»Wenn Sie gegen meine Befehle protestieren wollen«, unterbrach ihn Clinton fröhlich, »dann werde ich Ihren Protest mit Vergnügen ins Logbuch eintragen.«

Leutnant Denham war zutiefst erleichtert, keine Verantwortung für eine Kriegshandlung auf dem Boden eines fremden Herrschers zu tragen, und als Clinton hinzufügte: »Sie werden in meiner Abwesenheit das Schiff kommandieren, während ich mit den Leuten an Land gehe«, schüttelte er Clinton impulsiv die Hand.

»Viel Glück, Sir.«

Mit zwei Booten fuhren sie an Land. In dem Augenblick, in dem die Kiele über den Sand knirschten, sprangen Clinton und seine Männer heraus und liefen durch das knietiefe Wasser an Land. Er zog seinen Säbel, und seine Stiefel platschten im Wasser, als er mit seinen Leuten zu der nächstgelegenen Dhau rannte.

Als er von der Leiter auf das schrägliegende Deck der Dhau sprang, lugte ein Araber aus der Heckkabine und zielte auf Clintons Kopf. Instinktiv parierte Clinton mit dem Säbel, und die Klinge klirrte gegen den langen Gewehrlauf, der nach oben abgelenkt wurde. Eine Wolke von Rauch und brennendem Pulver blendete Clinton und versengte seine Augenbrauen, aber der Klumpen des Geschosses pfiff über seinen Kopf hinweg. Als er wieder sehen konnte, hatte der wachhabende Matrose die leere Waffe weggeworfen, sprang über Bord und hüpfte humpelnd über den Strand auf den Palmenhain zu.

»Durchsucht das Schiff und zündet es dann an«, befahl Codrington. Dann blickte er auf die anderen Dhaus der Flotte. Eine brannte bereits, die Flammen loderten hell auf im frühen Licht des Morgens. Das zusammengerollte Hauptsegel war schwarz wie ein vertrocknetes Blatt, und er konnte das Knattern des wie Zunder brennenden Holzes von Rumpf und Achterdeckkabine hören. Seine Seeleute verließen das Schiff und liefen zu dem nächsten. Eine heiße Windbö streifte Clintons Wange.

»Wir sehen am besten, daß wir hier wegkommen«, sagte er leise und kletterte die Leiter hinunter. Hinter ihm heulten die Flammen wie ein Käfig wilder Tiere.

Die größte Dhau, zweihundert Tonnen schwer, lag vor ihnen, und Clinton erreichte sie fünfzig Schritt vor seinen Männern.

»Vergewissern Sie sich, daß niemand an Bord ist«, befahl er, und ein Matrose kam zurück, einen seidenen Gebetsteppich tragend. »Legen Sie das hin!« schnauzte Clinton ihn an. »Es wird nicht geplündert!«

Widerstrebend ließ der Seemann seine kostbare Last fallen, und die Flammen fraßen sie heißhungrig wie eine Opfergabe für Baal auf.

Als sie eine Stunde später den kleinen Wald erreichten, brannten die acht Dhaus lichterloh. Die dicken Maste barsten, die Segel verschwanden in den hellen Flammen. In einem brennenden Schiffsrumpf explodierte ein Pulverfaß mit einem Donnerschlag, und eine ungeheure Rauchsäule stieg zum Himmel empor, bevor sie langsam über das Riff driftete. Auf dem Strand lagen Holzbretter verstreut, und die Flammen wurden von der Welle der Explosion ausgelöscht.

»War jemand an Bord?« fragte Codrington ruhig. »Nein, Sir!« Sein Bootsmann rang nach Luft, das Gesicht vor Aufregung gerötet, und er trug den blanken Säbel in der Hand. Clinton verbarg seine Erleichterung hinter einem kühlen Nicken und verschwendete einige kostbare Minuten damit, seine Leute in Marschordnung zu bringen und ihnen ein wenig Zeit zum Atemholen zu gewähren.

»Die Musketen schießbereit, die Bajonette aufpflanzen«, befahl Clinton. »Wenn wir auf Widerstand treffen, dann in der Stadt. Vorwärts.«

Sie liefen durch die staubige Straße zwischen den braunen Lehmgebäuden mit den flachen Dächern.

Es roch nach Holzfeuern, Abwässern und gekochtem Reis mit Safran.

»Sollen wir sie anzünden?« Der Bootsmann wies mit dem Daumen auf die Gebäude an der verlassenen Straße.

»Nein, wir sind hier, um sie zu schützen«, erklärte Clinton. »Sie gehören unserem neuen Verbündeten, dem Scheich.«

»Ja, Sir«, brummte der Bootsmann etwas verblüfft. »Unser Ziel sind die Sklavenquartiere«, erklärte ihm Clinton, während sie in dichter Formation bis zu einer Straßengabelung trotteten. Die Hitze war drückend, die Stille bedrohlich. Vom Strand her hörten die Soldaten das Knistern von brennendem Holz, über ihren Köpfen kreisten die allgegenwärtigen afrikanischen Krähen.

»Mir gefällt das nicht«, murmelte einer der Männer hinter Clinton. Er konnte den Mann verstehen. Ein Seemann fühlt sich immer ungemütlich, wenn er von seinem Schiff entfernt ist, und hier waren sie nun, vierzig Mann, weit weg vom Strand, von Tausenden unsichtbaren wilden Kriegern umgeben. Clinton wußte, daß er das Überraschungsmoment wahren mußte, doch er zögerte, als er auf der Straße, die vor ihnen abzweigte, eine Gestalt liegen sah. Die Gestalt war nackt und schwarz und tot – einer der Sklaven, den man liegengelassen hatte, wo er zu Boden gefallen war.

In dieser Richtung mußten die Sklavenquartiere liegen. »Leise«, sagte Clinton zu seinen Leuten und lauschte auf ein leichtes Säuseln in der Luft. Es konnte der Wind sein, aber es gab keinen Wind, oder die Flammen, aber die Flammen lagen weit hinter ihnen; es war der ferne Klang von menschlichen Stimmen, von sehr vielen Stimmen.

»Mir nach«, rief er, und sie liefen die Abzweigung hinauf und direkt in die Falle, die man so sorgfältig vorbereitet hatte.

Auf beiden Seiten krachten Musketensalven, Pulverrauch stieg auf und hing wie ein dicker Vorhang zwischen den Palmen und Nierenbäumen. Inmitten des Rauchs tanzten in langen Gewändern die Angreifer und schwangen mit wilden Schreien ihre Krummsäbel oder die *jezails* mit den langen Läufen. »Allah akbar, Allah ist groß!«

Mindestens hundert stürzten sich auf die kleine Gruppe, und die Säbelklingen funkelten in der Sonne.

»Formation halten«, rief Clinton, »wir geben eine Salve ab, dann gehen wir mit den Bajonetten vor. Feuer«, schrie er und »vorwärts«. Dann führte er seine Leute in die Rauchwand. Eine Figur tauchte vor ihm auf, und er hörte das sanfte Zischen einer Säbelklinge. Er duckte sich. Der scharfe Luftstoß hatte eine Strähne von Clintons Haar in seine Stirn fallen lassen, als die Klinge knapp daran vorbeizischte.

Clinton ging aus den Knien zum Gegenstoß über und legte sein ganzes Gewicht hinein. Die Spitze seiner Klinge fuhr in den Körper seines Gegners, bis sie auf einen Knochen traf. Der Araber ließ seine Waffe fallen und umfaßte die Säbelklinge mit bloßen Händen. Clinton lehnte sich zurück und zog den Säbel aus dem Fleisch, der Mann fiel auf die Knie und blickte seine verstümmelten Hände erstaunt an.

Eine Weile später fand er seine Seeleute, vor Aufregung lachend und brüllend, unter ein paar Bäumen wieder.

»Sie sind gelaufen wie die Hasen«, rief der Bootsmann. Er nahm das Banner des Sultans vom Boden auf und schwang es in seiner Begeisterung wild über dem Kopf.

»Haben wir Verluste?« wollte Clinton wissen.

»Jedrow hat es im Bauch erwischt, aber er kann gehen. Wilson bekam eine Säbelwunde am Arm ab.«

»Schickt sie zum Strand zurück. Sie können einander stützen. Alle anderen kommen mit mir.«

Ein paar hundert Meter weiter fanden sie die Sklavenquartiere. Die Wachen waren geflohen. Diese Quartiere hier waren anders als jene an der Westküste, die die europäischen Händler errichtet hatten; es waren weit verstreute Hütten aus rohen Stämmen, von Stricken aus Palmwedeln zusammengehalten. Doch der Geruch war der gleiche. Eine Ruhrepidemie hatte sich im Lager verbreitet, und in den meisten Hütten lagen verwesende Leichen. Krähen, Bussarde und Geier warteten geduldig in den Palmen – dunkle Silhouetten vor dem harten Blau des Morgenhimmels.

Clinton geleitete den neuen Herrscher des Staates von Elat, Scheich Mohamed, über den Strand. Die hereinkommende Flut strömte über die Haufen glühender Asche, die die letzte Ruhestätte der acht schönen Dhaus markierten. Scheich Mohamed stolperte unsicher, wie ein Mann in tiefem Schock, stützte sich auf seinen Hausssklaven und sah ungläubig auf das Unheil, das ihn ereilt hatte; von jedem dieser rauchenden Aschenhaufen gehörte ihm ein Drittel.

Die Worte des verrückten Kapitäns mit den Teufelsaugen trieben ihn vollends zur Verzweiflung, und er kommentierte jede Mitteilung, den Blick zum Himmel gewandt, mit leisem Wehgeschrei. Er erfuhr, daß man die Schmiede aus dem Busch geholt hatte, um die Ketten der langen Sklavenreihen zu durchschneiden.

»Wehe!« jammerte der Scheich. »Versteht der Teufel nicht, daß diese Sklaven bereits gekauft wurden und die Steuer eingehoben ist?«

Clinton erklärte ihm vergnügt, daß man diese Sklaven wieder ins Landesinnere führen und alle Sklavenkarawanen warnen werde, daß der Hafen von Elat für den Handel gesperrt sei.

»Wehe!« Diesmal standen Tränen in den Augen des Scheichs. »Er macht mich zum Bettler. Meine Frauen und Kinder werden verhungern.«

»Der Scheitan empfiehlt Ihnen, sich auf den Handel mit Kopalharz und Kopra zu verlegen«, übersetzte der Dolmetscher mit gebrochener Stimme. »Als Ihr engster Verbündeter wird er in regelmäßigen Abständen mit seinem großen Schiff zu Besuch kommen, um sich zu vergewissern, daß Sie seinen Rat beherzigen.«

»Wehe!« Der Scheich zog an seinem Bart, daß ihm einige der langen gelockten Haare zwischen den Fingern blieben. »Mit diesem Verbündeten sehnt man sich nach gewöhnlichen Feinden.«

Vierundzwanzig Stunden später segelte die *Black Joke* in die vierzig Meilen weiter nördlich gelegene Bucht von Telfa. Fünf Dhaus, die weit draußen vor Anker lagen, gelang die Flucht, aber sechs kleinere Schiffe und vier herrliche große Dhaus mit Doppeldecks wurden von Clinton beschlagnahmt. Er verbrannte zwei und schickte die vier größten, schönsten Schiffe zum nächsten britischen Stützpunkt in Port Natal. Zwei Tage später, in der Nähe von Kilwa, setzte Clinton Codrington Geschützübungen an. Er ließ seine

Zweiunddreißig-Pfünder ausfahren und eine Breitseite abfeuern, die die Wasseroberfläche der Lagune mit Schlamm und weißen Fontänen bedeckte. Der Donner der Kanonen brach sich an den fernen Hügeln und rollte zurück wie riesige Kugeln über eine Kegelbahn.

Der Stellvertreter des Sultans zitterte wie Pudding vor dieser Machtdemonstration und mußte leibhaftig ins Beiboot der *Black Joke* getragen werden, das ihn zu einer Unterredung mit dem Kapitän des Kanonenbootes brachte. Clinton hatte die Vertragsformulare schon ausgefüllt und zur Unterschrift vorbereitet, als der Stellvertreter des Sultans erfuhr, daß er ein Königreich, nach dem er nie getrachtet hatte, geerbt habe. Er erhielt einen viel zu großartigen Titel verliehen, der alle Strafandrohungen dieses Jemand, dessen Namen er nicht auszusprechen wagte, nicht wettmachen konnte.

In dem prächtigen Haus der Admiralität saß Admiral Kemp und tat die ersten Berichte als wilde Hirngespinste eines verrückt gewordenen Untergebenen ab. Doch jede Nachricht aus dem Norden brachte genauere Einzelheiten, die sich nicht so einfach ignorieren ließen. Eine ganze Armada beschlagnahmter Schiffe kam in der Bucht von Port Natal an – bisher sechsundzwanzig, einige mit Sklaven an Bord. Zwei Wochen später erschien eine der beschlagnahmten Dhaus in der Tafelbucht und brachte weitere Briefe.

Einer stammte von Sir John Bannerman, dem Konsul Ihrer Majestät in Sansibar, der andere vom Sultan von Oman persönlich mit Kopie an den Außenminister in London.

Von schrecklichen Vorahnungen geplagt, erbrach Admiral Kemp die Siegel.

»Du lieber Gott«, stöhnte er, als er zu lesen begann. »Das ist zuviel, das ist ein furchtbarer Alptraum.«

Captain Codrington schien sich Befugnisse anzumaßen,

die selbst einen Wellington hätten zögern lassen. Er hatte der britischen Krone weite Gebiete Afrikas unterworfen, die bisher zum Herrschaftsgebiet des Sultans gehört hatten. Er hatte mit den verschiedensten Stammesfürsten und anderen Würdenträgern Verträge abgeschlossen, die Anerkennung und gutes britisches Gold versprachen.

»Großer Gott!« rief der Admiral nochmals voller Verzweiflung. »Was wird Palmerston dazu sagen!«

Captain Codrington schien mit dem Sultan einen Privatkrieg zu führen. Trotz seiner Wut verspürte der Admiral so etwas wie berufliche Hochachtung für das Ausmaß von Codringtons Operationen. Der Brief des Konsuls zählte mehr als dreißig vernichtende Vorfälle auf. Der Kerl hatte befestigte Paläste gestürmt, hatte Sklavenlager angezündet und Zehntausende Sklaven befreit.

Die widerwillige Bewunderung des Admirals für die technische Durchführung des Feldzuges verminderte nicht im geringsten seine Entschlossenheit, Rache zu üben für die Beendigung der eigenen Karriere, die diese Aktion nach sich ziehen mußte.

»Nichts wird diesen Kerl retten. Nichts!« knurrte der Admiral, während er sich dem Schreiben des Sultans zuwandte.

Der Sultan bezifferte seine Verluste an Schiffen und befreiten Sklaven auf eine Million Pfund Sterling, gar nicht zu reden von dem Prestigeverlust und dem Zusammenbruch des Handels an der Küste. Die Verwirrung war derart, daß manche Häfen vielleicht nie mehr für den Handel geöffnet werden konnten. Das ganze System des Sammelns der Sklaven im Landesinneren und das Netz der Karawanenpfade zur Küste war so empfindlich gestört, daß es Jahre brauchen würde, um es wieder in Betrieb zu nehmen.

»Nichts kann ihn retten«, wiederholte Admiral Kemp und hielt inne. Auch seine eigene Karriere war beendet, das wußte er, und die Ungerechtigkeit schmerzte ihn tief. Vierzig Jahre lang hatte er sich nichts zuschulden kommen lassen, und seine Pensionierung stand unmittelbar bevor. Allmählich erwachte er aus der Betäubung der Verzweiflung und gab seine Befehle.

Der erste Befehl erging an alle Schiffe seines Geschwaders. Sie hatten sich sofort auf die Suche nach der *Black Joke* zu begeben. Doch würde es vielleicht sechs Wochen dauern, bis sein Befehl die Kommandanten erreichte, die über zwei Ozeane verteilt waren. Und es konnte ebensolange dauern, bis sie das kleine Kanonenboot in dem Netz von Inseln und Buchten entlang der Straße von Mozambique fanden. Doch dann mußte Captain Codrington unverzüglich seines Kommandos enthoben werden. Leutnant Denham sollte das Kommando übernehmen und die *Black Joke* so rasch wie möglich nach Kapstadt bringen.

Admiral Kemp war ziemlich sicher, genügend hohe Offiziere in der Garnison zu haben, um sofort ein Kriegsgericht zusammentreten zu lassen. Vielleicht half es ihm selbst ein wenig, wenn er dem Ersten Lord mitteilen konnte, daß man Codrington bereits zu einer strengen Strafe verurteilt hatte. Den Konsul von Sansibar bat er in einem Schreiben, den Sultan zu beschwichtigen, bis man wieder Herr der Lage sei und Instruktionen des Außenamtes in London bezüglich der Wiedergutmachungen in Händen hätte.

Dann folgte die lästige Aufgabe, der Admiralität Bericht zu erstatten. Es gab keine Worte, um die Handlungen seines Untergebenen zu beschönigen, und er war zu lange im Dienst, um auch nur den Versuch zu machen. Als Admiral Kemp jedoch die nackten Tatsachen in der nüchternen Sprache der Marine zu Papier gebracht hatte, schienen sie so unglaublich, daß er von neuem in tiefste Verzweiflung versank. Das Depeschenboot mußte fünf Stunden warten, bis der Admiral seine Briefe beendet und versiegelt hatte. Es würde London in einem knappen Monat erreichen.

Sein letztes Schreiben war an den Kommandanten der *Black Joke* persönlich gerichtet. Und in diesem Schreiben erlaubte sich Admiral Kemp, seiner Empörung in harten Worten Ausdruck zu geben. Mit sadistischer Freude wog er die Wirkung von Ausdrücken wie »Seeräuber«, »Pirat«, »Unverantwortlichkeit« und »Hinterlist« ab. Dieses giftige Meisterwerk ließ er in fünf Kopien in alle Richtungen abgehen, um den Kerl möglichst rasch zur Ordnung zu rufen. Als alle Briefe abgesandt waren, konnte er nur noch warten – und das war das Schlimmste daran. Er fürchtete sich vor jedem Schiff, das in die Bucht einlief. Wenn der Signalschuß vom Hügel über der Stadt ertönte, sank seine Stimmung auf den Nullpunkt, und die Angst fraß in seinen Eingeweiden. Jede neue Nachricht berichtete von weiteren Zerstörungen und gekaperten Schiffen, bis endlich ein Schreiben des Schuldigen selbst eintraf.

Der Ton, in dem Captain Codrington seine Taten aufzählte, erzürnte den Admiral ebenso wie die Taten selbst. Im ersten Absatz hielt Codrington beiläufig die Annexion von mehreren Millionen Quadratmeilen afrikanischen Territoriums fest. Großzügig meinte er, daß er vielleicht seine Befehle überschritten hätte, fügte aber sogleich erklärend hinzu: »Ich war fest entschlossen, jede politische Einmischung zu vermeiden. Doch die Bitten des Scheichs und des Imams, die Schutz vor den Ungerechtigkeiten des Sultans suchten, zwangen mich, die Abtretung der Königreiche von Elat und Telfa anzunehmen.«

Es folgte noch Schlimmeres. »Durch Gottes Fügung gelang es einem Engländer, jenen armen Völkern die Erlösung zu bringen. Es ist so klar wie die afrikanische Sonne, daß Gott diesen Kontinent der einzigen Nation der Welt bestimmt hat, deren Tugend groß genug ist, ihn zu seinem eigenen Besten zu regieren.«

Admiral Kemp verschluckte sich, als er diese Worte las, und konnte erst nach einem längeren Hustenanfall in der Lektüre fortfahren.

»In allen meinen Handlungen war ich weder von persönlichen Motiven noch von der Sucht nach Ruhm geleitet. Ich strebte nur danach, die mir gewährte Handlungsfreiheit zur höheren Ehre Gottes, meiner Königin und meines Landes zu nutzen.«

Der Admiral nahm die Brille ab und starrte auf eine Vitrine mit ausgestopften Vögeln. Entweder ist dieser Mann der größte Narr auf Erden oder ein tapferer Mann – oder beides, überlegte er.

Admiral Kemps Einschätzung war nicht ganz richtig. Die scheinbar schrankenlose Macht, über die Captain Codrington verfügte, hatte diesen etwas größenwahnsinnig gemacht. Trotzdem glaubte er ehrlich, Gottes Willen, seine patriotische Pflicht und die Befehle der Admiralität zu erfüllen – in dieser Reihenfolge. Er wußte, daß er bei seinen Operationen hohes professionelles Können gezeigt hatte. Er hatte keinen einzigen Rückschlag erlitten und nur drei Mann verloren. Einen einzigen Punkt gab es, der seinen Erfolg beeinträchtigte.

Die *Huron,* so hörte er von den verschiedensten Seiten, war immer noch an der Küste. Mungo St. John segelte von Hafen zu Hafen und zahlte Höchstpreise für von ihm persönlich ausgesuchte Ware.

Er kaufte nur gesunde Männer und Frauen, die eine Chance hatten, die lange Rückfahrt zu überleben, und solche Sklaven waren Mangelware.

Einmal versäumte Clinton den amerikanischen Klipper um einen Tag; die *Huron* hatte die Bucht von Lindi vierundzwanzig Stunden vor der Ankunft der *Black Joke* verlassen. Clinton nahm an, daß die *Huron* nach Süden fahren werde, und dampfte drei Tage lang in diese Richtung, bevor er sich eingestehen mußte, daß ihm der Amerikaner ein zweites Mal entkommen war.

Diesmal besaß er beeidigte Zeugenaussagen von Männern, die ihre Sklaven an St. John verkauft hatten, und brauchte sich weder auf die Ausrüstungsklausel noch auf eine Durchsuchung stützen. Er hatte seine Beweise und wußte, daß seine Chance eines Tages kommen würde.

Codrington war von einem neuen Selbstvertrauen durchdrungen, das sogar seine Haltung veränderte. Er trug das Kinn höher und die Schultern straffer, und wenn er auch nicht stolzierte, so schritt er doch überaus selbstsicher über die Decks. Er hatte sich einen langen goldenen Bart wachsen lassen, der ihm etwas von dem Aussehen eines Piraten verlieh, und seine Mannschaft, die ihn bisher zwar respektiert, aber nicht besonders gemocht hatte, jubelte ihm jetzt zu, wenn er von seinen Eskapaden auf dem Festland wieder an Bord kam.

Die Leute wußten, daß sie eine Legende schufen; Codrington und seine *Jokers* ließen die Sklaven aus der Straße von Mozambique verschwinden – das gab eine tolle Geschichte, die man zu Hause erzählen konnte, und ein gutes Stück Prisengeld, um sie zu beweisen.

In dieser Stimmung lief die *Black Joke* in den Hafen von Sansibar ein, der Hochburg des Sultans von Oman. Die Schützen auf dem Wall des Forts konnten sich nicht entschließen, die riesige Kanone abzufeuern, als das häßliche kleine Schiff in den Hafen dampfte. Die *Black Joke* gab einen Salutschuß ab – das Signal für die Bevölkerung, in die Hügel zu laufen. Der Sultan und sein Gefolge suchten Schutz im britischen Konsulat, das am Hafen lag.

»Ich bin kein Feigling«, sagte der Sultan zähneknirschend zu Sir John Bannerman, »aber der Kapitän dieses Schiffes ist ein Wahnsinniger. Selbst Allah weiß nicht, was er als nächstes tun wird.«

Sir John war ein überzeugter Gegner des Sklavenhandels. Der Sklavenmarkt von Sansibar befand sich direkt unter dem Fenster seiner Residenz, und jeden Morgen konnte er von der Terrasse seines Schlafzimmers die Dhaus beobachten, die ihre unselige Fracht auf dem Kai ausluden, der mit grausamem Humor das »Perlentor« genannt wurde. Sieben Jahre lang hatte er mit dem Sultan geduldig eine Reihe von

Verträgen ausgehandelt, und jeder von ihnen beschränkte den von ihm gehaßten Handel ein klein wenig mehr; die Hoffnung, ihn völlig auszurotten, hatte er aufgegeben.

»Sie benimmt sich wie ein Flaggschiff.« Sir John lächelte nachsichtig.

Neben ihm zischte der Sultan wie ein schlecht eingestelltes Dampfventil. *»Der Scheitan!«* Der faltige Hals des Sultans wurde rot vor ohnmächtiger Wut. »Er fährt in meinen Hafen ein, und meine Männer stehen neben ihren Kanonen, als wären sie tot. Er, der mich zum Bettler gemacht hat, der mein ganzes Reich vernichtete – wie kann er es wagen, hierherzukommen?«

Die Antwort war ganz einfach. Codrington hatte den Befehl vor Monaten von Admiral Kemp in Kapstadt erhalten: »Sie werden gebeten und aufgefordert, bei der ersten sich bietenden Gelegenheit den Hafen von Sansibar anzulaufen und Seiner Königlichen Hoheit, dem Sultan von Sansibar, Ihren Respekt zu erweisen. Gleichzeitig werden Sie mit Sir John Bannerman, dem Konsul Ihrer Majestät, besprechen, wie die Verträge zwischen Seiner Königlichen Hoheit und der britischen Regierung erweitert werden können.« Im Klartext war dies ein Befehl, die britische Flagge über zweiunddreißigpfündigen Kanonen zu hissen und solcherart den Sultan an seine in den verschiedenen Verträgen ausgehandelten Verpflichtungen zu erinnern.

Sir John Bannerman, den die Gicht plagte, hinkte auf das Deck der *Black Joke* und betrachtete neugierig den jungen Marineoffizier, der ihn begrüßte.

»Sie waren ziemlich beschäftigt, Sir«, murmelte er. Mein Gott, der Kerl war jung. Kaum zu glauben, daß dieser junge Mann mit seinem winzigen Schiff solche Verheerungen ausgelöst hatte. Sie tauschten einen Händedruck, und Bannerman stellte fest, daß ihm der Junge gefiel, obwohl er in sein für gewöhnlich ruhiges Leben einige Aufregung gebracht hatte.

»Ein Glas Madeira?« schlug Codrington vor.

»Verdammt gute Idee.«

In der kleinen Kabine wischte sich Bannerman den Schweiß von der Stirn und kam direkt zur Sache.

»Sie haben tatsächlich den Fuchs in den Hühnerstall gelassen.« Er schüttelte das mächtige Haupt.

»Ich weiß nicht . . .«

»Hören Sie mir einmal zu«, sagte Bannerman streng. »Ich werde Ihnen erklären, wie die Dinge in Afrika im allgemeinen und in Sansibar im besonderen liegen.«

Eine halbe Stunde später hatte Clinton einiges von seinem Selbstbewußtsein eingebüßt.

»Was sollen wir tun?« fragte er.

»Tun?« wiederholte Bannerman. »Wir werden die Situation nutzen, die Sie herbeigeführt haben, bevor sich diese Idioten in Whitehall einmischen. Dank Ihnen ist der Sultan endlich bereit, den Vertrag zu unterzeichnen, um den ich seit fünf Jahren kämpfe. Ich werde ein paar dieser absolut illegalen Verträge, die Sie mit nicht existierenden Staaten und Häuptlingen abgeschlossen haben, gegen einen Vertrag eintauschen, der den alten Ziegenbock so festnagelt, wie ich es seit Jahren haben möchte.«

»Entschuldigen Sie, Sir John.« Clinton war etwas verblüfft. »Aus dem, was Sie gesagt haben, entnahm ich, daß Sie alle meine Handlungen ganz und gar mißbilligen.«

»Im Gegenteil.« Sir John lachte über das ganze Gesicht. »Sie haben mein Blut in Wallung gebracht und mich wieder stolz gemacht, Engländer zu sein. Haben Sie vielleicht noch ein wenig Madeira?«

Er trank Clinton zu. »Meinen herzlichsten Glückwunsch, Captain Codrington. Ich wollte nur, ich könnte etwas tun, um das Schicksal abzuwenden, das Sie bestimmt ereilt, sobald die Admiralität und Lord Palmerston Sie in die Finger kriegen.« Sir John leerte das halbe Glas. »Verdammt guter Tropfen.« Er nickte und fuhr rasch fort: »Jetzt müssen wir uns beeilen und den Sultan dazu bringen, einen hieb- und stichfesten Vertrag zu unterzeichnen – bevor Whitehall mit Entschuldigungen und Beteuerungen alles zunichte macht, was Sie erreicht haben. Sie könnten Ihre Geschütze ausfahren lassen, während wir an Land sind. Tragen Sie Ihren Degen. Ach, und noch etwas. Wenden Sie den Blick nicht von dem alten Ziegenbock, während ich mit ihm spreche. Über Ihre Augen wird viel geredet – dieses erstaunliche Blau, wissen Sie –, und dem Sultan ist das bereits zu Ohren gekommen. Wie Sie wissen, nennt man Sie an der Küste ›*Scheitan*‹, und der Sultan hat für Geister und Übersinnliches etwas übrig.« Sir Johns Vorhersage bezüglich der Nachrichten von höchsten Stellen war beinahe Hellseherei, denn als er diese Worte sprach, war die Schaluppe Ihrer Majestät *Penguin* mit dringenden Depeschen für Sir John Bannerman, für den Sultan und für Captain Codrington an Bord, nach Sansibar unterwegs. Von einem beständigen Wind begünstigt, sollte sie in zwei Tagen dort eintreffen. Es stand weniger Zeit zur Verfügung, als sogar Sir John glaubte.

Zitternd und zagend hatte sich der Sultan wieder in seinen Palast begeben. Er hatte Sir Johns Versicherungen nur halb getraut, anderseits war sein Palast eine halbe Meile von jenem Strand entfernt, an dem das böse schwarze Schiff vor Anker lag, während das Konsulat sich direkt am Hafen befand. Auf Sir Johns Anraten kam Codrington mit einer Leibgarde von zwölf Mann an Land – verläßliche Leute, die den Versuchungen der Bordelle, des Grogs und der Weiber widerstehen würden. Sir John unterhielt sich mit Clinton, zeigte ihm verschiedene interessante Gebäude, erzählte von der Geschichte der Insel und beschrieb den Sultan, dessen Würdenträger und jene unglückseligen Fürsten, die Clintons Vertragsformulare unterschrieben hatten.

»Ich möchte nicht, daß ihnen etwas zustößt«, unterbrach Clinton zum erstenmal. »Ich hoffe, sie werden nicht bestraft, weil sie . . .«

»Vergebliche Hoffnung.« Sir John schüttelte den Kopf. »Zu Beginn des Ramadan ist keiner von ihnen mehr am Leben. Der alte Ziegenbock ist ein bösartiger Mann.«

»Könnten wir nicht eine Klausel zu ihrem Schutz in den Vertrag einbauen?«

»O ja, aber es wäre eine Verschwendung von Tinte und Papier.« Sir John klopfte Clinton auf die Schulter. »Ihre Besorgnis ist nicht angebracht. Sie alle sind Räuber, Lumpen und Mörder. Einer der Vorteile dieser ganzen Angelegenheit ist, daß wir sie loswerden. Und der alte Bock wird es genießen, ihnen Datura-Tee zu servieren. Scheußlicher Tod, Daturavergiftung.«

Die Tore öffneten sich, als sie sich dem Palast näherten. Clinton bemerkte, daß die Wachen den Blick abwandten, als er vorbeiging. Einer von ihnen bedeckte sogar das Gesicht mit dem Ende des Turbans. Also stimmte die Geschichte mit seinen Augen. Er war nicht sicher, ob er deswegen erheitert oder beleidigt sein sollte.

Sie gingen durch ein halbes Dutzend Zimmer, jedes angefüllt mit Kostbarkeiten und Schätzen, mit Elfenbeinschnitzereien, Seidenteppichen und goldenen, edelsteinbesetzten Kelchen.

»Sehen Sie sich dieses Steinchen an.« Sir John wies auf einen Diamanten im Griff eines Krummsäbels. »Einhundertfünfundfünfzig Karat. Ich habe ihn selbst gewogen. Der alte Bock ist reich wie Krösus. Zehn Rupien für jeden Sklaven, zehn für jedes Kilo Elfenbein. Gott weiß, wieviel für Kopra und Kopalkonzessionen.«

Clinton wußte sofort, warum Sir John den Sultan den Ziegenbock nannte, als er ihm gegenüberstand. Die Ähnlichkeit war verblüffend, vom weißen Spitzbart und den gelben Zähnen bis zur gekrümmten Nase und den großen Ohren.

Er sah Clinton eine Sekunde lang an, erbleichte und wandte sofort den Blick ab, während er den Besuchern bedeutete, auf den Seidenkissen Platz zu nehmen.

»Starren Sie ihn weiter an«, flüsterte Sir John, »und essen

Sie nichts.« Er wies auf die Süßigkeiten auf einem Bronzetablett. »Sie werden sie nicht vertragen, selbst wenn sie nicht vergiftet sind. Und es wird ein langer Abend werden.«

Die Prophezeiung bewahrheitete sich. Stunde um Stunde schleppte sich das Gespräch dahin. Es schien eine kleine Ewigkeit, bis Sir John und der Sultan endlich mit höflich-starrem Lächeln tiefe Verbeugungen des Einverständnisses tauschten.

In Sir Johns Augen lag ein triumphierendes Leuchten, als sie den Palast verließen. Er nahm Clinton freundschaftlich beim Arm.

»Was immer mit Ihnen geschehen wird, mein Lieber, künftige Generationen werden Ihren Namen preisen. Wir haben es geschafft, Sie und ich. Der alte Ziegenbock hat eingewilligt. Im Laufe der nächsten Jahre wird der Sklavenhandel allmählich aufhören.«

Im Konsulat brannten noch die Lampen, und die Dienerschaft wartete. Sir John wies seinen Butler an, Champagner zu bringen. Während dieser die Gläser füllte, überreichte der Konsul Clinton ein kleines Paket.

»Das kam für Sie etwas früher mit einem Handelsschiff. Ich konnte es Ihnen nicht vorher geben.«

Mißtrauisch nahm es Clinton in Empfang und schaute auf die Adresse. Als er die kühnen runden Schriftzüge erkannte, spürte er ein großes Glücksgefühl. Nur mühsam hielt er sich zurück, das Paket sofort aufzureißen.

Doch Sir John reichte ihm ein Glas, und erst, als man einen Toast auf die Königin, auf den Sultan und auf den neuen Vertrag ausgebracht hatte, platzte Clinton heraus: »Entschuldigen Sie mich, Sir John, ich glaube, diese Nachricht ist von großer Wichtigkeit.« Sir John führte ihn in sein Arbeitszimmer und schloß die Tür.

Mit einem Silbermesser erbrach Clinton die Siegel, und aus dem Paket fielen ein Bündel eng beschriebener Briefbogen und ein silberner Ohrring – ein Zwilling des Ohrrings, den Clinton am Herzen trug.

Eine Stunde vor Sonnenaufgang pflügte die *Black Joke* bereits durch den dunklen Flußarm. Alle Segel waren gesetzt, und sie fuhr mit Volldampf nach Süden. Sie machte elf Knoten, als sie die Schaluppe *Penguin* kurz vor Mitternacht passierte. Die *Penguin* mit ihren wichtigen Depeschen war am östlichen Horizont kaum erkennbar, und ihre Lichter waren in dem tropischen Regen kaum zu sehen, der ein Vorbote des herannahenden Monsuns war. Bei Tagesanbruch waren beide Schiffe fünfzig Seemeilen voneinander entfernt, und Clinton Codrington lief am Achterdeck unruhig hin und her, bei jeder Wendung ungeduldig nach Süden blickend.

Clinton erfüllte das oberste Gebot eines pflichtbewußten Mannes: Er eilte der Frau zu Hilfe, die er liebte, einer Frau, die sich in höchster Not befand.

Zouga Ballantyne kannte viele Flüsse – den Rhein, die Themse, den Ganges – doch die Majestät des Sambesi schien ihm unerreicht. Das Wasser war irisierend grün und floß mächtig dahin. Es bildete langsam sprudelnde Wirbel in den Ecken der breiten Biegungen, während es in den seichten Stellen rollte, als würde ein Leviathan unter der geheimnisvollen Oberfläche seinen Spielen nachgehen. Hier war der Hauptarm mehr als eineinhalb Kilometer breit, doch gab es auch kleinere Flußarme und engere Mündungen jenseits der schwankenden Papyrus- und Schilfbänke.

Es war, als bewegte sich die kleine Schiffsflottille kaum, während sie gegen die Strömung ankämpfte. Die Dampfbarkasse *Helen* – sie war nach Zougas Mutter getauft – schleppte drei vollbeladene Flußboote. Sie machten kaum mehr als fünfzehn Meilen pro Tag, und von Quelimane bis Tete waren es gute zweihundert.

Zouga und Robyn saßen im ersten Boot, in dem das wertvollste Gut verstaut war: die medizinische Ausrüstung, die Sextanten, Chronometer, Barometer, Munition und Feuerwaffen und die persönliche Zeltausrüstung. Im letzten Boot saß Sergeant Cheroot mit einigen Trägern, die sie in Quelimane angeworben hatten; in Tete sollten sie weitere hundert Träger erwarten. Im mittleren Boot waren die übrigen Vorräte verstaut – Handelsware, Stoffe und Perlen, Messer und Äxte, Säcke mit Schießpulver und Feuersteine. Hier saß auch Zougas neuester und zweifelhaftester Begleiter, ein junger Mann, den er als Führer, Dolmetscher und Lageraufseher aufgenommen hatte. Seine Haut glänzte wie dunkle Oliven, das dichte Haar schimmerte wie das einer Frau. Er lächelte fortwährend, und die weißen Zähne blitzten, doch die Augen blieben kalt und schwarz wie die einer wütenden Mamba.

Der Gouverneur von Quelimane hatte Zouga versichert, daß dieser Mann der berühmteste Elefantenjäger der gesamten portugiesischen Kolonien sei. Er habe sich weiter ins Innere vorgewagt als jeder andere Portugiese, spreche ein Dutzend der lokalen Dialekte und kenne die Sitten und Gebräuche der Stämme.

»Ohne ihn können Sie nicht reisen«, hatte der Gouverneur erklärt. »Selbst Ihr Vater nahm ihn mit. Er war es, der Fuller Ballantyne den Weg zum Marawi-See zeigte.«

Erstaunt zog Zouga die Brauen hoch. »Mein Vater war der erste Mann, der bis zu diesem See kam.«

»Der erste *weiße* Mann«, verbesserte der Gouverneur lächelnd.

Als Zouga hörte, daß dieser vielgepriesene junge Mann der Neffe des Gouverneurs war, willigte er ein, ihn anzustellen.

Sehr bald stellte Zouga fest, daß der Bursche ein langweiliger Prahlhans war. Er erzählte endlose Geschichten, in denen er stets der Held war, und die Art, wie er offensichtlich die Wahrheit mißachtete, machte alle Informationen etwas suspekt. Wie gut der Mann die lokalen Dialekte beherrschte, konnte Zouga nicht feststellen, sicherlich aber schoß er gern und häufig.

»Jetzt fängt er wieder an.« Robyn ließ das Buch sinken und blickte nach hinten auf das zweite Boot.

Camacho Nuño Alvares Pereira saß hoch oben auf einem Berg Gepäck und lud das Gewehr. Zouga erriet, wonach er aus war, denn das Boot wurde von der Strömung an eine Sandbank herangetrieben. Der Sand glänzte in der Sonne wie ein Schneefeld, die runden dunklen Formen sahen aus wie Granitfelsen. Als der Dampfer langsam näher kam, wurden aus den Felsen ein Dutzend schlafender Flußpferde; ein riesiger Bulle lag auf der Seite und zeigte seinen breiten Bauch.

Plötzlich merkten die Tiere, daß sich Fahrzeuge näherten, sprangen mit erstaunlicher Geschwindigkeit auf, galoppierten über den weißen Sand und verschwanden im Wasser. Fünfzig Schritt vom Boot entfernt tauchte der große Bulle wieder auf, starrte mit seinen kleinen blauen Augen auf das merkwürdige Schiff und riß das Maul auf. Die Zähne waren gelb mit mörderisch scharfen Rändern und konnten einen Ochsen säuberlich in die Hälfte beißen. Er schien nicht mehr komisch und dick, sondern war das gefährlichste afrikanische Großwild. Zouga wußte, daß ein Flußpferd mehr Menschen töten konnte als alle Elefanten, Löwen und Büffel zusammen.

Unter lautem Brüllen schwamm der Bulle heran, um die Eindringlinge zu vertreiben. Wie immer lächelte Camacho, als er den Hahn spannte und feuerte. Zouga sah, wie die Kugel das Tier tief im Rachen traf, und sofort schoß scharlachrotes Blut in das Maul, färbte die schimmernden Zähne und lief in einem schnellen Strahl über die behaarten Lippen.

Das Brüllen des Bullen schwoll zu einem durchdringenden Schrei an, und er stieß in einer schaumgekrönten Fontäne aus dem Wasser.

»Ich habe ihn getööötet«, schrie Camacho, und sein Gelächter zerriß die plötzliche Stille, als der Bulle untertauchte.

Robyn war aufgesprungen. »Das ist ein herzloses Gemetzel«, sagte sie leise.

Wieder kam der Bulle an die Oberfläche, und Camacho pfefferte Schuß um Schuß in den riesigen grauen Körper, während ihm seine Träger ein geladenes Gewehr nach dem anderen reichten.

»Das ist abscheulich«, flüsterte Robyn.

»Ja, aber er hat seine Büchsenträger verdammt gut erzogen«, sagte Zouga nachdenklich. »So muß man es machen, wenn man Elefanten jagt.«

Zwei Stunden nach Sonnenuntergang legten sie an. Zum erstenmal sahen sie Bäume am Ufer, nicht nur Papyrusstauden, und in der Ferne erkannte man Hügel und Kuppen. Endlich hatten sie das Delta verlassen und würden ihr Lager nicht auf weißem Sand, sondern auf festem Boden aufschlagen.

Zouga kontrollierte die Wachen, die die unersetzlichen Vorräte behüteten, dann nahm er sein Sharps-Gewehr und ging in das Grasland hinter dem Lagerplatz.

»Ich komme mit Ihnen«, erbot sich Camacho. »Wir tööten etwas.«

»Sie haben das Lager herzurichten«, erwiderte Zouga kühl. Der Portugiese lächelte und zuckte die Achseln.

»Ich mache verdammt gutes Lager. Sie sehn werden.«

Doch als Zouga hinter den Bäumen verschwand, spuckte er verächtlich aus. Dann schlenderte er zu der kleinen Baumgruppe, wo man bereits die Zelte aufgestellt oder frisch abgehackte Zweige von Dornbüschen hereingebracht hatte, um einen sogenannten *Scherm* gegen hungrige Löwen oder Hyänen zu errichten.

Camacho hieb mit seiner Peitsche auf einen nackten schwarzen Rücken. »Schnell, du Sohn einer Mutter und von siebenundzwanzig Vätern.« Der Mann heulte vor Schmerz auf unter dem Schlag der Nilpferdpeitsche und verdoppelte seine Anstrengungen. Auf den Schultern zeigte sich ein purpurner Striemen, dick wie ein Mittelfinger.

Die Frau saß vor einem kleinen Klapptisch und behandelte den Fuß eines Trägers, der sich mit der Axt verletzt hatte. Wie angewurzelt blieb der Portugiese stehen, und sein Hals wurde ganz trocken, als er sie beobachtete. Für Camacho waren die Breeches, die sie trug, erregender als nacktes Fleisch. Es war das erstemal, daß er eine weiße Frau so gekleidet sah, und er konnte den Blick nicht abwenden. In seinen dunklen Augen stand Begierde. Seit Quelimane träumte er von dieser Frau, träumte jede Einzelheit einer Begegnung, jedes Wort, jede Bewegung.

Camacho beobachtete sie, und seine Augen, schwarz wie Samt, begannen zu schwimmen. Er wog die Folgen sorgfältig ab, und es schien nun nicht mehr so unwahrscheinlich wie zuerst. Camacho besaß einen untrüglichen Instinkt, was Frauen anging, und ihre Augen und vollen Lippen waren voller Sinnlichkeit. Sie bewegte sich mit einer körperlichen Triebhaftigkeit wie ein wildes Tier.

Er wußte, wie gut er aussah mit seinem dichten schwarzen Haar, dem strahlenden Lächeln, dem kräftigen, gut proportionierten Körper. Er war anziehend, vielleicht unwiderstehlich; mehr als einmal hatte er einen raschen, neugierigen Blick der Frau aufgefangen. Die Mischung seines Blutes gefiel den weißen Frauen, und in dieser Frau spürte er eine rebellische Verachtung der gesellschaftlichen Regeln. Es war möglich, entschied Camacho, und jetzt bot sich die Gelegenheit.

Robyn hatte die Behandlung der kleinen Gruppe von Trägern beendet, ein Diener brachte ihr heißes Wasser ins Zelt, und sie schloß die Klappe. Eben begann sie ihr Hemd aufzuknöpfen, als jemand an der Zeltklappe kratzte.

»Wer ist das?« rief sie und verspürte plötzliche Angst, als sie die leise Stimme erkannte. »Was wollen Sie?«

»Ich will sprechen Sie, Missus.«

»Nicht jetzt. Ich habe keine Zeit.« Der Mann stieß sie ab,

und doch fand sie ihn irgendwie faszinierend. Oft hatte sie ihn angestarrt, wie man ein schönes giftiges Insekt anstarrt.

»Kommen Sie morgen.« Es fiel ihr plötzlich ein, daß Zouga nicht im Lager war.

»Ich kann nicht warten. Ich krank.«

Darauf mußte sie reagieren.

»Also gut. Kommen Sie herein.«

Camacho bückte sich, um einzutreten, und zum erstenmal merkte sie, wie groß er war. Sein Lächeln schien das kleine Zelt zu erhellen, und sie starrte ihn an – wie ein Kaninchen die Schlange.

»Was fehlt Ihnen?« fragte sie und bemühte sich, sachlich zu klingen.

»Ich zeigen.«

»Gut«, erwiderte sie. »Wo tut's weh?«

Mit einer einzigen Bewegung hatte er die kurze Hose geöffnet und heruntergelassen.

»Wo?« wiederholte sie und merkte, wie belegt ihre Stimme klang. Plötzlich dämmerte ihr, daß sie das Opfer eines ausgeklügelten Planes war und sich in einer gefährlichen Situation befand.

»Da tut es weh?« flüsterte sie.

»Ja.« Auch er flüsterte und streichelte sich. »Du das in Ordnung bringen. Vielleicht.« Er ging auf sie zu.

»Natürlich kann ich es in Ordnung bringen«, sagte sie leise, und ihre Hände suchten zwischen den Instrumenten. Sie verspürte einen Anflug von Reue, denn was er bot, war wirklich außerordentlich. Später war sie froh, eine Sonde gewählt zu haben und nicht ein messerscharfes Skalpell.

In dem Augenblick, in dem sie zustach, zeigte sich blankes Entsetzen auf seinen hübschen Zügen. Als die Sonde eindrang, wimmerte er wie ein junges Mädchen und drehte sich im Kreis, als sei einer seiner beiden Füße auf dem Boden festgenagelt. Jetzt hielt er sich mit beiden Händen, und mit kühlem Berufsinteresse stellte Robyn fest, welch wundersame Veränderung vor sich gegangen war.

Wieder zückte sie die Sonde, doch das hielt Camacho nicht mehr aus. Er packte seine Hose, stieß einen schrecklichen Schrei aus und verschwand. Robyn zitterte heftig, fühlte sich jedoch seltsam beschwingt. Es war eine ungewöhnliche und interessante Erfahrung gewesen. Um sie in ihrem Tagebuch zu beschreiben, würde sie allerdings ihre Privatsprache wählen müssen.

Von diesem Abend an vermied es der Portugiese, Robyn auch nur in die Nähe zu kommen, und sie war froh, jene heißen dunklen Augen nicht auf sich gerichtet zu sehen, wann immer sie sich umdrehte. Sie überlegte, ob sie Zouga von dem Vorfall erzählen sollte, fand jedoch, daß die Peinlichkeit und die Schwierigkeit, die korrekten Worte zu finden, nicht der Mühe wert waren. Überdies war sie mit dem Mann sehr gut allein fertig geworden. Der wird mich nicht mehr belästigen, dachte sie beruhigt, und genoß die letzten geruhsamen Reisetage auf dem Strom.

Der Fluß war nun schmäler, die Strömung wurde stärker und die Fahrt des Konvois noch langsamer. Beide Flußufer waren hier bewaldet, und in den oberen Ästen der Bäume tummelten sich kleine Meerkatzen. Hinter diesen schmalen Vegetationsstreifen gab es da und dort auf höher gelegenem trockenen Boden eine andere Art Wald; hier wuchsen die häßlichen Affenbrotbäume mit ihren riesigen Stämmen, die aussahen, als wären sie verschwollen. Robyn dachte an die afrikanische Legende, die sie von ihrer Mutter gehört hatte. Sie erzählt, daß Nkulu-kulu, der Große, Allergrößte, den Affenbrotbaum verkehrt, mit den Wurzeln nach oben, gepflanzt habe. Auf den kahlen Ästen saßen Raubvögel neben ihren Nestern, oder sie zogen hoch in der Luft ihre weiten Kreise, nur dann und wann die ausgebreiteten Schwingen bewegend. Es gab wenig Wild an den Ufern, und sah man einmal eine Antilope, so verschwand sie rasch, sobald sich die Boote näherten.

Als Zouga Camacho fragte, ob er je Elefanten in dieser Gegend gesehen habe, antwortete der Portugiese mit seinem üblichen Lächeln: »Ich finde sie, ich tööte sie.«

Camacho hatte nach wenigen Tagen den seltsamen o-beinigen Gang abgelegt, der, wie er vorgab, auf seine Wunde zurückzuführen war, und sein Gelächter scholl so laut wie eh und je. Doch es gab andere Wunden, die nicht so rasch heilten, jene, die sein Stolz und seine Männlichkeit erlitten hatten. Aus seiner Begierde war brennender Haß geworden, und je mehr er über sein Erlebnis nachbrütete, desto dringender wurde sein Verlangen nach Rache. Doch seine persönlichen Wünsche mußten warten. Es gab Wichtigeres zu tun. Schließlich hatte ihn sein Onkel, der Gouverneur von Quelimane, mit einer besonderen Aufgabe betraut – und wenn er versagte, würde der Onkel ihm das nie verzeihen. Es ging um das Familienvermögen, das – seit Portugal sich widerwillig an den Vertrag von Brüssel hielt – große Einbußen erlitten hatte. Was die Familie noch besaß, mußte bewahrt werden. Vorausblickend wie immer, hatte der Onkel in dieser britischen Expedition sofort eine Gefahr für die Familieninteressen gewittert; schließlich wurde sie vom Sohn eines berüchtigten Unruhestifters geleitet. Überdies wußte man nichts Genaues über den wahren Zweck der Expedition.

Major Ballantynes Versicherung, er wolle seinen vermißten Vater wiederfinden, war natürlich völlig absurd. Diese Erklärung war viel zu einfach und direkt; die Engländer waren nie einfach und direkt. Die Expedition mußte viele Tausende Pfund gekostet haben, die ein junger Offizier nicht zur Verfügung hatte. Nein, es mußte ein anderes Motiv hinter all diesen Aktivitäten stecken – und der Gouverneur wollte es herausfinden.

Vielleicht war es tatsächlich eine private Expedition, aber man durfte die Tatsache, daß sie vom Sohn jenes Mannes angeführt wurde, der sich in alles einmischte, nicht aus den Augen verlieren. Weiß Gott, was der alte Teufel in dem unbekannten Land gefunden hatte – einen Berg aus Gold oder Silber oder die legendäre Stadt Monomatapa mit ihren Schätzen. Alles war möglich. Wenn es dort draußen Goldberge gab, würde sich der Gouverneur freuen, davon zu hören. Und selbst wenn es keine neuen Schätze gab, mußte man die alten schützen. Es war Camacho Pereiras Pflicht, die Expedition von bestimmten Plätzen fernzuhalten und sie nicht Geheimnisse entdecken zu lassen, von denen selbst die Herren in Lissabon nichts ahnten. Camachos Befehle waren klar: den Engländer mittels Berichten von unüberwindlichen Hindernissen – Sümpfen, wilden Tieren, noch wilderen Menschen und unwegsamen Bergketten – am Betreten gewisser Gebiete zu hindern. Wenn das nicht gelang – und Major Ballantyne wies alle jene Merkmale von Arroganz und Starrsinn auf, die seiner Nation eigen waren –, dann mußte Camacho zu anderen Mitteln der Überredung greifen. Was mit diesem Euphemismus gemeint war, wußten sowohl der Gouverneur wie sein Neffe.

Camacho hielt das für durchaus vernünftig. Jenseits von Tete gab es kein anderes Gesetz als das des Messers, und nach diesem Gesetz hatte er immer gelebt. Der Gedanke erfreute ihn. Er fand die unverhohlene Verachtung des Engländers ebenso unerträglich wie die Zurückweisung der Frau. Sicher war es sein Mulattenblut, das für die Einstellung von Bruder und Schwester verantwortlich war. Das war ein wunder Punkt in Camachos Selbstbewußtsein, denn Mischlinge wurden selbst in den portugiesischen Kolonien mit Verachtung behandelt.

Was er zu tun hatte, würde nicht nur die erlittenen Beleidigungen wiedergutmachen, sondern ihm auch reichen Gewinn bringen; selbst wenn er die Vorräte der Expedition mit seinem Onkel und den anderen teilte, sollte für ihn noch genügend übrigbleiben.

Für Robyn bedeutete die Ankunft in der winzigen Stadt Tete die eigentliche Heimkehr nach Afrika, ihre Heimkehr in die Welt, nach der sie sich so lange gesehnt hatte. Insgeheim war sie froh, daß Zouga das Ausladen der Boote zum Vorwand nahm, sie nicht zu begleiten. »Such den Platz, Sissy, und morgen gehen wir zusammen hin.«

Sie ging durch die staubige Dorfstraße, über die ihr Vater und ihre Mutter zum letztenmal gemeinsam gewandert sein mußten, und sah in die kleinen Läden mit den Lehmwänden.

Vor einem der billigen *dukas* blieb sie stehen und stellte fest, daß der Inhaber ihre Mischung aus Suaheli, Englisch und Nguni gut genug verstand, um ihr einen Fußweg zu zeigen, der aus dem Dorf und in einen kleinen Akazienwald führte.

Zwischen den Bäumen leuchtete etwas Weißes hervor; es waren sechs Gräber. Robyn war erstaunt, bis ihr einfiel, daß einige Mitglieder der Kaborra-Bassa-Expedition gestorben waren; vier an Krankheiten, einer war ertrunken, einer hatte Selbstmord begangen. Das Grab, nach dem sie suchte, lag etwas abseits von den anderen. Helle Flußsteine bezeichneten es, und am Kopfende stand ein weißes Kreuz. Das Unkraut war gejätet, Kreuz und Steine schienen frisch gestrichen, und in einer kleinen blauen Vase steckte ein Strauß Wiesenblumen.

Robyn las die Inschrift auf dem Kreuz:

In innigem Angedenken an
Helen
die geliebte Frau des Fuller Morris Ballantyne
geb. am 4. August 1814, am 16. Dezember 1852
an Fieber gest.
Gottes Wille geschehe

Robyn schloß die Augen und wartete auf Tränen, die nicht kamen; sie waren vor langer Zeit vergossen worden. Jetzt gab es nur noch Erinnerungen. Der Geruch der Erdbeeren, die sie in Onkel Williams Garten pflückten; neben der Mutter im Bett liegen und schläfrig zuhören, während die Mutter etwas vorlas; der erste Ritt auf einem Pony und die Hände der Mutter, die sie im Sattel festhielten; das Gefühl des seifigen Schwammes auf dem Rücken, wenn die Mutter sich über die kleine Eisenbadewanne beugte; das Lachen der Mutter und ihr Weinen des Nachts. Dann die letzte Erinnerung – der Geruch von Veilchen und Lavendel, als sie das Gesicht an das Mieder der Mutter preßte.

»Warum mußt du fort, Mutter?«

»Weil dein Vater mich braucht. Weil er endlich nach mir geschickt hat.«

Robyn kniete neben dem Grab und betete, als plötzlich ein Schatten über die Erde fiel. Mit einem kleinen Aufschrei der Überraschung sah sie auf. Eine Frau und ein Kind standen neben ihr, eine schwarze Frau mit einem angenehmen, sogar hübschen Gesicht. Sie war nicht jung, vielleicht Mitte dreißig, obwohl es schwierig ist, das Alter von Afrikanern zu schätzen.

Das Kind trug den kurzen Lederrock des Shangaan-Stammes, doch war es offensichtlich kein reinblütiger Afrikaner. Der Junge war nicht älter als sieben oder acht Jahre, ein kräftiges Kind mit braunen Locken und seltsam hellen Augen. Irgend etwas an ihm erweckte in Robyn eine Erinnerung.

Er trug einen kleinen Strauß gelber Akazienblüten in der Hand und lächelte Robyn schüchtern an. Seine Mutter sagte etwas, und er ging zögernd auf Robyn zu und gab ihr die Blumen.

Die Frau beugte sich über das Grab, entfernte die verwelkten Blumen und gab dem Jungen die kleine blaue Vase. Er lief zum Flußufer. Die zwei Frauen verharrten in einem angenehmen, freundlichen Schweigen, doch als sich ihre Blicke trafen, lächelten sie. Das Kind kam zurückgelaufen, die Frau nahm die Vase ab und stellte sie sorgsam auf das

Grab. Dann sahen beide zu, wie Robyn die Akazien in die Vase steckte.

»Ihre Mutter?« fragte die Frau leise, und Robyn war verblüfft, sie Englisch sprechen zu hören.

»Ja.« Sie versuchte ihre Überraschung zu verbergen. »Meine Mutter.«

»Gute Dame.«

»Sie haben sie gekannt?«

»Bitte?«

Die Frau konnte nur wenige Worte Englisch, und die Verständigung war schwierig, bis Robyn etwas in Matabele sagte. Das Gesicht der Frau leuchtete auf, und sie antwortete rasch in einem verwandten Dialekt.

»Sind Sie Matabele?« fragte Robyn.

»Ich bin Angoni«, erklärte die Frau.

Ihr Stamm war aus den Grasländern der Zulus nach Norden gewandert, bis zum Ufer des Marawi-Sees. Von dort wurde die Frau an einen der Sklavenhändler der Araber verkauft und in Ketten den Shire hinunter transportiert. Als sie, erschöpft, verhungert und fiebernd, mit der Karawane nicht mehr Schritt halten konnte, hatte man ihre Ketten gelöst und sie neben dem Sklavenpfad als Hyänenfutter liegengelassen. Hier hatte sie Fuller Ballantyne gefunden und in sein kleines Lager gebracht. Er pflegte sie gesund und taufte sie auf den Namen Sarah.

Die Dämmerung brach ein, die beiden Frauen verließen den Friedhof und gingen den Fußweg zum Dorf zurück, während Sarah erzählte, wie Robyns Mutter mit anderen Expeditionsmitgliedern in Tete ankam. Sarah wurde ihre persönliche Dienerin.

Jetzt waren sie an der Weggabelung angekommen, und nach kurzem Zögern lud Sarah Robyn in das Dorf ein. Robyn schüttelte den Kopf; in einer Stunde würde es dunkel sein, und bestimmt würde Zouga sie suchen. Als sie Sarahs Enttäuschung sah, fügte sie rasch hinzu: »Jetzt muß ich gehen – aber morgen komme ich um die gleiche Zeit. Ich möchte alles über meinen Vater und meine Mutter erfahren.«

Sarah schickte den kleinen Jungen als Begleitung mit; nach ein paar Schritten nahm Robyn seine Hand, und sie gingen, munter plaudernd und lachend, weiter. Bevor sie noch die ersten Häuser von Tete erreicht hatten, trafen sie Zouga und Sergeant Cheroot; Zouga trug sein Gewehr. »Verdammt, Sissy, du hast uns alle in Aufregung versetzt. Seit fünf Stunden bist du fort.«

Das Kind starrte Zouga mit großen Augen an. Noch nie hatte es einen so großen Mann mit einer so scharfen, befehlenden Stimme gesehen. Es mußte ein mächtiger Häuptling sein. Der kleine Junge entzog Robyn die Hand, wich zwei Schritte zurück, drehte sich um und flüchtete wie ein Sperling vor dem Habicht.

»Zouga, ich hab' Mutters Grab gefunden.« Robyn lief auf ihn zu und nahm seinen Arm. »Es ist nicht weiter als eine Meile.«

»Wir werden morgen hingehen«, sagte er. »Ich lasse das Zelt nach Einbruch der Dunkelheit nicht gern allein. Zu viele Schakale – zweibeinige Schakale.« Er führte sie in den Ort zurück und berichtete. »Wir haben immer noch Schwierigkeiten, Träger zu finden. Dabei gibt es mehr als genug starke Männer in der Gegend. Doch dieser lächerliche Pereira sieht überall Hindernisse. Er behauptet, die Träger wollten das Ziel und die Dauer der Safari wissen, bevor sie sich verpflichten.«

»Das scheint logisch«, warf Robyn ein. »Ich würde auch nicht gern eines dieser riesigen Bündel tragen, ohne zu wissen, wohin.«

»Ich glaube nicht, daß es an den Trägern liegt. Ich biete ausgezeichnete Bezahlung, und noch kein einziger hat sich gemeldet.«

»Was denn ist der Grund?«

»Seit wir die Küste verlassen haben, versucht Pereira von mir zu erfahren, was ich für Absichten habe. Ich halte es für eine Art Erpressung – keine Träger, bevor ich es ihm nicht sage.«

»Und warum sagst du es ihm nicht?«

»Weil er zu beharrlich ist. Das ist kein beiläufiges Interesse; mein Instinkt warnt mich, ihm Dinge anzuvertrauen, von denen er nicht unbedingt wissen muß.«

Schweigend gingen sie bis zum Lager. Camacho stürzte auf sie zu. »Major, ich gute Nachrichten haben.«

»Eine angenehme Abwechslung«, murmelte Zouga trocken.

»Ich Mann gefunden, der Ihren Vater gesehen. Vor acht Monaten.«

Robyn drehte sich aufgeregt um.

»Wo ist er? Oh, das ist eine wundervolle Nachricht.«

»Wenn es wahr ist«, fügte Zouga wesentlich weniger begeistert hinzu.

»Ich Mann bringen – ganz rasch«, versprach Camacho und lief fort.

Zehn Minuten später kehrte er mit einem alten, in Felle gehüllten Mann zurück, in dessen Augen Angst und Schrecken zu lesen waren. Sobald Camacho ihn losließ, warf er sich zu Boden und stotterte Antworten auf Fragen, die Camacho ihm zurief.

»Welchen Dialekt spricht er?« unterbrach Zouga sofort.

»Chichewa«, erwiderte Camacho. »Er nichts anderes spricht.«

Es schien, daß der Alte »Manali«, den Mann mit dem roten Hemd, in Zimi am Lualaba gesehen hatte.

»Woher will er wissen, daß es mein Vater war?«

»Jeder kennt ›Manali‹«, erklärte der Mann. Er sei eine lebende Legende von der Küste bis *»Chona langa«*, dem Land, in dem Sonne untergeht.

»Wann hat er Manali gesehen?«

»Einen Mond vor dem Einsetzen des letzten Regens, das heißt, im Oktober des vergangenen Jahres.« Wie Camacho gesagt hatte, vor acht Monaten.

»Was weiß er sonst über Manali?« fragte Zouga.

»Er gesprochen mit den Trägern von Manali. Sie sagen, sie dem Lualabafluß folgen.«

Es war möglich, überlegte Zouga. Wenn Fuller Ballantyne tatsächlich die Quellen des Nils suchte, dann würde er in diese Richtung ziehen.

»Gebt ihm ein Bündel *merikani*-Stoff und eine *khete*-Perle«, befahl Zouga, und es war rührend zu sehen, wie dankbar der Alte war.

Später saßen Robyn und Zouga neben dem Lagerfeuer, das langsam in sich zusammenfiel und kleine Funken sprühte.

»Wenn wir nach Norden ziehen«, überlegte Robyn und beobachtete das Gesicht ihres Bruders, »kommen wir in die Hochburg des Sklavenhandels nördlich des Marawi-Sees. Aus diesem Gebiet, das noch kein weißer Mann betreten hat, nicht einmal unser Vater, müssen alle Sklaven für den Markt von Sansibar und für die Omani kommen.«

»Und wie steht es mit dem Handel im Süden?« Zouga blickte Juba an, die geduldig vor Robyns Zelt wartete. »Dieses Mädchen ist der lebendige Beweis, daß südlich des Sambesi ein neuer Handel blüht.«

»Ja, aber er scheint unbedeutend, verglichen mit den Aktivitäten im Norden.«

»Der Handel im Norden ist ausreichend dokumentiert. Vater kam vor fünfzehn Jahren zum Marawi-See und folgte den Karawanen bis zur Küste. Bannerman in Sansibar hat Dutzende Berichte über den dortigen Markt verfaßt«, erwiderte Zouga und starrte in die Glut, »während niemand etwas über den Handel mit den Monomatapa und den Matabele im Süden weiß.«

»Richtig«, gab Robyn widerwillig zu, »anderseits schrieb Vater, daß der Lualaba eine der Quellen des Nils sei und daß er das eines Tages beweisen und den Fluß bis zu seinem Ursprung verfolgen würde. Überdies wurde er im Norden gesehen.«

»Tatsächlich?« fragte Zouga spöttisch.

»Dieser alte Mann ...«

»... hat gelogen. Jemand hat ihm das eingetrichtert, und ich weiß sehr gut, wer es war.«

»Woher willst du wissen, daß er gelogen hat?«

»Wenn man lange genug in Indien gelebt hat, entwickelt man einen sechsten Sinn für Lügen.« Zouga lächelte ihr zu. »Und warum hätte Vater acht Jahre warten sollen, bevor er den Lualaba erforscht? Er wäre direkt hingegangen – wenn er nach Norden gegangen wäre.«

»Mein lieber Bruder«, Robyns Ton war ätzend, »es kann doch wohl nicht die Legende von Monomatapa sein, die dich so unwiderstehlich in den Süden lockt? Ist dieser Glanz in deinen Augen der Glanz des Goldes?«

»Das ist eine gemeine Unterstellung.« Wieder lächelte Zouga. »Was mich reizt, ist die Entschlossenheit unseres großen Führers und Entdeckers Camacho Pereiras, jede Reise nach dem Süden zu vereiteln und uns statt dessen nach Norden zu führen.«

Lange nachdem sich Robyn in ihr Zelt zurückgezogen hatte, saß Zouga noch neben dem verglimmenden Feuer. Als er zu einem Entschluß gekommen war, leerte er sein Glas mit dem letzten kostbaren Whisky und stand unvermittelt auf. Er ging zu Camacho Pereiras Zelt am äußeren Ende des Lagers.

In dem Zelt brannte trotz der späten Stunde noch Licht, und als Zouga etwas rief, hörte er eine Frau aufkreischen und kurz darauf die tiefe beschwichtigende Stimme eines Mannes. Ein paar Minuten später öffnete Camacho das Zelt und sah Zouga mißtrauisch an.

»Ich habe beschlossen«, sagte ihm Zouga brüsk, »daß wir nach Norden zum Marawi-See ziehen und dann weiter zum Lualaba.«

Als er lächelte, leuchtete Camachos Gesicht wie der Vollmond.

»Das ist sehr gut. Sehr gut – viel Elfenbein. Wir Ihren

Vater finden – Sie werden sehen, wir ihn verdammt bald finden.«

Am folgenden Tag trieb Camacho mit viel Geschrei und Peitschenschwingen hundert starke gesunde Männer ins Lager. »Ich Träger gefunden«, verkündete er. »Viele Träger – verdammt gut, was?«

Sarah und der kleine Junge warteten bereits neben dem Grab, als Robyn am folgenden Nachmittag durch den Akazienwald kam. Das Kind sah sie zuerst und lief freudig lachend auf sie zu. Wieder war Robyn von der Vertrautheit des kleinen Gesichtes verwirrt. Wieder wurden die Blumen auf dem Grab ausgetauscht, dann setzten sich die beiden Frauen nebeneinander in den Schatten der Akazien.

Sarah erzählte von Robyns Mutter, wie tapfer sie gewesen war und daß sie nie geklagt habe. »Als der Regen kam, kam das Fieber«, fuhr Sarah fort. »Es war sehr schlimm. Die weißen Männer und Ihre Mutter wurden rasch krank. Selbst Manali wurde krank. Es war das erstemal, daß ich ihn mit Fieber sah. Viele Tage lang war er von Teufeln erfüllt.« Der Ausdruck beschreibt treffend das Delirium des Malariafiebers, dachte Robyn. »Daher wußte er nichts, als Ihre Mutter starb.«

Wieder schwiegen sie. Gelangweilt von dem endlosen Gerede der zwei Frauen, warf der kleine Junge einen Stein in die Akazienzweige; zwei Vögel mit herrlichen roten Brustfedern flogen auf und segelten hinunter zum Fluß. Wieder wandte Robyn ihre Aufmerksamkeit dem Kind zu. Es war, als kenne sie es schon ihr Leben lang.

»Dann wanderte mein Vater wieder fort?« fragte sie.

»Nein, er war sehr krank, und neue Teufel kamen. Er weinte um Ihre Mutter.« Der Gedanke, daß ihr Vater weinte, war Robyn so fremd, daß sie es sich nicht vorstellen konnte. »Er sprach viel von dem Fluß, der ihn vernichtet hatte. Er haßte den Fluß, als wäre er ein lebendiger Feind, der ihm den Weg zu seinen Träumen versperrte. Das Fieber kam und ging. Manchmal kämpfte er mit seinen Teufeln, manchmal sprach er wirr von Maschinen, die seinen Feind bezähmen würden, von Mauern über den Fluß, die Menschen und Schiffe über die Schlucht bringen würden.« Sarah hielt inne und streichelte den Kopf des Kindes in ihrem Schoß.

Plötzlich durchfuhr es Robyn wie ein Blitzstrahl; sie erkannte das Kind. Ihr Ausdruck veränderte sich so schlagartig, daß Sarah ihrem Blick folgte und auf das Kind in ihrem Schoß sah. Dann blickte sie Robyn an. Es bedurfte keiner Worte; eine Frage wurde gestellt und schweigend beantwortet. Mit einer schützenden Gebärde zog Sarah das Kind an sich.

»Erst nachdem Ihre Mutter...«, wollte Sarah zu erklären beginnen, dann schwieg sie.

Es schien Robyn, als hätte der Boden unter ihren Füßen geschwankt und sich wieder beruhigt. Sie verspürte eine merkwürdige Erleichterung. Fuller Ballantyne war nicht mehr die aus hartem Granit gehauene, gottähnliche Gestalt, die ihr ganzes Leben überschattet hatte. Sie streckte die Hände nach dem Kind aus, und der Junge kam ohne Zögern voller Vertrauen zu ihr. Robyn umarmte ihn; seine Haut war weich und warm, als sie ihn küßte.

»Er war sehr krank und allein«, sagte Sarah leise. »Alle waren gestorben oder fortgegangen, und er war traurig, und ich fürchtete für sein Leben.«

Robyn nickte verständnisvoll. »Und Sie liebten ihn?«

»Es war keine Sünde, denn er war Gott«, sagte Sarah schlicht.

Nein, dachte Robyn mit tiefer Erleichterung. Er war ein Mann, und ich, seine Tochter, bin eine Frau. In diesem Augenblick wußte sie, daß das Verlangen und die Wünsche ihres Körpers nie mehr Schuldgefühle bei ihr hervorrufen würden. Sie umarmte das Kind, das ein lebendiger Beweis der Menschlichkeit ihres Vaters war.

Die Sehnsucht nach ihrem Vater war von der Großartigkeit und Kraft seiner Legende völlig unterdrückt worden. Jetzt wußte sie auch, warum sie hier war – am Ufer dieses majestätischen Flusses, am Ende der bekannten Welt. Sie war nicht gekommen, um Fuller Ballantyne zu finden, sondern um ihren Vater zu entdecken und den Menschen, den sie nie gekannt hatte.

»Wo ist er, Sarah, wo ist mein Vater? Wohin ist er gegangen?«

»Ich weiß nicht«, flüsterte die Frau. »Eines Morgens erwachte ich, und er war fort. Ich weiß nicht, wo er ist, aber ich werde warten, bis er zu mir und seinem Sohn zurückkehrt.« Sie sah rasch auf. »Er wird doch zurückkehren?« fragte sie flehend. »Wenn nicht meinetwegen, dann wegen des Kindes?«

»Ja«, erwiderte Robyn mit einer Bestimmtheit, die sie nicht fühlte. »Natürlich wird er zurückkommen.«

Die Auswahl der Träger war eine langwierige Angelegenheit, und nachdem Zouga mit einem Schlag auf die Schulter der Angeworbenen seine Wahl bestätigt hatte, wurden die Männer zu Robyn geschickt, um von ihr untersucht zu werden. Dann folgte die Verteilung der Lasten. Obwohl Zouga bereits jeden Packen gewogen hatte – keiner durfte mehr als achtzig Pfund schwer sein –, mußten die neu angeworbenen Träger beim nochmaligen Abwiegen zugegen sein.

Am nächsten Tag gab Zouga die Marschordnung bekannt. Er wählte fünf der intelligentesten und stärksten Männer und machte jeden zum Anführer einer Zwanzig-Mann-Abteilung.

Sie waren für das Einhalten des Marschtempos verantwortlich, mußten darauf achten, daß nicht gestohlen wurde, die Essensrationen verteilen und, falls es Klagen gab, sie Zouga unterbreiten. Auf der Expeditionsliste standen einhundertsechsundzwanzig Namen – einschließlich Sergeant Cheroots Hottentotten, der Träger aus Quelimane, Camacho Pereiras und der beiden Hauptpersonen – Robyn und Zouga.

Bei der letzten halben Flasche Whisky besprach Zouga mit Sergeant Cheroot die Marschordnung und die Verteidigung der Karawane. Zouga plante, mit einigen Führern und Trägern unabhängig von der Marschkolonne zu wandern, das Terrain auszukundschaften und zu jagen, wenn sich die Gelegenheit ergab. Obwohl er beabsichtigte, jeden Abend zur Karawane zurückzukehren, wollte er genug Ausrüstung mitnehmen, um tagelang allein bleiben zu können. Camacho sollte mit fünf Hottentotten die Spitze des Zuges bilden, Sergeant Cheroot mit den übrigen Musketieren die Nachhut. Eine vorher abgesprochene Reihe von Signalen aus den Kuduhorntrompeten sollten »Vorwärts«, »Halt«, »Aufschließen«, »einen Kreis bilden« oder ähnliche Begriffe bedeuten.

Vier Tage lang übte Zouga mit den Leuten, bis er zum Aufbruch bereit war.

»Aber wie werden wir den Fluß überqueren?« fragte Robyn.

»Es ist alles vorbereitet«, antwortete Zouga, und damit mußte sie sich zufriedengeben.

Am letzten Tag durfte Juba zum erstenmal mit Robyn zum Friedhof gehen. Beide Frauen waren mit Geschenken beladen – Stoffballen und fünfunddreißig Pfund der schönsten und begehrtesten roten Keramikperlen. Mehr hatte Robyn nicht gewagt, von Zouga zu erbitten, ohne dessen Verdacht zu erregen. Sie hatte daran gedacht, Zouga von Sarah und dem Kind zu erzählen, es sich jedoch anders überlegt.

Sie wollte sich nicht ausmalen, wie Zouga auf einen Halbbruder reagierte, der Mischling war. Seine Ansichten über Kaste und Hautfarbe hatte er in der harten Schule der indischen Armee erworben, und zu entdecken, daß sein eigener Vater gegen diese eisernen Regeln verstoßen hatte, wäre ein zu großer Schock für ihn gewesen.

Sarah und das Kind warteten am Grab. Die Mutter nahm die Geschenke mit einem kleinen Knicks entgegen, die Hände hatte sie in Augenhöhe gefaltet.

»Wir reisen morgen«, erklärte Robyn. Sofort sah sie das Bedauern in Sarahs Augen und hernach die Resignation.

»Es ist Gottes Wille«, sagte Sarah, und Robyn vermeinte, ihren Vater zu hören.

»Ihr Vater, Manali – werden Sie ihm von dem Jungen erzählen, wenn Sie ihn finden?«

»Er wußte nichts von ihm?« Robyn war sprachlos. Sarah schüttelte den Kopf.

»Warum bist du nicht mit ihm gegangen?« fragte Robyn.

»Er wünschte es nicht. Er sagte, die Reise sei zu beschwerlich, aber in Wahrheit ist er wie ein alter Elefantenbulle, der nicht gern zu lange bei seinen Kühen bleibt, sondern dem Wind folgen muß.«

In einem mit Perlen verzierten Wams aus Kuduhaut stand Camacho Pereira vor den kleinen, drahtigen Männern und kontrollierte die Namensliste.

»Wir füttern sie zu gut«, sagte er zu Zouga. »Fetter Nigger, fauler Nigger.« Er grinste, als er Zougas Gesicht sah, denn über dieses Wort hatten sie bereits gestritten. Zouga hatte ihm verboten, es vor den schwarzen Dienern der Expedition zu benutzen. Für viele war es das einzige englische Wort, das sie verstanden.

»Wenig füttern, fest schlagen, und sie arbeiten gut«, fuhr Camacho genüßlich fort.

Zouga ignorierte diese Weisheiten, die er nur allzu oft gehört hatte. Statt dessen sah er zu, wie die Anführer der Abteilungen die Rationen austeilten. Plötzlich holte Pereira einen Mann aus der Reihe der Wartenden und versetzte ihm mit dem Schaft seiner Peitsche einen kräftigen Schlag auf den Kopf.

»Er kommt zweites Mal«, erklärte er vergnügt und gab dem davonlaufenden Mann einen Fußtritt.

Zouga wartete, bis das Essen verteilt war, dann rief er die Anführer zu sich.

»*Indaba!* Sagt den Männern, *indaba.*«

Es war der Ruf zu einer Beratung, und alle kamen aufgeregt herbeigelaufen. Zouga marschierte vor den kauernden schwarzen Männern auf und ab; er wußte, daß Afrikaner das Theatralische lieben. Die meisten von ihnen verstanden das einfache Nguni, das Zouga jetzt einigermaßen fließend beherrschte.

Er breitete die Arme aus, wartete noch eine Sekunde und dann verkündete er großartig: »*Kusasa isufari,* morgen beginnt der Marsch!«

Aufgeregtes Gemurmel ertönte, dann stand einer der Anführer auf.

»*Phi? Phi?* Wohin?«

Zouga senkte die Arme, ließ die Spannung noch einen Augenblick anwachsen, dann wies er mit großer Geste auf die fernen blauen Hügel im Süden. »*Laphayal!* Dorthin!«

Alles jubelte Beifall; hätte Zouga nach Norden oder Westen gewiesen, die Leute wären ebenso begeistert gewesen. Sie waren jetzt bereit zum Abmarsch, und die Richtung war gleichgültig. Camacho ging auf Zouga zu, und sein Gesicht war dunkel vor Zorn. Zum erstenmal hörte er, daß Zouga die Absicht hatte, nach Süden zu ziehen. Er sprach in einem der lokalen Dialekte und so rasch, daß Zouga nur dann und wann ein Wort verstand. Der Inhalt war jedoch unmißverständlich, und Zouga sah die bestürzten Gesichter der Männer, die vor ihm hockten.

Camacho warnte sie vor den Gefahren, die jenseits der südlichen Hügel lauerten; Zouga hörte das Wort Monomatapa und wußte, daß er von den furchtbaren Armeen des legendären Königreiches sprach, von den erbarmungslosen

Kriegern, deren Lieblingssport es war, einem Mann die Geschlechtsteile abzuschneiden und ihn zu zwingen, sie zu essen. Aus der Bestürzung der Männer wurde sehr bald nacktes Entsetzen – noch eine Minute, und nichts würde die Karawane zum Abmarsch bewegen, noch zwei Minuten, und die meisten Träger würden am nächsten Morgen davonlaufen. Mit dem Portugiesen zu streiten war sinnlos. Das versammelte Lager würde einen lauten Wortwechsel nur genießen. Zouga hatte gelernt, daß der Afrikaner ebenso wie der Asiate nur von Erfolgen beeindruckt ist und immer den Sieger bewundert.

»Pereira!« rief er in einem Ton, der den Wortschwall des Portugiesen unterbrach. Wie die meisten Engländer hatte Zouga einen Sinn für Fair play, und er warnte den Feind, bevor er ihn angriff. Als der Portugiese sich ihm zuwandte, versetzte ihm Zouga mit der Linken einen leichten Schlag ins Gesicht. Camacho hob abwehrend die Hände, und im gleichen Augenblick traf ihn Zougas Faust in den Magen. Camacho krümmte sich und bedeckte den schmerzenden Bauch mit den Händen. Sein Gesicht war ungedeckt für den nächsten Schlag. Es war eine kurze Linke, die Camacho knapp unter dem rechten Ohr traf. Er verdrehte die Augäpfel, so daß nur noch das Weiße zu sehen war, und die Knie versagten ihm. Er fiel nach vorn und mit dem Gesicht auf den grauen Sandboden.

Die Stille dauerte nur eine Sekunde, dann brachen die Zuschauer in Jubel aus. Die meisten hatten mit Camachos Stiefel oder mit seiner Peitsche Bekanntschaft gemacht, und jetzt umarmten sie einander vor Freude. Die Angst, die Camachos Rede hervorgerufen hatte, war der Verwunderung über die Wirkung der beiden Schläge gewichen; die meisten von ihnen hatten noch nie einen Mann mit der Faust zuschlagen sehen, und diese neue Kampfform beeindruckte und entzückte sie.

»Wir werden von Soldaten begleitet«, rief Zouga jetzt, »und ihr habt gesehen, wie gut sie schießen.«

»Seht ihr diese Fahne dort?« Mit ausladender Geste wies er auf den *Union Jack,* der über dem größten Zelt flatterte. »Kein Mann, kein Häuptling, kein Krieger wagt es . . .«

»Zouga!« schrie Robyn auf. Entsetzen war in ihrer Stimme, und Zouga reagierte blitzartig, er wich zurück, und aus der Menge ertönte ein einziges langgezogenes Wort *»Jee!«*

Es war der Schrei, mit dem afrikanische Krieger einen Kampf auf Leben und Tod begleiten. Camacho hatte auf Zougas Rücken, auf die Stelle oberhalb der Nieren gezielt, und trotz Robyns Warnung war Zouga nicht rasch genug. Die Messerspitze drang durch seine Hose und schnitt ihm ins Fleisch. Helles Blut quoll hervor und lief ihm über die Knie.

»Jee!« Wieder erscholl der sonore Gesang der Zuschauer, als Camacho das Messer seitlich gegen Zougas Bauch schwang. Die Klinge glänzte und zischte wie eine wütende Kobra. Zouga warf die Hände hoch und zog seine Bauchmuskeln ein, während er zurücksprang. Das Messer drang in sein Hemd, berührte aber nicht die Haut.

Zouga spürte die brennende Wunde an der Hüfte, als er vor dem Messer zurückwich, gleichzeitig hörte er das Spannen eines Hahnes und sah aus dem Augenwinkel, daß Sergeant Cheroot sein Gewehr in Anschlag gebracht hatte.

»Nein! Nicht schießen!« rief er scharf. Er und Camacho umkreisten einander in geringem Abstand, und Zouga hatte keine Lust, möglicherweise eine Kugel in den Bauch zu bekommen. »Nicht schießen, Sergeant!« Es gab noch einen Grund, warum er eine Einmischung nicht dulden konnte. Diese hundert Männer beurteilten ihn jetzt, Leute, mit denen er Monate, ja vielleicht Jahre marschieren und arbeiten würde. Er mußte ihren Respekt gewinnen.

Die beiden Männer umkreisten einander, wirbelten den Staub auf. Camacho hielt das Messer tief und bewegte es hin und her, als dirigierte er ein langsames Musikstück, doch in seinen Augen las Zouga die ersten Anzeichen der Unsicherheit.

Er sprang vor. *»Jee!«* schrien die Zuschauer, und Camacho wich zurück.

Noch zweimal trieb ihn Zouga zurück, und jetzt lachten und spotteten die Männer. Der Zorn, der Camachos Gesicht gerötet hatte, war der Angst gewichen.

Zouga sprang an der Hand mit dem Messer vorbei; in dem Augenblick, in dem Camacho zustoßen wollte, schleuderte er ihm eine Handvoll Sand in die Augen und packte, bevor der andere wieder sehen konnte, dessen Handgelenk.

»Jee!« schrie die Menge, als Zouga den Arm des Gegners mit aller Kraft niederhielt.

Tränen strömten aus Camachos Augen, als ihn der scharfe Sand in den Augen scheuerte. Zouga zog ihn zu Boden und riß gleichzeitig seinen Arm zurück. In Camachos Schulter schnappte etwas mit einem lauten, krachenden Ton, und er schrie auf, als er wieder mit dem Gesicht nach vorn zu Boden fiel. Noch einmal riß Zouga mit aller Kraft den verdrehten Arm des Gegners hoch, und diesmal quietschte Camacho wie ein junges Mädchen, und das Messer entfiel seinen Fingern. Er machte einen schwachen Versuch, es mit der anderen Hand zu fassen, doch Zouga trat mit dem Stiefel auf die Klinge, dann nahm er das Messer auf und hielt die schwere Waffe hoch.

»Bulala!« sangen die Zuschauer. *»Bulala!* Töte ihn! Töte ihn!« Sie wollten Blut sehen, denn das war das richtige Ende eines Kampfes, und sie dürsteten danach.

Zouga aber trieb die Klinge in den Stamm einer Akazie und drehte den Stahl mit einem heftigen Ruck. Mit einem Krach, der wie ein Pistolenschuß klang, brach das Heft, und Zouga warf es verächtlich zu Boden.

»Sergeant Cheroot«, sagte er, »schaffen Sie den Mann aus dem Lager.«

»Ich sollte ihn erschießen«, sagte der kleine Hottentotte

und stieß die Mündung seines Gewehrs in den Bauch des auf dem Boden liegenden Mannes.

»Wenn er versucht, wieder ins Lager zu kommen, kannst du ihn erschießen. Vorläufig schaff ihn nur fort.«

»Großer Fehler.« Sergeant Cheroots Gesicht nahm einen tieftraurigen Ausdruck an. »Immer einen Skorpion zertreten – bevor er sticht.«

»Du bist verwundet«, sagte Robyn zu Zouga.

»Es ist nur ein Kratzer.« Zouga nahm sein Halstuch und preßte es gegen die Wunde an seiner Hüfte, dann ging er, bemüht, nicht zu hinken, rasch auf sein Zelt zu. Die Reaktion setzte bereits ein, er verspürte Schwindel und Übelkeit, und die Wunde brannte abscheulich. Doch niemand durfte sehen, daß seine Hände zitterten.

»Ich habe seine Schulter eingerenkt«, sagte Robyn, während sie Zougas Wunde versorgte. »Aber du«, sie schüttelte den Kopf, »du kannst mit dieser Wunde nicht marschieren. Jeder Schritt wird an den Nähten zerren.«

Sie hatte recht, der Aufbruch mußte um vier Tage verschoben werden, und diese Zeit wußte Camacho zu nutzen. Kurz nachdem Robyn ihm die Schulter eingerenkt hatte, verließ er das Lager, nahm vier Ruderer auf und fuhr in einem Einbaum den Sambesi hinunter. Wann immer die Leute Rast machen wollten, schrie Camacho sie an weiterzufahren. Auch er hätte gern ein wenig geruht, aber der brennende Haß trieb ihn vorwärts. Am folgenden Mittag ging er in Chamba, einem kleinen Dorf am Südufer des Flusses, hundert Meilen unterhalb von Tete, an Land. Er zahlte seine Leute aus und nahm zwei Träger auf. Dann schlugen die drei einen der unzähligen Uferpfade ein, die den ganzen afrikanischen Kontinent durchziehen wie Blutgefäße einen Körper.

Zwei Tage später erreichten sie die Hyänenstraße, die vierzig Meilen nördlich der Straße von Vila Manica zur

Küste führte und dem Pungwe-Fluß folgte. Vila Manica war der letzte portugiesische Verwaltungsposten in Ostafrika. Ein Erlaß des Gouverneurs verbot jedem Menschen, ob schwarz oder weiß, Portugiese oder Ausländer, weiter zu reisen als bis zu dem aus Lehm errichteten Fort. Deshalb hatten unternehmungslustige Männer die Hyänenstraße eröffnet, die durch die dichten Wälder der Vorhügel bis ins offene Grasland in den Bergen führte.

Von Chamba bis zum Pungwe-Fluß waren es hundertfünfzig Meilen. Sie mit einer schmerzenden Schulter in drei Tagen zurückzulegen, war eine gute Leistung; am Fluß ein Lager aufzuschlagen, endlich, eine beinahe unwiderstehliche Versuchung. Doch Camacho trieb seine Träger mit Fußtritten und Peitschenhieben weiter – die einsame Straße entlang in die Berge. Dieser Weg war doppelt so breit wie die anderen Routen, breit genug, um eine Zweierreihe aufzunehmen, während man für gewöhnlich im Gänsemarsch ging.

»Die Karawane ist noch nicht vorbeigekommen«, murmelte Camacho, nach Geiern und lauernden Hyänen Ausschau haltend.

Zwei Tage später hörten sie erstmals Stimmen in der Ferne. Camacho kletterte auf einen Umsisabaum und sah die kreisenden Geier. Die Stimmen wurden lauter, wurden zu einem Gesang. Es war ein herzzerreißendes Klagelied, langsam und furchtbar. Camacho erspähte die Spitze der Karawane; sie glich dem Kopf einer verletzten Schlange, die sich aus dem Wald auf eine offene Lichtung schleppt. Er glitt den Stamm hinab und eilte voraus.

Vor dem Zug ging eine Gruppe bewaffneter Männer – fünf Schwarze in zerfetzten europäischen Kleidern mit Musketen im Arm, und ein kleiner weißer Mann mit dem Gesicht eines bösartigen Zwerges.

»Camacho!« rief er, und die beiden Männer liefen aufeinander zu, umarmten sich und lachten. Camacho wurde als erster ernst und sagte mit düsterer Stimme:

»Alphonso, mein geliebter Bruder, ich habe schlechte Nachrichten – sehr schlechte Nachrichten.«

»Der Engländer?«

»Ja, der Engländer.« Camacho nickte. »Du weißt von ihm?«

»Mein Vater hat mir Nachricht gesandt. Ich weiß.« Alphonso war der älteste überlebende Sohn des Gouverneurs von Quelimane, ein reinblütiger Portugiese, Sohn einer Frau, die der Gouverneur vor vierzig Jahren aus Lissabon hatte kommen lassen. Sie hatte ihm drei Söhne geboren; die ersten zwei waren kurz nacheinander gestorben, und nur dieses kleine verhutzelte Wesen hatte überlebt und war auf den Namen Alphonso José Villa y Pereira getauft worden.

»Er ist also nicht nach Norden gezogen?« fragte Alphonso, und Camacho senkte schuldbewußt die Augen, denn er sprach mit dem ältesten, reinblütigen, legitimen Sohn. Camacho selbst war ja ein Bastard und Mischling, Sohn einer der dunklen Konkubinen des Gouverneurs, die jetzt verfettet, gealtert und vergessen in einem Hinterzimmer des Seraglio lebte. Man hatte ihn nicht einmal als Sohn anerkannt, und er mußte sich mit dem beschämenden Titel eines Neffen begnügen.

»Er ist nicht nach Norden gegangen«, sagte Camacho ängstlich.

»Du hattest Auftrag, dafür zu sorgen.«

»Ich konnte ihn nicht umstimmen. Er ist Engländer.« Camachos Stimme krächzte, »er ist störrisch.«

»Darüber werden wir noch sprechen«, versprach Alphonso eisig. »Berichte mir rasch, wo er ist und was er vorhat.«

Camacho gab die Erklärung, die er vorbereitet hatte, vermied die heiklen Einzelheiten und verbreitete sich statt dessen über die reichen Vorräte der Ballantyne-Expedition; die Niederlage, die er erlitten hatte, verschwieg er.

Alphonso hatte sich neben dem Pfad unter einen Baum

gelegt, hörte nachdenklich zu und kaute an seinen Schnurrbartspitzen, während er im Geist die offensichtlichen Lükken im Bericht seines Halbbruders ergänzte. »Wann wird er das Tal des Sambesi verlassen?«

»Bald«, sagte Camacho zögernd, denn der unberechenbare Engländer war vielleicht schon auf halbem Weg zu den Hügeln. »Ich habe ihm eine tiefe Wunde zugefügt, aber vielleicht läßt er sich tragen.«

»Er darf Monomatapa nicht betreten«, stellte Alphonso lakonisch fest und sprang rasch auf. »Der beste Platz, um die Angelegenheit zu erledigen, wäre das unwegsame Terrain am Ende der Talsohle.«

Er sah auf die Straße. Die Kolonne war noch eine Meile entfernt. Der schlurfende Gang der gebeugten, am Hals aneinandergeketteten Gestalten schien nicht menschlich. Nur ihr Gesang war traurig und schön.

»Ich kann fünfzehn Leute entbehren.«

»Das wird nicht genügen«, unterbrach Camacho rasch.

»Es wird genügen, wenn du die Sache in der Nacht erledigst«, sagte sein Bruder kühl.

»Zwanzig Mann«, bat Camacho. »Er hat Soldaten, gute Soldaten, und er ist selbst Soldat.«

Alphonso schwieg und wog Risiken und Vorteile ab – der schlimmste Teil der Hyänenstraße lag bereits hinter ihnen, mit jeder Meile zur Küste wurde das Land ungefährlicher, das Risiko kleiner und die Notwendigkeit von Aufsehern geringer.

»Zwanzig«, willigte Alphonso ein und wandte sich Camacho zu. »Aber keiner der Ausländer darf entkommen.« Camacho blickte in die dunklen Augen seines Bruders, und es lief ihm kalt über den Rücken. »Hinterlasse keine Spuren, begrabe sie so tief, daß weder Hyänen noch Schakale sie finden. Die Träger werden die Ausrüstung der Expedition zum Treffpunkt in den Hügeln bringen. Wenn sie das getan haben, wirst du sie ebenfalls töten. Die nächste Karawane kann die Sachen zur Küste bringen.«

»Si, si. Ich verstehe.«

»Enttäusche uns kein zweites Mal, geliebter Halbbruder.« In Alphonsos Mund wurden die zärtlichen Worte zur Drohung.

»Ich werde aufbrechen, sobald wir gerastet haben.«

»Nein.« Alphonso schüttelte den Kopf. »Du wirst sofort aufbrechen. Wenn der Engländer das Land hinter den Bergen betritt, wird es keine Sklaven mehr geben. Schlimm genug, daß es seit mehr als zwanzig Jahren kein Gold mehr gibt. Wenn jedoch der Strom der Sklaven aufhört, wird das meinem Vater und mir mißfallen – sehr mißfallen.«

Auf Zougas Geheiß zerriß der langgedehnte Trompetenstoß des Kuduhorns die Stille der Stunde vor der Dämmerung.

Die Indunas riefen: »Safari! Wir marschieren!« und trieben die schlafenden Träger von den Schilfmatten.

»Safari!« Der Ruf pflanzte sich fort, die Abteilungen versammelten sich, geisterhafte Gestalten in der Dunkelheit, die vom jungen Licht des Tages vertrieben wurde. Wie die langen Kolonnen schwarzer Ameisen, die unaufhörlich den afrikanischen Kontinent durchziehen, so bewegte sich der Strom der Träger auf den immer noch dunklen Wald zu.

Robyn und Zouga standen am Ausgang des Lagers; die vorbeiziehenden Männer riefen ihnen einen Gruß zu und vollführten ein paar muntere Sprünge, um ihre Loyalität und Begeisterung zu demonstrieren, während Robyn mit ihnen lachte und Zouga sie durch Zurufe ermutigte.

»Wir haben keinen Führer mehr und wissen nicht, wohin wir gehen.«

Robyn nahm Zouga am Arm. »Was wird aus uns werden?«

»Wenn wir es wüßten, wäre alles nur halb so lustig.«

»Wenigstens ein Führer wäre gut.«

»Als ich dir sagte, daß ich auf der Jagd sei, bin ich bis zum Talende vorgedrungen, weiter als jener portugiesische

Prahlhans je kam, weiter als jeder Weiße, mit Ausnahme von Vater, je gewesen ist. Folge mir, Sissy, ich bin dein Führer.«

Im schwachen Licht der Morgendämmerung sah Robyn zu ihm auf. »Ich weiß, daß du nicht gejagt hast.«

»Das Talende ist zerklüftet und der Aufstieg schwierig, aber ich habe durch mein Fernrohr zwei Passagen gesehen, die vielleicht ...«

»Und dahinter?«

Er lachte. »Das werden wir herausfinden.« Er nahm sie um die Taille. »Das ist ja der Spaß an der Sache.«

Aufmerksam betrachtete sie sein Gesicht. Der Vollbart, den er sich hatte wachsen lassen, betonte das starke, fast störrische Kinn, und um seine Lippen spielte das Lächeln eines Abenteurers, ein Lächeln, das etwas Draufgängerisches an sich hatte. Robyn wurde klar, daß ein gewöhnlicher Mensch diese Expedition kaum geplant und realisiert hätte. Sie wußte, daß er mutig war – seine Erfolge in Indien waren der Beweis dafür – und doch entdeckte sie in seinen Skizzen und Aquarellen, in seinen Notizen für das Buch eine Sensitivität und Phantasie, die sie nie zuvor vermutet hätte. Er war ein Mensch, der nicht leicht zu durchschauen und zu verstehen war.

Vielleicht hätte sie ihm von Sarah und dem Kind erzählen können, vielleicht sogar von Mungo St. John und der Nacht in der Kabine, denn wenn er lachte, wie eben jetzt, zeigten sich Menschlichkeit und Humor in seinen harten Zügen, und in seinen Augen tanzten grüne Funken.

»Deshalb sind wir doch hier, Sissy, um Spaß zu haben.«

»Und wegen des Goldes«, zog sie ihn auf, »und des Elfenbeins.«

»Ja, bei Gott, auch wegen des Goldes und des Elfenbeins. Los, Sissy. Jetzt beginnt das große Abenteuer.«

An diesem ersten Tag waren die Träger noch ausgeruht und munter, und die Talsohle war flach, so daß Zouga einen Doppelmarsch – einen *tirikeza* – anordnete. Trotz ihres langsamen Tempos legten sie an diesem Tag viele Kilometer über staubige Pfade zurück. Sie marschierten, bis die Mittagshitze den Schweiß trocknete, der ihnen aus den Poren drang und kleine Salzkristalle auf der Haut hinterließ. Dann warfen sie sich in den Schatten und blieben liegen wie tot, bis die allmählich sinkende Sonne Kühle versprach und der Ton des Kuduhorns sie wieder auf die Beine brachte. Die zweite Etappe des *tirikeza* dauerte bis zum Sonnenuntergang, als es so dunkel wurde, daß sie den Boden unter ihren Füßen nicht mehr sehen konnten.

Zouga schlich aus seinem Zelt und verließ, lautlos wie ein Geschöpf der Nacht, das Lager. Das Gewehr hatte er über die Schulter gehängt, in einer Hand trug er einen Stock, in der anderen eine Laterne; der Colt steckte in einem Halfter an seinem Gürtel. Er marschierte den Pfad zurück, den die Karawane am Nachmittag ausgetreten hatte, dann erreichte er die vereinbarte Stelle, einen gefallenen Baumstamm.

Er blieb stehen, pfiff leise, und aus dem Unterholz trat eine Gestalt ins Mondlicht.

»Alles in Ordnung, Sergeant?«

»Wir sind bereit, Major.«

Zouga inspizierte den Hinterhalt, den Cheroot für seine Leute gewählt hatte. Der Hottentotte besaß einen guten Blick für das Terrain, und Zouga stellte fest, daß er den kleinen Mann mehr und mehr schätzte.

»Einen Zug?« fragte Cheroot jetzt, die Tonpfeife im Mund.

»Es wird nicht geraucht.« Zouga schüttelte den Kopf. »Sie könnten es riechen.«

Betrübt steckte Jan Cheroot die Pfeife in die Tasche. Seufzend setzte sich Zouga auf den Baumstamm und streckte ein Bein von sich – es würde eine lange Nacht werden. Der Mond war beinahe voll und strahlte so hell, daß man fast hätte Zeitung lesen können. Kleine Tiere raschelten im Busch, während die zwei Männer angestrengt lauschten.

Jetzt bewegte sich etwas im Wald, Zouga hörte das Schlurfen von nackten Füßen auf dem Sand. Und auf einmal waren sie da, und sehr nahe – Männer, die im Gänsemarsch voraneilten. Zouga zählte sie, acht – nein, neun. Jeder von ihnen trug ein riesiges Bündel auf dem Kopf. Zouga schäumte vor Wut, und doch verspürte er eine grimmige Befriedigung, daß er nicht vergeblich gewartet hatte.

Als die erste Gestalt den gefallenen Baumstamm erreichte, schoß Zouga einmal in die Luft. Das Echo des Schusses schallte durch den Wald, und es zerriß die Stille wie ein Donner. Das Echo war noch nicht verklungen, und die neun Gestalten standen wie gelähmt, als Cheroots Hottentotten von allen Seiten über sie herfielen. Ihr Geschrei war so schrill, so unmenschlich, daß sogar Zouga staunte, während die Wirkung auf die Opfer einem Wunder glich. Sie ließen ihre Lasten fallen und warfen sich in abergläubischer Furcht zu Boden. Die Knüppel trafen auf Köpfe und Fleisch, und in das dumpfe Geräusch der Schläge mischte sich Jammern und Schreien.

Jan Cheroots Leute hatten viel Zeit darauf verwendet, ihre Knüppel zu wählen und zuzuschneiden. Jetzt schwangen sie sie mit lustvollem Vergnügen und entschädigten sich für eine lange Nacht des Wartens. Sergeant Cheroot war mitten unter ihnen, und in seiner Erregung schien er die Stimme verloren zu haben; er kläffte wie ein Foxterrier vor einer Katze, die sich auf einen Baum geflüchtet hat.

Zouga wußte, daß er der Sache bald ein Ende setzen mußte, bevor jemand ernstlich verletzt oder getötet wurde.

Cheroot fand seine Stimme wieder und schrie: »*Slat hulle, kerels!* Schlagt zu, Jungens!«

»Genug, Sergeant«, entschied Zouga und öffnete die Klappe seiner Laterne. Die Schläge hörten allmählich auf, während die Hottentotten sich auf ihre Stöcke stützten und sich den Schweiß von der Stirn wischten. Die Träger lagen wimmernd und stöhnend inmitten ihrer Beute auf dem Boden. Einige Bündel waren aufgeplatzt, Stoffe, Perlen, Messer, Schießpulver und Glasschmuck lagen bunt verstreut umher. Zouga wurde neuerlich zornig, als er die Blechkiste entdeckte, die seine Paradeuniform enthielt.

Er versetzte dem nächsten Träger einen letzten Schlag, dann brummte er Sergeant Cheroot zu: »Laß sie aufstehen und aufräumen.«

Die neun Deserteure wurden aneinandergefesselt ins Lager zurückgetrieben. Schlimmer als die Verletzungen, die sie davongetragen hatten, war der Spott, mit dem sie empfangen wurden. Das ganze Lager war auf den Beinen, um sie zu verlachen und zu verhöhnen.

Zouga ließ die Gefangenen in einer Reihe antreten und hielt in Gegenwart aller Expeditionsteilnehmer in stockendem, aber ausdrucksvollem Suaheli eine Rede, in der er die Verräter mit schleichenden Schakalen und lauernden Hyänen verglich und ihnen einen Monatslohn abzog. Die Zuhörer waren entzückt über die Vorstellung und jubelten über jede Beschimpfung, während die Schuldigen immer mehr in sich zusammensackten. Es gab keinen unter den Trägern, der nicht das gleiche getan hätte. Wäre die Flucht gelungen, wären sie vermutlich alle in der folgenden Nacht verschwunden. Doch jetzt, da der Ausbruch vereitelt war, konnten sie die Freude genießen, einer Bestrafung entgangen zu sein, und sich gleichzeitig an der Erniedrigung ihrer Begleiter weiden, die die Sünde begangen hatten, sich fangen zu lassen.

Während der nächsten Mittagsrast entschieden die schwatzenden Träger, daß sie einen starken Herrn gefunden hatten, der nicht leicht zu betrügen war, und das gab ihnen Zutrauen für den Fortgang der Safari. Die Ergreifung der desertierenden Träger kurz nach der Niederlage des Portugiesen war Zougas Prestige ungeheuer zuträglich. Die vier Indunas der Abteilungen beschlossen, daß ein solcher

Mann einen besonderen Namen verdiente. Sie besprachen sich ausführlich, und nach vielen Vorschlägen entschieden sie sich für »Bakela«. »Bakela« bedeutet »Der, der mit der Faust zuschlägt«, denn das war eine von Zougas Taten, die ihnen am meisten Eindruck gemacht hatte. Jetzt waren sie bereit, Bakela zu folgen, wo immer er sie hinführte, und obwohl Zouga in den folgenden Nächten das Lager durch seine treuen Hottentotten einkreisen ließ, verließ es niemand mehr.

»Wie viele?« flüsterte Zouga.

Cheroot zog sanft an seiner leeren Tonpfeife, bevor er achselzuckend antwortete: »Zu viele, um sie zu zählen. Zweihundert, dreihundert, vielleicht vierhundert.«

Hunderte riesige Hufe hatten den staubigen Boden zerstampft, und überall lagen große dunkle Fladen umher, durch nichts von jenen einer Rinderherde zu unterscheiden.

Seit einer Stunde schon folgten sie einer kleinen Herde durch den offenen Mopani-Wald und krochen unter den tiefen Zweigen der dichtbelaubten Bäume durch. Jetzt, da sie aus dem Wald kamen, sahen sie die Fährten einer wesentlich größeren Herde.

»Wie weit?« fragte Zouga. Jan Cheroot erschlug eine Büffelfliege auf seinem Hals. »Wir sind so nahe, daß die Fliegen, die der Herde folgen, noch da sind«, erwiderte Cheroot und grub einen Finger in den nächsten Fladen. »Auch der Mist ist noch warm, aber sie sind in das unwegsame Gelände hinaufgezogen.«

Sie hatten das Talende vor einer Woche erreicht, doch alle möglichen Routen in die Berge, die Zouga durch sein Fernrohr entdeckt zu haben glaubte, erwiesen sich bei näherer Betrachtung als unpassierbar. Zouga hatte sich mit einer kleinen Gruppe von Männern nach Westen gewandt, um auszukundschaften. Er nahm das Fernrohr aus dem Sack, den ihm sein Träger hinhielt, und prüfte sorgfältig das Gelände. Es war von wilder, bedrohlicher Schönheit, und zum hundertsten Mal während der letzten Tage fragte er sich, ob es durch diesen Irrgarten einen Weg in das Land der Monomatapa gab.

»Hast du das gehört?« fragte Zouga und senkte plötzlich das Glas. Es klang wie das ferne Muhen einer Rinderherde, die in den Stall zurückkehrt.

»Ja.« Jan Cheroot nickte, als das Echo von den Felsen widerhallte und vom Muhen eines Kalbes beantwortet wurde. »Sie liegen oben im Busch. Vor Sonnenuntergang werden sie sich nicht rühren.«

Zouga blickte zur Sonne hinauf. Vor vier Stunden hatte sie den Zenit überschritten. Im Lager warteten hundert hungrige Seelen, vor zwei Tagen hatte man den letzten getrockneten Fisch ausgegeben.

»Wir werden ihnen folgen müssen«, sagte er. Jan Cheroot nahm die Pfeife aus dem Mund und spuckte nachdenklich in den Sand.

»Ich bin ein sehr glücklicher Mann. Warum soll ich jetzt sterben?«

Zouga hob nochmals das Fernglas, betrachtete die Felsgrate und überlegte, wie es dort oben wohl aussehen mochte. Nach dem ersten Schuß würde das ganze Buschland von riesigen, wütenden schwarzen Tieren erfüllt sein.

Die leichte Brise, die von den Bergen wehte, trieb den kräftigen Geruch der Herde ins Tal.

»Der Wind kommt von oben«, stellte Zouga fest.

»Ja, sie haben uns noch nicht gerochen«, stimmte Cheroot zu, aber das hatte Zouga nicht gemeint. Wieder prüfte er den nächsten Felskamm. Ein Mann konnte ihn bis zum Schluß des engen Tales entlanggehen.

»Sergeant, wir werden sie aufstöbern wie Fasane«, sagte er lächelnd.

Zouga hatte festgestellt, daß er sich die Namen seiner

Leute nur schwer merken konnte und daher seinen vier persönlichen Trägern neue Namen gegeben: Matthäus, Lukas, Markus und Johannes. Das hatte ihr Prestige ungemein erhöht, und sie zeigten sich willig und bemüht, ihre Aufgaben zu lernen. In wenigen Tagen konnten sie Gewehre fast ebenso schnell laden wie Camacho Pereiras Büchsenträger.

Zouga trug sein Sharps-Gewehr, die vier Träger aber schleppten die schweren Elefantenbüchsen, die Harkness empfohlen hatte. Zouga brauchte nur über seine Schulter greifen, und sofort drückte man ihm eine geladene, gespannte Waffe in die Hand.

Abgesehen von den Elefantenbüchsen schleppten seine Träger auch Decken, eine Wasserflasche, einen Lebensmittelbeutel, eine Reserve an Pulver und jenen kleinen Lehmtopf, der, mit glimmendem Torf und Holzmark gefüllt, in wenigen Sekunden ein gutes Feuer ermöglichte. Es schien klug, für die vor ihnen liegenden Monate und Jahre einige Annehmlichkeiten der Zivilisation wie Schwefelhölzer bei sich zu haben.

Zouga nahm Lukas, dem raschesten und zähesten der vier, die Ausrüstung ab, wies auf den Pfad durch die Felsen und erklärte ihm genau, was er zu tun hatte. Alle hörten beeindruckt zu, und selbst Sergeant Cheroot nickte beifällig. »Meine alte Mutter sagte mir, bevor sie mich hinauswarf, ›Jan‹, sagte sie, ›vergiß nicht, es ist der Verstand, der zählt‹.«

Wo das Tal in den Mopaniwald überging, lagen ein paar große Felsbrocken, von der Erosion und der Sonne zu seltsamen Formen gespalten; sie waren ein natürlicher Schutzwall, hinter dem sich ein Mann gut verschanzen konnte. Hundert Schritte davor bildete eine dichte Sperre aus grauem Dornengestrüpp eine Barriere. Aber der Boden war ziemlich eben, mit einigen verkümmerten Mopanisträuchern und Büscheln des groben, trockenen, scharfen Grases durchsetzt. Zouga führte seine Leute in den Schutz der Felsen und kletterte selbst auf den höchsten Punkt, um zu sehen, wie der fast nackte Träger vorankam, der sich vorsichtig einen Weg über den Grat suchte. In dreißig Minuten war er bei der Böschung angelangt und entschwand Zougas Blicken.

Es dauerte eine Stunde, bis eine dünne weiße Rauchwolke aus den Büschen aufstieg, die das Tal versperrten. Unglaublich rasch war sie von einer anderen lebenden Wolke umgeben – Hunderte winzige kleine Flecken, die umhertanzten. Durch sein Fernglas sah Zouga das blaue Gefieder der Häher, die sich auf die Insekten stürzten. Lukas leistete gute Arbeit. Zouga brummte zufrieden, als in bestimmten Abständen weitere Rauchsäulen emporstiegen und das Tal abriegelten. Jetzt zog sich eine kompakte Rauchwand von einer Seite zur anderen und begann langsam ins Tal zu rollen.

Aus dem Busch brach eine Herde Kudu-Antilopen, angeführt von einem herrlichen Bock. Er sah Zouga auf seinem Aussichtspunkt, schnaubte aufgeregt und floh, gefolgt von den Kühen mit den großen Ohren und den flaumigen weißen Schwanzspitzen.

Zouga kletterte von seinem Felsen herab, lehnte sich bequem gegen eine Felswand und spannte den Hahn des Gewehres. Vor den Flammen stieg eine weiße Staubwolke auf, und in das Prasseln der Flammen mischte sich ein neuer Ton: ein dumpfes Donnern, das die Erde zittern machte.

»Sie kommen«, murmelte Cheroot, und seine kleinen Augen blitzten.

Ein Büffel brach durch die Dornenbüsche. Es war ein altes Tier, beinahe kahl an Schultern und Rumpf, die graue Haut von Tausenden kleinen Narben durchfurcht und schorfig von den Bissen der Insekten, die großen glockenförmigen Ohren eingerissen, eines der dicken Hörner an der Spitze abgebrochen. Er kam in einem langsamen Galopp, und Staub wirbelte unter den schweren Hufen auf.

Als er vierzig Schritte entfernt war, riß Zouga das Gewehr hoch. Er zielte auf die dicke Haut unter dem Hals und spürte kaum den Rückstoß des Schusses, während er den Einschlag der Kugel beobachtete. Ein wenig Staub wirbelte von der grauen Haut auf, und der Treffer klang genau wie der Ton eines Rohrstabes, den der Lehrer auf die Hinterseite der Schuljungen niedersausen ließ – scharf und voll. Der Büffel empfing die Kugel, ohne innezuhalten oder zu wanken. Statt dessen drehte er sich zu Zouga um, und als er den Kopf zum Angriff hob, schien er doppelt so groß zu werden.

Zouga griff nach dem zweiten Gewehr. Er griff ins Leere. Markus, seine Nummer zwei, hatte in einem Anfall von Todesangst die Elefantenbüchse fortgeworfen und rannte auf den Mopaniwald zu. Der Büffel sah ihn, änderte die Richtung, raste drei Meter an Zouga vorbei und dem Träger nach. Zouga rief verzweifelt nach einem anderen Gewehr, aber der Büffel war längst vorüber und erreichte Markus am Waldrand. Der riesige Kopf senkte sich, bis er fast den Boden berührte, dann stieß er in einer kraftvollen Bewegung hoch. Mit vor Schreck geweiteten Augen sah Markus über die Schulter, Schweiß rann ihm über den nackten Rücken, und sein Mund war ein rosa Loch, als er schrie. Dann war er in der Luft. Mit Armen und Beinen um sich schlagend, flog er hoch wie eine Puppe und verschwand in dem dichten Laub der Bäume. Das war alles, was Zouga sah, denn plötzlich ertönte ein lauter Schrei, und er fuhr herum.

»*Hier kom hulle!* Da kommen sie!« rief Sergeant Cheroot.

Der Boden schien sich zu bewegen, als wäre er aufgewühlt von einem Erdbeben. Schulter an Schulter, Kopf an Rumpf brach die Herde aus der Deckung.

Matthäus und Johannes, die zwei anderen Träger, hatten ausgeharrt, und jetzt nahm einer das leere Sharps-Gewehr und drückte Zouga eine Elefantenbüchse in die Hand. Die Waffe schien ihm schwer und schlecht ausbalanciert nach dem Gewehr. Aber die kompakte Wand der dunklen Körper näherte sich mit erschreckender Schnelligkeit; die Kühe waren schokoladenfarben, die kleinen Kälber rostrot, an den Flanken mit rötlichen Haarbüscheln zwischen den Hornansätzen.

Eine große Büffelkuh stürmte direkt auf Zouga zu. Er zielte auf ihre Brust und drückte ab. Die Kapsel sprang mit einer kleinen weißen Rauchwolke heraus, und einen Herzschlag später spuckte die Büchse Pulverrauch und eine helle Flamme. Zouga hatte das Gefühl, einer der Büffel habe ihn gegen die Schulter geschlagen. Er taumelte zurück, und die große braune Kuh schien gegen eine unsichtbare Barriere zu rennen. Dann brach sie zusammen, ein Viertelpfund Blei in der Brust.

»Tom Harkness, die ist für dich!« rief Zouga in Erinnerung an den alten weißbärtigen Jäger. Dann griff er nach der nächsten Büchse.

Es war ein Büffel, groß und schwarz. Wieder das Krachen, der Rauch, die Flamme, und der halbe Kopf des Tieres flog davon. Jan Cheroot kreischte und schrie; vom Jagdfieber gepackt, kauerte er hinter dem Felsen, um wieder zu laden, biß die Papierpatronen auf, während ihm das Pulver über das Kinn rieselte, und spuckte die Kugel in die Mündung, bevor er wieder in die riesigen Körper feuerte.

Es dauerte zwei Minuten, und doch schien es eine Ewigkeit. Dann waren die Männer allein in den Staubwolken, umgeben von einem halben Dutzend schwarzer Kadaver. Das Dröhnen der Hufe war nur noch schwach zu hören, doch da war nun ein anderer Ton, laut und bedrohlich.

Sie spürten die erste Hitzewelle, und Zouga merkte plötzlich, wie sein Haar versengt wurde und sich kräuselte. Im selben Augenblick wich die Staubwolke, und sekundenlang sahen sie ein Schauspiel, das ihr Blut erstarren ließ. Der Busch brannte nicht, nein, er explodierte in einem Flammenmeer.

»Lauf«, schrie Zouga, »fort von hier.«

Sein Hemdärmel gloste, und die Luft versengte ihm die Lungen. Als sie den Mopaniwald erreichten, knisterten die glänzend grünen Blätter über ihren Köpfen und wurden gelb. Zouga spürte, wie ihm die Augäpfel austrockneten von den Rauchwolken. Er wußte, bis jetzt waren es nur Hitze und Qualm, die sie verspürten, doch wenn die Flammen über das offene Terrain bis zum Wald gelangen sollten, waren sie verloren. Vor ihm taumelten die Hottentotten und die andern Träger wie schattenhafte Geister vorwärts, ohne zu wissen, wohin.

Ebenso plötzlich, wie sie gekommen waren, verzogen sich die Rauchwolken. Die Flammen waren nicht über das offene Gelände vorgedrungen, ein Sonnenstrahl brach durch den Dunst und brachte einen frischen Lufthauch. Dankbar atmeten sie auf und schlugen auf ihre Kleider, die da und dort noch glosten. Zougas Gesicht war rauchgeschwärzt und von Blasen bedeckt.

»Jedenfalls ist das Fleisch schon gar«, krächzte er heiser und wies auf die Büffelkadaver.

In diesem Augenblick fiel etwas aus den dichten Zweigen eines Mopanibaumes und kam hinkend auf sie zu. Zouga lachte schallend.

»Oh, du schneller Läufer«, begrüßte er Markus, und die anderen stimmten in den Spott ein.

»Wenn du fliegst, bist du rascher als ein Adler«, höhnte Cheroot.

»Deine wahre Heimat ist in den Bäumen bei deinen haarigen Brüdern«, fügte Matthäus boshaft hinzu.

Sie hackten die Tierleiber in große Stücke und breiteten sie auf einem Rost aus, den sie aus Astgabeln verfertigten, in die sie Pfähle legten. Darunter gloste und qualmte ein langsames, mit feuchtem Holz genährtes Feuer.

Jetzt gab es Fleisch für die Karawane, das für viele Wochen reichen würde.

Camacho Pereira war überzeugt, daß er, wenn er nur das Tal unterhalb des Felsabbruchs entlangging, früher oder später den Weg der Karawane kreuzen mußte. Hundert Mann, die im Gänsemarsch marschierten, hinterließen Spuren, die selbst ein Blinder finden mußte. Von den Männern, die ihm sein Halbbruder Alphonso mitgegeben hatte, hatte er bereits zwei verloren. Einer war auf etwas getreten, das wie ein Haufen trockenes Laub ausgesehen hatte und sich blitzartig in eine zwei Meter lange, wütende Gabunviper verwandelte. Ihr offenes Maul war lachsrosa, die gebogenen Fänge acht Zentimeter lang. Sie schlug sie in den Schenkel des Mannes und spritzte eines der stärksten afrikanischen Gifte in seinen Blutstrom. Camacho und seine Kameraden schlossen Wetten ab, wie lange das Opfer noch am Leben bleiben würde. Sie umringten den Sterbenden und beschworen ihn, den sinnlosen Kampf aufzugeben, oder flehten ihn an, noch ein wenig länger auszuharren.

Als er sich in den letzten Todeskämpfen wand, kniete Camacho neben ihm nieder, hielt ihm ein paar brennende Tambutiblätter unter die Nase und bat: »Halt noch zehn Minuten aus, nur zehn Minuten – deinem alten Freund Machito zuliebe.« Als der Mann den letzten qualvollen Atemzug getan hatte und sein Herz zu schlagen aufhörte, stand Camacho wütend auf und gab dem Leblosen einen Fußtritt. »Er war schon immer ein kotfressender Schakal.«

Als sie die Leiche durchsuchten, fielen fünf schwere Goldmünzen aus den Falten seines Turbans. Jeder von ihnen hätte liebend gern seine Mutter für eine einzige Münze in die Sklaverei verkauft, geschweige denn für fünf. Als das Gold blitzte, zogen sie ihre Messer, und der erste, der sich den Münzen näherte, bekam einen Stich ab, daß ihm die Eingeweide herausquollen.

»Laßt die Münzen liegen«, schrie Camacho. »Rührt sie nicht an, wir lassen das Los entscheiden.«

Keiner traute dem anderen, und die Messer blieben gezückt, während sie die Beute verlosten und die Gewinner, einer nach dem anderen, die Münzen einsteckten.

Der Mann mit der Bauchwunde konnte nicht mehr marschieren, und weil er nicht mehr marschieren konnte, war er so gut wie tot. Unter rohen Scherzen lehnten sie ihn an einen Baum und legten den nackten Leichnam des Schlangenopfers als Gesellschaft neben ihn. Dann zogen sie weiter, das Tal hinauf.

Das war vor zehn Tagen gewesen, und während der letzten drei Tage hatten sie kein Wasser gefunden. Und sie kamen immer mühsamer vorwärts. Nie noch war Camacho durch ein so zerklüftetes Gelände gewandert – einen felsigen Hang hinaufgeklettert, wieder hinunter durch die Dornenbüsche zum nächsten ausgetrockneten Wasserlauf, und wieder hinauf. Vielleicht hatte der Engländer seine Absicht geändert und war doch nach Norden gezogen, oder – und bei dem Gedanken stellten sich Camacho sämtliche Haare auf – sie hatten die Spur der Karawane frühmorgens oder spätabends gekreuzt und übersehen. Täglich stießen sie auf Hunderte Wildspuren; die Karwanenfährte konnte von einer Herde oder von einem der kleinen Wirbelwinde, den Staubteufeln, verwischt worden sein.

Um das Maß voll zu machen, waren Camachos edle Krieger nicht weit von Meuterei entfernt. Ganz offen sprachen sie davon, umzukehren. Die Anführer erinnerten die anderen daran, daß ihnen während ihrer Abwesenheit die Profitanteile an den Sklavenkarawanen entgingen. Fünfzig Sklaven seien bestimmt so viel wert wie ein offenbar gar nicht existierender Engländer. Es gab viele gute Gründe kehrtzumachen.

Auf Camacho aber wartete bloß der Zorn seines Halbbruders. Überdies hatte er noch eine Rechnung zu begleichen, besser gesagt zwei. Immer noch hoffte er, den Engländer und dessen Schwester lebendig in die Hände zu bekommen, besonders die Frau. Selbst halb verdurstet und erschöpft von der Hitze, erregte ihn der Gedanke an ihre Männerhose.

Er kehrte in die Wirklichkeit zurück und sah sich die Männer an, die hinter ihm herstolperten. Sehr bald würde es notwendig sein, einen zu töten. Das hatte er schon vor Stunden beschlossen. Es war die einzige Sprache, die diese Leute verstanden. Er hatte auch bereits entschieden, welcher dran glauben sollte; ein einäugiger Abessinier war der größte Schwätzer und Befürworter einer Rückkehr zur Küste.

Gegen Mittag machten sie Rast. Der Abessinier saß neben Camacho, grinste und wischte die Öffnung seiner fast leeren Wasserflasche am Ärmel ab.

»Das ist die letzte Station. Weiter gehe ich nicht«, verkündete er in fließendem Portugiesisch. »Ich schwöre es bei den heiligen Wunden Christi.« Er berührte das koptische Goldkreuz an seinem Hals. »Keinen Schritt mehr vorwärts. Ich gehe zurück.«

Camacho zuckte die Achseln und beantwortete das kalte Grinsen mit seinem sonnigsten Lächeln. »Dann trinken wir eben auf deinen Abgang.« Mit einer Hand hob er seine Wasserflasche und schüttelte sie. Alle Augen wandten sich instinktiv der Flasche zu. Wasser bedeutete Leben, und auch das eine Auge des Abessiniers war auf die Flasche geheftet.

Scheinbar unabsichtlich ließ Camacho die Flasche fallen. Sie rollte dem Abessinier vor die Füße, und klares Wasser tropfte auf die ausgedörrte Erde. Mit einem Ausruf streckte der Mann die Rechte aus.

Niemand sah wirklich, daß Camacho sich bewegte. Sein Messer hatte er im Futter seines Biberhutes versteckt. Plötzlich war es hinter dem rechten Ohr des Abessiniers. Dann verschwand die Klinge. Entgeistert hob der Mann die Hand, berührte den Schaft des Messers, öffnete den Mund, schloß ihn wieder und fiel langsam nach vorn auf die Wasserflasche.

Camacho hatte sich erhoben. Er hielt in jeder Hand eine gespannte Pistole. »Wer möchte noch einen Eid auf die heiligen Wunden Christi ablegen?« Er lächelte den Männern zu. Seine Zähne waren sehr groß und sehr weiß. »Niemand? Gut. Dann werde ich einen Schwur leisten. Ich leiste ihn auf die lange verlorene Jungfernschaft eurer Schwestern, die vielhundertmal für einen Escudo verkauft wurde.« Alle erschraken. »Ich schwöre bei eurer kläglichen Männlichkeit, die wegzuknallen mir ein Vergnügen sein wird.« Mitten im Satz brach er ab.

Man hörte ein schwaches Krachen – so fern, so undeutlich, daß es im ersten Augenblick niemand als Schuß erkannte. Camacho steckte die Pistolen ein. Jetzt würde er sie nicht mehr brauchen. Er lief auf einen Felsgrat.

In der Ferne, etwa einen Tagesmarsch von ihnen entfernt, stieg eine Rauchsäule in den blauen Himmel. Seine Männer, sofort wieder loyal und begeistert, umringten ihn lachend und umarmten einander. Schade um den Abessinier, dachte Camacho, er war ein guter Kämpfer wie alle seine Leute, und jetzt, da sie den Engländer gefunden hatten, hätte er ihn brauchen können.

Camacho machte einen tiefen Zug aus der Zigarre und beobachtete die lange Kolonne von Menschen, die sich langsam vorwärtsbewegte. Er bezweifelte, daß sie mehr als drei Kilometer pro Stunde zurücklegten. Daß der vorderste der Hottentotten-Musketiere eine englische Flagge trug, fand Camacho ganz natürlich. Selbst in diesem verlassenen Winkel der Erde versprach sie Schutz und warnte jene, die dem Vormarsch im Weg stehen sollten. Alle Karawanen in Afrika reisten unter diesem Banner.

Wieder überlegte Camacho, wie gut der Rat seines Bruders Alphonso war: Die Nacht war die einzige Zeit, zu der die Sache durchgeführt werden konnte. Die Kolonne zog sich über drei Kilometer hin, und zwischen den vier Abteilungen waren große Zwischenräume. Camacho hatte achtzehn Mann zur Verfügung, wenn er sich selbst mitzählte.

Wenn er bei Tageslicht angriffe, müßte er sich auf die Hottentotten am Anfang und am Schluß der Karawane konzentrieren. Er konnte sich lebhaft vorstellen, was beim ersten Schuß passieren würde; hundert Träger würden ihre Lasten fallen lassen und im Busch verschwinden, und wenn der Kampf vorüber war, hätte er niemanden mehr, um die Beute zu tragen. Auch nahm er an, daß Zouga Ballantyne jetzt auf der Jagd war und erst abends wieder in das Lager zurückkehren würde.

Die Frau war da. Er sah sie auf einem Baumstamm balancieren, der quer über dem Pfad lag. Langbeinig stand sie da, in diesen erregenden Breeches, dann sprang sie herunter. Camacho verbrachte ein paar angenehme Minuten mit erotischen Träumereien. Seit zwanzig Tagen hatte er keine Frau mehr gehabt, und selbst der heiße anstrengende Treck konnte seiner Begierde keinen Abbruch tun. Er seufzte beglückt auf und kniff die Augen zu, als er sich auf die vor ihm liegenden Probleme konzentrierte. Ja, Alphonso hatte recht, sie mußten warten. Heute war eine gute Nacht, drei Tage nach dem Vollmond. Erst eine Stunde nach Mitternacht würde der Mond aufgehen.

Er wollte warten, bis der Engländer zurückkam, bis sich das Lager beruhigt hatte und die Feuer niedergebrannt waren. Wenn die wachhabenden Hottentotten eingedöst waren und der Mond aufgegangen war, wenn nichts im Lager sich mehr rührte, dann würden er und seine Leute angreifen. Alle seine Männer wußten gut mit dem Messer umzugehen, und das würden sie heute nacht unter Beweis stellen können. Camacho lächelte. Er selbst würde, solange es hell war, die Position der Wachposten auskundschaften. Wahrscheinlich würden es nicht mehr als drei oder vier sein. Die würde man als erste erledigen. Dann die schlafenden Hottentotten. Sie waren am gefährlichsten, später konnte man sich Zeit lassen.

Er würde ins Zelt der Frau gehen. Schade, daß er sich nicht gleichzeitig auch um den Engländer kümmern konnte. Er hatte davon geträumt, einen langen Holzspieß zwischen die Gesäßbacken des Engländers zu treiben und Wetten abzuschließen, wie lange er zum Sterben brauchte. Dann hatte er widerwillig und umsichtig beschlossen, auf dieses Vergnügen zu verzichten. Besser, ihm im Schlaf die Gurgel durchzuschneiden. Statt dessen würde er sich mit der Frau vergnügen. Er bedauerte nur, daß er wenig Zeit mit ihr haben würde, bevor die anderen ihr Recht forderten. Doch ein paar Minuten sollten genügen. Merkwürdig, daß das Verlangen von Monaten so rasch gestillt werden konnte, daß es nach einem kurzen Höhepunkt zu Gleichgültigkeit und sogar zu Abscheu wurde. Welch ein philosophischer Gedanke. Wieder war Camacho über seine Weisheit erstaunt. Er hatte oft gedacht, daß er, hätte er lesen und schreiben gelernt, ein großer Mann geworden wäre, wie sein Vater, der Gouverneur. Immerhin floß in seinen Adern das Blut von Aristokraten und Herren.

Zouga hatte seine Träger bei dem qualmenden Rost zurückgelassen; sie sollten das Feuer hüten und die Fleischstücke wenden. Gemeinsam mit Jan Cheroot marschierte er zur Karawane zurück, um sie in das Büffellager zu führen. Selbst die Tsetsefliegen konnten seiner guten Laune nichts anhaben. Jetzt war die Expedition seit einer Woche im »Fliegenland«. Tom Harkness hatte diese unverschämten kleinen Insekten die »Hüter Afrikas« genannt. Jedenfalls machten sie es dem Menschen unmöglich, sein Vieh durch weite Teile des Landes zu treiben. Das war auch einer der vielen Gründe, warum sich die portugiesische Kolonisierung auf den Küstenstreifen beschränkt hatte. Ihre Kavallerie war nicht imstande, diesen tödlichen Vorhang zu durchdringen, und keine Zugtiere konnten Kriegsgerät von der Küste ins Landesinnere bringen. Deshalb auch hatte Zouga nicht versucht, für seine Vorräte Packtiere oder Wagen zu benutzen. Nicht einmal ein Hund begleitete die Karawane, denn nur der Mensch und wilde Tiere waren gegen die schrecklichen Folgen eines Bisses der Tsetsefliege immun.

Heute hatten Zouga und Cheroot am meisten unter den Insekten gelitten. Sie flogen vom Boden auf, setzten sich in dichten Schwärmen auf Beine, Hals und Schultern, so daß er und Cheroot abwechselnd einer hinter dem anderen hergingen und die Fliegen mit einem Büffelschweif vertrieben.

Der »Fliegengürtel« hörte ebenso plötzlich auf, wie er angefangen hatte, und beglückt, die Plage los zu sein, rasteten sie im Schatten. Nach einer halben Stunde hörten sie in der Ferne Gesang, und während sie die Karawane erwarteten, saßen sie schwatzend und rauchend unter den Bäumen. Zouga sah eine schwache Bewegung auf der anderen Talseite; vielleicht eine Kudu- oder eine Pavianherde; es waren, abgesehen von den Büffeln, die einzigen Tiere, denen sie bisher begegnet waren.

Die sich nähernde Karawane mußte jedes Lebewesen aufschrecken, was immer es auch war, überlegte Zouga und nahm seine Kappe ab, um die von der Feuchtigkeit seines Gesichtes angezogenen winzigen Mopanibienen zu vertreiben. Die Bewegung in dem gegenüberliegenden Wald wiederholte sich nicht. Was immer es auch war, es hatte vermutlich den Kamm überquert. Zouga wandte sich wieder Jan Cheroot zu.

»Der Regen hörte erst vor sechs Wochen auf«, überlegte Jan Cheroot laut. »Die Wasserlöcher und Flüsse in dem höhergelegenen Gebiet werden noch Wasser führen. Hier natürlich nicht, hier ist der Boden zu durchlässig.« Er wies auf den trockenen, felsigen Wasserlauf vor ihnen. »Daher vermehren sich die Herden und folgen ihren alten Straßen.« Er erklärte, warum es weit und breit keine Elefanten und nicht einmal Hinweise auf Elefantenherden im Tal gab. Zouga hörte aufmerksam zu, denn hier sprach ein Mann mit Erfahrung. »Die alten Elefantenstraßen verliefen vom Tafelberg am Kap der guten Hoffnung bis zu den Sümpfen im fernen Norden. Aber sie werden jedes Jahr kürzer, weil wir, die *jagters* (Jäger), und Männer wie wir den Herden folgen und sie weiter und weiter ins Landesinnere treiben.«

Jan Cheroot schwieg, und seine Pfeife gluckste laut, als er an ihr zog.

»Mein Vater erzählte mir, daß er die letzten Elefanten südlich des Olifant Flusses – dem Fluß der Elefanten – tötete, als er noch ein junger Mann war. Er prahlte, er habe an jenem Tag zwölf Elefanten erlegt, er ganz allein mit seinem Vorderlader, der zu schwer war, um ihn an die Schulter zu halten. Er mußte ihn in die Gabel eines Astes legen, den er mittrug. Zwölf Elefanten an einem Tag – von einem Mann erlegt. Das ist eine Leistung.« Wieder gluckste er mit seiner Pfeife, dann spuckte er gelben Tabaksaft aus. »Allerdings war mein Vater als Lügner noch berühmter denn als Jäger«, fügte er hinzu, schüttelte nachsichtig den Kopf und kicherte.

Zouga lächelte. Dann verschwand sein Lächeln, er hob den Kopf und kniff die Augen zusammen; von derselben Stelle jenseits des Tales traf ihn ein winziger Strahl reflektierten Sonnenlichtes. Was immer er gesehen hatte, war noch dort, und es war weder ein Kudu noch ein Pavian. Es mußte ein Mensch sein, denn dieser Widerschein konnte nur von Metall oder Glas stammen. Jan Cheroot hatte nichts bemerkt und erzählte weiter.

»Als ich Cornwallis Harris begleitete, fanden wir den ersten Elefanten auf den Kaschan-Bergen, zweitausend Kilometer nördlicher von dem Platz, wo mein Vater seine Herde angetroffen hatte. Dazwischen gab es nichts – alles war leergejagt. Heute gibt es in den Kaschan-Bergen keine Elefanten mehr. Mein Bruder Stephan war vor zwei Jahren dort. Er sagte mir, südlich des Limpopo findet man keinen Elefanten – wo wir Elfenbein gejagt haben, grasen jetzt die Herden der Buren. Vielleicht finden wir auch im Hügelland keine Elefanten, vielleicht gibt es auf der ganzen Welt keine Elefanten mehr.«

Zouga hörte nicht mehr zu. Er dachte an den Mann auf der anderen Talseite. Vielleicht war es jemand von seiner Karawane, eine Gruppe, die man vorausgeschickt hatte, um Holz zu fällen. Allerdings war es noch zu früh, um an ein Lagerfeuer zu denken. Jan Cheroot hatte nichts bemerkt. Der Gesang der Träger wurde lauter. Eine Stimme, die Zouga kannte, führte ihn an. Der Mann war ein großer Angoni mit einem schönen Tenor, ein Dichter, der seine eigenen Verse improvisierte. Zouga lauschte und verstand die Worte:

Habt ihr den Fischadler über Marawi gehört?
Habt ihr gesehen, wie die untergehende Sonne
den Schnee am Kilimandscharo blutig färbt?

Und dann fiel der Chor afrikanischer Stimmen ein – so unvergeßlich, so schön und bewegend, wie nur Afrikaner singen können:

Wer wird uns zu all diesen Wundern führen,
mein Bruder?
Wir verlassen die weinenden Frauen.
Ihre Schlafmatten werden kalt sein.
Wenn ein starker Mann uns führt,
werden wir ihm folgen, mein Bruder!

Zouga lächelte, als er in der nächsten Strophe seinen eigenen Namen hörte:

Bakela wird uns führen, wie ein Vater seine Kinder
führt –
Bakela wird dir eine *khete* aus *sam-sam* Perlen geben –
Bakela wird dich nähren mit dem Fett des Fluß-
pferdes und dem Fleisch des Büffels . . .

Zouga konzentrierte sich wieder auf den Mann auf der gegenüberliegenden Talseite. Sie waren zweihundert Kilometer von der nächsten Siedlung entfernt, es mußte also jemand von der Karawane sein – vielleicht ein Holzfäller oder ein Honigsucher, ein Deserteur? Zouga stand auf. Unten am Hügel erschien die Spitze eines Zuges, das rotweiß-blaue Banner flatterte träge im Wind.

Der Hügel auf der anderen Talseite schien wieder völlig verlassen. Zouga war müde, die Fußsohlen brannten ihm, als sei er durch glühende Kohlen marschiert, und die kaum verheilte Wunde an der Hüfte schmerzte. Eigentlich sollte er diesen Hügel hinaufklettern und feststellen, was er gesehen zu haben glaubte. Doch der Hügel war steil und felsig, es würde mindestens eine halbe Stunde dauern, den Kamm zu erreichen. Lieber ging er mit Cheroot der Karawane entgegen; fröhlich lachend lief Robyn auf ihn zu. Schließlich war er drei Tage fortgewesen.

Die Geschwister setzten sich an den Rand eines ausgetrockneten Flußlaufes und sahen zu, wie die Männer nach Wasser gruben. »Ich bete, daß sie genug finden.« Robyn beobachtete sie interessiert. »Seit wir Tete verlassen haben, habe ich noch kein Bad genommen.« Ihre kleine emaillierte Badewanne war das größte Einzelstück der Ausrüstung.

»Ich werde mit einem Kessel voll Wasser für einen Tee zufrieden sein«, erwiderte Zouga; offensichtlich waren seine Gedanken jedoch woanders.

»Macht dir etwas Sorgen?« fragte Robyn.

Zouga blickte auf die untergehende Sonne. Eine Stunde lang würde es noch hell bleiben. Er wußte, daß er den Hügel hätte hinaufgehen sollen. Während Robyn ihn erstaunt ansah, zögerte er noch einen Augenblick, dann stand er seufzend auf. Es würde ein langer Marsch werden.

Zouga nützte eine schmale Schlucht, um unbemerkt aus dem Lager zu verschwinden, dann begann er, sich vorsichtig im Schutz der Bäume haltend, den Aufstieg. Auf dem Kamm war es etwas kühler, und die Abendbrise, die den

Schweiß auf seinem Hals trocknete, machte den beschwerlichen Aufstieg fast der Mühe wert. Das schien die einzige Belohnung für seine Mühe zu sein; nichts rührte sich, und der Boden war zu steinig, als daß Fährten zu erkennen gewesen wären.

Er drehte sich um und roch es, bevor er es sah. Eine Gänsehaut überlief ihn, und er spürte, wie sich seine Bauchmuskel zusammenzogen. Dabei war es ein so gewöhnlicher Geruch. Er bückte sich und hob das kleine zerdrückte Etwas auf. Vor zwei Tagen hatte er seine letzte Zigarre geraucht, vielleicht war seine Nase deshalb so empfindlich für Tabakgeruch. Der Zigarrenstummel glich einem Stückchen trokkener Rinde. Zouga zerdrückte ihn zwischen den Fingern. Er wußte, wo er diesen etwas parfümierten portugiesischen Tabak zum letzten Mal gerochen hatte.

Camacho ließ fünfzehn seiner Männer unterhalb des Kammes zwischen ein paar Felsen zurück, die Schatten und Schutz spendeten. Sie würden bald einschlafen, und er beneidete sie. Es fielen ihm beinahe die Augen zu, während er auf der anderen Seite des Hügels lag und beobachtete, wie die Karawane ihr Lager aufschlug.

Der Engländer war mit einem Hottentotten schon früher ins Lager gekommen. Beide gingen, als hätten sie einen langen, anstrengenden Marsch hinter sich. Gut – sie würden tief schlafen, schliefen vielleicht schon jetzt, denn Camacho hatte sie seit einer Stunde nicht mehr gesehen. Das Zelt des Engländers stand sicherlich neben dem der Frau. Er hatte gesehen, wie jemand einen Eimer Wasser in ihr Zelt brachte.

Der Hottentotten-Sergeant hatte nur zwei Wachposten aufgestellt. Um Mitternacht würden sie bestimmt ebenfalls schlafen. Und nie mehr erwachen. Er selbst würde dem einen die Kehle durchschneiden, und den anderen einem guten Mann überlassen. Camacho grinste voller Vorfreude.

Die übrigen Hottentotten hatten ihre üblichen Unterstände errichtet, allerdings ohne Dach; zu dieser Jahreszeit gab es keinen Regen. Die Unterstände waren fast zweihundert Schritte von den beiden Zelten entfernt; weder ein Stöhnen noch ein schwacher Aufschrei würden so weit zu hören sein. Wieder nickte Camacho. Die Sache sah einfacher aus, als er gedacht hatte. Wie üblich standen die beiden Zelte eng beisammen, berührten sich fast. Der tapfere Engländer bewachte die Frau. Wieder lächelte Camacho und fühlte, wie seine Müdigkeit verschwand, während Hitze durch seine Lenden strömte. Er sehnte die Nacht herbei, er hatte sehr lange gewartet.

Wie immer in Afrika brach die Nacht mit dramatischer Plötzlichkeit herein: innerhalb von Minuten war das Tal von Schatten erfüllt, die Sonne flammte noch einmal auf, aprikosenfarben und golden, dann war es dunkel. Die Sternbilder zogen langsam am Himmel auf und zeigten die vergehenden Stunden an. Dann ließ sie der Glanz des aufgehenden Mondes allmählich verblassen.

Eine Stunde lang sah Camacho vereinzelte dunkle Gestalten um das Lagerfeuer, hörte fernes Singen und andere Geräusche – das Klirren eines Eimers, den dumpfen Aufschlag eines Baumstammes auf das Feuer, schläfriges Stimmengemurmel. Es bewies, daß man die Tageseinteilung nicht geändert hatte, daß niemand etwas ahnte.

Der Lärm verklang, das Feuer verglomm. Nur der klagende Ruf eines Schakals störte die Stille.

»Hol die anderen«, befahl Camacho dem Mann neben ihm, stand auf und streckte sich wie eine Katze, um die eingeschlafenen Glieder zu bewegen. Sie kamen, umringten Camacho und lauschten seinen letzten geflüsterten Anweisungen. Sie nickten zu seinen Worten und folgten ihm, lautlos wie ein Wolfsrudel, den Abhang hinunter. Sie erreichten den ausgetrockneten Flußlauf und teilten sich in kleine Gruppen.

Das Messer in der Rechten, die Muskete in der Linken,

ging Camacho fast lautlos den frischen Trampelpfad entlang zum Lager. Unter den breiten Ästen eines Mukusibaumes sah er den Wachposten. Zusammengerollt wie ein Hund lag der Mann auf der harten Erde und schlief. Camacho nickte befriedigt und schlich näher. Er sah, daß der Mann eine dunkle Decke über den Kopf gezogen hatte; auch ihn hatten die Moskitos gestört. Camacho grinste und kniete neben ihm nieder.

Vorsichtig suchte er unter der Decke nach dem Kopf des Mannes. Dann hielt er inne und riß die Decke weg. Sie war so über die großen Baumwurzeln drapiert, daß sie der Form eines schlafenden Mannes glich. Camacho fluchte leise, aber kräftig.

Der Mann hatte den falschen Zeitpunkt gewählt, sich von seinem Posten fortzuschleichen. Vermutlich schnarchte er glücklich auf einer Schilfmatratze bei seinen Kameraden. Nun, dann würde man ihn eben erwischen, wenn man die Unterstände säuberte. Camacho schlich den Hügel hinauf ins Lager. Silbern glänzten die Zeltplanen im Mondlicht.

Er wollte nicht die Zeltklappe öffnen – sicher hatte die Frau sie fest verknotet. Statt dessen ging er um das Zelt herum zu einem der kleinen Ventilationsfenster. Mit einem einzigen Schnitt durchtrennte er die schwere Plache, und die Seitenwand klaffte auseinander.

Camacho betrat das Zelt; während er wartete, bis seine Augen sich an die Dunkelheit gewöhnt hatten, öffnete er den Gürtel und den Verschluß seiner Hose. Mit erwartungsvollem Grinsen näherte er sich dem schmalen Bett mit dem kleinen weißen Moskitonetz darüber; behutsam ging er darauf zu, um über keine der Medikamentenkisten zu stolpern, die auf dem Boden herumstanden.

Dann riß er den dünnen Vorhang beiseite, warf sich der Länge nach auf das Bett und suchte nach dem Kopf der Frau, um ihre Schreie zu ersticken. Die Hose rutschte ihm herunter.

Einen Moment lang lähmte ihn der Schock. Das Bett war

leer. Seine suchenden Hände fuhren wie rasend über das Laken, bevor er aufstand und die Hose hochzog. Er war verwirrt, verstört und ratlos. Vielleicht hatte die Frau das Zelt verlassen, um ihr Bedürfnis zu verrichten. Doch die Zeltklappe war sorgsam verschlossen. Vielleicht hatte sie ihn gehört und versteckte sich, ein Skalpell in der Hand, hinter einer der Kisten. Er drehte sich um und stieß wild mit dem Messer zu. Das Zelt war leer.

Und plötzlich ahnte er einen Zusammenhang zwischen dem nicht vorhandenen Wachposten und dem leeren Bett, und tiefe Besorgnis erfüllte ihn. Etwas ging da vor, das er nicht verstand. Er stürzte auf die Öffnung im Zelt zu, stolperte, fiel über eine der Kisten und sprang, behende wie eine Katze, wieder auf die Füße. Seinen Gürtel festhaltend, raste er aus dem Zelt, sah verwirrt um sich, riß die Muskete von der Schulter und hätte am liebsten laut nach seinen Leuten gerufen.

Er erreichte das Zelt des Engländers just in dem Moment, als ein Mann aus dem dunklen Riß in der Plache trat. Im Mondlicht zeigte sich ein angstverzerrtes, kalkweißes Gesicht. Der Mann erblickte Camacho, schrie auf und stieß mit seinem Messer nach ihm.

»Ruhe, du Narr«, fauchte ihn Camacho an.

»Er ist fort«, keuchte der Mann und starrte in den tiefen Schatten der Bäume. »Sie sind fort. Alle sind fort.«

»Komm«, befahl Camacho, und sie liefen auf die Unterstände der Hottentotten zu.

Noch bevor sie diese erreicht hatten, trafen sie auf die anderen, die in einem ungeordneten Haufen gelaufen kamen.

»Machito?« rief jemand aufgeregt.

»Halt das Maul«, knurrte Camacho, aber der Mann sprach weiter.

»Das *scherm* ist leer, sie sind verschwunden.«

»Der Teufel hat sie geholt.«

»Niemand ist da.«

Eine fast abergläubische Angst erfaßte alle; in der Dunkelheit, inmitten des stillen, leeren Lagers, wurden sie zu Feiglingen. Zum ersten Mal wußte Camacho weder, was er tun, noch, was er befehlen sollte. Seine Leute umringten ihn, schöpften Trost aus der Nähe des anderen, fummelten an ihren Musketen und starrten ängstlich in die Schatten der Nacht.

»Was machen wir jetzt?« Das war die Frage, die Camacho gefürchtet hatte. Jemand warf ein Stück Holz auf das glosende Lagerfeuer.

»Tu das nicht«, befahl Camacho unsicher.

Aber instinktiv zog es alle zu der tröstlichen Wärme der aufflackernden Flammen. Im Halbkreis standen sie um das Lagerfeuer und starrten in die Dunkelheit. Und aus dieser Dunkelheit kam es. Ohne Warnung. Nur das plötzliche Donnern, das aufblitzende Mündungsfeuer, das Einschlagen der Kugeln.

Im Hagel der schweren Bleigeschosse stob die kleine Gruppe um das Feuer in wilder Verwirrung auseinander. Einer von ihnen flog, von einer Kugel in den Bauch getroffen, nach hinten, stolperte über ein brennendes Holz und fiel der Länge nach ins Feuer. Sein Haar und sein Bart flammten auf wie Tannenzweige, sein Schrei hallte in den Baumwipfeln.

Camacho schoß blindlings in die Nacht, aus der die Stimme des Engländers ertönte und den üblichen Infanteriebefehl gab: »Abteilung eins: laden. Abteilung zwei: drei Schritte vor. Feuer.«

Camacho wußte, daß das vernichtende Musketenfeuer aus nächster Nähe sich binnen Sekunden wiederholen würde. An vielen heißen Nachmittagen hatte er spöttisch zugeschaut, wie der Engländer seine zwei Reihen rot berockter Marionetten drillte: die erste Reihe zielte und feuerte auf Kommando, dann machte die zweite Reihe drei Schritte vorwärts, trat durch die Zwischenräume in der ersten Reihe, zielte und feuerte. Die gleiche Taktik, die zehntausendfach vergrößert, den Angriff der französischen Kavallerie auf dem Hügel von *Quatre Bas* aufgehalten hatte, erfüllte Camacho jetzt mit unaussprechlicher Angst. Er riß die Muskete hoch und schoß, ohne etwas zu sehen, in die Richtung der kühlen englischen Stimme. Er feuerte in dem Augenblick, als einer seiner Männer, von der ersten Salve leicht verwundet, sich wieder aufrichtete und direkt vor der Mündung seiner Muskete stand. Auf eine Entfernung von einem halben Meter schoß Camacho zwischen die Schulterblätter des Mannes, so daß das Pulver dessen Hemd versengte. Als er wieder zu Boden fiel, glühten kleine rote Funken auf, bis das Herzblut des Mannes sie löschte.

»Narr!« schrie Camacho den toten Mann an, dann drehte er sich um und rannte.

Hinter ihm rief die Stimme des Engländers »Feuer!«. Er warf sich zu Boden und heulte auf, als seine Hände und Knie in die heiße Asche sanken, er spürte, wie seine Hose versengt wurde und seine Haut platzte.

Die zweite Salve fegte über ihn hinweg, um ihn herum fielen seine Leute zu Boden und schrien. Camacho sprang wieder auf die Beine und rannte. Messer und Gewehr hatte er verloren.

»Abteilung eins: drei Schritte vor. Feuer!«

Als die Träger aus ihren Nachtlagern stürmten, war die Nacht plötzlich erfüllt von laufenden, schreienden Gestalten. Ihre Flucht kannte kein Ziel und keinen Zweck. Von Panik ergriffen, rannten sie, wie Camacho, allein oder in kleinen Gruppen dem Busch zu. Camacho duckte sich hinter einem Berg von Vorräten, die man nahe dem Zelt des Engländers aufgehäuft und mit einem Segeltuch bedeckt hatte. Er schluchzte vor Schmerz. Aber nicht nur seine verbrannten Hände und Knie entlockten ihm Tränen, sondern vor allem die Schande, so ahnungslos in die ihm gestellte Falle gegangen zu sein. Seine Angst wich wütendem Haß. Kleine Gruppen verstörter Träger stolperten aus der Dunkelheit auf ihn zu; er riß eine seiner Pistolen aus dem Gürtel und schoß dem erstbesten in den Kopf. Dann sprang er auf und heulte wie ein Rasender. Die Träger flohen, und er wußte, daß sie meilenweit laufen würden, bis sie vor Erschöpfung niedersanken, eine leichte Beute für Löwen und Hyänen. Es gab ihm einen Augenblick bitterer Befriedigung, dann sah er um sich, wo er noch Schaden anrichten könnte.

Der Haufen Vorräte, hinter denen er kauerte, und das glosende Feuer vor dem Zelt des Engländers brachten ihn auf eine Idee. Er holte einen Ast aus dem Feuer, fachte ihn an und warf ihn auf die Vorräte.

Dann lief er hinunter zum Flußbett und hinüber zum anderen Ufer. Beim vereinbarten Treffpunkt warteten bereits drei seiner Männer, zwei hatten ihre Waffen verloren, und alle drei waren ebenso schweißgebadet, verstört und atemlos wie Camacho. Während sie versuchten, Atem zu schöpfen, kamen zwei weitere, der eine mit einer zerschmetterten Schulter.

»Mehr werden nicht kommen«, keuchte der Verwundete, »diese gelben Hunde haben uns mit den Bajonetten erwischt, als wir durch das Flußbett liefen.«

Camacho stand mühsam auf und schaute zurück ins Tal. Mit grimmiger Befriedigung sah er, daß die Vorräte lichterloh brannten. Es blieben ihm nur Sekunden, sich an dem Anblick zu ergötzen, denn schon drang das Kriegsgeschrei der Hottentotten und das Krachen ihrer Musketen den Hügel hinauf.

Wütend stapfte Zouga im hellen Licht der Morgensonne durch das Lager. Gesicht und Arme waren rußgeschwärzt, die Augen brannten ihm vom beißenden Qualm, Bart und Wimpern waren versengt. Der Großteil der Vorräte und der Ausrüstung war verloren, denn das Feuer hatte sich rasch im ganzen Lager verbreitet. Zouga sah auf die verkohlten Reste der Zeltplanen; man würde die Zelte vermissen, wenn die Regenzeit begann, aber das war noch der geringste Schaden.

Er versuchte, sich über den erlittenen Verlust klarzuwerden. Von mehr als hundert Trägern verblieben ihnen nur sechsundvierzig. Natürlich würden Jan Cheroot und seine Hottentotten noch ein paar zurückbringen. Im Augenblick streiften sie durch die Umgebung, um Überlebende zu finden, und Zouga hörte das Kuduhorn, das die Umherirrenden zurückrief. Doch viele von ihnen zogen es vermutlich vor, den gefährlichen Rückmarsch nach Tete anzutreten, anstatt einen zweiten Angriff wie den heutigen zu erleben. Andere hatten sich wohl verirrt auf der panischen Flucht und würden verdursten oder von wilden Tieren angegriffen werden. Ein halbes Dutzend hatten Camachos Leute getötet, vier waren so schwer verletzt, daß sie den Tag nicht überleben würden.

Das war der schlimmste Verlust, denn ohne Träger war die Expedition hilflos. Was von der so sorgfältig zusammengestellten Ausrüstung noch übrigblieb, war nutzlos, wenn es keine Träger gab, um es zu schleppen. Es würde Stunden in Anspruch nehmen, festzustellen, was aus der glosenden, stinkenden Masse von Kleidern, Planen und Kisten noch zu brauchen war. Die Szene erinnerte Zouga an andere Schlachtfelder, und wie immer erbitterte ihn die furchtbare Zerstörung, die sinnlose Vergeudung.

Die wenigen verbliebenen Träger hatten sich bereits an die Arbeit gemacht und gingen, wie eine Reihe von Erntearbeitern, über das Terrain, um aus Staub und Asche zu retten, was es zu retten gab. Die kleine Juba war unter ihnen und suchte nach Robyns Medikamenten, Büchern und Instrumenten.

Robyn selbst hatte unter den ausladenden Ästen eines Mukusibaumes eine Erste-Hilfe-Station eingerichtet, und als Zouga die Verwundeten sah, die noch auf Behandlung warteten, und die Toten, die mit Tüchern bedeckt, ordentlich in einer Reihe lagen, überkam ihn wieder Zorn und Wut.

Die Expedition, die sie so sorgfältig geplant und so großzügig ausgerüstet hatten, war gescheitert, bevor sie noch ein einziges ihrer Ziele erreicht hatten. Der Verlust an Menschen und Material war bitter, aber das war es nicht, was wie ätzende Säure an Zougas Seele fraß, als er sehnsüchtig auf die zerklüfteten Berge im Süden starrte. Es war die Vorstellung, aufgeben zu müssen, bevor er begonnen hatte, obwohl er seinem Ziel so nahe war. Fünfzig, hundert, sicher nicht mehr als zweihundert Kilometer vor ihm lag die Grenze des Reiches der Monomatapa. Zweihundert Kilometer hinter ihm, im Norden, befanden sich das kleine schmutzige Dorf Tete und der große Strom – der Beginn der schmählichen Rückreise nach England, zurück in die Anonymität, zurück zu einem drittklassigen Regiment, zurück zur Eintönigkeit und der öden Disziplin einer Garnison der Indischen Armee. Erst jetzt, da er dazu verurteilt war, zu jenem Leben zurückzukehren, merkte er, wie sehr er es gehaßt hatte, wie sehr der Wunsch, diesem Dasein zu entfliehen, seinen Entschluß beeinflußt hatte, in dieses wilde unberührte Land zu ziehen. Er fühlte sich wie ein Strafgefangener, der einen Tag süße Freiheit genossen hat und nun die Rückkehr in seinen Käfig um so schmerzlicher empfindet.

Zouga wandte den Blick von den zerklüfteten Bergketten ab und ging langsam zu seiner Schwester, die im Schatten der Bäume arbeitete. Sie war blaß, und unter ihren Augen lagen dunkle Ringe der Erschöpfung. Auf ihrer Bluse waren Blutspritzer, auf der Stirn Schweißtropfen. Noch in der Dunkelheit hatte sie zu arbeiten begonnen, und jetzt war es bereits später Vormittag. Müde blickte sie auf, als Zouga sich über sie beugte.

»Wir können nicht weitergehen«, sagte er leise. Ohne den Ausdruck zu verändern, sah sie ihn einen Moment lang an, dann wandte sie sich wieder den Brandwunden eines Trägers zu. Sie hatte die schweren Fälle zuerst behandelt und war jetzt bei den Brand- und Schürfwunden angelangt.

»Wir haben zuviel wichtige Ausrüstung verloren«, erklärte Zouga. »Vorräte, die wir zum Überleben brauchen.« Diesmal schaute Robyn nicht auf. »Und wir haben nicht genug Träger, um das zu befördern, was noch übrig ist.«

Robyn widmete ihre ganze Aufmerksamkeit dem Bandagieren des verbrannten Beines.

»Vater schaffte die Durchquerung des Kontinents mit vier Trägern«, bemerkte sie ruhig.

»Vater war ein Mann«, sagte Zouga. Robyn hielt sekundenlang inne, und ihre Augen verengten sich. Zouga hatte es nicht bemerkt. »Eine Frau kann ohne gewisse Dinge weder reisen noch überleben«, fuhr er fort, »deshalb schicke ich dich nach Tete zurück. Sergeant Cheroot und fünf Hottentotten werden dich begleiten. Wenn du einmal in Tete bist, wirst du keine Schwierigkeiten haben. Ich werde dir genügend Bargeld mitgeben, hundert Pfund für das Flußboot nach Quelimane und die Fahrt nach Kapstadt. Dort kannst du Geld für die Überfahrt auf einem Postschiff abheben.«

»Und du?« Sie sah fragend zu ihm auf.

Bis zu diesem Augenblick hatte er keinen Entschluß gefaßt. »Das Wichtigste ist, was mit dir geschieht«, sagte er ernst, und dann wußte er, was er tun wollte. »Du mußt zurück, und ich werde allein weitergehen.«

»Jan Cheroot und fünf seiner verdammten Hottentotten werden nicht imstande sein, mich zu tragen«, erwiderte sie, und der Fluch war ein Gradmesser ihrer Entschlossenheit.

»Sei vernünftig, Sissy.«

»Warum sollte ich jetzt damit anfangen?« fragte sie freundlich.

Zouga öffnete den Mund, um heftig zu erwidern, dann schloß er ihn wieder und sah sie an. Um ihren Mund lag ein harter entschlossener Zug, den er kannte.

»Ich will nicht mit dir streiten«, sagte er.

»Gut.« Sie nickte. »So wirst du nicht deine kostbare Zeit verschwenden.«

»Weißt du, worauf du dich einläßt?« fragte er ruhig.

»Genausogut wie du«, erwiderte sie.

»Wir werden keine Handelsware haben, um uns den Weg zu erkaufen.« Sie nickte. »Das heißt, daß wir uns durchkämpfen müssen, wenn jemand versucht, uns aufzuhalten.«

Er sah, wie sich ihre Augen bei seinen Worten verdunkelten, aber sie blieb entschlossen.

»Keine Zelte, keine Konserven, keinen Zucker, keinen Tee.« Er wußte, was das für sie bedeutete. »Wir werden von dem leben, was das Land uns liefert, und das, was wir nicht finden oder töten oder tragen können, das werden wir nicht haben. Wir werden nichts haben als Schießpulver und Gewehre.«

»Es wäre töricht, das Chinin zurückzulassen«, sagte sie, und er zögerte.

»Ein Minimum an Medikamenten«, stimmte er zu, »und denk daran: nicht nur für eine Woche oder einen Monat.«

»Vermutlich werden wir viel rascher vorwärtskommen als bisher«, bemerkte sie und stand auf.

Die Entscheidung, was sie mitnehmen und was sie zurücklassen wollten, war gut ausgewogen, dachte Zouga, als er die neuen Lasten verzeichnete und wog. Er hatte sich für Papier und Schreibzeug anstatt für Zucker und Tee entschieden, für seine Orientierungsinstrumente anstatt für Reservestiefel; schließlich konnte man die Stiefel, die sie trugen, mit Büffelhaut sohlen. Chinin, Medikamente und Robyns Instrumente wurden mitgenommen an Stelle von Decken und zusätzlicher Kleidung, Pulver und Munition an Stelle von Tauschwaren.

Der Haufen, den sie zurückließen, wuchs ständig; Berge von Marmelade, Zuckersäcke, Konserven, Klappstühle, Schlafmatten, Kochtöpfe, Moskitonetze, Robyns kleine

Badewanne und ihr geblümter Nachttopf. Stoffe und Glasperlen, Handspiegel und billige Messer. Zuletzt zündete Zouga den Haufen an – ein Zeichen der Endgültigkeit und seiner Entschlossenheit. Trotzdem war ihnen nicht wohl zumute, als sie in die Flammen schauten.

Zu zwei kleinen Zugeständnissen hatte Zouga sich durchgerungen: eine Büchse Ceylon-Tee nahmen sie mit, denn man konnte – so erklärte Robyn – von keinem Engländer erwarten, ohne dieses königliche Getränk fremde Länder zu erforschen; und den versiegelten Metallkoffer mit Zougas Paradeuniform, denn vielleicht hing ihr Leben davon ab, ob es ihnen gelang, einen afrikanischen Häuptling zu beeindrucken. Von allen anderen nicht absolut lebensnotwendigen Dingen hatten sie sich getrennt.

Jan Cheroots Musketiere waren entsetzt, als sie hörten, daß ihre Tornister in Zukunft zweihundert statt fünfzig Schuß Munition enthalten würden. »Wir sind Krieger, keine Träger«, sagte ihm sein Korporal großspurig. Jan Cheroot brachte ihn mit Hilfe der Klinge seines langen Bajonetts zur Vernunft, und Robyn verband die oberflächlichen Kopfwunden des Korporals.

»Jetzt verstehen meine Leute, daß sie mehr Munition schleppen müssen, Major«, meldete Cheroot vergnügt.

Es ist wirklich erstaunlich, wieviel Ballast man abwerfen kann, sinnierte Zouga, als er die Kolonne betrachtete, die nun kürzer und beweglicher war. Sie war kaum hundertdreißig Meter lang, und das Marschtempo hatte sich verdoppelt.

Am ersten Tag erreichten sie die Stelle, an der sie die Büffel erlegt hatten, und fanden nicht nur die Rindenkörbe mit dem getrockneten Büffelfleisch: auch Zougas Büchsenträger Matthäus lief ihm entgegen und war so aufgeregt, daß er kaum ein Wort hervorbrachte.

»Der Vater aller Elefanten«, stieß er hervor und zitterte wie im Fieber. »Der Urgroßvater aller Elefanten.«

Jan Cheroot hockte neben der Spur und grinste wie ein Kobold nach einer gelungenen Zauberei. Seine Schlitzaugen verschwanden fast in den Falten der gelben Haut.

»Endlich haben wir Glück«, jubelte er. »Das ist wahrhaftig ein Elefant wie aus dem Märchen.«

Aus der ausgebeulten Tasche seiner Tunika zog er eine Schnur und maß den Umfang der riesigen Trittspuren. Er betrug beinahe zwei Meter. »Doppelt so hoch sind seine Schultern«, erklärte Jan Cheroot, »was für ein Elefant!«

Matthäus hatte sich endlich so weit beruhigt, daß er berichten konnte, wie er bei Tagesanbruch aufgewacht war und in dem grauen Licht Elefanten am Lager vorbeiziehen sah – riesige gespenstische Formen, die sich aus dem Wald ins Tal bewegten. Sie waren so rasch verschwunden, daß er meinte, sie seien nie dagewesen, aber ihre schweren Füße zeichneten sich deutlich in der weichen Asche ab, so daß man jede Unregelmäßigkeit der Hornhaut erkennen konnte.

»Einer von ihnen war stärker und größer als die anderen, seine Zähne waren so lang wie ein Wurfspeer und so schwer, daß er den Kopf gebeugt trug und sich bewegte wie ein sehr alter Mann.«

Jetzt schauerte auch Zouga vor Aufregung, trotz der beklemmenden Hitze in dem ausgebrannten Tal, und Jan Cheroot, der das Zittern mißverstand, grinste boshaft.

»Mein alter Vater pflegte zu sagen, daß auch ein tapferer Mann dreimal erschrickt, wenn er einen Elefanten jagt: einmal, wenn er die Spur sieht, ein zweites Mal, wenn er das Trompeten hört, und ein drittes Mal, wenn er das Tier sieht – groß und schwarz wie ein Berg aus Eisenstein.«

Zouga verfolgte die Spur mit den Augen. Die drei riesigen Tiere waren durch das Tal und hinauf in das zerklüftete Terrain gezogen.

»Wir werden ihnen folgen«, sagte er ruhig.

»Natürlich.« Jan Cheroot nickte. »Deshalb sind wir ja hergekommen.«

Die Fährte führte über die graue, erkaltete Asche, durch den verbrannten Busch und weiter bis zum Talende. Jan Cheroot führte. Er hatte sein verwaschenes Hemd gegen eine ärmellose Lederjacke mit Brusttaschen für die Enfield-Patronen getauscht.

Zouga ging knapp hinter ihm. Er trug sein Sharps-Gewehr, fünfzig Schuß Munition und seine große Wasserflasche. Genau die Rangordnung einhaltend, folgten die Büchsenträger, beladen mit Decken, Wasserflaschen, Proviant, Pulverflaschen, Kugelbeuteln und den schweren Elefantenbüchsen.

Zouga war begierig, Jan Cheroots Können auf die Probe zu stellen; der Mann erzählte sehr bildhaft von Elefantenjagden, doch Zouga wollte wissen, ob er auf der Fährte ebensogut war wie am Lagerfeuer. Die erste Probe kam rasch, als ein riesiger Felsen den Pfad versperrte. Es sah aus, als hätten die großen Tiere hier Flügel bekommen und seien davongeflogen.

»Warten Sie«, sagte Cheroot und sprang die Klippe entlang. Eine Minute später pfiff er leise, und Zouga folgte ihm.

Auf einem Granitfelsen war ein dunkler Fleck Asche und ein zweiter knapp darüber. Sie schienen direkt in die Felswand zu führen.

Cheroot kletterte über ein paar Steine und war verschwunden. Große Felsbrocken bildeten eine riesige Treppe – jede Stufe in der Höhe von Zougas Taille, so daß er die Hände benutzen mußte, um hinaufzusteigen. Auch die Elefanten mußten sich strecken, um solche Schritte zu machen. Wahrscheinlich erhoben sie sich auf den Hinterbeinen, wie er es im Zirkus gesehen hatte, denn Elefanten können nicht springen. Sie müssen mit zwei Füßen auf dem Boden stehen, bevor sie ihren riesigen Körper hinaufschieben können. Zouga erreichte die Stelle, an der Jan Cheroot verschwunden war, und blieb verblüfft vor einem Steintor stehen, das den Anfang der uralten Elefantenstraße bildete:

ein symmetrisches Portal aus geborstenen Felsen, das aussah, als seien Steinmetze am Werk gewesen. Die Öffnung war sehr eng, es schien fast unmöglich, daß so riesige Tiere hier durchgehen konnten. Zouga blickte hinauf und sah, wie die grobe Haut von Tausenden und Abertausenden Elefanten, die sich im Laufe der Jahrhunderte durch die Öffnung gezwängt hatten, den Stein glattgerieben hatten. Hinter dem natürlichen Tor erweiterte sich die Öffnung, und das Terrain wurde flacher. Jan Cheroot war bereits vierhundert Meter vor ihm.

»Kommt!« rief er, und sie folgten ihm.

Die Elefantenstraße sah aus, als wäre sie von Ingenieuren geplant und angelegt worden; nirgends betrug die Steigung mehr als dreißig Prozent, und wenn es natürliche Treppen gab, waren sie nie so hoch, daß ein Mensch oder ein Elefant sie nicht bequem hätte bewältigen können.

Sie folgten der Straße, die über bewaldete Hügel führte, wo die Bäume weiter auseinanderstanden; hier hatten die alten Bullen, bevor sie weiterzogen, lange Rindenstücke von den Stämmen geschält. Und eine Meile weiter fanden sie die Rindenklumpen, noch naß und nach Elefantenspeichel riechend. Zouga hielt einen der fasrigen Klumpen an die Nase und atmete den Elefantengeruch ein, den erregendsten Geruch, den es gab, so schien ihm. Als sie um eine Hügelkuppe herumgewandert waren, öffnete sich vor ihnen ein tiefer blauer Abgrund, in dem kleine Schatten von Geiern schwebten, und Zouga war überzeugt, daß die Straße hier aufhörte.

»Kommt!« Cheroot pfiff und führte die Kolonne über einen Felsvorsprung am Abgrund vorüber und weiter auf der Straße, die Zehntausende gewaltiger Füße im Laufe der Jahrhunderte geglättet hatten.

Jetzt endlich glaubte Zouga wirklich, daß sie auf dem richtigen Weg waren, denn die Straße stieg ständig, schien eine bestimmte Richtung einzuhalten und zu einem bestimmten Ziel zu führen – irgendwohin in die Berge und nach Süden. Er blieb einen Augenblick stehen und blickte zurück. Weit unter ihnen schimmerte im Dunst der Hitze das Tal des Sambesi. Die riesigen Affenbrotbäume sahen aus wie Kinderspielzeug, das furchtbare Gelände, über das sie sich seit Wochen quälten, lag glatt und einladend da, und in der Ferne konnte er den dunklen Gürtel dichterer Vegetation erkennen, der den großen Strom säumte.

Zouga wandte sich um und folgte Jan Cheroot um eine andere Kuppe. Als hebe sich der Vorhang im Theater, eröffnete sich vor ihm ein neuer majestätischer Anblick. Etwas war anders an diesem Bild, und Zouga brauchte eine Weile, um festzustellen, was es war. Dann plötzlich holte er tief Atem. Die Luft, die von den Berggipfeln wehte, war süß und kühl wie eine Sommerbrise im englischen Hügelland und wehte den Duft der rosa und roten Masasbäume zu ihnen herunter. Doch das allein war es nicht. Noch etwas hatte sich verändert. Sie hatten den Tsetse-›Fliegengürtel‹ endgültig hinter sich gelassen. Seit vielen Stunden hatte er keine der kleinen tödlichen Insekten mehr bemerkt. Sie betraten ein Land, in dem der Mensch leben und sein Vieh hüten konnte. Sie hatten die lähmende Hitze des Tales hinter sich gelassen, und vor ihnen lag etwas Sanfteres, Saubereres – endlich etwas Gutes. Voller Staunen betrachtete er die neue Landschaft. Die Nachmittagssonne tauchte alles in ein warmes, weiches Licht und verwandelte die Wolkenbänke in prächtige pilzförmige Gebilde aus Silber und Gold mit kleinen rosafarbenen Rändern, die Heckenrosen glichen.

Nun zweifelte Zouga nicht mehr, wohin ihn die Elefantenstraße führte; seine Stimmung hob sich, und es war ihm, als sei sein erschöpfter Körper plötzlich elektrisch geladen. Er wußte, daß jene schroffen Gipfel über ihm die Schwelle, ja die eigentliche Grenze des sagenumwobenen Königreiches Monomatapa waren. Er wollte Jan Cheroot beiseite schieben und über diesen schönen bewaldeten Hügel hinauflaufen zu den Gipfeln, doch der kleine Hottentotte hielt ihn zurück.

»Schauen Sie«, flüsterte er leise. »Da sind sie!«

Zougas Blick folgte dem ausgestreckten Arm, und er sah sie. Weit vor ihnen, zwischen den seltsamen roten und rosa Bäumen bewegte sich etwas – riesig und grau und langsam, körperlos wie Schatten. Zouga spürte, wie sein Herz schneller schlug – zum erstenmal sah er einen afrikanischen Elefanten in seiner natürlichen Umgebung –, doch sofort wurde die langsame Bewegung vom dichten Laub verdeckt.

»Mein Fernrohr.« Ungeduldig griff er nach hinten, und Matthäus legte ihm den dicken, kühlen Messingzylinder in die Hand.

Mit zitternden Fingern zog er das Glas aus, doch in diesem Moment begann sich der Baum, der den Elefantenkörper verdeckt hatte, als wäre er von einem Wirbelwind erfaßt, hin und her zu bewegen. Sie hörten das Splittern von Holz, und der Baum fiel mit einem Krach zur Seite, dessen Echo wie ein Kanonenschuß klang.

Zouga hob das Fernglas ans Auge und stützte sich auf Matthäus' geduldige Schulter. Er stellte das Objektiv ein. Plötzlich war der Elefant sehr nahe in dem runden Ausschnitt. Sein Kopf war vom Laub des Baumes eingerahmt, den er soeben ausgerissen hatte. Die riesigen Ohren schienen so breit wie ein Segel, er konnte die Staubwölkchen sehen, die die Windbrise von dem immensen grauen Rükken aufsteigen ließ. Ganz genau sah er jetzt die dunkle, nasse Spur der Tränen, die von den kleinen Augen das faltige und verwitterte Gesicht hinunterliefen. Als das Tier den Kopf wandte, und Zouga die unglaubliche Größe der beiden enormen Stoßzähne bemerkte, hielt er ungläubig den Atem an. Ein Stoßzahn war kürzer, offenbar abgebrochen, und an der Bruchstelle glänzte das Elfenbein wie Schnee. Mit dem Rüssel pflückte das Tier ein Büschel zarter junger Blätter von dem entwurzelten Baum, und zwar mit der Geschicklichkeit eines geübten Chirurgen; es öffnete das Maul und steckte die Blätter weit hinein, während die alten kleinen Augen vor Zufriedenheit tränten.

Ein Schlag auf die Schulter störte Zougas Betrachtung, und unwillig senkte er das Fernrohr. Jan Cheroot wies auf eine andere Stelle des Hügels.

Zwei andere Elefanten waren aus dem Wald gekommen. Zouga richtete das Fernrohr auf sie und stieß einen leisen Schrei aus. Er hatte den ersten Elefanten für groß gehalten; hier war ein zweiter, ebensogroßer Bulle – das dritte Tier aber war unglaublich.

Jan Cheroot neben ihm flüsterte etwas, und die Anspannung machte seine Stimme rauh und ließ seine dunklen Schlitzaugen auffunkeln.

»Die jüngeren Bullen sind seine zwei Askari«, flüsterte Cheroot aufgeregt, »sie sind seine Augen und Ohren. Denn der Alte ist vermutlich taub und blind. Aber sehen Sie ihn an. Ist er nicht immer noch ein König?«

Der alte Bulle war ein schauerlicher Koloß, er überragte die beiden anderen fast um einen Kopf, doch seine Haut hing in dicken schweren Falten über den massiven Knochen. Er war mager, die Zeit hatte an ihm gezehrt und nur die Haut, die Sehnen und die Knochen übriggelassen. Matthäus' Beschreibung war richtig gewesen, der Bulle bewegte sich wie ein alter Mann, als protestierten alle seine rheumatischen Gelenke, und das Gewicht des Elfenbeins, das er seit hundert Jahren trug, war nun schließlich zuviel für ihn geworden. Die Stoßzähne, einst Symbol seiner Majestät, waren immer noch einzigartig, die eleganten Bögen völlig symmetrisch: das Elfenbein war gelb wie goldene Butter und trotz vieler Kämpfe um die Vorherrschaft in der Herde, trotz vieler gefällter Bäume oder aus dem steinigen Boden gegrabener Wurzeln, unversehrt.

Aber jetzt waren diese großen Stoßzähne eine Last, und er hielt den Kopf tief gesenkt. Seit vielen Jahren hatte er diese schrecklichen Waffen nicht mehr gebraucht, um seine wachsende Herde zu schützen. Seit vielen Jahren hatte er nicht mehr die Gesellschaft der jungen Elefantenkühe und ihrer lärmenden, quiekenden Kälber gesucht. Jetzt waren diese langen Elfenbeinzähne zu einer tödlichen Gefahr und einer Quelle der Beschwerde und des Schmerzes für ihn geworden. Denn sie machten ihn begehrenswert für den Menschen, seinen einzigen Feind in der Natur. Immer schienen Jäger auf seiner Spur zu sein, und die Witterung des Menschen bedeutete das Krachen von Feuerwaffen und scharfem Stahl, der ihm in das müde alte Fleisch drang. Ohne seine beiden Askari wäre er schon längst den Jägern zum Opfer gefallen. Es war eine seltsame Beziehung, die die kleine Gruppe alter Bullen verband, und sie dauerte schon mehr als zwanzig Jahre. Gemeinsam hatten sie Zehntausende Kilometer zurückgelegt, von den Kaschan-Bergen im Süden an durch die brennende, wasserlose Kalahari, an ausgetrockneten Flußläufen entlang, wo sie sich niederknieten und mit ihren Stoßzähnen im Sand nach Wasser gruben. Im Lauf der Jahreszeiten hatten sie einen großen Kreis durch das wilde Land nördlich des Sambesi gezogen, hatten sich an den Früchten der verschiedenen Wälder delektiert und waren immer dann gekommen, wenn die Beeren eben reif wurden.

Sie hatten Seen und Flüsse durchquert, waren lange in den heißen Sümpfen geblieben, wo die Mittagshitze fünfzig Grad erreichte und die Schmerzen in den Knochen des alten Bullen linderte. Dann aber hatte sie die Wanderlust weitergetrieben, um den großen Kreis zu vollenden – wieder nach Süden über Bergkämme und durch die überschwemmten Gebiete der großen Ströme. Sie folgten geheimen Pfaden und uralten Wegen, die ihre Vorfahren schon gegangen waren; als Kälber an der Seite ihrer Mütter hatten sie diese Strecken zum ersten Mal zurückgelegt.

Doch in diesen letzten Jahren waren sie Menschen begegnet, wo es nie vorher Menschen gegeben hatte. Weißgekleidete Araber mit ihren langläufigen Gewehren im nördlichen Seengebiet; bärtige Männer in groben Kleidern im Süden, die mit ihren zottigen kleinen Ponys jagten, Buschmänner mit ihren bösen vergifteten Pfeilen, und Regimenter der

Nguni, die zu Tausenden auf die Treibjagd zogen. Mit jedem Jahr schrumpfte der Lebensraum der Elefanten, neue Schrecken und Gefahren lauerten in den althergebrachten Weideflächen, und der alte Bulle war müde, die Knochen schmerzten ihn, und das Elfenbein wurde zu schwer. Dennoch zog er langsam und würdevoll den Hang hinauf, nur von seinem Instinkt getrieben, vom Bedürfnis nach freiem Raum, von der Erinnerung an den Geschmack wilder Früchte, die jetzt – das wußte er – an den Ufern eines fernen Sees reiften.

»Wir müssen uns beeilen.« Jan Cheroots Stimme rüttelte Zouga auf, der, erfüllt von einem seltsamen Gefühl des *déjà-vu,* gebannt auf das königliche alte Tier starrte, als hätte er nur für diesen Augenblick gelebt, als wäre ihm diese Begegnung vom Schicksal vorherbestimmt. Der Bulle erfüllte ihn mit Ehrfurcht, mit einem Gefühl der Zeitlosigkeit und Größe. Nur widerwillig kehrte er in die Wirklichkeit zurück.

»Der Tag stirbt rasch«, drängte Jan Cheroot und blickte Zouga über die Schulter. Die Sonne ging wie ein zu Tode verwundeter Krieger blutend über den Wolken unter.

»Ja«, gab Zouga zu und runzelte die Stirn, als er sah, daß Jan Cheroot Gamaschen und Hose auszog und sie zusammen mit seiner Decke hinter einem Felsen verstaute.

»So kann ich schneller laufen«, beantwortete er Zougas unausgesprochene Frage und grinste.

Zouga folgte seinem Beispiel, legte den Tragsack ab und den Gürtel mit Messer und Kompaß, die Hose aber behielt er an. Jan Cheroot mit seinem nackten gelben Gesäß und dem Penis, der unter dem Hemd hervorbaumelte, ging jegliche Würde ab. Es gab ein paar Regeln, die ein Offizier der Königin einzuhalten hatte, fand Zouga, und dazu gehörte, daß man in der Öffentlichkeit seine Hose anbehielt.

Sie waren hundert Meter gegangen, als das Geräusch des fressenden Bullen plötzlich aufhörte. Jan Cheroot blieb stehen, und die kleine Gruppe von Jägern erstarrte, doch es war nichts zu hören als der Wind und das Zirpen der Grillen in den Bäumen.

»Er hat sich den anderen angeschlossen«, flüsterte Cheroot endlich. Zouga war überzeugt, daß der Bulle nichts von ihrer Gegenwart ahnte. Der Wind blieb gleichmäßig, der Elefant konnte sie nicht gewittert haben. Zouga wußte, daß Elefanten schlecht sehen, aber ausgezeichnet hören und riechen. Aber sie hatten kein Geräusch gemacht.

Dies jedoch war ein klarer Beweis dafür, daß die drei Bullen aus ihrer Freundschaft Vorteil zogen. Für einen Jäger war es schwierig, den Standort jedes Tieres zu bestimmen, insbesondere in einem dichten Wald wie diesem, und die beiden Askaris schienen den Leitbullen ständig zu beschützen.

Während Zouga wartete und lauschte, fragte er sich, ob zwischen den drei Tieren echte Zuneigung existierte, ob es ihnen Freude bereitete, zusammenzusein, und ob die Askaris trauern würden, wenn der alte Bulle einmal mit einer Kugel im Kopf oder im Herzen zusammenbrach. Wortlos signalisierte Jan Cheroot mit einer Handbewegung weiterzugehen.

Langsam schlichen sie den Hügel hinauf, bückten sich unter den tiefen Zweigen. Zouga blieb vier Schritte hinter Jan Cheroot, um klare Sicht zu behalten. Sein ganzes Wesen konzentrierte sich auf Sehen und Hören. Irgendwo weit oben am Abhang knackte ein Zweig. Sie lauschten so gespannt, daß keiner von ihnen den Askari sah.

Er stand still und ließ die Jäger an sich vorbeiziehen, und als der Wind den scharfen Gestank des Menschen zu ihm trieb, hob er den Rüssel und stieß einen durchdringenden Laut aus. Der Ton schien gegen den Himmel zu prallen und von den Bergen widerzuhallen; er war der Ausdruck allen Hasses und aller Schmerzen, Ausdruck der schrecklichen Erinnerung an Hunderte andere Begegnungen mit dem Menschen.

Noch einmal trompetete der Elefant, dann wandte er den

gewaltigen Körper dem Hügel zu, um die Quelle des gräßlichen Geruchs zu vernichten.

Der Wald erbebte unter dem Angriff des Tieres, die dichte Vegetation teilte sich wie eine Sturmflut, die an einen Felsen prallt, und der Bulle brach hervor.

Zouga war sich seiner Bewegungen nicht bewußt, er wußte nur, daß er den Elefanten durch das Visier des Sharps-Gewehrs ansah, und das Krachen des Schusses schien sonderbar gedämpft nach dem schrillen Ton, der den Angriff eingeleitet hatte. Er sah, wie eine kleine Staubwolke von der Stirn des Bullen aufflog und die Haut sich zusammenzog wie die eines Hengstes, der von einer Biene gestochen wurde. Zouga griff nach hinten und hatte eine der großen Elefantenbüchsen in der Hand. Wieder waren alle seine Bewegungen instinktiv, doch über dem groben V des Visiers schien der Bulle viel näher.

Zouga lehnte sich zurück, um zu dem gewaltigen Kopf aufzusehen, und die langen gelben Stoßzähne waren über ihm und verdeckten den Himmel.

Neben sich hörte er Jan Cheroots aufgeregten Schrei.

»*Skiet hom!* Erschieß ihn!«

Dann schlug die schwere Waffe gegen seine Schulter und trieb ihn einen Schritt zurück, und er sah einen kleinen Springbrunnen hellroten Blutes aus dem Hals des Tieres spritzen. Zouga griff nach der nächsten Büchse, obwohl er wußte, daß ihm keine Zeit für einen weiteren Schuß blieb.

Er war erstaunt, keine Angst zu verspüren, obwohl er glaubte, daß es aus war mit ihm.

Der Elefant war über ihm, sein Leben verwirkt, und trotzdem spannte er automatisch das neue Gewehr und legte an.

Plötzlich war der gewaltige Koloß nicht mehr so nahe, und er merkte enttäuscht, daß das Tier sich abwandte, unfähig, die schreckliche Bedrohung der schweren Geschosse zu ertragen. Den Kopf und die Brust blutüberströmt, trabte es an ihnen vorüber, und als es seine Flanke freigab, feuerte Zouga unter die Schulter, und die Kugel drang in den Brustkasten ein. Der Bulle schleppte sich den Hügel hinauf, und der vierte Schuß traf ihn in den Rücken. Wie eine Geistererscheinung im schwindenden Licht des Sonnenuntergangs verschwand er im Wald.

Zouga und Jan Cheroot starrten einander wortlos an. Jeder von ihnen hielt eine rauchende Waffe in der Hand, während sie den Bullen vor sich den Abhang hinauflaufen hörten.

Zouga fand als erster wieder die Sprache und drehte sich zu den Büchsenträgern um.

»Laden!« fauchte er sie an, denn auch sie waren wie gelähmt von dem vorbeistürmenden, donnernden Tod. Aber sein Befehl ließ sie wieder zum Leben erwachen, und jeder von ihnen nahm aus den umgehängten Beuteln eine Handvoll schwarzes Pulver und schüttete es in die noch heißen Mündungen der Gewehre.

»Der alte Bulle und der andere Askari werden davonlaufen«, jammerte Jan Cheroot, mit dem Ladestock beschäftigt.

»Wir müssen sie einholen, bevor sie den Gipfel erreichen«, sagte Zouga und stürmte den Hügel hinauf.

Das Bewußtsein, den Bullen nur verwundet und nicht wie ein guter Jäger rasch getötet zu haben, beflügelte ihn. Als blutiger Anfänger hatte keiner seiner Schüsse ein lebenswichtiges Organ getroffen. Anstatt das Tier rasch zu töten, wie es die Absicht jedes guten Jägers ist, hatte er es verwundet und ihm Schmerzen bereitet. Verzweifelt wünschte er, noch eine Chance zu haben und ein sauberes Ende zu machen. Nach zweihundert Metern sah er, daß seine Schüsse nicht wirklich fehlgegangen waren, wie er vermutete. Es schien, als habe man einen Eimer Blut über den Weg gegossen. Das Blut war sehr hell – kein Zweifel, die Kugel hatte die Lungen durchbohrt. Es war ein tödlicher Schuß, aber einer, der langsam tötet.

Zouga hatte nicht erwartet, den Bullen stehend zu finden. Er hatte gedacht, er würde laufen, bis er zusammenbrach oder die Jäger ihn erreichten. Zouga wußte, wie töricht es war, wilden Tieren menschliche Motive zuzuschreiben, trotzdem schien es ihm, als sei der verwundete Bulle entschlossen, sich zu opfern, um dem Leitbullen und dem zweiten Askari die Flucht über den Berg zu ermöglichen.

Der Elefant griff an, sobald er den Menschen hörte. Die Ohren nach hinten gelegt, den Rüssel aufgerollt, trompetete er gellend und einen ekligen blutigen Sprühnebel ausstoßend, stürzte er Zouga entgegen. Die Erde dröhnte unter seinen schweren Tritten, und die Zweige brachen und krachten wie Gewehrschüsse. Im letzten Augenblick änderte er die Richtung und wandte sich wieder ab. Wann immer die Jäger sich bewegten, täuschte er einen Angriff vor. Und zwischen jedem Angriff verstrichen Minuten. Die Jäger waren festgenagelt und wußten, daß die beiden anderen Tiere bereits den Gipfel erreicht und verschwunden waren.

Zouga lernte zwei Lektionen: Wie ihm schon Tom Harkness erklärt hatte, schießen nur Narren mit einem leichten Gewehr auf Elefanten. Seine Sharps-Flinte mochte gut für den amerikanischen Büffel sein, der afrikanische Elefant aber war zehnmal schwerer und wuchtiger. Zweitens lernte er, daß der erste Schuß, wenn er nicht tötet, das Tier gegen weitere Verletzungen fast gefühllos zu machen scheint.

Nach einem halben Dutzend fingierter Angriffe riß Zouga die Geduld; laut schreiend lief er dem Tier entgegen. »Hoho!« rief er, »komm her, alter Bursche!« Diesmal kam er nahe heran und feuerte einen Schuß gegen die Brust des Bullen, und diesmal fand die Kugel ihr Ziel, und das wütende Trompeten des Tieres wurde zu einem langgezogenen traurigen Bellen, das von den Bergen zurückklang und in die blaue Leere des Himmels stieg.

Sie hörten, wie das Tier niederkrachte, und der Aufprall des schweren Körpers ließ die Erde unter ihren Füßen erzittern. Sie fanden den Elefanten, die Vorderbeine ordentlich unter die Brust gelegt, den schweren alten Kopf auf die

Stoßzähne gestützt, immer noch dem Tal zugewandt; dem Feind selbst im Tod noch die Stirn bietend.

»Laßt ihn liegen«, rief Jan Cheroot, »suchen wir die anderen.«

Bevor sie den Gipfel erreichten, brach die Nacht, die undurchdringliche schwarze Nacht Zentralafrikas herein. Sie verloren die Spur.

»Wir müssen sie ziehen lassen«, jammerte Jan Cheroot.

»Ja«, pflichtete Zouga bei, »dieses Mal müssen wir sie ziehen lassen.«

Doch in seinem Innersten wußte er, daß es ein anderes Mal geben würde und daß der alte Bulle zu seinem Schicksal gehörte. Ja, dachte er, es wird gewiß ein anderes Mal geben.

In dieser Nacht aß Zouga zum ersten Mal den köstlichsten Leckerbissen eines Jägers: Elefantenherzscheiben mit weißen Fettwürfeln, Salz und Pfeffer, über dem Lagerfeuer geröstet, und kalten Fladen, hinuntergespült mit heißem, bitterem Tee, stark und ungezuckert. An ein besseres Mahl konnte er sich nicht erinnern, und nachher legte er sich, mit einer einzigen Decke zugedeckt, auf die harte Erde, und der riesige Kadaver des Bullen schützte ihn vor dem kühlen Wind.

Am Morgen hörten sie das Singen der Träger, als die Karawane den Hügel heraufkam. Robyn war dem Fahnenträger vorausgelaufen; als sie den Elefantenkadaver sah, blieb sie stehen.

»Gestern abend hörten wir Schüsse«, sagte sie.

»Er ist ein schöner alter Bulle«, sagte Zouga und wies auf die großen Stoßzähne. »Sie wiegen bestimmt an die zweihundert Kilogramm. Ja, er ist ein schöner Bulle.«

»Nicht mehr«, sagte Robyn leise und sah zu, wie Jan Cheroot und die Büchsenträger auf den großen Kopf einhackten. Dann wandte sie sich von der Schlächterei ab und ging den Hügel hinauf.

Zouga war ärgerlich, denn sie hatte ihm etwas von der Freude an seiner ersten Elefantenjagd genommen. Als sie ihn eine Stunde später von weit oben rief, ignorierte er ihre Rufe. Doch sie war hartnäckig wie immer, und schließlich folgte er ihr seufzend durch den Wald. Mit freudestrahlendem Gesicht kam sie ihm entgegengelaufen.

»Oh, Zouga.« Sie nahm ihn bei der Hand und zog ihn bis zum Paß. »Komm, das mußt du sehen.«

Zu ihren Füßen lag sanftes Hügelland, gleichmäßig wie die Wellen des Meeres, von Wald bedeckt; wo die Stämme der großen Bäume so hoch waren und grau wie die Eichen im Park von Windsor. Und dahinter erstreckte sich das nur spärlich bewaldete Grasland, golden wie ein Weizenfeld, bis zum Horizont. Flüsse mit klarem Wasser schlängelten sich durch die Landschaft, und an ihren Ufern tranken Tiere oder lagen in der Sonne. Wo immer Zouga hinschaute, sah er Büffelherden; Schulter an Schulter standen die dunklen Gestalten unter den Schirmakazien. Ein Rudel Säbelantilopen, tiefschwarz mit schneeweißen Bäuchen und sanft geschwungenem Gehörn, folgte dem Leittier in einer langen Reihe zum Wasser, blieb stehen und starrte neugierig auf die Eindringlinge. Sie glichen einem griechischen Fries.

»Es ist schön«, murmelte Robyn, immer noch Zougas Hand haltend.

»Das Reich der Monomatapa«, erwiderte Zouga, heiser vor Erregung.

»Nein«, widersprach Robyn leise, »hier gibt es keine menschlichen Spuren, das ist das neue Paradies.«

Zouga schwieg und ließ seinen Blick über das Land schweifen; er suchte nach einem Hinweis auf Menschen, aber fand keinen. Es war ein unberührtes, jungfräuliches Land. »Ein neues Land, das wartet, in Besitz genommen zu werden.« Zouga hielt immer noch Robyns Hand fest. In diesem Augenblick waren sie einander so nahe wie nie zuvor, wie sie es nie mehr sein würden. Und das Land erwartete sie – wild, grenzenlos, leer und schön.

Endlich ließ Zouga Robyn auf der Paßhöhe zurück und stieg hinunter durch die Felsen, um die Karawane zu holen. Die Träger hatten eine Art Tür in den riesigen Kadaver geschnitten, krochen hinein und wälzten sich in dem gestockten Blut des Tieres. Von Kopf bis Fuß mit Blut beschmiert, die Zähne unheimlich weiß in den nassen roten Gesichtern, krochen sie wieder hervor, beladen mit Leberstücken, Fett und Milz.

Zouga wußte, daß sie nicht aufbrechen konnten, bevor sich nicht alle den Bauch vollgeschlagen hatten. Er befahl Jan Cheroot zu folgen, sobald alles Eßbare vertilgt oder gepackt war, nahm sein Gewehr und kehrte zu Robyn zurück.

Fast eine halbe Stunde rief er vergebens nach ihr, bis er sie endlich auf einem Felsvorsprung entdeckte. Er kletterte zu ihr hinauf und wollte sie eben wegen ihres Verschwindens zur Rede stellen, als er ihren Gesichtsausdruck sah. Sie war blaß, fast grau, und in ihren geröteten Augen standen Tränen.

»Was ist geschehen, Sissy?« fragte er besorgt. Sie brachte kein Wort hervor und winkte ihm bloß, ihr zu folgen.

Die Felsbank, auf der sie standen, führte zu einer niedrigen, langgestreckten Höhle. Die hintere Wand war mit den naiven Malereien der gelben Buschmänner bedeckt, die Jahrhunderte hindurch die Höhle während ihrer endlosen Wanderungen regelmäßig als Ruheplatz gewählt haben mußten. Zouga war entzückt von den Zeichnungen, die die Wände schmückten, und beschloß, hier ein Lager aufzuschlagen, um sie zu studieren und diese Schätze primitiver Kunst aufzuzeichnen. Da rief Robyn nach ihm.

Er folgte ihr bis zu einer Stelle, wo der Felsvorsprung sich zu einer Art Balkon erweiterte. Zougas Aufmerksamkeit wurde zwischen dem Ausblick auf das weite, verträumte Land vor ihm und den Höhlenmalereien hinter ihm hin- und hergerissen, doch wieder schreckte ihn Robyns ungeduldiger Ruf auf. Sie stand vor einem grünlichen Felsen, von dem aus man über das ganze Reich der Monomatapa blikken konnte. Hier hatte jemand mit einem Metallwerkzeug aus dem weichen Seifenstein eine glatte rechteckige Platte herausgeschabt. Die bearbeitete Oberfläche sah aus, als sei sie gestern entstanden.

In die Platte war ein einfaches christliches Kreuz eingemeißelt, und darunter stand in ebenso einfachen Lettern:

FULLER MORRIS BALLANTYNE

Zouga stieß einen lauten Schrei der Verwunderung aus, als er den Namen seines Vaters, sichtlich von ihm selbst in den Stein geschnitten, vor sich sah.

Obwohl die Buchstaben auf der Platte ganz neu aussahen, gab das Datum – 20. Juli 1853 – an, daß sie vor sieben Jahren gemeißelt worden waren. Sprachlos starrten die Geschwister auf die Inschrift, jeder von anderen Gefühlen bewegt – Robyn von einem Wiederaufflammen kindlicher Liebe, von einer brennenden Sehnsucht, nach so vielen Jahren mit ihrem Vater wieder vereint zu sein. Ihre Augen füllten sich mit Tränen. »Bitte, lieber Gott«, betete sie im stillen, »führ mich zu meinem Vater. Lieber Gott, laß mich nicht zu spät kommen.«

Auch Zougas Gefühle waren stark, jedoch anders geartet. Er verspürte bitteren Groll, daß ein anderer Mann ihm durch diese Felsentore in das Reich der Monomatapa vorausgegangen war.

Das war *sein* Land, und er wollte es mit niemandem teilen, ganz besonders nicht mit jenem grausamen, eingebildeten Menschen, der sein Vater war. Kühl las er die Inschrift, die auf Namen und Datum folgte, aber innerlich kochte er vor Zorn.

»In Gottes Namen.« Die Worte standen unter dem Namen seines Vaters. Es war bezeichnend für Fuller Ballantyne, daß er seinen eigenen Namen mit einem Kreuz versehen, gleichsam als Abgesandter Gottes verewigt hatte, wie er es auch auf unzähligen Felsen und Bäumen im ganzen

Land getan hatte, das er als persönliches Geschenk seines Gottes betrachtete.

»Du hattest recht, Zouga, mein Lieber. Du führst uns zu ihm, wie du es versprochen hast. Ich hätte nie an dir zweifeln dürfen.«

Zouga wußte, daß er, wäre er allein gewesen, die Inschrift ausgelöscht, den Felsen mit seinem Messer blankgekratzt hätte. Gleichzeitig war ihm klar, wie sinnlos das wäre, denn nichts konnte die gespenstische Gegenwart des Mannes vertreiben. Er wandte sich von der Felswand ab und blickte über das Land – doch irgendwie wurde die überströmende Freude von dem Wissen, daß ein anderer ihm zuvorgekommen war, getrübt. Er setzte sich hin, ließ die Beine über dem Abgrund baumeln und wartete, bis Robyn sich satt gesehen hatte.

Die Karawane näherte sich langsam und kam über die Paßenge. Die Träger hatten freiwillig doppelte Lasten übernommen und kämpften sich jetzt den Berg hinauf, das riesige Gewicht von Elefantenfleisch, Fett und Markknochen auf dem Rücken. Hätte Zouga verlangt, daß sie das gleiche Gewicht an Handelsware oder auch nur an Schießpulver trügen, es wäre sofort zu einer Meuterei gekommen. Aber die Stoßzähne schleppten sie, dachte er mit grimmiger Befriedigung.

Langsam kam die Karawane aus dem Wald und stieg zum Paß auf. Zouga erhob sich; er wollte Jan Cheroot bedeuten, das Lager dort aufzuschlagen, wo die Hügel in die Felsen übergingen. Dort gab es grüne Grasflecken, und er sah einige Reiher, die in dem sumpfigen Gebiet nach Fröschen suchten. Bestimmt war da auch eine Quelle; und da die Träger solch gewaltige Fleischmengen vertilgt hatten, würden sie abends von Durst gepeinigt werden.

Zouga formte die Hände vor dem Mund zu einem Trichter, um Cheroot zu rufen, als ein plötzliches Krachen wie ein Kanonenschuß von den Felsen widerhallte. Eine ganze Weile lang konnte Zouga nicht begreifen, was geschah.

Denn das Krachen wiederholte sich und übertönte beinahe die Schreie der Träger. Sie warfen ihre Lasten ab und verschwanden wie Tauben, wenn der Falke herabstößt.

Dann erweckte eine andere Bewegung seine Aufmerksamkeit; etwas Großes, Rundes sprang über die Geröllhalde unter den Felsen direkt auf die Karawane zu. Einen Moment lang glaubte Zouga, daß irgendein Raubtier seine Träger angriff, und lief, das Gewehr im Anschlag, zum Felsrand.

Da merkte er, daß dieses gespenstische Etwas bei jedem Aufprall kleine Funken schlug, und plötzlich wußte er, daß es riesige runde Felsbrocken waren, die herabrollten – nicht einer, sondern Dutzende. Weit unten hörte er den dumpfen Knall eines Enfield-Gewehrs, und sich umdrehend sah er die winzige Gestalt von Jan Cheroot. Er zielte direkt in den Himmel, und als Zougas Blick der Richtung des Gewehrs folgte, sah er eine Bewegung, die Andeutung einer Bewegung am Klippenrand, der sich gegen das Blau des Himmels abzeichnete. Der Steinregen kam vom höchsten Gipfel, und Zouga starrte hinauf, während ein Stein nach dem anderen herunterrollte. Ein Tier muß dort oben sein, dachte Zouga, denn er war überzeugt, daß dieses neue Land, das er entdeckt hatte, menschenleer war. Fast abergläubisches Entsetzen packte ihn, als er sich vorstellte, daß ein Trupp riesiger Affen seine Leute mit riesigen Steinen bombardierte. Dann schüttelte er seine Angst ab und suchte nach einer Möglichkeit, höher hinaufzugelangen, um durch die Felsen auf die Angreifer zu schießen und seine Diener zu schützen.

»Bleib hier«, rief er Robyn zu, doch sie stellte sich vor ihn.

»Zouga, was willst du tun?« fragte sie. »Das sind Menschen dort oben! Du kannst nicht auf sie schießen.« Ihre Wangen waren immer noch tränennaß, doch ihr blasses Gesicht war entschlossen.

»Geh aus dem Weg«, fuhr Zouga sie an.

»Zouga, das ist Mord.«

»Sie wollen meine Leute ermorden.«

»Wir müssen mit ihnen verhandeln.« Robyn versuchte seinen Arm festzuhalten, aber er schüttelte sie ab und sprang auf die nächste Felsstufe.

»Das ist Mord!« Robyns Schrei folgte ihm, als er höher kletterte, und ihm fielen Tom Harkness' Worte ein: daß auch sein Vater zu töten bereit war, wenn ihm jemand im Weg stand. Er fragte sich, ob sein Vater sich ebenso über diesen Paß gekämpft hatte, wie er es zu tun im Begriff war.

»Wenn der Auserwählte des allmächtigen Gottes es tut, dann ist er ein gutes Vorbild für mich«, murmelte er und kletterte weiter.

Endlich erreichte er eine Felsformation, die etwas flacher war, so daß er laufen konnte. Zehn Minuten war es her, seit der erste Felsbrocken hinuntergedonnert war, und die Angreifer setzten ihr Bombardement immer noch fort.

Er kam um eine andere Biegung des Ziegenpfades, kletterte über eine Felskante und war plötzlich auf einem flachen Plateau, auf dem kleine Ginsterbüsche und harte gelbe Grashalme wuchsen, die aussahen wie die Stacheln eines Igels. Nach Atem ringend, warf sich Zouga zu Boden und spähte über den Paß zu den Felsen hin. Als er den Abzug seines Gewehres gespannt hatte, wurde ihm klar, warum die Angreifer die andere Seite des Passes gewählt hatten.

Sie standen auf einer kleinen, scheinbar unzugänglichen Felsplattform; wo immer der geheime Kletterpfad lag, er mußte leicht zu verteidigen sein. Die Angreifer hatten einen unerschöpflichen Vorrat an Geschossen, denn überall lagen runde Felsbrocken von der Größe eines Menschenkopfes bis zu der eines Elefantenkadavers umher. Zouga beobachtete die Menschen, die eben mit Hilfe schwerer Holzstämme einen dieser Brocken über den Felsrand kippten.

Zougas Hände zitterten, und er versuchte krampfhaft, sie unter Kontrolle zu bringen. Der Lauf seines Gewehres schwankte, als er auf die kleine Menschengruppe auf der anderen Seite des Passes zielte.

Es waren nicht mehr als ein Dutzend schwarzer Gestalten, splitternackt bis auf einen kleinen Lendenschurz, die jetzt vom Felsrand zurücktraten, um sich nach einem neuen Geschoß umzusehen. Nur einer von ihnen trug einen Kopfschmuck, der aussah, als sei er aus einer Löwenmähne gemacht: lange lohfarbene Haare mit schwarzen Spitzen. Er ließ den Mann größer aussehen als die anderen, und dieser Mann schien auch die Befehle zu erteilen.

Zouga lehnte das Gewehr an einen Felsen und visierte den wehenden goldfarbenen Haarschmuck an. Der Schuß krachte, der Mann mit dem Löwenkopfschmuck wirbelte herum und schlug mit den Armen um sich, während er mit den Füßen einen grotesken kleinen Tanz aufführte. Dann brach er zusammen und klatschte wie ein harpunierter Fisch auf den Felsrand.

Seine Begleiter standen da wie gelähmt und machten keine Anstalten, ihm zu helfen, als er mit einem letzten Zucken der Beine ins Leere fiel. Er fiel lange, und es gab einen dumpfen Ton, als er weit unten auf einer Geröllhalde aufschlug.

Ohne eine der Gestalten aufs Korn zu nehmen, feuerte Zouga nochmals in die kleine Menschengruppe und traf mit einer einzigen Kugel zwei von ihnen, denn sogar aus dieser Entfernung war die Treffsicherheit seines Gewehres enorm. Die Bleikugel hatte selbst nach ihrem Weg durch den Körper eines Mannes nichts an Durchschlagskraft verloren. Als die Kugel einschlug, stoben die Männer auseinander, und ihre Schreckensrufe drangen bis zu ihm. Bevor er nochmals schießen konnte, waren sie mit unheimlicher Schnelligkeit in einer Felsrinne verschwunden.

Nach dem Donnern der herabfallenden Trümmer war die Stille plötzlich und unerwartet. Sie wurde von Jan Cheroots schriller Stimme unterbrochen, der von weit unten heraufrief. Zouga stand auf und beugte sich über die Felsplatte.

»Führen Sie die Karawane weiter, Sergeant.«

Zouga rief das kleine Matabele-Mädchen, das neben Robyn am Lagerfeuer kniete, und ihr half, einen Träger zu behandeln, der von einem Felssplitter verletzt war.

»Juba, ich möchte, daß du mich begleitest.« Unsicher, ob sie ihm zu gehorchen hatte, blickte das Mädchen auf Robyn. Zougas Ärger flammte wieder auf. Seit er den Angriff durch seine Schüsse beendet und Jan Cheroot die Karawane aus der tödlichen Falle der Schlucht ins Hügelland geführt hatte, war zwischen Robyn und Zouga kein Wort gefallen.

»Komm«, wiederholte Zouga. Das Kind senkte den Blick, als es seinen Ton hörte, und folgte ihm zum Paß. Zouga ging vorsichtig und blieb alle fünfzig Schritte stehen, um mißtrauisch die Bergspitzen zu betrachten, obwohl er ziemlich sicher war, daß kein weiterer Angriff mehr erfolgen würde.

Über Schutt- und Geröllhalden stiegen sie fast eine Stunde bergauf, bis sie den Platz erreichten, wo Zouga den Krieger mit dem Löwenkopfschmuck hatte aufprallen sehen. Er lag auf dem Rücken in einer tiefen Felsspalte. Abgesehen von einem kleinen schwarzen Loch auf der rechten Seite der nackten Brust, schien der Körper unverletzt. Die Augen waren immer noch geöffnet, aber er hatte seinen Kopfschmuck verloren.

Zouga drehte sich fragend zu Juba um. »Wer ist er? Zu welchem Stamm gehört er?« Das Kind zeigte sich nicht beeindruckt von dem toten Krieger; in ihrem kurzen Leben hatte sie viel Schlimmeres gesehen.

»Maschoua«, sagte sie verächtlich. Juba war eine Matabele und hatte Sansiblut in den Adern; außerhalb des Krals des Königs Mzilikazi gab es keine vornehmere Abstammung. Für alle anderen afrikanischen Stämme hatte sie nur Verachtung übrig, ganz besonders für die Maschouas.

»Maschoua!« wiederholte sie. »Dreckfresser.«

Das war das schlimmste Schimpfwort, mit dem die Matabele alle Stämme bezeichneten, die sie unterworfen oder ausgerottet hatten.

»So kämpfen diese Paviane immer.« Mit einer Kopfbewegung wies sie auf den toten Krieger. »Sie stehen auf den Hügelkuppen und werfen Steine hinunter.« Ihre dunklen Augen blitzten. »Jedes Jahr wird es für unsere jungen Männer schwieriger, ihre Speere in Blut zu tauchen, und vorher erlaubt ihnen der König nicht, zu heiraten.« Sie hielt inne.

Zouga lächelte spöttisch. Der Ärger des Kindes galt sichtlich weniger der Unsportlichkeit der Maschoua als den Folgen, die diese für den Heiratsmarkt der Matabele hatte.

Er kletterte in die Felsspalte und beugte sich über den toten Krieger. Trotz Jubas Geringschätzung war der Mann gut gebaut, hatte gerade, kräftige Gliedmaßen und ein hübsches, intelligentes Gesicht. Zum erstenmal verspürte Zouga einen Anflug von Reue, daß seine Kugel diese harmlos aussehende kleine Wunde verursacht hatte. Gut, daß der Krieger auf dem Rücken lag, die Austrittsstelle der Kugel würde abscheulich anzusehen sein. Ein Soldat sollte nie die Leichen der Männer untersuchen, die er in der Hitze des Gefechtes getötet hat, das hatte Zouga schon in Indien gelernt; nachher gab es stets einen Augenblick der Reue.

Warum hatten diese Krieger die Karawane ohne Warnung angegriffen?

Waren sie die Grenzwächter des legendären Monomatapa? Es schien die wahrscheinlichste Erklärung, obwohl es natürlich auch gewöhnliche Banditen gewesen sein konnten.

Zouga starrte gedankenverloren auf die Leiche. Wer war dieser Mann? Und welche Gefahr stellte sein Stamm für die Karawane dar? Hier würde er es nicht erfahren, und er wollte sich eben wieder aufrichten, als er die Halskette bemerkte. Er kniete nieder, um sie zu untersuchen.

Es war wertloses Zeug, aus billigen Handelsperlen hergestellt, doch halb versteckt unter der Achselhöhle sah Zouga einen Anhänger. Er zog ihn hervor, betrachtete ihn prüfend, dann streifte er die ganze Halskette über den Kopf des toten Mannes. Als er die Hände um den Kopf legte, um ihn hochzuheben, spürte er, wie die Schädelstücke sich aneinanderrieben, als wären sie Scherben eines zerbrochenen Topfes. Er legte den geborstenen Schädel wieder auf den Boden, richtete sich auf und untersuchte das Amulett an der Halskette.

Es war aus Elfenbein, das im Laufe der Jahre gelb geworden war, und feine schwarze Sprünge bildeten ein Netz auf der polierten Oberfläche. Zouga hielt das Schmuckstück in die Sonne und betrachtete es von allen Seiten.

Er kannte ein ähnliches Schmuckstück, das jetzt in einem Safe in Kapstadt lag, wo er es vor dem Auslaufen der *Black Joke* deponiert hatte. Hier war die gleiche stilisierte Form eines Vogels auf einer runden Platte. Und die Platte war mit dem gleichen Haifischzahnmuster geschmückt, der Vogel hatte die gleiche gewölbte Brust, die gleichen kurzen, spitz zulaufenden Flügel. Es hätte auch eine Taube sein können, wäre nicht der Schnabel gewesen – der gekrümmte Schnabel eines Raubvogels.

Es war ein Falke, Zouga hegte keinen Zweifel, und bestimmt hatte dieses Wappentier eine tiefere Bedeutung. Die goldene Halskette, die Tom Harkness ihm vererbte, hatte einem König, einer Königin oder einem Priester gehört; das Material wies darauf hin. Hier hatte er die gleiche Form vor sich, von einem Mann getragen, der ein Häuptling war, und wieder war sie in einem wertvollen Material ausgeführt, in Elfenbein.

Der Falke von Monomatapa, überlegte Zouga und wußte gleichzeitig, daß dieser Anhänger sehr alt sein mußte, denn die starke Patina des Elfenbeins hatte einen warmen Glanz.

Zouga sah zu dem Matabele-Mädchen auf, das ihn interessiert beobachtete.

»Kennst du das?« fragte er.

»Es ist ein Vogel.«

»Hast du ihn je gesehen?«

Juba schüttelte den Kopf. »Das ist Maschoua-Zeug.« Was

konnte eine Nachfahrin Sensangaktonas und Tschakas mit einem solchen Unsinn anfangen?

Impulsiv nahm Zouga die Halskette, streifte sie sich über den Kopf und ließ den Elfenbeinfalken in seinen Hemdausschnitt fallen, wo er sich in die dunklen Brusthaare bettete.

»Komm«, sagte er zu Juba, »hier haben wir nichts mehr verloren«, und ging zurück über den Paß ins Lager.

Das Land, in das sie der alte Bulle über den Paß geführt hatte, war ein Elefantenparadies; vielleicht hatten die aus dem Süden vordringenden Jäger die Tiere in diese vom Menschen unbewohnte Welt getrieben. Überall gab es Herden, und jeden Tag gingen Zouga und Jan Cheroot auf die Jagd.

Sie erlegten achtundvierzig Elefanten im ersten, und fast sechzig im zweiten Monat. Zouga vermerkte jeden getöteten Elefanten in seinem Tagebuch, notierte das Gewicht der Stoßzähne und den Platz, wo sie diese vergruben.

Die wenigen Träger konnten nicht einmal einen Bruchteil des vielen Elfenbeins tragen, und weder die Richtung noch die Entfernung ihres Reisezieles stand fest. Deshalb vergrub Zouga seine Schätze in der Nähe eines leicht erkennbaren Baumes oder eines ungewöhnlichen Felsens, damit man sie eines Tages wiederfinden konnte.

Jeden Tag lernte er neue Tricks von Jan Cheroot, bis er eine schwierige Fährte über felsiges Gelände ohne Mühe verfolgen konnte. Er lernte die Bewegungen der Herde kennen, so daß er sich durch Abkürzungen viele Stunden der Verfolgung ersparte. Er lernte, wie man Geschlecht, Größe und Alter eines Tieres an dessen Fußabdrücken erkennt. Zouga verbrachte die Tage mit der Verfolgung von Tieren, legte gehend und laufend große Entfernungen zurück und stählte seinen Körper, bis er so durchtrainiert war wie der eines Athleten. Sein Gesicht und die Arme waren tief gebräunt wie Mahagoniholz, dem Vollbart und dem Schnurrbart hatte die glühende Sonne eine goldene Färbung verliehen.

Wenn die Elefantenherde in jenen schwingenden Gang zwischen Trab und Galopp verfiel, konnte sie ihr Tempo ohne Unterbrechung Tag und Nacht beibehalten. Gelang es Zouga jedoch, sie in der Mittagshitze zu überraschen, dann heftete er sich an ihre Fersen und trieb die Tiere an, so daß sie nach den ersten zehn Kilometern erschöpft waren. Die kleinen Kälber blieben stehen und zwangen dadurch auch die Kühe stehenzubleiben. Sie fächelten sich mit ihren riesigen Ohren Kühlung zu und steckten den Rüssel in den Hals, um Wasser aus ihrem Bauch zu saugen und es über den Kopf zu spritzen.

Zouga lernte, in dem enormen grauen Fleischberg das Gehirn, die Lungen und das Rückgrat zu finden, er lernte, das Tier mit einem Schulterschuß zu töten, wenn es ihm die Breitseite zuwandte, und er ließ es mit einem einzigen Schuß niedergehen. Und er lernte, wenn er atemlos in der Staubwolke hinter der Herde lief, auf die Hüfte zu zielen, das Hüftgelenk zu zerschmettern, um dann dem Elefanten in Ruhe den Gnadenschuß zu geben.

Er jagte die Elefanten auf den Hügelkuppen, wo sie die kühle Abendbrise genossen, und er jagte sie in den dichten Wäldern. Und mittags jagte er sie in den alten verwilderten Gärten eines Volkes, das verschwunden war. Denn das Land, das er zuerst für menschenleer gehalten hatte, war seit Tausenden von Jahren bewohnt.

Hinter den verlassenen Gärten, wo Menschen Feldfrüchte angepflanzt hatten und heute die Elefantenherden umherzogen, fand Zouga die Überreste riesiger Siedlungen, Zeugen einer einst blühenden Kultur; jetzt war kaum mehr etwas davon zu sehen, nur die runden Grundrisse der Hütten auf dem Boden, geschwärzte Feuerstellen und verkohlte Einfriedungen, wo einst das Vieh gehalten worden war. Nach der Höhe des Unkrautes zu schließen, waren diese Stätten seit vielen Jahrzehnten menschenleer.

Es war eigenartig, die großen grauen Elefantenherden geruhsam durch die verlassenen Siedlungen und Felder ziehen zu sehen. Es erinnerte Zouga an einen merkwürdigen, fremdartigen Gedichtband, der in London vergangenes Jahr erschienen war. Kurz vor seiner Abreise hatte er ihn gelesen:

> Sie sagen, Löw und Eidechs haben ihr Revier
> Wo Dschemschid Hof einst hielt und trank voll Gier,
> Und über Bahrams Kopf Wildesel stampfen hin,
> Der größte Jäger ruht, er schläft nun für und für.

Zouga grub unter den Fundamenten der Hütten und fand große Aschenhaufen – vermutlich Überreste der Holzbauten und Strohdächer. In einem Dorf zählte Zouga tausend solcher Behausungen, bevor er das Zählen aufgab. Wohin waren alle diese Menschen verschwunden? Die Antwort gab ein altes Schlachtfeld hinter den Siedlungen. Die Knochen waren weiß wie Gänseblümchen im hellen Sonnenschein, die meisten halb bedeckt von üppigem roten Humus oder von dichtem Gras überwuchert.

Die menschlichen Überreste bedeckten viele Morgen Land, sie lagen in Haufen nebeneinander wie frisch geschnittener Weizen. Beinahe jeder Schädel war zerschmettert, als wäre er von einem furchtbaren Keulenschlag getroffen worden. Es war doch kein Schlachtfeld, überlegte Zouga, ein solches Gemetzel konnte man nicht als Krieg bezeichnen. Wenn es in allen Siedlungen so viele Menschenopfer gab, mußten die Toten in die Zehn- oder sogar Hunderttausende gegangen sein. Kein Wunder, daß die wenigen Überlebenden nur mehr verstreute Gruppen bildeten, wie jene, die das Überschreiten des Passes zu verhindern gesucht hatten. Es gab auch andere Gruppen; da und dort entdeckte Zouga Rauchsäulen, die von den höchsten Punkten der seltsam geformten kleinen Felshügel aufstiegen, die über das ganze weite Land verstreut waren. Wenn es die Überlebenden dieser verschwundenen Kultur waren, so lebten sie immer noch in Todesangst vor dem Schicksal, das ihre Vorfahren ereilt hatte. Wenn sich Zouga und seine Jäger einer dieser befestigten Bergsiedlungen näherten, wurden sie jedesmal von einem Steinhagel empfangen und zogen sich eilig zurück. Am Fuß mancher dieser Hügel gab es kleine bebaute Felder. Es wuchsen Hirse und große süße Yamswurzeln darauf, vor allem aber dunkelgrüner Tabak. Die Tabakblätter waren kräftig und groß wie Elefantenohren, und während Zouga die Spitzen zu starken Zigarren mit einem unbekannten, kräftigen Aroma rollte, überlegte er, wie diese Pflanze wohl hierhergeraten war. Einst mußte es zwischen diesen Menschen und der Küste rege Handelsbeziehungen gegeben haben. Die Glasperlen jener Halskette, die er dem toten Mann auf dem Paß abgenommen hatte, bewiesen es ebenso wie die exotischen Tabakpflanzen und die in Indien beheimateten Tamarindenbäume, die zwischen den Ruinen der alten Dörfer wuchsen.

Was würde wohl eine Kolonie britischer Siedler mit ihrem Fleiß und ihrer landwirtschaftlichen Erfahrung aus dieser reichen Erde herausholen, dachte Zouga, als er langsam durch das kaum bewohnte Land mit dem großen Holzbestand, den riesigen Herden wilder Tiere und den klaren Flüssen zog.

Wann immer er zu der Karawane zurückkehrte, vermerkte er, was er gesehen hatte, peinlichst genau auf Tom Harkness' Landkarte – neue Flußläufe und neue Grenzen des Fliegengürtels begannen die weißen Flecken auf dem alten Pergament zu füllen. Und wenn er nicht in seine Landkarte vertieft war, schrieb er, solange es hell war, an seinem Tagebuch und dem dazugehörigen Manuskript. Während er damit beschäftigt war, brachten Jan Cheroot und die Träger die jüngste Ausbeute an Elfenbein und gruben sie, bevor sie übel zu riechen begann, ein.

Als er die einzelnen Posten in seinen Aufzeichnungen addierte, stellte er fest, daß er mehr als zwölftausend Pfund

Elfenbein besaß, das in England einen Wert von fast viertausend Pfund Sterling darstellte. Das Problem war nur, es nach London zu schaffen. Zouga grinste, als er an zwölf Wagen oder fünfhundert Träger und mehr als viertausend Kilometer Rückweg dachte – das war alles, was er brauchte.

Bei jedem Fluß holte Zouga die flache schwarze Eisenpfanne hervor, die sowohl als Waschkessel als auch als Kochtopf diente, und untersuchte meilenweit den groben Flußsand. Er füllte die Pfanne meist am Ufer einer Biegung, schüttelte sie, so daß das leichtere Material herausfiel, und füllte sie wieder mit Wasser. Diesen Vorgang wiederholte er, bis schließlich nur das schwerere Erdreich zurückblieb. Aber immer war dieser Rückstand dunkel und uninteressant, ohne jene goldenen Körner, auf die er hoffte.

Als er alle seine Tätigkeiten in seinem Tagebuch festhielt, bereitete ihm nur eines Kopfzerbrechen. Wie sollte er dieses neue herrliche Land nennen? Bis jetzt gab es keinen Hinweis, daß es das Königreich der Monomatapa war oder daß dieses Reich überhaupt existierte. Die scheuen, demoralisierten Eingeborenen, denen er bisher begegnet war, konnten wohl kaum die Krieger jenes mächtigen Herrschers sein. Und noch etwas bewog ihn, einen anderen Namen zu wählen. Nannte er das Land Monomatapa, so bestätigte er damit gleichzeitig, daß dieses Land bereits beansprucht wurde, während es sein Traum war, die weite Wildnis, durch die er täglich wanderte, für seine Königin und sein Land in Besitz zu nehmen. Daher nannte er das Land Sambesia – das Land unter dem Sambesi – und so bezeichnete er es auch in seinem Tagebuch und in seinem Manuskript.

Alle diese Arbeiten beschleunigten das Vorwärtskommen der Karawane nicht gerade, oder, wie Robyn es wütend ausdrückte: »Verglichen mit uns ist eine Schnecke ein Rennpferd.« Wohl legte Zouga oft dreihundert Kilometer auf seinen Jagdzügen zurück, doch die Karawane mußte auf seine Rückkehr warten und wurde oft weitere vier, fünf

Tage aufgehalten, bis Jan Cheroot und seine Träger das noch feuchte Elfenbein aufgeladen hatten.

»Dein eigener Vater liegt vielleicht irgendwo dort draußen im Sterben, weil ihn niemand betreut, Morris Zouga, während du . . .«

»Wenn der alte Teufel acht Jahre überlebt hat, wird er nicht gerade jetzt ins Gras beißen.« Hinter Zougas Worten verbargen sich Unmut und Zorn. Seit er den Maschoua-Krieger auf der Paßhöhe getötet hatte, war das Verhältnis der Geschwister so gespannt, daß beide Mühe hatten, miteinander in einem höflichen Ton zu sprechen.

Zougas häufige Abwesenheit war nicht nur auf seine Jagd- und Erkundungslust zurückzuführen, es war ihm auch wohler, wenn er sich nicht in der Nähe der Schwester befand. Das Glücksgefühl, das sie empfunden hatten, als sie Hand in Hand in das neue Land hinabgeblickt hatten, lag weit zurück.

Eigentlich war es fast ein Wunder, grübelte Zouga, allein an seinem Lagerfeuer sitzend, daß zwei so verschiedene Persönlichkeiten wie er und Robyn ohne ernstliche Zwistigkeiten so weit miteinander gereist waren. Es war zu gut, um ewig zu dauern, und jetzt fragte er sich, wie es enden sollte. Natürlich hätte er seiner ersten Regung folgen und Robyn nach Tete und Kapstadt schicken sollen, als er einen triftigen Grund dafür gehabt hatte. So, wie sie jetzt zueinander standen, steuerten sie auf Kollisionskurs, und das konnte der Expedition zum Verhängnis werden.

Am nächsten Tag, sobald er wieder zur Karawane zurückgekehrt war, würde er sich mit ihr aussprechen. Sie mußte akzeptieren, daß er der Expeditionsleiter war und sie seine Entscheidungen anzuerkennen hatte. Wenn sie dazu bereit war, wollte er einige Konzessionen machen, obwohl die Suche nach Fuller Ballantyne auf Zougas Liste sehr weit unten stand. Vermutlich wäre es für alle Beteiligten, einschließlich des Vaters, am besten, wenn ihn seine Getreuen vor langer Zeit in ein Heldengrab gelegt hätten. Der

Gedanke ließ ihn im Bewußtsein seiner Schuld zusammenzucken. Niemals würde er ihn niederschreiben, nicht einmal auf den geheimsten Seiten seines Tagebuches, noch würde er seiner Schwester ein Wort davon sagen. Aber er wurde diesen Gedanken auch dann nicht los, als er sich in die Decke einrollte und sich in der Nähe der beiden Feuerstellen niederlegte, die man bei seinem Kopfende und bei den Füßen errichtet hatte, um den eisigen Frühfrost zu brechen. Begleitet von den profunden Schnarchtönen Jan Cheroots und dem Geheul der Hyänen schlief Zouga endlich ein.

Fest entschlossen, seine Autorität ein für allemal zu sichern, brach Zouga am nächsten Morgen zu einem Gewaltmarsch auf, um möglichst rasch zu der Stelle zurückzukehren, an der er Robyn und die Karawane vor zwölf Tagen verlassen hatte. Er schätzte, daß sie noch sechzig Kilometer, vielleicht etwas weniger, bis zum Lager hatten, und er schlug ein hartes Tempo an, verzichtete sogar auf die übliche Mittagspause, um möglichst rasch das Ziel zu erreichen.

Er hatte das Lager absichtlich unter einem leicht erkennbaren, seltsam geformten Berg aufschlagen lassen. Die Felstürme waren weithin sichtbar und Zouga hatte sie, in Erinnerung an einen Besuch dieser Burg in seiner Kindheit, *Mount Hampden* getauft.

Sie waren noch weit von der seltsam geformten Felskuppe entfernt, an deren Fuß man das Lager aufgeschlagen hatte, als Zouga das erste Unbehagen verspürte. Es stieg kein Rauch auf, und es sollte Rauch aufsteigen. Er hatte beinahe eine Tonne Elefantenfleisch zurückgelassen, und beim Abmarsch hatte er noch lange, nachdem die Felsspitzen verschwunden waren, die Rauchsäule gesehen.

»Kein Rauch«, sagte er zu Jan Cheroot, und der kleine Hottentotte nickte. »Ich wollte nicht der erste sein, der es ausspricht.«

»Kann uns Camacho so weit gefolgt sein?«

»Es gibt hier noch andere gefährliche Tiere außer dem Portugiesen«, sagte Cheroot und legte fragend den Kopf zur Seite, als er sah, daß Zouga alles ablegte, was ihn an einem raschen Lauf hindern konnte. Dann folgte er wortlos dessen Beispiel. »Kommt nach, so rasch ihr könnt!« rief Zouga den Trägern zu und rannte mit Jan Cheroot der Felsgruppe zu. Schreckliche Bilder stiegen vor ihm auf – ein geplündertes Lager, verstümmelte Körper – und aller Ärger über seine Schwester wurde von der Besorgnis um ihre Sicherheit hinweggefegt. Er betete, sie gesund anzutreffen, wiederholte die Formeln, die er seit seiner Kindheit kaum mehr benutzt hatte, und unbewußt beschleunigte er sein Tempo, bis Jan Cheroot neben ihm protestierte und langsam zurückfiel, während Zouga kraftvoll die Führung übernahm.

Er erreichte die Felsen lange vor Jan Cheroot, starrte auf die beschattete Mulde unter den großen Muskuribäumen, und sein Herz setzte sekundenlang aus. Der Lagerplatz war verlassen, das Feuer zu kalter Asche geworden, und die Unterstände hatten bereits das triste Aussehen aller verlassenen Behausungen. Immer noch nach Atem ringend, stürzte Zouga den Hang hinunter und sah wild um sich. Wo waren die Leichen? Es gab keine Leichen, und sofort kamen ihm die Sklavenhändler in den Sinn: sie hatten alle fortgeschleppt. Schaudernd malte er sich aus, was Robyn erduldet haben mußte.

Er rannte zuerst zu ihrer Hütte. Sie war leer. Er lief zur nächsten Hütte und zur nächsten. Alles leer. Doch in der letzten fand er unter einer Decke etwas, das wie ein Körper aussah. In Todesangst, den verstümmelten Leichnam seiner Schwester zu finden, kniete Zouga nieder. Von Schweißtropfen halb geblendet, streckte er die zitternde Hand aus und zog behutsam die graue schwere Decke fort, die den leblosen Kopf bedeckte. Mit einem Schreckensschrei sprang die Leiche auf und schlug wild um sich.

»Höllenhund!« So hatte Zouga den faulsten Träger

getauft, einen mageren Kerl, der gern große Mengen Fleisch vertilgte, aber sehr ungern marschierte. »Was ist los? Wo ist Nomusa?«

Höllenhund reichte ihm ein Blatt Papier aus Robyns Tagebuch, das gefaltet und mit rotem Wachs versiegelt war.

Lieber Zouga,
ich bin der Meinung, daß weitere Verzögerungen die Interessen der Förderer dieser Expedition ernstlich beeinträchtigen.
Daher habe ich beschlossen, rascher weiterzuziehen, um unsere Ziele vor Beginn der Regenzeit zu erreichen.
Ich lasse Höllenhund zurück, der dich erwarten wird. Folge uns in dem Tempo nach, das dir angemessen erscheint.

Deine Dich liebende Schwester
Robyn

Der Brief war vor zehn Tagen datiert worden, und er war alles, was sie zurückgelassen hatte. Nicht einmal ein Säckchen Salz oder ein Beutel mit Teeblättern, Annehmlichkeiten, die er tagelang entbehrt hatte, waren zu finden. Zougas tiefer Schock dauerte bis zur Ankunft Jan Cheroots, doch als die erschöpften Träger das verlassene Lager erreichten, hatte blinde Wut alle anderen Gefühle verdrängt. Nur zu gern hätte er einen Nachtmarsch befohlen, um die Karawane einzuholen, aber obwohl er sie in die Rippen trat und ausgiebig fluchte, waren die Träger so erschöpft, daß sie dort liegen blieben, wo sie sich hingeworfen hatten.

Es war nicht einfach gewesen für Robyn, die Träger zum Abbrechen des Lagers zu bewegen. Ihre erste Aufforderung wurde mit Gelächter begrüßt, denn niemand nahm sie ernst; selbst Juba konnte nicht begreifen, daß Nomusa, eine Frau, die Karawane anführen wollte.

Als alle Argumente nichts fruchteten, drohte Robyn dem kleinen Hottentottenkorporal, dem Jan Cheroot das Kommando der Musketiere übertragen hatte, mit der Peitsche in der Hand.

Binnen einer Stunde waren alle marschbereit, aber das Gelächter war Murren und Trotz gewichen. Wer hatte je gehört, daß eine Frau, eine junge Frau – und zu allem Überdruß eine weiße Frau –, eine Safari in unbekanntes Land führt? Diese Expedition war zum Scheitern verurteilt, davon waren alle überzeugt.

Robyn hatte, wann immer sich eine Gelegenheit bot, Harkness' Landkarte studiert und festgestellt, daß Zouga die Marschroute klug gewählt hatte. Er wollte dieses weite, unerforschte Land, das er Sambesia getauft hatte, durchqueren und auf den Weg treffen, den ihr Großvater, Robert Moffat, von seiner Missionsstation in Kuruman nach Thabas Indunas, der Stadt des Matabele-Königs Mzilikazi, erschlossen hatte.

Zouga hatte jedoch beabsichtigt, südlich der Grenze des Königreiches der Matabele zu bleiben und das Verbrannte Land zu meiden, wo, laut Tom Harkness, die wilden Krieger Mzilikazis alle Reisenden überfielen und umbrachten.

Sobald sie die Fahrstraße nach Kuruman erreichten, waren sie wieder in einer bekannten Welt, und der Weg würde sie zu einer Reihe von Wasserlöchern führen, die Großvater Moffat angezeichnet hatte. In Kuruman wollte sie die Familie wiedersehen, und von dort war der Weg nach Kapstadt zwar lang und mühsam, aber viel bereist, und in einem knappen Jahr konnte sie wieder in London sein. Das schwierigste war, sich südlich der Grenze des Matabele-Landes zu halten und allen unbekannten Gefahren zu trotzen, bis man die Straße erreichte.

Robyn glaubte wirklich nicht, daß sie diese heikle Aufgabe allein bewältigen müsse. Schließlich konnte es nur eine Frage von Tagen sein, bevor Zouga das *Mount-Hampden*-Lager erreichte und ihnen nacheilte. Dann würde es zu einer spannenden Auseinandersetzung kommen. Doch Robyn zweifelte nicht, Zouga davon überzeugen zu können, daß die Sicherheit ihres Vaters wichtiger war als das Schlachten von Tieren, deren Zähne man vermutlich nie mehr aus ihren Grabhügeln herausholen würde.

Ihre Flucht war nur eine Herausforderung Zougas, aber bald würde der Bruder wieder bei ihr sein. Vorläufig hatte sie jedoch ein unangenehmes leeres Gefühl, während sie in ihren engen Breeches tapfer voranmarschierte, gefolgt von einem Hottentotten, der die zerrissene, schmutzige Fahne mit dem Union Jack trug. Hinter ihm stapfte eine lange Reihe von mißmutigen, grollenden Trägern.

Am zweiten Abend schlugen sie das Lager am Ufer eines fast ausgetrockneten Flusses auf. Das Wasser stand in einer Reihe von grünen Teichen in dem wie Zucker weißen Sand des Flußbettes. Auf der steilen Böschung wuchsen Kletterfeigen, die mit ihren glatten, bleichen Stämmen und Ästen wie dicke und sich windende Pythonschlangen die Wirtsbäume erstickten. Die Schmarotzer waren nun größer und stärker als die verrottenden Überreste, die sie erhielten, je waren, und die Büschel der reifenden Feigen bedeckten deren Zweige. Fette grüne Tauben taten sich an den Früchten gütlich, schüttelten das Gefieder und stießen schrille Schreie aus. Sie reckten ihre Hälse, um durch die grünen Blätter auf die Menschen hinunterzublicken, die da ihr Lager aufschlugen.

Die Träger hatten eben die Dornenzweige geschnitten und die Kochfeuer angezündet, als sie den Löwen brüllen hörten. Das Murmeln der Stimmen hörte nur sekundenlang auf, denn das Brüllen schien von weither zu kommen – von irgendwo stromabwärts – und überdies hatten alle sich schon an den Ton gewöhnt. Seit sie den Paß überschritten hatten, war kaum eine Nacht vergangen, in der sie nicht das Brüllen von Löwen gehört und am Morgen die Spuren der Tiere gesehen hatten.

Wenige Stunden nach Sonnenuntergang herrschte Stille

im Lager. Robyn lag neben Juba auf einer Bettstatt aus frisch geschnittenem Gras und lauschte den melodischen Stimmen der afrikanischen Träger, die allmählich leiser und leiser wurden. Sie seufzte einmal tief auf und schlief sofort ein. Lärm und Bewegung im Lager weckten sie.

»Nomusa! Nomusa!«

Schlaftrunken richtete Robyn sich auf.

»Ein Teufel!« schrie Juba. »Teufel sind gekommen, uns alle zu töten.«

Nur mit ihrem Nachthemd bekleidet, stürzte Robyn aus dem Zelt. Jemand hatte frische Holzscheite auf das Feuer geworfen, und im Schein des Feuers sah Robyn nackte Gestalten, entsetzte Gesichter, schreiende Münder.

Der kleine Hottentottenkorporal tanzte vor dem Feuer, schwang seine Muskete und feuerte in die Dunkelheit.

»Was ist los?« schrie Robyn ihn an.

»*Leeuw!* Löwe!«

»Wo?«

»Er hat Sakkie geholt. Er hat ihn unter seinen Decken hervorgezogen.«

»Ruhe!« rief Robyn. »Haltet den Mund.«

Instinktiv wandten sich alle ihr zu.

»Sakkie?« rief sie in die Stille, und eine schwache Stimme antwortete vom Flußufer.

»*Die leeuw het my!* Der Löwe hat mich!« Sakkie stieß einen Schmerzensschrei aus. Gleichzeitig mit dem schrillen Schrei hörte man ganz deutlich das Krachen von Knochen und ein gedämpftes Knurren wie von einem Hund mit einem Stück Fleisch im Maul. Mit namenlosem Schrecken wurde Robyn klar, daß sie hörte, wie ein Mensch, kaum vierzig Meter von ihr entfernt, bei lebendigem Leib gefressen wurde. Gänsehaut bedeckte ihren Körper.

»*Hy vreet my bene.*« Die Stimme aus der Dunkelheit war von unsagbarem Schmerz erfüllt. »Er frißt meine Beine.« Und dann das gräßliche Knacken, das Robyn fast übel werden ließ. Ohne nachzudenken, packte sie einen brennenden Ast aus dem Feuer, hielt ihn hoch und schrie dem Hottentotten-Korporal zu: »Komm! Wir müssen ihn retten!«

Sie hatte das Flußufer erreicht, bevor sie merkte, daß sie allein und unbewaffnet war.

Robyn wandte sich um. Keiner der Männer, die um das Feuer standen, war ihr gefolgt. Eng zusammengedrängt, Schulter an Schulter, hielten sie ihre Musketen, Äxte oder Speere fest, aber keiner rührte sich.

»Er ist erledigt.« Die Stimme des Korporals krächzte vor Angst. »Es ist zu spät. Lassen Sie ihn.«

Robyn warf den brennenden Ast, den sie hielt, in das Flußbett hinunter, und bevor die Flamme erlosch, glaubte sie am Rand der Schatten etwas Großes, Dunkles und Schreckliches zu sehen.

Robyn lief zu den Hottentotten zurück und riß einem von ihnen die Muskete aus der Hand. Wieder raste sie zur Uferböschung und starrte in das Flußbett hinunter. Es war völlig dunkel, bis jemand neben ihr einen brennenden Ast in die Höhe hielt.

»Juba! Zurück!« schrie Robyn das Mädchen an. Abgesehen von einer Perlenschnur um die Hüften war Juba völlig nackt, das Licht des Feuers glänzte auf ihrem glatten dunklen Körper.

Sie konnte Robyn nicht antworten, denn über ihre runden Wangen liefen Tränen, und Angst schnürte ihr den Hals zu, aber sie schüttelte energisch den Kopf.

Auf dem weißen Flußsand zeichnete sich eine groteske dunkle Form ab, und die Schreie des sterbenden Mannes mischten sich mit dem gräßlich lüsternen Knurren des Tieres.

Robyn hob die Muskete, doch sie hatte Angst, den Hottentotten zu treffen. Vom Licht aufgescheucht, erhob sich der Löwe und schleppte den sich kaum mehr wehrenden Mann in die Dunkelheit.

Robyn schöpfte tief Atem und ging, in der einen Hand das Gewehr, mit der anderen das Nachthemd schürzend, den Weg zum Flußbett hinunter. Juba folgte ihr wie ein gehorsamer kleiner Hund.

»Tapferes Mädchen«, sagte Robyn, »gutes, tapferes Mädchen.«

Sie stolperten durch den weißen Sand; irgendwo vor ihnen bewegte sich ein drohender schwarzer Schatten, und tiefes Knurren schien die Nacht zu erfüllen.

»Laß ihn los«, schrie Robyn, »laß ihn fallen – sofort.«

Unbewußt benutzte sie die gleichen Worte, die sie als Kind ihrem Terrier zugerufen hatte, wenn er den Gummiball nicht loslassen wollte.

Sakkie hörte sie und krächzte kaum hörbar: »Helfen Sie mir, um Gottes willen helfen Sie mir.« Aber der Löwe zog ihn in die Dunkelheit und hinterließ eine lange, feuchte Spur im Sand.

Robyn hatte das Gefühl, daß der Löwe sich nicht weiter zurückziehen würde, und ihr Instinkt hatte recht.

Plötzlich sah sie den Löwen vor sich. Er hatte den verstümmelten Körper fallen gelassen und stand jetzt über ihm wie eine Katze über einer Maus, aber er war so groß wie ein Shetlandpony. Die dunkle Krause der gesträubten Mähne schien seine Größe zu verdoppeln. Im Licht der Fackel leuchteten seine Augen golden, er riß das Maul auf und brüllte. Juba schluchzte verzweifelt auf, und als der Löwe angriff, ließ sie die Fackel fallen.

Robyn hob das Gewehr, und als der Lauf in der Höhe ihrer Taille war, zog sie mit aller Kraft am Abzug. Die Zündkapsel leuchtete auf, und einen Moment lang sah sie den Löwen. Er war so nahe, daß der Lauf der Waffe seinen riesigen Kopf zu berühren schien.

Sie feuerte, und der Kolben schlug ihr mit einer Kraft gegen den Magen, daß es ihr den Atem verschlug. Sie fiel der Länge nach hin, und im selben Augenblick spürte sie das Gewicht des großen Tieres auf sich.

Robyn wußte nicht, wie lange sie bewußtlos gewesen war; als sie wieder zu sich kam, spürte sie den scharfen

Geruch des Raubtiers, und der schwere Körper preßte sie in den Sand. Sie versuchte sich zu bewegen, aber das Gewicht erdrückte sie fast, und heißes Blut spritzte ihr über Kopf und Schultern.

»Nomusa!« Jubas verängstigte Stimme war sehr nahe, das schreckliche Brüllen aber hatte aufgehört. Nur das erdrükkende Gewicht und der scharfe Katzengeruch waren geblieben.

Robyns Kräfte kehrten zurück, sie strampelte und stieß, und das Gewicht rollte zur Seite. Juba warf sich über sie und schlang die Arme um Robyns Hals.

»Es ist vorüber, es ist alles vorüber.« Robyn tröstete das Mädchen wie ein kleines Kind und küßte ihr die Wangen, die naß und heiß waren von den Tränen.

Ein Dutzend Männer, angeführt vom Hottentotten-Korporal, standen auf der Uferböschung, und jeder von ihnen hatte eine Fackel aus brennendem Gras in der Hand.

In dem schwachen gelblichen Licht sah Robyn den Löwen neben sich im Sand ausgestreckt liegen. Die Kugel hatte ihn zwischen die Augen getroffen und im Sprung getötet, so daß der leblose Körper auf Robyn gefallen war.

»Der Löwe ist tot!« rief Robyn mit zitternder Stimme den Männern zu. Eng aneinandergepreßt und ängstlich kamen sie herunter, scheu zuerst und dann begeistert, als sie den riesigen gelben Kadaver sahen.

»Das war der Schuß einer wahren Jägerin«, verkündete der Korporal großartig. »Ein paar Zentimeter höher, und die Kugel wäre am Schädel abgeprallt, ein paar Zentimeter tiefer, und sie hätte das Gehirn verfehlt.

»Sakkie, wo ist Sakkie?« fragte Robyn.

Er war noch am Leben, und sie trugen ihn in einer Decke zum Zelt. Seine Wunden waren furchtbar, und Robyn wußte, daß es keine Rettung für ihn gab.

»Ein Arzt muß wissen, wann man einen Menschen mit Würde sterben läßt«, hatte ihr ein Professor am St. Matthew Hospital einmal gesagt. Sie gab ihm eine fast tödliche Dosis

Laudanum, setzte sich neben ihn und hielt seine Hand. Im Morgengrauen schlug Sakkie noch einmal die Augen auf und lächelte sie an, bevor er starb.

Die Hottentotten begruben ihn in einer kleinen Höhle in den Hügeln und blockierten den Eingang mit Steinbrocken, um die Hyänen abzuhalten, dann aßen sie ein herzhaftes Frühstück, bestehend aus geräuchertem Elefantenfleisch.

»Jetzt sind wir bereit weiterzumarschieren, Nomusa«, sagte der Korporal grinsend, hob das rechte Knie bis zum Kinn hoch und stampfte mit dem Fuß auf, ein besonderer Gruß, ein Zeichen höchsten Respekts, das bis zu diesem Augenblick ausschließlich für Major Zouga Ballantyne reserviert gewesen war. An diesem Tag sangen die Träger zum erstenmal, seit sie Zougas Lager verlassen hatten:

»Sie ist eure Mutter und euer Vater;
Sie wird eure Wunden pflegen;
Sie wird euch bewachen, während ihr schlaft;
Wir, deine Kinder, grüßen dich, Nomusa,
Das Mädchen der Barmherzigkeit.«

Es war nicht Zougas Marschtempo, das Robyn verärgert hatte. Es war auch das Fehlen jeglichen Versuches, Kontakt mit den Eingeborenen herzustellen. Ihr schien es ganz logisch, daß man, um Fuller Ballantyne zu finden, jene befragen mußte, die ihn gesehen, mit ihm gesprochen und vermutlich mit ihm Handel getrieben hatten.

Robyn wollte nicht glauben, daß sich ihr Vater den Eintritt in dieses Land ebenso erkämpft hatte wie Zouga. Wenn sie die Augen schloß, sah sie immer noch den kleinen schwarzen Körper ins Leere fallen, von ihrem Bruder erbarmungslos niedergeschossen.

Wann immer sie an Feldern vorüberkamen, hatte Zouga zugegriffen – Tabak, Hirse, Yamswurzeln, ohne auch nur eine Handvoll Salz oder ein paar Stücke Elefantenfleisch als Gegengabe zurückzulassen.

»Wir sollten versuchen, uns mit diesen Leuten zu verständigen, Zouga.«

»Es sind verschlagene und gefährliche Leute.«

»Weil sie erwarten, daß man sie beraubt und sie getötet werden, und – Gott ist mein Zeuge – darin hast du sie nicht enttäuscht.«

Wieder und wieder waren sie darüber in Streit geraten, und jeder hielt starrköpfig an seiner Meinung fest. Jetzt endlich war sie frei, mit diesen Leuten, den Maschoua, wie Juba sie verächtlich nannte, Kontakt aufzunehmen, ohne daß die Ungeduld und die Arroganz ihres Bruders die scheuen Schwarzen verschreckte.

Am vierten Tage kamen sie zu einer merkwürdigen Felsformation, die wie ein riesiger Staudamm aussah und von Süden nach Norden verlief. Genau vor ihnen lag die einzige Öffnung in diesem Schutzwall, und nach der üppigen Vegetation zu schließen, strömte ein Fluß durch diese Schlucht. Robyn befahl eine kleine Richtungsänderung und marschierte auf den Paß zu. Bereits aus einer Entfernung von ein paar Meilen erkannte Robyn beglückt, daß sie hier zum ersten Mal, seit sie *Mount Hampden* verlassen hatten, auf Anzeichen menschlicher Behausungen gestoßen waren.

Hoch über dem Flußbett konnte man befestigte Mauern erkennen, und als sie näher kamen, sah Robyn am Flußufer von Dornbüschen umgebene Felder und inmitten der üppigen Hirsepflanzen kleine, auf Pfählen errichtete Hütten, die offensichtlich als Ausgucksposten dienten.

»Heute abend werden wir uns den Bauch vollschlagen«, freute sich der Hottentotten-Korporal. »Die Hirse ist gerade reif.«

»Wir werden unser Lager hier aufschlagen, Korporal«, erklärte Robyn fest.

»Aber wir sind noch eine Meile . . .«

»Hier«, wiederholte Robyn.

Die Leute waren verwirrt und ärgerlich, als Robyn ihnen das Betreten der Felder verbot, und ihr Ärger wurde zu echter Angst, als Robyn, nur von Juba begleitet und offensichtlich unbewaffnet, das Lager verließ.

»Diese Leute sind Wilde«, versuchte der Korporal sie zurückzuhalten.

»Sie werden Sie töten, und Major Zouga wird mich töten.«

Die zwei Frauen betraten das am nächsten gelegene Feld und näherten sich vorsichtig der Wachhütte. Unter der Leiter, die auf die Plattform führte, glomm ein Feuer, Robyn fachte es an, und die Rauchsäule erregte die Aufmerksamkeit der Wächter auf den Klippen oberhalb der Schlucht.

Robyn sah die Gestalten, die sich gegen den Himmel abzeichneten. Sie standen sehr still und schienen sehr gespannt zu sein. Es war ein unheimliches Gefühl, so viele Blicke auf sich zu spüren, aber Robyn verließ sich nicht nur auf die Tatsache, daß sie eine Frau war, und auch nicht nur auf die Gebete, die sie verrichtet hatte; nach dem Prinzip, daß Gott jenen hilft, die sich selbst helfen, hatte sie Zougas Colt in die Breeches gesteckt.

Sie ließ neben dem kleinen Feuer ein halbes Pfund Salz und ein paar Spieße mit geräuchertem Elefantenfleisch zurück, das letzte, das sie hatten.

Am nächsten Morgen kehrten Robyn und Juba auf das Feld zurück und stellten fest, daß Fleisch und Salz verschwunden waren. Im Staub waren die Abdrücke nackter Füße zu sehen.

»Korporal«, sagte Robyn zu dem Hottentotten, »heute gehen wir auf die Jagd.«

Der Korporal grinste glücklich, lief davon und befahl seinen Leuten, sich für die Jagd vorzubereiten.

Robyn nahm Zougas Sharps-Gewehr und untersuchte es etwas ängstlich. Sie war nicht sicher, ob sie imstande sein würde, auf ein Tier zu schießen, und mußte sich immer wieder vorsagen, daß es absolut notwendig war, für die vielen Münder und Bäuche, für die sie jetzt zu sorgen hatte, Nahrung zu verschaffen. Der Korporal teilte ihre Zweifel nicht; er hatte sie einen Löwen erlegen sehen und vertraute ihr absolut.

Nach einer Stunde trafen sie im dichten Schilf des Flußufers auf eine Büffelherde. Robyn hatte Zougas Jagderzählungen aufmerksam zugehört und wußte, daß man sich unter dem Wind halten mußte. Geschützt vom Schilf, vom Lärm der Kühe und blökenden Kälber schlichen sie sich so nahe heran, daß niemand sein Ziel verfehlen konnte. Dann feuerten die Hottentotten ihre Musketen ab, während Robyn mit dem Sharps-Gewehr verbissen auf die galoppierenden Tiere schoß, die nach dem ersten Krachen in wilder Flucht an ihr vorbeistoben.

Als sich der Staub gesetzt und der Pulverrauch verzogen hatte, lagen sechs große schwarze Tiere tot im Schilf. Robyns Leute waren beglückt, hackten die Körper in Stücke, hingen sie an lange Stangen und trugen sie singend ins Lager. Robyn befahl, einen ganzen Büffelschenkel neben die Hütte im Hirsefeld zu legen.

»Diese Leute essen Wurzeln und Dreck«, erklärte Juba geduldig, »Fleisch ist zu gut für sie.«

»Wir haben unser Leben riskiert, um diese Büffel zu töten«, begann der Korporal, sah Robyns Blick und schwieg. Betrübt den Kopf schüttelnd, zog er ab.

Mitten in der Nacht wurde Robyn durch Juba geweckt, und gemeinsam lauschten sie dem fernen Trommeln und Singen, das aus dem Dorf auf den Klippen zu ihnen drang, die Klänge eines Festes.

»So viel Fleisch auf einmal haben sie vermutlich im ganzen Leben nicht gesehen«, murmelte Juba schmollend.

Am Morgen fand Robyn an der Stelle, an die sie das Büffelfleisch gelegt hatte, einen Rindenkorb mit fünfzehn kleinen Eiern und zwei große Töpfe Hirsebrei. Beim Anblick des dünnen grauen Schleimes drehte sich Robyn der Magen um. Sie gab ihn dem Korporal zur Verteilung, und die Leute verzehrten das Zeug mit so offensichtlicher Freude, daß Robyn sich zusammennahm und einen Schluck kostete;

das Getränk schmeckte frisch und stark und angenehm.

Mit einem Bündel Büffelfleisch kehrten Juba und Robyn zum Feld zurück, überzeugt, daß man nach diesem Austausch von Geschenken einen freundlichen Kontakt herstellen könne. Sie saßen im Schatten und warteten. Stunden vergingen, und kein Maschoua zeigte sich. Als die Schatten länger wurden, bemerkte Robyn eine kleine Bewegung in den Hirsepflanzen.

»Beweg dich nicht«, warnte sie Juba.

Allmählich zeigte sich eine menschliche Gestalt, mager und gebeugt, mit einem zerfetzten Lendenschurz bekleidet. Robyn wußte nicht, ob es ein Mann oder eine Frau war, denn aus Angst, den Schwarzen zu erschrecken, sah sie nur flüchtig hin.

Die Gestalt hockte sich nieder und hüpfte vorsichtig näher. Sie war so dünn und ausgemergelt, daß sie Robyn an die ägyptischen Mumien erinnerte, die sie im Museum gesehen hatte.

Es war ein Mann, stellte sie endlich fest, denn bei jedem Hüpfer baumelten die dünnen Genitalien unter dem Schurz hervor. Sein Haar war schneeweiß, und in seinen Augen standen Tränen der Angst.

Weder Juba noch Robyn bewegten sich oder sahen ihn direkt an, bis er sich zehn Schritte von ihnen entfernt niederhockte. Langsam drehte Robyn den Kopf in seine Richtung.

Der Alte winselte vor Angst. Offenbar hatte man ihn zum Boten gewählt, weil er das wertloseste Mitglied des Stammes war, und Robyn fragte sich, mit welchen schrecklichen Drohungen man ihn gezwungen hatte, den Hügel hinunterzugehen.

Aus der Art und Weise, wie der Alte das Fleisch anstarrte, schloß Robyn, daß er Büffelfleisch noch nie gegessen hatte. Der Mann war mehr als halb verhungert. Seine Zunge rollte in dem zahnlosen Mund hin und her, dann endlich nahm er all seinen Mut zusammen und kam nahe genug heran, um die magere Hand auszustrecken – mit der Handfläche nach oben in der höflichen Geste des Bittens.

Mit langsamen, vorsichtigen Bewegungen, als habe sie es mit einem scheuen wilden Tier zu tun, streckte ihm Robyn einen Fleischspieß entgegen. Fasziniert starrte der Alte ihn an. Wie Juba ihr gesagt hatte, lebten diese Menschen offenbar fast ausschließlich von ihren mageren Feldfrüchten und den Wurzeln, die sie im Wald fanden. Fleisch war sicherlich etwas ganz Besonderes.

»Da, mein Lieber«, sagte Robyn und gab ihm den Fleischspieß. Laut schmatzend vertilgte der Alte das Fleisch, während ihm der Speichel aus dem zahnlosen Mund tropfte. Wieder standen Tränen in seinen Augen, diesmal nicht aus Angst, sondern aus Freude.

Robyn lachte entzückt, und Juba stimmte ein. Gleich darauf raschelte es in den dichten Pflanzen, und andere halbnackte Gestalten wagten sich hervor; das Lachen der Frauen hatte ihre Angst beschwichtigt.

Die Siedlung auf dem Felshügel bestand aus etwa hundert Menschen – Frauen, Männer und Kinder –, und sie alle kamen jetzt herbei, um Robyn und Juba anzustarren, die den steilen Pfad hinaufkletterten. Der Alte mit dem silberweißen Haar, stolzgeschwellt über das, was er gewagt und vollbracht hatte, führte Robyn an der Hand. Mütter hielten ihre Babys hoch, um ihnen dieses wunderbare Geschöpf zu zeigen, Kinder berührten Robyns Beine und liefen, erschreckt über den eigenen Mut, wieder davon.

Das Dorf war kreisförmig angelegt; neben jeder der strohgedeckten, fensterlosen Lehmhütten mit den niedrigen Eingängen stand auf Pfählen ein kleiner Getreidespeicher. Abgesehen von ein paar Hühnern gab es keine Haustiere.

Die Zwischenräume zwischen den Hütten und der große Platz in der Mitte waren gefegt, das ganze Dorf machte einen ordentlichen, sauberen Eindruck. Die Bewohner hatten hübsche, intelligente Gesichter, das Lachen und Singen, mit dem sie Robyn begrüßten, klang ungezwungen und freundlich.

»Das sind die Menschen, die Zouga wie Tiere abgeknallt hat«, dachte Robyn.

Man brachte einen kleinen, niederen Schemel für Robyn herbei, und Juba hockte sich neben sie. Der alte Mann rief etwas, und ein kicherndes junges Mädchen brachte einen Topf mit Hirsebrei. Erst als Robyn getrunken hatte, wurde die Menge still; dann trat eine große, imposante Gestalt vor.

Auf seinem Haupt trug der Mann einen Kopfputz aus Tierfellen, ähnlich jenem, mit dem der Mann auf der Paßhöhe geschmückt gewesen war. Die Schultern bedeckte ein Mantel aus Leopardenfell. Er setzte sich Robyn gegenüber, folgte aufmerksam ihrer Zeichensprache und antwortete mit Gesten und Gesichtsausdrücken, die Robyn ohne Schwierigkeiten verstand.

Der Häuptling fragte, woher sie komme; Robyn wies nach Norden und machte mit den Händen einen Kreis in Richtung der Sonne für jeden Reisetag. Er wollte wissen, wer ihr Mann war und wie viele Kinder sie hatte. Daß sie unverheiratet und kinderlos war, versetzte das ganze Dorf in großes Erstaunen.

Der Häuptling klatschte in die Hände, und die Trommler beugten sich über ihre Instrumente. Die Trommeln waren ausgehöhlte Baumstämme, auf die sie mit kurzen Holzstökken in rasendem Rhythmus trommelten, so daß ihnen bald der Schweiß in Strömen herabfloß. Der Häuptling warf den Mantel ab und vollführte einen so wilden Tanz, daß seine Halsketten und Armbänder klirrten.

Auf der Brust trug er einen schneeweißen runden Anhänger, in dem sich das Licht des Feuers spiegelte, denn die Sonne war bereits untergegangen. Robyn hatte den Schmuck bis jetzt nicht bemerkt, weil ihn der Mantel des Häuptlings verdeckt hatte, doch nun wanderte ihr Blick immer wieder zu der auf- und abhüpfenden Scheibe. Sie schien irgendwie zu rund, zu perfekt, und als er vor Robyn einen großen Sprung ausführte, sah Robyn auf dem Rand der polierten Scheibe ein regelmäßiges Muster. Es war eine Schrift. Sie war nicht sicher, in welcher Sprache, aber bestimmt waren es lateinische Buchstaben; davon war sie überzeugt, und ihr Herz begann aufgeregt zu klopfen. Dann war der Häuptling wieder weg, sprang vor seinen Trommlern auf und nieder und ermunterte sie zu noch rascherem Spiel.

Robyn mußte warten, bis der Häuptling völlig erschöpft zu seinem Schemel zurücktaumelte und sich mit einem Topf des dicken grauen Bieres erfrischte, bis sie sich vorbeugen und das Muster näher betrachten konnte. Robyn hatte sich geirrt; die Scheibe war nicht aus Elfenbein, sondern aus Porzellan, und sofort fand sie auch eine Erklärung für ihre perfekte Rundung und Weiße. Die Scheibe stammte aus Europa, war der Deckel eines kleinen Topfes, wie man ihn überall in England verkaufte. In sauberen Buchstaben standen darauf die Worte zu lesen:

»Patum Peperium – der Leckerbissen des Gentleman.«

Ihre Haut wurde feucht vor Erregung. Wie genau erinnerte sie sich an den Zorn ihres Vaters, wenn es in der Speisekammer keinen dieser Töpfe gab! Wie oft war sie die Dorfstraße hinuntergelaufen, um beim Gemischtwarenhändler einen neuen Topf zu kaufen.

Als Robyns Mutter ihrem Mann nach Afrika folgte, hatte sie ein Dutzend solcher Töpfe in ihrem Gepäck gehabt. Es gab nur eine einzige Erklärung, wie der kleine Deckel hierhergekommen war.

Robyn streckte die Hand aus und berührte den Anhänger. Im selben Augenblick veränderte sich der Ausdruck des Häuptlings, und er wich zurück. Das Singen und Trommeln verstummte, und das Entsetzen aller Zuschauer machte Robyn klar, daß dieser Porzellandeckel ein Amulett mit besonderer Zauberkraft darstellte, dessen Berührung durch einen Fremden Unglück brachte.

Vergeblich versuchte sie den Häuptling zu besänftigen.

Er warf sich den Leopardenfellmantel um die Schultern und stapfte zu seiner Hütte am Ende des Dorfes. Das Fest war vorüber. Kleinlaut und bedrückt schlichen die anderen Bewohner dem Häuptling nach, bis nur noch der zahnlose Alte da war, der Robyn zu der Hütte führte, die vorher für sie errichtet worden war.

Fast die ganze Nacht lag sie auf ihrer Schilfmatratze wach, aufgeregt, den Beweis zu haben, daß ihr Vater hier durchgekommen sein mußte, und verstört, daß sie ihre Beziehung zu dem Maschoua-Häuptling zerstört hatte. Jetzt würde sie es schwer haben, noch mehr über die Scheibe und durch sie über ihren Vater zu erfahren.

Sie erhielt keine Gelegenheit, den Häuptling noch einmal zu treffen und sich für ihr Benehmen zu entschuldigen. Die Dorfbewohner mieden sie, offenbar in der Hoffnung, daß sie fortgehen würde; aber sie harrte, nur von dem alten Mann betreut, hartnäckig aus. Robyn verkörperte für den Alten das Wichtigste, was ihm in seinem langen Leben geschehen war, und er war nicht bereit, sie an irgend jemanden abzutreten.

Schließlich blieb Robyn nichts anderes übrig, als dem Häuptling ein außerordentliches Geschenk zu senden – die letzten *khete* aus *sam-sam*-Perlen und eine der Doppeläxte.

Einer so königlichen Bestechung konnte der Häuptling nicht widerstehen, und obwohl er kühler und reservierter war als bei der ersten Begegnung, hörte er ihre Fragen aufmerksam an und besprach sich mit den Dorfältesten, bevor er ihr antwortete.

Die Antwort wies wieder nach Süden, fünf Sonnenkreise weit, und er wollte Robyn einen Führer mitgeben. Offensichtlich war er froh, sie endlich loszuwerden, und obwohl ihm ihre Gaben willkommen waren, schien er immer noch zutiefst besorgt über das Unheil, das infolge ihrer frevlerischen Handlung über seinen Stamm hereinbrechen würde.

Als Führer wählte er den zahnlosen Graukopf. Damit entledigte er sich mit einem Schlage sowohl eines unnützen Essers als auch eines unwillkommenen Besuchers.

Robyn bezweifelte, daß die dünnen Beine ihren Führer sehr weit oder sehr rasch tragen würden, doch der Alte versetzte sie in Staunen. Er trug einen langen Wurfspeer, und auf dem Kopf balancierte er eine eingerollte Schlafmatte und einen Kochtopf – das war anscheinend alles, was er auf der Welt besaß. So marschierte er in einem Tempo gegen Süden, daß Robyns Träger nicht mit Unmutsäußerungen sparten.

Robyn versuchte dem Alten verständlich zu machen, daß er jetzt ihr Sprachlehrer war. Sie deutete auf sich und die Dinge in der Umgebung, sprach deutlich die englischen Worte dafür aus und sah ihn fragend an. Er erwiderte ihren Blick ebenso fragend und verständnislos. Aber Robyn ließ nicht locker und wiederholte wieder und wieder »Nomusa«, während sie auf ihre Brust deutete. Endlich verstand er. Er klopfte sich auf die Brust und krächzte »Karanga«. Innerhalb weniger Tage beherrschte Robyn Dutzende Verben und Hunderte Hauptwörter, die sie zum Entzücken von Karanga aneinanderzureihen versuchte.

Nach ein paar Tagen stellte sie fest, daß nicht der Mann Karanga hieß, sondern sein Stamm, aber das war nicht mehr zu berichtigen, denn zu diesem Zeitpunkt rief ihn jeder »Karanga«, und der Alte reagierte sofort. Er folgte Robyn auf Schritt und Tritt, sehr zu Jubas Ärger, die keinen Hehl aus ihrer Eifersucht machte.

»Er riecht«, erklärte sie Robyn. »Er riecht sehr schlecht.« Sie hatte recht, Robyn konnte nicht widersprechen.

Aber nach einer Weile gewöhnte man sich daran. An etwas aber konnte Robyn sich nicht gewöhnen, und zwar an das, was unter Karangas Schurz hervorbaumelte, wann immer er sich niederhockte. Robyn löste schließlich das

Problem, indem sie ihm eine von Zougas wollenen Unterhosen schenkte. Das erfüllte Karanga mit unbeschreiblichem Stolz; er stolzierte umher wie ein Pfau, während die alte Hose ihm um die mageren Beine flatterte.

Der alte Karanga führte sie vorsichtig in einem großen Bogen um jedes bewohnte Dorf entlang ihrer Marschroute, obwohl er Robyn versicherte, daß alle Bewohner zum selben Stamm gehörten. Zwischen den Siedlungen schien es keinerlei Handel oder Verkehr zu geben; jede von ihnen lag in feindseliger Isolierung auf einem befestigten Hügel.

Robyn beherrschte jetzt seine Sprache so weit, daß sie mehr über den großen Zauberer erfahren wollte, von dem der Häuptling den magischen Talisman erhalten hatte. Karangas Erzählung erfüllte sie mit Vorfreude und Erregung.

Vor vielen Regenzeiten – Karanga wußte nicht genau, wie viele seither vergangen waren – war ein sonderbarer Mann aus dem Wald gekommen, so wie sie selbst gekommen war. Auch er hatte eine helle Haut, sein Haar und sein Bart waren aber von der Farbe des Feuers gewesen (er wies auf das Lagerfeuer). Ohne Zweifel war er ein Prophet, ein Zauberer und ein Regenmacher, denn am Tag seiner Ankunft hörte die jahrelange Dürre auf, und ein gewaltiges Gewitter füllte die Flußläufe mit Regenwasser. Dieser hellhäutige Zauberer hatte noch viele Wunder vollbracht, hatte sich in einen Löwen und einen Adler verwandelt, Schwerkranke geheilt und mit einer Bewegung seiner Hand den Blitz gelenkt.

»Hat jemand mit ihm gesprochen?« fragte Robyn.

»Wir alle hatten zuviel Angst«, gab Karanga zu. »Aber ich selbst sah, wie der Zauberer als Adler über das Dorf flog und vom Himmel den Talisman herabwarf.« Er schlug mit den dünnen Armen.

»Der Zauberer blieb nur kurze Zeit in unserem Dorf, dann zog er nach Süden. Wir hörten, daß er sehr schnell wanderte, offenbar in Gestalt eines Löwen. Wir hörten auch, daß er die Hohepriesterin der Toten, eine mächtige Umlimo, in ihrer eigenen Festung erschlagen habe. Dieser seltsame bleiche Zauberer erschlug sie und zerstörte ihre Heiligtümer ...«

Er zog durch das Land wie ein menschenfressender Löwe, und das war er auch tatsächlich, bis er sich schließlich auf einem dunklen Hügel, weit im Süden, niederließ, auf dem Berg aus Eisen, Thaba Simbi. Dort blieb er und vollbrachte viele Wunder, und von weit und breit, aus dem ganzen Land kamen die Menschen zu ihm, um mit Getreide und anderen Gaben seine Dienste zu erkaufen.

»Ist er immer noch dort?« fragte Robyn.

Der Alte rollte die wäßrigen Augen und zuckte die Achseln. »Es ist immer schwer und gefährlich, das Kommen und Gehen von Zauberern zu prophezeien«, schien seine Geste zu besagen.

Je weiter sie sich von Karangas Dorf entfernten, desto unsicherer wurde Karanga, in welcher Richtung der Eisenberg lag.

Zweimal zeigte er auf felsige Kuppen. »Das ist sicher der Eisenberg.« Doch jedesmal wurden sie mit einem Steinhagel und Speeren vertrieben.

»Ich habe mich geirrt«, murmelte Karanga, »manchmal liegt Dunkelheit über meinen Augen, sogar am sonnigen Mittag.«

»Hast du wirklich und wahrhaftig diesen Berg gesehen?« fragte Robyn streng. Sie war am Ende ihrer Geduld angelangt.

»Ich selbst habe ihn nicht gesehen, aber jemand, der mit dem Mann sprach, der selbst ...«, gestand er, und Robyn wurde so wütend, daß sie ihn auf englisch anschrie.

»Du ekelhafter alter Teufel, warum hast du mir das nicht gleich gesagt?«

Der alte Karanga verstand zwar nicht die Worte, wohl aber den Ton, und seine Verzweiflung war so offensichtlich, daß sie ihm nicht lange böse sein konnte. Seine Dankbarkeit, als sie wieder erlaubte, ihre Wasserflasche und den Proviantbeutel zu tragen, war rührend.

Robyn war jetzt voller Ungeduld; sie wußte nicht, wo Zouga und seine Jagdkumpanen sich befanden. Vielleicht war er einen Tag nach ihrem Aufbruch ins Lager zurückgekehrt und hatte ihre Nachricht vorgefunden; vielleicht war er aber auch immer noch damit beschäftigt, Elefanten zu töten, nicht ahnend, daß sie fortgegangen war.

Der Ärger über ihren Bruder hatte sich allmählich in brennenden Ehrgeiz verwandelt; sie war so weit gekommen, hatte so viel allein erreicht – vom Kontakt mit den Karangas bis zur Entdeckung der Spur ihres Vaters – daß die Vorstellung, er könne sie gerade jetzt einholen, da sie knapp vor der ersehnten und lange verschobenen Vereinigung mit Fuller Ballantyne stand, sie mit tiefem Groll erfüllte. Sie ahnte, wie die Geschichte in Zougas Tagebuch aussehen würde, wußte, wer die Lorbeeren für die mühselige Suche und das glückliche Ende einheimsen würde.

»*Ich* will Vater finden, ich will ihn allein finden, und die ganze Welt soll wissen, daß ich ihn gefunden habe. Stolz ist eine Sünde, aber ich war schon immer eine Sünderin. Vergib mir, lieber Gott, ich werde es tausendmal wieder gutmachen. Vergib mir nur diese eine kleine, läßliche Sünde.« So betete sie in ihrer provisorischen Grashütte. Am liebsten hätte sie einen Nachtmarsch zu dem nächsten fernen Hügel angeordnet, den sie im Abendrot am Horizont gesehen hatte. Wieder hatte Karanga voll Zuversicht erklärt, daß es der Eisenberg sein müsse. Es war Vollmond, und in einer Stunde würde der Mond aufgehen; vielleicht war nur dieser eine Marsch mehr notwendig, um den Vorsprung vor ihrem Bruder zu wahren.

Doch ihre Träger waren erschöpft, und sogar Juba klagte über Dornen in ihren Füßen. Offenbar waren nur sie und Karanga imstande, das Tempo Tag für Tag durchzuhalten. Sie mußte ihren Leuten Ruhe gönnen.

Am nächsten Morgen ließ sie aufbrechen, als das Gras

noch naß war vom Tau. Während der letzten Tage hatte sich der Charakter der Landschaft verändert. Das Hochland mit seinen weiten Grassteppen und offenen Wäldern, durch das sie so lange gezogen waren, senkte sich gegen Süden, und der einsame Gipfel, den sie am Abend zuvor gesehen hatten, wurde Teil einer langen Hügelkette, die sich von Westen nach Osten zog. Robyns Stimmung sank.

Wie sollte sie inmitten all dieser Hügel das Lager eines Mannes finden? Sie sah auf Zougas Barometer und stellte fest, daß sie sich immer noch auf einer Höhe von vierhundert Metern befanden.

Von Karanga und in geringer Entfernung von Juba gefolgt, kletterte sie auf einen Felsen, um einen besseren Überblick über das zerklüftete Gelände zu gewinnen. Jetzt konnte sie sehen, daß die Hügel gegen Süden scharf abfielen. Vielleicht hatten sie das Hochland hinter sich gelassen, vielleicht hatten sie bereits den Abstieg zu einem der Flüsse erreicht, die Tom Harkness auf seiner Landkarte eingezeichnet hatte. Sie versuchte sich an die Namen zu erinnern: Shashi und Tati und Macloutsi.

Robyn fühlte sich auf einmal sehr unsicher und sehr verlassen, wie ein winziges Insekt auf einer endlosen Hochebene unter einem unbarmherzig blauen Himmel. Sie wandte sich nach Norden und suchte mit dem langen Messingfernglas nach einem Anzeichen von Zougas Gruppe. Nichts war zu sehen, und sie wußte nicht recht, ob sie darüber Erleichterung oder Enttäuschung empfand.

»Karanga!« rief sie. Der Alte stand auf und sah mit treuem Hundeblick zu ihr auf.

»Wohin jetzt?« fragte Robyn. Verlegen stand er da auf einem Bein und kratzte sich mit den Zehen des anderen die Wade, während er die Frage überlegte. Mit einer vagen, unsicheren Geste zeigte er auf den am nächstliegenden der vielen Hügel. Da wußte Robyn: sie hatten sich hoffnungslos verirrt. Jetzt blieben ihr nur zwei Möglichkeiten: entweder ein Lager aufzuschlagen und auf Zouga zu warten oder umzukehren und ihm entgegenzugehen. Keine der Alternativen war verlockend, und sie beschloß, die Entscheidung auf morgen zu verschieben.

Das Flußbett vor ihr führte Wasser, die üblichen seichten grünen Tümpel voll Tier- und Vogelmist.

Plötzlich fühlte sie sich sehr müde. Solange die Hoffnung sie aufrecht gehalten hatte, hatte sie es nicht bemerkt, jetzt war sie der Erschöpfung nahe.

»Wir werden hier das Lager aufschlagen«, sagte sie zu dem Korporal. »Nimm zwei Männer und sieh zu, daß du Fleisch findest.«

Seit sie Karangas Dorf verlassen hatten, waren sie ununterbrochen marschiert, ohne sich Zeit zum Jagen zu gönnen. Jetzt brauchten sie dringend frisches Fleisch, aber Robyn war zu ermattet zum Jagen.

Die Träger hatten den Bau der Unterstände für die Nacht noch nicht beendet, als Schüsse zu hören waren, und eine Stunde später kehrten der Korporal und seine Begleiter mit fünf Säbelantilopen ins Lager zurück. Sie hatten eine große Herde schöner Säbelantilopen gefunden, *Harris Buck*, wie Zouga sie nannte, und es war ihnen gelungen, fünf fette, schokoladenfarbene Kühe zu erlegen. Die Träger halfen, vergnügt schwatzend, das Fleisch ins Lager zu bringen.

Nur von Juba begleitet, wanderte Robyn niedergeschlagen den Fluß entlang, bis sie zu einer Stelle kamen, an der sich ein kleiner, tiefer Tümpel gebildet hatte. Ich muß ja riechen wie der alte Karanga, dachte Robyn. Sie zog sich aus und rieb sich mit dem weißen Sand ab; das letzte Stück Seife hatte sie schon vor Wochen verbraucht. Sie wusch ihre Kleider und legte sie auf die runden, vom Wasser geglätteten Felsen zum Trocknen. Dann setzte sie sich nackt in die Sonne, und Juba kniete neben ihr nieder und kämmte ihr Haar.

Juba genoß es, Robyn wieder für sich allein zu haben, ohne daß der alte Karanga um sie herumhüpfte. Fröhlich schwatzend kämmte sie Robyns kastanienfarbenes Haar und lachte über ihre eigenen Scherze, so daß keine der beiden die Schritte im Sand hörte. Erst als ein Schatten über Robyns Füße fiel, merkte sie, daß sie nicht allein waren. Mit einem Schreckensschrei sprang sie auf und hielt sich die nassen Breeches an die Brust, um ihre Blöße zu bedecken.

Die Frau, die vor ihnen stand, war unbewaffnet und ebenso verwirrt und nervös wie die beiden. Sie war nicht jung, aber ihre Haut war glatt, und sie besaß noch alle Zähne. Bestimmt war sie eine Maschoua, deren Gesichtszüge einen ägyptischen Einschlag hatten und edler waren als jene der Nguni. Sie trug einen kurzen Rock, und ihre Brustwarzen waren groß und standen vor, als hätte sie vor kurzem einen Säugling gestillt.

»Ich habe Schüsse gehört«, flüsterte die Frau scheu, und Robyn verspürte Erleichterung, daß sie Karanga sprach. »Ich bin gekommen, Sie zu Manali zu führen.«

Robyn spürte, wie ihr die Tränen in die Augen schossen, als sie den Namen hörte. Ihr Herz klopfte zum Zerspringen.

Manali – der Mann mit dem roten Hemd – ihr Vater hatte immer behauptet, daß die Farbe Rot die Tsetsefliegen und andere böse Insekten abhielt und daß dicker Flanell Wechselfieberanfälle abwehre.

Ihre Nacktheit völlig vergessend, sprang Robyn auf, lief auf die Frau zu und packte sie am Arm.

»Manali!« rief sie laut, und dann auf englisch: »Wo ist er? Oh, führ mich sofort zu ihm.«

Es war mehr als blinder Zufall und Karangas schwankende Führerdienste, die sie hierhergeführt hatten, entschied Robyn beglückt, als sie der neuen Führerin einen schmalen, gewundenen Pfad entlang folgte. Es war die Stimme des Blutes: mit der Sicherheit eines Zugvogels war sie geradewegs auf ihren Vater zugeeilt.

Robyn hatte Lust, laut zu singen, ihre Freude und ihr

Glück in den Wald zu rufen, während die Frau rasch vor ihr her schritt. Der schmale, glatte Rücken der dunklen Gestalt bewegte sich kaum über den federnden Hüften.

Es war jener anmutige Gang afrikanischer Frauen, die von Kindheit an gewöhnt sind, jede Last auf ihrem Kopf so ruhig zu tragen, daß aus einem vollen Topf kein Tropfen verschüttet wird.

Sie stellte sich vor, daß seine Freude ebensogroß sein werde wie die ihre, und auf die ersten trunkenen Augenblicke des Wiedersehens würden ernste Gespräche folgen, Berichte über die langen Jahre, in denen man sich nicht gesehen hatte. Allmählich würde sich zwischen ihnen jenes Vertrauen einstellen, das früher gefehlt hatte, so daß sie jetzt zusammen einem gemeinsamen Ziel entgegengehen konnten.

In den vor ihnen liegenden Jahren würde der Vater die Fackel weitergeben, würde sie in ihre liebenden, treuen Hände legen und wissen, daß sein Glaube und seine Arbeit weiterbestehen und weiter wachsen würden.

Schon konnte sie sich die mächtige Gestalt ihres Vaters vorstellen, die auf sie zukam, den vollen flammendroten Bart, die tiefe, sonore Stimme, die ihren Namen rief, die kräftigen Arme, die sie hochhoben, als sie ein Kind war, und sie dann in einer Umarmung fast erdrückten.

Was würden seine ersten Worte sein, wenn er sie erkannte? Wie groß seine Überraschung? Sie lachte atemlos. Bestimmt wird er zutiefst bewegt und dankbar sein, daß ich so weit gereist bin, um ihn zu finden, dachte Robyn; und sie wußte, daß sie ihre Freudentränen nicht würde zurückhalten können.

Vor ihr ging im verblassenden Licht des sterbenden Tages die Maschoua-Frau einen steilen Pfad hinauf, der den westlichen Abhang des höchsten Hügels überquerte. Robyn lachte wieder, als sie feststellte, daß es derselbe Hügel war, auf den Karanga aus vierzig Kilometer Entfernung gedeutet hatte. Letztlich hatte er doch recht gehabt, und dafür wollte sie ihn mit Lob überschütten. Sie wollte der ganzen Welt an ihrem Glück Anteil geben.

Der Pfad führte auf ein kleines Plateau knapp unter dem Gipfel, das einen atemberaubenden Blick über Wälder und Steppe bot. In der untergehenden Sonne schien das ganze Land golden und rosa zu werden, über dem tiefblauen Horizont türmten sich Gewitterwolken. Es war die richtige Stimmung für diesen zauberhaften Anblick, aber Robyn warf nur einen kurzen Blick auf ihre Umgebung, ihre ganze Aufmerksamkeit gehörte dem, was sie erwartete.

Jetzt sah sie in den Felsen den Eingang zu einer nicht sehr tiefen Höhle, die offenbar seit langer Zeit bewohnt war. Decke und Wände waren rauchgeschwärzt, der Boden schien gefegt, neben dem Eingang befand sich eine von schwarzen Steinen umgebene Feuerstelle, auf der ein kleiner Tontopf stand. Vor der Höhle lagen Abfälle verstreut, Knochen kleiner Tiere, Fellstückchen, Holzspäne und Scherben. Der Geruch von faulender Nahrung, ungewaschener Lederkleidung, Holzrauch und menschlichen Exkrementen bestätigte, daß hier seit langer Zeit Menschen lebten.

Über die kleine Feuerstelle gebeugt saß ein altes Weib, ein Bündel aus schmutzigen, zerfetzten Felldecken, das mehr einem alten Affen glich als einem Menschenwesen. Es bewegte sich nicht, und Robyn sah kaum hin, denn ihre Aufmerksamkeit wurde von etwas anderem gefesselt.

Am Ende der Höhle stand ein Bett, das von den letzten schwachen Sonnenstrahlen erhellt wurde. Es war aus rohen Pfosten gezimmert und von aus Rinde gefertigten Stricken zusammengehalten, aber es stand auf vier Beinen, wie die europäischen Betten. Auf dem Bett lagen fleckige Felldekken, unter denen sich eine menschliche Form abzuzeichnen schien.

Auf einem Brett über dem Bett sah Robyn ein Fernglas, ferner eine Holzschachtel, ähnlich jener, die Zougas Sextanten enthielt, ein Chronometer und eine kleine billige Blechschachtel. Die Schachtel war alt und so abgenutzt, daß unter dem Anstrich das blanke Metall hervorkam.

Robyn konnte sich noch gut an diese Schachtel erinnern, die stets geöffnet auf Onkel Williams Schreibtisch zu stehen pflegte; Papiere und Zettel quollen daraus hervor, über die sich ihr Vater beugte bei der Arbeit, während er an seinem roten Bart zupfte.

Robyn stieß einen kurzen Schrei aus, lief an dem alten Weib vorbei durch die Höhle und warf sich neben dem Bett auf die Knie.

»Vater!« Ihre Stimme war rauh vor Erregung. »Vater! Ich bin es – Robyn.«

Nichts bewegte sich unter den Felldecken. Robyn streckte eine Hand aus und hielt in der Bewegung inne.

Er ist tot, dachte sie verzweifelt. Ich bin zu spät gekommen.

Sie zwang ihre Hand, den übelriechenden Fellhaufen zu berühren. Er fiel in sich zusammen, und Robyn brauchte einige Sekunden, um ihren Irrtum wahrzunehmen. Das Bett war leer.

Verwirrt stand sie auf und wandte sich zum Eingang der Höhle. Die Karanga-Frau stand neben der Feuerstelle und beobachtete sie ausdruckslos, während Juba ängstlich draußen wartete.

»Wo ist er?« Robyn breitete die Hände aus, um ihre Frage zu unterstreichen. »Wo ist Manali?«

Die Karanga-Frau senkte den Blick. Sekundenlang begriff Robyn nicht. Dann sah sie auf die groteske Gestalt hinunter, die neben dem Feuer hockte.

Robyn spürte, wie sich etwas wie ein kaltes Stahlband um ihre Brust legte und ihr das Herz zusammenpreßte; es bedurfte ihrer ganzen Willenskraft, die wenigen Schritte durch die Höhle zurückzugehen.

Immer noch sah die Frau Robyn ausdruckslos an. Ihre auf englisch gestellte Frage hatte sie nicht verstanden, doch sie wartete mit der unendlichen Geduld der Afrikanerin.

Robyn wollte sich eben wieder an sie wenden, als die seltsame Gestalt neben dem kleinen, rauchenden Feuer sich hin und her zu wiegen begann, und die Stimme eines sehr alten Mannes fing an, eine seltsame Litanei herunterzuleiern, die wie eine magische Beschwörung klang.

Robyn brauchte eine Weile, bis sie feststellte, daß die Stimme einen schottischen Akzent hatte. Die Worte waren nur schwer zu verstehen. Sie waren eine Verzerrung des dreiundzwanzigsten Psalms.

»Ja! Auch wenn ich wandern muß in finstrer Schlucht, ich fürchte doch kein Unheil.«

Ebenso plötzlich, wie er begonnen hatte, brach der Gesang ab, und die gebrechliche Gestalt hockte wieder unbeweglich da. Die Frau beugte sich über das Feuer; sanft wie eine Mutter streifte sie die Felldecke von Kopf und Schulter der Gestalt zu ihren Füßen.

Fuller Ballantyne war zusammengeschrumpft, sein Gesicht gefurcht und rissig wie die Rinde eines alten Eichenbaumes. Es schien, als habe der Rauch des Feuers sein Gesicht gezeichnet, als habe er sich in allen Falten angesammelt und es mit einer Kruste überzogen. Kopf- und Barthaar waren büschelweise ausgefallen, als habe er an einer bösen Krankheit gelitten, und was noch übriggeblieben war, war weiß, um die Mundwinkel und die Nase jedoch geschwärzt und gelblich von Tabak und Schmutz.

Nur die Augen schienen noch zu leben, sie rollten in den Höhlen hin und her, und Robyn brauchte nur einmal hinzusehen, um zu wissen, daß ihr Vater wahnsinnig geworden war. Das war nicht Fuller Ballantyne, das war nicht der große Forscher, der Missionar und Bekämpfer der Sklaverei. Der war vor langer Zeit verschwunden und hatte einen schmutzigen, ausgezehrten Irren zurückgelassen.

»Vater.« Ungläubig starrte sie ihn an und vermeinte zu spüren, wie die Erde unter ihren Füßen wankte. »Vater«, wiederholte sie. Die gebückte Gestalt neben dem Feuer brach in lautes Gekicher aus und dann ein wirres Gerede, teils englisch, teils in den verschiedensten afrikanischen Dialekten. Die Schreie wurden lauter und lauter, während die dünnen, mageren Arme wild in der Luft herumfuchtelten.

»Ich habe mich gegen dich, meinen Gott, versündigt«, schrie er und zerrte an seinem Bart, bis er ein Büschel weißliches Haar zwischen den Fingern hielt. »Ich bin nicht wert, dein Diener zu sein.« Wieder fuhren die Hände ins Gesicht und hinterließen einen dünnen, blutigen Kratzer auf der verrunzelten Wange, obwohl es schien, als habe dieser verwüstete Körper kein Blut mehr zu vergießen.

Die Karanga-Frau beugte sich vor und hielt die Handgelenke des alten Mannes fest. Die Bewegung war rasch und selbstverständlich: es schien, als sei sie ihr sehr vertraut. Dann beugte sie sich noch weiter hinunter und hob ihn sanft in die Höhe. Offenbar wog der Körper kaum mehr als der eines Kindes, denn die Frau trug ihn mühelos zum Bett.

Niedergeschlagen, am ganzen Körper zitternd, blieb Robyn neben dem Feuer stehen. Die Frau ging zu ihr und berührte ihren Arm.

»Er ist sehr krank.«

Erst da gelang es Robyn, ihr Entsetzen und ihren Abscheu zu überwinden. Noch einen Moment lang zögerte sie, dann trat sie zu ihrem Vater. Von Juba und der Frau unterstützt, begann sie ihn zu untersuchen, und während sie die Rituale ihres Berufes vollzog, gewann sie allmählich ihre Fassung wieder. Fuller Ballantyne war magerer als jeder Mensch, den sie bisher gesehen hatte, magerer noch als die verhungerten Kinder der Huren in den englischen Elendsvierteln.

»Wir haben wenig zu essen«, sagte die Frau, »und das, was wir haben, will er nicht essen. Ich mußte ihn wie ein Baby ernähren.« Robyn verstand zu diesem Zeitpunkt nicht, was sie meinte, und fuhr mit der Untersuchung fort.

Der abgezehrte Körper war voller Ungeziefer, kleine weiße Nissen hingen wie Trauben an den Schamhaaren, eine Kruste von Dreck und Exkrementen bedeckte den ganzen Körper.

Robyn tastete unter den hervorstehenden Rippen: Leber und Milz waren vergrößert. Fuller Ballantyne schrie auf bei der Berührung. Größe und Empfindlichkeit der Organe waren der Beweis für eine schwere Malariainfektion, die offenbar nie behandelt worden war.

»Wo ist Manalis-Medizin, die *umuthi?*«

»Die gibt es schon lang nicht mehr, ebensowenig wie Schießpulver. Alles ist seit langer Zeit verbraucht.« Die Frau schüttelte den Kopf. »Vor langer, langer Zeit, und als alles verbraucht war, kam niemand mehr, um uns Geschenke und Nahrung zu bringen.« Ohne einen Vorrat an Chinin in einem Malariagebiet zu bleiben war absoluter Selbstmord. Fuller Ballantyne hatte das besser gewußt als jeder andere. Wie konnte er, der anerkannte Experte für Tropenkrankheiten, seinen eigenen, so oft wiederholten Rat vergessen haben? Robyn fand die Antwort, als sie seinen Mund öffnete.

Durch die Krankheit waren seine Zähne verfault. Gaumen und Hals zeigten die charakteristischen Veränderungen. Kein Zweifel, die Krankheit war weit fortgeschritten und hatte bereits vor langer Zeit das Gehirn angegriffen. Es war Syphilis im letzten Stadium.

Jetzt verstand sie, warum ihr Vater nicht umgekehrt war, als sein Vorrat an lebenswichtigen Medikamenten zur Neige ging; das halbzerstörte Gehirn hatte die Gefahren nicht mehr erkannt, die Ballantyne einst so präzis beschrieben hatte.

Während sie mit der Untersuchung fortfuhr, betete sie im stillen, und diesmal kamen die Worte leichter und selbstverständlicher als sonst. Richte ihn nach dem, was er einmal war, o Gott, dachte sie. Richte ihn nach seinen Werken, die er in deinem Namen vollbracht hat – nicht nach seinen kleinen Sünden, sondern nach seinen großen Leistungen. Sieh nicht auf dieses Häufchen Elend, sondern auf den starken, kraftvollen Mann, der unermüdlich die Arbeit getan hat, die du ihm aufgetragen hast...

Robyn starrte auch auf seine Beine und entdeckte den zweiten Grund, warum ihr Vater dieses Land nicht mehr verlassen hatte. Ein Oberschenkel war offenbar mehr als einmal gebrochen, und die Brüche waren nicht richtig verheilt. Eiter hatte sich bis zu den Knochen gefressen, und der Geruch war kaum zu ertragen.

Rasch deckte sie die Beine wieder zu: ohne ihre Instrumente und Medikamente konnte sie nichts tun. Immer noch jammerte der Vater wie ein kleines Kind; er hatte den zahnlosen Mund weit aufgerissen und warf den Kopf von einer Seite zur anderen.

Die Frau beugte sich über ihn, nahm eine ihrer dunklen Brüste in die Hand, drückte die Warze zwischen den Fingern und sah scheu und flehend zu Robyn auf.

Erst jetzt verstand Robyn. Sie respektierte die Vertrautheit zwischen der Frau und dem armseligen Etwas, das einst ihr Vater gewesen war, und wandte sich zum Eingang der Höhle.

»Ich muß mein *umuthi* holen. Spät am Abend werde ich wiederkommen.« Das kindliche Winseln und Wimmern hinter ihr hörte auf, und jetzt vernahm Robyn kleine schmatzende Laute des Wohlbehagens.

Als Robyn den steilen Pfad hinunterging, empfand sie weder Schock noch Empörung, nur unendliches Mitleid für den Mann, der einen weiten Weg gegangen und jetzt am Ende wieder zum Säugling geworden war. Der Frau gegenüber verspürte sie tiefe Dankbarkeit. Ihre Treue und Aufopferung erstaunten sie. Wie lange war sie schon bei Fuller Ballantyne, nachdem jeder Grund, bei ihm zu bleiben, hinfällig geworden war?

Robyn erinnerte sich an ihre eigene Mutter und ihre Opferbereitschaft für denselben Mann, sie erinnerte sich an Sarah und ihr Kind, die immer noch geduldig an einem fernen Flußufer warteten. Fuller Ballantyne hatte immer die

Gabe besessen, Menschen an sich zu binden, ebenso stark, wie er andere abstieß.

Jubas Hand haltend, eilte Robyn den vom Mond beschienenen Pfad entlang; endlich sah sie erleichtert vor sich im Wald das flackernde Lagerfeuer. Wenn sie zurückging, würde sie Träger mitnehmen, die ihren Medikamentenkoffer tragen sollten, und bewaffnete Hottentotten als Begleitung.

Ihre Erleichterung war nur von kurzer Dauer, denn als sie der Wache antwortete und in den hellen Feuerschein trat, erhob sich eine vertraute Gestalt und kam auf sie zu – groß und mächtig, mit goldenem Bart, anzusehen wie ein Gott aus der griechischen Mythologie und ebenso zornerfüllt.

»Zouga«, stammelte sie, »ich habe dich nicht erwartet.«

»Nein«, erwiderte er eisig, »davon bin ich überzeugt.«

Warum? dachte sie verzweifelt. Warum muß er gerade jetzt kommen? Warum nicht einen Tag später, wenn ich Zeit gehabt hätte, Vater zu waschen und zu behandeln? O Gott, warum ausgerechnet jetzt? Zouga wird niemals verstehen – nie! Nie!

Robyn und ihrer Begleitung gelang es nicht, mit Zouga Schritt zu halten. Sie fielen zurück, während er rasch den Pfad hinaufschritt. Die Jagdausflüge der letzten Monate hatten seinen Körper gestählt, und er lief beinahe den Hügel hinauf.

Robyn hatte keine Gelegenheit gehabt, ihn zu warnen. Welche Worte gab es, um jenes Geschöpf auf dem Hügel zu beschreiben? Sie hatte bloß gesagt: »Ich habe Vater gefunden.«

Die Worte hatten seinen Zorn sofort besänftigt. Die bitteren Vorwürfe blieben ihm in der Kehle stecken, und er begann die Bedeutung ihrer Worte zu erfassen.

Sie hatten Fuller Ballantyne gefunden und damit eines der drei Expeditionsziele erreicht. Robyn wußte, daß Zouga die Nachricht bereits gedruckt vor sich sah, daß er schon die Passage formulierte, die den Augenblick beschrieb, und daß er auch die Zeitungsjungen vor sich sah, die in den Straßen Londons die Schlagzeilen ausriefen.

Zum erstenmal in ihrem Leben war sie nahe daran, ihren Bruder zu hassen, und ihre Stimme war frostig, als sie sagte: »Und vergiß ja nicht, daß ich es war. Ich war es, die vorangegangen ist und ihn gefunden hat.«

Im Licht des Feuers sah sie, wie sich der Blick seiner grünen Augen veränderte.

»Natürlich, Sissy.« Er rang sich ein gequältes Lächeln ab. »Wer würde das je vergessen? Wo ist er?«

»Zuerst muß ich vorbereiten, was ich brauche.«

Bis zum Fuß des Hügels waren sie gemeinsam gegangen, dann konnte er sich nicht mehr zurückhalten. Er lief mit jener Geschwindigkeit hinauf, die niemand übertreffen konnte. Robyn erreichte den kleinen Platz vor der Höhle. Ihr Herz klopfte wild, und sie atmete schwer nach dem steilen Aufstieg. Sie mußte stehenbleiben und nach Luft ringen, während sie eine Hand an die Brust legte.

Das Feuer vor der Höhle war angefacht worden, der hintere Teil der Höhle aber blieb im Dunkeln. Zouga stand mit dem Rücken zum Eingang vor dem Feuer. Er war totenblaß, die sonnengebräunte Haut schien fahl. Er stand ganz gerade, als nehme er an einer Parade teil, und starrte vor sich hin.

»Hast du Vater gesehen?« fragte Robyn. Seine Verstörtheit erfüllte sie mit heimlicher Genugtuung.

»Eine Eingeborene ist bei ihm«, flüsterte Zouga. »In seinem Bett.«

»Ja.« Robyn nickte. »Er ist sehr krank. Sie pflegt ihn.«

»Warum hast du mich nicht gewarnt?«

»Daß er krank ist?«

»Daß er mit einer Eingeborenen lebt.«

»Er liegt im Sterben, Zouga.«

»Und was werden wir der Welt sagen?«

»Die Wahrheit«, schlug sie ruhig vor. »Daß er schwerkrank ist.«

»Die Frau darf nie erwähnt werden.« Zum erstenmal seit Robyn denken konnte, klang Zougas Stimme unsicher, und er suchte nach Worten.

»Wir müssen die Familie schützen.«

»Und was sollen wir über die Krankheit sagen, über die Krankheit, die ihn tötet?«

»Malaria?«

»Die französische Krankheit, Zouga, die italienische Seuche – oder, wenn du es ganz genau wissen willst. Syphilis. Er stirbt an Syphilis.«

Zouga zuckte zusammen. »Das ist nicht möglich«, flüsterte er.

»Warum nicht, Zouga? Er war ein Mann, ein großer Mann – aber dessenungeachtet ein Mann.« Sie trat hinter ihn. »Und jetzt habe ich zu arbeiten.«

Als sie Zouga eine Stunde später suchte, entdeckte sie, daß er bereits zum Lager zurückgekehrt war. Sie selbst blieb die ganze Nacht und den Großteil des nächsten Tages bei ihrem Vater, um ihn zu versorgen.

Sie säuberte und badete den Vater, rasierte das infizierte Körperhaar, stutzte den spärlichen Bart und die gelblichen Haarlocken und behandelte die Geschwüre an den Beinen. Schließlich fühlte sie sich körperlich und seelisch völlig erschöpft. Sie hatte den nahenden Tod zu oft gesehen, um ihn nicht auch jetzt zu erkennen. Es war ihr klar, daß sie nicht mehr tun konnte, als ihrem Vater Erleichterung zu verschaffen und den einsamen Weg, den er gehen mußte, zu ebnen.

Als sie alles getan hatte, was in ihren Kräften stand, deckte sie ihn mit einer sauberen Decke zu und strich zärtlich über das kurze, weiche Haar, das sie liebevoll geschnitten hatte. Fuller öffnete die Augen. Sie waren von jenem leeren Blau des afrikanischen Sommerhimmels.

Aber etwas bewegte sich in dem leeren Blick, und Fullers Lippen öffneten sich. Zweimal versuchte er zu sprechen, und dann sagte er ein Wort, so heiser und leise, daß sie es nicht verstand.

»Was sagst du?«

»Helen!« Diesmal verstand sie.

Tränen traten in Robyns Augen, als sie den Namen ihrer Mutter hörte.

»Helen.« Fuller sagte es zum letztenmal, dann war der Funken Verständnis für immer aus seinen Augen gewichen.

Sie blieb neben ihm stehen, aber er sprach nichts mehr. Dieser Name war sein letztes Bindeglied zur Realität gewesen. Jetzt war auch dieses Glied zerbrochen.

Als es zu dämmern begann, hob Robyn den Blick vom Gesicht ihres Vaters, und jetzt erst bemerkte sie, daß die Blechschachtel nicht mehr auf dem Brett über dem Bett stand.

Durch eine Strohmatte abgeschirmt, durchwühlte Zouga rasch den Inhalt der Schachtel. Sein Entsetzen über das Wiedersehen mit seinem Vater war längst der Faszination über die Schätze in der Schachtel gewichen. Er wußte, Abscheu und Beschämung würden wiederkehren, sobald er Zeit hatte, daran zu denken. Er wußte auch, daß es dann galt, harte Entscheidungen zu treffen: er würde die ganze Kraft seiner Persönlichkeit und seine brüderliche Autorität aufbieten müssen, um Robyn im Zaum zu halten. Sie mußten eine gemeinsame Version ausarbeiten, unter welchen Umständen sie den Vater angetroffen hatten, sich auf eine taktvolle Beschreibung seines Zustandes einigen.

Die Zinnschachtel enthielt vier in Leder und Leinen gebundene Tagebücher, jedes fünfhundert Seiten stark, und alle Seiten waren eng beschrieben oder hin und wieder mit einer gezeichneten Landkarte bedeckt. Es gab auch ein

Bündel loser Blätter, zwei- oder dreihundert, mit einer Schnur aus Birkenrinde zusammengebunden, und ein billiges Federpenal aus Holz mit Abteilen für zwei Tintenfässer und Federn. Ein Tintenfaß war leer, und die Federn waren offensichtlich oft geschärft worden, denn sie waren beinahe schon unbrauchbar. Zouga roch an der Tinte in dem einen Faß; sie schien eine übelriechende Mixtur aus Fett, Ruß und Farbstoffen, die Fuller zusammengebraut hatte, als sein Vorrat an echter Tinte ausging.

Das letzte Tagebuch und die meisten der losen Blätter waren mit dieser Mixtur beschrieben; sie war verblaßt und fleckig, und die Worte waren schwer zu entziffern, denn in diesem Stadium war Fuller Ballantynes Hand offenbar ebenso geschwächt wie sein Geist. Während die ersten zwei Tagebücher in der vertrauten kleinen und präzisen Handschrift geschrieben waren, veränderte sich diese Schrift im weiteren Verlauf und wurde zu einem Gekritzel, das den wirren Ideen glich, die ausgedrückt werden sollten. Der fortschreitende Wahnsinn seines Vaters war hier klar zu erkennen.

Die Seiten der in Leder gebundenen Tagebücher waren nicht numeriert, und zwischen den verschiedenen Daten der Eintragungen gab es viele Lücken. Das erleichterte Zougas Vorhaben.

Die ersten Tagebücher enthielten peinlich genaue Beschreibungen der Landschaft, des Klimas und der Bevölkerung sowie genaue Beobachtungen der Gestirne. Dazwischen eingestreut gab es Beschwerden über die Behörden, Klagen über die Direktoren der *London Missionary Society* oder über den Außenminister – den »Britischen Faktor« wie Fuller Ballantyne ihn nannte – und sein Amt.

Sie enthielten auch eine Erklärung, warum Fuller Ballantyne Tete verlassen hatte und mit einer nur karg ausgerüsteten Expedition nach Süden gezogen war. Dann plötzlich zwei Seiten, die von einer Liaison mit einem Angoni-Mädchen berichteten. Fuller hatte sie ›Sarah‹ getauft. Er glaubte sie schwanger. Er sagte direkt und ohne Umschweife: »Ich weiß, daß eine schwangere Frau, selbst eine Eingeborene, mich aufhalten würde. Da ich Gottes Arbeit verrichte, kann ich eine solche Behinderung nicht brauchen.«

Obwohl Zouga nach dem, was er auf dem Hügel gesehen hatte, darauf vorbereitet sein mußte, konnte er sich immer noch nicht damit abfinden. Mit dem Jagdmesser, das scharf wie eine Rasierklinge geschliffen war, trennte er die Seiten heraus und warf sie ins Feuer. »Der alte Teufel hatte kein Recht, so etwas Schmutziges zu schreiben«, brummte er.

Noch zweimal stieß er auf Berichte über Liebesbeziehungen, die er ebenso entfernte wie jene Stellen, an denen Fullers Geisteskrankheit sich bemerkbar machte. Zouga war überzeugt, das Richtige zu tun, nicht nur dem Andenken seines Vaters, sondern auch seinen Nachfahren, sich selbst und Robyn zuliebe.

Es war ein abschreckendes Erlebnis, festzustellen, wie die große Liebe des Vaters zum afrikanischen Volk und dem Land sich allmählich veränderte und zu bitterem, blindem Haß wurde. Von den Matabele-Stämmen, die er Ndebele oder Amandebele nannte, schrieb er ärgerlich: »Diese Löwen ähnlichen Leute, die keinen Gott kennen, deren Nahrung aus einem Teufelsgebräu und halb gekochtem Fleisch besteht – die sie in großen Mengen zu sich nehmen – und deren größte Freude es ist, wehrlose Frauen und Kinder aufzuspießen, werden von dem unbarmherzigsten Tyrannen seit Caligula beherrscht, von dem gräßlichsten, blutrünstigsten Ungeheuer seit Attila.«

Über andere Stämme schrieb er ebenso verächtlich. »Die Rozwis sind ein hinterhältiges, mißtrauisches Volk, scheue und verräterische Nachfahren eines Königs, den sie Mambos nannten. Dieser König war goldgierig und betrieb schwunghaften Sklavenhandel. Ihre Dynastien wurden von den plündernden Ndebele und deren widernatürlichen Brüdern, den Ngunis, den Shangaans von Gungundha und den blutbespritzten Angoni zerstört.«

Auf einer Seite fand Zouga einen Hinweis auf Monomatapa und seine Ruinenstädte. Begierig las er weiter, aber Fullers Gedanken schweiften immer wieder ab und wandten sich religiösen Ideen, dem Leid und dem Opfer zu, die den Kern seines christlichen Glaubens bildeten.

Im dritten Tagebuch stieß Zouga auf eine Schilderung der Karanga. »Die Karanga praktizieren eine Form der Ahnenverehrung, die Opfer verlangt. Das spirituelle Zentrum ihrer Religion ist ein Ort, den sie ›die Beerdigungsstätte der Könige‹ oder, in ihrer Sprache, ›Zimbabwe‹ nennen. Dort stehen die Idole, die ihre Ahnen verkörpern. Es scheint, daß dieser Ort südöstlich von meiner gegenwärtigen Position liegt.

Die oberste Priesterin dieses verwerflichen Glaubens wird Umlimo genannt. Früher lebte sie auf der Beerdigungsstätte der Könige, wurde jedoch von den Angoni vertrieben. Jetzt wohnt sie an einem anderen heiligen Ort und ist so gefürchtet, daß selbst der Tyrann der Mzilikazi ihr Geschenke sendet, um ihre Orakelsprüche zu hören.

Die Macht dieses Glaubens ist bei allen diesen Völkern so stark, daß sie das Wort Christi, das ich verkünde, nicht annehmen wollen... Gott der Herr hat mir kundgetan, daß ich auserwählt bin, die Hohepriesterin aufzusuchen und zu vernichten.«

Eine spätere Eintragung: »3. November, Position 20. Grad 05 Süd, 30. Grad 50 Ost. Temperatur 40 Grad im Schatten. Hitze unerträglich. Habe die Behausung der Umlimo erreicht.«

Die kurze Eintragung elektrisierte Zouga. Beinahe hätte er sie übersehen, denn sie stand auf dem Ende einer Seite. Er blätterte um, und auf der nächsten Seite fand er wieder die Worte eines Wahnsinnigen in religiöser Ekstase.

»Ich preise Gott, meinen Schöpfer. Den einzigen wahren Erretter, für den alle Dinge möglich sind. Dein Wille geschehe! Als ich ihr in dem stinkenden Leichenhaus gegenüberstand, erkannte sie mich als das Werkzeug des göttlichen Zornes, denn sie sprach zu mir mit der Stimme des Baal und Beelzebub, mit der Stimme Balaams und des Satans.

Ich aber stand vor ihr, stark und stolz, ein Bote Gottes, und als sie mich erblickte, erstarrte sie und schwieg.

So erschlug ich sie und trug ihren Kopf hinaus an das Licht des Tages. Und Gott sagte zu mir: ›Mein treuer und geliebter Diener, du darfst erst ruhen, wenn die Götzenbilder der Gottlosen gefallen sind.‹

Wie Gott es mir verkündet hatte, fand ich die Götzenbilder der Heiden mit Blumen und Gold geschmückt, das Blut der Opfer noch nicht trocken, und ich zerschlug sie, und kein Mensch konnte mich hindern, denn ich war das Schwert Zions, der Finger Gottes.«

Die Eintragung endete abrupt, als sei der Schreiber von seiner religiösen Inbrunst überwältigt worden.

Zouga blätterte die folgenden hundert Tagebuchseiten durch, um weitere Hinweise auf die Stadt und ihre mit Gold bedeckten Bilder zu finden, aber vergeblich.

Im letzten Tagebuch fand Zouga die Beschreibung einer Karawanenstraße »von dem blutgetränkten Land Mzilikazis fünfzehnhundert Kilometer nach Osten bis zu den stinkenden Schiffen der Händler, die jene armen Seelen in Empfang nehmen, die den Marsch über diese abscheuliche Straße überlebten.

Heute sah ich eine Sklavenkarawane und habe durch das Fernrohr festgestellt, daß es mindestens hundert sind, zumeist Jugendliche und Frauen. Sie gehen in Paaren und tragen ein schweres hölzernes Joch um den Hals. Die Sklavenhändler sind Schwarze; ich habe weder Araber noch Europäer unter ihnen gesehen. Obwohl sie weder Stammesabzeichen noch Federn oder Schmuck tragen, bin ich überzeugt, daß es Amandebele sind, denn ihr Körperbau ist leicht zu erkennen, und überdies kommen sie aus der Richtung des Königreiches von Mzilikazi, dem Tyrannen. Sie sind mit Speeren bewaffnet, deren Spitzen breit sind, einige tragen Musketen.

Gottes Wege sind wunderbar und geheimnisvoll und unbegreiflich. Er hebt dich auf und wirft dich nieder. Wie Gott mir befahl, ging ich mit Joseph an meiner Seite zu dem Lager der Sklavenhändler hinab. Wir überfielen sie wie die Israeliten die Philister. Zuerst schien es, als würden wir siegen, denn die Gottlosen flohen vor uns. Dann verließ uns Gott in seiner unergründlichen Weisheit. Einer der Gottlosen stürzte sich auf Joseph, während er seine Muskete lud. Obwohl ich eine Kugel durch seine Brust jagte, durchbohrte er meinen armen Joseph mit seinem furchtbaren Speer, bevor er selbst tot zu Boden fiel.

Allein kämpfte ich weiter, wie Gott mir befohlen, und die Sklavenhändler flüchteten in die Wälder vor meinem Zorn. Dann drehte sich einer von ihnen um und feuerte aus großer Entfernung seine Flinte auf mich ab. Die Kugel traf mich in die Hüfte.

Es gelang mir, ich weiß nicht wie, mich fortzuschleppen, bevor die Sklavenhalter zurückkehrten, um mich niederzumachen. Sie machten keinen Versuch, mir zu folgen, und ich erreichte meinen Unterstand. Ich bin schwer verwundet; zwar konnte ich die Kugel entfernen, aber der Hüftknochen ist zersplittert, und ich bin jetzt ein Krüppel.

Außerdem habe ich meine beiden Gewehre verloren; Josephs Flinte blieb liegen, wo er zu Boden fiel, und ich war so schwer verwundet, daß ich meine Waffe nicht tragen konnte. Ich sandte die Frau zurück, um die Waffen zu holen, aber die Sklavenhändler hatten sie fortgetragen.

Die mir verbliebenen Träger erkannten meine Hilflosigkeit und haben mich alle, nachdem sie das Lager geplündert und alles Wertvolle, einschließlich meines Medikamentenkoffers, mitgenommen hatten, verlassen. Nur die Frau bleibt bei mir. Zuerst war ich ärgerlich, als sie sich meiner Gruppe anschloß, doch jetzt erkenne ich Gottes Hand auf mir – denn sie ist zwar eine Heidin, aber sie ist mir treu ergeben, und jetzt, wo Joseph tot ist, der einzige Mensch, der mir zur Seite steht.

Was ist ein Mensch in diesem grausamen Land ohne Gewehr und ohne Chinin? Kann ein Weißer hier leben? Wird er nicht stets ein Fremder bleiben? Wird Afrika ihn dulden, wenn er seine Waffen und Medikamente verbraucht hat?«

Und dann ein Aufschrei aus tiefer Seelenangst.

»O Gott, war alles vergeblich? Ich kam, um den Weg für das Christentum zu öffnen, und niemand ist mir gefolgt. O Gott, ich bitte dich, gib mir ein Zeichen, daß ich nicht den falschen Weg zu einem falschen Ziel gegangen bin.«

Zouga lehnte sich zurück und rieb sich die Augen. Er war tief bewegt, und die Lider brannten ihm nicht nur vor Müdigkeit. Es war leicht, Fuller Ballantyne zu hassen, aber schwer, ihn zu verachten.

Seit Zouga vor zehn Tagen im Lager aufgetaucht war, hatten die Geschwister kaum ein Wort miteinander gewechselt. Er war nie mehr zu der Höhle auf dem Hügel zurückgekehrt, und Robyn hatte ihn nur zweimal gesehen, als sie zum Lager kam, um neue Vorräte zu holen.

Als sie Juba hinunterschickte, um Fullers Papiere zurückzufordern, hatte er die Schachtel sofort von einem Träger zur Höhle bringen lassen. Diese Bereitwilligkeit machte Robyn mißtrauisch.

Dieses Mißtrauen war ein Zeichen ihrer sich rasch verschlechternden Beziehung. Robyn wußte, daß sie mit Zouga reden und die Zukunft besprechen mußte, bevor die Gelegenheit zum Reden völlig entschwand.

Jetzt wartete Zouga am Flußufer auf seine Schwester und stand höflich auf, sobald er sie sah. Sein Ausdruck aber war zurückhaltend, sein Blick abweisend.

»Ich habe wenig Zeit, Zouga«, sagte Robyn. »Wir müssen beschließen, was weiter geschieht. Wir können nicht ewig hierbleiben.«

»Was schlägst du vor?«

»Vater geht es besser. Das Chinin hat seine Wirkung getan, und die andere Krankheit ist ebenfalls zurückgegangen. Nur das Bein macht mir Sorgen.«

»Du hast mir gesagt, er liege im Sterben«, erinnerte Zouga.

»Nun, dann tut es mir leid, dich enttäuschen zu müssen.«

Zougas Gesicht sah plötzlich aus wie eine Bronzemaske. Robyn merkte, wie er um Beherrschung kämpfte.

»Das zu sagen ist unter deiner Würde.«

»Entschuldige«, lenkte Robyn ein und schöpfte tief Atem. »Zouga, er hat sich erholt; Nahrung, Pflege und seine natürliche Widerstandskraft haben mitgeholfen. Ich glaube, ein guter Chirurg könnte sogar das Bein wieder in Ordnung bringen.«

Zouga schwieg lange. Obwohl seine Miene ausdruckslos blieb, konnte Robyn den Widerstreit der Gefühle in seinen Augen lesen.

»Vater ist wahnsinnig«, sagte er endlich. »Kannst du seinen Geist heilen?«

»Nein«, sie schüttelte den Kopf. »Aber in einem guten Krankenhaus können wir seinen Körper kurieren. Er könnte noch viele Jahre leben.«

»Und wozu?« beharrte Zouga.

»Vielleicht wäre er zufrieden und glücklich.«

»Und die ganze Welt erfährt, daß er wahnsinnig ist und Syphilis hat.«

»Hast du deshalb seine Tagebücher verfälscht?« Robyns Stimme wurde schrill.

»Das ist eine gefährliche Beschuldigung.« Auch Zouga verlor jetzt die Beherrschung. »Kannst du das beweisen?«

»Ich muß es nicht beweisen; wir beide wissen es.«

»Du kannst ihn nicht mitnehmen, er ist unfähig zu gehen.« Zouga wechselte das Thema.

»Man könnte ihn auf eine Bahre legen. Wir haben mehr Träger, als wir brauchen.«

»Und wohin willst du ihn bringen?« erkundigte sich

Zouga. »Die Strecke, die wir gekommen sind, würde er nie überleben. Die Route nach Süden ist unbekannt.«

»Vater hat den Verlauf der Sklavenstraße in seinem Tagebuch genau beschrieben. Sie führt direkt zur Küste.«

»Wir haben die wesentlichsten Ziele unserer Expedition noch nicht erreicht«, warf Zouga rasch ein.

»Die wesentlichsten Ziele waren, Fuller Ballantyne zu finden und über den Sklavenhandel zu berichten; wenn wir die Sklavenstraße zur Küste marschieren, haben wir beide Ziele erreicht.« Robyn hielt inne, dann mimte sie aufdämmerndes Verstehen. »Oh, mein Lieber, wie dumm von mir, du sprichst vom Gold und vom Elfenbein. Das waren von Anfang an deine wichtigsten Anliegen, nicht wahr, lieber Bruder?«

»Wir haben eine Verpflichtung gegenüber unseren Geldgebern.«

»Und keine gegenüber dem armen kranken Mann dort oben? Ich bringe Vater zur Küste, und zwar so rasch wie möglich.«

»Das wirst du nicht tun.«

»Fahr zur Hölle, Morris Zouga Ballantyne!« Der Fluch verschaffte Robyn eine böse Freude. Sie drehte sich um und stapfte davon.

Zwei Tage später war Robyn bereit zum Aufbruch. Als sie neben der Tragbahre aus Mopanistämmen den Hügel herabkam, waren Hottentotten und Träger marschbereit; Zouga hatte ihr alle Soldaten mit Ausnahme von Sergeant Cheroot mitgegeben, der bei Zouga bleiben wollte. Er hatte auch darauf bestanden, daß sie die meisten Träger mitnahm; er selbst wollte mit nur fünf Trägern und seinen vier Büchsenträgern weiterziehen.

Er befahl ihr auch, die Gewehre und alle verbliebenen Vorräte mitzunehmen. »Ich möchte nur genügend Pulver und Munition behalten und das Minimum an Medikamenten, um die weiteren Ziele dieser Expedition zu erreichen, die ich für überaus wichtig erachte.«

Am folgenden Morgen schickte Zouga vor Sonnenaufgang eine Gruppe von Trägern mit der Bahre auf den Hügel. Man hatte die Stämme entrindet und sie mit Streifen aus der frischen Haut einer eben erlegten Antilope zusammengebunden. Die Tragfläche der Bahre bestand aus den gleichen miteinander verknüpften Hautstreifen. Fuller Ballantyne mußte an die Bahre angebunden werden, damit er bei seinen unkontrollierten Bewegungen nicht herausfiel.

Robyn ging neben der Bahre und versuchte den verrückten alten Mann zu beruhigen. Die Hottentotteneskorte und die Träger standen bereit zum Abmarsch. Auch Zouga erwartete sie. Er stand etwas abseits, als habe er sich bereits von den anderen getrennt, doch Robyn trat auf ihn zu.

»Wenigstens wissen wir, wie wir zueinander stehen«, sagte Robyn zu ihrem Bruder. »Wir vertragen uns nicht und werden uns vermutlich nie vertragen; aber das heißt nicht, daß ich dich nicht achte und noch mehr liebe als achte.«

Zouga wurde rot und wandte den Blick ab. Sie hätte wissen können, daß ihn eine solche Eröffnung nur verlegen machte.

»Willst du unserem Vater nicht Lebewohl sagen?«

Zouga nickte steif, ging zur Bahre und vermied es, die Frau, die neben der Bahre stand, anzusehen.

»Leben Sie wohl, Sir«, sagte er formell. »Ich wünsche Ihnen gute Reise und baldige Genesung.«

Bruder und Schwester standen zum letztenmal nebeneinander und sahen zu, wie Hottentotten und Träger an ihnen vorbeizogen. Als nur mehr Juba neben ihr stand, schlang Robyn impulsiv die Arme um Zougas Hals und drückte ihn an sich.

»Ich versuche, dich zu verstehen, willst du nicht auch mich verstehen?«

Einen Moment lang schien es, als würde er nachgeben.

Robyn sah, wie die stramme, aufrechte Gestalt schwankte, doch dann richtete Zouga sich wieder auf.

»Das ist kein Lebewohl«, sagte Zouga steif. »Sobald ich getan habe, was notwendig ist, werde ich dir folgen. Wir werden uns wiedersehen.«

Robyn ließ die Arme sinken und trat zurück. »Bis dann«, sagte sie traurig. »Bis dann.«

Zouga wartete, bis der Gesang der Karawane verklungen und nur noch das Zwitschern der Vögel und das ferne Bellen einer Hyäne zu hören waren. Seine Gefühle waren höchst widersprüchlich. Einerseits war er schuldbewußt, eine Frau, auch wenn sie in guter Begleitung war, allein zur Küste reisen zu lassen; andererseits machte er sich Sorgen darüber, daß ihre Berichte die ersten sein würden, die in London eintrafen. Auch war er nicht sicher, wie authentisch die Hinweise waren, die ihm Fuller Ballantyne hinterlassen hatte. Alles aber wurde überschattet von einem Gefühl der Erleichterung und Erregung, daß er nun endlich nur für sich selbst verantwortlich war, daß er so rasch und so weit wandern konnte, wie es seine eisernen Muskeln und seine eiserne Entschlossenheit zuließen.

Er schüttelte sich, als wolle er Schuldgefühle und Zweifel loswerden, dann wandte er sich an Sergeant Cheroot.

»Wenn du lächelst, bringst du Kinder zum Weinen«, sagte Zouga zu ihm, »aber wenn du die Stirn runzelst... Was bedrückt dich jetzt, o mächtiger Elefantenjäger?«

Bekümmert wies der kleine Hottentotte auf die große Blechkiste, die Zougas Paradeuniform enthielt.

»Kein Wort darüber, Sergeant«, warnte Zouga.

»Aber die Träger beklagen sich, daß sie die Kiste so weit schleppen müssen.«

»Sie werden sie bis zu den Toren der Hölle tragen, wenn ich es befehle. Safari!« Zouga erhob die Stimme. »Wir marschieren!«

Zouga hatte sich auf große Unterschiede in den Standortbestimmungen seines Vaters, die dieser nach Beobachtungen des Himmels erstellt hatte, und seinen eigenen gefaßt gemacht. Einige Sekunden, von den Meßgeräten irrtümlich abgelesen, konnten meilenweite Entfernungen ergeben.

Daher betrachtete er das Gelände vor sich, das so genau der skizzierten Landkarte entsprach, die er aus Fullers Tagebuch kopiert hatte, mit einigem Mißtrauen.

Mit jedem Tagesmarsch drangen sie weiter in das Land vor, das Fuller Ballantyne so genau beschrieben hatte, und mit jedem Tag wuchs Zougas Überzeugung, daß es die Umlimo und die Ruinenstadt tatsächlich gab und sie nicht mehr weit davon entfernt waren.

Die Gegend, durch die sie zogen, war schön, obwohl die Hitze immer drückender wurde, je weiter sie nach Südwesten kamen. Die lange Trockenzeit ging dem Ende zu, das Gras war ausgedörrt und gelb wie ein Weizenfeld. Viele der Bäume hatten alle Blätter verloren und hoben ihre verkrüppelten Äste zum Himmel, als flehten sie nach erlösendem Regen. Jeden Tag türmten sich die Gewitterwolken, große silberne Wolkenberge, die zuerst purpur und dann stahlblau wurden, aber nie ihr Versprechen erfüllten, obwohl der Donner grollte und abends Blitze zuckten, als finde weit im Osten eine große Schlacht statt.

Das Großwild scharte sich um das wenige verbleibende Wasser, um die ergiebigsten Wasserlöcher und die tieferen Tümpel, so daß sie jeden Tag wie durch ein Paradies für wilde Tiere zogen.

Und überall gab es Elefanten. Kein Tag verging, an dem sie nicht eine frische Spur fanden, und in die Wälder führten richtige Straßen; große Bäume waren aus dem Boden gerissen oder entrindet, und auf dem Boden lagen zerkaute Zweige, Laubhaufen und Berge von Kot. Diese großen fasrigen Haufen glichen Monumenten, die den Durchzug der riesigen grauen Tiere bezeugten. Paviane und rundliche braune Fasane wühlten mit Begeisterung in ihnen herum und suchten nach halb verdauten wilden Nüssen und anderen Leckerbissen.

Zouga konnte selten widerstehen, wenn Jan Cheroot nach Betrachtung der Fußspuren aufblickte und erklärte: »Dieser da ist ein großer Bulle. Und gute Zähne hat er, darauf könnte ich um die Tugend meiner Schwester wetten.«

»Die wurde längst verspielt«, bemerkte Zouga trocken, »aber wir werden dennoch der Spur folgen.«

Erst als Zouga das Gefühl hatte, seinem Ziel sehr nahe zu sein, widerstand er den Verlockungen der Jagd, weigerte sich, der Spur von drei guten Bullen zu folgen, und kränkte Jan Cheroot damit tief.

Jan Cheroot wußte noch nichts von dem neuen Ziel ihrer Wanderung, und Zougas Verhalten verwirrte ihn. Er beobachtete Zouga oft mit einem fragenden Funkeln in seinen hellen kleinen Augen, aber diplomatisch vermied er eine direkte Frage und beugte sich Zougas Befehl, die Fährte nicht weiter zu verfolgen. Nur leise murrend folgte er seinem Herrn.

»Einen guten Elefanten oder eine bereitwillige Frau soll man nie laufen lassen«, dozierte er betrübt, »weil man nie weiß, wann und wo man auf die nächsten trifft.«

An diesem Abend nahm Zouga den Sergeanten beiseite und erklärte ihm, was er suche. Auf den bleichen Schrekken, der sich allmählich auf Jan Cheroots Zügen zeigte, war Zouga nicht gefaßt.

»Nie wat! Ik lol nie met daai goed nie!« In seiner abergläubischen Furcht verfiel der kleine Hottentotte in den holländischen Dialekt des Kaps. »Nein, was! Mit solchen Dingen will ich nichts zu tun haben«, wiederholte er auf englisch, und Zouga lächelte ihn über das Lagerfeuer hinweg spöttisch an.

»Sergeant Cheroot, ich habe gesehen, wie du mit nacktem Hintern auf einen verwundeten Bullen zugelaufen bist und ihn mit deinem Hut abgelenkt hast, als er angriff.«

»Elefanten«, sagte Cheroot ernst, »sind eine Sache,

Hexen eine andere.« Dann hob er den Kopf und zwinkerte wie ein listiger Zwerg. »Jemand muß bei den Trägern bleiben, sonst laufen sie davon.«

In der Nähe einer Wasserstelle ließ Zouga das Lager aufschlagen. Als die Schatten noch lang und das Gras noch naß waren, wanderte er, Pulver- und Proviantbeutel am Gürtel, die Elefantenbüchse um die Schulter gehängt, allein auf die Granitberge zu.

Die vor ihm liegenden Hügel glichen Kuppeln aus perlgrauem Granit – glatt wie die Glatze eines Mannes und völlig ohne Vegetation. Als er über das nur spärlich bewaldete Hochplateau auf sie zumarschierte, sank sein Mut. Mit jedem Schritt schienen die Hügel höher und steiler und die zwischen ihnen liegenden Täler tiefer und unwegsamer zu werden. Die Dornenbüsche in den Schluchten wurden dichter und dichter. Er konnte Monate brauchen, dieses wilde Terrain zu erforschen, und er hatte, anders als sein Vater, keinen Führer bei sich. Doch schließlich war alles so einfach, daß er sich ob seiner mangelnden Voraussicht schalt.

Der Vater hatte in seinem Tagebuch notiert: »Selbst Mzilikazi, der große Tyrann, sendet Geschenke, um ihre Orakelsprüche zu hören.«

Zouga gelangte auf einen breiten Weg, der durch die grauen Granithügel aufwärts führte. Es mußte die Route sein, die die Boten des Königs der Matabele benutzt hatten.

Auf einem Felsvorsprung sah er eine kleine Hütte, daneben stieg der Rauch eines Wachfeuers auf. Doch wenn hier jemand Wache gestanden hatte, so hatte er bei Zougas Herannahen seinen Posten verlassen.

Die Schlucht war totenstill, heiß und verlassen. Nicht einmal das Zirpen von Vögeln oder das Summen von Insekten im Unterholz war zu hören. Zouga warf den Kopf zurück und stieß einen lauten Ruf aus. Die Felswände warfen das Echo zurück. Dann herrschte wieder Stille. Der letzte Mann, der hierhergekommen war, war das Schwert Gottes in Person gewesen, entschlossen, das Orakel zu enthaupten, dachte Zouga verbittert. Er durfte keinen triumphalen Empfang erwarten.

Er trat durch ein Felstor und sah um sich; vor ihm lag ein hübsches Tal, etwa zwei Kilometer lang und halb so breit, von einem Bach bewässert. In der Mitte des Tales standen ein paar Hütten mit ordentlichen Strohdächern, magere Hühner scharrten im Sand. Die Hütten waren verlassen, aber der Haferbrei in den Kochtöpfen war noch warm. Drei der größten Hütten waren mit wahren Schätzen vollgestopft – da gab es Lederbeutel mit Salz, Werkzeuge und Eisenwaffen, Barren geschmolzenen Kupfers, einen Haufen kleiner Elefantenzähne. Vermutlich waren das die Geschenke, die Ratsuchende dem Orakel brachten, Zahlungen für eine Intervention bei den Regengöttern, für die Verhexung eines Feindes oder für einen Zaubertrank, der das Herz der Geliebten gewinnen sollte. Auf sein langläufiges Gewehr gestützt, studierte Zouga den Hügel am Talende; wieder war es ein Pfad, der seine Aufmerksamkeit erregte, ein Pfad, der zu einer Höhle führte.

Er erreichte die Höhle und blieb stehen, nicht weil er müde war – der Aufstieg hatte ihn nicht angestrengt –, sondern um sich zu orientieren. Der Eingang war etwa hundert Schritte breit und die Decke der Höhle so niedrig, daß er hinaufgreifen und den nackten Fels berühren konnte.

Der Pfad führte in die Höhle und verlor sich in der Dunkelheit. Ein Weitergehen schien nicht sehr verlockend; Zouga würde das Licht im Rücken haben, seine Augen würden sich nur langsam an das schwache Licht gewöhnen, und es gab mehr als genug Winkel, wo ein Mann mit einem Speer oder einer Axt warten konnte. Als Zouga in die unheimliche Öffnung spähte, fühlte er seine Begeisterung schwinden und rief in der Matabele-Sprache:

»Ich komme in friedlicher Absicht!«

Sofort antwortete eine piepsende Kinderstimme nahe an seiner Schulter in derselben Sprache.

»Weiß ist die Farbe der Trauer und des Todes«, zirpte die Stimme, und Zouga sah sich verwirrt um. Nirgends war ein Kind zu sehen, kein Mensch, kein Tier. Das Tal hinter ihm war verlassen, still.

Zouga spürte, wie sein Mund austrocknete, spürte, wie jene abscheulichen kleinen Insekten der Angst über Arme und Nacken krochen, und während er vor sich hin starrte, krächzte eine andere Stimme aus dem Felsen über ihm:

»Weiß ist die Farbe des Krieges.«

Es war die Stimme einer sehr alten Frau. Das Herz klopfte Zouga gegen die Rippen wie ein gefangener Vogel.

»Weiß ist die Farbe der Sklaverei«, sang eine süße Mädchenstimme, die so klar war wie Quellwasser.

Aus der Höhle dröhnte eine andere Stimme, wie ein brüllender Stier: »Der weiße Adler hat die Falken vernichtet.«

Zouga atmete tief ein, um die lähmende Angst loszuwerden, und eine Erinnerung tauchte auf. Ein Feiertag in Brighton, ein kleiner Junge an der Hand von Onkel William, der verwundert zu einem Zauberer auf der Bühne aufschaut. Der Zauberer erweckt eine Puppe zum Leben und läßt sie mit piepsender Stimme sprechen. Aus einer kleinen Schachtel neben der Puppe ertönt die Antwort. Die Erinnerung beruhigte Zouga, und er lachte laut.

»Heb deine Tricks für Kinder auf, Umlimo. Ich komme in friedlicher Absicht.« Keine Antwort. Doch Zouga glaubte den seidigen Ton von nackten Füßen auf bloßem Stein zu vernehmen, der aus der Dunkelheit hinter der zerstörten Steinmauer kam. »Sieh mich an, Umlimo. Ich lege meine Waffen ab.«

Er warf den Pulversack auf den Boden, legte die Elefantenbüchse daneben und hielt, während er durch die Höhle schritt, die leeren Hände hoch.

Als er eine Stufe in der Mauer erreichte, hörte er das

scharfe, zischende Fauchen eines wütenden Leoparden. Es kam aus den Schatten, die vor ihm lagen. Die Töne waren furchterregend, wild und echt, aber jetzt hatte Zouga die Beherrschung wiedergewonnen. Er zögerte nicht, sondern ging weiter, zwängte sich durch einen engen Spalt und richtete sich auf der anderen Seite wieder auf.

Dann blieb er eine Minute stehen, bis seine Augen sich an das schwache Licht gewöhnt hatten, bis er in der Düsternis Formen erkennen konnte. Die tierischen Laute waren verstummt. Irgendwo in der Tiefe der Höhle vor ihm sah er ein schwaches Licht, und jetzt fand er auch den Weg, der durch die Felsbrocken und das Geröll führte, das da und dort bis zu der niederen Decke reichte. Behutsam setzte er seine Schritte, und das Licht wurde stärker, und Zouga merkte, daß es ein Sonnenstrahl war, der durch einen schmalen Spalt in der Decke fiel. Als er stolperte, streckte er die Hand aus; es war jedoch kein Felsen, den er berührte, es war ein menschlicher Schädel, die Backenknochen noch von vertrockneter Haut bedeckt.

Entsetzt erkannte er, daß das, was er für Geröll und Steine gehalten hatte, Überreste von Menschen waren, die, zu Haufen geschichtet, in allen Ecken und in der ganzen Höhle verstreut lagen. »Das stinkende Leichenhaus«, hatte Fuller Ballantyne geschrieben. Instinktiv wischte sich Zouga die Hand ab und ging weiter auf das Licht zu. Jetzt roch er Qualm und spürte die Gegenwart eines Menschen und noch etwas anderes, Süßliches, das er nicht identifizieren konnte. Der Boden der Höhle senkte sich. Er ging um einen Fels und sah hinab auf ein kleines natürliches Amphitheater mit glattem Granitboden.

In der Mitte brannte ein Holzfeuer; wohlriechender Rauch stieg auf. Vor dem Feuer saß eine Gestalt. Ohne den Blick von der Frau zu wenden, stieg Zouga langsam hinab.

Das Mädchen, das vor dem Feuer kniete, war sehr jung, und Zouga erkannte, daß er kaum je eine schönere Frau gesehen hatte. Auf dem langen, königlichen Hals balancierte ein Kopf wie eine schwarze Lilienblüte auf einem Stengel. Die Gesichtszüge schienen ägyptisch: eine gerade, schöne Nase, riesige dunkle Augen über hohen Backenknochen. Der schlanke Körper war nackt, die Gliedmaßen waren lang und zart, die Brüste voll und rund, die Hüften unter der schmalen Taille erinnerten an eine venezianische Vase. Aus dem dunklen Dreieck zwischen den Beinen quollen die Schamlippen hervor wie die Flügel eines exotischen Schmetterlings aus seiner haarigen Puppe.

Die dunklen Augen beobachteten Zouga, und als er näher trat, machte sie mit den zarten langen Fingern eine kleine Geste. Folgsam setzte sich Zouga ihr gegenüber und wartete. Die Frau nahm einen ausgehöhlten Kürbis und schüttete etwas in eine Kalebasse; es war Milch. Zouga erwartete, daß sie ihm die Schale anbieten würde, doch das tat sie nicht. Sie starrte ihn unverwandt an.

»Ich komme aus dem Norden«, sagte Zouga endlich. »Man nennt mich Bakela.«

»Dein Erzeuger erschlug die, die vor mir war«, sagte die Frau. Ihre Stimme war faszinierend; obwohl die Frau ihre schöngeschwungenen Lippen kaum bewegte ertönte sie mit der Stärke und dem Timbre eines geübten Bauchredners. Der Ton der Stimme schien, noch lange nachdem sie gesprochen hatte, in der Luft zu klingen, und jetzt wußte er mit Sicherheit, wer mit der Stimme eines Kindes, eines jungen Mädchens, eines wilden Tieres und eines Kriegers gesprochen hatte.

»Eine Krankheit des Blutes trieb meinen Vater in den Wahnsinn«, erklärte Zouga, »er wußte nicht, was er tat.«

»Es war Teil der Prophezeiung.« Die Worte der Umlimo hallten von den Felswänden, aber sie bewegte sich nicht. Stille hüllte sie ein.

»Diese dort«, sagte Zouga schließlich und wies auf einen Haufen Gebeine, »wer waren sie, wie starben sie?«

»Es ist das Volk der Rozwi«, antwortete die Frau, »sie starben durch Rauch und Feuer.«

»Wer hat das Feuer gelegt?«

»Der schwarze Stier aus dem Süden. Die Angoni.«

Zouga schwieg und sah im Geist den Stamm, der hier zu seinem heiligen Ort geflohen war, die Männer, Frauen und Kinder, die im Dunkel der Höhle kauerten und das Geschrei der Belagerer hörten, das Splittern des Holzes und das Knistern der Flammen, bis der Rauch zu ihnen drang, bis sie alle erstickten.

»Auch das war Teil der Prophezeiung«, sagte die Umlimo und schwieg. In der Stille hörte Zouga ein leises Rascheln, als würde der Wind ein vertrocknetes Blatt über einen Steinboden treiben, und seine Augen wandten sich dem Geräusch zu.

Ein dunkles Etwas floß wie vergossenes Blut aus dem Schatten der Höhle. Es raschelte leise über den Steinboden, und Zouga spürte, wie sich seine Haare sträubten, als er wieder jenen süßlichen Geruch roch, den er vorhin bemerkte, aber nicht erkannt hatte. Es war der Geruch einer Schlange.

Wie gebannt starrte Zouga auf das Reptil, dessen Kopf jetzt den hellen Schein des Feuers erreichte. Die Schuppen glänzten wie Marmor, die lidlosen Augen waren auf Zouga gerichtet, in dem lippenlosen Maul vibrierte die schwarze Zunge, als das Tier seine Witterung aufnahm.

»Großer Gott«, flüsterte Zouga heiser und griff nach dem Jagdmesser an seinem Gürtel. Die Umlimo bewegte sich nicht.

Die Schlange hob den Kopf und trank die Milch. Es war eine Mamba, eine schwarze Mamba, die giftigste aller Schlangen. Der Tod, den sie brachte, war rasch, aber von unvorstellbarer Qual. Zouga hatte nicht geglaubt, daß eine Mamba so ungeheuer groß werden konnte; als er zusah, wie sie trank, war sie zur Hälfte noch von den Schatten umhüllt.

Nach einer Weile kroch das riesige Reptil zur Umlimo, berührte ihr nacktes Knie mit der zuckenden schwarzen Zunge, leckte sekundenlang an ihren Schamlippen, schlang sich um ihren Bauch, glitt über die Brüste und wand sich um ihren Hals. Sie legte sich schließlich um ihre Schultern und blieb hängen und bewegte den Kopf ein wenig hin und her, während sie Zouga wieder mit ihrem kalten Schlangenblick fixierte.

Zouga ließ das Jagdmesser los. »Ich bin auf der Suche nach Weisheit gekommen«, sagte er heiser.

»Ich weiß, was du suchst«, erwiderte die Umlimo. »Du wirst mehr finden, als du suchst.«

»Wer wird mir den Weg weisen?«

»Folge dem kleinen Sucher nach Süßigkeit in den Baumwipfeln.«

»Ich verstehe nicht.« Zouga runzelte die Stirn. Sein Blick war immer noch auf das riesige Reptil gerichtet. Die Umlimo antwortete nicht. Ihr Schweigen war offenbar eine Aufforderung, über ihre Worte nachzudenken. Zouga überlegte still, fand jedoch keine Erklärung. Er prägte sich ihre Worte ein und hätte eine weitere Frage gestellt, aber aus der Dunkelheit kam ein Rascheln, und eine zweite Schlange glitt rasch an ihm vorüber. Es war eine zweite Mamba, eine kleinere Schlange, nicht viel dicker als sein Daumen und etwa doppelt so lang wie seine ausgestreckten Arme. Das Tier war halb aufgerichtet und segelte auf seinem Schwanz auf die knieende Frau mit ihrem bizarren, lebendigen Halsband zu.

Die Frau rührte sich nicht, und die kleinere Schlange wiegte sich sanft von einer Seite zur anderen, bis ihre kleine schwarze Zunge jene der dicken großen Mamba berührte. Dann begann sich die Schlange um den Körper der anderen zu schlingen, Drehung um Drehung, wie ein Seemann die Schot um den Mast schlingt, und bei jeder Wendung konnte man den weichen weißen Bauch mit den engen Schuppen sehen, die von Flanke zu Flanke reichten.

Weder die Frau noch die große Schlange bewegten sich, noch wandten sie den Blick von Zougas schreckensbleichem Gesicht. Der schlankere, hellere Körper der zweiten

Schlange bewegte sich rhythmisch und voller Sinnlichkeit, dehnte sich aus und zog sich wieder zusammen, immer eng an die erste Schlange gepreßt, und Zouga merkte, daß die Tiere kopulierten.

Als die Erregung des Männchens wuchs, teilten sich die Schuppen und sein Penis wurde sichtbar. Er hatte Form und Farbe einer nächtlichen Kaktusblüte, ein blasses Lila, das glänzte wie feuchte Seide. Unaufhörlich liebkoste das Männchen den dicken dunklen Körper und schließlich wurde seine Leidenschaft belohnt. Das Weibchen rollte sich ein wenig auf, ihr weißer Bauch zitterte und ihr Geschlechtsorgan lag frei. Mit einer einzigen bebenden Bewegung preßte das Männchen seinen Bauch an den ihren, und die angeschwollene lila Blume drängte sich zwischen die Schuppen in die weibliche Tasche. Die weibliche Mamba riß das Maul auf, und ihr Schlund war gelb wie eine Dotterblume. Die kleinen knochigen Nadeln ihrer Fänge waren aufgerichtet und an jeder Spitze klebte ein winziger Gifttropfen. Sie zischte leise, aus Schmerz oder Ekstase, während der Penis des Männchens tief in sie eindrang.

Das bizarre Schauspiel dauerte nur wenige Minuten, in denen die Frau unbeweglich verharrte. Zouga rann der Schweiß von der Stirn und tropfte ihm in den Bart. Jetzt brach die Umlimo wieder das Schweigen.

»Der weiße Adler stieß auf die Falken herab und warf sie zur Erde.« Sie hielt inne. »Jetzt wird der Adler sie wieder hochheben, und sie werden in die Ferne fliegen.«

Zouga beugte sich vor und hörte begierig zu.

»Es wird keinen Frieden geben in den Königreichen der Mambos und Monomatapas, bis sie wiederkommen. Denn der weiße Adler wird mit dem schwarzen Stier kämpfen, bis die Falken heimkehren. Geschlechter um Geschlechter werden miteinander im Kampf liegen, der Adler wird mit dem Stier kämpfen – Weiß gegen Schwarz, Schwarz gegen Schwarz, bis die Falken wiederkehren. Bis die Falken wiederkehren.«

Die Umlimo hob die Girlande aus den verschlungenen Schlangenkörpern von ihrem Hals, legte sie sanft auf den Steinboden und stand mit einer einzigen fließenden Bewegung auf. Der Widerschein des Feuers glänzte auf ihrem schimmernden Körper.

»Wenn die Falken wiederkehren«, sie breitete die Arme aus, »werden die Mambos von Rozwi und die Monomatapas von Karanga wieder das Land beherrschen.« Sie ließ die Arme sinken. »Das ist die Prophezeiung. Die ganze Prophezeiung.« Sie wandte sich vom Feuer ab und verschwand in den dunklen Schatten der Höhle.

»Warte!« rief Zouga und wollte ihr nach. Die riesige Mamba richtete sich auf, zischte laut, und das gelbe Maul öffnete sich, während sich die funkelnden Schuppen auf dem Hals aufstellten. Zouga erstarrte; nochmals zischte die Schlange drohend, und Zouga machte einen Schritt zurück. Der Schlangenkörper entspannte sich ein wenig, der Kopf senkte sich. Zouga wich bis zum Eingang der Höhle zurück, und bevor ein Felsvorsprung das Amphitheater seinen Blikken entzog, sah er die Schlange zu einem kniehohen Knäuel glitzernder Schuppen zusammensinken – immer noch von dem Männchen umschlungen.

Während Zouga zu Jan Cheroot und den Trägern zurückmarschierte, dachte er wieder und wieder an die rätselhafte Prophezeiung der Umlimo. Abends, am Lagerfeuer, schrieb er sie Wort für Wort ins Tagebuch, und der süßliche Schlangengeruch begleitete seine Alpträume und verließ ihn viele Tage nicht.

Jetzt wurde der Wind unbeständig; manchmal flaute er in der drückenden Mittagshitze völlig ab, manchmal wirbelte er »Staubteufel« über die Ebene. Dann plötzlich schien er von allen Seiten zu kommen, in einer Minute deutlich aus dem Norden, in der nächsten aus dem Süden.

Mit jedem Tag nahm die Hitze zu, denn die Regenzeit

stand bevor; nicht einmal Zouga war imstande, zu Mittag zu marschieren. Er und Cheroot und die Träger suchten sich einen schattigen Platz, warfen sich ins Gras und versuchten zu schlafen, soweit es die Büffelfliegen zuließen. Zu sprechen bedeutete eine Anstrengung, es kostete sogar ungeheure Mühe, den Schweiß wegzuwischen, der auf Haut und Kleidung kleine weiße Kristalle bildete. Das Salz hatte Zougas Hemd und Hose so zerfressen, daß er nur mehr Fetzen an sich trug. Seine Stiefel waren mehr als einmal mit der Haut von Elefantenohren gedoppelt worden, und ebenso hatte er seinen Gürtel und den Riemen seiner Elefantenbüchse mit gegerbter Büffelhaut erneuert. Er sah jetzt seltsam fremd und hager aus; das Jagen und die Gewaltmärsche hatten jedes Gramm Fett und überflüssiges Fleisch weggebrannt. Die Magerkeit betonte noch seine Größe, und die Breite seiner knochigen Schultern wurde von der schmalen Taille unterstrichen. Die Sonne hatte seine Haut dunkelbraun gebrannt und Kopf- und Barthaar silberweiß gebleicht. Er trug sein Haar schulterlang und band es im Nacken mit einer Lederschnur zusammen. Schnurrbart und Bart waren ordentlich gestutzt; er schnitt sie mit einer Schere zurecht und benutzte die erhitzte Klinge seines Jagdmesser, um die Spitzen abzusengen.

Für ihn verging die Zeit zu rasch. Nach jeder Jagd wurden die Pulverbeutel leichter, und der kostbare Vorrat an Chinin schwand dahin. Ohne Munition und Chinin aber konnte kein Weißer die Regenzeit überleben. Sehr bald würde er die Suche nach der Ruinenstadt mit ihren vergoldeten Götzenbildern aufgeben müssen. Um dem Regen zu entgehen, würde er tausend Kilometer oder mehr nach Südwesten ziehen müssen, um auf die Straße seines Großvaters zu stoßen und zur Missionsstation in Kuruman zu gelangen.

Je später er fortzog, desto härter mußte der Marsch werden – hart und rasch, ohne lange Rastpausen, weder für einen Elefanten noch für Gold, bis er das trockene, sichere Land im Süden erreichte.

Der Gedanke, dieses Land zu verlassen, stimmte ihn traurig. Ein untrügliches Gefühl sagte ihm, daß es hier, nicht weit von der Stelle, an der sie sich befanden, irgend etwas gab, und daß der einsetzende Regen seine Suche beenden würde, frustrierte ihn zutiefst. Aber, tröstete er sich, es würde ein anderes Mal geben, bestimmt würde er wiederkehren. Dieses Land hatte etwas an sich! Ein beharrlicher, irritierender Laut unterbrach seine Gedanken. Er schob die Mütze zurück, die ihm über die Augen gerutscht war, und sah zu dem dichten Geäst des Marulabaumes auf.

Die Rufe wiederholten sich, und der unscheinbare Vogel, der sie ausstieß, hüpfte aufgeregt von Ast zu Ast. Der Vogel war so groß wie ein Star, der Rücken dunkelbraun, Brust und Bauch waren schmutziggelb gefärbt.

Zouga drehte sich um und sah, daß auch Jan Cheroot erwacht war.

»Nun?« fragte er.

»Seit Wochen habe ich keinen Honig mehr gegessen«, sagte Jan Cheroot. »Aber es ist heiß. Vielleicht ist der Vogel ein Lügner, vielleicht führt er uns zu einer Schlange oder einem Löwen.«

»Er führt dich nur zu einer Schlange, wenn du ihn um seinen Anteil an den Waben betrügst«, erklärte Zouga.

»So sagt man.« Jan Cheroot nickte. Schweigend überlegten sie, ob sie dem Honiganzeiger folgen sollten. Dieser Vogel führt oft einen Dachs oder einen Menschen zu einem wilden Bienenstock und wartet dann auf seinen Anteil an Honig und Waben. Gibt man ihm nicht, was ihm gebührt, dann führt er den Menschen, der ihn betrogen hat, das nächstemal zu einer Giftschlange oder einem Löwen, so will es die Legende.

Jan Cheroots Gier nach Süßigkeit gewann die Oberhand. Er setzte sich auf, und sofort wurden die Vogelrufe schriller und aufgeregter. Lärmend, mit Flügeln und Schwanz schlagend, flog der Vogel zum nächsten Baum, und als die beiden Männer ihm nicht gleich folgten, kam er ungeduldig zurückgeflogen.

»Also gut, mein Alter«, resignierte Zouga und stand ebenfalls auf. Jan Cheroot nahm eine Axt und einen Topf aus gebranntem Lehm und wies die Träger an, ein Lager aufzuschlagen.

»Heute abend bringen wir euch Honig«, sagte er ihnen.

Salz, Honig und Fleisch sind die größten Delikatessen des afrikanischen Busches. Zouga verspürte Gewissensbisse, so viel Zeit für einen frivolen Abstecher zu verschwenden, andererseits hatten sich seine Leute, die viel und rasch marschiert waren, eine Belohnung verdient.

Der kleine braungelbe Vogel flatterte vor ihnen her, sprang von Baum zu Busch und blickte wieder und wieder zurück, um sich zu vergewissern, daß man ihm folgte. Beinahe eine Stunde lang führte er Zouga und Cheroot ein ausgetrocknetes Flußbett entlang und dann weiter eine Anhöhe hinauf. Vom Sattel aus sahen sie ein dichtbewaldetes Tal, das von den vertrauten Kuppen und Felshügeln umgeben war.

»Der Vogel neckt uns«, brummte Jan Cheroot. »Ich glaube, ich habe Honig gar nicht so gern, wie ich dachte.«

»Ja, wir werden umdrehen«, stimmte Zouga zu. »Besser, auf dem Rückweg eine fette Kudu-Kuh zu finden und Fleisch zu haben als Honig.«

Kaum hatten sie mit dem Abstieg begonnen, als der Vogel zurückflog und wieder seine lauten Rufe ausstieß.

»Such deinen Freund, den Honigdachs«, rief ihm Jan Cheroot zu. Der Vogel kam tiefer und tiefer herab, bis er kaum eine Armlänge über ihren Köpfen war. Die aufgeregten Rufe wurden immer lauter.

»*Voetsak!*« schrie ihn Jan Cheroot an und hob einen Stein auf, um den Vogel zu verscheuchen. »Geh weg und laß uns in Frieden, kleiner Zuckermund.«

Als Zouga diese Bezeichnung hörte, blieb er stehen. Jan Cheroot hatte den holländischen Ausdruck *»klein Suiker bek-*

kie« gebraucht, und jetzt lehnte er sich eben zurück, um den Stein zu werfen.

Zouga umfaßte sein Handgelenk. »Kleiner Zuckermund«, wiederholte er, und die Stimme der Umlimo klang ihm im Ohr, ihre Worte, die er auswendig gelernt hatte. »Der Sucher nach Süßigkeit in den Baumwipfeln.«

»Warte«, befahl er Jan Cheroot, »laß den Stein.«

Natürlich war es lächerlich; Jan Cheroot würde ihn verspotten, wenn er ihm von den Worten der Umlimo erzählte. Doch aus irgendeinem geheimnisvollen Grund zögerte Zouga. »Wir sind so weit gewandert«, sagte er zu dem Hottentotten, »und der Vogel ist so aufgeregt, daß der Bienenstock nicht mehr weit sein kann.«

»Kann noch gute zwei Stunden dauern«, schimpfte Jan Cheroot, aber er ließ den Stein fallen. »Das bedeutet sechs Stunden zurück ins Lager.«

»Du willst doch nicht träge und fett werden«, zog ihn Zouga auf, und gemeinsam stapften sie weiter.

Eine Stunde später war Zouga überzeugt, daß Jan Cheroot recht gehabt hatte. Der Vogel war ein Lügner, und sie verschwendeten bloß ihre kostbare Zeit. Sie hatten das ganze Tal durchquert, und vor ihnen lag eine glatte Felswand, von Bäumen und Schlingpflanzen beinahe verdeckt. Sie blieben stehen und sahen hinauf. Der Bienenstock befand sich beinahe auf der Spitze der Felsen. Triumphierend umkreiste der kleine Vogel ihn, legte den Kopf zur Seite und sah auf die beiden Männer herab. Der Felsen unterhalb des Bienenstockes war von dunklen Tropfen geschmolzenen Wachses überzogen, doch von einem schönen, dichten Schlinggewächs beinahe verborgen. Die aus- und einfliegenden Bienen schimmerten golden im Sonnenlicht.

»Nun, Sergeant, hier ist ein Bienenstock«, sagte Zouga, »der Vogel hat nicht gelogen.« Zouga verspürte tiefe Enttäuschung. Obwohl er sich vorgenommen hatte, den Worten der Umlimo keine Bedeutung beizumessen, hatte er, wider besseres Wissen, eine schwache Hoffnung gehegt. Sie hatte sich als trügerisch erwiesen. Zouga lehnte sein Gewehr an einen Baum, legte sich nieder und schaute zu, wie Jan Cheroot den Bienenstock ausräucherte.

Der Hottentotte kletterte zu dem Stock hinauf und blies Rauch in die Öffnung. Ein paar Minuten später begann er die Blütenzweige wegzuschneiden, die den Eingang verbargen.

»Was, zum Kuckuck ...« Er hielt inne und starrte auf die Felswand, die er freigelegt hatte. »Hier war der Teufel am Werk.«

Der Ton seiner Stimme alarmierte Zouga.

»Was ist los?«

Jan Cheroots Körper verdeckte die Ursache seines Erstaunens, und Zouga kletterte ungeduldig zu ihm hinauf.

»Schauen Sie!« rief Jan Cheroot. »Sehen Sie sich das an!« Er wies auf die Steinfront, die er freigelegt hatte.

Zouga brauchte einige Sekunden, um festzustellen, daß der Eingang zum Bienenstock eine geometrisch perfekte, behauene Öffnung war – eine von vielen Öffnungen, die sich in einem breiten horizontalen Band über die Felswand hinzogen. Dieses Band schien ohne Unterbrechung nach beiden Richtungen zu verlaufen und bestand aus in einem Zickzackmuster gelegten, bearbeiteten Steinen, ein Gitterwerk, das fraglos von einem guten Steinmetzen stammte.

Zouga war so aufgeregt, daß er fast den Halt verlor, und gleich darauf sah er etwas, was bisher von den dichten Lianen und der dicken Wachsschicht des Bienenstockes verdeckt gewesen war.

Die gesamte Front bestand aus behauenen Steinblöcken, die so perfekt zusammengefügt waren, daß man sie bei flüchtigem Hinsehen für eine Felswand hielt. Zouga und Jan Cheroot befanden sich vor einer zwölf Meter hohen, massiven Steinmauer. Es war eine gigantische Steinarbeit, die sich mit der Außenmauer von Solomons Tempel vergleichen ließ, eine riesige Festungsmauer, die nur eine Stadt umgeben konnte, eine vergessene Stadt, von Bäumen und Pflanzen überwuchert.

»*Nie wat!*« flüsterte Jan Cheroot. »Das ist ein teuflischer Ort – hier wohnt der Satan in Person. Gehen wir«, flehte er, »lassen Sie uns weit fortgehen, und zwar rasch.«

Zouga brauchte für seinen Rundgang beinahe eine Stunde, denn der nördliche Teil des Walles war noch dichter überwuchert. Die Mauer, in einem fast vollkommenen Kreis angelegt, schien keinen Eingang zu haben. An zwei, drei Stellen, die ihm vielversprechend schienen, hackte Zouga das Gestrüpp weg, um ein Tor zu finden. Er fand keines.

Offenbar wies nur das östliche, der aufgehenden Sonne zugewandte Viertel der Mauer das Bandmuster auf. Vermutlich waren die Erbauer Sonnenanbeter gewesen.

Jan Cheroot trottete widerwillig hinter Zouga her und prophezeite den Zorn der Gnome und Geister, die diesen verwunschenen Ort behüteten, während Zouga sich mit der Axt einen Weg um die Mauern bahnte und gar nicht hinhörte.

»Es muß ein Tor geben«, brummte er. »Wie sonst sind sie hinein- und herausgekommen?«

»Teufel haben Flügel«, bemerkte Jan Cheroot mürrisch. »Sie fliegen.«

Als sie zu der Stelle zurückkamen, wo sie den Bienenstock entdeckt hatten, verschwand die Sonne hinter den Baumwipfeln. Es wurde rasch dunkel.

»Wir werden morgen nach dem Eingang suchen«, beschloß Zouga.

»Wir werden doch nicht hier übernachten?« fragte Jan Cheroot entsetzt.

Zouga ignorierte seinen Protest. »Zum Abendessen gibt es Honig«, sagte er aufmunternd, und diesmal schlief er nicht den Schlaf eines Jägers, sondern träumte von Schatzhäusern und vergoldeten Götzenbildern.

Als es hell genug war, daß sie die Umrisse der Mauer vor dem blassen Himmel erkennen konnten, nahmen sie die Suche wieder auf.

Vor Eifer und Ungeduld hatte Zouga am Vortag eine Stelle übersehen, wo einmal jemand die Schlingpflanzen weggeschnitten hatte; jetzt wucherte dort das junge Grün noch dichter als zuvor.

»Jan Cheroot«, rief Zouga. Jan Cheroot kam von der Feuerstelle herbeigelaufen. »Säubere den Platz von Unkraut.« Während Cheroot seine Axt holte, überlegte Zouga, daß nur *ein* Mensch für die Schnitte im Unterholz verantwortlich sein konnte. Wieder einmal war Fuller Ballantyne sein Führer, doch diesmal kränkte es ihn nicht; in die Fußstapfen seines Vaters zu treten, war ihm nicht mehr neu und verringerte kaum seine Erregung und Vorfreude.

»Beeil dich«, rief er Jan Cheroot zu.

»Die Mauern stehen seit tausend Jahren, sie werden nicht gerade jetzt einstürzen«, erwiderte Jan Cheroot munter und spuckte in die Hände, bevor er die Axt schwang.

Der kleine Hottentotte war an diesem Morgen wesentlich fröhlicher. Er hatte die Nacht am Fuß der Mauer überlebt, ohne von einem einzigen Waldschratt belästigt worden zu sein, und Zouga hatte ihm von den Schätzen erzählt, die hinter der Mauer verborgen sein mußten. Jan Cheroots vorübergehend verdrängte Habsucht war wieder erwacht, und er stellte sich vor, wie er, die Taschen voll mit Goldmünzen, in seiner Lieblingstaverne im Hafen von Kapstadt sitzen würde, während mindestens ein Dutzend honigfarbener Hottentottenschönen sich eng an ihn drängten, um seiner Geschichte zu lauschen, und der Wirt eine weitere Flasche Whisky öffnete. Jetzt war seine Begeisterung fast so groß wie jene von Zouga. Er arbeitete rasch; als Zouga sich niederbeugte und den Zugang prüfte, den er freigeschlagen hatte, zeigten sich die Umrisse eines Tores; Granitstufen führten zu einer schmalen Öffnung.

Die Stufen waren von Tausenden von Füßen glattgeschliffen worden. Es war nicht die ordentliche Steinmetzarbeit der großen Mauer, sondern ein nachlässiger und eiliger Versuch, den Eingang zu blockieren, vielleicht um einen herannahenden Feind abzuhalten.

Jemand, vermutlich Fuller Ballantyne, hatte die Barriere so weit beiseite geräumt, daß ein Mann durchgehen konnte. Über lockere Steine bahnte sich Zouga den Weg durch das Tor.

Seine Enttäuschung war grenzenlos. Er hatte gehofft, gleich hinter dem Tor die ganze Stadt mit all ihren Schätzen zu finden. Statt dessen stellte er fest, daß viele Stunden mühseliger, harter Arbeit vor ihnen lagen. Es war wohl Jahre her, seit Fuller Ballantyne durch dieses Tor geschritten war, und es schien nun, als wäre er nie hiergewesen.

Dort, wo die Steinmauern zusammengefallen waren, bewegte sich Zouga mit äußerster Vorsicht; seit der Höhle der Umlimo hatte ihn der Gedanke an Schlangen und die Angst vor ihnen nicht verlassen. Ein langer schmaler Wehrgang, offensichtlich als Schutz gegen Eindringlinge errichtet, folgte dem Bogen der Hauptmauer. Er führte zu einem offenen Platz, der von dornigem Gebüsch völlig überwuchert war und von einem hohen kegelartigen Turm aus mit Moos bedeckten Granitblöcken beherrscht wurde. Der Turm war gewaltig, und in seiner Aufregung schien es Zouga, als reiche er bis zu den Wolken.

Zouga versuchte sich einen Weg über den Platz zu bahnen, hackte ungeduldig auf Büsche und Schlingpflanzen ein und entdeckte auf halbem Weg einen zweiten Turm, ebenso hoch wie der erste, der bis jetzt von diesem verdeckt worden war. Sein Herz klopfte wie wild, nicht vom Schwingen der Axt, sondern weil er intuitiv erfaßte, daß diese beiden Türme der Mittelpunkt einer merkwürdigen alten Stadt waren und vielleicht den Schlüssel des Geheimnisses enthielten.

In seiner Hast stolperte Zouga, fiel auf die Knie und verlor die Axt. Als er im Gestrüpp danach suchte, fand er sowohl die Axt als auch den Stein, über den er gestolpert war. Es war kein Granit, wie jener, aus dem die Mauern und die Türme erbaut waren. Zouga säuberte den Platz um den Stein. Heiße Erregung packte ihn, als er feststellte, daß er eine Skulptur vor sich hatte.

Jan Cheroot war ihm nachgekommen, und jetzt rissen beide mit bloßen Händen das Unkraut aus, um die Statue freizulegen. Sie war nicht sehr groß, etwa fünfzig Kilogramm schwer, aus glänzend grünem Speckstein, und der Sockel zeigte ein einfaches Dreieckmuster, das einer Reihe von Haifischzähnen glich.

Der Kopf war zertrümmert, vermutlich durch einen Schlag mit einem schweren Hammer. Sonst war die Statue intakt – es war der Körper eines Raubvogels mit angelegten Schwingen, der zum Flug ansetzt.

Zouga holte aus dem Ausschnitt seines Hemdes den kleinen Talisman aus Elfenbein hervor, den er dem toten Maschoua-Häuptling abgenommen hatte. Er wog ihn in der Hand und verglich ihn mit der Statue. Neben ihm murmelte Jan Cheroot:

»Es ist der gleiche Vogel.«

»Ja«, stimmte Zouga leise zu, »aber was bedeutet er?« Er ließ das Schmuckstück wieder in sein Hemd gleiten.

»Er muß sehr alt sein.«

Jan Cheroot zuckte die Achseln. »Wir werden es nie erfahren.« Damit war die Sache für ihn abgetan, und er wollte eben aufstehen, als etwas anderes seinen Blick fesselte. Wie eine gierige Henne kratzte er im Sand neben der Statue und hielt etwas ans Sonnenlicht.

Es war eine Metallkugel, durchbohrt, so daß man ein Halsband durchziehen konnte, eine winzige Kugel von rötlichem Gelb, deren Oberfläche weder von Rost zerfressen noch beschlagen war. Nur ein Metall wies diesen eigentümlichen Glanz auf.

Fast ehrfürchtig streckte Zouga die Hand aus; die kleine Kugel war warm wie etwas Lebendiges.

»Gold!« rief Zouga, und Jan Cheroot kicherte hingerissen wie eine junge Braut beim ersten Kuß.

»Gold«, wiederholte er, »richtiges gelbes Gold.«

Zouga war sich ständig bewußt, wie wenig Zeit ihm verblieb; während sie arbeiteten und ihm der Schweiß in Strömen über Gesicht und Hals lief, blickte er wieder und wieder zum Himmel auf. Und jedesmal waren die Wolken dunkler und bedrohlicher. In der Nacht erwachte er aus tiefem, erschöpftem Schlaf und lauschte auf das Grollen des Donners am Horizont.

Jeden Morgen rüttelte er seine Männer wach und trieb sie ungeduldig und unerbittlich zur Eile an. Er selbst arbeitete nicht weniger hart als seine kleine Gruppe von Tempelräubern; Tag für Tag stand er neben ihnen, säuberte den Platz zwischen den Türmen und schob das Geröll beiseite, unter dem die Statuen lagen.

Zouga stieß auf weitere sechs – praktisch unbeschädigte – Vogelskulpturen. Überall lagen jedoch Fragmente anderer Vogelfiguren umher, die man offensichtlich mit Absicht zertrümmert hatte, so daß er ihre ursprüngliche Zahl nicht erraten konnte. Zouga verwendete nur wenig Zeit auf die Reste der Statuen. Das lockere Erdreich, auf dem sie lagen, schien seinen Leuten und ihm selbst wesentlich verlockender, obwohl der Mangel an geeigneten Werkzeugen ärgerlich war. Mit Freuden hätte Zouga hundert Guineen für ein paar gute Spitzhacken, Spaten und Kübel bezahlt. So mußten sie sich mit zugeschnittenen Stöcken begnügen, deren Spitzen man im Feuer erhärtet hatte. Jan Cheroot flocht Körbe aus Bambus, die jenen flachen Körben glichen, die die afrikanischen Frauen zum Sieben des gestampften Getreidemehls verwendeten. Mit ihnen siebten sie die feine Erde, nachdem sie die grobe mit der Hand abgesondert hatten.

Es war eine mühselige Arbeit, die Hitze war mörderisch,

aber die Ernte war reich. Meistens fanden sie das Gold in Form der kleinen durchbohrten Kugeln, manchmal als Blattgold, das vielleicht zum Schmuck von Holzschnitzereien benutzt worden war, hin und wieder stießen sie auch auf Goldbarren von der Größe eines Kinderfingers.

Nach zehn Tagen hatten sie mehr als fünfundzwanzig Kilogramm Gold eingesammelt, und der Tempelhof sah aus, als hätte ihn eine Rotte von Wildschweinen aufgewühlt.

Dann wandte Zouga seine Aufmerksamkeit den Türmen zu. Er wollte nicht glauben, daß die alten Baumeister einen so großen Bau ohne Sinn und Zweck errichtet hatten, und hoffte, im Inneren eine Schatzkammer zu finden. Doch die schweren Steine aufzubrechen, schien selbst Zouga beinahe unmöglich, und Jan Cheroot erklärte jeden Versuch für Wahnsinn.

Ein kleines, von Matthäus angeführtes Team mußte eine Strickleiter anbringen, hinaufklettern und unter Zougas Aufsicht die Steine von der Turmspitze entfernen. Doch die ursprünglichen Erbauer waren so geschickt gewesen, daß die Demolierung nur sehr langsam vor sich ging; zwischen dem Herabfallen der gelockerten Steine gab es lange Pausen, und es bedurfte drei Tage unermüdlicher Arbeit, um eine Öffnung in die oberste Lage von Steinblöcken zu brechen – nur um festzustellen, daß das Innere des Turmes ebenfalls aus dem gleichen grauen Granit bestand.

»Wir verschwenden unsere Zeit. Es ist alles Stein und nichts als Stein«, gab Jan Cheroot seiner Enttäuschung Ausdruck. »Wir sollten lieber nachsehen, von wo all das Gold stammt.«

Die Plünderung der Ruinenstadt hatte Zouga so fasziniert, daß er an die Minen, die irgendwo hinter den Stadtmauern liegen mußten, nicht gedacht hatte. Jetzt nickte er nachdenklich.

»Kein Wunder, daß deine Mutter dich liebte«, sagte er zu Jan Cheroot, »du bist nicht nur schön, sondern auch klug.«

»Ja«, Cheroot nickte selbstgefällig, »das sagt mir jeder.«

In diesem Augenblick fiel ein schwerer Regentropfen auf Zougas Stirn und lief ihm über das Auge, so daß er einen Moment lang nichts sehen konnte. Der Tropfen war warm wie Blut, warm wie das Blut eines Malariakranken.

Der erste Regenschauer war nur eine Warnung gewesen, und er hatte Zougas Hemd genäßt, aber eine Warnung, die – das wußte Zouga – nicht ignoriert werden durfte. Doch die Hoffnung auf die alten Minen mit ihren üppigen Goldadern ließ ihn nicht los, und trotz Jan Cheroots Mahnungen zögerte er den Abmarsch hinaus.

»Wenn die Flüsse aus den Ufern treten, sind wir hier gefangen«, sagte Jan Cheroot besorgt, »außerdem haben wir genug Gold gefunden. Jetzt wollen wir leben und es ausgeben.«

»Nur noch einen Tag«, versprach ihm Zouga, während er sich zur Ruhe legte, »hinter dem Felskamm liegt ein Tal, das wir in einem Tag durchkämmen können. Übermorgen ...«, versprach er schläfrig.

Zouga roch die Schlange als erster, und der süßliche Gestank drang ihm in die Nase, so daß er nur mit Mühe atmen konnte. Verzweifelt versuchte er, weder zu keuchen noch zu husten, um nicht die Aufmerksamkeit der Schlange zu erregen. Er konnte sich nicht bewegen, denn ein riesiges dunkles Gewicht drohte seinen Brustkasten einzudrücken, und der Geruch der Schlange raubte ihm den Atem.

Zouga konnte sich nicht bewegen, nicht aufschreien, seine Zunge war wie angeschwollen, daß er zu ersticken vermeinte, seine Glieder schienen gelähmt. Die Schlange glitt an ihm vorbei in einen schwach beleuchteten Kreis, und die Schatten wichen zurück, so daß die Vögel aus der Dunkelheit auftauchten, jeder von ihnen auf einem Ast sitzend.

Ihre Augen waren golden und wild, die grausamen gelben Raubtierschnäbel ebenso geschwungen wie die rot gefleckten Vogelbrüste, die langen Schwingen lagen über dem Rücken gefaltet wie gekreuzte Klingen.

Obwohl Zouga wußte, daß es Jagdfalken mit Schellen an den Fängen waren, hatten sie die Größe von Steinadlern. Sie waren mit Girlanden aus roten Blüten und schneeweißen Arumlilien geschmückt. An ihren stolzen Hälsen hingen Ketten und Halsbänder aus schimmerndem Gold. Als die Schlange den hellen Kreis erreicht hatte, bewegten sie sich leise. Und als die Schlange den Kopf hob und die Schuppen an ihrem Hals aufstellte, flogen die Falken auf, und die Dunkelheit war erfüllt von lautem Flügelschlag und wilden Jagdrufen.

Zouga hob die Hände, um sein Gesicht zu schützen. Als die Falken fortflogen, verlor die Schlange ihre Bedeutung – nur mehr das Verschwinden der Vögel war wichtig. Zouga ahnte, daß etwas Furchtbares bevorstand, ein schwerer persönlicher Verlust, und er wollte die Vögel zurückrufen.

Laut schrie er in die Dunkelheit, und seine eigenen Schreie und jene der Diener weckten ihn aus dem Alptraum.

Die Nacht war von dem Grollen des Donners erfüllt, und ein Sturm brauste über das Lager. Die Bäume bogen sich, Äste brachen, Blätter und kleine Zweige fielen herab und die Luft wurde eisig. Der Sturm riß die Dächer von den primitiven Unterständen und verstreute Asche und Glut vom Feuer.

Das Lagerfeuer, zu neuem Leben angefacht, war die einzige Lichtquelle, denn die Sterne wurden von schweren Wolkenbänken verdeckt, die bis auf die Erde zu hängen schienen.

»Sieh zu, daß die Pulverbeutel trocken bleiben«, brüllte Zouga und suchte nach seinen Stiefeln. »Sergeant Cheroot, wo bist du?«

Die Antwort des Hottentotten ging in einem ohrenbetäubenden Donnerschlag unter, und in dem nachfolgenden

Blitz sah Zouga das unvergeßliche Bild von Jan Cheroot, der splitternackt auf einem Bein tanzte, weil er mit dem anderen auf ein Stückchen glimmendes Holz getreten war; seine wilden Flüche vermischten sich mit dem Donner, und sein Gesicht war verzerrt wie die Wasserspeier von Notre-Dame. Wieder brach die Dunkelheit über sie herein wie eine Lawine. Und dann kam der Regen.

Er peitschte in beinahe waagrechten Strömen heran und tränkte die Luft mit Wasser, so daß die Männer husteten und nach Atem rangen wie Ertrinkende. Er prasselte mit einer Stärke herab, die ihre nackte Haut aufriß, und die Kälte drang ihnen bis ins Mark. Sie drängten sich aneinander, unter den triefend nassen Felldecken, stinkend wie eine nasse Hundemeute. So saßen sie, als der Morgen graute, und immer noch strömte der Regen auf sie herab. Ihre Ausrüstung schwamm irgendwo herum, die Unterstände waren umgestürzt, das Lagerfeuer hatte sich in eine schlammige schwarze Pfütze verwandelt.

Zouga hatte die Pulverbeutel in Ölzeug eingewickelt; er und Jan Cheroot hielten sie auf den Knien wie kranke Säuglinge. Unmöglich, sie zu öffnen und den Inhalt zu kontrollieren, solange es regnete.

Auf dem schlammigen Boden hin und her rutschend, trieb Zouga die Männer an, das Gepäck zu suchen, während er selbst seine Vorbereitungen traf. Dann aßen sie eine traurige Mahlzeit aus kaltem Hirsekuchen und den letzten Resten des geräucherten Büffelfleisches. Eine Kuduhaut über Schulter und Kopf gelegt, stand Zouga auf und rief:

»Safari! Wir marschieren!«

Und jetzt entdeckten die Männer die zusätzliche Last, die Zouga ihnen zugedacht hatte. Sie war mit Rindenstricken an die Tragstangen gebunden und mit Elefantengras zugedeckt.

»Das werden sie nicht schleppen«, sagte Jan Cheroot zu Zouga und wischte sich die Regentropfen von den Brauen. »Ich wußte, daß sie sich weigern werden.«

»Sie werden es tragen.« Zougas Augen waren kalt und grün wie geschliffene Smaragde, und sein Ausdruck war hart. »Sie werden es tragen – oder sie bleiben hier, tot!«

Sorgfältig hatte er die schönste und völlig unbeschädigte Vogelstatue ausgewählt und selbst eingepackt. Für Zouga war sie der handgreifliche Beweis für die Existenz der Ruinenstadt, ein Beweis, den auch der strengste Kritiker im fernen London anerkennen mußte.

Zouga glaubte zu wissen, daß der Wert dieser alten Skulptur vermutlich größer war als das entsprechende Gewicht in reinem Gold. Es war jedoch nicht der Wert allein, der Zouga bewog, die Statue mitzunehmen; die steinernen Vögel hatten eine besondere Bedeutung für ihn: Sie waren zum Symbol des Erfolges seiner Bemühungen geworden; und da er nun eine von ihnen besaß, hatte er auf geheimnisvolle Weise von diesem ganzen wilden, schönen Land Besitz ergriffen.

»Du und du.« Er wählte zwei der stärksten und gutmütigsten Träger aus, und als sie zögerten, nahm er die schwere Elefantenbüchse von der Schulter. Sie sahen seinen Ausdruck und wußten, daß es ihm ernst war. Tödlich ernst. Mürrisch nahmen sie ihr Gepäck ab und verteilten es unter die anderen Träger.

Es wurde Mittag, bevor sich die armselige kleine Kolonne durch das hohe, triefende Gras kämpfte und fluchend den nächsten Hügel hinaufstieg.

Es regnete fünf Tage und fünf Nächte lang. Vom Boden schienen Fieberdämpfe aufzusteigen und bei jedem Atemzug in ihre Lungen einzudringen. Die Träger zeigten als erste die Symptome der Krankheit; sie hatten das Fieber in sich getragen, und der kalte Regen bewirkte, daß es ausbrach. Sie bekamen Schüttelfrost, den sie nicht kontrollieren konnten. Die Zähne klapperten, und die Kiefer zitterten, als wollten sie jeden Augenblick zerbrechen. Doch die Leute waren an die Krankheit gewöhnt und immer noch imstande weiterzumarschieren.

Die schwere Statue in ihrer unförmigen Verpackung wurde von den halbnackten Männern mühsam über felsige Hügel getragen; sie taumelten wie Betrunkene, und als sie einen Wasserlauf erreichten, ließen sie ihre Bürde dankbar fallen und warfen sich in den Schlamm, zu erschöpft, um sich zuzudecken und vor dem unaufhörlichen Regen zu schützen.

Dort, wo es noch vor kurzem vertrocknete Flußbetten gegeben hatte, waren jetzt schäumende Sturzbäche, die aus den Ufern traten, große Bäume entwurzelten und fortschwemmten, als wären es kleine Zweige.

Es gab keine Möglichkeit, diese wilden braunen Fluten zu überqueren. Zouga stand vergrämt am Ufer und wußte: Er hatte zu lange gezögert. Das Hochwasser hatte sie eingeschlossen.

»Wir werden dem Fluß folgen müssen«, brummte er und fuhr sich mit dem triefenden Jackenärmel über das nasse Gesicht.

»Er fließt nach Westen«, sagte Jan Cheroot mit genüßlicher Schadenfreude. Mehr brauchte er nicht zu sagen.

Im Westen lag das Königreich des Mzilikazi, König der Matabele, und sie mußten dem Gebiet, das der alte Tom Harkness nur ungefähr auf seiner Landkarte eingezeichnet hatte, schon recht nahe sein.

»Das Verbrannte Land – hier töten Mzilikazis Krieger alle Reisenden.«

»Und was schlägst du vor, mein goldener Hottentotten-Sonnenschein?« fragte Zouga grimmig. »Hast du vielleicht Flügel, um über den Fluß zu fliegen? Oder Kiemen und Flossen? Wenn nicht, dann hast du doch bestimmt einen guten Rat für mich?«

»Ja«, erwiderte Jan Cheroot ärgerlich. »Erstens, daß Sie auf einen Rat hören möchten, wenn er Ihnen gegeben wird, und zweitens, daß Sie diese Sachen hier ins Wasser werfen.« Er wies auf die eingehüllte Statue und die versiegelte Blechkiste mit Zougas Uniform. Zouga hörte nicht weiter zu, sondern drehte sich um und rief:

»Safari! Wir marschieren!«

Langsam zogen sie weiter, zuerst in südwestlicher, dann in westlicher Richtung, was Zouga nicht gefiel, aber die Flüsse und die überschwemmten Täler diktierten die Marschroute.

»Wenigstens wird das Land Mzilikazis trockener sein«, tröstete sich Zouga, während er seine Meßinstrumente in ihre Behälter steckte, »und ich bin Engländer, Enkel von Tschedi. Nicht einmal ein Matabele würde es wagen, mir den Durchgang zu verweigern, was immer der alte Tom geschrieben hat.« Überdies hatte er seinen Talisman, den Steinvogel, bei sich, der ihn beschützen würde. Energisch wandte er sich wieder nach Westen und trieb seine Leute vorwärts.

Noch etwas erschwerte den mühseligen Marsch; es gab kein Fleisch. Seit sie die Ruinenstadt verlassen hatten, gab es kein Fleisch.

Mit dem Einsetzen des Regens hatten sich die großen Herden, die sich bisher um die letzten Tümpel und Wasserlöcher gedrängt hatten, über das ganze Land verteilt, wo jetzt jeder Graben mit süßem frischem Wasser angefüllt war und aus der harten, sonnenverbrannten Erde bereits die ersten zarten grünen Halme sprossen.

In den letzten fünf Tagen war ihnen nur eine einzige Herde Wasserböcke begegnet; ein schwerer Bock mit starkem, leierförmig gekrümmtem Gehörn war vorangestürmt, und die hornlosen Kühe folgten ihm in gestrecktem Galopp und liefen an Zouga vorbei.

Kaum zwanzig Schritte von Zouga entfernt, raste der schwere Bulle im strömenden Regen durch den dichten Busch an Zouga vorüber. Zouga riß das Gewehr hoch und legte an.

Die hungrigen, erschöpften Träger hinter ihm jaulten wie

eine Meute Jagdhunde. Zouga zielte genau, dann drückte er ab. Die Kapsel explodierte unter dem Hammer, aber aus der Mündung kam keine Flamme, und kein Schuß war zu hören. Eine Fehlzündung. Der hübsche Bock und sein Harem verschwanden im Busch. Zouga stieß einen lauten Fluch aus, als er feststellte, daß der Regen in den Lauf des Gewehrs eingedrungen und das Pulver so naß war, als hätte er es ins Wasser getaucht.

Ein paar Stunden Sonne am sechsten Tag boten Zouga und Jan Cheroot Gelegenheit, die Pulverbeutel auf einem Felsen zum Trocknen auszubreiten, um eine neuerliche Fehlzündung zu vermeiden, während die Träger die Lasten fallen ließen und nach einem trockenen Flecken suchten, um die schmerzenden Glieder auszustrecken.

Kurz darauf war die Sonne wieder verschwunden. Rasch stopften sie das Pulver wieder in die Beutel zurück, und als die ersten schweren Tropfen fielen, hüllten sie die Beutel in Ölzeug, steckten sie unter ihre weiten Lederumhänge und zogen weiter gegen Westen, den Kopf gebeugt, schweigend, hungrig, durchfroren und elend. Zougas Ohren dröhnten von dem Chinin, die erste Begleiterscheinung, wenn das Mittel lange Zeit und in großen Mengen genommen wird. Es war jenes Chinin-Brummen, das letztlich unwiderruflich zur Taubheit führen kann.

Der Morgen kam, an dem Zouga, obwohl er täglich große Mengen Chinin geschluckt hatte, einen stechenden Schmerz in den Gliedern verspürte.

»Das Fieber der Regenzeit«, bemerkte Jan Cheroot philosophisch, »entweder tötet es, oder es härtet ab.«

»Einige Menschen scheinen eine natürliche Immunität gegen diese Krankheit zu besitzen«, hatte sein Vater geschrieben. »Und man darf annehmen, daß diese Immunität erblich ist.«

»Jetzt werden wir sehen, ob der alte Teufel recht gehabt hat«, murmelte Zouga zähneklappernd und hängte sich den nassen, stinkenden Ledermantel um die Schultern. Der

Gedanke, wegen seines Zustandes anzuhalten, kam ihm gar nicht; diese Annehmlichkeit hatte er seinen Leuten nicht gegönnt, sich selbst würde er sie auch nicht gönnen.

Verbissen stapfte er weiter, obwohl ihm schien, als seien seine Knie aus Gummi, und ihm alles vor den Augen verschwamm. Von Zeit zu Zeit klopfte ihm der kleine Hottentotte hinter ihm auf die Schulter und dirigierte so wieder seine stolpernden Beine zurück auf den Pfad, von dem er abgewichen war.

Seine Nächte waren erfüllt von abscheulichen Alpträumen, in denen er von dem Schlagen dunkler Schwingen und dem süßlichen Gestank der Schlangen geplagt wurde, so daß er keuchend und schreiend erwachte; oft hatte dann Jan Cheroot tröstend den Arm um seine Schultern gelegt.

Das Ende seines ersten Fieberanfalls fiel mit der nächsten kurzen Regenpause zusammen. Es schien, als brenne das helle Sonnenlicht die Nebel von seinem Geist und das Gift aus seinem Blut; sein Kopf wurde klar, und er fühlte sich wohler, obwohl ein dumpfer Schmerz unterhalb des Brustkastens zurückblieb: die Leber war immer noch hart und geschwollen.

»Sie kommen wieder in Ordnung«, prophezeite Jan Cheroot. »Sie sind das Fieber rascher losgeworden, als ich es je bei einem Mann gesehen habe. Ja! Sie sind ein Mann Afrikas – und Afrika wird Sie hier leben lassen, mein Freund.«

Zouga marschierte immer noch auf unsicheren Beinen, als sie auf die Fährte stießen.

Das Gewicht des riesenhaften Elefanten hatte die Fußspuren tief in den roten Lehmboden getrieben, der aussah, als sei er von einer Reihe von Schlaglöchern durchzogen. Dort, wo das Tier bis zum Bauch eingesunken war, sahen sie die Abdrücke der langen dicken Stoßzähne, mit deren Hilfe er sich wieder hochgekämpft hatte.

»Er ist es!« flüsterte Cheroot, ohne aufzuschauen, »diese Spur würde ich überall erkennen.« Mehr brauchte er nicht sagen. Es war der große alte Bulle, den sie vor vielen

Monaten auf dem hohen Paß der Elefantenstraße gesehen hatten.

»Nicht weiter als eine Stunde entfernt«, fuhr Jan Cheroot in ehrfürchtigem Flüsterton fort wie ein Mann, der betet.

»Und der Wind ist günstig.« Zouga stellte fest, daß auch er leise sprach. Er erinnerte sich an seine Vorahnung, daß er diesem Tier wieder begegnen würde. Fast furchtsam sah er zum Himmel auf. Im Osten ballten sich bereits wieder die Regenwolken zusammen. Der nächste Sturm kam bald, und er würde auch diese tiefen Abdrücke in Schlamm verwandeln und auslöschen.

Jede Minute war jetzt lebenswichtig, wenn die Jagd Erfolg haben sollte – denn trotz der Schwäche in den Beinen, trotz des merkwürdigen Gefühls im Kopf dachte Zouga keine Sekunde daran, auf die Verfolgung des Elefanten zu verzichten.

Vielleicht waren sie schon zweihundert Kilometer tief im Land Mzilikazis, hart verfolgt von den Grenzwachen der Matabele, vielleicht entschieden diese Stunden, ob sie den fieberverseuchten Wald hinter sich lassen oder eine Beute der Hyänen werden würden – doch weder er noch Jan Cheroot zögerten. Sie entledigten sich aller unnützen Dinge: Wasserflaschen brauchten sie nicht, die Proviantsäcke waren ohnehin leer, und die Decken durchnäßt. Heute abend wollten sie neben dem Kadaver des großen Leitbullen schlafen.

»Folgt uns, so gut ihr könnt«, rief Zouga den schwerbeladenen Trägern zu, »wenn ihr ordentlich marschiert, könnt ihr euch heute abend den Bauch mit Fleisch und Fett vollschlagen.«

Neben Zouga laufend, erkannte Jan Cheroot den Augenblick, in dem Zouga seine Schwäche überwand. Er sagte kein Wort, sondern warf ihm nur einen bewundernden Blick zu und nickte. Zouga sah das Nicken nicht, denn er trug den Kopf hoch, und sein Blick war in die Ferne gerichtet.

Sie liefen und liefen, denn Jan Cheroot wagte nicht, den Rhythmus zu unterbrechen. Sie liefen immer noch, als die Sonne sank, gehetzt von den ersten Anzeichen eines aufziehenden Sturmes, und ihre Schatten tanzten vor ihnen auf den tiefen Elefantenspuren. Dicht aufgeschlossen folgten die vier Büchsenträger, bereit, jederzeit eine Waffe zu reichen, wenn sie benötigt werden sollte.

Der Instinkt des Jägers warnte Jan Cheroot. Alle paar Minuten drehte er sich um und blickte zurück. Und dann sah er sie.

Zwei graue Schatten, die mit den dunkleren Schatten der tropfenden Akazienbäume fast verschmolzen, doch sie bewegten sich zielbewußt und zogen einen Kreis, um wieder auf ihre eigene Fährte zu stoßen und die Verfolger irrezuführen. Die Bullen waren tausend Meter entfernt und bewegten sich in jener trügerisch langsamen Gangart, die sie binnen Minuten auf die Fährte der Jäger bringen mußte, die ihrer Spur gefolgt waren.

Jan Cheroot berührte Zougas Arm und flüsterte: »Wir müssen sie erwischen, bevor sie unsere Spur kreuzen.« Zouga drehte sich um, und das Blut schoß ihm in die Wangen, als er die zwei riesigen Elefanten sah, die gemächlich unter den Schirmakazien auf die stinkende Fährte des Menschen zuschritten.

Der Leitbulle ging voran; er hatte sich in einem Schlammloch gewälzt, und sein Körper war mit einer glänzenden roten Lehmschicht bedeckt. An den mächtigen, schweren Beinen hing die Haut lose und in Falten herab, wie eine schlecht geschnittene Hose. Knapp hinter ihm folgte sein Askari.

Zouga und Jan Cheroot liefen atemlos und mit letzter Kraft, um in Schußweite zu gelangen, bevor die Tiere die Witterung des Menschen aufnahmen. Sie gaben jede Vorsicht auf, versuchten nicht mehr, sich zu verbergen, versuchten nur vorwärtszukommen und vertrauten auf die geringe Sehkraft der alten Bullen. Diesmal war das Wetter auf ihrer Seite, denn noch während sie liefen, brach der Sturm los. Es war ihnen gerade noch gelungen, sehr nahe heranzukommen, und jetzt legte sich grauer Regen wie ein Spitzenvorhang über den Wald, und das Rauschen des Windes in den Bäumen verschluckte das Geräusch ihrer Schritte.

Hundertfünfzig Meter vor Zouga traf der alte Bulle auf die Fährte des Menschen und blieb stehen, als sei er an eine unsichtbare Wand gestoßen.

So blieb er eine lange Weile stehen, tastete mit der Spitze seines Rüssels die besudelte Erde ab, dann hob er sie zum Maul, um sie höher zum Geruchsorgan zu bringen. Der verhaßte Gestank traf ihn wie ein Schlag, und er trat einen Schritt zurück, streckte den Rüssel hoch in die Luft und drehte sich um. Wie guttrainierte Kutscherpferde drehte sich der Askari gemeinsam mit ihm um, und Schulter an Schulter, Flanke an Flanke begannen sie zu laufen – und Zouga war immer noch hundert Schritte hinter ihnen.

Jan Cheroot ließ sich auf ein Knie fallen und spannte die Büchse. Im selben Moment drehte sich der Askari ein wenig, so daß er hinter dem Leitbullen zu stehen kam. Vielleicht war es eine unabsichtliche Bewegung, aber weder Zouga noch Jan Cheroot glaubten es; sie wußten, daß der jüngere Bulle den alten mit seinem Körper schützte.

»Willst du die Kugel? Du sollst sie haben!« rief Jan Cheroot ärgerlich. Er wußte, daß er beim Niederknien zuviel Zeit verloren hatte.

Er zielte auf den jüngeren Bullen, schoß aus der Hüfte, und der Bulle schwankte. Roter Schlamm spritzte aus seiner Haut, wo ihn die Kugel getroffen hatte, und das Tier verlangsamte seinen Lauf, scherte aus und wandte den Jägern seine Breitseite zu, während der Leitbulle allein weiterlief.

Zouga hätte den verwundeten Elefanten mit einem Blattschuß töten können, doch er rannte an ihm vorüber, ohne ihn auch nur eines Blickes zu würdigen. Den würde Jan Cheroot erledigen. Er selbst setzte dem großen Bullen nach.

Vor ihnen lag ein Stück Sumpf und dahinter ein Felskamm, auf dem wilde Teakbäume standen, im grauen Regen wie Wachsoldaten anzusehen. Der Bulle lief mit vollem Tempo auf den Sumpf zu, und seine weichen Schritte klangen wie das gleichmäßige Schlagen einer großen Trommel. Die Entfernung zwischen ihm und seinen Verfolgern wurde größer – bis er den Sumpf erreichte und fast zum Stehen kam.

Sein Gewicht brach durch die Oberfläche des sumpfigen Geländes, und der Koloß sank fast bis zur Schulter ein. Er mußte jeden Schritt mühsam erkämpfen, und jede seiner Bewegungen wurde von einem obszönen Gurgeln und Quatschen begleitet.

Zouga kam näher und näher, beflügelt von der Erregung, und die Jagdleidenschaft vertrieb Schwäche und Müdigkeit. Die Kampfeslust machte ihn trunken. Er sprang von einem Grasbüschel zum nächsten, erreichte das sumpfige Gelände, während vor ihm der Bulle gegen den Schlamm ankämpfte. Zouga vermeinte das Herz unter den hervorstehenden Rippen schlagen zu sehen; diesmal würde es keinen Irrtum geben.

Er legte den Finger auf den Abzug. Aus der Büchse kam ein kleiner Knall wie aus einem Kinderspielzeug. Wieder eine Fehlzündung. Jetzt hatte das große graue Tier festen Boden erreicht und verfiel in jenen schwingenden raschen Gang, der ihn hundert Kilometer weit bringen würde, bevor die Nacht einbrach.

Zouga warf die nutzlose Waffe zu Boden und schrie seine Träger an, eine zweite Büchse zu bringen. Matthäus schlitterte und stolperte über den Sumpf. »Komm, komm!« brüllte Zouga, riß ihm die Waffe aus der Hand und lief den Hügel hinauf. Er mußte den Bullen einholen, bevor dieser die Anhöhe erreichte, denn wenn es abwärtsging, hatte er keine Chance mehr. Er rannte mit letzter Willenskraft, während Matthäus hinter ihm die weggeworfene Büchse aufnahm und sie in der Aufregung und Hitze der Verfolgungsjagd instinktiv wieder lud.

Jetzt näherte sich das Tier dem Kamm, blieb stehen und tat etwas, was Zouga bei einem Elefanten, der verfolgt wurde, noch nie gesehen hatte – er wandte ihm die Breitseite zu, stellte die riesigen Ohren auf und betrachtete seine Verfolger.

Vielleicht hatte er sich zu sehr angestrengt, vielleicht hatte man ihn zu oft gejagt, und der Haß hatte sich angesammelt wie Seetang unter einem alten Schiff, vielleicht war es eine letzte trotzige Geste. Einen Augenblick lang stand er unbeweglich, groß und glänzend schwarz; von Regen und Schlamm bedeckt, zeichnete sich seine Gestalt vor dem dunkelgrauen Himmel ab. Zouga traf ihn in die Schulter, und der Schuß dröhnte wie eine Kirchenglocke.

Mensch und Tier taumelten; der Rückstoß ließ Zouga das Gleichgewicht verlieren, und der Bulle, von der Kugel in den Brustkasten getroffen, wich zurück, während er die kleinen rheumatischen Augen zupreßte. Obwohl ihm die Kugel in den Brustkasten gedrungen war, blieb der Bulle stehen. Er öffnete die Augen weit und sah den Mann an, jenes verhaßte, übelriechende Lebewesen, das ihn jahrelang so gnadenlos verfolgt hatte.

Wie eine Lawine aus dunklem Granitgestein warf er sich den Hügel hinunter. Zouga drehte sich um und floh vor dem angreifenden Giganten, während die Erde unter dem Gewicht des verwundeten Tieres bebte.

Selbst in diesem furchtbaren Moment wich Matthäus nicht von seiner Seite, und Zouga liebte und bewunderte ihn dafür.

Zouga erreichte ihn knapp vor dem angreifenden Bullen, warf seine Waffe weg und nahm Matthäus die zweite Büchse aus der Hand. Er ahnte nicht, daß sie doppelt geladen war, spannte den Hahn und hielt zielend den schweren Lauf hoch. Der Bulle war über ihm, verdeckte den Himmel, die langen gelben Stoßzähne waren wie Dachbalken über seinem Kopf, und der Rüssel streckte sich vor, um Zouga zu packen.

Diesmal funktionierte die Büchse. Mit einem ohrenbetäubenden Krachen explodierte der Lauf, und das brennende Pulver versengte Zouga das Gesicht, Bart und Haar. Der Hahn traf ihn an der Wange und riß sie bis zum Knochen auf. Die geborstene Waffe flog ihm aus der Hand und bohrte sich ihm mit solcher Wucht in die Schulter, daß er spürte, wie Muskeln und Sehnen rissen. Zouga wurde zurückgeschleudert, und ein Purzelbaum nach hinten brachte ihn aus der Reichweite des Rüssels.

Er fiel auf einen kleinen Steinhaufen, und einen Moment lang wich der Bulle zurück, um dem Rauch und den Flammen der Explosion zu entgehen, dann sah er den Büchsenträger.

Matthäus, brav und tapfer, begann zu laufen, er hatte jedoch noch kein halbes Dutzend Schritte getan, als das Tier ihn einholte. Mit dem langen Rüssel packte er ihn um die Mitte und warf ihn in die Luft, als sei er ein Ball. Matthäus flog zehn Meter hoch, und er schlug mit den Armen und Beinen wild um sich, doch seine Schreckensschreie gingen in dem betäubenden Trompeten des Elefanten unter. Es klang wie das Pfeifen einer Dampfmaschine, die von einem wahnsinnigen Techniker bedient wird. Matthäus schien sehr langsam in die Luft zu steigen, einen Augenblick lang im Nichts zu hängen, um dann ebenso langsam zu Boden zu fallen.

Der Bulle fing ihn auf halbem Weg auf und warf ihn nochmals hoch – diesmal noch höher.

Zouga versuchte sich aufzusetzen. Sein rechter Arm hing schlaff herab, aus seiner aufgerissenen Wange strömte das Blut in den Bart, und sein Trommelfell war von der Explosion so mitgenommen, daß er das wütende Trompeten des Elefanten nur von fern und gedämpft vernahm. Halb benommen sah er auf und sah Matthäus in der Luft, sah ihn zu Boden fallen, sah, wie der Elefant ihn zu töten begann.

Zouga kroch über die Steine zu dem ungeladenen Gewehr, aus dem er den ersten Schuß abgegeben hatte und das er fallenließ, als er von Matthäus die doppelt geladene Büchse bekam. Das Gewehr lag fünf Schritte von ihm entfernt, fünf Schritte, die für seinen verletzten Körper eine unendliche Entfernung schienen.

Der Elefant stellte einen Fuß auf Matthäus' Brustkasten. Die Rippen knackten wie kleine Äste im Feuer. Dann packte er mit dem Rüssel den Kopf und riß ihn von den Schultern. Zwanzig Schritte vor ihm kniete der Elefant vor dem enthaupteten Matthäus und trieb ihm einen langen gelben Stoßzahn in den Bauch. Zouga riß sich von dem grauenvollen Anblick los, nahm das Gewehr und begann es wieder zu laden. Der rechte Arm, der schlaff herunterhing, war immer noch unbrauchbar und völlig gefühllos. Mühevoll füllte Zouga eine Handvoll Pulver in den Büchsenlauf und versuchte, sich nicht von seiner Aufgabe ablenken zu lassen. Dann schob er eine Kugel aus seinem Beutel in den Lauf und preßte sie mit einer Hand mit Hilfe des Ladestocks hinein.

Das Gewehr hinter sich herschleifend, kroch Zouga zu dem Geröllhaufen, hinter den er gefallen war. Nur seine Linke benutzend, balancierte er den Lauf seiner schweren Elefantenbüchse über den Hügel.

Der Elefant brüllte immer noch mit unverminderter Wut, während er auf Matthäus' Leiche herumtrampelte.

Flach auf dem Bauch liegend, visierte Zouga sein Ziel an, doch mit einer Hand war es fast unmöglich, die schwere Waffe ruhig zu halten, und Schmerz und Erschöpfung trübten seinen Blick. Sekundenlang schienen Korn und Kimme auf einer Linie, und Zouga drückte ab – eine Flamme und dann eine Wolke von verbranntem Pulver.

Im selben Moment hörte der Schrei des Elefanten auf. Als der Pulverrauch verschwunden war, sah Zouga, daß das Tier sich schwerfällig aufgerichtet hatte und von einem Fuß auf den anderen schwankte. Der große Kopf senkte sich unter dem Gewicht der blutbeschmierten Zähne, und der Rüssel hing so schlaff herab wie Zougas Arm.

Aus der Brust des Elefanten kam ein seltsam trauriger, summender Ton, und aus der zweiten Schußwunde knapp hinter dem Schultergelenk spritzte das Herzblut in kurzen, regelmäßigen Kaskaden. Er wandte sich um und kam, die Füße nachschleppend wie ein sehr alter, sehr müder Mann auf Zouga zu.

Zouga versuchte sich wegzurollen, aber der Bulle näherte sich rascher, als er kriechen konnte. Der ausgestreckte Rüssel legte sich um Zougas Fußgelenk, der riesige Körper verdeckte den Himmel, und Zouga strampelte verzweifelt um sich, doch sein Fuß blieb mit eiserner Gewalt umklammert.

Dann stöhnte das Tier auf und blies die Luft aus den zerfetzten Lungen. Der Griff um Zougas Gelenk wurde locker, und der alte Bulle starb – die Beine gaben nach, und er brach zusammen.

Er fiel mit einer Gewalt, die die Erde erschütterte, und Jan Cheroot, der eben zwei Kilometer weit entfernt den Sumpf überquerte, konnte den Aufprall deutlich hören.

Zouga legte den Kopf auf die Erde, schloß die Augen, und Dunkelheit hüllte ihn ein.

Jan Cheroot ließ Zouga liegen, wo er ihn neben dem Kadaver des alten Bullen gefunden hatte, errichtete über ihm einen notdürftigen Unterstand aus Zweigen und nassem Gras und zündete ein kleines Feuer an; das war alles, was er tun konnte, bis die Träger mit den Decken kamen.

Dann half er Zouga, sich aufzusetzen, und gemeinsam legten sie den verwundeten Arm in eine Schlinge und banden ihn am Körper fest.

»Großer Gott«, stöhnte Zouga, während er Nadel und Faden vorbereitete, »ich würde beide Stoßzähne für ein Glas Malzwhisky geben.«

Jan Cheroot hielt einen kleinen Spiegel hoch, und Zouga flickte sich die aufgerissene Wange. Nach dem letzten Knoten fiel er, zu Tode ermattet, auf die stinkende, feuchte Felldecke zurück.

»Lieber sterbe ich, als weiterzumarschieren«, flüsterte er.

»Ja, genau das müssen Sie entscheiden«, stimmte Jan Cheroot zu, ohne von der Elefantenleber aufzublicken, die er sorgsam mit Fett umhüllte, bevor er sie auf einen Zweig steckte. »Sie können weitermarschieren oder hier im Dreck sterben.«

Vor der Hütte stimmten die Träger jammernd und klagend den Totengesang für Matthäus an. Sie hatten den völlig verstümmelten Körper in Matthäus' Decke eingehüllt und mit einer Rindenschnur zusammengebunden.

Am folgenden Morgen wollten sie ihn begraben; bis dahin würden sie ihre unheimlichen Trauerrufe fortsetzen.

Jan Cheroot begann die Leber zu braten. »Bevor sie ihn nicht begraben haben, sind sie zu nichts zu gebrauchen, und wir müssen auch noch die Stoßzähne ausschneiden.«

»Ich schulde Matthäus eine Nacht der Trauer«, flüsterte Zouga. »Er hielt dem Bullen stand. Wäre er mit dem zweiten Gewehr davongelaufen...« Zouga hielt inne; wieder durchfuhr seine Schulter ein stechender Schmerz.

»Er war brav – dumm, aber brav«, gab Jan Cheroot zu. »Ein klügerer Mann wäre davongelaufen.« Langsam drehte er den Spieß über dem Feuer. »Es wird einen Tag dauern, bis wir ihn begraben und die Stoßzähne der beiden Elefanten ausgeschnitten haben. Am nächsten Tag aber müssen wir weitermarschieren.«

Jan Cheroot hatte den anderen Bullen unten im Flachland erlegt, unter den breiten Ästen einer Akazie. Als Zouga durch die kleine Öffnung seiner Hütte spähte, konnte er kaum zwanzig Schritte entfernt den Kadaver seines eigenen Bullen sehen. Die Stoßzähne waren einfach unglaublich.

»Wieviel werden sie wiegen?« fragte Zouga. Der Hottentotte zuckte die Achseln.

»Ich habe nie einen größeren Elefanten gesehen«, meinte

er. »Wir werden drei Mann brauchen, um einen Stoßzahn zu tragen.«

»Einen Zentner?« fragte Zouga. Das Gespräch lenkte ihn von den Schmerzen ab.

»Mehr«, sagte Jan Cheroot bestimmt, »ein ähnliches Tier wird Ihnen nie mehr über den Weg laufen.«

»Nein, da hast du recht«, pflichtete Zouga bei. Er fühlte tiefes Bedauern und Trauer über das herrliche Tier und den Mann, der mit ihm gestorben war.

Man begrub Matthäus am nächsten Morgen mit seiner Axt und seinem Speer, mit seiner Eßschüssel und der Kalebasse – für die lange Reise, die vor ihm lag. Danach schleppte sich Zouga zu seinem Unterstand zurück und kroch unter die Felldecke. Erschöpft ließ er sich zurückfallen, und ein Felsstück grub sich in seinen schmerzenden Körper. Er griff nach hinten und zog es hervor. Das Felsstück war weiß und kristallinisch wie der Kandiszucker, den Zouga als Kind so geliebt hatte. Doch das war es nicht, was seine Aufmerksamkeit fesselte.

Selbst im Dämmerlicht der Hütte war die dünne unregelmäßige Goldader in dem Quarzkristall deutlich zu sehen. Halb betäubt starrte Zouga sie an und drehte das Quarzstück hin und her, um es im Licht aufleuchten zu lassen. Etwas Irreales lag in diesem Augenblick, wie immer, wenn etwas lange Gesuchtes, lange Ersehntes endlich in Händen gehalten wird.

Endlich fand er seine Stimme wieder und rief nach Jan Cheroot.

»Das Grab«, flüsterte er, »Matthäus' Grab, wieso wurde es so rasch gegraben?«

»Es wurde nicht gegraben, entlang des Felskammes gibt es eine Reihe von Löchern.«

Eine lange Weile starrte Zouga ihn an; die genähte, verkrustete Wunde ließ sein Gesicht schief erscheinen, und in dem verschwollenen, blutunterlaufenen Fleisch war sein eines Auge nur ein schmaler Schlitz. Die Verwundung hatte ihn hergenommen; fast hätte er, was vor seiner Nase lag, nicht erkannt. Jetzt schüttelte er mühsam die Decke ab und versuchte aufzustehen.

»Hilf mir«, befahl er, »ich muß sie sehen. Zeig mir diese Löcher.«

An Cheroots Schulter gelehnt, schleppte er sich durch den Regen den Felskamm entlang, und als er endlich seine Neugier befriedigt hatte, hinkte er zur Hütte zurück. Bei den letzten Strahlen des Tageslichtes saß er über sein Tagebuch gebeugt, versuchte es vor dem Regen zu schützen, der durch das notdürftige Dach tropfte, und schrieb mit der linken Hand, so daß seine Worte kaum zu entziffern waren:

»Ich habe sie Harkness-Mine getauft, denn sie muß jener gleichen, die der alte Tom beschrieb. Die goldführende Ader im weißen Quarz verläuft entlang der Hinterseite des Felskammes. Sie scheint schmal, aber sehr ergiebig zu sein, denn in vielen Gesteinsproben ist das Gold ganz deutlich zu sehen. Meine Verwundung hindert mich, das Gestein zu zerstoßen und zu mahlen, aber ich nehme an, daß eine Tonne Quarz gut und gern zwei Unzen Feingold enthält. Die Bergarbeiter haben vier Stollen in den Hügel getrieben. Selbst das Geröll, auf dem meine Hütte steht, enthält Gold; ich bin, wie König Midas, von Gold umgeben, und wie jenem unglückseligen König scheint es mir im Augenblick wenig zu helfen ...«

Zouga hielt inne und wärmte sich die eiskalten Hände an dem qualmenden Feuer. Eigentlich hätte er überglücklich sein sollen. Seufzend griff er wieder nach der Feder und fuhr mühsam mit seinen Eintragungen fort:

»Ich besitze riesige Elfenbeinvorräte. Aber sie sind über das ganze Land verstreut. Ich besitze fünfzig Pfund oder mehr an Goldbarren und Nuggets, und ich habe eine reiche Goldader entdeckt. Doch mit all meinen Schätzen kann ich mir weder Schießpulver kaufen noch Medikamente, um meine schwere Verletzung zu kurieren.

Erst morgen werde ich wissen, ob ich genug Kraft habe,

den Marsch nach Süden fortzusetzen, oder ob es mein Schicksal ist, hier zurückzubleiben – mit Matthäus und dem großen Elefanten als einzigen Gefährten.«

Jan Cheroot schüttelte Zouga wach. Es dauerte lange. Als er endlich zu Bewußtsein kam, wußte er sofort, daß die düstere Prophezeiung, die er in sein Tagebuch geschrieben hatte, wahr geworden war. Seine Beine waren ohne Gefühl und Kraft, Schulter und Arm steinhart und verkrampft.

»Laß mich hier«, sagte er zu Jan Cheroot. Der Hottentotte setzte ihn auf und fauchte ihn an, als er vor Schmerzen aufschrie. Dann zwang er ihn, eine dampfende Suppe aus dem Knochenmark des Elefanten zu trinken.

»Laß mir ein Gewehr«, flüsterte Zouga.

»Hier.« Cheroot ignorierte diese Worte und gab ihm statt dessen das bittere Pulver. Zouga erstickte fast an dem Chinin.

Zwei Träger waren nötig, um ihm auf die Beine zu helfen.

»Diesen Stein lassen wir zurück.« Jan Cheroot wies auf die verpackte Statue. »Ihn und Sie können wir nicht tragen.«

»Nein!« flüsterte Zouga leidenschaftlich.»Wenn ich gehe, muß der Vogel mit mir kommen.«

»Wie?«

Zouga stieß die Hände fort, die ihn hielten.

»Ich werde gehen. Tragt den Vogel.«

Am ersten Tag kamen sie kaum zehn Kilometer weit, am nächsten Tag aber schien die Sonne und heiterte die kleine Gruppe auf. Die Wärme löste Zougas verkrampfte Muskeln, und er konnte etwas rascher gehen.

An diesem Abend vermerkte er in seinem Tagebuch, daß sie zwanzig Kilometer zurückgelegt hatten. Am folgenden Morgen konnte er bereits ohne Hilfe aufstehen. Als er urinierte, war sein Wasser dunkelgelb vom Fieber und vom Chinin, doch jetzt wußte er, daß er imstande war, weiterzumarschieren.

Er sah zum Himmel auf. Bald würde es wieder regnen. Sie mußten sofort aufbrechen. Eben wollte er die Träger herbeirufen, als eine Bewegung im hohen Gras seine Aufmerksamkeit erregte. Einen Augenblick lang dachte er, eine Schar wilder Strauße ziehe am Lager vorüber, dann merkte er plötzlich, daß das ganze Grasland zu leben schien.

Jetzt konnte er die Straußenfedern deutlich erkennen. Schneeweiß und tiefschwarz tanzten sie über den Grasspitzen, und unmittelbar darauf sah er die langen ovalen Schilde aus schwarzweiß gefleckten Kuhhäuten. Die langen Schilde der Matabele.

Er verspürte die Angst wie einen kalten, schweren Klumpen unter den Rippen. Aber sein Instinkt warnte ihn, sie zu zeigen. Es würde seinen Tod bedeuten – eben jetzt, wo er wieder begonnen hatte, an das Leben zu glauben. Es mußten etwa hundert sein, schätzte er, als er den sich schließenden Ring der Krieger vor sich sah. Nein, mehr, mindestens zweihundert Matabele im vollen Kriegsschmuck; nur die Federn und die Augen waren über den langen gefleckten Schildern zu sehen. Das graue Morgenlicht schimmerte auf den breiten Klingen der Wurfspeere, die so gehalten wurden, daß die Spitzen unter dem Kreis der Schilde hervorragten. Der Ring war jetzt geschlossen, ein Schild schob sich vor den nächsten, die klassische Kampftaktik der Matabele, der besten und erbarmungslosesten Krieger Afrikas.

»Hier töten Mzilikazis Grenzwachen alle Reisenden«, hatte Tom Harkness geschrieben.

Zouga richtete sich auf und trat vor, den gesunden Arm mit der Handfläche nach oben ausgestreckt.

»Ich bin Engländer, Kommandant der großen weißen Königin Victoria. Ich heiße Bakela, Sohn des Manali, Sohn des Tschedi – und ich komme in Frieden.«

Ein Mann trat aus dem Kreis. Er war größer als Zouga,

und die Straußenfedern auf dem Kopf machten ihn vollends zu einem Riesen. Er zog den Schild beiseite, und Zouga sah, daß er schlank und kräftig war wie ein Gladiator. Auf dem Oberarm trug er ein dickes Büschel aus den Quasten von Kuhschwänzen, jede dieser Quasten hatte er von seinem König für eine mutige Tat erhalten. Die Kuhschwänze waren dicke Bündel, Lage auf Lage. Sein kurzer Rock war aus den Schwänzen der gefleckten Zibetkatze, und um die Waden hatte er, knapp unter dem Knie, weitere Kuhschwänze geschlungen. Er hatte das sympathische glatte Mondgesicht des echten Nguni, mit breiter Nase und vollen Lippen. Seine Haltung war aufrecht und stolz.

Er betrachtete Zouga aufmerksam und ernst. Er musterte seine zerfetzte Kleidung, die schmutzige Schlinge um den verletzten Arm, den Stock, auf den er sich stützte, den versengten Bart und den schwarzen Schorf, der die verschwollene Wange überzog.

Dann lachte der Matabele. Es war ein tiefes, musikalisches Lachen. Und dann sprach er.

»Und ich«, sagte er, »bin ein Matabele. Ein Induna von zweitausend. Ich heiße Gandang, Sohn des Mzilikazi, Sohn des Himmels, Sohn des Zulu. Ich komme mit einem glänzenden Speer und einem roten Herzen.«

Bereits am ersten Tag wußte Robyn, daß sie die Widerstandskraft ihres Vaters überschätzt hatte. Vielleicht hatte Zouga instinktiv erraten, was sie als ausgebildete Ärztin hätte wissen müssen. Der Gedanke verbitterte sie. Seit sie sich von Zouga getrennt hatte, war ihre Feindseligkeit gegen ihn noch stärker geworden. Es ärgerte sie, daß sein Rat sich als richtig erwies.

Bereits zu Mittag mußten sie haltmachen und ein Lager aufschlagen. Fuller Ballantyne war sehr schwach, schwächer als je zuvor. Seine Haut war glühendheiß und trocken. Und die Bewegung der Bahre, das Schwanken und Stoßen, hatte eine schlimme Veränderung in seinem Bein hervorgerufen.

Sie marschierten den ganzen Tag. Fuller lag schweigend und halb im Koma auf der Bahre. Robyn wich nicht von seiner Seite. Sie dankte Gott, daß er wenigstens schmerzfrei war. Auch seine Gesänge und die wirren Gebete zu Gott dem Allmächtigen hatten aufgehört.

Sie hätte, dachte Robyn, auf Zouga hören sollen; jetzt trug sie die Schuld an dem, was geschehen war. Gasbrand. Die Symptome waren unverkennbar. Sie konnten nur weitermarschieren und hoffen, die Küste zu erreichen, bevor die Krankheit den unvermeidlichen Höhepunkt erreichte. Robyn wußte, daß die Hoffnung vergebens war. Sie legte heiße Kompressen auf das Bein, obwohl sie sich klar war, daß es eine sinnlose Handlung war – als wolle man mit einer Sandburg die Flut aufhalten. Am Morgen fühlte sich das Bein kühler an. Das Fleisch hatte jede Widerstandskraft verloren, und Robyns Finger hinterließen tiefe Abdrücke. Der Geruch wurde stärker. Sie marschierten den ganzen Tag. Fuller lag still und halb bewußtlos auf der Bahre.

Am späten Nachmittag stießen sie auf einen breiten Pfad; er entsprach genau der Beschreibung, die ihr Vater in seinem Tagebuch gegeben hatte. Die kleine Juba brach in Tränen aus und konnte sich vor Angst nicht beruhigen, als sie die Straße sah.

Sie fanden ein paar verfallene Hütten, die vermutlich von Sklavenhändlern benutzt wurden, und Robyn befahl, ein Lager aufzuschlagen. Sie ließ die Frau und die immer noch zitternde Juba bei Fuller Ballantyne zurück und nahm nur Karanga mit. Er bewaffnete sich mit einem langen Speer und stolzierte, tief geehrt, sie begleiten zu dürfen, wie ein Pfau neben ihr her. Nach drei Kilometern stieg der Pfad steil an und führte über einen Sattel zwischen eine niedere Hügelkette.

Robyn suchte nach einem Beweis, daß dies tatsächlich die Sklavenstraße war, der Hyänenpfad, wie Juba sie nannte.

Auf der nächsten Anhöhe fand sie die Bestätigung. Im Gras lag ein hölzernes Doppeljoch.

Robyn hatte die Skizzen im Tagebuch ihres Vaters sorgfältig studiert und erkannte es sofort. Wenn die Sklaventreiber nicht genug Ketten und Handschellen hatten, legten sie diese Joche um die Hälse ihrer Gefangenen. So wurden die Sklaven gezwungen, alles zu zweit zu tun, zu marschieren, zu essen, zu schlafen, zu urinieren – alles, außer zu fliehen.

Jetzt waren von den Sklaven, die einst dieses Joch getragen, nur ein paar Knochen hier, die die Geier übriggelassen hatten. Etwas unsäglich Trauriges lag über dieser grob geschnitzten Holzgabel, und Robyn konnte sich nicht überwinden, sie anzugreifen. Sie sprach ein kurzes Gebet für die Sklaven, die hier ihr Leben gelassen hatten, dann ging sie wieder zum Lager zurück. Nun wußte sie mit Sicherheit, daß sie auf der Sklavenstraße waren.

An diesem Abend rief sie den Hottentottenkorporal, den alten Karanga und Juba zu sich.

»Dieses Lager und die Straße wurden seit vielen Tagen nicht benutzt.« Karanga hielt Robyn zweimal die Hände mit ausgespreizten Fingern entgegen. »Zwanzig Tage.«

»In welche Richtung sind sie gegangen?« Robyn vertraute der Erfahrung des alten Mannes.

»Sie sind dem Sonnenaufgang entgegengegangen, sie sind noch nicht zurückgekehrt«, krächzte der Alte.

»Also haben wir eine Sklavenkarawane vor uns«, überlegte Robyn. »Wenn wir der Straße folgen, werden wir sie einholen.«

Der Hottentottenkorporal unterbrach sie. »Das wird nicht möglich sein. Sie sind uns um Wochen voraus.«

»Dann werden wir sie auf dem Rückweg treffen, wenn sie ihre Sklaven verkauft haben.«

Der Korporal nickte, und Robyn fragte ihn: »Werden Sie imstande sein, uns zu verteidigen, wenn die Sklaventreiber uns angreifen?«

»Ich und meine Männer«, der Korporal richtete sich zu

seiner vollen Größe auf, »nehmen es leicht mit hundert schmutzigen Sklaventreibern auf.« Er hielt inne, dann fuhr er fort: »Und Sie, Madam, schießen wie ein Mann!«

Robyn lächelte. »Gut«, nickte sie. »Wir werden der Straße bis zur Küste folgen.«

Der Korporal grinste. »Ja, ich habe genug von diesem Land und seinen Wilden. Ich sehne mich nach dem Tafelberg und möchte mir mit einem guten Whisky den Staub aus der Kehle waschen.«

Die Hyäne war ein altes Männchen. In dem zottigen Fell zeigten sich kahle Stellen, der flache Kopf war mit Narben bedeckt. Wie ein Hund lag sie, den Kopf auf den Vorderpfoten, vor dem Eingang zum Lager. Der Geruch hatte sie direkt zu einer offenen Hütte in der Mitte der Einfriedung geführt. Mit dem Bauch fast den Boden berührend, schlich das Tier näher und näher heran.

Seit die Sklavenkarawane vor ein paar Wochen vorbeigezogen war, hatte es auf der Straße keine menschlichen Körper mehr gegeben, und in diesem trockenen Landstrich gab es nur wenig Wild. So hatte die Hyäne sich nur von dem Kot der Schakale und Paviane genährt, hin und wieder das Nest von Feldmäusen oder ein vereinzeltes Straußenei gefunden. Doch obwohl die Hyäne halb verhungert war, wog sie immer noch etwa siebzig Kilo, und ihre Schulterhöhe betrug einen Meter. Sie roch Holzfeuer, und sie roch Menschen, die für sie Nahrung bedeuteten. Klarer und schärfer aber als alle anderen Gerüche war einer, bei dem ihr Maul wäßrig wurde und ihr Speichel zu fließen begann. Das Tier verfiel in einen schwankenden, unregelmäßigen Trott, dem Wind entgegen, der ihm den aufreizenden Geruch in die Nase trieb. Es war der süßlich-faulige Geruch eines brandigen Beines.

Robyn war in ihren Kleidern, neben der Bahre des Vaters sitzend, eingeschlafen. Die schrillen Schreie des Kranken rissen sie aus tiefem Schlaf. Das Lager war völlig dunkel, und Robyn dachte einen Moment lang, aus einem Alptraum erwacht zu sein. Sie wußte nicht sofort, wo sie sich befand, sprang auf und stolperte über die Bahre. Ihre ausgestreckten Arme berührten etwas Haariges, Großes, etwas, das nach Tod und Exkrementen stank.

Sie schrie auf, und das Tier knurrte wie ein Wolfshund, dem man den Knochen wegnehmen will. Ihre und Fullers Schreie hatten das Lager geweckt, und jemand warf ein Bündel trockenes Gras auf das verglimmende Feuer. Nach der vollkommenen Dunkelheit schien Robyn das orangefarbene Licht hell wie der Tag.

Das riesige Tier hatte Fuller samt allen Decken von der Bahre gezerrt. Es hatte sich in den Unterleib verbissen, und Robyn hörte das Krachen eines Knochens zwischen seinen Kiefern. Halb wahnsinnig griff sie nach der nächsten Axt und schlug auf das Tier ein. Die Hyäne heulte auf. Dunkelheit und Hunger hatten sie mutig gemacht. Jetzt hatte sie den Geschmack von Fleisch im Maul und war nicht bereit, ihre Beute loszulassen.

Immer noch laut nach Hilfe rufend, stürzte Robyn ihr nach und packte die Schultern des Vaters, während die gelben Zähne des Tieres sich in seinem Bauch vergruben. Frau und Tier kämpften um das hilflose Opfer, während die Hyäne, auf den Hinterfüßen stehend und den Kopf weit vorgestreckt, Fullers Bauchdecke aufriß.

Eine Muskete schwingend, kam der Hottentottenkorporal herbeigelaufen.

»Hilf mir!« schrie Robyn. Sie rutschte aus und war nicht mehr imstande, Fuller festzuhalten.

»Nicht schießen«, schrie sie, »nicht schießen!« Die Muskete war ebenso gefährlich wie das Tier.

Der Korporal sprang vor und schlug mit dem Gewehrkolben auf den Kopf der Hyäne ein. Die Hyäne ließ ihre Beute los, drehte sich um und verschwand in die Nacht.

»O mein Gott«, wisperte Robyn, während man Fuller zu

der Bahre zurücktrug. »Hat er nicht schon genug gelitten?«

Fuller Ballantyne überlebte die Nacht, doch eine Stunde nach dem Morgengrauen verschied er, ohne noch einmal das Bewußtsein erlangt zu haben. Es war, als sei eine Legende gestorben, als sei ein Zeitalter mit ihm dahingegangen.

Robyn begrub ihren Vater am Fuße eines großen Muskuribaumes und ritzte eigenhändig in die Rinde:

FULLER MORRIS BALLANTYNE
3. XI. 1788 17. X. 1860
»In jenen Tagen gab es Riesen auf der Erde.«

Sie wollte, sie hätte diese Worte in Marmor meißeln können. Sie wollte, sie hätte seinen Körper einbalsamieren und dort zur Ruhe legen können, wo er hingehörte – in die große Kathedrale von Westminster. Sie wollte, er hätte sie vor seinem Tod erkannt, und sie wollte, sie hätte seine Leiden lindern können. Schmerz und Schuldgefühle überwältigten sie.

Drei Tage lang blieben sie in dem Lager an der Hyänenstraße, drei Tage verbrachte Robyn neben dem frischen Erdhaufen unter dem Muskuribaum und ließ weder Karanga noch Juba in ihre Nähe kommen. Sie mußte allein sein.

Am dritten Tag kniete sie an dem Grab nieder und sagte laut:

»Ich lege im Gedenken an dich einen Eid ab, geliebter Vater. Ich schwöre, daß ich mein ganzes Leben diesem Land und seinen Menschen widmen werde, wie du es getan hast.«

Dann stand sie auf, und ihre Züge wurden hart. Die Zeit der Trauer war vorüber. Jetzt wußte sie, wo ihre Pflicht lag – sie mußte der Hyänenstraße bis zum Meer folgen und vor aller Welt Zeugnis ablegen gegen jene Unmenschen, die diese Straße benutzten.

Wenn die Löwen zur Jagd aufbrechen, dann scheinen ihre Beutetiere die drohende Gefahr zu spüren. Unruhe packt sie, und wenn sie weiden, heben sie wieder und wieder die gehörnten Köpfe, bleiben unbeweglich stehen, wie es nur Antilopen können, während sich die trompetenförmigen Ohren unaufhörlich bewegen. Dann plötzlich jagen sie wieder dahin und treffen auf einer anderen Stelle des Graslandes zusammen, schnaubend und nervös, eine Gefahr witternd, aber nicht wissend, woher sie droht.

Der alte Karanga hatte den gleichen Instinkt, denn er war ein Maschoua, ein Dreckfresser, und als solcher auch ein Beutetier. Als erster spürte er, daß es irgendwo in der Nähe Matabele gab. Er wurde schweigsam, nervös, gespannt und steckte die anderen Träger mit seiner Unruhe an.

Robyn sah, wie er eine abgebrochene Straußenfeder aus dem Gras aufnahm und sie ernst betrachtete. Die Feder war nicht aus dem Flügel eines Vogels gefallen.

An diesem Abend erzählte er Robyn von seiner Angst.

»Sie sind hier, jene Männer, die Frauen aufspießen und Kinder entführen.«

Er spuckte ins Feuer.

»Du stehst unter meinem Schutz«, sagte Robyn zu ihm. »Du und alle anderen in unserer Karawane.«

Sie begegneten den Matabele im Morgengrauen. Plötzlich waren sie da, umzingelten das Lager, eine geschlossene Phalanx von gefleckten Schildern und nickenden Federn. Die Klingen der breiten *assegai* glänzten im Morgenlicht. Der alte Karanga war in der Nacht verschwunden, und mit ihm alle Träger. Nur die Hottentotten waren im Lager geblieben. Karangas Warnung aber war nicht umsonst gewesen, und hinter dem *scherm* standen alle Hottentotten mit aufgepflanzten Bajonetten Wache.

Die Matabele standen schweigend und bewegungslos da, als wären sie aus schwarzem Marmor gehauen. Es schienen Tausende und Tausende zu sein – obwohl Robyn sich sagte, daß nur ihre überhitzte Phantasie ihr diese Vermutung eingeben konnte. Hundert, höchstens zweihundert, entschied sie.

Neben ihr flüsterte Juba: »Wir sind in Sicherheit, Nomusa. Wir sind jenseits des Verbrannten Landes, jenseits der Grenze meines Volkes. Sie werden uns nicht töten.«

Robyn wollte, sie wäre ebenso sicher. Ein Zittern überkam sie, das nicht nur von der kühlen Luft verursacht wurde.

»Schau, Nomusa«, beharrte Juba, »viele Krieger tragen die *isibamu* (Feuerwaffen). Hätten Sie die Absicht zu kämpfen, würden sie die *isibamu* nicht mitschleppen.«

Robyn stellte fest, daß das Mädchen recht hatte; einige Krieger trugen rostige Musketen, und sie wußte aus den Schriften ihres Vaters, daß die Matabele die Flinten, denen sie mißtrauten, den Trägerjungen übergaben, wenn sie kämpfen wollten. Im Ernstfall verließen sie sich lieber auf die Waffe, die ihre Vorfahren geschmiedet und vervollkommnet hatten – auf den *assegai* des Tschaka Zulu.

»Die Träger haben Handelsware in den Lasten, es sind Händler«, flüsterte Juba.

»Dann sind es Sklaventreiber«, sagte Robyn, und rasch verwandelte sich ihre Angst in Zorn, »die von ihren schmutzigen Geschäften zurückkehren. Juba, versteck dich sofort«, befahl sie.

Dann trat Robyn, das Sharps-Gewehr unter den Arm geklemmt, aus der Einfriedung, und die Krieger senkten ein wenig ihre Schilde, um sie neugierig anzustarren. Die kleine Bewegung bestätigte Jubas Worte, daß die Krieger nicht im Sinn hatten zu kämpfen.

»Wo ist euer Induna?« rief Robyn mit ärgerlicher Stimme, und die Neugier der Krieger wich großer Verblüffung. Aus ihren Reihen trat ein Mann hervor, der eindrucksvoller war als alle Männer, die Robyn je gesehen hatte.

Über seine edle Abstammung bestand kein Zweifel; und nur ein Krieger, der sich in vielen Schlachten ausgezeichnet hatte, konnte einen so hochmütigen Stolz an den Tag legen. Er trat auf Robyn zu. Als er sprach, war seine Stimme leise und ruhig.

»Wo ist dein Mann, weiße Frau?« fragte er. »Oder dein Vater?«

»Ich spreche für mich selbst und alle meine Leute.«

»Aber du bist eine Frau«, widersprach der riesige Induna.

»Und Sie sind ein Sklavenhändler«, schrie Robyn, »ein Mann, der mit Frauen und Kindern Handel treibt.«

Einen Moment lang starrte sie der Krieger an, dann lachte er. Es war ein tiefes, musikalisches Lachen.

»Du bist nicht nur eine Frau, sondern auch eine unverschämte Frau.«

Er hob den Schild über die Schulter und ging an ihr vorüber. Er war so groß, daß Robyn das Kinn heben mußte, um zu ihm aufzuschauen. Er bewegte sich mit unglaublicher Grazie und Sicherheit. Seine Rückenmuskeln glänzten, als wären sie mit schwarzem Samt überzogen, die großen Federn seines Kopfschmuckes nickten, und die Kriegsschellen an den Knöcheln rasselten bei jedem Schritt. Rasch trat er durch die Öffnung in der Dornenhecke, und auf einen Wink von Robyn präsentierte der Hottentottenkorporal das aufgepflanzte Gewehr und trat zurück, um den Induna durchzulassen. Mit einem schnellen Blick inspizierte er das Lager. Und lachte nochmals.

»Deine Träger sind davongelaufen«, sagte er. »Diese Maschoua-Schakale riechen einen echten Mann von weitem.«

Robyn folgte ihm ins Lager, und mit einem Zorn, der nicht gespielt war, fragte sie: »Mit welchem Recht betreten Sie meinen Kral und erschrecken meine Leute?«

Der Induna drehte sich nach ihr um. »Ich bin ein Mann des Königs und reise im Auftrag des Königs«, sagte er, als bedürfe es keiner weiteren Erklärung.

Gandang, der Induna, war ein Sohn Mzilikazis, des Königs und obersten Herrn der Matabele. Mzilikazi, der fast allen seinen Söhnen mißtraute, und den meisten seiner hundert Frauen, vertraute diesem Sohn; nicht nur, weil Gandang klug und furchtlos und stark war, sondern auch, weil er nach den Gesetzen und Sitten seines Volkes lebte und sich immer loyal gegen seinen Vater und König verhalten hatte.

Es war daher selbstverständlich, daß Mzilikazi, als er von dem Verrat eines seiner Indunas erfuhr, eines Mannes, der die Grenzwachen im Süden und Osten des Verbrannten Landes befehligte, seinen Sohn Gandang zu sich rief.

»Bopa, der Sohn des Bakweg, ist ein Verräter. Zuerst tötete er jene, die das Verbrannte Land betraten, wie ihm befohlen wurde. Doch dann wurde er geldgierig und verkaufte die Eindringlinge an Portugiesen und Araber. Mir aber meldete er, daß sie tot seien.

Weil Bopa ein geldgieriger Mann war, begann er bald nach anderer Handelsware zu suchen. Heimlich, auf eigene Faust, überfiel er die Stämme jenseits des Verbrannten Landes. Seine Habsucht kannte keine Grenzen, und als er nicht genug Maschoua finden konnte, wandte er sich gegen sein eigenes Volk.

Er schickte Boten zu mir und beschuldigte unsere eigenen Leute – viele von ihnen Edle mit Sansiblut – des Verrates, der Hexerei, des Betruges. Ich schickte die Boten zurück und befahl, die Schuldigen zu töten. Aber sie wurden nicht getötet. Sie und alle ihre Angehörigen trieb Bopa über die Straße, die er nach Osten geöffnet hatte. Jetzt werden ihre Körper nicht in unserem Land begraben werden, und ihre Geister werden ewig ruhelos umherwandern.«

Das war ein furchtbares Schicksal. Der König senkte den Kopf und grübelte.

»Nimm deinen Speer, mein Sohn«, sagte er schließlich, »und kehre zurück, wenn du ihn getötet hast.«

Gandang, der treue Sohn, tat, was sein Vater ihn geheißen hatte; rasch trug er seinen rächenden Speer durch das Matabeleland, durch das Verbrannte Land und über den

Hyänenpfad, bis er auf Bopa stieß, der beladen mit Handelsware aus dem Osten zurückkehrte.

Gandang selbst tötete den mächtigen Bopa im Zweikampf und trieb ihm die breite Klinge zwischen die Rippen, so daß Bopas Herzblut auf seinen Schild spritzte.

»Ich reise im Auftrag des Königs«, wiederholte Gandang, »aber was tust du hier, weiße Frau?« Er wußte wenig von diesen seltsamen Weißen, denn als Mzilikazis Krieger von ihnen nach Norden in das heutige Matabeleland getrieben worden waren, war er noch ein Kind gewesen.

Gandang mißtraute ihnen und ihren billigen Handelswaren, und er hörte nicht gern von einem weißen Mann, der im Himmel lebte und eine ernste Konkurrenz für *»Nkulu-kulu«* zu sein schien, den großen Gott der Matabele.

Hätte er diese Frau und ihr Gefolge im Verbrannten Land angetroffen, er hätte sie alle, ohne zu zögern, getötet. Sie waren jedoch zehn Tagesmärsche von der Grenze entfernt, und so interessierte ihn Robyns Gruppe nicht wirklich. Lieber wollte er zu seinem Vater zurückkehren und ihm von dem Erfolg seiner Expedition berichten.

»Was tust du hier, Frau?«

»Ich bin gekommen, dir zu sagen, daß die Große Königin nicht mehr erlaubt, Menschen wie Vieh für ein paar Glasperlen zu verkaufen. Ich komme, um diesem ruchlosen Geschäft ein Ende zu machen.«

»Das ist Mannesarbeit.« Gandang lächelte. »Und sie wurde bereits erledigt.«

Die Frau amüsierte ihn, und bei anderer Gelegenheit hätte es ihm Spaß gemacht, mit ihr zu schwatzen. Eben wollte er sich umdrehen und das Lager verlassen, als er durch einen Spalt in einem der Unterstände eine kleine Bewegung sah. Mit unheimlicher Schnelligkeit sprang er zur Hütte und zog das Mädchen am Handgelenk hervor. Er musterte Juba ernst.

»Du bist eine von unserem Volk, du bist eine Matabele«, sagte er tonlos.

Juba senkte den Kopf, ihr Gesicht war grünlich-fahl vor Angst. Einen Moment lang dachte Robyn, Juba würden die Beine versagen.

»Sprich«, befahl Gandang mit leiser, herrischer Stimme. »Du bist eine Matabele!«

Juba sah zu ihm auf, und ihr Flüstern war so leise, daß Robyn es kaum verstand.

»Eine Matabele mit Sansiblut.«

Der Krieger und das Mädchen blickten einander prüfend an. Juba hob den Kopf, und die Blässe verschwand aus ihrem Gesicht.

»Ich bin Juba, die Tochter des Tembu Tebe.«

»Er und seine Kinder sind tot – auf Befehl des Königs.«

Juba schüttelte den Kopf. »Mein Vater ist tot – doch seine Frauen und Kinder sind im Land der Sulumani über dem Meer. Ich allein bin entkommen.«

»Bopa!« Gandang sprach den Namen wie einen Fluch aus. Und nach kurzem Überlegen: »Es ist möglich, daß dein Vater zu Unrecht verurteilt wurde, denn Bopa sandte dem König falsche Anschuldigungen.«

Juba antwortete nicht. Aber Robyn bemerkte, daß sich die Haltung des Mädchens veränderte; sie verlagerte das Gewicht und schob die Hüfte ein wenig vor.

Als sie den großen Induna ansah, wurden ihre Augen weicher, und ihre Lippen öffneten sich, so daß ihre rosa Zungenspitze zu sehen war.

»Was ist diese weiße Frau für dich?« fragte Gandang mit belegter Stimme. Immer noch hielt er Jubas Handgelenk, und das Mädchen versuchte nicht, sich zu befreien.

»Sie ist, was meine Mutter für mich war«, erwiderte sie. Der Induna blickte von ihrem Gesicht auf ihren jungen, knospenden Körper, und Juba drehte die Schultern ein wenig, um ihre Brüste zu zeigen.

»Du bist freiwillig bei ihr?« beharrte Gandang, und Juba nickte.

»Dann soll es so sein.« Es schien dem Krieger schwerzufallen, seinen Blick abzuwenden, aber er gab Jubas Hand frei und wandte sich an Robyn. Wieder lächelte er spöttisch.

»Die Sklaventreiber, die du suchst, weiße Frau, sind nicht weit von hier. Auf dem nächsten Paß wirst du sie finden.«

Er machte sich so rasch und lautlos davon, wie er gekommen war, und seine Krieger folgten ihm in einer schmalen dunklen Kolonne. Innerhalb weniger Minuten verschwand der letzte auf dem gewundenen Pfad nach Westen.

Der alte Karanga kehrte als erster ins Lager zurück. Wie ein scheuer Storch trat er auf seinen dünnen Beinen durch das Tor in der Dornenhecke.

»Wo warst du, als ich dich gebraucht habe?« fragte Robyn streng.

»Nomusa, angesichts dieser Matabele-Hunde hätte ich die Beherrschung verloren«, krächzte Karanga, aber er mied ihren Blick.

Nach einer Stunde waren alle Träger zurückgekehrt, und alle marschierten mit größter Begeisterung in die Richtung, die jener, die die Matabele-Krieger eingeschlagen hatten, entgegengesetzt war.

Robyn fand die Sklaventreiber an der Stelle, die Gandang ihr angegeben hatte. Sie lagen über den Paß verstreut wie Blätter nach einem Sturm. Fast alle hatten tödliche Wunden im Hals oder in der Brust – ein Beweis, daß sie wie Matabele gekämpft hatten.

Die Sieger hatten die Bäuche der Toten aufgeschlitzt, um ihre Seelen entfliehen zu lassen, eine letzte Ehrung für Männer, die tapfer gekämpft hatten. Jetzt waren die Geier in die geöffneten Bäuche eingedrungen.

Rasch verließen sie den Ort des Grauens und marschierten, sich ängstlich umblickend, den Paß hinunter bis zu einem kleinen Wasserfall und einem schattigen Teich. Robyn ließ das Lager aufschlagen und rief Juba zu, ihr zu folgen.

Es schien Robyn, als habe der Tod sie mit seinen verwesten Fingern berührt, und sie hatte das Bedürfnis, sich reinzuwaschen. Bis zur Taille im Wasser sitzend, ließ sie sich die Wasserstrahlen über den Kopf fließen und versuchte die Schrecken des Schlachtfeldes zu vergessen. Neben ihr spielte und planschte Juba in dem grünen Wasser.

Schließlich watete Robyn ans Ufer, und während sie sich das nasse Haar aufsteckte, rief sie Juba zu, herauszukommen. In ihre Spiele vertieft, ignorierte das Mädchen ihren Ruf; Robyn ließ Juba zurück und ging zum Lager.

Auf der Uferböschung, halb verborgen von Büschen und Schlingpflanzen, lehnte an einem Feigenbaum eine hochgewachsene Gestalt und beobachtete das Mädchen. Der Mann stand unbeweglich da, seit das Singen und Planschen ihn zu dem Teich geführt hatte.

Gandang wußte, daß er zum ersten Mal im Leben seine Pflicht vernachlässigte. Er hätte bereits viele Marschstunden weit von diesem Ort entfernt sein sollen. Aber sein Blut war in Aufruhr, und er konnte es nicht beschwichtigen. So hatte er seine Krieger halten lassen und war allein zurückgekehrt.

Er setzte sein Leben aufs Spiel, um das Mädchen wiederzusehen, er riskierte den Tod eines Verräters, wenn er mit einer Fremden sprach, der Tochter eines Mannes, der selbst den Tod eines Verräters gestorben war.

Jetzt kam das Mädchen ans Ufer, stand in dem zuckerweißen Sand und strich sich das Wasser vom Körper. Sie hatte Gandang den Rücken zugewandt, und als sie sich bückte, entrang ihm das, was er sah, einen tiefen Seufzer. Blitzschnell richtete sich Juba auf und drehte sich zu ihm um. Sie zitterte am ganzen Körper, und ihre Augen waren dunkel vor Angst.

»Ich sehe dich, Juba, Tochter des Tembu Tebe«, sagte er leise und ging auf sie zu.

Der Ausdruck ihrer Augen verwandelte sich; goldene

Lichter glänzten auf, wie Sonnenstrahlen in einer Schale mit Honig.

»Ich bin ein Bote des Königs«, sagte er und berührte ihre Schulter.

»Ich bin eine gehorsame Jungfrau des Königs«, erwiderte Juba scheu, »und ich kann einem Mann, der im Auftrag des Königs reist, nichts verweigern.« Dann lächelte sie zu ihm auf. Ihr Lächeln war weder keck noch herausfordernd; es war so voller Vertrauen und Bewunderung, daß sich Gandangs Herz zusammenzog.

Er war sanft mit ihr, sehr sanft und behutsam und zart, so daß sie nur darauf wartete, ihm den Dienst zu erweisen, nach dem sie selbst ebenso starkes Verlangen hatte wie er. Als er ihr zeigte, wie sie für ihn zwischen ihren Schenkeln ein Nest machen konnte, reagierte sie sofort auf seine Worte und auf seine Berührung. Aber irgend etwas steckte in ihrem Hals, so daß sie kaum atmen und ihm nicht antworten konnte.

Als sie ihn in ihrem Nest hielt, fühlte sie, wie eine nie gekannte Wildheit Herz und Körper erfaßte. Sie versuchte das Becken zu heben, versuchte, ihn aufzunehmen, denn sie konnte die erregende Reibung an der Innenseite ihrer Schenkel nicht länger ertragen. Er wollte die warme Flut spüren, die sie ihm entgegensandte, und mit dieser Flut tief in ihr Inneres hineingleiten. Doch seine Beherrschung und seine Achtung der Sitten und Gesetze waren so stark wie der muskulöse Körper über ihr. Er hielt sie umfangen, bis der Samen aus ihm herausquoll und auf den weißen Sand tropfte. In diesem Augenblick empfand sie ein so großes Gefühl des Verlustes, daß sie am liebsten laut aufgeweint hätte.

Gandang preßte sie an sich, Juba schlang ihm die Arme um den Hals und verbarg ihr Gesicht an seiner Schulter. Eine lange Weile sagte keiner von ihnen ein Wort.

»Du bist so sanft und schön wie die erste Nacht des Neumondes«, flüsterte Gandang schließlich.

»Und du bist schwarz und stark wie der Stier des *Chawalla*-Festes.« Instinktiv wählte sie den Vergleich, der einem Matabele am meisten bedeutet – den Stier als Symbol von Reichtum und Männlichkeit, und den *Chawalla*-Stier als das prächtigste Tier der königlichen Herden.

»Du wirst nur eine von vielen Frauen sein.« Robyn war zutiefst empört bei dem Gedanken.

»Ja«, stimmte Juba zu, »die erste von ihnen, und die anderen werden mich ehren.«

»Ich hätte dich mitgenommen und viele Dinge gelehrt. Ich hätte dir Wunderbares gezeigt.«

»Das Wunderbarste habe ich bereits gesehen.«

»Du wirst nichts tun als Kinder bekommen.«

Juba nickte beseligt. »Wenn ich Glück habe, werde ich ihm hundert Söhne gebären.«

»Ich werde dich vermissen.«

»Ich hätte dich nie verlassen, Nomusa, meine Mutter, für keinen Menschen auf der Welt, außer für diesen.«

»Er will mir Vieh geben.«

»Seit dem Tod meiner Familie bist du meine Mutter«, erklärte ihr Juba, »und das Vieh ist der Brautpreis.«

»Ich kann keine Bezahlung annehmen – es ist, als wärst du eine Sklavin.«

»Dann erniedrigst du mich. In meinen Adern fließt Sansiblut, und er sagt mir, ich bin die schönste Frau im Matabeleland. Du solltest hundert Stück Vieh verlangen.«

Also ließ Robyn den Induna kommen.

»Der Brautpreis beträgt hundert Stück Vieh«, sagte sie streng.

»Das ist ein schlechtes Geschäft für dich«, erwiderte Gandang hochmütig, »sie ist ein Vielfaches wert.«

»Du wirst das Vieh in deinem Kral halten, bis ich wiederkehre, du wirst es hüten und zusehen, daß es sich vermehrt.«

»Es sei wie du sagst, *amekazi,* meine Mutter.« Diesmal mußte Robyn sein Lächeln erwidern, denn es war nicht mehr spöttisch; seine Zähne waren sehr weiß, und er war, wie Juba gesagt hatte, wirklich ein schöner Mann.

»Behüte sie gut, Gandang.«

Robyn umarmte die junge Frau, und ihre Tränen vermischten sich, doch als Juba fortging, drehte sie sich nicht um, sondern trottete, die Schlafmatte auf dem Kopf, fröhlich hinter Gandang her.

Bald erreichten die beiden den Paß und waren nicht mehr zu sehen.

Von den nebelverhangenen Bergen führte die Straße durch tiefe Schluchten in die flache Küstenlandschaft, wo die Hitze aus einem bleiernen Himmel niederbrannte und die Affenbrotbäume ihre knotigen Äste hochstreckten wie verkrüppelte Anbeter vor einem wundertätigen Schrein.

Hier begann auch der Regen. Die Flut riß drei Männer mit sich, vier weitere starben am Fieber, und Robyn selbst zeigte die ersten Anzeichen der Krankheit.

Diese letzte Reiseetappe erschöpfte sie alle. Sie wußten, daß sie höchstens ein paar Tagesmärsche von der Küste entfernt und bereits auf portugiesischem Gebiet waren – unter dem Schutz eines christlichen Königs und einer zivilisierten Regierung. Aus diesem Grund hielten die Hottentotten nicht mehr Wache, sondern schliefen neben dem qualmenden Lagerfeuer. Und hier starben sie auch – mit aufgeschlitzten Hälsen.

Robyn erwachte, als grobe Hände sie anfaßten und aus der kleinen Hütte an der Hyänenstraße zerrten. Am Vorabend war sie zu müde und fiebrig gewesen, um sich auszuziehen, und hatte sogar die kleine Kappe anbehalten, die ihre Haare bedeckte, so daß niemand sie für eine Frau hielt.

Ihr selbst, den Trägern und den Hottentotten legte man

Ketten an – jene leichten, zum Marschieren geeigneten Ketten, die der Beweis waren, wenn es noch eines Beweises bedurfte, mit wem sie es zu tun hatten. Die Sklaventreiber waren Mischlinge oder Schwarze in zerfetzter europäischer Kleidung, aber gut bewaffnet.

Das waren die Männer, die zu treffen Robyn den halben Kontinent durchquert hatte, doch jetzt war sie nur ein Lebewesen in Fesseln und von geringem Wert – vielleicht würde sie ein paar Dollar einbringen bei der Versteigerung.

Sie waren der Küste näher, als Robyn gedacht hatte. Schon spürte sie den Salzgeruch des Meeres, und am späten Abend brachte der Wind den Duft von Holzfeuer und den unverkennbaren Gestank von Menschen in Gefangenschaft mit sich. Im flackernden Licht eines Feuers tauchten die Sklavenquartiere vor ihnen auf.

Man trieb Robyn und ihre Leute auf einen offenen Platz, in dessen Mitte eine erhöhte Plattform stand. Ihr Zweck wurde sofort klar; der erste von Robyns Dienern wurde die Stufen hinaufgestoßen, während man auf die Feuerstellen um den Platz frisches Holz warf. Offenbar sollte die Versteigerung sofort stattfinden.

Der Mann, der die Versteigerung leitete, war Portugiese, ein kleiner Mann mit dem zerknitterten dunklen Gesicht eines bösen Zwerges und dem starren kalten Blick einer Schlange. Bevor er auf die Plattform stieg, schickte er einen seiner Leibsklaven zu der geschnitzten Holztrommel am Rand des Platzes; er sollte die Käufer herbeitrommeln. Er trommelte begeistert aus, und im Licht des Feuers glänzte sein regennasser schwarzer Oberkörper.

Aus den Schatten der Bäume und aus den Hütten strömten Männer herbei; einige hatten getrunken und wankten Arm in Arm herbei, ihre Rumflaschen schwenkend, andere kamen still und allein; sie kamen aus allen Richtungen – Araber, Afrikaner, Asiaten, Europäer – und bildeten einen Kreis um die Versteigerungsplattform. Sie hatten nur eines gemeinsam; den kalten Blick und den unbarmherzigen Ausdruck jener, die mit menschlichem Elend handeln.

Robyns Träger und Diener wurden, einer nach dem anderen, auf die Plattform gezerrt. Dann wurden ihnen die Kleider vom Leib gerissen, damit man ihre Körper begutachten konnte. Wie auf einem Pferdemarkt beklopften Käufer die Muskeln und prüften die Zähne. Sobald sie gesehen hatten, was sie wollten, trat der Portugiese vor und begann mit der Versteigerung. Die Männer nannten ihn Alphonso, und obwohl sie mit ihm scherzten, wurde er von allen mit ängstlichem Respekt behandelt.

Der Verkauf ging rasch vor sich. Die kleinen Hottentotten erweckten wenig Interesse, doch die Träger, große, muskulöse Männer, erzielten gute Preise. Dann kam der alte Karanga an die Reihe; zahnlos und schwach stolperte er auf die Plattform, und seine dünnen Beine schienen kaum das Gewicht der Ketten tragen zu können.

Hohngelächter brach aus, und der Portugiese forderte vergeblich zu einem Angebot auf. Erst als man Karanga von der Plattform herunterzerrte und in die Dunkelheit schleppte, begriff Robyn, was geschah. Ihren Entschluß, keine Aufmerksamkeit auf sich zu lenken, vergessend, rief sie laut: »Nein – laßt ihn gehen!«

Der Mann, der ihre Kette hielt, schlug ihr mit der offenen Hand ins Gesicht. Sie fiel auf die Knie, und durch das Dröhnen in ihren Ohren hörte sie den Pistolenschuß aus der Dunkelheit. Sie weinte, als sie an der Kette auf die Plattform gezerrt wurde.

»Ein magerer Junge«, sagte der Portugiese, »aber weiß genug, um einen guten Lustknaben für die Harems der Omani abzugeben. Wer bietet zehn Rupien?«

»Laß ihn uns anschauen«, rief eine Stimme aus dem Kreis. Der Portugiese drehte Robyn um und riß ihr das Flanellhemd bis zum Gürtel auf.

Sie beugte sich vor, um den Oberkörper zu verbergen, doch der Mann hinter ihr zwang sie, sich aufzurichten.

Unter dem zerrissenen Hemd quollen die Brüste hervor, und der Kreis der Zuschauer wurde unruhig.

»Zehn Rupien?« fragte Alphonso Pereira.

Aus dem Kreis löste sich ein kräftiger Mann und trat vor. Robyn erkannte ihn sofort. Er trug einen hohen Biberfellhut auf seinen schwarzen Locken. In seiner Stimme schwang Erregung.

»Ich biete Gold«, rief er. »Einen Goldmohur der Ostindischen Gesellschaft. Verdammt sei jeder, der mehr bietet.«

»Ein Goldmohur, geboten von meinem Bruder Camacho. Viel Glück, mein Bruder«, grinste Alphonso.

Camacho lachte erfreut, starrte Robyn an und flüsterte: »Ich habe lange warten müssen . . .«

Robyn spürte, wie ihr der Haß über die Haut kroch gleich kleinen Insekten, und sie wich zurück, soweit es die Ketten erlaubten.

»Wer bietet mehr als einen Goldmohur für eine hübsche . . .«

»Sie gehört mir«, sagte Camacho zu seinem Bruder.

Alphonso hob die Hand, um den Verkauf abzuschließen, als eine Stimme ihn unterbrach.

»Einen *double eagle,* Sir; zwanzig amerikanische Golddollar.« Die Stimme war nicht laut, und doch konnte sie jedermann hören.

Ungläubig starrte Robyn in die Richtung, aus der die Stimme kam. Diesen lässigen, gedehnten Tonfall würde sie ihr ganzes Leben lang wiedererkennen. Er stand am Rand des Platzes, doch als sich alle Köpfe nach ihm umdrehten, trat er vor.

Das Lächeln auf Alphonsos Gesicht erstarrte, und er zögerte.

Neben der Gestalt in dem einfachen weißen Hemd und den dunklen Breeches wirkten die anderen Männer grau und schäbig. »Ich, Kapitän Mungo St. John vom Klipper *Huron,* biete einen goldenen *double eagle.*«

Robyn spürte, wie ihr die Beine vor Erleichterung versagten, doch der Mann hinter ihr riß sie an der Kette wieder hoch. Pereira hatte sich dem Amerikaner zugewandt und starrte ihn wütend an. St. John lächelte milde und herablassend. Sein dunkles Haar schimmerte im Schein des Feuers. Nie war er Robyn schöner und gefährlicher erschienen.

»Tausend Rupien, Camacho«, sagte er leise, »kannst du das überbieten?«

Camacho zögerte, dann wandte er sich mit flehender Stimme an seinen Bruder.

»Hilfst du mir?« fragte er.

Alphonso lachte. »Ich leihe niemals Geld.«

»Auch nicht einem Bruder?« beharrte Camacho.

»Einem Bruder schon gar nicht«, erwiderte Alphonso. »Laß die Dirne fahren. Für fünfzig Rupien bekommst du eine bessere.«

»Ich muß sie haben.« Camacho drehte sich zu Mungo St. John um. »Ich muß sie haben. Es ist eine Ehrensache, verstehen Sie?« Drohend fuhr er fort: »Ich mache noch ein Angebot – einen Goldmohur und dreißig Zentimeter Toledostahl.« Das Messer in seiner Hand schien direkt aus der Luft in seine Hand gelangt zu sein. Er hob die Spitze, bis sie auf Mungos Gürtelschnalle wies.

»Verschwinde, Yankee, oder ich nehme mir die Frau *und* deinen *double eagle*.«

Rasch bildeten die Zuschauer einen Kreis um die beiden Männer und stießen einander beiseite, um besser zu sehen.

Mungo St. John lächelte immer noch, doch jetzt streckte er, ohne den Blick von Camacho zu wenden, die Rechte aus. Aus den Reihen der Zuschauer trat ein riesiger Mensch hervor, der irgendwie an eine Kröte erinnerte, mit einem Kopf, so rund und glatt wie eine Kanonenkugel. Tippoo legte ein Messer in die ausgestreckte Hand, dann nahm er die Schärpe von seiner Taille und übergab sie dem Kapitän. Mungo St. John wickelte sie sich um den linken Unterarm.

Nicht ein einziges Mal hatte er Robyn angesehen, während diese nicht den Blick von ihm wenden konnte. In diesem Augenblick erschien er ihr wie ein Gott. Alles an ihm – die dunkle klassische Figur, die ausladenden Schultern unter dem weißen Hemdstoff, die schlanken Hüften, um die ein breiter, eleganter Ledergürtel geschlungen war, die kraftvollen geraden Beine in den eng anliegenden Hosen und weichen Lederstiefeln – schien geradewegs vom Olymp herabgestiegen zu sein.

Mungos Lächeln wich einem ernsten, konzentrierten Ausdruck, als gelte es, ein mathematisches Problem zu lösen. Er hielt das Messer tief und wandte sich dem Portugiesen zu, der ihn umkreiste. So elegant und beherrscht waren seine Bewegungen, daß sie Robyn an jenen Abend erinnerten, an dem sie ihn auf dem Tanzparkett im Haus des Admirals beobachtet hatte.

Jetzt endlich wurden die Zuschauer still und warteten begierig auf den ersten Blutstropfen, doch als Camacho angriff, brüllten sie auf, wie die Menge brüllt, wenn der Stier zum ersten Mal die Arena betritt. Mungo St. John schien sich kaum zu bewegen, drehte seinen Körper nur leicht in den Hüften, so daß das Messer an ihm vorbeiglitt und er wieder Camacho gegenüberstand.

Knapp unterhalb von Robyn zog Camacho seine Jacke aus und wickelte sie um den linken Arm. Dann machte er, das lange Messer in der Rechten, einen raschen Ausfall und schwang die Klinge, so daß sie in der Luft silbern aufglänzte wie der Flügel einer Libelle. Bei jedem Schlag zog er den Kopf ein wenig ein und ging in die Knie. Wie ein Ringer vor dem Kampf lockerte und erwärmte er seine Muskeln.

Dann trat er vor, trat locker auf den gefährlichen schlüpfrigen Schlammboden und machte mit dem Messer Ausfälle, um den Gegner abzulenken und einzuschüchtern.

Zweimal griff Camacho an, zweimal wich St. John mühelos aus, doch mit jedem Mal kam er näher an den Kreis der Zuschauer heran. Sie traten zurück, um dem Amerikaner Platz zu machen. Jetzt, als Mungo St. John, wie ein Boxer an die Seile gedrängt war, sah Camacho seine Chance und griff wieder an. Plötzlich traf St. John ein Fußtritt aus der Menge. Niemand wußte, woher er kam, denn die Leute standen dicht gedrängt, doch der Tritt brachte ihn beinahe zu Fall. Bevor er sein Gleichgewicht wiedergefunden hatte, traf ihn Camachos Klinge. Robyn schrie auf, und Mungo St. John sprang zurück, während das Blut sein Hemd rot färbte wie vergossener Burgunder ein Damasttischtuch. Das Messer entfiel seiner Hand und verschwand im roten Lehm.

Die Menge heulte. Camacho setzte dem verwundeten Mann nach wie ein Jagdhund einem Fasan mit gebrochenem Flügel. Geschickt trieb er ihn auf die Plattform zu, und als Mungo die Pflöcke in seinem Rücken spürte, erstarrte er einen Moment lang; er merkte, daß er gefangen war. Camacho entblößte die Zähne und zielte auf seinen Bauch.

Mungo St. John blockte das Messer mit seinem Armschutz ab und griff mit der Rechten blitzartig nach Camachos Handgelenk. Die beiden Männer standen Brust an Brust, die Arme ineinander verschränkt, und mit einer ungeheuren Anstrengung zwang St. John Camachos Hand nach oben, bis die Messerspitze nicht mehr gegen seinen Bauch zeigte, sondern in den Nachthimmel über ihnen. Mungo wechselte das Standbein, nahm alle Kraft zusammen, und sein Gesicht verdunkelte sich, während er, schwer atmend, Camachos Handgelenk stärker und stärker nach oben drehte. Camachos Arm gab nach, und seine Augen weiteten sich, als sein eigenes Messer sich gegen ihn kehrte.

Jetzt stand auch er gegen die Plattform gepreßt und hatte keinen Fluchtweg. Näher und näher kam die Klinge, bis die Spitze seine Brust berührte und ein Blutstropfen hervorquoll.

Mit einer raschen, heimlichen Bewegung zog Alphonso Pereira die Pistole aus dem Gürtel. Doch bevor Robyn eine Warnung rufen konnte, entstand Bewegung, und Tippoo hielt seine Pistole an Alphonsos Schläfe. Der kleine Portugiese schielte seitwärts, dann steckte er die Waffe rasch wieder zurück. Robyn konnte sich wieder dem ebenso erschreckenden wie faszinierenden Zweikampf zu ihren Füßen widmen.

Mungo St. Johns Gesicht war jetzt dunkelrot vor Anstrengung, und jeder Muskel in Schultern und Armen angespannt, als er sich gegen den Pfosten der Plattform zurückbeugte und sein ganzes Gewicht in den Stoß legte.

Noch einen Augenblick lang widerstand Camacho, dann drang die Messerspitze in seine Brust.

Mungo St. John ließ seinen Gegner los, und Camacho fiel nach vorn, mit dem Gesicht in den Lehm. Er selbst griff nach der Plattform, um sich zu stützen. Erst dann wandte er langsam den Kopf und sah zu Robyn auf.

»Zu Ihren Diensten, Madam«, murmelte er, und Tippoo stürzte vor, um ihn aufzufangen, bevor er niedersank.

Die bewaffneten Seeleute der *Huron* bildeten eine Eskorte, und Tippoo hielt eine Laterne hoch, während sie den Strand hinuntereilten.

Durch einen Mangrovenhain erreichten sie den Fluß, in dessen Mitte der schöne Klipper lag. Ohne sich helfen zu lassen, ging Mungo auf sein Schiff, dann ließ er sich mit einem dankbaren Seufzer auf das schmale Bett in seiner Kabine fallen, auf jenes Bett, an das Robyn sich so gut erinnerte. Sie versuchte, die Erinnerung wegzuschieben und möglichst kühl und sachlich zu sprechen.

»Man hat mir den Medikamentenkoffer weggenommen«, sagte sie, während sie sich die Hände wusch.

»Tippoo.« Mungo sah zu seinem Maat auf. Tippoo neigte einmal den kahlen Kopf, dann war er verschwunden. Mungo und Robyn waren allein. Robyn untersuchte die Wunde. Sie war nicht tief, doch der Winkel des Stoßes gefiel ihr nicht. Das Messer war unterhalb des Schlüsselbeins eingedrungen und fast bis zur Schulter hinauf gestoßen worden.

»Können Sie die Finger bewegen?« fragte sie. Er hob die Hand und berührte sanft ihre Wange.

»Ja«, sagte er, sie streichelnd, »sehr gut.«

»Nicht«, wehrte sie schwach ab.

»Du bist krank«, sagte er, »so blaß und abgemagert.«

»Es ist nichts – bitte senken Sie den Arm.«

Sie war sich bewußt, wie schmutzig ihr Haar und ihre Kleidung war, sie wußte, daß sie gelbe Fieberflecken hatte und um ihre Augen dunkle Ringe der Erschöpfung lagen.

»Fieber?« fragte er leise, und sie nickte, während sie weiter an der Wunde arbeitete.

»Seltsam«, murmelte er, »du siehst so jung und zerbrechlich aus.« Er hielt inne. »Und so bezaubernd.«

»Ich verbiete dir, so zu sprechen.« Sie war verwirrt und unsicher.

»Ich habe gesagt, daß ich dich nicht vergessen werde«, ignorierte er ihre Worte, »und ich habe dich nicht vergessen.«

»Wenn du nicht aufhörst, gehe ich sofort weg.«

»Als ich heute abend dein Gesicht im Schein des Feuers sah, konnte ich nicht glauben, daß du es warst, und gleichzeitig schien es, als hätten wir unser ganzes Leben lang gewußt, daß wir einander hier begegnen würden. Als sei es vorgezeichnet gewesen, vom Augenblick unserer Geburt an.«

»Bitte«, flüsterte sie, »bitte, hör auf.«

»Das klingt besser – bitte klingt besser. Jetzt höre ich auf.«

Aber er beobachtete aufmerksam ihr Gesicht, während sie arbeitete. In der Schiffsapotheke unter seinem Bett fand Robyn das meiste, was sie brauchte.

Mungo verzog keine Miene, als sie die Wunde nähte; er sah sie weiter prüfend an.

»Jetzt mußt du dich ausruhen«, sagte sie, als sie fertig war, und er legte sich auf sein Bett zurück. Er sah müde und erschöpft aus; Robyn empfand Dankbarkeit, Mitleid und auch noch etwas anderes, das sie längst totgeglaubt hatte.

»Du hast mich gerettet.« Sie senkte den Blick. »Dafür werde ich dir ewig dankbar sein, ebenso wie ich dich ewig hassen werde für das, was du hier tust.«

»Was tue ich hier?« fragte er ein wenig herausfordernd.

»Du kaufst Sklaven«, sagte sie anklagend, »du kaufst Menschenleben, so wie du mich bei der Versteigerung gekauft hast.«

»Aber im allgemeinen zu einem billigeren Preis«, bemerkte er und schloß die Augen. »Bei zwanzig Golddollar pro Kopf ist nicht viel Gewinn zu machen, das kann ich dir versichern.«

Sie erwachte in der kleinen Kabine, in derselben Kabine, in der sie den Atlantik überquert hatte. Es war, als sei sie nach Hause gekommen, und das erste, was sie sah, nachdem sich ihre Augen an das harte Sonnenlicht gewöhnt hatten, das durch die Luke drang, waren die Koffer mit den Instrumenten, den Medikamenten und ihren spärlichen persönlichen Habseligkeiten. Sie erinnerte sich an den stummen Befehl, den Mungo am Vorabend seinem Maat gegeben hatte. Tippoo mußte in der Nacht an Land gegangen sein, und sie fragte sich, welchen Preis er wohl gezahlt, welche Drohung er geäußert hatte, um alles für sie zurückzuholen.

Rasch stand sie auf, beschämt über ihre Trägheit. Wer immer ihr Gepäck gebracht hatte, hatte auch den Emailkrug mit frischem Wasser gefüllt. Erleichtert wusch sie die Schmutzschicht von ihrem Körper, kämmte das Haar und fand in ihrer Truhe zwar abgetragene, aber saubere Kleider. Dann eilte sie aus ihrer Kabine und zur Kapitänskajüte. Wenn Tippoo imstande war, ihre Koffer zu finden, konnte er vielleicht auch ihre Leute, die man in die Sklaverei verkauft hatte, befreien.

Mungos Kabine war leer. Seine Weste und das blutbefleckte Hemd lagen in einer Ecke, und die Bettlaken waren in Unordnung. Rasch lief sie an Deck, und als sie in das helle Sonnenlicht trat, sah sie, daß der Monsun ihnen nur eine kurze Pause gönnen würde, denn schon türmten sich wieder die Sturmwolken am Horizont.

Die *Huron* lag in der Mitte eines breiten Meeresarmes, dessen Ufer von Mangroven bewachsen waren; die offene See konnte man nicht sehen. Eine halbe Meile flußabwärts sah Robyn ein anderes Schiff vor Anker liegen, das eine brasilianische Flagge gesetzt hatte. Als sie es näher betrachten wollte, hörte sie das Klappern der Ankerwinde; offenbar lief das Schiff eben aus. Auch sonst bemerkte sie eine ungewöhnliche Aktivität auf dem Fluß. Kleine Boote fuhren vom Ufer zu den vor Anker liegenden Dhaus, und selbst an Deck der *Huron* drängten sich die Seeleute auf dem Achterdeck.

Robyn wandte sich ihnen zu und sah, daß der größte von ihnen Mungo St. John war. Er trug den Arm in der Schlinge und sah blaß aus, aber sein Ausdruck war grimmig, als er einem der Matrosen zuhörte. Erst als Robyn auf ihn zutrat, drehte er sich zu ihr um. Alle Fragen erstarben ihr auf den Lippen, denn seine Stimme war hart.

»Daß Sie kommen, ist ein Geschenk Gottes, Doctor Ballantyne.«

»Warum sagen Sie das?«

»In den Sklavenunterständen ist eine Seuche ausgebrochen«, erwiderte er, »die meisten anderen Käufer lassen ihre Ware zurück und fahren ab.« Er blickte auf den brasilianischen Schoner, der bereits dem Meer zufuhr. »Aber ich habe tausend erstklassige Schwarze, die gemästet werden müssen. Ich will verdammt sein, wenn ich auf sie verzichte. Zumindest nicht, bevor ich weiß, was los ist.«

Robyn starrte ihn an. Zweifel und Angst befielen sie. »Seuche« war ein Laienwort und umfaßte alles, von der Pest bis zu Syphilis.

»Ich gehe sofort an Land«, sagte sie, und Mungo St. John nickte.

»Das hatte ich gehofft, ich werde Sie begleiten.«

»Nein.« Ihr Ton duldete keinen Widerspruch. »Erstens schadet es der Wunde, zweitens würden Sie in Ihrem geschwächten Zustand sofort der Seuche zum Opfer fallen, worum immer es sich auch handeln mag.« Sie blickte Tippoo an, der sich mit einem breiten Grinsen an ihre Seite stellte.

»Bei Gott, Madam, ich habe schon alles gehabt, was man haben kann«, sagte Nathaniel, der pockennarbige Bootsmann, »und nichts hat mich ins Grab gebracht.« Er trat an ihre andere Seite.

Während sie an Land ruderten, sagte Nathaniel zu Robyn: »Jeder Händler errichtet seine eigenen Unterstände und läßt sie von seinen eigenen Leuten bewachen. Die Portugiesen bringen die schwarzen Vögel, und die Händler kaufen sie ihnen ab.«

Während Robyn zuhörte, wurden ihr viele Dinge klar, die sie und Zouga nicht verstanden hatten. Jetzt wußte sie, warum Pereira so verzweifelt versucht hatte, die Expedition nicht in den Süden ziehen zu lassen; er war bemüht, die Handelsrouten seines Bruders und dessen Verkaufsplätze zu schützen; es war nicht nur Geldgier und Bosheit gewesen, sondern der logische Versuch, dieses lukrative Unternehmen vor einer Entdeckung zu bewahren.

»Jeder Händler mästet seine Ware, wie man Schweine für den Markt mästet; so überstehen sie die Überfahrt besser. Er achtet auch darauf, daß sie keine Krankheiten an Bord bringen. Im Frachtraum der *Huron* sind die Sklavendecks bereits installiert, und wir hätten angefangen, die Sklaven an Bord zu bringen, aber jetzt . . .«

Nathaniel zuckte die Achseln und ruderte weiter.

»Bist du ein Christ, Nathaniel?« fragte Robyn leise.

»Ja, Madam«, erwiderte er stolz, »ein guter Christ.«

Kapitän Mungo St. John hatte den besten Platz für seine Unterstände ausgewählt, etwas vom Fluß entfernt und auf erhöhtem Terrain. Die Hütten waren ordentlich gebaut, mit Holzböden und Dächern aus Palmblättern. Mungo St. John hatte seine Sklaven offensichtlich sorgfältig ausgesucht; es waren kräftige Männer und Frauen, in den Kupferkesseln kochte der Mehlbrei, von dem sie große Portionen bekamen, so daß ihre Bäuche rund waren und ihre Haut glänzte.

Robyn untersuchte sie der Reihe nach und erklärte: »Hier hat niemand eine Seuche – noch nicht.«

Tippoo führte sie zu den nächsten Unterständen; die Händler hatten sie verlassen, die Sklaven waren hungrig und von der plötzlichen Befreiung verwirrt.

»Ihr seid frei«, sagte Robyn zu ihnen, »kehrt zurück in euer Land.«

Sie saßen auf der Erde und starrten sie verständnislos an. Es war, als hätten sie verlernt, selbständig zu denken oder zu handeln. Robyn wußte, daß sie, selbst wenn sie die ausgebrochene Seuche überlebten, nie imstande sein würden, über die Hyänenstraße nach Hause zu wandern.

Die erste Kranke, die Robyn fand, war ein junges Mädchen. Ihre Haut war brennend heiß, und als Robyn den nackten hervorquellenden Bauch untersuchte, spürte sie sofort die kleinen Schwellungen unter der heißen Haut.

»Pocken«, sagte Robyn, und Tippoo wich ängstlich zurück.

»Warte draußen«, wies sie ihn an, und er verließ sichtlich erleichtert die Hütte. Robyn drehte sich zu Nathaniel um. Sie hatte die kleinen Narben in dem durchfurchten Gesicht gesehen.

»Wann?« fragte sie.

»Als ich ein Kind war. Meine alte Mutter und meine Brüder sind daran gestorben.«

»Jetzt machen wir uns an die Arbeit«, sagte sie zu ihm.

In der finsteren, stinkenden Hütte lagen Kranke in allen Stadien. »Ein paar werden überleben«, sagte Robyn zu Nathaniel. »Die hier zum Beispiel, denn die Seuche verläßt den Körper.« Sie fand einen Mann, dessen Pocken bereits verkrustet waren.

Während Nathaniel den Mann festhielt, kratzte Robyn mit einem Spachtel den verkrusteten Schorf ab und sammelte ihn in einer Glasflasche.

»Dieser Krankheitsstamm ist bereits abgeschwächt«, erklärte Robyn ungeduldig, und zum erstenmal sah sie in Mungos Augen Angst aufkeimen. »Die Türken benutzen die Methode schon seit zweihundert Jahren.«

»Ich möchte lieber abfahren«, sagte Mungo St. John leise und starrte auf die Flasche mit dem gelblichen Inhalt.

»Es würde nichts helfen, die Infektion ist bereits an Bord.« Robyn schüttelte energisch den Kopf. »In einer Woche wäre die *Huron* ein stinkendes, verseuchtes Schiff voll sterbender Menschen.«

Mungo drehte sich um, ging zur Reling und starrte auf das Ufer, wo man zwischen den Mangroven die Dächer der Hütten erkennen konnte.

»Sie können diese elenden Menschen nicht zurücklassen«, sagte Robyn. »Sie werden verhungern. Ich allein könnte für eine solche Menge nicht genügend Nahrung finden. Sie sind verantwortlich für sie.«

Eine Weile schwieg er, dann drehte er sich um und betrachtete sie verwundert.

»Würden Sie, wenn die *Huron* mit leerem Frachtraum abführe, in diesem von Malaria und Pocken verseuchten Land zurückbleiben, um die dem Untergang geweihten Wilden zu pflegen?« fragte er.

»Natürlich.« In ihrer Stimme schwang immer noch Ungeduld, und er senkte den Kopf.

Jetzt war sein Blick nicht mehr spöttisch, sondern ernst, vielleicht lag sogar etwas wie Respekt darin.

»Sie würden die Leute retten, damit sie dann in die Gefangenschaft verkauft werden?«

»Selbst Sklaverei ist besser als der Tod«, erwiderte sie.

Gedankenverloren ging er auf dem Achterdeck auf und ab.

»Sie sagen, daß Sie selbst, sich dieser – dieser Sache unterzogen haben.« Sein Blick kehrte, haßerfüllt und fasziniert, zu der kleinen Flasche zurück, die vor ihm auf dem Tisch stand.

Als Antwort schob Robyn den Ärmel ihrer Bluse zurück und zeigte ihm die Impfnarbe auf dem Arm.

»Und es besteht kein Risiko?«

Sie zögerte, dann antwortete sie mit Bestimmtheit: »Es gibt immer Risiken, aber in diesem Fall sind sie hundert- oder vielleicht tausendmal geringer, als die Krankheit aus der Luft zu bekommen.«

Mit einer abrupten Bewegung riß Mungo mit den Zähnen den linken Ärmel auf und streckte den Arm aus.

»Tun Sie es, aber um Himmels willen tun Sie es rasch, bevor mich der Mut verläßt.«

Mit der Spitze des Skalpells ritzte sie die sonnengebräunte Haut auf, doch als sie etwas von dem gelben Zeug aus der Flasche darüber strich, erblaßte er vor Ekel. Dann drehte er sich um und wandte sich an seine Mannschaft.

»Und nun ihr«, befahl er seinen entsetzten Leuten mit rauher Stimme, »ihr alle.«

Außer Nathaniel hatten noch drei andere bereits die Pocken gehabt und überstanden. Mit Hilfe dieser vier Männer versuchte Robyn tausend Sklaven zu impfen und zu pflegen; ihre Verluste waren wesentlich größer, als sie es erwartet hatte.

Stunde um Stunde, Tag und Nacht bemühten sie sich, die ärgsten Reaktionen auf die Impfung zu lindern und den Leuten Mehlbrei und Wasser einzuflößen. Als einige stark genug waren aufzustehen, mußten sie die Leichen der anderen auf einen Wagen laden und aus den Unterständen schaffen. Es gab keine Möglichkeit, die vielen Toten zu begraben oder zu verbrennen, und selbst für die Geier waren es zu viele. Die Männer warfen die Leichen zwischen den Kokospalmen auf den Boden und liefen zurück, um die nächsten zu holen.

Zweimal am Tag ging Robyn zum Fluß, ließ sich vom Beiboot zur *Huron* bringen und verbrachte eine Stunde in St. Johns Kabine.

Auch Mungos Reaktion war erschreckend, vielleicht weil die Messerwunde ihn geschwächt hatte. Sein Arm war dick angeschwollen, und aus dem kleinen Kratzer wurde ein häßliches Geschwür. Das Fieber stieg, und sein Fleisch schien zu schmelzen wie Kerzenwachs.

Tippoo, dessen Arm zu grotesker Größe angeschwollen war – auch er hatte hohes Fieber –, war nicht zu bewegen, Mungos Kabine zu verlassen.

Es war eine Erleichterung für Robyn, ihn dort zu wissen; seltsam sanft und behutsam sorgte er für Mungo St. John, wie eine Mutter für ihr Kind.

Als sie am zwölften Tag an Bord der *Huron* ging, empfing sie Tippoo mit einem breiten Grinsen auf seinem Krötengesicht, und als sie in die Kabine eilte, wußte sie den Grund.

Mungo St. John saß, mager und blaß, gegen die Kissen gelehnt; seine Haut war kühl, und sein Blick endlich klar.

»Großer Gott«, begrüßte er sie, »du siehst furchtbar aus!« Am liebsten hätte sie geweint vor Kummer und Erleichterung.

Als sie das Geschwür auf seinem Arm gebadet und versorgt hatte und eben fortgehen wollte, nahm er ihre Hand.

»Du bringst dich um«, flüsterte er. »Wann hast du zum letztenmal geschlafen und wie lange?«

Erst als er fragte, wurde sie sich ihrer totalen Erschöpfung bewußt; es war zwei Tage her, seit sie zum letztenmal geschlafen hatte, und auch da nur wenige Stunden. Mungo zog sie sanft zu sich aufs Bett, und sie hatte weder die Kraft noch den Willen, sich zu wehren. Er bettete ihren Kopf an seine Schulter, und unmittelbar darauf war sie eingeschlafen. Halb im Traum spürte sie seine Finger, die ihr die feuchten Locken aus der Stirn strichen.

Sie wußte nicht genau, wie lange sie geschlafen hatte, als sie erwachte, befreite sie sich aus Mungos Armen und dachte schuldbewußt: Wie viele sind wohl gestorben, während ich geschlafen habe? Bevor er sie daran hindern konnte, stolperte sie die Treppe zum Deck hinauf und rief nach dem Boot.

Die wenigen Stunden der Ruhe hatten sie erfrischt, und als sie sich interessiert umsah, bemerkte sie zum erstenmal, daß noch ein anderes Schiff neben der *Huron* vor Anker lag. Es war eine der kleinen Dhaus, die die Araber für die Küstenfahrt benutzten. Sie befahl Nathaniel, sie hinzurudern, und als ihre Rufe nicht beantwortet wurden, ging sie an Bord. Offenbar war die Epidemie auf dem Schiff ausgebrochen, bevor es hatte abfahren können, und Robyn fand die gleichen Zustände vor, die sie vom Land her kannte; Tote, Sterbende und einige, die durchkommen würden. Obwohl es Sklavenhändler waren, fühlte sich Robyn an ihren Eid gebunden und tat für die Kranken, was in ihren Kräften stand. Der arabische Kapitän, der krank und hilflos auf seiner Schlafmatte lag, dankte ihr und sagte: »Möge Allah dich begleiten und mir Gelegenheit geben, eines Tages deine Freundlichkeit zu erwidern.«

In den folgenden Tagen nahm die Seuche ihren unvermeidlichen Verlauf, die Schwachen starben, und andere überlebten. Jene, die kräftig genug waren, ermunterte Robyn, nach Westen zu wandern. Vielleicht würden einige von ihnen den langen, gefährlichen Marsch zurück in ihre zerstörten Dörfer überstehen, hoffte sie.

Die meisten Überlebenden aber waren zu schwach und zu verwirrt, um sich von der Stelle zu rühren. Sie blieben in den schmutzigen, stinkenden Hütten liegen, für jeden

Schluck Wasser, für jedes bißchen Mehlbrei auf Robyn und ihre Helfer angewiesen. Mit den Augen leidender Tiere blickten sie zu ihr auf.

Immer höher wurden die Leichenberge in den Palmenhainen, immer durchdringender der Gestank. Robyn wußte nur zu gut, was als nächstes kommen würde.

»Die Seuchen eines Schlachtfeldes«, erklärte sie St. John. »Sie sind unvermeidlich, wenn die Toten nicht begraben werden und die Flüsse voller Leichen sind. Wir alle sind geschwächt und werden weder dem Typhus noch den anderen Krankheiten widerstehen können. Wir müssen fliehen, solange noch Zeit ist.«

»Die meisten meiner Leute sind noch krank und schwach.«

»Auf dem offenen Meer werden sie sich rasch erholen.«

Mungo St. John wandte sich Nathaniel zu und fragte: »Wieviel Sklaven haben überlebt?«

»Dank dieser Missus mehr als achthundert.«

»Wir werden sie morgen an Bord schaffen«, entschied Mungo St. John.

An diesem Abend kam Robyn, als es dunkelte, in St. Johns Kabine. Er hatte sie erwartet, das sah sie an seinem Ausdruck und dem raschen Lächeln.

»Ich habe schon gefürchtet, daß du die Gesellschaft von achthundert Sklaven der meinen vorziehst«, begrüßte er sie.

»Captain St. John, noch einmal flehe ich Sie an, lassen Sie diese bedauernswerten Geschöpfe frei, und führen Sie sie zurück zu ...«

»Willst du mich nicht Mungo nennen, anstatt Captain St. John?«

Sie ignorierte die Unterbrechung und fuhr fort: »Wenn Sie bereit sind, diese Menschen, die so viel gelitten haben, freizugeben, werde ich Sie in Ihre Heimat begleiten.«

Er stand auf und ging auf sie zu. Blaß und hager, wie er war, wirkte er noch größer.

»Mungo!« beharrte er.

»Gott wird Ihnen vergeben, dessen bin ich sicher. Er wird Ihnen die Sünden vergeben, die Sie gegen die Menschheit begangen haben.«

»Mungo!« flüsterte er, legte ihr die Hände auf die Schultern und zog sie an sich. Robyn begann zu zittern, und die Worte blieben ihr im Hals stecken. Langsam beugte er sich über sie. Robyn schloß die Augen.

»Sag Mungo«, befahl er leise, und sie spürte seine kühlen, weichen Lippen. Sie schlang ihm die Arme um den Hals. »Mungo«, schluchzte sie auf, »o Mungo.«

Man hatte sie gelehrt, sich ihres nackten Körpers zu schämen, doch es war eine Lektion, die sie nicht gut gelernt hatte. Viel von ihrem Schamgefühl war zuerst im Hörsaal und im Seziersaal, später dann in der Gesellschaft von Juba verflogen, der kleinen Matabele-Taube, die ihre Freude an der Nacktheit auf Robyn übertragen hatte; die kindlichen Spiele mit ihr in den kühlen grünen Gewässern Afrikas hatten die letzten Reste von Scham hinweggefegt.

Jetzt erfüllte sie Mungos Bewunderung für ihren Körper mit Freude und Stolz. Ihre Liebe wurde nicht mehr von Schmerz begleitet, es gab keine Schranken mehr zwischen ihnen, und gemeinsam kosteten sie alle Höhen und süßen, trägen Tiefen aus.

Die Nacht schien zu kurz, und im Morgengrauen hatte die Liebe beide mit neuer Kraft erfüllt, die Schwäche des Fiebers und die Erschöpfung der vergangenen Wochen vertrieben.

Erst der Lärm der an Bord kommenden Sklaven holte Robyn aus weiter Ferne zurück in die kleine, stickige Kabine eines Sklavenschiffes auf einem verseuchten Fluß in einem wilden, gnadenlosen Land.

Sie stützte sich auf einen Ellbogen und sah auf Mungo herab. Seine Augen waren geschlossen, doch sie wußte, daß er nicht schlief.

»Jetzt«, flüsterte sie, »jetzt mußt du sie freilassen. Ich weiß, daß sich in dieser Nacht etwas in dir verändert hat.«

Robyn verspürte eine seltsame Freude, die Freude einer Prophetin, die auf einen Bekehrten herabsieht, um dessen Seele sie mit dem Teufel gerungen hat.

»Ruf Tippoo und befiehl ihm, die Sklaven freizulassen.«

»Du begreifst immer noch nicht«, antwortete er, »das hier ist mein Leben. Ich kann es nicht ändern. Auch nicht deinetwegen.«

»Achthundert Seelen«, flehte sie ihn an, »und ihre Rettung liegt in deinen Händen.«

»Nein.« Wieder schüttelte er den Kopf. »Du irrst dich, nicht achthundert Seelen, sondern achthunderttausend Dollar – das halte ich in Händen.«

»Mungo.« Immer noch fiel es ihr schwer, seinen Namen auszusprechen. »Laß sie gehen. Jesus hat gesagt: Eher geht ein Kamel durch ein Nadelöhr, als ein Reicher in das Himmelreich eingeht. Man kann Menschenleben nicht mit Gold aufwiegen.«

Er lachte und setzte sich auf.

»Mit achthunderttausend Dollar kann ich mir sogar den Weg in den Himmel erkaufen, wenn ich will. Aber unter uns gesagt, es scheint mir ein langweiliger Ort zu sein. Ich glaube, daß ich mit dem Teufel mehr zu besprechen habe.«

Das spöttische Funkeln war wieder in seinem Blick. Er stand auf und holte seine Breeches.

»Wir sind zu lange im Bett gelegen«, sagte er munter. »Ich muß mich um das Einladen kümmern, und du solltest mit den Vorbereitungen für die Reise beginnen.« Er schnallte den Gürtel um und steckte das Hemd in die Hosen. »Wir werden drei Tage brauchen, um zu laden. Ich wäre dir dankbar, wenn du die Wasserfässer kontrollieren könntest.« Er setzte sich auf die Bettkante, und während er die Stiefel anzog, sprach er in nüchtern sachlichem Ton über die Vorbereitungen, die sie treffen sollten, um das Wohlergehen der Sklaven während der Reise sicherzustellen. »Wir werden nicht voll beladen sein, daher können wir die Sklaven von Zeit zu Zeit auf Deck schicken und die Laderäume sauberhalten.« Er stand auf und sah auf sie herab.

Wie ein aufgeschrecktes Reh fuhr sie auf, warf die Decke fort und umschlang mit beiden Armen seine Taille.

»Mungo«, flüsterte sie eindringlich, »quäl uns nicht so. Wenn du diese armen Seelen nicht befreist, kann ich dich niemals heiraten.«

Sein Ausdruck veränderte sich, wurde zärtlich und besorgt. Er strich ihr über die rotschimmernden Locken, die noch feucht und zerzaust waren von der Liebesnacht.

»Mein armer Schatz«, sagte er tonlos und holte tief Atem.

Obwohl sein Ausdruck ernst und sein Blick traurig war, fuhr er scheinbar gleichgültig fort. »Dann ist es ja gut, daß ich nicht beabsichtige, auch nur einen einzigen freizugeben – was würde meine Frau sonst sagen?«

Robyn brauchte eine Weile, bis sie den Sinn seiner Worte begriff. Sie zuckte zusammen, noch einmal klammerte sie sich an ihn, dann ließ sie ihn los, sank auf das Bett zurück und starrte ihn voller Verzweiflung ungläubig an.

»Du bist verheiratet?« Robyn erkannte ihre eigene Stimme kaum wieder, sie klang, als komme sie von sehr weit her.

Mungo nickte. »Seit zehn Jahren«, antwortete er leise. »Mit einer französischen Aristokratin, einer Cousine Louis Napoleons. Eine schöne Dame, die mir drei Söhne geschenkt hat, wartet in Bannerfield auf meine Heimkehr.« Er hielt inne, dann fuhr er mit unendlichem Bedauern fort: »Es tut mir so leid, mein Liebes. Ich hatte keine Ahnung, daß du es nicht weißt.« Er wollte ihre Wange berühren, aber sie wich zurück, als hielte er eine Giftschlange in der Hand.

»Bitte geh weg«, flüsterte sie.

»Robyn«, begann er, doch sie schüttelte heftig den Kopf.
»Nein«, bat sie. »Sag kein Wort mehr. Geh weg. Bitte geh weg.«

Robyn schloß sich in ihrer Kabine ein und setzte sich an den kleinen Schreibtisch. Sie weinte nicht; ihre Augen brannten, als sei sie lange im Wüstenwind gewandert. Sorgfältig strich sie einen Bogen Papier glatt und schrieb mit ruhiger Hand:

16. November 1860
An Bord des Sklavenschiffes *Huron*

Mein lieber Captain Codrington,
mein Vertrauen in die allbarmherzige Vorsehung und mein Glaube an Gott und seinen Sohn, unseren Erlöser Jesus, sagt mir, daß dieses Schreiben rechtzeitig in Ihre Hände gelangen wird.
Infolge einer Reihe von unglaublichen Abenteuern und Unglücksfällen befinde ich mich, ohne Freunde und Beschützer, in der Hand des berüchtigten amerikanischen Sklavenhändlers Mungo St. John. Gegen meinen Willen und gegen mein Gewissen bin ich gezwungen, als Schiffsärztin auf diesem teuflischen Schiff zu arbeiten, das sich eben darauf vorbereitet, das Kap der Guten Hoffnung zu umsegeln, um sodann einen Hafen in den Südstaaten Amerikas anzulaufen.
Während ich dies schreibe, höre ich klagende Rufe vom Deck über mir und aus den Laderäumen unten. Achthundert arme Geschöpfe, achthundert verlorene Seelen werden nackt und gefesselt an Bord getrieben, um für eine Reise eingesperrt zu werden, die viele von ihnen nicht überleben werden.
Wir liegen in einem verborgenen Fluß vor Anker, ich habe jedoch den Namen des Flusses und unsere genaue Position erfahren. Es ist der Rio Save, 20°58′ südliche Breite und 35°03′ östliche Länge.

Ich werde alles in meiner Kraft Stehende tun, um die Abfahrt des Schiffes zu verzögern, obwohl ich im Augenblick noch nicht recht weiß, was. Sollte dieser Brief Sie rechtzeitig erreichen, so wird ein Offizier, der so tapfer und erfahren ist wie Sie, ohne Schwierigkeit imstande sein, die Flußmündung zu blockieren und das Sklavenschiff aufzubringen, sobald es den Fluß verläßt.
Sollten wir bei Ihrer Ankunft bereits auf offener See sein, so flehe ich Sie an, dem Kurs der *Huron* zu folgen. Ich bete um schlechtes Wetter und ungünstigen Wind, damit Sie uns einholen können.

Robyn fuhr mit der Erzählung ihrer Erlebnisse fort. Sie schilderte ihre Gefangennahme, den Ausbruch der Pockenepidemie, ihre Angst und ihren Haß gegen die Sklavenhändler, und gab einen genauen Bericht von deren barbarischen Methoden und Grausamkeiten. Plötzlich wurde ihr bewußt, daß sie schon viele Seiten beschrieben hatte, und sie begann den letzten Absatz.

Sie waren so gütig, Ihrer Überzeugung Ausdruck zu verleihen, daß unsere Schicksale auf geheimnisvolle Weise miteinander verknüpft seien. Ich weiß, daß Sie den niederträchtigen Sklavenhandel ebenso hassen wie ich, und deshalb erkühne ich mich, diesen Brief zu schreiben, und vertraue darauf, daß Sie meinem verzweifelten Notruf Folge leisten werden.

Wieder hielt Robyn inne, suchte rasch in ihrer Federschachtel und fand den Ohrring, dessen Gegenstück Clinton Codrington vor so vielen Monaten von ihr erhalten hatte.

Ich lege ein Pfand unserer Freundschaft bei, das Sie, so hoffe ich, wiedererkennen, und werde jeden Tag Ausschau halten nach Ihrem schönen Schiff, das mir und jenen Unglückseligen, die mich auf dieser verfluchten Reise begleiten, Rettung bringen wird.

Sie unterschrieb mit ihren kühnen runden Schriftzügen und adressierte den Umschlag an den britischen Konsul in Sansibar, einen der wenigen Männer, über die ihr Vater mit Hochachtung und Bewunderung geschrieben hatte.

Als sie geendet hatte, versteckte sie das kleine Päckchen unter ihren Röcken und ging an Deck. Mungo St. John – hager und bleich – stand auf dem Achterdeck und wollte auf sie zugehen, aber Robyn drehte sich sofort um.

»Nathaniel«, rief sie, »ich möchte der arabischen Dhau noch einen Besuch abstatten.«

»Sie ist eben dabei, den Anker zu lichten, sie wird fort sein, bevor wir . . .«

»Nicht, wenn du dich beeilst, ich möchte sehen, ob die armen Teufel noch etwas brauchen.«

Nathaniel sah den Kapitän fragend an. Mungo nickte und wandte sich wieder dem Strom der an Bord kommenden Sklaven zu. Der arabische Kapitän begrüßte Robyn respektvoll und hörte aufmerksam zu, als sie sprach und ihm eine Münze in die Hand drückte.

»Der Mann, dem Sie den Brief bringen, wird Ihnen ebenfalls einen goldenen *Sovereign* geben.« Der Araber biß in die Münze und lächelte, während er sie in seinen Turban steckte.

»Und ich bin ein Matabele und ein Anführer von zweitausend Kriegern. Gandang, Sohn des Mzilikazi, Sohn des Zulu, und ich komme mit einem glänzenden Speer und einem roten Herzen.«

Zouga hatte Mühe, die Worte zu verstehen, aber ihr Sinn war unmißverständlich. Die mörderische Absicht war klar, der Kreis der langen dunklen Schilde stand unbeweglich und drohend.

Zouga wußte, daß nur sein fester Blick und sein furchtloses Auftreten den Matabele bis jetzt zurückgehalten hatte, den Speer zu heben. Er mußte seine nächsten Worte wählen, als hänge sein Leben davon ab – wie es auch tatsächlich der Fall war.

Gandang beobachtete den seltsamen blassen Mann, und zum erstenmal im Leben verspürte er etwas wie Unsicherheit.

Der Mann, der sich Bakela nannte, hatte bekannte Männer genannt; Tschedi und Manali waren Namen, die sein Vater verehrte. Doch das allein genügte nicht, denn der Befehl des Königs war klar: jeder, der das Verbrannte Land betritt, muß sterben. Aber da war noch etwas anderes. Gandang wußte, wer dieser Mann war. Die Jungfrau, die bald seine Frau werden würde, hatte von ihm gesprochen. Er war der Bruder jener weißen Frau, die ihm Juba anvertraut und die er *amekazi,* Mutter, genannt hatte.

Juba hatte mit Bewunderung und Ehrfurcht von dem Mann Bakela erzählt, ihn als großen Elefantenjäger beschrieben, als einen Krieger, der von einer allmächtigen Königin, die weit über dem großen Wasser lebte, ausgezeichnet worden war. Juba hatte von diesem Mann Bakela als Freund und Beschützer gesprochen.

Daher überlegte Gandang, bevor er den Befehl *»Bulala!* Tötet sie!« aussprach.

Ein Matabele Induna läßt sich niemals von den Worten oder den Launen einer Frau beeinflussen. Selbst wenn er fünfzig Frauen hat, sind ihre Stimmen so geschwätzig wie das Wasser des Nyari Flusses, das in kleinen Wasserfällen über die Felsen plätschert. Ein Mann beachtet ihre Worte nicht oder – besser gesagt – er darf nie den Eindruck erwecken, sie zu beachten.

Juba hatte seltsame fremde Orte kennengelernt, sie hatte von Wundern und Hexerei erzählt. Obwohl Gandang vorgab, nicht zuzuhören, hatte er in Wahrheit ihren Worten gelauscht, und sie hatten ihn beeindruckt. Das Mädchen war nicht nur hübsch und edlen Blutes, sondern auch vernünftig; nicht zu vergleichen mit den schwatzenden kichernden Mädchen ihres Alters, an die Gandang gewöhnt war.

Gandang hatte gelernt, daß ein Matabele Induna nie auf die Worte einer Frau hört, außer sie stammen von einer Frau, deren Klugheit bereits erprobt ist, und sie werden ganz leise auf der Schlafmatte gesprochen.

Dann aber wäre es töricht, nicht auf sie zu hören, denn eine Frau kann das Leben eines Mannes zur Hölle machen, selbst wenn dieser Mann ein Induna von zweitausend Kriegern ist und der Lieblingssohn des mächtigsten Monarchen in ganz Afrika.

Hinter der dunklen, unbeweglichen Maske seines hübschen Gesichtes dachte Gandang angestrengt nach. Sein Instinkt und Jubas Worte warnten ihn, daß es töricht wäre, diesen Mann zu töten, die Krieger in seinem Rücken aber kannten seine Befehle, und wenn er sie nicht ausführte, würde das sofort als Schwäche ausgelegt und sein Verrat dem König berichtet werden.

Die zerlumpte Gestalt vor ihm machte einen Schritt auf ihn zu; in dem Blick der merkwürdig gefärbten Augen konnte Gandang keine Furcht lesen.

»Ich komme als Gesandter zu dem großen König Mzilikazi, Herrscher der Matabele – und ich bringe Grüße von der Weißen Königin jenseits der Meere.«

Bei diesen Worten verspürte Gandang große Erleichterung. Die Tatsache, daß der weiße Mann die Sprache des Volkes sprach, wenn auch mit einem merkwürdigen Akzent, machte es wahrscheinlich, daß er in der Tat ein Gesandter war. Es war auch wahrscheinlich, daß seine Königin den Schutz und die Gunst eines mächtigen Königs suchte, wie es sein Vater war. Zouga sah, daß sich die Stimmung des Induna änderte, bemerkte ein Schwanken in dessen Entschlossenheit.

»Warte«, sagte er, »ich habe etwas für dich.«

Zouga besaß immer noch die beeindruckenden handgeschriebenen Briefe mit Wachssiegel und roten Bändern, die ihm der britische Außenminister in der üblichen Form mitgegeben hatte:

> Im Namen der Britischen Majestät, Herrscherin über Großbritannien und Irland, Verteidigerin des Glaubens – an die Vertreter aller Regierungen.
> Mit diesem Schreiben ersuchen und verlangen wir, daß unserem geliebten Morris Zouga Ballantyne ohne Verzögerung und Behinderung freier Durchzug gewährt wird, und daß ihm alle Hilfe zuteil werde, die er benötigen mag.

Zouga kehrte den bedrohlichen Reihen der Krieger den Rücken zu und ging langsam in sein Lager zurück.

Dort erwartete ihn Jan Cheroot mit aschfahlem Gesicht; gemeinsam mit den Büchsenträgern hockte er hinter der Dornenhecke und starrte mit einem Ausdruck tiefsten Entsetzens durch einen Spalt.

Gandang aber fand sich in einer merkwürdigen Situation; er, ein gnadenloser Vollstrecker der Befehle seines Königs, mußte wie ein schüchterner Freier vor dem Eingang zum Lager warten, und das ließ sich mit seiner Würde nur schwer vereinbaren.

»Gandang, Sohn des Mzilikazi, tritt vor.«

Der Ruf aus dem Lager kam unerwartet, und kurz bevor Gandangs Geduld erschöpft war. Mit wippendem Federschmuck und aufrechtem stolzem Gang, so daß niemand seine Unsicherheit ahnen konnte, betrat er das Lager und empfand große Erleichterung, daß eigene Klugheit und die Worte seiner kleinen Taube seinen Speer hatten zögern lassen.

Denn vor ihm stand eine Gestalt von fast unfaßbarer Pracht. Er brauchte eine Weile, um den vor Minuten noch in Fetzen gehüllten Mann wiederzuerkennen. Die Gestalt war in rotes Tuch gehüllt, das die gleiche Nuance wie die Brust eines Rotkehlchens hatte, heller als frisch vergossenes Blut. Obwohl schon dies alles atemberaubend schien, war es damit noch nicht genug getan. Glänzende Metallstücke in den Brustverschnürungen und auf den Schulterklappen funkelten golden im morgendlichen Sonnenlicht. Die Gürtelschnalle war aus dem gleichen Metall. Gürtel und Epauletten waren so weiß wie die Flügel des Reihers. Der hohe Tschako hatte einen eleganten Schwung, und sein Schirm bedeckte fast Zougas Stirn. Die Kokarde blitzte wie die aufgehende Sonne.

Jetzt hegte Gandang keinen Zweifel mehr, daß er einen wichtigen Mann vor sich hatte und einen großen Soldaten, wie Juba ihm gesagt hatte; im stillen beschloß er, in Zukunft genauer auf ihre Worte zu hören.

Die prächtige Gestalt kam auf ihn zu und hob die Hand an jenen herrlichen Helm, eine formelle Geste, die Gandang mit einem Schwingen des Speeres erwiderte.

»Ich, Bakela, wünsche, daß mein Schreiben deinem Vater, dem hochgeehrten, siegreichen Mzilikazi, übergeben wird und man ihn wissen läßt, daß ich von ihm das Recht des freien Geleits erbitte«, sagte der Mann in furchtbar schlechtem Sindebele, und Gandang nahm aus seiner Hand ein Geschenk entgegen, ein kleines Paket mit merkwürdigen Zeichen, das mit einer bunten Schärpe umwickelt war, so schön, daß sie auch das Herz der verwöhntesten Matabele-Frau entzückt hätte.

»Deinem Wunsch wird entsprochen werden«, sagte Gandang.

Seit er mit Gandang zusammengetroffen war, hatte Zouga ebenso viele Überlegungen angestellt wie dieser, und sich seine Überlebenschancen ausgerechnet; jetzt, da er in die Hände der Grenzwache gefallen war, mußte er jeden Gedanken an eine Flucht nach Süden aufgeben. Abgesehen davon, daß die Matabele-Krieger in der Überzahl waren, wußte Zouga, daß niemand schneller laufen konnte als sie.

Im Geist hatte er sein Vorgehen genau geplant – daß er jede Furcht verbergen mußte, um Zeit zu gewinnen; das Anlegen der Uniform und schließlich die Äußerung des Wunsches, zum Kral des Königs gebracht zu werden. Als sein Plan gelungen war und der große Induna versichert hatte, daß man seinem Wunsch entsprechen werde, mußte Zouga alle Willenskraft ausbieten, um keine Erleichterung zu zeigen. Scheinbar uninteressiert wandte er sich ab, als Gandang fünf seiner schnellsten Läufer herbeirief und ihnen eine lange Botschaft für den König vorsagte, die sie auswendig lernen mußten.

Sie begann mit dem Namen des Königs »Großer schwarzer Elefant, unter dessen Tritt die Erde erzittert«, und zählte Gandangs viele Taten auf, die Gandang vollbracht hatte, seit er den Großen Kral verlassen hatte, gegen Osten marschiert war, die Schlacht am Paß und die Hinrichtung Bopas, bis zur Begegnung mit dem weißen Mann. Nach einer blumigen Beschreibung der phantastischen Ausstattung dieses Mannes (Gandang wußte, daß dies seinen Vater interessieren würde) endete die Botschaft mit einer Wiederholung von Bakelas Bitte um freies Geleit nach Thabas Indunas. Jeder der Boten mußte die Nachricht wiederholen, und Zouga war erstaunt, wie genau sie es taten; ein beeindruckender Beweis für das hochentwickelte Gedächtnis eines Volkes, das weder lesen noch schreiben konnte.

Gandang wandte sich an Zouga: »Du wirst hier im Lager bleiben, bis der König Antwort sendet.«

»Wann wird das sein?« fragte Zouga.

Und Gandang antwortete unbewegt: »Wann immer es dem König gefällt.«

Zouga und seine Leute blieben unbelästigt, während einige Matabele-Krieger das Lager bewachten und die übrigen eine halbe Meile flußabwärts ihr eigenes Lager aufschlugen. Die Hauptstreitmacht der Krieger hatte flußabwärts ihr Lager aufgeschlagen. Abend für Abend kam der große Induna zu Zouga, und eine Stunde lang saßen die beiden einander am Feuer gegenüber und unterhielten sich bedächtig und ernst.

Aus den Tagen des Wartens wurden Wochen, und zwischen Gandang und Zouga entwickelte sich fast so etwas wie eine Freundschaft. Sie waren beide Krieger, und die Kriegszüge und Schlachten, die sie mitgemacht hatten, boten genügend Gespräche. Jeder erkannte die Stärke im anderen und die grundlegende Anständigkeit eines Menschen, der die Gesetze seiner Gesellschaft respektiert und einhält, mögen diese Gesetze auch noch so unterschiedlich sein.

»Ich halte ihn für einen Gentleman«, schrieb Zouga in sein Tagebuch.

Und Gandang sagte abends zu Juba: »Bakela ist ein Mann.«

Die Ruhe und Erholung von den Strapazen der endlosen Märsche stellte Zougas Gesundheit wieder her. Die tiefe Wunde in seiner Wange heilte sauber und hinterließ eine rosa Narbe. Auch die Schulter wurde besser, und er benötigte keine Armschlinge oder Stock. Innerhalb einer Woche konnte er wieder seine schwere Büchse bedienen.

Eines Abends schlug er Gandang vor, gemeinsam auf die Jagd zu gehen, und der Induna, dem die Wartezeit ebenso lang wurde wie Zouga, stimmte begeistert zu. Gandangs *amadoda* umzingelten eine Büffelherde und trieben sie in einer stampfenden schwarzen Wolke dem Platz zu, wo Zouga und Gandang warteten. Zouga sah, wie der Induna seine Deckung verließ und vorlief. Barfuß und ohne Schild erlegte er einen ausgewachsenen Büffelbullen, indem er ihm seinen *assegai* mit einem einzigen Stoß hinter den schweren Schultern durch die Rippen trieb. Zouga wußte, daß er selbst weder den Mut noch die Geschicklichkeit besaß, diese Tat nachzuahmen.

Gandang aber sah, wie Zouga den Angriff eines wütenden Elefantenbullen parierte. Als das von seinem Schuß getroffene Tier in einer Staubwolke auf die Knie fiel, ging Gandang an Zouga vorbei und berührte das kleine schwarze Loch in der grauen Elefantenhaut, genau vier Zentimeter oberhalb der ersten Falte des Rüssels.

Gandang betrachtete den Blutstropfen auf seinem Finger und sagte mit einem Ausdruck tiefster Verwunderung, leise, aber nachdrücklich: »Wie?« Auch Gandang besaß eine Muskete, eine 1837 in London hergestellte Tower Muskete, aber als er sie, kurz nachdem er sie erworben hatte, auf Büffel, Elefanten und Maschona abfeuerte, liefen sie alle unverwundet von dannen.

Gandang war der Meinung, daß man bei einem Schuß Mund und Augen schließen und den Atem anhalten müsse. Im Augenblick des Schusses müsse man den Teufel verfluchen, damit er nicht durch Augen oder Mund des Schützen eintrat und von ihm Besitz ergriff. Um die Kugel ein genügend weit entferntes Ziel erreichen zu lassen, war es auch notwendig, den Hahn so heftig zurückzuziehen, als werfe man einen Speer. Um den Rückstoß zu schwächen, solle man den Kolben nicht an die Schultern, sondern weit weg von sich halten. Trotz all dieser Vorsichtsmaßnahmen war es Gandang jedoch nie gelungen, das Ziel zu treffen, das er anvisierte, und so hatte er schon seit langem diese eigenartige Waffe zum alten Eisen geworfen, während er seinen *assegai* in Ehren hielt und immer schön polierte.

So wußte Gandang Zougas Leistung, die diesem offensichtlich keine Schwierigkeiten bereitete, gebührend zu würdigen. Mit jedem Tag, den sie gemeinsam verbrachten, vertiefte sich die Achtung voreinander.

So wurden sie fast Freunde, aber nur fast, denn die verschiedene Kultur und Erziehung bildeten einen Abgrund, der nicht zu überbrücken war. Und immer war das Wissen da, daß eines Tages ein schneller Läufer aus dem Westen mit einer Botschaft des Königs für Gandang kommen konnte:

»*Bulala umbana!* Töte den weißen Mann!« Beide wußten, daß Gandang nicht eine Sekunde zögern würde.

Zouga hatte also viel Zeit, und er verbrachte sie damit, seine Audienz beim König zu planen. Die Erinnerung an die verlassenen Minen ließ ihn nicht ruhen, und Zouga entwarf ein Dokument mit dem Titel:

»Exklusive Konzession, im souveränen Matabeleland nach Gold zu schürfen und Elefanten zu jagen.«

Jeden Abend verbrachte er über diesem Dokument, feilte daran und verfeinerte es in jenem Kauderwelsch, das ein Laie für die legale Amtssprache hält, und die seinem Traktat die entsprechende Würde verleihen müsse. »Ich hinwiederum, Mzilikazi, Herrscher über das Land der Matabele, nachstehend als Partner des ersten Teiles bezeichnet . . .«

Als Zouga das Dokument beendet hatte, wurde er sich eines fatalen Fehlers bewußt. Mzilikazi konnte seinen Namen nicht schreiben. Einen Tag lang brütete Zouga über dieses Problem, bis ihm die Lösung einfiel. Das rote Wachssiegel, das der König bereits in Händen hielt, hatte ihn bestimmt beeindruckt, und daher begann Zouga ein großes Siegel für Mzilikazi zu entwerfen. Die Idee dafür entnahm er dem ersten von den vielen Namen des Königs.

»Großer schwarzer Elefant, der die Erde erzittern läßt.«

In der Mitte des Feldes zeichnete Zouga einen Bullen mit langen Stoßzähnen und ausgebreiteten Ohren. Am oberen Rand stand: »Mzilikazi, Nkosi Nkulu«, am unteren Rand die Übersetzung »Mzilikazi, König der Matabele«.

Er experimentierte mit den verschiedensten Materialien, mit Ton und mit Holz, die Resultate befriedigten ihn jedoch nicht. Am folgenden Tag bat er Gandang, einige seiner Träger unter Führung von Jan Cheroot zu der Harkness Mine zurückzuschicken, um das dort vergrabene Elfenbein zu holen.

Nach zweitägigen sorgfältigen Überlegungen willigte Gandang ein. Fünfzig seiner Leute sollten die Träger begleiten und hatten Befehl, diese beim ersten Anzeichen von

Flucht oder Verrat niederzumachen. Jan Cheroot kehrte mit den vier riesigen Stoßzähnen der beiden Elefantenbullen zurück, die nicht nur als Material für das königliche Siegel dienen sollten, sondern auch ein Geschenk waren, das der Macht des Königs entsprach.

Die Matabele wußten schon lange von dem Handelswert des Elfenbeins, aber sie besaßen nur wenig davon, denn auch die tapfersten Männer können mit einem Speer keinen Elefanten töten.

Gandangs Erstaunen, als er die Größe und das Gewicht der vier Zähne sah, gab den Ausschlag. Den größten und am schönsten geformten Zahn wollte Zouga dem König als Geschenk überreichen.

Noch wußte Zouga nicht, ob er den Zorn des Königs herausgefordert hatte, und diese Bedrohung hing ständig über seinem Haupt. Auch seine Chininvorräte waren auf wenige Gramm zusammengeschrumpft. Rund um das Lager dampfte das sumpfige Gelände, und der Regen wollte nicht aufhören. In der Nacht vermeinte er den Geruch der Fieber bringenden Dünste zu spüren, die von den stehenden Tümpeln aufstiegen und über das Lager wehten. Trotzdem mußte er sparsam mit seinen Vorräten umgehen und die vorbeugende Dosis auf eine gefährlich geringe Menge reduzieren. Die Untätigkeit und die doppelte Bedrohung durch Tod und Krankheit zermürbten Zougas Nerven; manchmal spielte er sogar mit selbstmörderischen Plänen, wie den Versuch eines Ausbruchs und zu Fuß nach Süden zu fliehen. Er dachte daran, sich Gandangs zu bemächtigen und ihn als Geisel festzuhalten, er überlegte, aus den ihm verbleibenden fünfundzwanzig Kilogramm Pulver eine Bombe herzustellen, die mit einem einzigen Knall alle Matabele-Wachen hinwegfegen würde. Aber widerstrebend mußte er einsehen, daß alle diese Pläne töricht waren.

Gandangs Läufer kamen im Morgengrauen. Zouga wurde von einer dröhnenden Stimme geweckt, die ihn aus dem Lager rief. Er warf die Felldecke über die Schultern, ging hinaus in den eisig kalten grauen Regen, stampfte durch den rötlichen Schlamm zum Tor und wußte sogleich, daß die Antwort des Königs eingetroffen war. Bewegungslos wie Statuen aus schwarzem Ebenholz umgaben die Reihen der schweigenden Matabele das Lager. Zouga überlegte kurz, wie lange er brauchen würde, das geladene Gewehr neben seinem Lager in der Hütte hinter ihm zu erreichen, und erkannte auch, daß er tot sein würde, bevor er den ersten Schuß abfeuern konnte. Trotzdem würde er den Versuch wagen.

»Ich sehe dich, Bakela.« Gandang trat aus den dunklen, schweigenden Reihen seiner Krieger vor.

»Ich sehe dich, Gandang.«

»Der Bote des Königs ist gekommen ...« Ernst und feierlich hielt Gandang einen Augenblick inne, dann lächelte er, und seine vollkommen ebenmäßigen Zähne glänzten im grauen Morgenlicht. »Der König gibt dir den Weg frei und gebietet dir, ihn in Thabas Indunas aufzusuchen.«

Erleichtert lachten die beiden Männer einander an. Der König hatte entschieden, daß Gandang seine Pflicht erfüllt und seine Befehle richtig ausgelegt hatte, während Zouga als Gesandter und nicht als Feind aufgenommen wurde.

»Wir marschieren sofort, vor Sonnenaufgang.« Gandang lächelte immer noch.

»Safari!« Zouga weckte das Lager. »Wir marschieren!«

Sein angeborener Takt hatte Gandang bewogen, die kleine Juba weder in Zougas Lager zu lassen, noch hatte er Jubas Namen erwähnt, solange über dem weißen Mann das Todesurteil schwebte. Doch am Abend des ersten Reisetages brachte er Juba in Zougas Hütte. Sie kniete nieder und begrüßte ihn als »Baba-Vater«.

Zouga war begierig, etwas von seiner Schwester zu erfahren, und hörte schweigend zu, während Juba von Fuller Ballantynes Tod und seinem Begräbnis berichtete. Es war am besten so, dachte Zouga, und im Geist bereitete er bereits einen überschwenglichen Nachruf vor.

Einerseits war er erleichtert zu hören, daß es Robyn gutging, andererseits war er über ihren raschen Marsch zur Küste etwas besorgt. Er wußte nicht, wie lange ihn der Matabele-König aufhalten würde, er wußte nicht, wie lange die Reise durch halb Afrika nach Süden dauern würde. Vielleicht war Robyn bereits an Bord eines portugiesischen Handelsschiffes auf dem Weg zum Kap der Guten Hoffnung und zum Atlantik. Robyns Manuskript konnte unter Umständen ein Jahr früher in London eintreffen als sein eigenes.

Mit jedem Reisetag nach Westen wurde das Land trockener, und das allmähliche Nachlassen der Regenstürme hob die allgemeine Stimmung. Bald trafen sie auf die ersten Herden des Königs. Die kleinen Buckelrinder, vielleicht vor Tausenden von Jahren aus Ägypten oder aus dem Zweistromland hierhergebracht, waren wohlgenährt, denn das Gras war dicht und würzig.

Das Ende der fortwährenden Regenstürme hob die allgemeine Stimmung, und die Krieger sangen, während sie in einer langen Reihe marschierten, die sich wie eine dicke schwarze Schlange durch die schöne, an eine englische Parklandschaft erinnerte Gegend unter den kahlen, runden Granithügeln zog.

Das Vieh war wohlgenährt, denn das Gras war dicht und saftig. Selbst hier, im trockeneren Land, war der Regen ausgiebig gewesen. Die Tiere zeigten alle Farben – schokoladebraun und schwarz und weiß und gelb, gescheckt und gefleckt, ganz dunkel oder schneeweiß. Erstaunt glotzten sie die Menschen an, die an ihnen vorbeimarschierten, und die kleinen Hirtenjungen, nur mit der winzigen Schürze des *beshu* bekleidet, kamen herbeigelaufen und starrten schweigend und ehrfürchtig die Krieger mit ihren Federn und Quasten an, denn sie warteten schon begierig auf den Tag, da man auch sie zu den Waffen rufen würde, um den Kriegspfad zu beschreiten.

Die erste Matabele-Stadt, die sie erreichten, lag am Ufer des Inyati-Flusses. Die Bewohner kamen aus ihren Hütten, um die heimkehrenden Krieger zu begrüßen, und säumten lachend und singend die Straße.

»Die meisten der Männer und der heiratsfähigen Jungfrauen sind bereits nach Thabas Indunas gewandert. Beim nächsten Vollmond beginnt der *Chawalla*-Tanz, und alle Völker werden sich im Kral des Königs versammeln«, erklärte Gandang. »Wir werden nur eine Nacht hierbleiben und dann weiterziehen, um Thabas Indunas vor dem vollen Mond zu erreichen.«

Jetzt war die Straße dicht bevölkert, denn alles wanderte nach Westen, um in der Hauptstadt des Königs das Fest der ersten Ernte zu feiern. Die Männer marschierten in ihren Regimentern, unterschiedlich gekleidet und geschmückt, an der Farbe ihrer Kriegsschilde von weitem erkennbar. Die Jungen waren begierig zu erfahren, in welche Richtung der König am Ende des *Chawalla* seinen Speer werfen würde, denn dort würden sie ihre ersten kriegerischen Ehren erwerben und Ruhm finden. Oder auch den Tod.

Mit jedem Tagesmarsch vermehrte sich die Menschenmenge und verlangsamte so das Marschtempo. Oft mußten sie stundenlang warten, bevor sie die Furt eines Flusses durchwaten konnten, denn die Regimenter trieben das Vieh, ihren Nahrungsvorrat, vor sich her und schleppten ihre ganze Habe mit. Der Schmuck jedes Kriegers, seine Federn, Quasten und Troddeln, war sorgfältig verpackt und wurde von einem Knaben, seinem persönlichen Träger, behütet.

An einem hochsommerlich heißen Mittag erreichten

Zouga und seine kleine Gruppe endlich eine kleine Anhöhe; vor ihnen breitete sich der große Kral und die Hauptstadt der Matabele aus, die sich über eine riesige Fläche erstreckte.

In der Ferne sahen sie einige kahle Granithügel, die der Ansiedlung ihren Namen gaben: »Die Hügel der Häuptlinge«. Der am weitesten entfernte Hügel war der »Ort des Todes«, *Bulawayo;* und über seine glatten Felswände wurden jene geworfen, die zum Tode verurteilt worden waren.

Die Palisaden bildeten konzentrische Kreise und teilten die Stadt in verschiedene Bezirke. Die riesigen offenen Viehgehege bildeten gewissermaßen den Mittelpunkt des Lebens der Matabele, das Vieh war die Quelle ihres Reichtums, und jetzt, da die verstreuten Herden für das große Fest zusammengetrieben wurden, waren alle Gehege voll mit den buntscheckigen, fetten Rindern.

Stolz neben Zouga stehend, wies Gandang mit seinem Speer auf die verschiedenen Stadtteile. Es gab Viertel für unverheiratete Mädchen, für noch unerprobte Regimenter und ein riesiges Quartier für Verheiratete; die Hütten schienen alle gleich groß und ordentlich angelegt zu sein, ihre Strohdächer leuchteten in der Sonne. Die Erdwege waren sauber gefegt und von vielen nackten Füßen festgestampft.

»Dort ist die Hütte des Königs«, Gandang wies auf eine konische Hütte, »und da wohnen seine Frauen.« Etwa hundert Hütten standen inmitten einer bewachten Einpfählung. »Jeder Mann, der sie betritt, ist des Todes.«

Gandang führte Zouga zu einer kleinen Mulde mit Akazienbäumen außerhalb der großen Einfriedung. Nicht weit davon entfernt floß ein Strom, und zum ersten Mal seit Tagen waren sie nicht mehr inmitten einer Menschenmenge. Wohl gab es in der weiten Ebene außerhalb der Stadtmauern unzählige provisorische Hütten für die in die Stadt gekommenen Krieger, das Areal um die Mulde aber war leer, als dürfe es das gewöhnliche Volk nicht betreten.

»Wann werde ich den König sehen?« fragte Zouga.

»Erst wenn das Fest beendet ist«, erwiderte Gandang. »Aber du bist hoch geehrt; der König hat dir Geschenke gesandt.« Mit dem Speer wies er auf eine Reihe junger Mädchen, die große irdene Töpfe auf dem Kopf balancierten. Mit schwingenden Hüften, aufrecht und anmutig näherten sie sich Zougas kleinem Lager und knieten nieder, um ihre Geschenke darzubringen.

Manche Töpfe enthielten dickes, schäumendes Hirsebier, andere jene geronnene saure Milch, die die Hauptnahrung der Nguni bildete, andere wieder große Stücke fettes Fleisch, über offenem Kohlenfeuer gebraten.

»Diese Geschenke sind eine große Ehre«, wiederholte Gandang, offensichtlich selbst über die Großzügigkeit des Königs erstaunt. »Aber dein Großvater Tschedi war eben sein guter, verläßlicher Freund.«

Sobald das Lager aufgeschlagen war, war Zouga wieder zur Untätigkeit verurteilt; lange Tage des Wartens lagen vor ihm.

Aber es war ihm wenigstens erlaubt, frei in der Stadt umherzuwandern; nur die königliche Enklave und die Hütten der Frauen durfte er nicht betreten.

Er ging an einer Gruppe junger Mädchen vorbei, die einander die Haare flochten und sich gegenseitig den Körper mit Öl und gefärbtem Ton einrieben. Sie kicherten und winkten, als sie Zouga sahen.

Zuerst war Zouga nicht klar, wie diese riesige Menschengemeinschaft das Problem der Hygiene löste, bis er einen von dichtem Unterholz überwucherten Platz jenseits der Stadtmauern bemerkte, wo Männer wie Frauen morgens und abends hingingen. Dieser Ort wurde von Krähen und Milanen, von Schakalen und Hyänen bevölkert, die sich als Gesundheitspolizei betätigten.

Interessiert an der Verwaltung einer solchen Stadt, stellte Zouga auch bald fest, daß das Baden und das Waschen der

Kleider nur unterhalb einer bestimmten Stelle des Flusses erlaubt war, die man an einem besonders großen Baum erkennen konnte. Die Wassertöpfe zum Kochen und Trinken füllten die Frauen oberhalb dieser Stelle.

Selbst das riesige Viehgehege im Herzen der Stadt trug zur Sauberkeit bei. Es diente als überdimensionale Fliegenfalle. Die Insekten legten ihre Eier auf den frischen Kuhmist, doch lange bevor die Jungen geschlüpft waren, wurden die meisten von ihnen von den Hufen der umherwandernden Tiere zertrampelt. Das starke Sonnenlicht und der unaufhörliche Wind trugen das ihre dazu bei, die Luft relativ sauber und die Gerüche zwar intensiv, aber nicht unerträglich zu machen.

Zouga hätte glücklich und zufrieden sein müssen, diesen Hafen erreicht zu haben und nicht in der Wildnis, von Speeren durchbohrt, ein Opfer der Hyänen zu werden, doch der Gedanke an die verlorene Zeit machte ihn rastlos und ungeduldig.

Statt dessen füllte er die Tage des Wartens mit den verschiedensten Tätigkeiten aus. Er zeichnete Skizzen und Pläne der Stadt, stellte Schwachstellen in den Befestigungen fest und überlegte, wo ein Angriff die beste Chance hätte, durchzubrechen und das Quartier des Königs zu erreichen. Er skizzierte die Uniformen der verschiedenen Krieger, schrieb die Farbe ihrer Schilde nieder und notierte andere Merkmale, um sie unterscheiden zu können. Gandangs Antworten auf scheinbar harmlose Fragen halfen ihm, die Anzahl der Krieger jedes Regimentes zu schätzen, Alter und Kriegserfahrung der Kämpfer festzustellen, die Namen und Vorlieben ihrer Indunas und den Standort der Garnisonen kennenzulernen.

Zouga stellte fest, daß sich seit den Tagen von Tom Harkness im Matabele-Land viel verändert hatte. Er trug diese Veränderungen in der Landkarte ein und zog seine Schlüsse daraus.

Weitere Tage des Wartens verbrachte er damit, einen

Schlachtplan zu entwerfen– was man an Soldaten und Waffen brauchen würde, um gegen den alten König zu Feld zu ziehen, wie man den Nachschub organisieren und die Matabele-Krieger besiegen könnte – denn Zouga war Soldat, ein Soldat mit einem Traum, der vielleicht eines Tages Wirklichkeit werden könnte.

Nichtsahnend, fühlte sich Gandang durch Zougas Interesse geschmeichelt und gab stolz und bereitwillig jede Auskunft. Trotzdem schleppten sich die Tage für Zouga dahin.

»Der König wird dich erst nach dem Fest empfangen«, wiederholte Gandang, aber er irrte.

Am Vorabend des großen Festes betraten zwei ältere Indunas das Lager in dem Akazienhain. Gandang begrüßte sie ehrerbietig, lauschte aufmerksam und ging zu Zouga.

»Sie sind gekommen, um dich zum König zu führen«, sagte er schlicht.

Drei kleine Feuer brannten vor der Hütte des Königs, und vor dem mittleren hockte eine kleine affenähnliche Gestalt; Beschwörungsformeln murmelnd, wiegte sie sich hin und her und fügte ein wenig Pulver oder ein Büschel Kräuter in einen großen irdenen Topf, der über dem Feuer hing.

Der Medizinmann war mit den üblichen Attributen seines Berufes ausgestattet – mit getrockneten Reptilienhäuten, Adlerkrallen, der Blase eines Löwen, einem Affenschädel, Krokodilzähnen und anderen undefinierbaren Zaubermitteln und Elixieren.

Er war der Leiter des ganzen Festes, des wichtigsten Ereignisses im Kalender der Matabele, bei dem die Ernte der ersten Früchte gefeiert wurde, die Herden geweiht und die Kriegszüge festgelegt wurden, die die *amadoda* während der Trockenzeit beschäftigen würden. Daher verfolgten die versammelten Indunas seine Vorbereitungen mit Ehrfurcht und Aufmerksamkeit.

Etwa dreißig Männer, die ältesten Indunas des Volkes,

hockten im Kreis vor der großen Hütte des Königs, deren Spitze sich in der Dunkelheit verlor. Das Strohgeflecht des Daches war geschickt gemacht, und in das getrocknete Gras hatte man komplizierte Muster eingearbeitet. Vor der niedrigen Tür stand ein Lehnsessel nach europäischem Muster. Diesen Sessel muß der König vor zwanzig Jahren von meinem Großvater Moffat, genannt Tschedi, erhalten haben, überlegte Zouga.

»Bayete! Mzilikazi, Elefantenbulle der Matabele.«

Gandang hatte Zouga den korrekten Gruß und das Benehmen gelehrt, das der König erwartete.

Während Zouga durch den kleinen Hof ging, sprach er die Namen des Königs aus, aber nicht laut und nicht auf den Knien kriechend, denn er war Engländer und Offizier der Königin.

Zehn Schritte vor dem Thron des Königs hockte er sich nieder und wartete.

Die Gestalt in dem Sessel war viel kleiner, als er erwartet hatte. Hände und Füße des Königs waren zart, beinahe feminin, die Knie von Gicht und Arthritis deformiert.

Der König war ein alter Mann, niemand wußte, wie alt – um die Jahrhundertwende war er ein kämpfender Krieger gewesen. Jetzt schien sein Kopf zu groß für die schmalen Schultern, und der Hals zu schwach, um ihn zu tragen; die Augen aber, die Zouga musterten, waren hell und lebendig.

»Wie geht es meinem alten Freund Tschedi?« fragte der König mit hoher Fistelstimme.

Zouga hatte seinen Großvater zum letztenmal vor zwanzig Jahren gesehen; seine einzige Erinnerung war ein langer weißer Bart.

»Es geht ihm gut«, erwiderte er, »er schickt dir seine Grüße und seine Ehrerbietung.«

Zufrieden nickte der alte Mann im Lehnstuhl.

»Jetzt darfst du deine Geschenke bringen lassen.« Die Indunas wisperten, und selbst der Zauberer vor dem Feuer hob den Kopf, als drei von Gandangs Kriegern den riesigen

Elfenbeinzahn brachten und vor dem Stuhl des Königs niederlegten.

Der Medizinmann nahm diese Unterbrechung der rituellen Säuberung sichtlich übel. Es gefiel ihm nicht, daß die Aufmerksamkeit von ihm abgelenkt wurde. Er winkte daher seine zwei Gesellen herbei, und mit ihrer Hilfe nahm er einen der dampfenden Töpfe vom Feuer und stellte ihn mit viel aufwendigem Getue und großartigen Gesten zwischen die Füße des Königs.

Dann hoben er und seine Helfer eine große Decke aus zusammengenähten Leopardenfellen hoch und breiteten sie wie ein Zelt über den König und dessen Stuhl, so daß sie den Dampf aus dem Topf einfing. Binnen einer Minute konnte man unter der Decke verzweifeltes Nach-Luft-Ringen und Husten vernehmen, und als der Medizinmann endlich die Decke entfernte, war der König schweißüberströmt, und aus seinen Augen strömten Tränen. Doch das Husten hatte alle Dämonen vertrieben, und Schweiß und Tränen hatten jede Unreinheit weggewaschen.

In respektvollem Schweigen wartete die Versammlung, bis der König wieder zu Atem gekommen war, und der Medizinmann zog sich zurück, um das nächste Gebräu wieder zu mischen.

Mit immer noch pfeifendem Atem langte der König in eine kleine Truhe neben seinem Stuhl und nahm das versiegelte Päckchen hervor, das Zouga ihm gesandt hatte.

»Sprich die Worte«, sagte er zu Zouga.

Zouga stand jetzt aufrecht und öffnete das Paket. Laut las er vor und übersetzte aus dem Englischen, hie und da ein paar Floskeln zum Text hinzufügend.

Als er geendet hatte, verharrten die alten Indunas in respektvollem Schweigen, und selbst der König betrachtete die prächtig gekleidete Gestalt vor ihm mit neuem Interesse. Das Licht des Feuers funkelte auf den Messingknöpfen von Zougas Paradeuniform, und der rote Mantel schien zu glühen wie Flammen.

Wieder hätte der Medizinmann gern unterbrochen, denn er hatte eben eine weitere dampfende Flüssigkeit bereit, die der König einnehmen sollte, doch Mzilikazi winkte ungeduldig ab.

Zouga merkte, daß er jetzt die volle Aufmerksamkeit des Königs gewonnen hatte, und fragte: »Sieht der König jene Zeichen meiner Königin? Es sind besondere Zeichen, und jeder Herrscher sollte sie haben, um die Macht und die Unumstößlichkeit seines Wortes zu bekräftigen.«

Zouga winkte einem Träger, und der verschreckte Mann kroch, ohne den Blick zum König zu heben, zu Zouga und übergab ihm die kleine Teedose, die das geschnitzte Elfenbeinsiegel und das Wachs enthielt.

»Dies habe ich für den König vorbereitet, damit seine Würde und seine Macht allen Menschen kundgetan werden.«

Neugierig beugte sich der König vor und winkte Zouga näher heran. Vor ihm kniend, schmolz Zouga das Wachs über einem brennenden Ast, drückte das Siegel darauf und übergab es, festgeworden, dem König.

»Es ist ein Elefant.« Mit unverhohlenem Erstaunen betrachtete der König das Tier.

»Der Große Schwarze Elefant der Matabele«, sagte Zouga.

»Sprich die Worte«, befahl der König und berührte die Buchstaben auf dem Rand des Siegels. Zouga übersetzte, »Mzilikazi, Nkosi Nkulu!«

Entzückt klatschte der König in die Hände und ließ die umstehenden Indunas das Siegel bewundern.

»Bakela«, sagte der König zu Zouga, »nach der Zeremonie des *Chawalla* mußt du wiederkommen. Wir beide haben viel zu besprechen.«

Der Vollmond stieg auf, und zu seiner Begrüßung warf man große Holzscheite in die Feuer, und das Singen und Trommeln hob an. Bis zu diesem Augenblick hätten kein Mann und keine Frau gewagt, auch nur eine Ähre zu pflücken, denn der aufsteigende Mond leitete das *Chawalla* ein, den Tanz der ersten Feldfrüchte.

Die Zeremonie begann am Morgen. Alle Kriegerhorden zogen am König vorbei, durch die große Arena, und der Boden zitterte, als fünfundzwanzigtausend nackte Beine hochgehoben und mit der ganzen Kraft harter, durchtrainierter Krieger niedergesetzt wurden.

»Bayete!« grüßten sie den König.

»Bayete!« Wieder wurde mit den Füßen gestampft.

»Bayete!« Ein drittes Mal, und dann begann der Tanz.

Ein Regiment nach dem anderen trat vor, um vor dem Thron von Mzilikazi zu tanzen und zu singen. Die gleichzeitig ausgeführten, komplizierten Schritte ließen die Regimenter wie einen einzigen lebenden Organismus erscheinen; die Schilde überdeckten und drehten sich wie die Schuppen eines riesigen Reptils, wie Tau stieg der Staub zwischen den Reihen der Tanzenden auf und verwandelte sie in Geistererscheinungen. Die Fellmäntel und die kurzen Röcke aus Zibetkatzenschwänzen und Affenhäuten, aus Fuchs- und Katzenbälgen wirbelten um ihre Beine, so daß sie in den Staubwolken zu schweben schienen.

Hingerissen schlürfte Mzilikazi aus den großen Biertöpfen, die ihm junge Mädchen reichten, bis seine Augen rollten und er sich nicht mehr zurückhalten konnte. Mühsam stand er auf, hinkte auf seinen geschwollenen Beinen in die Arena, versuchte hochzuspringen und fuchtelte mit seinem kurzen Speer in der Luft herum.

»Mein Vater ist der beste Tänzer im ganzen Matabeleland«, sagte Gandang, der neben Zouga hockte.

Das Volk brüllte. »Der Elefant tanzt, und die Erde erzittert!«

Nach wenigen Minuten sank der König erschöpft zu

Boden und wurde von seinen Söhnen liebevoll wieder zum Lehnstuhl getragen.

»Laßt das Volk tanzen«, keuchte der König.

Am folgenden Morgen saß Mzilikazi wieder auf seinem Thron, und als der Stier in die Arena gelassen wurde, mußten seine Söhne ihn festhalten, sonst wäre er vorgestürzt, um das Tier mit seinen bloßen Händen zu erwürgen.

Aus jedem Regiment hatte man den Besten ausgewählt. Diese Männer, nackt bis auf ein Lendentuch, hockten jetzt zu beiden Seiten von Mzilikazis Thron.

Der schwarze Stier, sorgfältig aus den Herden des Königs ausgesucht, war das prächtigste Tier im ganzen Matabeleland. Die wartenden Männer grüßten den König, traten vor und bildeten einen Halbkreis. Der Stier betrachtete die Krieger, senkte den Kopf und raste auf einen Mann zu. Der Mann rührte sich nicht von der Stelle, breitete die Arme weit aus, und der Stier stieß zu. Zouga hörte das Knacken eines Knochens, als der Krieger den Anprall mit seiner Brust abfing, dann schlang der Mann die Arme um den Hals des Tieres und hielt sich fest.

Der Stier versuchte ihn abzuschütteln und warf den Kopf hoch, aber der Mann hielt ihn umklammert, raubte ihm die Sicht, und das Tier blieb stehen. Im selben Augenblick stürzten sich die Männer auf den Stier.

Eine ganze Weile versuchte der Stier standzuhalten, aber die Beine wurden unter ihm weggezogen, und mit einem lauten Schnauben schlug er auf den Boden auf. Ein Dutzend Männer packten die langen Hörner und drehten den Kopf, bis das Tier die Beine in die Luft streckte und sein Gebrüll leiser wurde. Zentimeter um Zentimeter drehten sie den Kopf mit den riesigen Hörnern, bis Zouga – laut wie ein Musketenschuß – das Brechen der Wirbelsäule hörte.

Die schweißüberströmten Krieger schulterten den Kadaver, trugen ihn durch die Arena und legten ihn Mzilikazi zu Füßen.

Am dritten und letzten Tag der Zeremonie trat Mzilikazi in die Mitte des Platzes. Das Volk war still. Vierzigtausend Menschen sahen auf den alten Mann, und kein Flüstern war zu hören, kein Atemzug.

Mitten in der Arena blieb Mzilikazi stehen und hob den Speer. Die Reihen der zuschauenden Krieger erstarrten, als er sich langsam drehte, stehenblieb und nach Süden schaute. Er zog den Arm zurück und hielt den Speer in Schwebe, während die Spannung der Zuschauer zu einer fast mit Händen greifbaren Ausstrahlung von vierzigtausend geladenen Körpern wurde.

Dann vollführte der König einen kleinen Sprung und drehte sich wieder. Die Menge seufzte auf und wurde wieder still, als der Speer des Königs nach Osten wies. Wie ein geborener Schauspieler zögerte er den Augenblick der Entscheidung hinaus.

Plötzlich schoß sein Arm vor, der kleine Speer flog in hohem Bogen durch die Luft, und die Spitze grub sich in den Sand.

»Nach Norden!« brüllte die Menge. »Bayete! Der große Stier hat den Norden gewählt!«

»Wir werden nach Norden ziehen und Makololo überfallen«, sagte Gandang zu Zouga. »Im Morgengrauen werde ich mit meinen Kriegern aufbrechen.« Er hielt inne und lächelte. »Wir werden uns wiedersehen, Bakela.«

Zouga saß neben dem Thron des Königs, wie er es seit dreißig Tagen getan hatte. Der König ließ jeden Tag nach ihm schicken, und er mußte mit Mzilikazi Krug um Krug des halbgegorenen Bieres leeren.

»Eure Gewehre wären schreckliche Waffen, müßte man sie nicht immer wieder laden«, krächzte Mzilikazi. »Um mit ihnen zu kämpfen, muß ein Mann ein schnelles Pferd haben, so daß er schießen und fortreiten kann, um wieder zu laden.«

Zouga nickte zustimmend, während Mzilikazi auf einen seiner Uniformknöpfe starrte. Der König beugte sich vor, und resigniert zog Zouga sein Taschenmesser hervor, schnitt den Knopf ab und übergab ihn dem König, der ihn, befriedigt grinsend, an die Sonne hielt.

»Jetzt bleiben mir nur noch fünf«, dachte Zouga und fühlte sich wie ein Truthahn, dem Feder um Feder ausgerupft wird.

»Das Dokument«, begann Zouga.

Vielleicht war der König bereits ein bißchen senil, bestimmt jedoch war er Alkoholiker, denn nach Zougas Rechnung trank er täglich an die fünfundzwanzig Liter Bier, aber er besaß immer noch einen gut arbeitenden Verstand und war schlau und gerissen. Er wußte genau, wo seine Schwäche und wo seine Stärke lag, wenn es um einen Handel ging. Dreißig Tage lang hatte er Zouga jetzt hingehalten, wie er es am dritten Tag des *Chawalla* mit seinem Volk getan hatte, während es wartete, wohin der Speer des Königs zeigen werde. Nun aber wandte sich der König von Zouga ab und seine Aufmerksamkeit einem jungen Paar zu, das vor ihm kniete.

Das Mädchen war ein zauberhaftes Geschöpf mit langen, schlanken Gliedmaßen, und die vollen Lippen in ihrem leicht gerundeten Gesicht bedeckten zwei Reihen makellos weißer Zähne. Sie hielt die Augen fest geschlossen, um den Zorn ihres Königs nicht mit ansehen zu müssen, und als sie vor ihm niederkniete, wurde ihr Körper vor Angst und Entsetzen geschüttelt. Der Mann war ein gutaussehender junger Krieger aus einem der Regimenter der Unverheirateten, dem die Ehre, »zu den Frauen zu gehen«, noch nicht zuteil geworden war.

»Steh auf, Frau, auf daß der König deine Schmach sehen kann«, rief die laute Stimme des Anklägers, und zögernd, mit immer noch geschlossenen Augen, hob das Mädchen ihre Stirn von der staubigen Erde und kauerte sich auf die Fersen.

Ihr nackter fester Bauch, rund wie eine reifende Frucht, wölbte sich über der winzigen, mit Perlen bestickten Schürze.

Der König saß in seinem Thronsessel zusammengesunken und brütete schweigend vor sich hin. Dann fragte er den Krieger.

»Leugnest du diese Sache?«

»Ich leugne sie nicht, Nkosi Nkulu.«

»Liebst du dieses Weib?«

»So, wie ich das Leben selbst liebe, mein König.« Die Stimme des Mannes war leise und rauh, aber fest und bestimmt.

Wieder grübelte der König.

Zouga war bei Hunderten ähnlicher Gelegenheiten neben dem König gesessen und hatte zugehört, wie er Recht sprach. Manchmal war seine Entscheidung die eines weisen schwarzen Salomons, manchmal war Zouga entsetzt über die barbarische Grausamkeit des Richtspruches.

Jetzt starrte der König den vor ihm knienden Mann an, spielte mit dem kurzen Speer in seiner Rechten, runzelte die Stirn und wiegte seinen Kopf hin und her. Endlich kam er zu einem Entschluß, lehnte sich vor und überreichte dem Mann die Waffe.

»Mit dieser Klinge wirst du den Leib der Frau öffnen, die du liebst, das herausnehmen, was gegen Gesetz und gute Sitten verstößt – und es in meine Hände legen.«

Am Morgen war die Erinnerung an die Schreie des Mädchens noch nicht verblaßt, der König aber zeigte sich munter und geschwätzig. Er zwang Zouga, Krug um Krug des sauren Biers zu trinken, erzählte Geschichten aus seinem langen, ereignisreichen Leben und beschrieb mit der sehnsüchtigen Nostalgie eines alten Mannes Szenen aus seiner Kindheit und Jugend im fernen Zululand.

Schweigend hörte er zu, dann murmelte er: »Elefanten

jagen und Löcher graben – es ist nicht viel, was du wünschst. Schreib, daß du es nur im Land unterhalb des Sambesi und oberhalb des Limpopo tun wirst.«

Rasch fügte Zouga eine Fußnote zu dem von ihm verfaßten Dokument hinzu. Mit zitternder Hand verfertigte der König ein Kreuz darunter.

Seine Freude, als er das Wachssiegel anbrachte, war ehrlich und kindlich.

»Jetzt, da du von mir erhalten hast, was du willst, wirst du mich verlassen wollen.« In den wäßrigen Augen zeigte sich Bedauern.

»In meinem Land über dem Meer erwartet mich viel Arbeit. Aber ich werde wiederkehren, Nkosi Nkulu.«

»Ich gebe dir die Straße nach Süden frei, Bakela. Zieh in Frieden, und kehre bald zurück, denn deine Gegenwart erfreut mich, und deine Worte sind klug.«

»Lebe wohl und in Frieden, Großer Elefant.«

Zouga stand auf und verließ den Hof des Königs. Seine Schritte waren beschwingt, und sein Herz war froh. In der Brusttasche hatte er die Genehmigung des Königs, in seinem Gepäck fünfundzwanzig Kilogramm Gold, den steinernen Vogel von Zimbabwe und drei schöne Elfenbeinzähne; der Weg nach Süden, zum Kap der Guten Hoffnung und nach England, war frei.

Vorsichtig steuerte Clinton Codrington die *Black Joke* den Flußarm hinauf.

Leutnant Ferris, der jüngste Offizier an Bord der *Black Joke*, beobachtete das Ufer, als das Kanonenboot den schmalen Flußarm hinauffuhr und rief seine Beobachtungen dem Marineschreiber zu, der rasch die Entfernungen ausrechnete und sie auf der Navigationstafel festhielt, so daß der Kapitän nur einen Blick darauf werfen mußte, um seine eigenen Beobachtungen zu verifizieren.

Auf dem Bug stand ein Mann mit einer Lotleine, der die

jeweilige Tiefe von den Markierungen auf der Leine ablas und laut ausrief. Dann drehte er das Gewicht und warf die Lotleine wieder vor den Bug, ließ das Gewicht hinabsinken und las, als das Schiff darüberfuhr, die Markierung ab.

»Etwa sechs Faden tief.«

Clinton Codrington steuerte das Schiff nach den Rufen des Mannes mit der Lotleine und Ferris' Angaben, nach der Färbung des Wassers, nach dem Brechen der Wellen am Ufer und nach dem Instinkt eines Seemannes. Der Karte, die Captain Owen von der königlichen Marine vor dreißig Jahren verfertigt hatte, traute er nicht.

»Beidrehen«, sagte er zum Steuermann, und als das Schiff sich dem Land näherte, konnten sie es riechen.

»Sklavengeruch!« rief Denham aus, und im selben Augenblick rief der Ausguck vom Masttopp:

»Rauch! Rauch vom rechten Flußufer.«

»Wie weit flußaufwärts?«

»Zwei Meilen oder mehr, Sir!«

Zum erstenmal, seit er den Hafen von Sansibar verlassen hatte, erlaubte er sich, zu hoffen, daß er den Rio Save rechtzeitig erreicht hatte, um dem herzzerreißenden Hilferuf der Frau, die er liebte, Folge zu leisten.

Vom Flußufer stieg Qualm auf, und durch das Fernglas sah er die schwelenden Reste einer Reihe von langgestreckten Hütten; sie schienen absichtlich angezündet worden zu sein. Im Rauch kreisten Bussarde, Geier und die aasfressenden Marabus. Nur die Schreie der Vögel unterbrachen die bedrückende Stille. Der Fluß war wie ausgestorben.

Clinton und seine Offiziere starrten auf das verlassene Ufer. Niemand sprach, als die *Black Joke* sich den rauchgeschwärzten Unterständen näherte. Mit ausdruckslosen Gesichtern blickten sie auf die Leichenhaufen und verbargen ihr Entsetzen über den Verwesungsgeruch in den Palmenhainen, verbargen ihre Enttäuschung, daß der Ankerplatz verlassen und die *Huron* verschwunden war.

Der Anblick der niedergebrannten Unterstände machte

Clinton fast krank, und sein Zorn war kalt und schneidend, wie der Degen an seinem Gürtel.

»Mit halber Kraft voraus.« Schneller wagte er es nicht, in die offene See zu stoßen.

Es gab keinen Feind in der Nähe, und als man die Zweiunddreißig-Pfünder einzog, ließ sich die *Black Joke* leichter manövrieren.

»Mr. Ferris, wir werden das Schiff desinfizieren.«

Der Rauch von den Pfannen mit brennendem Schwefel würde ihre Augen entzünden und tagelang den Geschmack des Wassers und der Speisen verderben, aber Clintons Angst vor einer Pockenepidemie war wesentlich größer als alle anderen Überlegungen. Außerdem, dachte er und lächelte spöttisch, konnte jede Geschmacksveränderung des gepökelten Rindfleisches und des harten Brotes nur eine Verbesserung bedeuten.

»Mr. Denham«, sagte Codrington leise, »sobald wir die offene See erreichen, nehmen Sie Kurs auf das Kap der Guten Hoffnung.«

Er ging zur Reling und überlegte nicht nur, wie er die *Black Joke* aus diesem stinkenden grünen Fluß in die offene See steuern, sondern vor allem, wie er sein Schiff auf die Begegnung mit der *Huron* vorbereiten sollte.

Wie groß war der Vorsprung des schnellen Klippers? Robyn Ballantynes Brief war mit 16. November datiert, jetzt schrieb man den 27. Elf Tage. Das war zuviel. Er konnte nur hoffen, daß es Robyn gelungen war, die Fahrt des Schiffes zu verzögern, wie sie es versprochen hatte.

Clinton blickte zurück auf die blaue Rauchsäule, die den Horizont verdunkelte. Wie lange hatten diese Feuer in den Unterständen gebrannt? Nicht länger als drei, vier Tage, schätzte er, mit mehr Hoffnung als Überzeugung. Trotzdem bedeutete das einen zu großen Vorsprung. Er hatte die *Huron* bei gutem Wind segeln sehen, und sie war rasch wie eine Schwalbe und leicht wie eine Hexe. Auch mit achthundert Sklaven und gefüllten Wassertonnen an Bord konnte sie bei jedem etwas stärkeren Wind ihren Vorsprung spielend beibehalten. Seine einzige Chance lag dort, wo die *Huron* auf die offene See hinaus mußte, um auf die Passatwinde zu treffen, um dann die Landspitze zu runden, während sich die *Black Joke* eng an die Küste halten konnte.

Es war ein bescheidener Vorteil, kaum mehr als ein paar Hundert Seemeilen, und letztlich würde alles vom Wind abhängen.

Clinton hämmerte mit geballten Fäusten auf die Reling und blickte so wütend vor sich hin, daß ihn die herumlungernden Seeleute erstaunt anschauten.

Er versuchte, seine Züge zu entspannen und verschränkte die Hände im Rücken unter den Schößen seiner Uniform. Aber immer noch lag in seinen Augen jenes saphirblaue Funkeln, und seine Lippen waren weiß vor Anspannung. Seine Geduld war zum Zerreißen gespannt, und er konnte es kaum erwarten, die *Black Joke* auf ihren richtigen Kurs zu bringen. Er beugte sich zum Sprachrohr in den Maschinenraum.

»Wir fahren mit voller Kraft voraus«, befahl er seinem Maschinisten. »Hinter dem Horizont warten zwanzigtausend Pfund Prisengeld auf uns, aber der Klipper ist flink wie ein Wiesel, und ich brauche jedes bißchen Dampf, das Sie mir geben können.« Clinton richtete sich wieder auf, und der Wind blies das hellblonde Haar über die sonnengebräunten Wangen. Er blickte zum Himmel auf und sah die schweren Monsunwolken. Die *Huron* würde vollen Wind haben, und mit ihrer Takelage kam sie vermutlich ausgezeichnet vorwärts. Clinton wußte, daß er nicht die geringste Chance hatte, den Klipper auf offener See zu finden, in jenem riesig großen Ozean – nicht einmal eine Kriegsflotte mit einem ganzen Geschwader von Fregatten vor dem flüchtenden Schiff hätte eine Chance, es in jener Unendlichkeit zu finden.

Er wußte, daß seine einzige Chance darin bestand, wenn er die südlichste Spitze des Kontinents vor der *Huron* erreichte und dort in der schmalen Fahrrinne auf sie wartete. Sobald die *Huron* das Kap umrundet hatte, lag der große weite Atlantik vor ihr, und sie würde ihm wieder entkommen.

Vergeblich suchte Robyn nach einer Möglichkeit, die Abfahrt der *Huron* zu verzögern, obwohl ihr bewußt war, daß sie das Leben aller Personen an Bord gefährdete. Doch Mungo St. John hatte, als seine Wunde heilte und die Wirkung der Impfung abklang, sehr rasch seine Energie und Entschlossenheit wiedergefunden. Robyns Warnung vor Seuchen hatte ihn beeindruckt, und er trieb seine Mannschaft an, sich mit dem Verladen zu beeilen. Sie arbeiteten bei Tag und bei Nacht im Schein der Fackeln, und alle waren ebenso begierig, diesen verfluchten Fluß zu verlassen, wie der Kapitän. Vier Tage nach Ladebeginn waren die Sklavendecks der *Huron* installiert und alle Sklaven an Bord. Am gleichen Abend glitt die *Huron,* das letzte Tageslicht nutzend, über die Sandbank, setzte alle Segel und erreichte die offene See.

Am Morgen brachte man die Sklaven auf Deck und ließ sie zum Rhythmus einer Trommel tanzen, die ein tätowierter nackter Sklave schlug; das Rasseln und Klirren ihrer Ketten bildete eine triste Hintergrundmusik für die Trommel und den Gesang der Sklaven.

»Merkwürdige Sache, diese Tätowierungen.« Nathaniel stand neben Robyn, die das jämmerliche Schauspiel betrachtete. »Bereits die Kinder werden tätowiert, um sie für uns Sklavenhändler weniger anziehend zu machen. Manche Eltern feilen die Zähne der Kinder oder reißen sie aus – wie bei diesem hier.« Er wies auf einen muskulösen

Schwarzen im Kreis der tanzenden Sklaven, dessen Zähne zu scharfen Spitzen gefeilt waren wie jene eines Hais. »Manche stecken Knochen durch die Nase ihrer Töchter, und andere dehnen ihre Brustwarzen – Verzeihung, Madam, daß ich so etwas erwähne – oder sie legen Kupferringe um ihre Hälse, daß sie aussehen wie Giraffen – das alles, damit die Sklavenhändler sie in Ruhe lassen. Jetzt behauptet man, daß diese Verunstaltungen unter den Heiden zu Zeichen der Schönheit geworden sind. Über Geschmäcker läßt sich nicht streiten, nicht wahr, Madam?«

Robyn stellte fest, daß zusätzlicher Freiraum und die regelmäßige Bewegung auf Deck dem Zustand der Sklaven guttat. Während sie sich auf dem Oberdeck in frischer Luft befanden, säuberte man die Sklavendecks mit frischem Meereswasser und rieb sie mit einer scharfen Lauge ab. Doch auch das genügte nicht, um den Sklavengeruch, der langsam das ganze Schiff durchdrang, zu beseitigen.

Jeder Sklave verbrachte alle zwei Tage zwei Stunden an Deck und wurde von Robyn auf Anzeichen von Krankheiten oder Verletzungen untersucht. Bevor die Unglücklichen wieder hinuntergingen, mußten sie eine Mischung aus Sirup und Zitronensaft trinken, um Erkrankungen an dem gefürchteten Skorbut zu verhindern.

Sie reagierten gut auf diese Behandlung und nahmen erstaunlicherweise sogar zu. Als man sie auf das Schiff trieb, waren sie von den Impfungen und dem darauf folgenden Fieber bis auf die Knochen abgemagert gewesen. Ihre Stimmung war stumpf und resignierend, dennoch kam es zu Zwischenfällen. Eines Morgens gelang es einer der Frauen, sich von ihren Ketten zu befreien. Sie stürzte zur Reling und sprang in die blau schäumende See. Obwohl ihre Hände immer noch gefesselt waren, blieb sie viele lange Minuten über Wasser. Ihren Überlebenskampf mit anzusehen war herzzerreißend.

Robyn erwartete, daß Mungo St. John ein Rettungsboot aussetzen würde, doch er blieb schweigend und unberührt auf dem Achterdeck stehen und warf kaum einen Blick über Bord, sondern beschäftigte sich weiter mit der Navigation seines Schiffes. Die *Huron* rauschte durch die See, und der Kopf der Frau wurde zu einem winzigen Fleck auf dem blauen Wasser, bis die Fesseln sie für immer in die Tiefe zogen.

Obwohl es Robyn klar war, daß es keine Möglichkeit gab, den Klipper aufzuhalten und die Frau zu retten, blickte sie Mungo St. John über das Deck hinweg zornbebend an und wünschte, sie könnte ihrer Empörung in Worten Ausdruck verleihen.

In dieser Nacht lag sie stundenlang in ihrer kleinen Koje wach und zerbrach sich den Kopf, wie sie die rasche Fahrt des Klippers zum Kap verzögern könnte.

Sie dachte daran, eines der Boote zu stehlen und sich im Schutz der Nacht forttreiben zu lassen. Vielleicht konnte sie St. John auf diese Weise zwingen, umzudrehen und nach ihr zu suchen. Aber nach kurzem Nachdenken wußte sie, daß nur ein Dutzend starker Männer ein Rettungsboot losmachen und zu Wasser lassen konnten. Und selbst wenn es ihr gelingen sollte, war es keineswegs sicher, daß Mungo seine Weiterfahrt auch nur um eine Minute verzögern würde. Vermutlich würde er sie, nicht anders als die Sklavin, einfach ihrem Schicksal überlassen. Sie dachte daran, das Schiff anzuzünden, vielleicht eine Laterne umzuwerfen und so viel Schaden anzurichten, daß die *Huron* den nächsten Hafen – Lourenço Marques oder Port Natal – anlaufen mußte, um die nötigen Reparaturen vornehmen zu lassen. So hätte die *Black Joke* Gelegenheit, sie einzuholen.

Dann stellte sie sich achthundert Sklaven vor, die im Laderaum elend verbrannten, falls das Feuer außer Kontrolle geriet, und sie erschauerte bei dem Gedanken.

Sie verwarf den Plan und wartete auf den Schlaf, der nicht kommen wollte.

Robyns Chance kam von einer völlig unerwarteten Seite. Tippoo, der riesige Maat, hatte eine einzige Schwäche: er war ein Vielfraß und in gewissem Sinn ein Gourmet. Der halbe Proviantraum war mit Delikatessen angefüllt, die er gehamstert hatte und mit niemandem teilte. Da gab es geräuchertes Fleisch und Würste, Käse, deren Geruch einem die Tränen in die Augen trieb, und Holzkisten mit Flaschen und Dosen mit Konserven. Als strenggläubiger Mohammedaner trank er allerdings nie Alkohol. Doch was er nicht trank, das glich er mit dem Essen aus.

Sein unersättlicher Appetit war sprichwörtlich, und Robyn hatte oft gehört, wie St. John ihn damit bei Tisch hänselte.

»Hätten Sie nicht so viele Leckerbissen an Bord gebracht, Mr. Tippoo, wir hätten noch weitere hundert Schwarze unterbringen können.«

»Ich wette, Ihren Bauch zu befriedigen kostet mehr als ein Harem der schönsten Frauen.«

»Du lieber Himmel, Mr. Tippoo, was Sie da essen, hätte bereits vor Monaten ein christliches Begräbnis verdient.«

Zu Tippoos Lieblingsspeisen gehörte eine besonders gewürzte Räucherheringpastete, die in Dosen von einem halben Kilo verpackt war. Die Anweisung auf den Dosen lautete: »Dünn auf Toast oder Keks aufstreichen.« Tippoo hingegen pflegte die Paste direkt aus der Dose mit dem Löffel zu essen und vertilgte mit halb geschlossenen Augen und einem beglückten Lächeln auf seinem Krötenmund eine ganze Dose auf einen Sitz, ohne auch nur einmal innezuhalten.

Als er am vierten Reisetag wieder einmal eine Konserve öffnete, hörte man Gas entweichen, und Mungo St. John blickte von seiner Erbsensuppe auf.

»Die Büchse ist verdorben, Mr. Tippoo. An Ihrer Stelle würde ich sie nicht anrühren.«

»Sie nicht«, meinte Tippoo ungerührt, »ich schon.«

Kurz nach Mitternacht wurde Robyn gerufen. Tippoo

wand sich in Krämpfen, und sein Bauch war hart wie Stein.

»Es ist eine Fischvergiftung«, sagte Robyn zu St. John. Es war das erstemal seit jenem Morgen am Rio Save, daß sie das Wort an ihn richtete. »Sie müssen einen Hafen anlaufen. In Port Natal gibt es ein Militärlazarett.«

»Doctor Ballantyne«, erwiderte Mungo ernst, in seinen Augen aber lag wieder jenes aufreizende Lächeln. »Tippoos Mutter war ein Vogel Strauß; er kann Steine, Nägel und Glasscherben verdauen. Ihre Besorgnis ist rührend, jedoch nicht am Platz. Morgen mittag ist er wieder imstande zu kämpfen, auszupeitschen oder einen Ochsen zu verspeisen.«

Mungos Prognose erwies sich als richtig, denn am Morgen hatte der Brechreiz nachgelassen, und Robyn wurde zu einem Entschluß gezwungen, den sie, auf den Knien liegend, in ihrer Kabine faßte.

»Vergib mir, lieber Gott, achthundert deiner Kinder liegen in Ketten unter Deck, und ich werde ihn nicht töten.«

Dann machte sie sich rasch an die Arbeit. In eine Pfefferminzlösung mischte sie die dreifache Dosis des stärksten Brechmittels, das die Medizin kannte.

»Trinken Sie das«, sagte sie zu Tippoo, »es wird Ihren Magen beruhigen.«

Am späten Nachmittag wiederholte sie die Prozedur, doch jetzt mußte ihr bereits der Steward helfen. Tippoos Kopf vom Kissen zu heben, um ihm das Gebräu einzuflößen. Die Wirkung war so, daß sie selbst Robyn erschreckte.

Eine Stunde später schickte sie nach St. John.

»Tippoo liegt im Sterben«, sagte sie.

Mungo betrat Tippoos Kabine und blieb stehen; plötzlich war sein gewohntes spöttisches Lächeln verschwunden.

»Wie geht es dir, alter Freund?« fragte Mungo leise. Er legte die Hand auf Tippoos schweißüberströmte Stirn.

Tippoo versuchte sich aufzurichten, aber die Anstrengung ließ ihn, von Schmerzen gepeinigt, aufstöhnen. Er preßte beide Hände auf den Bauch und wandte verzweifelt den Kopf ab, als ein neuer Brechreiz seinen Körper schüttelte. Alles, was kam, war ein wenig Blut und braune Galle.

Fünf Minuten lang stand Mungo schweigend an Tippoos Bett. Robyn wußte, daß er eine bittere Entscheidung zu treffen, daß er ein Leben und eine Freundschaft abzuwägen hatte gegen den Verlust seines Schiffes und vielleicht sogar seiner Freiheit, denn einen britischen Hafen mit Sklaven im Frachtraum anzulaufen war ein gewaltiges Risiko.

Merkwürdig, jetzt, da er die weichere Seite seines Naturells hervorkehrte, wurde sie sofort wieder von ihren Gefühlen überwältigt; wie gemein von ihr, mit seinen Emotionen zu spielen und dem Mann auf dem Bett solche Schmerzen zu bereiten.

Mungo fluchte leise, aber ausführlich. Dann verließ er die Kabine.

Robyns wieder aufkeimende Gefühle für Mungo verwandelten sich in Abscheu und Enttäuschung. Abscheu, daß selbst das Leben eines alten treuen Freundes diesem grausamen Mann, den zu lieben sie verdammt war, offenbar nichts bedeutete; tiefe Enttäuschung, daß ihr Plan fehlgeschlagen war und sie Tippoo umsonst leiden ließ.

Erschöpft und verbittert kniete sie neben seinem Bett nieder und kühlte seinen schweißbedeckten Kopf mit einem nassen Tuch.

Während der langen Reise über den Atlantik hatte Robyn alle Launen der *Huron* kennengelernt, konnte aus den Bewegungen des Decks unter ihren Füßen auf die Windstärke schließen und wußte, wann das Knarren des Rumpfes einen Kurswechsel anzeigte. Jetzt plötzlich merkte sie, wie sich das Deck neigte, und hörte vom Deck über ihr das Laufen nackter Füße, als die Rahen angebraßt wurden.

»Er hat den Kurs geändert, wir fahren nach Westen«, flüsterte sie und hob den Kopf, um zu lauschen. »Es ist gelungen, wir fahren nach Port Natal. Dem Herrn sei Dank, es ist gelungen.«

Die *Huron* ging weit von der Küste entfernt vor Anker, so daß man selbst mit einem starken Fernglas vom Hafen aus keine Einzelheiten ihrer Fracht erkennen konnte.

Unter der amerikanischen Flagge flatterte die gelbe Quarantäneflagge. Sie warnte »Fernbleiben! Wir haben eine Seuche an Bord!«

Mungo St. John ließ das Schiff von bewaffneten Seeleuten bewachen, und Robyn wurde trotz heftiger Proteste für die Dauer des Aufenthaltes in ihre Kabine verbannt.

»Sie wissen genau, warum, Doctor Ballantyne«, sagte St. John kühl. »Ich wünsche nicht, daß Sie mit Ihren Landsleuten auf irgendeine Art Verbindung aufnehmen.«

Die Männer, die Tippoo an Land ruderten, hatten Auftrag, den Hafenmeister zu informieren, daß man die Pocken an Bord hatte und sich kein Schiff der *Huron* nähern sollte.

»Ich kann nur drei Tage warten.« Mungo beugte sich über Tippoos Bahre. »Mehr kann ich nicht riskieren. Wenn Sie bis dahin nicht gesund sind, müssen Sie auf meine Rückkehr warten. Länger als fünf Monate wird es nicht dauern. Werden Sie gesund, Mr. Tippoo. Ich brauche Sie.«

Am dritten Morgen wurde Tippoo zum Schiff zurückgerudert. Seine Haut hatte die Farbe von altem Elfenbein, und er war so schwach, daß er sich ausruhen mußte, als er das Deck betrat.

»Willkommen an Bord, Mr. Tippoo«, rief Mungo St. John vom Achterdeck. »Ich wäre dankbar, wenn Sie dieses Schiff nach Ihren Urlaubstagen an Land wieder übernehmen könnten.«

Zwölf Tage später kam der Tafelberg in Sicht.

Es war ein herrlicher Sommertag, ein leichter Wind strich über die dunkelblaue, wogende See und ließ sie glänzen wie Seide. Überall gab es Vögel, deren Flügel im Sonnenlicht aufleuchteten wie Schneeflocken, als sie in großen Scharen über das Wasser dahinstrichen.

Die *Huron* kroch nur langsam vorwärts, lag minutenlang ganz unbeweglich in der schwachen Brise und brauchte einen halben Tag, um das Kap zu umrunden. Dann nahm sie Kurs auf West-Nord-West, den Kurs, der sie über den Atlantik, über den Äquator und schließlich nach Charleston Roads bringen würde.

Als sie auf neuem Kurs lagen, hatte Mungo St. John Muße, die andern Schiffe zu betrachten. Neun, nein zehn Schiffe zählte er, denn eines war weit draußen und nur sein Marssegel zu sehen. Es waren Fischerboote aus der Tafelbucht, und die Seevögel verfolgten sie wie dichte Wolken. Die meisten hatten kaum Segel gesetzt, doch das am weitesten entfernte Schiff hatte ein Marssegel gesetzt und war offensichtlich größer als der Rest der Fischerflotte.

»Das ist ein Schiff für Sie!« rief Tippoo aus und berührte Mungos Arm, um ihn darauf hinzuweisen. Mungo strahlte vor Vergnügen, als er das mit Rahen getakelte Schiff der Ostindischen Gesellschaft sah, das eben um die Landspitze kam, die den Eingang zur Tafelbucht bildete.

Das Schiff war ebenso prächtig anzusehen wie die *Huron*, seine Segel schienen zum Himmel zu reichen, und der frische Anstrich glänzte schneeweiß und tiefrot. Die beiden eleganten Schiffe fuhren, kaum zwei Kabellängen entfernt, aneinander vorbei, und die Offiziere betrachteten einander durch ihre Ferngläser mit professionellem Wohlgefallen, während sie die Flagge zeigten. Robyn stand an der Reling und starrte sehnsüchtig auf den Tafelberg. Dort lag ihre Rettung – der britische Gouverneur, das Kapgeschwader – wenn sie nur wüßten, daß sie an Bord dieses Sklavenschiffes gefangen war.

Ihre Gedanken wurden von einer plötzlichen Bewegung unterbrochen, die sie aus dem Augenwinkel sah – seltsam, wie sie auch die kleinste Geste, die geringste Veränderung in St. Johns Ausdruck wahrnahm. Rasch folgte sie seinem Blick und bemerkte etwas winziges Weißes am Horizont, das unbeweglich und hell im Sonnenlicht leuchtete. War es ihre Einbildung, oder sah sie tatsächlich eine dünne dunkle Linie dahinter, die sich in der Windrichtung ausbreitete?

»Mr. Tippoo, was halten Sie von diesem Segel?« Robyn bemerkte die Erregung in Mungos Stimme, und ihr Herz klopfte wild – voller Hoffnung und voller Angst – der Angst einer Verräterin.

Für Clinton Codrington war es eine endlose, verzweifelte Fahrt gewesen, und jetzt war eine neue Sorge aufgetaucht.

»Die Schaufeln scharren bereits am Boden der Bunker«, meldete der Maschinist, »ich habe Sie gewarnt, Sir ...«

»Verbrennen Sie, wenn nötig, die Schiffsmöbel«, fauchte ihn Codrington an. »Sie können mit meinem Bett anfangen. Ich werde es kaum mehr brauchen.«

»Wir werden natürlich in der Tafelbucht bunkern, nicht wahr, Sir?«

»Ich werde Sie es wissen lassen.«

Clinton war sich im klaren, daß in dem Augenblick, in dem er in der Tafelbucht vor Anker ginge, Admiral Kemp oder einer seiner Vertreter an Bord der *Black Joke* kommen würde. Und alles weitere würde Wochen, wenn nicht Monate dauern.

Clinton hatte keine Angst vor dem Urteil eines Marinegerichtes; die Bedrohung seiner Karriere war ihm so gleichgültig, daß es ihn selbst erstaunte. Er hatte nur einen einzigen Wunsch, ein einziges Ziel, das alles andere überschattete; er mußte sein Schiff in Stellung bringen und die *Huron* aufhalten, wenn sie das Kap umfuhr. Nichts und niemand konnte ihn davon abhalten. Danach würde er seinen Anklägern gelassen gegenübertreten.

»Mr. Denham«, rief er seinem Leutnant zu, »in der Nacht werden wir zehn Meilen von Kapstadt entfernt patrouillieren. Wenn irgendwelche Positionslichter eines Schiffes in Sicht kommen, hat man mich sofort zu wecken.«

Als Clinton sich, angezogen und in Stiefeln, auf das Bett

warf, verspürte er zum ersten Mal seit dem Verlassen des Hafens von Sansibar so etwas wie Seelenfrieden. Er hatte alles getan, was in seinen Kräften stand, um das Kap vor der *Huron* zu erreichen. Das Weitere lag in Gottes Hand – und sein Vertrauen zu Gott war groß.

Er schlief sofort ein. Sein Steward weckte ihn eine Stunde vor der Dämmerung. Clinton ließ den Kaffee unberührt neben seinem Bett stehen und eilte an Deck. Er erreichte es wenige Sekunden vor Leutnant Denham.

»Kein Schiff während der Nacht, Sir«, meldete Ferris, der Wache gehalten hatte, und salutierte.

»Danke, Mr. Ferris«, sagte Clinton. »Wir werden sofort unsere Tagespatrouille beginnen.«

Als es so hell wurde, daß ein Beobachter von der Küste Einzelheiten ausnehmen konnte, zog sich die *Black Joke* taktvoll zurück, und es hätte eines sehr scharfen Blickes bedurft, um das gelegentliche Aufblitzen ihres Marssegels zu sehen, geschweige denn das Kanonenboot zu identifizieren und Admiral Kemp zu melden, daß der verlorene Sohn heimgekehrt war.

Der einzige Gedanke, der ihn zutiefst bekümmerte, war, daß die *Huron* vermutlich schon längst nach Norden geflohen war und durch die endlose grüne See des südlichen Atlantik pflügte, während die *Black Joke* einen leeren Käfig bewachte.

Er hatte nicht viel Zeit zum Brüten, denn schon kam die erste Meldung vom Ausguck auf dem Großmast, und Clinton horchte gespannt.

»Wofür halten Sie es?« rief er durch das Sprachrohr hinauf.

»Kleiner Logger.« Seine Hoffnung sank. Es war ein Fischerboot, das aus der Tafelbucht kam, und es gab noch viele von ihnen, doch jedesmal überkam Clinton wilde Erregung, so daß er abends völlig zermürbt war. Sein Körper schmerzte vor Erschöpfung, als er Befehl gab, den Standort für die Nachtpatrouille einzunehmen.

Im Morgengrauen war Clinton wieder an Deck.

»Wir können keinen Tag mehr aushalten, Sir«, meldete MacDonald, der Maschinist. »Wir haben kaum noch mehr als einen Eimer Kohle.«

»MacDonald«, unterbrach ihn Clinton, »dieses Schiff bleibt in Stellung, ganz gleich, was Sie verbrennen. Und wenn ich Dampf brauche, werden Sie ihn haben – sonst heißt es, dem fettesten Prisengeld, das Ihnen je untergekommen ist und unterkommen wird, Lebewohl zu sagen.«

Trotz des Versprechens und der Drohung sank Clintons Hoffnung rasch. Sie hatten jetzt einen Tag und eine Nacht lang patrouilliert – es war kaum möglich, daß sie einen solchen Vorsprung vor der schnellen *Huron* gehabt hatten, außer diese war durch eine wunderbare Fügung aufgehalten worden. Jede Stunde verstärkte die Gewißheit, daß sie mit ihrer Fracht entkommen war und er die Frau, die er liebte, nie mehr wiedersehen würde.

Im selben Augenblick ertönte ein Ruf des Ausgucks vom Masttopp.

»Was für ein Schiff?« fragte Ferris durch das Megaphon.

»Ein Viermaster, mit Rahen getakelt –«

Alle Aktivitäten auf Deck hörten auf, alle Köpfe wandten sich dem Masttopp zu.

»Der Klipper nimmt Kurs auf das Kap.«

Clinton Codrington war der erste, der sich bewegte. Er riß Leutnant Denham das Glas aus der Hand und lief zu den Wanten. Das Glas in den Gürtel gesteckt, kletterte er hinauf.

Ohne auch nur einen Augenblick innezuhalten, hangelte er sich höher und höher, und selbst als er die Wanten erreichte und sekundenlang dreißig Meter über dem schwankenden Deck nach unten hing, gönnte er sich keine Sekunde Pause. Endlich erreichte er den Ausguck und ließ sich dankbar in das Krähennest fallen; sein Atem kam stoßweise, und das Blut sang in seinen Ohren. Seitdem er Leutnant gewesen war, war er nicht mehr so rasch geklettert.

Der Ausguck suchte sich so klein wie möglich zu machen, denn das Krähennest war eng. Dann zeigte er seinem Kapitän das Schiff.

»Dort ist es, Sir.«

Auf dem hin und her schwingenden Mast spürte man das Rollen der *Black Joke* wesentlich stärker, und der Horizont tanzte auf und nieder, als Clinton versuchte, das Schiff ins Blickfeld zu bekommen. Es war eine Kunst, die er nie wirklich erlernt hatte, aber im Augenblick war das unwichtig, denn als die kleinen weißen Pyramiden im Fernrohr auftauchten, waren alle Zweifel zerstreut, und Clinton spürte sein Herz hämmernd gegen die Rippen schlagen.

Mit triumphierender Stimme rief er den winzigen Gestalten weit unten auf dem glänzenden Achterdeck zu:

»Nehmen Sie Kurs nach Osten, Mr. Denham. Befehlen Sie Volldampf voraus.«

Obwohl er immer noch nach Luft rang, warf er sich aus dem Korb und kletterte noch rascher hinunter, als er hinaufgeklettert war. In seiner Hast glitt er die letzten zwanzig Meter einfach hinunter und merkte kaum, wie das rauhe Hanfseil seine Handflächen verbrannte.

Als seine Füße auf Deck auftraten, war die *Black Joke* schon auf neuem Kurs, und Clintons nächste Befehle ahnend, hatte Denham alle Leute zusammentreten lassen.

»Klar Schiff zum Gefecht, Mr. Denham«, keuchte Clinton, das Gesicht unter der Sonnenbräune tief gerötet. In seinen blaßblauen Augen funkelte Kampflust.

Alle Offiziere der *Black Joke* trugen Säbel an der Seite, nur Clinton zog das Entermesser, die kürzere und schwerere Waffe, vor. »Meine Herren«, sagte er ernst, »ich habe Beweise, daß das Schiff vor uns eine Ladung Sklaven an Bord hat.«

Denham hüstelte nervös, aber Clinton kam seinen Einwänden zuvor. »Es ist mir auch klar, daß es sich um ein amerikanisches Schiff handelt, und unter normalen Umständen wären unsere Hände gebunden.« Denham nickte erleichtert, Clinton aber fuhr unbarmherzig fort: »Ich erhielt jedoch einen Hilferuf von einem Untertanen Ihrer Majestät, von Dr. Robyn Ballantyne, die Sie alle kennen. Sie wird gegen ihren Willen an Bord der *Huron* festgehalten. Ich weiß, was meine Pflicht ist. Wir werden an Bord gehen, und falls man uns Widerstand leistet, werden wir kämpfen.« Er hielt einen Augenblick inne; die Gesichter seiner Leute waren bestürzt und angespannt. »Wer Einwände gegen diese Vorgehensweise hat, soll diese sofort im Logbuch festhalten, und ich werde sie unterschreiben.«

Ihre Erleichterung und Dankbarkeit war offensichtlich; kaum ein anderer Kapitän hätte so großzügig gehandelt.

Sorgfältig und ordentlich unterschrieb Clinton die Eintragung im Logbuch und steckte die Feder wieder in ihren Behälter.

»Und jetzt, da die Formalitäten erledigt sind, wollen wir zusehen, daß wir unseren Sold verdienen, meine Herren.« Während er auf die schneeweißen Segel wies, die jetzt gut sichtbar waren, lächelte Clinton zum ersten Mal, seit sie den Hafen von Sansibar verlassen hatten.

Er trat zum Telegraphen und drehte den Zeiger auf »Volldampf voraus«. Das Deck vibrierte unter seinen Füßen, als sich die Schiffsschrauben zu drehen begannen, die *Black Joke* vorwärtsrauschte und vor ihrem Bug die Gischtwolken aufschäumten.

»Bei Gott, er will uns auf das Land zutreiben.« Mungo sagte es gleichmütig und lächelte Tippoo zu, als er das Glas absetzte. »Wir müssen fahren wie der Teufel, um das offene Meer zu erreichen.« Wieder hob er das Glas an die Augen, und Tippoo gab die Befehle weiter. »Das ist einfach zuviel Glück für einen Mann«, murmelte Mungo. »Es ist ein zu großer Zufall, daß der einzige Mann, dem ich nicht begegnen möchte, genau an der Stelle des weiten Ozeans liegt, wo ich ihn nicht antreffen will.« Er senkte das Glas und schlenderte zur Reling des Achterdecks, um auf das Hauptdeck hinabzuschauen.

Robyn Ballantyne blickte über das indigoblaue Wasser auf das ferne Schiff und die kleine dunkle Rauchwolke.

Mit jeder Minute kam das Kanonenboot näher, fuhr auf einen Punkt weit vor *Hurons* elegantem Bug zu, wo die beiden Schiffe einander treffen würden.

Mungo kam auf sie zu. »Ein Freund von Ihnen, Doctor Ballantyne?« Nur seine Lippen lächelten. Sein Blick war frostig.

»Ich habe jede Nacht gebetet, daß er kommen möge. Seit ich den Brief abschickte, mit dem ich ihn hergebeten habe.«

»Sie leugnen Ihren Verrat also nicht?«

»Ich bin stolz, meiner Christenpflicht nachgekommen zu sein.«

»Wer hat Ihren Brief befördert?«

»Niemand von Ihrer Mannschaft, Sir. Der Kapitän einer Dhau nahm ihn mit.«

»Ich verstehe.« Seine Stimme war leise, aber scharf. »Und wie steht es mit Tippoos Krankheit? Wäre es möglich, daß eine Ärztin einen Patienten vergiftet?«

Unfähig, darauf zu antworten, senkte sie den Blick.

»Doctor Ballantyne, wären Sie so freundlich, sofort in Ihre Kabine zurückzukehren, bis ich Ihnen erlaube, sie wieder zu verlassen! Die Tür wird bewacht werden.«

»Soll ich bestraft werden?«

»Kein Mensch könnte mir Vorwürfe machen, wenn ich Sie über Bord würfe. Ihre Landsleute werden Sie sicherlich auffischen. Ich bin jedoch nur um Ihre Sicherheit besorgt. Dieses Deck könnte sehr bald zu einem unangenehmen Aufenthaltsort werden, und wir alle werden viel zu beschäftigt sein, um uns um Ihr Wohlergehen zu kümmern.«

St. John wandte sich von ihr ab, blickte vor sich hin, dann drehte er sich nach der Rauchwolke der *Black Joke* um und schätzte mit dem Blick eines Seemannes Geschwindigkeit und Winkel. Er lächelte.

»Bevor Sie mich verlassen, möchte ich Ihnen noch sagen, daß alle Ihre Bemühungen nichts als Zeitverschwendung waren – schauen Sie!« Er wies auf die bergige Küste, und als Robyn seinem Blick folgte, bemerkte sie zum ersten Mal, daß die See vor ihnen schwarz und vielfach gebrochen war, wie frisch abgebaute Kohle. Die kleinen wilden Wellen glänzten, und jede trug eine hübsche weiße Schaumkrone.

»Das ist der Wind«, sagte Mungo, »er kommt von den Bergen herunter, und wir werden unter ihm sein, bevor Sie in Ihrer Kabine sind.« Jetzt lachte er selbstsicher in sich hinein. »Sobald wir auf diesen Wind treffen, gibt es auf den sieben Meeren kaum ein Schiff, Dampf oder Segel, das es der *Huron* gleichtun kann, und, bei Gott, es gibt keines, das sie einholt.« Spöttisch machte er eine leichte, höflich scheinende Verbeugung. »Sehen Sie sich diese häßliche kleine Dampfmaschine nur gut an, bevor Sie gehen, Madam. Sie sehen sie zum letzten Mal. Und jetzt bitte ich Sie, mich zu entschuldigen . . .«

Clinton beugte sich vor wie ein Reiter vor dem Sprung. Er sah das Windmuster auf der offenen See und wußte, was es zu bedeuten hatte.

Der große Klipper sah jetzt träge aus; lässig lag er inmitten der sich kräuselnden Wellen wie eine in Rüschen und Volants gekleidete Dame, während die *Black Joke* dampfend und schnaubend die kürzere Strecke zurücklegte. Wenn beide Schiffe ihre Geschwindigkeit beibehielten, würden sie einander nach elf Seemeilen treffen. Clinton sah den Punkt genau vor sich – hinter der Landspitze, die auf seiner Landkarte als »Bakoven Point« bezeichnet war.

Die *Huron* mußte ihren Kurs beibehalten, nahe der Küste gab es zu viele Untiefen – eben tauchte steuerbord wieder ein Granitfelsen auf, schwarz und rund wie der Rücken eines Wales. Die *Huron* war in einer Falle, und ihr einziger Ausweg war, an Geschwindigkeit zu gewinnen, um aus der

Reichweite der Geschütze zu kommen – und dort, keine drei Meilen entfernt, war er, der lebensrettende Wind.

Von unten kam ein lauter Krach; irritiert sah Clinton Leutnant Ferris an.

»Schauen Sie nach, was da los ist«, fuhr er Ferris an und wandte seine Aufmerksamkeit wieder dem Klipper zu. Drei Meilen hatte er noch vor sich, doch noch während Clinton durch sein Glas seinen Kurs verfolgte, bemerkte er, wie das riesige Großsegel der *Huron* zu zittern begann, als sie in die unstete Luft unter den Bergen kam.

»Bitte, lieber Gott!« flüsterte Clinton inbrünstig, und die *Huron* verlangsamte ihre Fahrt. Alle Segel verloren ihre straffe Spannung, und sie scheute zurück wie ein mißtrauisches Tier.

»Sie kam in ein Windloch«, rief Leutnant Denham voll Begeisterung. »Jesus, jetzt haben wir sie!«

»Ich wäre Ihnen dankbar, auf diesem Deck keine blasphemischen Äußerungen zu tun, Mr. Denham«, sagte Clinton scharf, und Denhams Miene wurde sofort zerknirscht.

»Ich bitte um Entschuldigung, Sir.« Im selben Augenblick erschien Ferris atemlos an Deck.

»Die Heizer, Sir«, keuchte er. »Sie zerschlagen das gesamte Mobiliar der Offizierskabinen. Ihr Bett ist verschwunden und ebenso Ihr Schreibtisch.« Clinton würdigte ihn kaum eines Blickes. Er studierte den Klipper, versuchte seine veränderte Geschwindigkeit zu schätzen und den Winkel zu erraten, unter dem sie das Schiff treffen würden. Ja, entschied er, da die *Huron* Geschwindigkeit verloren hatte, konnte er einen etwas steileren Kurs einschlagen.

»Einen Strich an den Wind«, befahl er dem Rudergänger, dann sah er seine Segel an, die den schweren Schiffsschrauben halfen, die *Black Joke* vorwärtszubringen. Die Kursänderung hatte sich ausgewirkt.

»Mr. Ferris, sehen Sie zu, daß der Klüver richtig steht, bitte.« Ferris brüllte einen Befehl und sah aufmerksam zu, als das lange dreieckige Segel getrimmt wurde.

Die Segel der *Huron* bebten, füllten sich wieder und nahmen ihre wahre Form an. Das Schiff rauschte durch die Wellen, und das dunkle, windgepeitschte Wasser lag jetzt knapp vor seinem Bug.

Sicher trug Denhams gotteslästerliche Äußerung die Schuld, dachte Clinton, sah seinen Leutnant ärgerlich an und gab widerwillig einen weiteren Befehl.

»Einen Strich vom Wind abfallen.« Wenn die *Black Joke* ihren Kurs beibehielt, würde sie die Heckwelle der Huron schneiden. Mit der Kursänderung bestätigte Clinton, daß die *Huron* wieder einmal ihren Vorteil wahrgenommen hatte.

Der Maschinenraum meldete sich. »Keine Kohle mehr, Sir.«

»Verbrennen Sie alles, was Sie finden.«

War er schon nahe genug, um einen Schuß mit dem Buggeschütz zu wagen? Der Sechzehnpfünder hatte die doppelte Reichweite der großen Zweiunddreißigpfünder, mit denen die *Black Joke* hauptsächlich bestückt war. Wenn sie Glück hatten, konnte ein Treffer vielleicht eines der Segel der *Huron* herabbringen – und in diesem Augenblick spürte Clinton deutlich eine Veränderung in den Vibrationen des Decks. Der Dampf in den Kesseln verlor an Druck. Die *Black Joke* fiel zurück.

»Mr. Ferris, hissen Sie die Flagge!«

Als die weiß-rote Flagge sich gegen den blaßblauen Himmel abzeichnete und herausfordernd im Wind wehte, verspürte Clinton wie immer eine Welle des Stolzes, die ihm fast die Brust zuschnürte.

»Die *Huron* antwortet«, murmelte Denham; Clinton hob das Glas und sah, wie die amerikanischen Farben hoch über den schimmernden weißen Segeln aufblühten wie eine Blume.

»Verdammte Yankees«, fluchte Denham. Die *Huron* trotzte der Herausforderung.

»Mr. Ferris, jetzt werden wir feuern«, entschied Clinton

grimmig. Ferris eilte zum Bug und überwachte das Laden der Geschütze. Als der Schuß kam, war er nicht mehr als ein komischer kleiner Knall, und der Wind wehte die graue Pulverwolke fort, bevor sie sich richtig geformt hatte. Obwohl alle begierig durch ihre Gläser schauten, konnte niemand einen Einschlag wahrnehmen, und Denham sagte laut und wütend:

»Sie hält ihren Kurs. Sie ignoriert uns.«

»Gut.« Clintons Stimme war leise, aber bestimmt. »Jetzt versuchen wir einen Schuß in die Takelage.«

Wieder krachte der Sechzehnpfünder, und diesmal schrien alle gleichzeitig auf. Ein winziges Licht flammte in einem Segel der *Huron* auf. Einen Moment lang behielt es seine Form, dann platzte es wie ein Papiersack und fiel herab. Clinton sah eine Bewegung unter den Seeleuten der *Huron,* und noch bevor der Sechzehnpfünder wieder geladen war, hatte man auf der *Huron* ein neues Segel gesetzt. Die Geschwindigkeit, mit der der Austausch erfolgt war, beeindruckte sogar den Kapitän der *Black Joke.*

»Dieser Teufel ist ein guter Seemann, das muß ich zugeben«, sagte Clinton, und dann schwieg er, denn die *Huron* vollführte eine rasche Wendung und schien direkt Kurs auf den Bug des Kanonenbootes zu nehmen. Minuten später lag sie im Wind.

Er brauste über den Klipper hinweg, heulte in der Takelage wie ein ganzes Wolfsrudel, und der scharfe Bug des großen Schiffs tauchte in die kurzen, steilen Wogen.

»Sie macht zwanzig Knoten«, rief Denham fassungslos, während die *Black Joke* fast stehenzubleiben schien.

Durch sein Glas sah Clinton, wie die Mannschaft der *Huron* ihre Mützen schwang und schrie und Beifall klatschte. An Deck, nahe der Reling, stand eine hochgewachsene Gestalt in einfachem dunkelblauen Rock. Die Gesichtszüge konnte Clinton nicht erkennen, wohl aber die arrogante Kopfhaltung, die er zum letzten Mal über der Kimme der Duellpistole gesehen hatte.

Wütender Haß brannte ihm in der Kehle, als die Gestalt die Hand zu einem kurzen Gruß erhob und sich dann langsam von der Reling abwandte.

Clinton setzte das Glas ab. »Wir nehmen die Verfolgung auf«, befahl er und wagte es nicht, die Gesichter seiner Offiziere anzusehen, aus Furcht, er könnte Mitleid darin lesen.

In ihrer schmalen Kajüte liegend, hörte Robyn das Quietschen und Rattern vom unteren Deck; es bedeutete, daß die *Huron* ihren Kurs änderte und die dicken Ruderleinen das riesige Ruder unter dem Heck herumdrehten. Sekunden später hörte sie vom Deck über ihr einen heftigen Aufruhr und das Heulen des Windes in der Takelage. Als sich die Kraft der geblähten Segel auf den Schiffsrumpf übertrug, wurde Robyn fast aus ihrem Bett geworfen. Die Kabine war erfüllt vom Knattern und Ächzen des Schiffsrumpfes, der sich seinen Weg durch das Wasser bahnte; die *Huron* erwachte zu einem wilden Leben, hob und senkte sich, rauschte mit höchster Fahrt dahin.

Ganz schwach konnte Robyn auch das Schreien und den Jubel der Männer hören.

Sie sprang aus dem Bett, klammerte sich an die Handgriffe, ging durch die Kabine und schlug mit den Fäusten gegen die Tür.

»Nathaniel«, schrie sie, »öffnen Sie sofort.«

»Kapitän sagt, ich darf nicht mit Ihnen sprechen.«

»Sie können mich nicht so quälen, was geschieht?«

»Wir liegen im Wind und fahren wie der Teufel«, gab Nathaniel nach längerem Schweigen Auskunft.

»Und was ist mit dem britischen Kanonenboot?«

»Jetzt kann uns niemand mehr einholen.«

Langsam lehnte sich Robyn vor, preßte die Stirn gegen die Tür und schloß die Augen. Schwarze Verzweiflung drohte sie zu überwältigen.

So blieb sie eine lange Weile, bis Nathaniel besorgt rief: »Ist alles in Ordnung, Missus?«

»Ja, danke, Nathaniel. Ich werde ein wenig schlafen und möchte nicht gestört werden.«

»Ich stehe Wache, Missus, und lasse niemanden zu Ihnen«, versicherte er.

Sie öffnete die Augen, ging zu ihrem Bett zurück, kniete nieder und begann zu beten. Aber diesmal gelang es ihr nicht, sich zu konzentrieren. Immer wieder tauchten wirre Bilder vor ihr auf, und sobald sie die Augen schloß, sah sie das Gesicht von Clinton Codrington vor sich – jene blaßblauen Augen in dem dunklen Braun seines sonnenverbrannten Gesichtes, das von seinem hellen Haar noch unterstrichen wurde. Sie sehnte sich nach ihm wie nie zuvor; für sie symbolisierte er jetzt alles, was gut und gerecht und rein war.

Dann plötzlich tauchte das ferne spöttische Lächeln wieder vor ihr auf, die goldgesprenkelten Augen von Mungo St. John. Sie zitterte vor Scham, als sie an den Mann dachte, der sie geschändet und ihre Gefühle verraten hatte; der mit ihr gespielt und die Hoffnung, nein, den innigen Wunsch in ihr erweckt hatte, seine Frau zu werden und ihm Kinder zu gebären. Wieder wurde ihre tiefe Verzweiflung zu glühendem Haß, und der Haß machte sie hart.

»Lieber Gott, vergib mir, ich werde später beten, jetzt aber muß ich handeln!«

Sie stand auf, und die kleine Kajüte wurde zu einem Käfig, den sie nicht mehr ertragen konnte. Wieder hämmerte sie mit den Fäusten gegen die Tür, und Nathaniel reagierte sofort.

»Nathaniel, ich halte es keinen Augenblick länger hier aus«, schrie Robyn.

»Sie müssen mich sofort hinauslassen.«

Seine Stimme klang bedauernd, aber bestimmt. »Das kann ich nicht, Missus. Tippoo würde meinen Rücken behandeln.«

Verwirrt und verstört wandte sie sich ab. All ihre Gedanken waren in Aufruhr.

»Ich kann es nicht ertragen, daß er mich fortbringt nach –« Der Satz blieb unvollendet, denn sie konnte sich nicht vorstellen, was sie am Ende dieser Reise erwartete, außer –. Und ein Bild tauchte vor ihr auf: die *Huron* lief in den Hafen ein, und am Kai stand eine schöne, hochgewachsene und adelige Französin, in Samt und Seide gekleidet, mit Perlen um den Hals, und neben ihr drei kleine Söhne, die der stolzen, arroganten Gestalt auf dem Achterdeck zuwinkten.

Sie versuchte all diese Gedanken zu verdrängen und sich auf das Geräusch der *Huron* zu konzentrieren, die fröhlich durch die Wellen pflügte, auf das Dröhnen des Rumpfes und das Knarren der Holzwände, auf das Trampeln nackter Füße an Deck, als ein paar Seeleute ein weiteres Segel setzten. Unter sich hörte sie ein leises Quietschen, als der Rudergänger den Kurs änderte.

Das Geräusch weckte eine Erinnerung, und Robyn erstarrte. Wieder zitterte sie, aber diesmal in freudiger Erregung. Der Ton erinnerte sie daran, was ihr Clinton erzählt hatte: Als junger Leutnant befehligte er eine Prisenmannschaft, mit der er in eine Flußmündung fuhr, die voll war mit kleinen Dhaus und Sklavenbooten.

»Ich hatte nicht genug Männer, um sie alle gleichzeitig zu entern, so sprangen wir von Dhau zu Dhau, schnitten die Ruderleinen durch, und die Boote trieben hilflos umher, bis wir wiederkamen, um sie zu beschlagnahmen.«

Robyn riß sich von ihren Erinnerungen los und lief in die Ecke der Kabine. Sie mußte sich gegen das Schott lehnen, um ihren schweren Holzkoffer in die Mitte der Kajüte zu schieben. Dann kniete sie nieder. Im Boden war eine kleine Falltür mit einem Eisenring. Während der langen Reise über den Atlantik hatte sie einmal einen Zimmermann beobachtet, der ihren Koffer beiseite schob, die Falltür öffnete und mit einem Topf Schmieröl hinunterstieg.

Jetzt versuchte Robyn, diese Falltür zu öffnen, aber es gelang ihr nicht. Schließlich nahm sie einen Wollschal aus ihrem Koffer und zog ihn durch den Eisenring. Sie zog mit aller Kraft, und Zentimeter um Zentimeter ging der Deckel hoch, bis er plötzlich mit einem Krach zurückflog, der bestimmt die Aufmerksamkeit von Nathaniel erregt hatte. Sie stand ganz still und lauschte, aber hinter der Kabinentür regte sich nichts.

Kniend schaute sie in die Bodenluke. Aus dem dunklen viereckigen Loch stieg ein leichter Lufthauch auf, der nach Schmierfett roch und den gräßlichen Gestank nach Sklaven mit sich brachte. Als sich ihre Augen an die Dunkelheit gewöhnten, sah sie einen niedrigen, engen Raum, in dem sich das Steuergut der *Huron* befand. Er war eben groß genug, daß ein Mann durchkriechen konnte.

Die Ruderleinen kamen vom Deck herunter, liefen durch schwere eiserne Halterungen und einen engen hölzernen Tunnel direkt nach achtern. Die Ruderleinen, etwa so dick wie das Bein eines Mannes, waren aus Hanf und fest gespannt wie Stahlkabel.

Robyn suchte nach einer Möglichkeit, sie zu durchschneiden, und sah sofort ein, daß weder ein Messer noch ihr Skalpell im geringsten dazu geeignet waren. Selbst ein Mann mit einer Axt würde seine liebe Not haben, diese Seile durchzuhacken.

Es gab nur eine Möglichkeit, und sie schauderte bei dem Gedanken, was geschehen würde, wenn die *Black Joke* nicht rasch genug mit ihren Pumpen und Schläuchen zu Hilfe kam. Schon einmal hatte sie die Idee, Feuer zu legen, verworfen, aber jetzt war sie bereit, jedes Risiko in Kauf zu nehmen.

Aus den grauen Wolldecken auf ihrer Koje machte sie ein Bündel, schraubte die Öllampe auf, tränkte die Decken mit Öl, riß die Seiten aus ihren medizinischen Büchern, zerknüllte sie und warf alles in das dunkle Loch.

Die Matratze auf ihrem Bett war mit Kokosfasern gefüllt,

die bestimmt rasch Feuer fingen. Sie schleppte sie zu der Falltür und warf sie hinunter. Dann folgten die hölzernen Bettleisten und die Bücher von dem kleinen Regal hinter der Tür. Robyn sah sich um, aber sie fand nichts Brennbares mehr in der kleinen Kabine.

Das erste Schwefelholz, das sie anzündete und hinunterwarf, flackerte einmal auf und verlöschte. Sie riß eine Seite aus ihrem Tagebuch, drehte sie zu einem Fidibus, und als er richtig brannte, warf sie ihn in das dunkle Loch. Als er hinabsank, erleuchtete er die düsteren Ecken des Kielraumes und die rohen Planken des Schiffsrumpfes. Der brennende Fidibus fiel auf eine ölgetränkte Decke; blaßblaue Flammen züngelten hoch, dann fing ein zerknüllter Papierball Feuer, und sehr bald stieg eine Hitzewelle aus dem Loch auf, die Robyns Wangen versengte. Das Rauschen der Flammen übertönte das Rauschen der See. Robyn nahm alle Kraft zusammen, hob den Deckel hoch und ließ ihn krachend auf die Öffnung fallen. Das laute Geräusch erschreckte sie, aber wenigstens war der Lärm des Feuers nicht mehr zu hören.

Keuchend vor Aufregung und Anstrengung, trat Robyn zurück und lehnte sich an das Schott. Ihr Herz klopfte so wild, daß sie das Blut in ihren Ohren rauschen hörte, und plötzlich überkam sie Angst.

Was würde geschehen, wenn die *Black Joke* den ungleichen Wettstreit aufgegeben hatte und niemand die achthundert elenden Geschöpfe rettete, die angekettet im Frachtraum der *Huron* lagen?

Der erste wilde Sturm, der die Berge herabgefegt kam, hatte sich in eine stete Brise verwandelt.

Jetzt wird es keine Windlöcher mehr geben, dachte Mungo St. John zufrieden und sah zu den dahinjagenden Wolkenfetzen auf, die seine Masttoppe fast zu berühren schienen. Dann blickte er über das indigoblaue Wasser des

Atlantik, auf dem die Schaumkronen tanzten wie kleine weiße Pferde.

Das Land jenseits der Heckreling war nicht mehr zu sehen, so rasch hatte die *Huron* den großen Tafelberg umsegelt; von der *Black Joke* war nur das Marssegel zu erkennen. Kein Rauch stieg aus ihrem Schornstein auf.

Das wunderte Mungo ein bißchen, und er runzelte die Stirn, überlegte und fand keine plausible Erklärung. Er zuckte die Schultern und ging wieder auf und ab. Bei Sonnenuntergang würde die *Black Joke* nicht einmal von dem hohen Hauptmast mehr zu sehen sein, und Mungo plante bereits den Stellungswechsel, den er in der Nacht durchführen wollte, um jeden Verfolger zu verwirren. Und dann endlich würde er den richtigen Kurs nehmen und durch die Kalmen auf den Äquator zusteuern.

Ein schwacher Ruf vom Ausguck erreichte sein Ohr. Er blieb stehen, stemmte die Hände in die Hüften und sah zum schwankenden Toppmast auf.

»Rauch!« Die Angst in der Stimme des Matrosen war selbst im Rauschen des Windes zu hören.

»Rauch, genau achtern!«

»Das wird das Kanonenboot sein«, überlegte Mungo, »es hat wieder seine Kessel in Betrieb genommen.«

»Rauch achtern, wir haben eine Rauchfahne!«

»Feuer«, brüllte Tippoo.

Es war das am meisten gefürchtete Wort unter Männern, die ihr Leben auf Schiffen aus Holz verbrachten, deren Segel und Takelage wie Zunder brannten. Mungo St. John beugte sich vor und sah die blasse Rauchfahne gegen die dunkle See.

Mungo wußte, daß trockene Eichenplanken mit reiner Flamme und geringer Rauchentwicklung brennen; er wußte auch, daß er zu allererst versuchen mußte, die Luftzufuhr zu drosseln, beizudrehen, das Feuer zu suchen und die Schiffspumpen . . .

Er drehte sich um und wollte eben die entsprechenden

Befehle geben. Direkt vor ihm standen der Steuermann und sein Maat an dem schweren Rad aus Mahagoni und Messing. Es war größer als das Lenkrad einer Dampflokomotive, und bei diesem starken Wind bedurfte es der Kraft zweier Männer, den Kurs der *Huron* beizubehalten. Die riesigen Segelflächen übten einen gewaltigen Druck auf das massive Steuerruder im Heck aus.

Unten in dem engen Tunnel loderten die Flammen, angefacht von dem starken Wind, der vom Vorderdeck hinunter in die Sklavendecks blies, um dort die Luft rein zu halten.

Die beiden Steuerleute warteten drei Meter von Mungo entfernt auf seine Befehle; plötzlich bot das schwere Rad keinen Widerstand mehr. Tief unten im Schiffsrumpf waren die Ruderleinen durchgebrannt, und unter den Händen des Rudergängers wurde das Rad zu einer unkontrollierbaren, wirbelnden Masse aus Holz und Messing; der Steuermann wurde zu Boden geschleudert, und der Arm seines Maates verfing sich in den Speichen und wurde zu einer Masse von Knochensplittern und zerfetztem Fleisch.

Da das Steuerruder unter dem Heck die Bewegung des Schiffsrumpfes nicht mehr kontrollierte, stand dem enormen Winddruck auf die Segel nichts mehr entgegen, und die *Huron* wurde zu einem riesigen Wetterhahn. Sie drehte sich beinahe um ihre Achse, der Bug ragte steil nach oben, und alle Mann an Deck wurden mit unglaublicher Wucht gegen die Planken geschleudert. Die Rahen krachten herunter, und die saubere geometrische Pyramide der Segel wurde zu einem flatternden, wehenden Chaos.

Mungo St. John stand mühsam auf und klammerte sich an die Reling. Während die Schreie des verwundeten Steuermaates in seinen Ohren gellten, sah er sich um. Ungläubigkeit wurde zu bitterer Verzweiflung, als er feststellte, was aus seinem schönen Schiff geworden war.

Und dann tauchte vor dem schwankenden Bug der *Huron* noch ferne, aber auf einmal doch bedrohlich, das Marssegel der *Black Joke* auf.

»Beiboot zu Wasser!« Er wollte versuchen, das schwere Boot achtern in Schlepp zu nehmen, um es gleichsam als Treibanker zu benutzen. Wenn es das Heck festhielt, gelang es ihm vielleicht, das Schiff direkt vor dem Wind zu halten. Es war ein gewagtes Manöver, aber wenigstens würde es ihm Zeit geben, die Notsteuerung anzubringen und die *Huron* wieder unter Kontrolle zu bekommen.

Er schöpfte tief Atem und sah wieder nach vorn. Die *Huron* bewegte sich rasch nach achtern und tauchte tief in die Wellen ein, die über das Deck spritzten, während das britische Kanonenboot näher und näher kam – so nahe, daß Mungo die silberne Farbe des Rumpfes erkennen konnte. Und es schien ihm, als pflüge die *Black Joke* jetzt frecher durch die Wellen – wie ein Kampfhahn, der den Kamm aufstellt und sein Gefieder aufplustert, während er über den Sandboden der Arena stolziert.

»*Huron* verändert den Kurs!« Clinton traute seinen Ohren nicht, als er den schrillen Ruf vom Ausguck hörte. »Sie kommt herum!« Verblüffung und Aufregung machten den Ruf beinahe unverständlich.

Ungläubig starrte Clinton durch das Fernglas. Die Maste der *Huron,* eben noch in einer Geraden, waren jetzt einzeln zu sehen. Das Großsegel wankte und wackelte, dann begann es zu flattern wie ein Wimpel im Sturm, fiel zusammen wie ein platzender Papiersack und wickelte sich um den Großmast.

»Rauch, sie brennt!« schrie Denham, und Clinton sah die blassen Rauchfahnen hinter dem Klipper.

Aus der Tasche zog er ein seidenes Tuch, wischte sich die Gischt von Gesicht und Augen, schneuzte sich laut, steckte das Tuch wieder in die Tasche und ging zurück auf das Achterdeck.

»Mr. Ferris«, sagte er rasch, »bitte signalisieren Sie: Ich schicke eine Entermannschaft!« Die blaßblauen Augen des

Kapitäns leuchteten fanatisch. »Wenn sie Widerstand leisten, werden wir kämpfen.«

Dann wandte sich Clinton an Denham, und seine Stimme zitterte. »Schiff klar zum Gefecht, bitte. Lassen Sie die Geschütze ausfahren.«

Er erkannte die verzweifelten Versuche St. Johns, das Schiff in den Wind zu drehen, er wußte, was es für eine Leistung war, diese verhedderten Segel und Leinen in so kurzer Zeit abzutakeln.

St. John bemühte sich verzweifelt, die *Huron* herumzudrehen, aber das sonst so leicht steuerbare Schiff war störrisch, und mit jeder Sekunde kam die *Black Joke* näher heran. Dann plötzlich war es gelungen. Die *Huron* segelte durch das Auge des Sturms, und im selben Moment öffneten sich die Segelfetzen auf dem Fockmast, das Schiff kam herum, zeigte der *Black Joke* das Heck und segelte wieder. Weitere Segel entfalteten sich auf ihren hohen, kahlen Masten, der Abstand zwischen den beiden Schiffen verkleinerte sich nicht mehr, er vergrößerte sich sogar. Und die Nacht war nicht mehr fern.

»Mr. Ferris, wollen Sie nicht die Signale der *Huron* lesen?«

Die Signalflaggen der *Huron* waren von den Beobachtern an Deck der *Black Joke* schwer zu erkennen. Ferris, der sich ganz auf das Beiboot konzentriert hatte, griff schuldbewußt nach dem Signalbuch und begann eifrig auf seiner Tafel zu schreiben.

»Huron signalisiert: Halten Sie sich fern, oder wir schießen.«

»Das Feuer hat in der Steuerung unter der Kabine von Doctor Ballantyne begonnen.« Der dritte Maat kam an Deck, um Meldung zu erstatten. »Ich habe sie heraufgebracht.« Er wies mit dem Finger auf Robyn. »Das Feuer hat sich im Proviantraum ausgebreitet und wird gleich auf das Heck übergreifen.«

»Legt die Schläuche in den Niedergang«, befahl Mungo ruhig, »und flutet das gesamte Heck.« Befriedigt wandte er sich ab und warf einen Blick auf das Kanonenboot, um sich zu vergewissern, daß es immer noch zurückfiel. Einen Moment lang sah er prüfend auf das dicke Seil, das das auf und ab hüpfende Beiboot mit dem Klipper verband. Die ganze Verbindung von Wind, Segel und Treibanker war komplex, und die geringste Veränderung konnte das Gleichgewicht stören. Mungo beschloß, kein neues Segel mehr zu setzen, bevor das Feuer nicht unter Kontrolle war. Er zündete sich eine Zigarre an. Erst dann sah er Robyn an. »Ich begehe immer wieder den Fehler, Ihnen zu vertrauen«, sagte er.

»Diesen Fehler habe ich Ihnen gegenüber nur einmal begangen«, erwiderte sie leise.

»Wie sind Sie zu der Steuerung gekommen?« fragte er und unterbrach sich sofort: »Natürlich, die Falltür. Doch Ihr Einfallsreichtum hat Ihnen nichts genützt. Ihr Freund holt uns nicht ein, und sobald es dunkel ist, werden wir die Ruderleinen reparieren.«

Mungo betrachtete prüfend die Frau, die da vor ihm stand, vergaß sekundenlang die See, das Schiff und den Wind. Er sah die Sturmbö nicht, und als sie über die *Huron* hereinbrach, gab es keinen Rudergänger, um sie abzuwehren. Robyn bemerkte einen Ausdruck des Schreckens in seinen Augen. In dieser Stimme, die einen Befehl brüllte, klang zum erstenmal ein Anflug von Angst mit.

»Mr. Tippoo, sofort die Segel reffen. So rasch ihr könnt!«

Das leere Beiboot tanzte auf einer Schaumkrone, der harte Ruck der gespannten Trosse schleuderte es vorwärts und hob es hoch, so daß es einen Augenblick lang wie ein springender Delphin in der Luft lag. Dann krachte es nieder und verschwand im Wasser.

Einen Moment lang ließ der enorme Zug des Schlepptaus die *Huron* hin und her schwanken. Die geborstenen Planken schwammen wieder an die Oberfläche und das von seiner

Last befreite Tau peitschte wie der Schwanz einer gereizten Löwin durch die Luft. Die *Huron* torkelte in der Dünung umher, drehte sich im Wind, und ihre hohen, leeren Maste lagen fast parallel zur Wasseroberfläche.

Die Reling auf der Lee-Seite tauchte tief in die See, und das Wasser strömte in einem reißenden Sturzbach über Deck, als sei ein Damm geborsten.

Mungo St. John zerrte Robyn an der Hand über das überflutete Deck. Am Heck blieb er stehen. Beide rangen nach Atem, beide waren bis auf die Haut durchnäßt, und aus ihren Haaren strömte Wasser. Unter ihren Füßen hob und senkte sich das Deck, so daß Mungo sich an die Reling klammern mußte. Er blickte zur *Black Joke* hinüber.

Jetzt war das Wettrennen entschieden. Immer näher kam das Kanonenboot, so nahe, daß Mungo schon die Geschütze und die Köpfe der Seeleute über dem Schanzkleid erkennen konnte. Noch immer flatterte die Flagge im Takelwerk, fröhlich und leuchtend wie eine Weihnachtsdekoration.

In wenigen Minuten würde die *Black Joke* den hilflos schlingernden Klipper erreicht haben, lange bevor Mungo hoffen konnte, sein Schiff wieder seetüchtig zu machen.

»Mr. O'Brien, ich brauche ein Paar Handschellen«, schrie er, und Robyn, die ihn noch nie schreien gehört hatte, war erstaunt über das Stimmvolumen, das aus dem muskulösen Brustkasten kam. Sie war immer noch halb betäubt und verwirrt, als sie das kalte Eisen um ihr Handgelenk spürte.

Mungo schlang die Kette zweimal um die Reling, dann schloß er die zweite Handschelle um ihr rechtes Handgelenk.

»Ihre Freunde werden bestimmt entzückt sein, Sie zu sehen – vor der Mündung der Kanonen«, sagte er und drehte sich um.

»Mr. O'Brien, verteilen Sie Pistolen und Gewehre an die Mannschaft, und fahren Sie die Geschütze aus. Mr. Tippoo!«

»Captain Mungo!«

»Bringen Sie die Sklaven vom ersten Deck herauf. Wir werden sie neben der Frau an die Reling ketten.« Mungo benutzte weder Robyns Titel noch ihren Namen. »Diese Saftpresse soll ein wenig nachdenken, bevor sie das Feuer eröffnet.«

»Sir!« Denhams Stimme klang zutiefst entsetzt. »Sir!«

»Ja, Mr. Denham«, antwortete Clinton ruhig, ohne das Glas zu senken. »Ich habe es gesehen . . .«

»Aber das ist Doctor Ballantyne, Sir –«

»Und schwarze Sklaven. Man kettet sie an die Reling.«

»Was für ein Mensch ist dieser Yankee!« brach es aus Denham hervor.

»Ein verdammt kluger«, erwiderte Clinton leise. Er beobachtete die Frau, die zu retten er gekommen war, durch das Fernrohr. Die Augen in Robyns leichenblassem Gesicht schienen riesengroß, die durchnäßten Kleider klebten an ihrem Körper.

»Mr. Denham«, fuhr Clinton fort. »Warnen Sie die Mannschaft, daß in etwa fünf Minuten auf uns geschossen werden wird und daß wir das Feuer nicht erwidern können.«

Die dünne Verkleidung der *Black Joke* konnte auf große Entfernung einen gewissen Schutz bieten, doch sobald sie nahe genug an das Sklavenschiff herankamen, würde auch eine Kartätsche die Metallplatten zerreißen. Das einzige, was ihnen erspart blieb, waren die umherfliegenden tödlichen Splitter, die auf Schiffen aus Holz so gefürchtet waren.

»Bei Gott, sie fahren die Geschütze aus. Sie wollen trotzdem kämpfen«, rief Denham.

Der Klipper hatte auf jeder Seite des Hauptdecks sechs leichte Geschütze, deren Rohre fast doppelt so lang waren wie die Haubitzen der *Black Joke*. Ihr Mündungsdurchmesser aber war wesentlich kleiner, und Clinton konnte jetzt beobachten, wie ein Geschütz nach dem anderen auf sein Schiff gerichtet wurde.

Selbst ohne Glas konnte Clinton die große, schlanke Gestalt im schlichten blauen Rock erkennen, die scheinbar gemächlich von einem Geschütz zum anderen schlenderte und jedes persönlich einstellte. Clinton sah, wie St. John zum Buggeschütz ging und seine Einstellung mit besonderer Sorgfalt korrigierte; dann sprang er auf das Schanzkleid des Klippers und balancierte dort mit der Geschicklichkeit eines Akrobaten, während das steuerlose Schiff hin und her schwankte.

Die Szene grub sich in Clintons Gedächtnis ein; es war wie auf dem Theater, wenn das Ensemble nach der Vorstellung vortritt, um den Beifall der Zuschauer entgegenzunehmen: die Reihe der nackten schwarzen Körper, Schulter an Schulter mit ausgestreckten Armen wie ein Chor, die Handgelenke an die Reling gekettet; die Hauptdarstellerin, eine schlanke, zarte Frau, in ihrer Mitte. Ihr gelbes Mieder war ein fröhlicher Farbfleck, und Clinton konnte sich nur schwer von dem Anblick losreißen.

Der Amerikaner schien Clinton zu beobachten, und trotz des breiten Wasserstreifens, der sie noch trennte, spürte der Kapitän der *Black Joke* die Anziehungskraft jener goldgesprenkelten Augen. Es waren die Augen eines Raubtieres, das auf den Augenblick wartet, in dem die Beute sich bewegt.

In Kniehöhe von St. John sah Clinton die Köpfe der Geschützmannschaft, kleine Flecken blasser, angespannter Gesichter, und dahinter die bewegungslosen Reihen der schwarzen Sklaven. Die Seeleute hockten vor ihren Kanonen, und die langen, schlanken Rohre wurden zu kleinen dunklen Kreisen, als Clinton direkt in die Mündungen sah.

»Gentlemen, ich rate Ihnen, in Deckung zu gehen, bis wir das Feuer erwidern können«, sagte er zu Denham und Ferris, und er war ein wenig stolz, als keiner von beiden sich rührte. Seit Drake und Nelson war es Tradition, vor dem Feuer der Geschütze nicht zu kneifen, und Clinton selbst stand, die Hände auf dem Rücken verschränkt, gelassen da und gab die letzten Befehle.

Neben ihm murmelte Ferris die uralte Gotteslästerung, die Clinton in diesem Augenblick nicht übelnehmen konnte, denn auch sie war ein Teil der großen Tradition. »Und segne, was du uns bescheret hast –.«

Clinton sah, wie der Amerikaner noch einmal die Entfernung abschätzte, den Säbel aus der Scheide zog und über den Kopf hob. Unwillkürlich hielten die drei Offiziere den Atem an. Die *Huron* tauchte in ein Wellental, kam wieder hoch – und der Arm senkte sich.

Die sechs Geschütze feuerten gleichzeitig. Dann schlugen die Luftwellen auf sie ein, erschütterten das Trommelfell und schienen die Augäpfel aus den Höhlen zu saugen; knapp über Clintons Kopf zerriß die Kugel mit einem pfeifenden Laut die Verspannung am Mast.

Dieser Schuß ging zu hoch, doch jetzt spürte Clinton unter seinen Füßen die Einschläge im Deck, und der Rumpf des Schiffes dröhnte wie ein riesiger Messinggong.

Eine einzige Kugel schlug in die Metallplatten der *Black Joke* ein und riß ein Loch, das mit seinen schartigen Zungen aussah wie eine silberne Sonnenblume. Ein Seemann in einem gestreiften Hemd und weiten Leinenhosen, der hinter dem Schanzkleid kniete, bekam eine Kugel direkt in die Brust. Seine abgetrennten Gliedmaßen flogen über das fleckenlos saubere Deck des Kanonenbootes, während die Kugel weiterfegte und den Mast streifte, so daß er wie ein vom Blitz getroffener Baum erschauerte. Dann rollte die Kugel kraftlos über die ganze Länge des Decks, plumpste in das Speigatt und rollte dort hin und her. Erst Sekunden nach dem Einschlag auf der Breitseite erreichte das Krachen über die bewegte See hinweg ihr Ohr.

»Nicht schlecht für einen Yankee«, gab Ferris widerwillig zu, während Denham die Uhr aus der Tasche zog und feststellte, wie lange die Geschützbedienung des Klippers brauchte, um wieder zu laden.

»Fünfundvierzig Sekunden«, rief Denham verächtlich, »und noch ist kein einziges Geschütz wieder ausgerannt – ein paar alte Kesselflicker würden bessere Arbeit leisten.«

Clinton fragte sich, ob es nur gespielte Tapferkeit oder tatsächlich Gleichgültigkeit gegenüber Gefahr und Tod war, die diese beiden jungen Offiziere so munter plaudern ließ, während kaum fünf Meter entfernt die abgetrennten Arme des unglückseligen Seemanns immer noch zuckten.

Clinton hatte Angst, Angst vor dem Tod, Angst, seine Pflicht nicht zu erfüllen, Angst, jemand könnte merken, daß er Angst hatte. Aber schließlich war er auch älter als die beiden, denn trotz ihres männlichen Benehmens war Ferris ein Junge und Denham kaum zwanzig. Also war es vermutlich doch nicht Mut, sondern Unwissen und mangelnde Vorstellungskraft.

»Fünfundfünfzig Sekunden!« bemerkte Denham spöttisch, während die nächste Breitseite in den eisernen Rumpf der *Black Joke* krachte und jemand unter Deck gellend aufschrie.

»Schickt jemand hinunter. Der Kerl soll aufhören zu schreien«, murmelte Ferris zu dem Seemann, der neben ihm hockte, und der Mann eilte fort. Sekunden später hörten die durchdringenden Schreie plötzlich auf.

»Gut gemacht«, sagte Ferris zu dem Seemann, der wieder seinen Platz am Schanzkleid einnahm.

»Tot ist er, der arme Kerl.«

Ferris nickte, ohne eine Miene zu verziehen, dann hörte er zu, was sein Kapitän zu sagen hatte.

»Mr. Denham, ich gehe mit der Entermannschaft an Bord der *Huron*. Sie müssen bereit sein abzudrehen, falls dem Schiff Gefahr droht.« Ein scharfer, hoher Ton wie das Surren eines großen Insektes war zu hören: Die Schützen in der Takelage der *Huron* hatten das Feuer eröffnet. Ungerührt gab Clinton weitere Befehle, und als er geendet hatte, platzte Denham heraus: »Es ist teuflisch, das Feuer nicht erwidern zu können.«

Die Geschütze der *Huron* feuerten jetzt fast pausenlos, und die Einschläge prasselten auf das Deck der *Black Joke* wie Hagelkörner, doch es waren bleierne Körner, groß wie reife Trauben.

Sie waren jetzt dem Feind schon nahe, sehr nahe; Clinton konnte die Rufe der Leute an den Geschützen hören, das entsetzte Gejammer der Sklaven, die auf den Decks der *Huron* kauerten, und das Rumpeln der Sechzehnpfünder.

Die Frau an der Reling stand sehr aufrecht. Sie hatte Clinton erkannt und versuchte zu winken, aber die eisernen Fesseln an ihren Gelenken verhinderten die Bewegung. Als Clinton vortrat, um sie besser zu sehen, verspürte er einen scharfen Ruck an seinem Ärmel, und hinter ihm stöhnte Ferris auf.

Clinton sah auf seinen zerfetzten Ärmel und bemerkte erst jetzt, daß ihn eine Kugel gestreift hatte. Rasch drehte er sich zu Ferris um.

Der Junge preßte ein Taschentuch gegen die Brust.

»Sie sind verwundet, Mr. Ferris«, sagte Clinton, »Sie dürfen unter Deck gehen.«

»Danke, Sir«, flüsterte Ferris, »aber ich möchte lieber nichts versäumen.« Während er sprach, formte sich ein Blutstropfen in seinem Mundwinkel, und bestürzt erkannte Clinton, daß der Junge tödlich verwundet war – vermutlich ein Lungenschuß.

»Dann machen Sie weiter, Mr. Ferris«, sagte er förmlich und wandte sich ab.

Clinton blinzelte in die letzten Strahlen der sinkenden Sonne, die die kahlen Maste der *Huron* mit einem goldenen Heiligenschein umgab. Aus seinen Blicken sprach jetzt blanker Haß. Und im selben Moment stellte er fest, daß die Buggeschütze der *Huron* nicht mehr feuerten und das furchtbare Krachen der Kartätschen aus nächster Nähe aufhörte, während sie in den Heckviertelkreis des Klippers kamen.

»Zwei Striche an den Wind«, befahl er, und die *Black Joke*

erreichte das Heck der *Huron.* Plötzlich ragte sie hoch über ihnen auf, der Rumpf des Klippers schützte sie vor der Böe, und kein Schuß war mehr zu hören. Die Stille war unheimlich und beängstigend, so, als habe das Geschützfeuer ihm das Gehör geraubt und ihn taub gemacht. Clinton schüttelte das Gefühl der Unwirklichkeit ab und ging über das Deck.

»Auf, ihr Kerls«, schrie er, »ihr habt gezeigt, daß ihr gut im Nehmen seid, jetzt sollen die verdammten Yankees ihre blauen Wunder erleben.«

Ein Dutzend Seeleute der *Black Joke* warfen die dreizackigen Enterhaken über den Schanzbord des Klippers, machten die Leinen fest, und wie ein Rudel Meerkatzen kletterte ein Schwarm wild schreiender Seeleute auf das Heck der *Huron.*

»Übernehmen Sie das Kommando, Mr. Denham«, rief Clinton und folgte der nächsten Abteilung.

Ein halbes Dutzend Seeleute hatten das Deck der *Huron* vor Clinton erreicht; sie bewachten die Enterleinen über dem Heck mit Entermessern und Pistolen. Hinter ihnen strömten die Männer der *Black Joke* an Bord und stimmten ein lautes Triumphgeschrei an. Wie Wölfe stürzten sie sich auf die Seeleute der *Huron,* die ihnen entgegenkamen.

Die zwei Reihen rennender, brüllender Männer trafen aufeinander, und ihre Schreie und Flüche mischten sich mit dem Geheul der verängstigten Sklaven. Pistolen und Musketen waren leer, und es gab keine Chance, sie wieder zu laden. Jetzt traf Stahl auf Stahl.

Die Mannschaft der *Black Joke* war kampfgestählt, gemeinsam hatten die Männer im vergangenen Jahr mindestens fünfzigmal Befestigungen und Sklavenunterstände gestürmt. Sie waren harte Krieger geworden — und waren stolz darauf.

Die Männer der *Huron* waren keine Krieger, sondern Seeleute eines Handelsschiffes, und kaum einer hatte je einen Entersäbel geschwungen oder einen Schuß abgegeben. Der Unterschied zeigte sich sehr rasch.

Nur an einer Stelle wurden die britischen Seeleute aufgehalten; am Fuß des Großmastes standen Schulter an Schulter zwei Männer.

Tippoo schien so unbeweglich wie ein aus Stein gehauener Buddha, und neben ihm kämpfte Mungo St. John. Er hatte den blauen Rock abgelegt und das weiße Leinenhemd bis zum Gürtel geöffnet. In der Rechten schwang er den Säbel, focht und parierte und stieß zu, ohne den Rhythmus seiner Bewegungen zu unterbrechen.

»St. John!« rief Clinton, und einen Augenblick lang starrten die beiden Männer einander an.

»Schlagen Sie sich mit mir!« forderte ihn Clinton heraus, und seine Stimme war schneidend.

»Wieder?« fragte Mungo. Ein Lächeln flog über sein Gesicht und war sofort wieder verschwunden.

Clinton bahnte sich den Weg durch seine Leute. Das letztemal waren es Pistolen gewesen, doch diesmal hielt Clinton eine vertraute Waffe in der Hand, den Entersäbel, den er zum erstenmal mit vierzehn Jahren geschwungen hatte.

Als sie aufeinandertrafen, zielte Clinton auf die Hüfte des Gegners, um ihn zu Fall zu bringen. Mungo St. John parierte den Angriff, und Clinton spürte, bevor er seine Klinge löste, die Stärke von Mungos Arm; er ging nochmals zum Angriff über, und wieder war die Parade korrekt, doch eben nur stark genug, um die schwere Klinge des Entersäbels abzuwehren.

Diese beiden kurzen Berührungen genügten Clinton, um die Schwäche seines Gegners festzustellen: St. John fehlte jene eiserne Spannkraft, die nur durch eine lange Praxis im Fechten erreicht wird. In St. Johns seltsam gesprenkelten Augen sah er Angst aufblitzen. Auch der Amerikaner hatte seine Unzulänglichkeit gespürt; er wußte, daß der Kampf nicht lange dauern durfte, sondern daß er schnell beendet werden mußte, bevor ihm der Engländer überlegen wurde.

Der Instinkt des Fechters sagte Clinton über das kurze

Flackern in den goldgelben Augen Bescheid. Er wußte nun, daß Mungo jetzt zum Angriff übergehen würde, so daß er den Hieb, als er kam, mit der breiten Klinge seines kurzen Säbels parieren konnte. Jetzt waren die beiden Klingen gebunden, und Mungo konnte sie nicht lösen, ohne eine heftige Riposte zu riskieren. Allmählich spürte Clinton, wie das Handgelenk des Gegners müde wurde. Eine Sekunde später schlug er ihm mit einem kraftvollen Querstoß den Säbel aus der Faust.

Die Waffe des Amerikaners fiel klirrend zu Boden. Mungo St. John hob die Hände hoch und warf sich, um dem Stoß des schweren Entersäbels zu entgehen, gegen den Großmast. Von unbändigem Haß erfüllt, war Clinton entschlossen, dem Mann, den er entwaffnet hatte, keinen Pardon zu geben.

Der Stoß kam mit voller Wucht, und Clintons ganzes Körpergewicht lag dahinter: ein Todesstoß.

Gleichzeitig sah Clinton aus dem Augenwinkel eine Bewegung; Tippoo hatte seinen Kapitän hilflos, mit hoch erhobenen Händen, am Mast lehnen sehen. Jetzt stürzte er vor und griff mit bloßen Händen nach Clintons Säbelklinge. Er spürte die Klinge zwischen den Fingern, spürte, wie die Spitze, während er sie von dem hilflosen Mann abwandte, sein eigenes Fleisch bis zum Knochen durchbohrte. Die Sehnen seiner Hand waren durchtrennt, und er konnte den Stoß nicht aufhalten; er hörte, wie die Spitze des Entersäbels an seinen Rippen schabte, und spürte die Klinge bis zum Heft in seinen Körper dringen. Dann wurde sein Brustkasten gefühllos.

Selbst dieser erbarmungslose Stoß zwang Tippoo nicht in die Knie. Unbeweglich stand er da und starrte auf die Klinge in seiner Brust, während seine blutüberströmten Hände immer noch den Griff des Säbels umklammerten.

Erst als Clinton die Waffe aus Tippoos Fleisch riß, fiel der Riese langsam nach vorn. Clinton trat zurück und stützte sich auf seinen Säbel. Der Kampf war vorüber, und rund um ihn warf die Mannschaft der *Huron* die Waffen fort.

»Gnade, um Gottes willen, Gnade!«

Zwei Seeleute zerrten Mungo St. John auf die Beine. Er war unverwundet, und Clintons Haß flammte von neuem auf. Nur mühsam beherrschte er sich, um ihm nicht den Säbel in die Eingeweide zu rennen. Mungo versuchte, die Männer, die ihn festhielten, abzuwehren und sich zu dem Körper des halbnackten Maates hinunterzubeugen, der zu seinen Füßen lag.

»Laßt mich, ich muß nach meinem Maat sehen.« Aber sie hielten ihn unbarmherzig fest, und Mungo sah Clinton an.

»Im Namen der Barmherzigkeit«, flehte er. Das hatte Clinton nicht erwartet. Er atmete tief ein, und die Wut des Kampfes verließ ihn.

»Ich gebe Ihnen mein Wort, Sir.« Kein Zweifel, Mungo St. John war zutiefst getroffen, und Clinton zögerte. »Ich bin Ihr Gefangener«, sagte Mungo, »aber dieser Mann hier ist mein Freund.«

Clinton nickte den Männern zu, die St. John festhielten. »Er hat sein Wort gegeben.« Und dann zu Mungo: »Sie haben fünf Minuten.« Die Matrosen ließen ihn los, und er sank neben der bewegungslosen Gestalt nieder.

»Alter Freund«, flüsterte er, riß das Tuch von seiner Stirn und preßte es auf den häßlichen kleinen Schnitt zwischen Tippoos Rippen. »Alter Freund.«

Clinton drehte sich um, steckte den Säbel in die Scheide und lief über das Deck.

Robyn sah ihn kommen und beugte sich, unfähig, ihre gefesselten Arme zu heben, vor. Als er sie umarmte, preßte sie das Gesicht an seine Brust, und ihr Körper wurde von Schluchzen geschüttelt.

»Oh, ich danke dem Herrgott...«

»Sucht die Schlüssel«, befahl Clinton brüsk, und als die Fesseln von ihren Gelenken fielen, hob er sie auf und übergab sie einem seiner Männer. »Legt sie dem Kapitän des Sklavenschiffes an«, befahl er.

Damit war die letzte Regung seines Zorns verflogen.

»Entschuldigen Sie mich, Doctor Ballantyne. Wir sprechen uns später. Es bleibt noch einiges für mich zu tun.«

»Der Schaden an dem Schiff muß sofort repariert werden«, befahl er. »Bootsmann, entwaffnen Sie die Mannschaft, und schließen Sie sie unter Deck ein. Zwei Männer ans Steuerruder. Morgen früh segeln wir in die Tafelbucht, und dort wartet ein fettes Prisengeld auf euch, Jungs!«

Robyn bahnte sich einen Weg durch die britischen Seeleute und näherte sich dem seltsamen Paar am Fuß des Hauptmastes. Tippoo lag, die Augen weit aufgerissen, auf dem Rücken, das Kinn war herabgefallen.

Mungo hielt den großen runden Kopf auf den Knien, und als Robyn näher kam, drückte er seinem Freund die Augen zu. Seine Hände waren sanft wie die einer Mutter, als er mit einem Tuch Tippoos Kinn hochband.

Robyn kniete nieder und fühlte nach Tippoos Herzschlag. Mungo hob den Kopf und sah sie an.

»Rühren Sie ihn nicht an.«

»Ich bin Ärztin –«

»Er braucht keinen Arzt mehr«, Mungos Stimme war leise und bestimmt, »besonders dann nicht, wenn Sie der Arzt sind.«

»Es tut mir so leid.«

»Doctor Ballantyne, weder Sie noch ich haben Veranlassung, einander um Entschuldigung zu bitten oder auch nur miteinander zu sprechen – nie mehr.«

Robyn starrte in sein kaltes, hartes Gesicht, und in diesem Augenblick wußte sie, daß sie ihn unwiderruflich und für immer verloren hatte.

Sie hatte gedacht, daß es das war, was sie wollte, doch jetzt blieb sie in dieser Gewißheit wie zerstört zurück, ohne Kraft, unfähig, den Blick abzuwenden, ein Wort hervorzubringen. Hart und unversöhnlich erwiderte er ihren Blick.

»Mungo«, flüsterte sie schließlich, »Gott ist mein Zeuge,

ich habe nicht gewollt, daß das geschieht. Ich habe es nicht gewollt ...«

Grobe Hände rissen Mungo St. John hoch, so daß Tippoos Kopf von seinen Knien glitt und auf dem Deck aufschlug.

»Befehl des Kapitäns, Sie sollen Ihre eigenen Ketten zu spüren bekommen.«

Mungo St. John leistete keinen Widerstand, als man ihm die Sklavenfessel um Hand- und Fußgelenke legte. Er betrachtete sein rauchgeschwärztes Schiff, die Decks mit der herabgefallenen Takelage, befleckt vom Blut seiner Mannschaft, und obwohl sein Ausdruck sich nicht veränderte, lag unendliche Trauer in seinen Augen.

»Es tut mir leid«, flüsterte Robyn, immer noch kniend. »Es tut mir so leid.«

Mungo St. John blickte auf sie herab. »Ja«, nickte er, »mir auch.« Ein Seemann schob ihn zum Vorderdeck der *Huron*. Die Sklavenketten klirrten an seinen Knöcheln. Aber er ging hoch aufgerichtet und drehte sich nicht nach Robyn um, die immer noch auf dem blutbefleckten Deck kniete.

Mungo St. John blinzelte in die strahlende Helle, als er der Wachmannschaft in den Hof folgte. Fünf Tage lang hatte er kein Sonnenlicht gesehen, denn die Zelle, in die man ihn gesteckt hatte, sobald er an Land kam, war fensterlos.

Jetzt atmete er tief ein und blieb einen Augenblick lang stehen. Knapp hinter den Mauern hörte er die Brandung an den Strand der Tafelbucht schlagen. Er sehnte sich danach, einen einzigen Blick auf sein Schiff zu werfen, wollte wissen, ob das Achterschiff noch rauchgeschwärzt und ausgebrannt war oder ob man O'Brien erlaubt hatte, den Rumpf und die Steuerung wieder instand zu setzen.

Wenn nur Tippoo ..., dachte er und dachte nicht weiter. Es war nicht nur die Kühle des Morgens, die ihn sekundenlang frösteln ließ. Dann straffte er die Schultern und folgte der Wache.

»Gefangener und Eskorte, halt!«

Ein Leutnant der Marine nahm sie vor dem Tor des Gouverneurpalastes in Empfang. »Bitte folgen Sie mir, Mr. St. John.«

Der Adjutant des Gouverneurs saß an einem einfachen Schreibtisch aus Eichenholz und stand weder auf noch lächelte er, als St. John, den er von früher her kannte, eintrat. In seinem Büro saßen noch zwei Männer in Lehnstühlen.

»Sie kennen Admiral Kemp«, sagte der Adjutant.

»Guten Morgen, Admiral.«

Kemp neigte, ohne ein Zeichen des Wiedererkennens, den Kopf.

»Und das ist Sir Alfred Murray, Oberrichter des Obersten Gerichtshofes der Kapkolonie.«

»Zu Ihren Diensten, Sir.« Mungo lächelte nicht und verbeugte sich nicht.

Der Adjutant nahm ein Dokument von seinem Schreibtisch.

»Sie sind Kapitän und Besitzer des Klippers *Huron*?«

»Das bin ich.«

»Das Schiff wurde von der königlichen Marine nach Artikel 5 bis 11 des Vertrages von Brüssel aufgebracht und liegt im Augenblick in britischen Hoheitsgewässern. Die Causa wurde vom Gerichtshof der Gemischten Kommission der Kolonie unter dem Vorsitz des Oberrichters behandelt, und nach Anhörung der Aussagen des befehlhabenden Offiziers des Kapgeschwaders und anderer Zeugen hat der Gerichtshof befunden, daß die Kapkolonie, da die *Huron* auf hoher See aufgebracht wurde, in diesem Falle keine Jurisdiktion besitzt. Der Oberrichter hat Seiner Exzellenz dem Gouverneur der Kapkolonie empfohlen, daß die – hm«, der Adjutant hielt vielsagend inne, »hm ..., daß die Fracht des Klippers von der Regierung Ihrer Majestät beschlagnahmt wird, daß der Klipper jedoch unter dem Kommando seines Besitzers freigegeben und der Besitzer aufgefordert wird, sich und sein Schiff raschestmöglich in die Jurisdiktion eines amerikanischen Gerichtes zu begeben, um sich dort gegenüber der Anklage, die der Präsident der Vereinigten Staaten vorzubringen für angebracht hält, zu verantworten.«

Mungo stieß einen langen, tiefen Seufzer der Erleichterung aus. Bei Gott, die Briten schienen sich um die ganze Sache drücken zu wollen! Offenbar hatten sie nicht die Absicht, den Zorn des neugewählten amerikanischen Präsidenten herauszufordern.

Ohne aufzublicken, fuhr der Adjutant fort. »Der Gouverneur der Kapkolonie hat die Empfehlung angenommen. Sie sind gehalten, das Schiff mit aller gebotenen Eile seetüchtig zu machen. Zu diesem Zweck stehen Ihnen die Reparaturwerkstätten der britischen Marine zur Verfügung. Ein Vertreter der königlichen Marine wird Sie an Bord begleiten und dort verbleiben, bis er Ihr Schiff für seetüchtig befindet.

Und noch etwas, Mr. St. John. Der Gouverneur hat Sie zur Persona ingrata erklärt: falls Sie je wieder die Kapkolonie betreten sollten, wird man Sie unverzüglich verhaften.«

»Hier kommt dein Beau, Robyn. Heute ist er früh dran.«

Robyn, einen Korb mit Rosen am Arm, richtete sich auf und sah Clinton freudig entgegen.

Er sah so jungenhaft und ungestüm aus, viel zu jung; kaum zu glauben, daß er jene kämpfenden Seeleute angeführt hatte, die die *Huron* stürmten.

Während der letzten Wochen, die Robyn als Gast der Familie Cartwright verbracht hatte, war Clinton jeden Nachmittag von seinem bescheidenen Quartier an der Waterkant Street zu Besuch gekommen. Sie schätzte seine Besuche und fand seine Bewunderung nicht nur schmeichelhaft, sondern zutiefst tröstlich. Er füllte einen Teil ihres Lebens aus, der zu lange leer gewesen war. Sie brauchte jemanden, den sie trösten und beschützen konnte, jemanden, der sie brauchte und liebte.

»Ich glaube nicht, daß ich ohne Sie leben könnte, liebe Doctor Ballantyne«, hatte er zu ihr gesagt. »Ich glaube nicht, daß ich ohne Ihren Beistand diese furchtbare Zeit in meinem Leben ausgehalten hätte.«

Es war viele Wochen her, seit die *Black Joke* in die Tafelbucht eingelaufen und ein Kommandant des Kapgeschwaders an Bord gekommen war.

»Captain Codrington«, hatte er gesagt und salutiert. »Ich habe Befehl, das Kommando über Ihr Schiff zu übernehmen.«

Dann kam Denham auf Clinton zu und sagte leise: »Viel Glück, Sir. Sie wissen, daß Sie auf mich zählen können, wenn es soweit ist.«

Beide wußten, wovon er sprach – von dem Tag, an dem sie einander vor dem Kriegsgericht treffen würden.

Clinton salutierte, ging vor Denham durch die Eingangspforte und stieg die Leiter hinunter in das wartende Boot.

Eine Stimme rief aus: »Zeigt es ihnen, Kerls.«

Und plötzlich riefen alle »Hurra«. Die ganze Mannschaft der *Black Joke,* die an Deck stand oder in der Takelage hing, jubelte und schrie, was das Zeug hielt. Sie brüllten Beifall und warfen ihre Mützen hoch in die Luft. Als das Boot zum Ufer gerudert wurde, stand Clinton Codrington im Heck und blickte ausdruckslos zurück auf das Schiff, und sein Haar schimmerte wie ein Signalfeuer im Sonnenlicht.

Seitdem hatte Clinton seine Tage gleichsam in Hausarrest in einem billigen Quartier an der Waterkant Street verbracht und war jeden Nachmittag zu dem schönen Haus der Cartwrights auf dem Hügel gewandert, um Robyn seine Aufwartung zu machen.

An diesem Tag war er früher gekommen. Am liebsten wäre er gelaufen, als er Robyn im Rosengarten stehen sah.

»Robyn! Doctor Ballantyne!« Seine Stimme klang verändert, seine Augen blickten erregt.

»Was ist los?« fragte Robyn besorgt und eilte ihm entgegen.

»Das Sklavenschiff!«

»Ja?« fragte sie. »Was ist mit ihm?«

»Es läuft aus – sie geben es frei!«

Es war ein Aufschrei der Wut und Verzweiflung, und Robyn wurde plötzlich totenblaß.

»Das kann ich nicht glauben.«

»Kommen Sie, vor dem Tor wartet eine Kutsche.«

Sie bestiegen eilig das Fahrzeug, und der Kutscher trieb die Pferde an. Kaum war die Kutsche auf der Anhöhe angelangt, als Clinton heraussprang und Robyn zu dem Aussichtspunkt führte. Der große amerikanische Klipper glitt lautlos über das grüne Wasser der Bucht, das der Südostwind mit kleinen weißen Schaumkronen geschmückt hatte.

Schweigend bestieg das Paar wieder die Kutsche. Clinton sah Robyn an. Ihr Gesicht war blutleer, selbst die Lippen waren weiß wie Elfenbein.

»Ich weiß, was Sie fühlen. Nach alldem, was wir erlitten haben, segelt dieses ruchlose Schiff in die Freiheit. Ich teile Ihre Verzweiflung«, sagte er leise. Doch sie schüttelte nur heftig den Kopf.

»Ich habe noch andere Neuigkeiten. Gestern ist ein Konteradmiral angekommen. Damit sind genug Offiziere für ein Kriegsgericht vorhanden. Es beginnt morgen.«

Sofort wandte sich Robyn besorgt und ängstlich ihm zu. »Oh, ich werde die ganze Zeit für Sie beten.«

Impulsiv streckte sie die Hand aus, und er umklammerte sie. Es war, als hätte diese Berührung etwas in ihr ausgelöst, das sie energisch verdrängt hatte, und endlich stiegen ihr die Tränen in die brennenden Augen.

»Oh, liebe Doctor Ballantyne«, flüsterte Clinton. »Bitte sorgen Sie sich nicht um mich.« Doch durch die Tränen sah Robyn immer noch das Bild des großen, schönen Schiffes, das im Dunst der See verschwand, und ein Schluchzen schüttelte ihren Körper.

Der Fußboden des Ballsaales im Haus der Admiralität glich einem Schachbrett mit seinen schwarz-weißen Marmorplatten. Und die Figuren darauf waren verteilt wie am Ende einer harten Partie.

Robyn Ballantyne, einfach in Rock und Bluse gekleidet, lehnte am Rand des Saales, eine einsame Königin, während ihr gegenüber zwei Marineoffiziere in voller Paradeuniform standen; sie waren zum Verteidiger und Ankläger bestimmt worden, und keiner von beiden genoß seine Rolle.

Die Zeugen, Denham von der *Black Joke*, MacDonald, der Maschinist und der Honorarkonsul des Scheichs von Oman, befanden sich ebenfalls im großen Saal.

Der Angeklagte ging ständig ruhelos umher und starrte mit leerem Blick vor sich hin.

»Fünfzig Minuten«, sagte er zu Robyn.

»Es kann noch Stunden dauern«, erwiderte sie leise.

»Ich kann Ihnen nicht genug für Ihre Zeugenaussage danken.«

»Es war nichts als die Wahrheit.«

»Ja«, stimmte er zu, »aber ohne Sie...« Er nahm seine ruhelose Wanderung wieder auf.

Der Ankläger, der zwei Tage lang versucht hatte, Clintons Schuld zu beweisen und ihn an den Galgen zu bringen, blickte beinahe schuldbewußt auf, dann wandte er sich wieder seinen Papieren zu.

Die vier hohen Offiziere, vor denen Robyn ausgesagt hatte, hatten ihr aufmerksam zugehört, aber in ihren Gesichtern hatte sie weder Wärme noch Mitgefühl gelesen.

Denham und MacDonald hatten nur die Fakten aufzählen können; und daß sie die Befehle des Kapitäns abgelehnt hatten, war im Logbuch festgehalten.

Es erstaunte Robyn, daß das Gericht so lange beriet, und sie zuckte zusammen, als sich plötzlich die Doppeltüren öffneten und die beiden Wachen strammstanden.

Durch die Tür sah sie die Marineoffiziere an dem langen Eßtisch sitzen. Obwohl sie etwas weiter nach vorne ging, gelang es ihr nicht zu erkennen, wohin die Waffe wies, die vor ihnen auf der glattpolierten Tischfläche lag, noch, ob sie in der Scheide steckte oder blank war.

Auf ein kurzes Kommando hin marschierte Clinton, flankiert von Ankläger und Verteidiger, durch die geöffneten Türen.

Clinton hatte ihr die Bedeutung der Waffe erklärt. Sie wurde erst auf den Tisch gelegt, wenn die Richter einen Beschluß gefaßt hatten. Steckte die Klinge in der Scheide und zeigte das Heft auf den eintretenden Gefangenen, so lautete das Urteil »Unschuldig«. Wies die blanke Klinge auf ihn, dann wußte er, daß der Zorn der Marine über ihn kommen würde und daß er seine Schuld durch eine Auspeitschung oder auch am Galgen sühnen mußte.

Clinton starrte unverwandt auf einen Punkt oberhalb Admiral Kemps Kopf. Erst als sich die Türen hinter ihm schlossen und er und die zwei Offiziere Haltung annahmen, erlaubte er sich, auf den Dolch zu blicken. Die blanke Klinge glänzte silbrig, die Spitze wies auf Clinton.

Kalte Verzweiflung überwältigte ihn. Die Ungerechtigkeit des Urteils, die Schande, die Tatsache, daß seine Karriere vernichtet und sein Ruf besudelt waren, machten ihn taub und blind für alles außer für Admiral Kemps Stimme.

»Schuldig, die Befehle seines Vorgesetzten mißachtet zu haben . . . Schuldig der Seeräuberei auf hoher See . . . Schuldig, Besitz und Untertanen einer befreundeten Macht angegriffen und vernichtet zu haben . . . Schuldig, die Vereinbarungen eines Vertrages zwischen der Regierung Ihrer Majestät und dem Sultan von Oman verletzt zu haben.«

Das bedeutet die Todesstrafe, überlegte Clinton, das Urteil ist zu ausführlich, die Aufzählung meiner Verfehlungen zu lang, meine Schuld zu groß. Es muß Tod durch den Strang sein.

Er hob den Blick und starrte durch das hohe Fenster. Der

Kragen seiner Uniform kam ihm so eng vor wie die Schlinge des Henkers.

»Ich fürchtete nie den Tod, o Herr«, betete er im stillen, »nur eines bereue ich – daß ich die Frau, die ich liebe, verlassen muß.«

»Das Gericht hat über die Strafe gründlich beraten«, fuhr Admiral Kemp fort. »Der Gefangene geht seines Ranges und aller Privilegien verlustig, wird mit Schimpf und Schande aus der Marine ausgestoßen.«

Kemp hielt inne und räusperte sich. »Weiter beschloß das Gericht, daß der Gefangene von hier zur Festung verbracht wird und dort . . .«

Der Galgen wurde stets auf dem Paradeplatz aufgerichtet.

»Und dort eine Gefängnisstrafe von der Dauer eines Jahres verbüßen wird.«

Die Richter standen auf und verließen das Zimmer.

»Ein Jahr«, sagte der Leutnant, der als Ankläger fungiert hatte, »weder Tod noch Auspeitschung – verdammt großzügig, muß ich sagen.«

»Gratuliere!« Clintons Verteidiger grinste zufrieden.

Blaß, seiner Stimme nicht mächtig, starrte Clinton immer noch aus dem Fenster.

»Kommen Sie, mein Lieber, ein Jahr geht rasch vorüber.« Der Offizier, der ihn verteidigt hatte, berührte seinen Arm. »Und danach kein Corned beef mehr und kein hartes Brot. Reißen Sie sich zusammen.«

Seit sie Großvater Moffats Missionsstation in Kuruman verlassen hatten, waren sie mit ihren Maultieren täglich zwanzig Meilen weit gekommen, und als sie jetzt den Paß erreichten, hielt Zouga an und blickte über das weite Panorama der Kaphalbinsel.

»Bald sind wir zu Hause«, rief er Jan Cheroot zu.

Der kleine Hottentotte wies auf den Tafelberg, der sich groß und massig am Horizont abzeichnete. »Bevor es morgen dunkelt, werden wir dort sein.« Er versetzte seinem Maultier einen sanften Hieb und setzte vergnügt seinen Weg fort, die steile Straße hinunter.

Es dauerte einen Monat, bis Robyn die Erlaubnis erhielt, dem Gefangenen einen Besuch abzustatten. Sie wurde in ein kleines, nur mit drei Holzstühlen ausgestattetes Wachzimmer geführt. Dort wartete sie zehn Minuten, bevor sich eine niedrige Tür öffnete und Clinton von einem Wachsoldaten hereingeführt wurde.

Er sah gealtert aus, müde, niedergeschlagen.

»Wenigstens Sie haben mich in meiner Schande nicht verlassen«, sagte er schlicht.

Der Unteroffizier setzte sich auf den dritten Stuhl und versuchte dreinzusehen, als höre er nicht zu. Clinton und Robyn saßen einander steif gegenüber und tauschten höfliche Fragen nach dem Befinden aus.

»Haben Sie Zeitungen erhalten?« fragte Robyn schließlich. »Haben Sie gelesen, was der neue amerikanische Präsident versprochen hat?«

»Lincoln war immer schon ein erklärter Feind des Sklavenhandels«, nickte Clinton.

»Er hat den Schiffen der britischen Marine endlich das Recht zugestanden, amerikanische Schiffe aufzubringen.«

»Und sechs Südstaaten haben sich bereits von der Union losgesagt«, sagte Clinton grimmig. »Wenn Lincoln unnachgiebig bleibt, wird es zu einem Krieg kommen.«

»Es ist so ungerecht«, rief Robyn aus, »nur ein paar Wochen später, und Sie wären ein Held und nicht . . .« Sie hielt inne. »Entschuldigen Sie, Captain Codrington.«

»Ich bin kein Kapitän mehr.«

»Ich fühle mich so schuldig – hätte ich diesen Brief nicht abgeschickt . . .«

»Sie sind so gütig und so schön, daß ich es kaum ertrage, Sie anzusehen«, brach es plötzlich aus ihm hervor.

Robyn wurde dunkelrot und sah den Unteroffizier an, der angelegentlich die Zimmerdecke betrachtete.

»Wissen Sie, was ich dachte, als ich in das gewisse Zimmer kam und sah, daß der Dolch auf mich zeigte?« fuhr Clinton fort. »Ich dachte, ich würde Sie verlieren. Man würde mich hängen, und ich könnte Sie nie mehr sehen.«

»Doctor Ballantyne, wenn Sie mir versprechen, dem Gefangenen in meiner Abwesenheit weder eine Waffe noch ein Werkzeug zu übergeben, lasse ich Sie fünf Minuten allein«, sagte der Unteroffizier plötzlich und stand auf.

Kaum hatte sich die Tür hinter ihm geschlossen, als Clinton vor Robyn auf die Knie fiel. Robyn streichelte sein Haar, als wäre er ein Kind.

»Bald werde ich in das schöne Land unter dem Sambesi zurückkehren«, sagte sie leise. »Ich weiß, daß es meine Bestimmung ist, Leib und Seele jener zu betreuen, die dort leben.«

Liebevoll blickte sie auf sein dichtes blondes Haar herab. »Ich habe Ihnen etwas anzubieten, das ich mit Ihnen teilen möchte.«

Fragend blickte er sie an, und in seinen hellen Augen zeigte sich ein Hoffnungsschimmer.

»Wollen Sie nicht Ihr Leben Gott weihen und mit mir als Missionar in die Wildnis ziehen, in das Land Sambesia?«

»Um mein Leben mit Ihnen und Gott zu teilen.« Seine Stimme war rauh vor Erregung.

»Dieser Ehre würdig zu sein, hätte ich nie zu träumen gewagt.«

»Der Kerl ist ein selbstgefälliger Besserwisser«, sagte Zouga mit Nachdruck. »Und jetzt ist er überdies noch ein Zuchthäusler. Keiner von euch wird sich in Gesellschaft zeigen können.«

»Er ist edel und wahrhaftig und fühlt sich berufen, sein Leben Gott zu weihen«, erwiderte Robyn hitzig. »Du kannst sicher sein, daß keiner von uns beabsichtigt, viel Zeit in der sogenannten Gesellschaft zu verbringen.«

Zouga zuckte die Achseln und lächelte. »Natürlich ist das deine Sache. Wenigstens hat er eine hübsche Summe Prisengeld gemacht, die man ihm nicht wegnehmen kann.«

Robyns Ärger wich Bedauern. Es schien, daß die Wünsche und Ziele der Geschwister immer unvereinbar bleiben würden.

Ihre Erleichterung, als Zouga heil zurückkehrte, war groß gewesen; sie hatte ihn kaum erkannt, als er auf dem knochendürren Maultier den Weg zum Haus der Cartwrights heraufgeritten kam. Erst als er abstieg und den verschmutzten Hut abnahm, jubelte sie vor Freude auf und lief ihm über die Terrasse entgegen.

»Er sieht aus wie ein griechischer Gott!« flüsterte Arlette Cartwright ihr zu, und obwohl dieser Vergleich nicht originell war, mußte Robyn in diesem Fall zustimmen.

Sie lauschte seinen Berichten über das Land der Matabele und den Treck nach Süden mit so gespannter Aufmerksamkeit, daß Zouga irritiert fragte:

»Ich hoffe, du wirst nichts davon für deinen eigenen Bericht verwenden?«

»Natürlich nicht«, versicherte sie ihm, aber das war der erste Mißton, und er erzählte ihr nichts mehr, außer daß er ihr Grüße von ihrem Großvater in Kuruman überbrachte.

»Er hat deinen Brief erhalten und mir diese Antwort mitgegeben.« Es war ein umfangreiches Paket. »Er sagte mir, du hättest die Absicht, eine Missionsexpedition nach Sambesia zu unternehmen?«

»Das stimmt.«

»Sissy, du glaubst doch nicht, daß eine Frau allein...«, begann er, aber sie unterbrach ihn.

»Ich werde nicht allein sein, Kapitän Clinton Codrington hat sich entschlossen, Missionar zu werden, und ich habe eingewilligt, seine Frau zu werden. Wenn du mein Brautführer sein willst, wäre ich glücklich.«

»Wann wird das sein, Sissy?«

»Erst in sieben Monaten, wenn Clinton aus dem Gefängnis entlassen wird.«

Zouga schüttelte den Kopf. »Da werde ich nicht mehr hier sein. Ich habe auf einem Dampfer gebucht, der nächsten Monat nach England fährt.« Beide schwiegen einen Moment lang, dann fuhr Zouga versöhnlich fort: »Aber ich wünsche euch beiden viel Glück – und die Bemerkung, die ich über deinen zukünftigen Mann gemacht habe, tut mir leid.«

»Ich verstehe.« Sie drückte seinen Arm. »Er ist ein anderer Mensch als du.«

Beinahe hätte Zouga ausgerufen: »Dafür danke ich Gott«, doch er hielt sich zurück. Statt dessen sagte er: »Wenn dein Manuskript fertig ist, werde ich es gern mitnehmen und Oliver Wicks übergeben.«

Auf der Reise nach England würde Zouga genügend Zeit haben, Robyns Buch zu studieren, und wenn er die Ablieferung einen Monat verzögerte, würde sein eigener Expeditionsbericht das größte Aufsehen erregen und er den Rahm abschöpfen.

»Ach, habe ich es dir nicht gesagt?« Robyn hob das Kinn, und in ihrem Lächeln lag ein Anflug von Schadenfreude. »Ich habe mein Manuskript einen Monat vor deiner Ankunft mit dem Postboot abgeschickt. Es sollte bereits in London sein, und ich wäre nicht erstaunt, wenn Mr. Wicks es schon veröffentlicht hätte. Die Besprechungen und Kritiken werden vermutlich mit dem nächsten Postboot kommen.«

Zougas Blick war von eisiger Kälte, als er sie ansah.

»Ich hätte es wirklich früher erwähnen sollen«, fügte sie mit gespieltem Bedauern hinzu. Seine Reaktion bestätigte ihren Verdacht; von jetzt an waren sie Feinde. Und sie wußte, daß ihre Feindseligkeit stets um den Boden und die Menschen jenes fernen Landes kreisen würde, das Zouga Sambesia getauft hatte.

Am Ende der Woodstock Road stand das Lagerhaus der Cartwrights. Drei Gegenstände lehnten an der Rückwand eines der großen Lagerräume, die eines Tages von Major Morris Zouga Ballantyne, derzeit mit der *Bombay* unterwegs nach London, abgeholt werden würden.

Die beiden riesigen Elefantenzähne bildeten den Rahmen für das dritte Paket: die Skulptur aus Speckstein war immer noch von einer Matte aus Elefantengras bedeckt, aus der nur der grausam-stolze Vogelkopf herausragte. Die blicklosen steinernen Augen starrten Tausende Kilometer weit über Wälder und Berge und Steppen hinweg nach Norden – auf eine befestigte, zerstörte Stadt, und die Worte der Umlimo schienen über dem Vogelkopf zu schweben wie etwas Lebendiges.

»Der weiße Adler ist auf die Falken herabgestoßen und hat sie zu Boden geworfen. Jetzt wird der Adler sie wieder hochheben, und sie werden in die Ferne fliegen. Es wird keinen Frieden geben in den Königreichen der Mambos und der Monomatapas, bis sie wiederkehren. Denn der weiße Adler wird mit dem schwarzen Stier kämpfen, bis die Falken wiederkehren.«